W0273621

BASTEI LÜBBE

Taschenbücher von WILLIAM SARABANDE
im BASTEI-LÜBBE-PROGRAMM

13 432 Land aus Eis
13 465 Land der Stürme
13 510 Das verbotene Land
13 554 Land der vielen Wasser
13 610 Land der heiligen Steine

DIE
URZEIT-SAGA

William Sarabande

LAND DES DONNERS

DIE GROSSEN
JÄGER

Ins Deutsche übertragen
von Bernhard Kempen

BASTEI
LÜBBE

BASTEI-LÜBBE-TASCHENBUCH
Band 13 662

Erste Auflage:
Juli 1995

© Copyright 1989
by Book Creations, Inc.
All rights reserved
Deutsche Lizenzausgabe 1995
by Bastei-Verlag Gustav H. Lübbe
GmbH & Co., Bergisch Gladbach
Originaltitel: Thunder in the Sky
Lektorat: Beate Stefer
Titelillustration: Hans Hauptmann
Umschlaggestaltung:
Quadro Grafik, Bensberg
Satz: KCS GmbH,
Buchholz/Hamburg
Druck und Verarbeitung:
Brodard & Taupin
La Flèche, Frankreich
Printed in France

ISBN 3-404-13662-4

Der Preis dieses Bandes
versteht sich einschließlich der
gesetzlichen Mehrwertsteuer.

... Großer Vater, Großer Geist, beuge dich zur Erde herab, damit du meine Stimme erhörst. Gib mir die Augen, um zu sehen, und die Kraft, um zu verstehen, damit ich sein kann wie du. Nur mit deiner Macht kann ich den Winden trotzen ...

Aus dem Gebet des Schwarzen Elchs

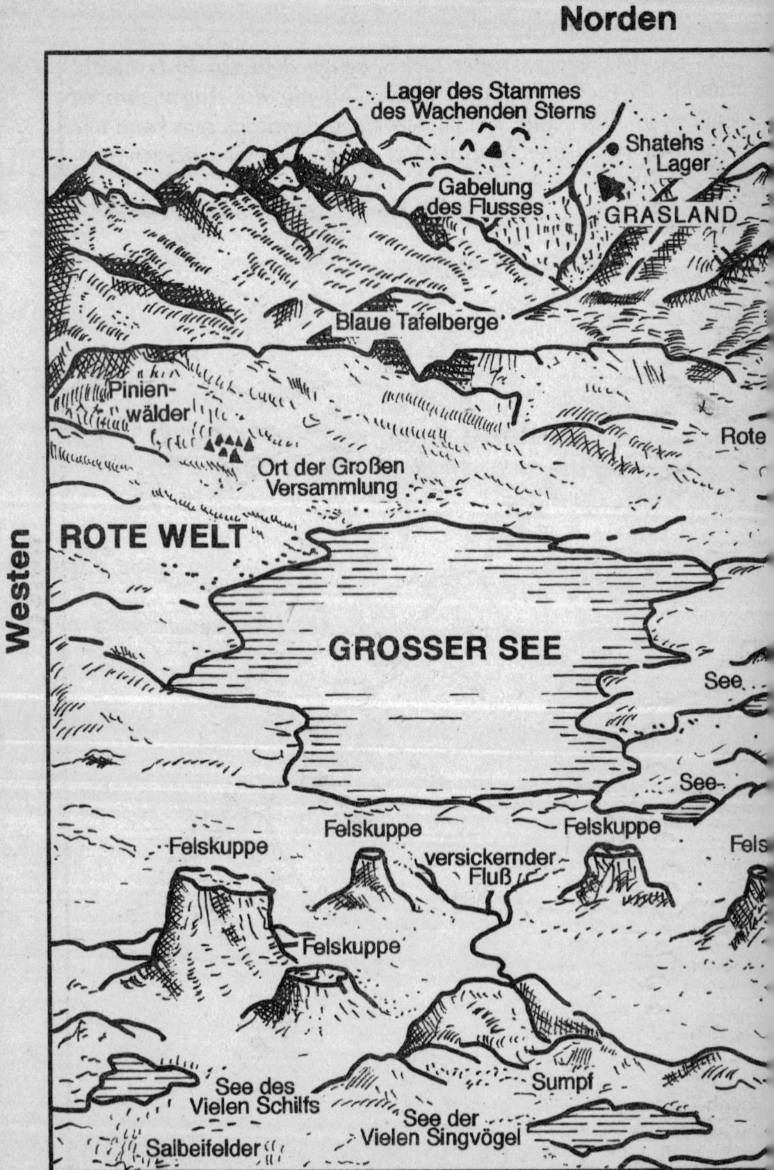

Norden
Westen
Lager des Stammes des Wachenden Sterns
Shatehs Lager
Gabelung des Flusses
GRASLAND
Blaue Tafelberge
Pinienwälder
Rote
Ort der Großen Versammlung
ROTE WELT
GROSSER SEE
See
See
Felskuppe
Felskuppe
Felskuppe
Fels
versickernder Fluß
Felskuppe
See des Vielen Schilfs
Sumpf
See der Vielen Singvögel
Salbeifelder

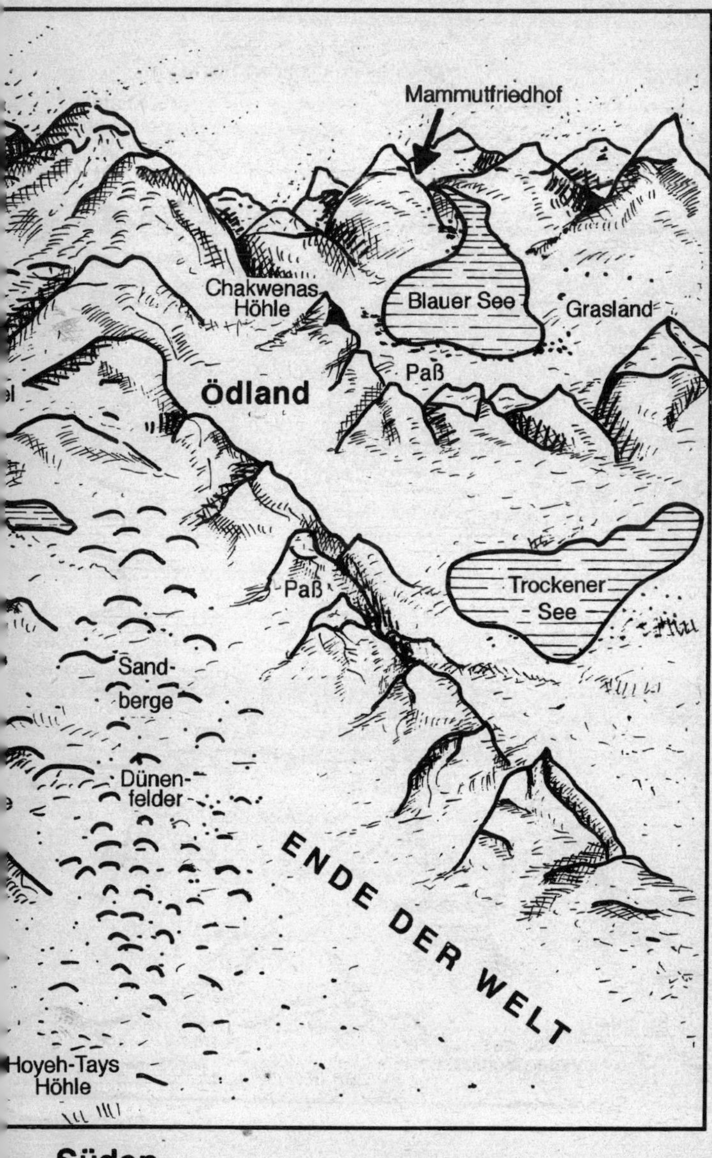
Mammutfriedhof
Chakwenas Höhle
Blauer See
Grasland
Paß
Ödland
Paß
Trockener See
Sand-berge
Dünen-felder
ENDE DER WELT
Hoyeh-Tays Höhle

Osten

Süden

TEIL 1

GELBER HIMMEL, GELBER WOLF, GELBER MANN

1

Er hatte Angst. Tief in seiner Seele riß die Furcht an ihm wie die Krallen eines Adlers. Sie wollte ihm Worte aus der Kehle zerren, die er nicht auszusprechen wagte: *Lauf! Flieh über das Grasland! Rette dich selbst! Der Seelenfänger reitet auf den Vier Winden! Der Tod fährt aus dem gelben Himmel auf dich nieder!*

In wadenhohen, kreuzweise verschnürten Mokassins und einem Lendenschurz aus dem gescheckten Bauchfell einer Säbelzahnkatze versuchte Dakan-eh, der Mutige Mann der Roten Welt, nicht zu schreien, als er mit den Bisonjägern und ihren Hunden am Rand einer tiefen und langen Schlucht stand, während der bedrohliche Schatten eines herannahenden Sturmes über sie fiel.

Noch nie – nicht einmal im sonnenverbrannten Tafelland seiner fernen Heimat, wo Sommerstürme einst ein fast alltägliches Ereignis gewesen waren – hatte Dakan-eh jemals einen solchen Himmel oder eine solche riesige aufgewühlte Wolkenwand gesehen.

Und noch nie hatte er so viele Bisons vor Augen gehabt. Die Herde war etwa eine Meile entfernt und befand sich genau zwischen der Schlucht und dem Sturm. Die Tiere hatten ihre Wanderung über die weite, gewellte, sonnenverbrannte Prärie unterbrochen. Jetzt wichen sie unruhig den in günstige Stellungen gebrachten Reihen speertragender Männer aus, die Kleidung aus Bisonfell trugen. Nachdem sie ihre Haut mit dem Kot und dem Urin der Bisons eingerieben hatten, waren die Männer vier Tage und Nächte damit beschäftigt gewesen, die Herde auf die Bisonschlucht zuzutreiben. Dort warteten Dakan-eh und seine Jagdkameraden nun darauf, daß die letzte Phase der Jagd begann.

Der Mutige Mann blinzelte im zunehmenden Wind und überblickte das offene Grasland zwischen ihm und der Herde. Es war eine weite Fläche. Um sie zu überqueren, würde ein Mann genausoviel Zeit brauchen wie eine Frau, um eine Antilope zu häuten und zu schlachten. Wenn die Bisons jetzt ausbrachen und losstürmten, war es unmöglich, auf dieser großen Strecke noch ihre Geschwindigkeit und ihre Richtung zu kontrollieren.

Dakan-eh fühlte Übelkeit in sich aufsteigen. Sie befanden sich im Mond des Trockenen Grases, und die Bisons hatten sich den ganzen Sommer lang am Gras gemästet. Die Bullen waren noch mit den Kühen und Kälbern zusammen. Die zottigen Buckel der größten Männchen erreichten eine Höhe von acht Fuß, und ihre gewaltigen Köpfe trugen an den Seiten das Gewicht von Hörnern mit einer Spannweite von sechs Fuß. Wenn die Herde durchging, würde jeder Mann, der sich ihr in den Weg stellte, zertrampelt werden.

Die Schlucht stellte sich ihnen in den Weg.

Er stellte sich ihnen in den Weg.

Und jetzt wurden die Tiere nicht mehr von den Jägern, sondern von den Sturmwolken vorwärtsgetrieben.

Erneut mußte Dakan-eh sich zusammenreißen, um nicht laut aufzuschreien. Er wußte nicht, was ihn mehr erschreckte – die Drohung der bevorstehenden Stampede oder die Sturmwolken. Seltsame Dinge geschahen mit den Wolken. Entlang des ganzen Horizonts quollen die flachen Bäuche der Gewitterwolken auf und wurden so schwarz wie Rauch, der von einem Feuer aus fettgetränktem Holz aufstieg. Eben war die Vormittagssonne noch da, und im nächsten Augenblick war sie verschluckt, und die Welt wurde dunkel und kalt.

Doch während die Herde unruhig schnaubte und mit den Hufen in der Erde scharrte, stand Dakan-eh wie angewurzelt da. Er spürte kaum die plötzliche Kühle und bemerkte genausowenig, daß es dunkel wurde. Die Wolken schienen in einem eigenen Licht zu leuchten ... einem seltsamen grauen und bedrohlichen Licht, das die Erde und den Himmel in die eitrigen Farben einer alten, nur schlecht heilen wollenden Wunde tauchte.

»Aiee ay! Unter dem gelben Himmel werden die Bisons rennen! Der wirbelnde Wind wird kommen!«

Der krächzende Ausruf kam von den trockenen, verwitterten Lippen Nachumalenas, einem der Heiligen Männer der Stämme des Graslandes, die sich zur jährlichen Bisonjagd im Herbst versammelt hatten. Der alte Mann stand genau vor Dakan-eh und warf seine dürren Schultern zurück. Er hielt seinen Kopf hoch erhoben, während sein hüftlanges Haar sich im Wind bewegte und seine Nasenlöcher wie die eines Tiers gebläht waren, als er die Witterung der Herde und des herannahenden Sturmes aufgenommen hatte. Auf seinen langschäftigen Speer mit steinerner Spitze und Federschmuck gestützt, trat er kühn einen Schritt vor. Er machte einen weiteren Schritt, der bereits weniger kühn wirkte. Dann war es offensichtlich, daß er zögerte, einen dritten Schritt zu machen, als der Südwestwind ohne Warnung plötzlich nach Nordwesten umschlug, und die Luft mit dem starken, bitteren Geruch nach Eis erfüllt war.

Normalerweise hätte Dakan-eh nur Verachtung für die Feigheit des alten Mannes übrig gehabt. Doch jetzt teilte er seine Furcht, und der junge Häuptling aus der Roten Welt sagte sich, daß an diesem Tag und unter diesem Himmel, während eine Herde langhörniger Bisons auf sie loszustürmen drohte, sogar er, der mutigste und beste aller Männer, ohne sich zu schämen, den bitteren Geschmack der Furcht verspüren durfte.

Er zitterte. *Der wirbelnde Wind...* Dakan-eh fragte sich, was der alte Schamane damit gemeint hatte. Obwohl Dakan-eh den Begriff nicht kannte, spürte er den furchtbaren Schrecken, der sich in der Bedeutung dieser Worte verbarg. In den fernen, vom Sturm eingehüllten Bergen im Westen begann ein Mammut ängstlich zu trompeten, und ein Rudel Riesenwölfe antwortete heulend. Die Tiere schienen Dakan-ehs eigenem unausgesprochenem Schrecken eine Stimme zu verleihen, während das Geheul über die sanften Hügel des Graslandes hallte.

Der Tod kommt! Wenn die Bisons losstürmen und dich auf dieser Seite der Schlucht erwischen, wirst du in die Tiefe gerissen und zerquetscht werden. Sie werden versuchen hinüberzuspringen, es aber nicht schaffen und dabei auf dich stürzen! Seit vielen Generationen sind Bisons an diesem Ort gestorben, seit die Kinder des Ersten Mannes und der Ersten Frau über die Berge in das Grasland gewandert waren. Mit den Jägern im Rücken werden die Tiere die Schlucht niemals rechtzeitig sehen, um ihr ausweichen zu können. Aber du siehst sie! Du erkennst die Gefahr! Du bist ein Mann, kein Bison, das dazu geboren wurde, gejagt und geschlachtet zu werden! Lauf! Der Tod kommt! Warum stehst du da, scheinbar angewurzelt wie ein hirnloser Baum?

Er antwortete seiner Furcht, ohne laut zu sprechen: *Ich werde laufen, wenn die anderen laufen! Erst dann! Ich bin Dakan-eh, der Mutige Mann der Roten Welt! Ich habe keine Angst!*

In diesem Augenblick strafte ihn ein plötzlicher Blitz Lügen. Grollend ertönte der Donner, und lange, wirbelnde Finger griffen aus der Unterseite der schwarzen Sturmwolke ganz in der Nähe nach unten. Dakan-eh zuckte zusammen. Er hatte noch nie etwas Derartiges gesehen. Er starrte mit offenem Mund und kämpfte seine Panik nieder, um nicht ängstlich davonzulaufen und in den Schutz des Dorfes zu fliehen.

Das Dorf! Seine Sehnsucht trieb ihn dazu, schnell einen Blick über die Schulter zu werfen, über den weiten, zwanzig Fuß tiefen Rachen der Schlucht. Die Knochen von unzähligen Bisons waren auf dem Boden verstreut. Alte Knochen, von der Sonne gebleicht und von der Zeit brüchig gemacht, aber auch frische Knochen, an denen noch die getrockneten Überreste des verbindenden Gewebes hingen. Seit sie von Haut, Fleisch und Sehnen entblößt worden waren, lagen die Skelette dort, wo die Tiere gestürzt waren, in mehreren Schichten übereinander – Kühe, Bullen und Kälber, die in der gnadenlosen Umarmung des Todes erstarrt waren. Sie waren von den Schlachtwerkzeugen der Menschen und den Zähnen, Schnäbeln und Krallen der Aasfresser der Erde und des Himmels gesäubert worden. Der Mutige Mann stellte sich vor, wie sein eigener Körper tot und zerschmettert zwischen den Überresten vergangener Gemetzel dalag.

Dakan-ehs schmale und schräge schwarze Augen verengten sich, und er biß die Zähne zusammen, als er die Schlucht überblickte. Auf der anderen Seite erstreckten sich drei Meilen offenen Graslandes zwischen ihm und den vielen hohen, bunt bemalten Zelten, die neben dem hohen Ufer im Schatten der Pyramidenpappeln am Fluß errichtet worden waren. Seine Frau Ban-ya war dort mit Piku-neh, ihrem fast zwei Jahre alten Sohn. Seine Mutter Pah-la lebte bei ihnen, wie auch Sheela, seine Sklavin. Sein Herzschlag wurde schneller, während er sich danach sehnte, mit ihnen zusammen und in Sicherheit zu sein.

Wieder grollte der Donner. Dakan-eh erschrak, als er plötzlich die Anspannung der Männer und Jungen spürte, die rechts und links von ihm standen. Sie hielten ihre Speere bereit und hatten entschlossene Gesichter, aber sie hatten auch Angst. Er konnte es spüren, ja sogar riechen! Und dennoch brannte die Scham in ihm, als er erkannte, daß sich nicht einmal die Hunde zum sicheren Dorf umschauten. Er zwang sich dazu, sich der Herde und dem Sturm zuzuwenden. Dabei traf sein Blick den des Mannes, der genau rechts von ihm stand.

Als der offene Tadel in den Augen seines Vaters ihn versengte, wich der Mutige Mann sofort seinem Blick aus. Er wußte, daß Owa-neh nicht aus eigenem Entschluß hier war. Wenn es nach seinem Vater gegangen wäre, würden sie immer noch Eidechsenfallen aufstellen und Maden und Ameiseneier in der ausgedörrten Roten Welt essen. Aber es war nicht nach Owa-neh gegangen. Dakan-eh war der Häuptling des Dorfes ihrer Vorfahren vom See der Vielen Singvögel! Es war bereits der dritte Herbst, in dem er mit den Bisonstämmen im Grasland auf die Jagd ging. Und in diesem Jahr hatte er auf Einladung des großen Kriegshäuptlings Shateh den gesamten Stamm mit nach Norden gebracht. Bis zu diesem Augenblick hatte der Mutige Mann keinen Grund gehabt, seine Entscheidung zu bereuen.

Sein Magen krampfte sich zusammen. Dakan-eh atmete tief und ruhig ein und tröstete sich damit, daß er ein großer Krieger war. Er hatte sich in der Schlacht gegen die erfahrenen Kämpfer des räuberischen Stammes des Wachenden Sterns bewiesen. Die Bisonjäger des Graslandes waren in jenem blutigen Krieg seine Verbündeten gewesen. Sie hatten ihm eine bessere Lebensweise gezeigt, und er hatte sich entschieden, als einer von ihnen ein neues Leben zu beginnen. Doch er wurde in diesem Land immer noch als Gast und als Fremder betrachtet. Er mußte seinen Ruf beweisen und seine Stellung behaupten, bis es ihm und seinem Stamm erlaubt sein würde, ständig in diesem wild- und wasserreichen Land der Bison- und Mammutjäger zu bleiben.

Also mußte er sich jetzt genauso mutig wie die anderen dem sich nähernden Sturm und der Bedrohung, die die Bisonherde war, stellen.

Er hob den Kopf, kniff die Augen im Wind zusammen und blickte trotzig geradeaus. Shateh wußte bestimmt, was er tat. Außerdem hatten sich die merkwürdigen, fingerähnlichen Ausläufer in die Wolkenbank zurückgezogen. Dakan-eh war erleichtert, denn ihm hatte ihr Anblick genausowenig gefallen wie der drängende Stoß, den ihm ein junger Mann seines eigenen Stammes soeben versetzte.

Der Mutige Mann blickte nach links und nach unten. Na-seis schwarze Augen waren voller besorgter Fragen, auf die Dakaneh keine Antworten hatte. Na-seis Loyalität und seine offene Bewunderung veranlaßten Dakan-eh gewöhnlich zu einem stolzen Grinsen, doch jetzt ärgerte er sich über den jungen Mann. Mit einem warnenden Knurren hielt er ihn davon ab, etwas zu sagen. Na-sei hatte noch nicht gelernt, daß Dakan-eh hier im Grasland nur einer von vielen untergeordneten Häuptlingen war. Shateh war der Häuptling aller Häuptlinge. Im Augenblick mußte sogar der Mutige Mann der Roten Welt seine Zunge im Zaum halten, bis Shateh ihm sagte, was zu tun war.

Dakan-eh blickte wieder zur Herde und zum Sturm. Blitze zuckten wie Adern über den Himmel. Der junge Häuptling hielt den Atem an. Eine Weile verging. Der Donner grollte, bevor er den siebten seiner Finger ausgestreckt hatte. *Nahe!* dachte er. *Viel zu nahe! Und es kommt immer näher. Warum schweigt Shateh? Worauf wartet er?*

Die Herde wurde unruhig vor Angst. Ein paar Bisons sprangen auf. Kühe brüllten, Bullen röhrten und Kälber blökten, aber immer noch blieb die Masse der Tiere zusammen.

Aber wie lange noch? fragte sich Dakan-eh, der sein Bedürfnis unterdrücken mußte, die Kontrolle über die Situation an sich zu reißen. Er blickte die Reihe der Männer entlang, wo Shateh regungslos dastand, einen Schritt vor seinen Söhnen Kalawak und Atonashkeh. Wie die meisten Jäger, die in den Stämmen des Graslandes geboren wurden, waren die Söhne Shatehs große, gutaussehende Männer mit breiten Gesichtern – doch im Vergleich zum Oberhäuptling wirkten sie unbedeutend. Dakan-eh verzog das Gesicht vor Neid. Im Vergleich zu Shateh, der seine besten Jahre überschritten hatte und wie jeder andere Jäger Lendenschurz und leichte Mokassins trug, wirkte jeder unbedeutend – vor allem die kleineren und stämmiger gebauten Jäger der Roten Welt. Shatehs großer, mit Jagd- und Kriegsnarben übersäter Körper schien in ein unsichtbares Gewand aus Macht und Autorität gehüllt zu sein, das ihn zu etwas Besonderem machte.

Ein Mann wie Shateh zu sein . . . der zu sein, an den sich alle in Zeiten der Gefahr wenden . . . ja! Eines Tages werde ich das erreichen! Für Dakan-eh war dies der Traum seines Lebens. Er hatte seinen Stamm nach Norden geführt, in der unausgesprochenen Hoffnung, daß er unter den kriegerischen Großwildjägern des Graslandes zu dem werden könnte, wovon er im Land seiner madenfressenden und eidechsenjagenden Vorfahren nur hätte träumen können – ein Kriegshäuptling, ein Bison- und Mammutjäger und sogar ein Menschenjäger, wenn sich jemand als sein Feind erweisen sollte.

Plötzlich stöhnte Na-sei in ungläubigem Schrecken auf, so daß Dakan-eh wieder zur Herde und zum Sturm blickte. Der Mutige Mann wußte im nächsten Augenblick, daß der Traum vorbei war. Sein Leben war vorbei. Der Tod stieß aus gelbem Himmel auf ihn herab. Und Shateh unternahm nichts, um ihn aufzuhalten.

Aus dem schwarzen Bauch der nächsten Wolkenbank formten sich nach unten mehrere wirbelnde Auswüchse, schlossen zu einem Schlauch mit monströsen Ausmaßen zusammen, der sich wie der Rüssel eines Mammuts auf die Erde senkte.

»Aiyee!« rief Nachumalena. »Der wirbelnde Wind! Er kommt!« Er rief die Sturmgeister mit einem schrillen, unheimlichen Singsang an und stieß seinen Speer in Richtung Himmel, als wollte er ihn in den Bauch der heranbrausenden Wolken stoßen.

Endlich gab der Oberhäuptling einen Befehl. »Alle Mann in die Schlucht! Sofort! Es ist unsere einzige Chance.«

Dakan-eh wollte nicht glauben, was er gerade gehört hatte. Links und rechts von ihm eilten Männer in die Schlucht und zerrten ihre Hunde mit sich. Mit entsetzt aufgerissenen Augen starrte er sie an und dann auf den Tornado. Die Bisons hatten den Wirbelsturm gesehen und die Jäger am Rand der Herde ebenfalls. Sie warfen ihre schweren Tarnumhänge ab und liefen los, doch es war zu spät für sie, sich noch in Sicherheit zu bringen. Die Bisons stürmten los und verteilten sich über die Prärie. Während der wirbelnde Wind sich hinter ihnen im Zickzack näherte, wurden die Männer von den Bisons überrannt. Dakan-eh sah entsetzt zu, wie sie starben, und fühlte, daß seine Bereitschaft, Shateh zu gehorchen, wie unter dem Schlag eines Hammersteins zerbrach.

Plötzlich war er wieder Häuptling, hatte wieder die Befehlsgewalt. Er blieb stehen und schrie in die Schlucht hinunter, um sich über dem Donnern der Hufe und dem Toben des sich nähernden Tornados verständlich zu machen. »Jäger des Graslandes, wenn ihr euch in der Erde versteckt, wird der wirbelnde Wind euch finden! Wen er euch nicht tötet, werdet ihr im Hagel der Bisons sterben! Kommt aus der Schlucht heraus, Jäger des Graslandes und Männer der Roten Welt! Lauft mit dem Mutigen Mann dem wirbelnden Wind voraus! Habt keine Angst!«

Shateh kam wutschnaubend auf ihn zugestapft. Eine breite Hand schlug auf Dakan-ehs Schulter und hielt ihn zurück. »In die Schlucht, Eidechsenfresser!«

Auch Dakan-eh, der Mutige Mann der Roten Welt, kochte vor Wut, als ihn der unerwartete Schlag und die beleidigende Anspielung auf seine Herkunft trafen. Mit welchem Recht durfte Shateh ihn beschämen? Er würde sich nicht erniedrigen oder dazu zwingen lassen, dem unsinnigen Befehl eines Mannes zu gehorchen, der offenbar seinen Verstand verloren hatte.

Trotzig funkelte er den Oberhäuptling an und rief durch Wind und Regen und den Lärm der heranstürmenden Herde: »Es ist noch genug Zeit, um auf die andere Seite der Schlucht zu gelangen und sich im Dorf in Sicherheit zu bringen. Oder befiehlt Shateh seinen Jägern, sich dem Tod zu stellen, weil er zu alt ist, um dem wirbelnden Wind vorauszueilen?«

Shatehs Gesicht war unter dem langen, ergrauten Haar, das im Wind flatterte, nicht zu erkennen. »Du kannst nicht vor Himmelsdonner fliehen, Eidechsenfresser!« rief er zurück. »Wenn der wirbelnde Wind kommt, mußt du dich in der Haut von Mutter Erde verstecken und hoffen, daß der Zorn des Rüssels des Großen Mammutgeistes dich nicht findet und dich nicht für immer in den Himmel schleudert!«

Shateh wandte sich um, als er plötzlich einen gellenden, vom Wind verzerrten Schrei hörte. Er blinzelte in die Richtung, wo immer noch der alte Schamane stand und seinen Speer gen Himmel reckte. Der Kriegshäuptling brummte einen kurzen Fluch, bevor er schrie: »Komm zurück, Nachumalena! Weder die Bisons noch der wirbelnde Wind werden einen Bogen um dich machen! Und senke deinen Speer, bevor du damit den Blitz auf dich herabbeschwörst.«

Die Warnung kam zu spät. Dakan-eh wußte nicht, ob Nachumalena den Blitz noch gesehen oder gehört hatte, der ihn tötete. Aber der Mutige Mann sah ihn. Und dann sah er gar nichts mehr, denn in diesem Augenblick schien die Welt mit grellem Licht und einem ohrenbetäubenden Knall zu explodieren, und im nächsten schleuderte das Kraftfeld des Blitzes Dakan-eh rückwärts in die Schlucht.

»Dakan-eh!«

Er erwachte. Die Erde zitterte. Der Himmel brüllte. Während ihm die Ohren klangen und seine Haut und seine Gedanken auf seltsame Weise betäubt waren, nahm er wahr, daß rings um ihn herum Männer schrien. War es Owa-neh, Shateh oder der junge Na-sei gewesen, der ihn aus dem Abgrund der Bewußtlosigkeit gerissen hatte? Der Mutige Mann wußte es nicht. Am Boden der Schlucht lag er flach auf dem Rücken, unter sich einen Berg aus Bisonknochen, und starrte durch den strömenden Regen und die trommelnden Hagelkörner auf einen so entsetzlichen Schrecken, daß er sich nicht rühren konnte.

Der wirbelnde Wind hatte die fliehende Bisonherde überholt und schwebte nun in etwa dreißig Fuß Höhe genau über der Schlucht. Gebannt starrte Dakan-eh direkt in einen wilden Wirbel, der über eine Meile hoch und sechzig Fuß breit zu sein schien. Er hob einen schmerzenden Arm, um sein Gesicht vor dem eisigen Regen und dem Hagel zu schützen. Als er durch seine Finger lugte, sah er, daß aus den wirbelnden Wolkenwänden des Tornados kleine Blitze schossen und viele kleinere Zyklone entstanden, die in der Röhre umherwirbelten, als wollten sie sich daraus befreien ... um die Männer und Hunde zu verschlingen, die am Boden lagen.

Er geriet in Panik und versuchte aufzustehen, aber er war zu schwach und zu benommen. Ein Hund begann rechts von ihm in der Schlucht zu toben. Er hörte das wie wahnsinnige Gekläff und die ebenso verzweifelten Rufe von Kalawak. Als er seinen Kopf leicht zur Seite drehte, sah Dakan-eh, wie das Tier aufsprang und sich den Hang der Schlucht hinaufkämpfte. Dann geriet das Tier in den Griff des wirbelnden Windes. Kalawak beging einen schweren Fehler, als er losrannte, um seinen Hund zu retten. Dakan-eh sah entsetzt zu, wie der Hund und Shatehs ältester Sohn in den Strudel des Sturms hinaufgerissen wurden. Der Hund jaulte, und der Mann schrie, während sie umhergewirbelt wurden und ihre Arme und Beine hoch über Dakan-eh keinen Halt mehr fanden. Ein Blitz schlug in die Körper, und dann wurden sie von den Wolken verschluckt. Der Mutige Mann schmeckte im Regen, der auf sein Gesicht fiel, flüchtig die Süße von Blut und Urin.

Vor Ekel preßte er seine Lippen zusammen. Doch mehr als der Geschmack des Regens verursachte es ihm Übelkeit, daß er kaum eine Chance hatte zu überleben. Er wußte, daß er es nicht wagen durfte, aus der Schlucht zu fliehen, selbst wenn er hätte aufstehen können. Und dann fragte er sich, wo die Bisons abgeblieben waren.

Die Antwort ließ nicht lange auf sich warten. Der Sturm hatte die Herde auseinandergetrieben, aber sie war immer noch auf der Flucht. Die Tiere rannten immer noch auf die Schlucht zu. Er spürte, wie das Stampfen unzähliger Hufe den Boden der Schlucht und seinen Körper erschütterte.

»Nein!« schrie er, während er an den sicheren Tod dachte, der ihn unter einer brüllenden Lawine aus Horn und Fell ereilen würde.

»Dakan-eh!«

Jemand drückte sich von links gegen ihn und schüttelte ihn.

»Dakan-eh!« kreischte Na-sei. Er war von demselben Blitz in die Schlucht geschleudert worden, der auch den Mutigen Mann umgeworfen hatte. »Was sollen wir tun? Warum haben sich die Geister gegen uns gestellt?«

Dakan-eh wollte sich aufsetzen, aber sein Körper gehorchte seinem Willen nicht. Er zitterte heftig. Unter anderen Umständen wäre er stolz gewesen, daß Na-sei ihn sogar im Angesicht des Todes so hoch schätzte, um einen Befehl von ihm zu erwarten. Aber jetzt hatte er keine Ahnung, was zu tun war. Eine seltsame Verwirrung breitete sich in seinem Geist aus. Ein Geschenk des Blitzes? Er wußte es nicht. Im Land seiner Vorfahren kannte man ihn als einen Mann, dem die Geister stets wohlgesonnen waren. Aber er befand sich nicht mehr im Land seiner Vorfahren, und die Geister waren überhaupt nicht wohlgesonnen – weder ihm noch sonst einem Mann. *Warum nicht?*

Während der Donner über ihm dröhnte und das Heulen des Windes sich mit den Schreien der Männer und dem Jaulen der Hunde zu einem einzigen betäubenden Lärm vermischte, hallte die Frage durch Dakan-ehs Kopf. Er fand keine Antwort. Seine einzige Gewißheit war die, daß ihn an diesem Tag im Grasland sein Glück endgültig verlassen hatte, genauso wie Cha-kwena ihn verlassen hatte, der störrische, jähzornige junge Schamane, der einst bei seinem Stamm in der Roten Welt gelebt hatte.

Dakan-ehs Kopf war plötzlich voll deutlicher Erinnerungen. Cha-kwena hatte viele Drohungen gegen ihn, Dakan-eh, ausgestoßen, bevor der junge Schamane beschlossen hatte, ihn im Stich zu lassen und in das Land jenseits der Sandberge zu flüchten. Dakan-eh hatte ihn bis ans Ende der Welt und darüber hinaus verfolgt, aber Cha-kwena war spurlos in den Schneestürmen des Winters verschwunden. Seit jenem Tag waren fast zwei Jahre vergangen. Ob der Zauberer noch am Leben war, wußte niemand zu sagen. Auf jeden Fall war der heilige Stein, den Cha-kwena vom Stamm des Mutigen Mannes gestohlen hatte, bei ihm, genauso wie die Frau, die Dakan-eh für sich hatte haben wollen, und eine Handvoll verräterischer Anhänger. Sie hatten es vorgezogen, mit dem Schamanen zu fliehen und dem alten, narbenübersäten weißen Mammut mit den stumpfen Stoßzähnen zu folgen, das einst das Totem von Dakan-ehs Stamm gewesen war.

Eine schon fast vergessene Warnung der Ahnen pochte in

Dakan-ehs Kopf: *Das Leben des Stammes liegt in den heiligen Steinen, in der Weisheit der Schamanen und im Herz des Totems. Für einen Stamm, der dieser Dinge beraubt ist, gibt es kein Glück und kein Leben mehr.*

Der Mutige Mann kniff die Lippen zusammen. Cha-kwena hatte ihn aller drei Dinge beraubt. »Betrüger! Gelber Wolf! Kojote! Bruder der Tiere! *Dieb!*« rief er die vielen Namen, unter denen dieser junge Schamane bekannt war. »Wenn ich mein Glück verloren habe, Cha-kwena, dann hast du es mir gestohlen!«

Als wollte er auf diese Anschuldigung reagieren, dehnte sich der wirbelnde Rüssel des Tornados aus, geriet in Aufruhr, wurde dunkler und nahm schließlich die Farbe des Kojoten an, des kleinen gelben Wolfes, den Cha-kwena als eins seiner vielen helfenden Tiergeister erkannt hatte. Dakan-ehs Mund war wie ausgetrocknet. Fassungslos stellte er sich vor, er würde Cha-kwenas Gesicht sehen, das ihn aus den Wolken höhnisch angrinste.

Für einen kurzen Augenblick des Entsetzens fragte er sich, ob der Schamane die Macht gewonnen hatte, dem Sturm zu befehlen, daß er seine Feinde vernichten sollte. Dann war es vorbei, und das eingebildete Gesicht in den Wolken war verschwunden.

Ein Blitz zuckte waagerecht durch das rotierende Zentrum des wirbelnden Windes. Immer wieder zuckten vielarmige, grellweiße Adern aus Licht und Macht durch die Röhre und tanzten zum rollenden Donner. Na-sei begann zu schluchzen. In der langen, tiefen Schlucht jammerten die Männer in dem Wissen, daß sie sterben mußten.

»Ai eh ay! Seht! Der Seelenfänger kommt!«

»Hay yah! Unser Ende ist da!«

»Himmelsdonner, wende dich ab! Friß nicht die Menschen!«

»Großer Geist, laß mich einen guten Tod sterben!«

Dakan-eh konnte sich überhaupt nichts unter einem ›guten‹ Tod vorstellen. Er biß die Zähne zusammen und hatte nur noch Verachtung für seine Jagdkameraden übrig... und für sich selbst. Warum lag er wie ein Mann da, in dem bereits kein Leben mehr war? Er war an den Abgrund des Todes geschleudert worden, aber er war nicht getötet worden. Wie viele Männer hatten das Glück, so etwas von sich behaupten zu können?

Er ballte seine rechte Hand zur Faust. Plötzlich erkannte er, daß er immer noch seinen Speer festhielt. Er hob ihn und starrte ihn an. Er war unversehrt, und dieser Anblick machte ihm Mut. Er knurrte trotzig, als er neue Hoffnung faßte. Tapfere Männer nahmen in der Not ihr Schicksal in die eigene Hand. Und er war der tapferste aller Männer.

»Der Tapferste!« Sein bestätigender Ruf trotzte dem Donner, und zu seinem Erstaunen schien sogar der Tornado ihn zu hören. Beeindruckt von Dakan-ehs Selbstvertrauen erhob sich der Trichter und zog sich ein wenig nach Osten zurück, bis er nicht mehr genau über der Schlucht hing! Der Häuptling lachte laut auf. Der Sturm entfernte sich! Der eisige Regen fühlte sich plötzlich erfrischend und belebend an. Er hatte sein Glück doch nicht verloren! Sein Geist war wieder klar – seine Schwäche, die Verwirrung und die Verzweiflung waren verschwunden. Sekunden verstrichen, Sekunden, in denen die Entscheidungen eines Mannes über sein Leben oder seinen Tod bestimmten.

Mit neuem Mut rief Dakan-eh dem sich zurückziehenden Sturm nach: »Ich! Ich bin Dakan-eh, der furchtlose Jäger der Roten Welt im Grasland! Ich erzittere nicht vor Himmelsdonners Zorn! Der wirbelnde Wind hat heute das Fleisch von Mensch und Hund verschlungen! Aber vielleicht verschlingt er nur die, die vor Angst schreien und pissen. Komm, Na-sei! Kommt, alle, die ihr mutig seid! Folgt mir! Hebt eure Speere und droht damit diesem Sturm! Klettert aus der Schlucht, bevor die Bisons kommen!«

Dakan-eh war jetzt auf den Knien und versuchte auf dem unebenen Berg aus Bisonknochen das Gleichgewicht zu wahren. In seinem Kopf drehte es sich, und sein Herz pochte, aber er lag nicht mehr hilflos am Boden. Irgendwo im Getöse aus Wind und Regen, aus Hagel und Donner und aus jammernden Männern und bellenden Hunden widerrief Shateh den Befehl des Mutigen Mannes und wies die Jäger an, ihre Tiere zu nehmen und sich, so schnell sie konnten, durch die Schlucht auf den Weg nach Süden zu machen.

Der Mutige Mann funkelte den Oberhäuptling an, der den Blitz nicht nur überlebt hatte, sondern dadurch gestärkt schien.

Der ältere Mann bewegte sich sicher vor den Reihen der Hunde und kauernden Männer entlang. Er bellte Befehle und zerrte wütend Atonashkeh auf die Beine, den Sohn, der noch am Leben war. Dann trieb er die anderen an. Dakan-eh beneidete den Mann um seine Kontrolle, dann fragte er sich, ob der Blitz Shateh seinen Verstand geraubt hatte. Die Ränder der Schlucht begannen bereits zu zittern und zu zerfallen, während sich die panisch fliehende Herde näherte. Die Männer und Hunde würden es nicht schaffen, der Gefahr aus dem Weg zu gehen, bevor die ersten Bisons in die Schlucht stürzten.

»Gehorche dem Befehl Shatehs!« brüllte der Oberhäuptling und zeigte auf Dakan-eh. »Steh auf, Eidechsenfresser! Hab keine Angst! Beweg dich! Schnell!«

Der Mutige Mann knirschte mit den Zähnen. Er rührte sich nicht, aber es war nicht die Angst, die ihn davon abhielt, den Befehlen des Oberhäuptlings zu gehorchen. An diesem Tag hatte er zweimal die Autorität Shatehs in Frage gestellt. Jetzt atmete er tief durch und bereitete sich auf eine weitere Rebellion vor. Nie wieder würde er seine überlegende Urteilskraft von Shateh oder irgendeinem anderen Mann beugen lassen! Mit Hilfe des Speers erhob sich Dakan-eh und funkelte den Oberhäuptling an. »Der Sturm zieht vorbei! Ich werde aus der Schlucht klettern, solange noch Zeit dazu ist! Kommt mit mir, sage ich allen, die den Mut dazu haben! Folgt diesem Mann, der keine Angst hat, Shateh herauszufordern, einen alten Mann, der uns alle in den Tod führen will!«

Sie wären ihm vielleicht gefolgt, aber er sollte es niemals erfahren. Shatehs entrüstetes Gebrüll erschrak Na-sei, der gerade aufzustehen versuchte. Der Junge verlor das Gleichgewicht, stieß gegen den Mutigen Mann und so rutschten dessen Ledersohlen von den feuchten Knochen. Er fiel auf den Rücken.

Es regnete in Dakan-ehs Lungen. Er hustete, schnappte mühsam nach Luft, verlor den Kampf, und während er für Sekunden wie betäubt war, sah er blinzelnd, daß der Sturm wieder über die Schlucht gekommen war. Er wirbelte noch heftiger als zuvor, senkte sich herab und drohte, die Erde am Rand des Abgrunds zwanzig Fuß über Dakan-eh zu berühren und in die

Schlucht einzufallen. Dakan-eh keuchte und bekam unter furchtbaren Schmerzen wieder Luft.

Neben ihm war Na-sei schluchzend und stinkend zusammen gebrochen, nachdem er die Kontrolle über seine Gedärme verloren hatte. Dakan-eh konnte ihm keinen Vorwurf machen. Überall in der Schlucht hatten ältere und mutigere Männer als Na-sei ihre Beine und den Lendenschurz beschmutzt, während sie am Boden kauerten.

Shateh stand immer noch auf den Beinen, hatte die Arme erhoben, das Gesicht dem gelb-schwarzen Bauch des wirbelnden Windes zugewandt und rief den Mächten der Schöpfung zu: »Wendet euch ab! Hört nicht auf die Unbesonnenheit eines Eidechsenfressers, dessen Überheblichkeit Himmelsdonner erzürnte und den wirbelnden Wind zu den Menschen zurückschickte. Gebt euch mit dem Fleisch zufrieden, das ihr heute bereits verschlungen habt! Und wenn ihr nicht zufrieden seid, laßt mein Fleisch zur Nahrung für den wirbelnden Wind werden! Im Grasland gibt es keinen Mann, der mir gleichkommt! Ich bin der Häuptling! Ich bin der Schamane! Ich werde mich voller Stolz Himmelsdonner opfern, wenn der Große Vater dann meinen Stamm verschont!«

Mutig gesprochen! mußte Dakan-eh zugeben. Verärgert über die dreiste Zurschaustellung der Selbstlosigkeit des alten Mannes, hoffte Dakan-eh, daß der Tornado wirklich das dargebotene Opfer annahm. Für einen Moment war er sicher, daß sein Wunsch nach Shatehs Tod erfüllt würde. Der Sturm hatte sich verändert, war jetzt viel bedrohlicher, dunkler und schwerer, als der wirbelnde Wind dem Boden näher kam. Gebannt wartete Dakan-eh darauf, daß der Zorn des Sturmgottes auf Shateh niederfuhr, aber plötzlich erstarb das Getöse des Windes, des Regens und des Gewitters mit einem Seufzer.

Es war völlig still – so still, daß der Mutige Mann sich fragte, ob er taub geworden war. Dann schien er den Geist des wirbelnden Windes zu hören, der aus seiner eigenen Seele zu ihm sprach: *Dakan-eh . . . Ich werde Shateh nicht verschlingen, wenn ich das Fleisch eines Mannes haben kann, der sich für jünger, mutiger und besser hält. Jetzt werde ich sehen, wie mutig du bist. Jetzt werde ich sehen, wie tapfer du dem Tod entgegentrittst!*

Ein furchtbarer Druck zwang ihn nieder und preßte ihm die Luft aus den Lungen. Noch nie hatte Dakan-eh etwas Ähnliches erlebt. Seine Augen quollen hervor, und das Blut pumpte durch seine Adern. Er hatte das Gefühl, seine Eingeweide wollten durch seine Körperöffnungen hervorquellen. In seinen Ohren tobte ein entsetzlicher Schmerz. Irgendwo in seiner Nähe schrie ein Mann wie ein aufgespießtes Pekari auf. Erst einen Augenblick später erkannte er, daß der Laut aus seiner eigenen Kehle gekommen war. Doch es war ihm gleichgültig, denn die anderen Jäger schrien ebenfalls.

Er schrie erneut. Der Sturm hing immer noch unbeweglich über der Schlucht, aber der furchtbare Druck ließ allmählich nach. Dakan-eh konnte wieder atmen. Der Gestank der Furcht war genauso widerlich wie der Geschmack nach Erbrochenem in seiner Kehle und seinen Nasenhöhlen. Er riß die Augen auf, als er sah, daß jetzt außer dem Regen und Hagel noch etwas anderes vom Himmel fiel.

»Nachumalena?« Dakan-eh kreischte den Namen des alten Schamanen, als er die Leiche des Heiligen Mannes in dem wirbelnden Wind gute einhundert Fuß über seinem Kopf sah. Der alte Mann hing schlaff in den Aufwinden des Strudels, neben anderen Trümmern, die der Tornado mit sich gerissen hatte: Steine und Erdbrocken, abgerissene Grashalme, entwurzelte und zerfetzte Sträucher und die Leichen von Vögeln, Nagetieren und anderem Kleinvieh. Von Kalawak war nichts zu sehen, aber Nachumalenas Speer schwebte im wirbelnden Aufwind, genauso wie der tote Hund.

Und dann ließen die wirbelnden Wolken plötzlich ihre Gefangenen frei. Steine, Gras und Tierkadaver regneten vom Himmel. Ein Mann schrie auf, als die Leiche des alten Schamanen ihn unter sich begrub. Die Steinspitze von Nachumalenas Speer streifte Dakan-ehs Wange, bevor die Waffe zwischen die Bisonknochen fiel.

Der Mutige Mann war zu entsetzt, um zu schreien, dafür schrien Na-sei und die anderen um so lauter. Er blinzelte nach oben und sah, daß der wirbelnde Wind sich erneut erhob und nun nach Osten über das offene Grasland davonzog, auf das Dorf zu.

Nun löste sich der Schrei in seiner Brust. Mit dem Speer in der Hand kam er auf die Beine und kletterte den Rand der Schlucht hinauf. Als jemand nach seiner Ferse griff und ihn hinunterzuzerren versuchte, trat er wütend aus. Sein Fuß traf auf Fleisch und Knochen. Sein Vater schrie vor Schmerz auf, doch Dakan-eh war es gleichgültig. Als er sich aus Owa-nehs Griff befreit hatte, kletterte er unbehindert weiter. Mit Hilfe seines Speers zog er sich auf den Rand der Schlucht und begann um sein Leben zu rennen, als gerade die ersten Bisons den gegenüberliegenden Rand der Schlucht erreichten und hineinstürzten.

»Mutiger Mann! Warte!«

Dakan-eh hörte Na-sei aufschreien, aber er zwang sich, nicht darauf zu achten. Der Wind drückte gegen seinen Rücken und trieb den Lärm des Sturms, der Stampede und der sterbenden Männer vor sich her. Die Männer, die sich entschieden hatten, Shateh die Treue zu halten, hatten sich für den Tod entschieden. Er hatte sich dafür entschieden, um sein Leben zu rennen. Er würde nicht mehr umkehren.

Wieder rief Na-sei nach ihm. Dakan-eh warf einen schnellen Blick über die Schulter und sah, daß der junge Jäger ihm aus der Schlucht gefolgt war und ihm jetzt hinterherlief. Das Herz des Mutigen Mannes machte vor Schreck einen Satz, aber nicht wegen des Anblicks von Na-sei. Etwas viel Beeindruckenderes näherte sich ihm. Über der riesigen Staubwolke, die von den Bisons aufgewirbelt wurde, während sie auf die Schlucht zustürmten, ragten immer noch die Sturmwolken auf. Und über die Prärie zog eine ganze Herde weiterer Tornados.

Himmelsdonner war nicht mehr allein! Der uralte und rachsüchtige, menschenfressende Gott von Shatehs Land hatte seine böswilligen, mörderischen Kinder losgelassen, um das Grasland zu verwüsten. Die Tornados schwärmten über der Schlucht aus und gingen erbarmungslos zum Angriff über.

Dakan-eh lief schneller und floh vor den heranrückenden Sturmwolken, indem er der breiten, zickzackförmigen Spur folgte, die der erste Tornado hinterlassen hatte. Die Angst trieb ihn weiter. In diesem Augenblick war er nicht mehr der Mutige Mann. Er war nicht einmal mehr der Eidechsenfresser. In diesem Augenblick war er nur noch der Flüchtende Mann, und er wußte es. Er rannte genauso wie die Bisons in blinder, gedankenloser Panik davon.

Er wußte nicht, daß er sich selbst besudelt hatte, bis er heißen Urin über die Innenseiten seiner Schenkel rinnen spürte. Die Scham drohte ihn zu ersticken. Sein Herz sprang wie ein gefangener Hase in seiner Brust. Dann fühlte es sich an, als hätte es sich in seiner Kehle verklemmt, und er hätte es fast ausgewürgt, bis er stolperte und in die Knie ging. Er stand wieder auf und rannte weiter. Die Erdoberfläche war unter dem schmelzenden Hagel und dem vom Sturm pulverisierten Gras schlammig geworden. Zwei Meilen vor ihm bewegte sich der Tornado schnell weiter, saugte alles auf, was in seinem Weg lag und schnitt eine gewundene Spur durch das Grasland auf den Fluß zu.

Der Fluß! Dakan-eh faßte plötzlich neue Hoffnung. Wenn er den Fluß erreichte, würde er sich ins Wasser stürzen und sich stromabwärts tragen lassen, fort von den Stürmen. Er war kein guter Schwimmer, aber ging lieber die Gefahr des Ertrinkens ein, als sich einem weiteren Tornado stellen zu müssen.

Er trieb sich zur Eile an. *Lauf, Dakan-eh! Der Seelenfänger reitet auf dem Rücken der Kinder des wirbelnden Windes! Der Tod hat sich heute an Menschenfleisch gelabt, aber deine Knochen müssen nicht zwischen den Überresten seiner Mahlzeit liegen.*

Diese Gedanken trieben die Bestie der Furcht zurück. Die Sturmwolken drohten nach Dakan-eh zu greifen, doch er hatte auf den Salbeifeldern seines Heimatlandes schon Antilopen im Lauf eingeholt. Er hatte den Einschlag eines Blitzes überlebt und in den Bauch wirbelnden Windes hinaufgeblickt! Wenn es einen Mann gab, der den Kindern des zornigen Himmels davonlaufen konnte, dann war es der Mutige Mann.

»Hay yah hay!« rief er. Die Schreie spornten seinen Mut an. Er sah keine Gefahr in dem Tornado, der ihm vorauseilte. Er mußte ihm sogar danken, daß er ihm den Weg freimachte, auch wenn er wußte, daß er bei seinem gegenwärtigen Kurs genau durch das Dorf rasen würde, in dem seine Mutter, seine Frau und seine Sklavin zusammen mit seinem kleinen Jungen auf ihn warteten.

Sein Herz machte erneut einen Satz – nicht aus Furcht um seine Familie, sondern aus Ärger. Wenn er an ihr Schicksal dachte, bekam er weiche Knie. Ich will nicht mehr an sie denken, sagte er sich. Was bedeuteten ihm Frauen und Kinder jetzt noch? Das Leben Pah-las, Ban-yas, Sheelas und Piku-nehs hing einzig von der Laune des wirbelnden Windes ab. Der Tornado würde sie früher als Dakan-eh erreichen, und er war froh darüber. Wenn er an dem Fluß angelangt war, konnte er keine Zeit mehr damit verlieren, sich um das Wohlergehen anderer zu kümmern. Sein Leben war jetzt das wichtigste. Er mußte um jeden Preis überleben.

Verängstigte Vögel flogen vor ihm auf, und kleine Tiere flohen über die großen gewellten Hügel, über die hohen Brüste des Landes. Erschrocken sah er, daß ein Kojote neben ihm lief. Dakan-eh starrte in die mißtrauischen gelben Augen, und als das Tier ihm die Zähne zeigte, wurde der Mutige Mann an Chakwena erinnert. War es möglich, daß er in den wirbelnden Wolken wirklich das Gesicht des jungen Schamanen gesehen hatte?

In plötzlicher Wut schrie er: »Cha-kwena! Gelber Wolf! Kojote! Verräter der Menschen und Bruder der Tiere! Du hast mein Totem gestohlen, die wunderschöne Ta-maya und das heilige Amulett meines Stammes. Aber du wirst mir an diesem Tag nicht meinen Mut stehlen!«

Dakan-eh schleuderte seinen Speer mit aller Kraft auf den Kojoten, als das Tier gerade ausscherte und im tiefen, unversehrten Gras verschwand. Hatte seine Waffe getroffen? Er fluchte, weil er sich nicht sicher sein konnte.

Na-sei rief erneut seinen Namen. Dakan-eh blickte sich gerade zu ihm um, als sein rechter Fuß plötzlich unter einen Wurzelstumpf geriet. Er verlor das Gleichgewicht, stürzte zu Boden und rollte dann ein ganzes Stück seitwärts, bis er endlich am Grund einer tiefen Mulde zwischen zwei vom Wind verwüsteten Hügeln liegenblieb. Außer Atem schüttelte er seinen Kopf, um die Benommenheit zu vertreiben. Kurz darauf war Na-sei an seiner Seite und hockte sich neben ihn.

»Der wirbelnde Wind darf das Dorf nicht fressen!« schrie Na-sei noch atemloser als Dakan-eh gegen den Wind an, während er den Mutigen Mann am Arm packte. Drei kleinere Tornados tanzten durch die Mulde, in der Dakan-eh und der Junge kauerten.

»Der wirbelnde Wind wird fressen, wen er will, aber nicht uns!« schrie Dakan-eh zurück. »Wir müssen dem danken, wer oder was immer mich zu Fall gebracht hat, denn wäre ich nicht gestürzt, wären wir beide jetzt Fleisch zwischen den Kiefern der Kinder Himmelsdonners!«

Na-seis Augen funkelten wild, als er fragte: »Was für ein Leben habe ich noch zu erwarten, wenn meine neue Frau und ihr ungeborenes Baby im Dorf sterben? Ich habe in der Schlucht im Angesicht des Seelenfängers gewimmert. Ich habe einmal Schande über mich gebracht. Ich werde es nicht noch einmal geschehen lassen!«

Als der junge Mann aufstehen wollte, riß Dakan-eh ihn wieder herunter. »Warte, bis die Stürme weitergezogen sind!«

»Dazu ist keine Zeit! Komm! Gemeinsam werden wir dem wirbelnden Wind vorauseilen! Gemeinsam werden wir Himmelsdonner anrufen, uns statt unserer Frauen und Kinder im Dorf zu fressen!«

Dakan-eh starrte ihn fassungslos an. War dies derselbe Junge, den er schluchzend und vor Angst vollgepißt in der Schlucht zurückgelassen hatte?

Na-sei schien Dakan-ehs Gedanken zu erraten. »Der Mutige Mann hat mich beschämt!« platzte er heraus. »Ich habe gesehen, wie die Jäger des Graslandes sich in der Schlucht niederkauerten, während Dakan-eh es wagte, die Mächte der Schöpfung herauszufordern und allein dem wirbelnden Wind vorauszueilen, um das Dorf zu retten!«

Dakan-eh blinzelte. Dachte der Junge wirklich, er wäre aus diesem Grund davongelaufen?

In Na-seis Augen brannte jetzt ein Feuer, und es lag auch auf seiner Zunge, als er sprach. »Gemeinsam werden wir dem wirbelnden Wind vorauseilen! Gemeinsam werden wir uns in Gefahr begeben, um unsere Frauen und Kinder zu retten. Na-sei hat keine Angst!«

Dakan-eh verzog ärgerlich das Gesicht. Sicher, es gefiel ihm, daß er den jungen Mann zur Tapferkeit angespornt hatte. Aber jeder Mann, der bereit war, sein Leben für Frauen und Kinder wegzuwerfen, verdiente in Dakan-ehs Augen überhaupt keine Achtung! Er empfand Haß für Na-sei, er wünschte ihm den Tod. Schon der Anblick des Jungen erniedrigte ihn. »Du bist zu begierig auf den Tod, Na-sei. Im weiten Grasland gibt es viele Dörfer und viele Frauen!«

Na-seis Gesichtszüge spiegelten ungläubiges Entsetzen. Dann bewegten sich seine Nasenflügel, als er den Gestank von Dakan-ehs Schande wahrnahm. Als er auf die besudelten Lenden des Mutigen Mannes hinunterblickte, stand die Enttäuschung in seinem Gesicht. »Ich glaube, der Mutige Mann ist gar nicht so mutig. Ich denke, der Furchtlose Jäger flieht voller Furcht über das Grasland!«

»Nicht einmal Dakan-eh könnte dem Willen Himmelsdonners Einhalt gebieten!«

Na-sei schüttelte langsam und mit unendlicher Traurigkeit den Kopf. »Shateh hatte recht. Dakan-eh ist immer noch ein Eidechsenfresser!«

Dakan-eh wollte ihn niederschlagen, doch Na-sei sah den Schlag voraus und sprang auf die Beine. Er hastete zur nächsten Hügelkuppe und war kurz darauf verschwunden, eine kleine, braune Gestalt, die trotzig den Kindern des wirbelnden Windes vorauslief, aus Sorge um seine schwangere junge Frau und die übrigen Dorfbewohner.

Dakan-eh wandte sein Gesicht dem Wind und den Wolken zu: »Nehmt ihn! Freßt ihn! Bestraft ihn für seinen Ungehorsam gegenüber seinem Häuptling!«

Ein plötzlicher Regenguß ließ ihn verstummen. Weitere Tornados schwärmten über dem Land aus, strichen durch die Mulden und suchten nach Dakan-eh. Als der Mutige Mann aufblickte, wußte er, daß sie ihn gefunden hatten. Genau über ihm zuckte ein Blitz auf. Der Donner folgte fast gleichzeitig. Dann schlugen überall um ihn herum die Blitze ein. Entsetzt schrie Dakan-eh auf und warf sich auf den Bauch. »Nein, nein! Freßt *ihn*, nicht *mich! Nicht mich, nicht mich, nicht mich!*«

Sein Jammern verstummte, als Hagelkörner in der Größe von Antilopenhirnen in die Erde schlugen. Sie prasselten mit der Wucht von Keulen auf seinen Körper nieder. Vor Schmerz und Schrecken keuchend und zuckend versuchte er seinen Kopf mit den Händen zu schützen. Doch es war zu spät. Ein Hagelkorn schlug gegen seinen Schädel, und während die Welt unterzugehen schien, verlor Dakan-eh zum zweiten Mal an einem Tag die Kontrolle über seine Blase, während er ins Vergessen stürzte.

»Eidechsenfresser! Eidechsenfresser!«

Dakan-eh wurde durch Shatehs fernen Ruf und das Dröhnen von Trommeln geweckt. Der Hagelschauer war vorbei, und auch der Regen hatte aufgehört. Der Wind, der immer noch kräftig aus Nordwesten blies, trug die Stimmen von Männern und das Bellen von Hunden heran. Er lag still da, lauschte und war überrascht, daß nicht alle seiner Jagdkameraden unter den Bisons den Tod gefunden hatten. Shateh mußte es irgendwie geschafft haben, einige von ihnen durch die Schlucht in Sicherheit zu bringen!

Ein zweiter Ruf kam aus so großer Ferne, daß Dakan-eh nicht ermitteln konnte, wer ihn von sich gegeben hatte. Doch er meinte zu wissen, daß jemand mit diesem Ruf gefragt hatte, ob er noch lebte oder tot war. Er kannte die Antwort auf diese Frage, und sie überraschte ihn. Er hatte viel zu große Schmerzen, um eine Leiche sein zu können. Außerdem bezweifelte er, daß die Toten es riechen konnten, wenn sie sich selbst besudelt hatten. Um ihn war es kalt und feucht, und er war so erschöpft und schwach, daß er sich nicht rühren konnte.

Er wurde sich außerdem schmerzlich des Gestanks nach Kot und Urin bewußt, in dem er lag. Er geriet in Panik. Wenn die Jäger ihn so vorfanden, würden sie ihn ohne Ehre in die Rote Welt zurückschicken, und all seine Ambitionen würden so gründlich zerschmettert werden wie Markknochen bei einem Festmahl nach der Jagd. Die Frauen und Kinder seines Stammes würden kichernd mit dem Finger auf ihn zeigen und ihn ›Mann, der sich selbst besudelt‹ nennen. Die Männer, die er mit Versprechungen eines wunderbaren neuen Lebens als Krieger und Großwildjäger nach Norden gelockt hatte, würden sich angewidert von ihm abwenden. Seine Hoffnung, eines Tages Kriegshäuptling zu werden, ein Mann unter Männern, ein Jagdführer wie Shateh, würde endgültig begraben. Er wäre dazu verdammt, den Rest seiner Tage und Nächte in der Roten Welt seiner Vorfahren zu verbringen, unter den mutlosen, insektenjagenden und eidechsenfressenden Menschen zu leben, die er verachtete.

Nein! Ich werde nie wieder einer von ihnen sein! Ich hätte mich lieber vom Blitz töten oder vom wirbelnden Wind fressen lassen sollen!

Dakan-eh wollte aufstehen, doch als er sich auf die Ellbogen stützen wollte, rutschten seine Arme unter ihm weg. Er fiel auf die Brust, und sein Gesicht schlug in den Schlamm aus halbgeschmolzenem Hagel, triefnasser Erde, zerriebenen Grashalmen und menschlichen Exkrementen. Tränen der Verzweiflung brannten unter seinen Lidern. Er spuckte das Unaussprechliche aus und schaffte es, sich so weit zu erheben, daß er auf den Knien hockte. In seinem Hinterkopf pochte ein gnadenloser Schmerz. Er tastete vorsichtig mit den Fingern und fühlte einen heißen, klaffenden Riß in seiner Kopfhaut. Er verfluchte die Verletzung und seine Schwäche. Ban-ya würde die Wunde mit ihren kleinen, starken und ruhigen Händen ordentlich vernähen.

Ban-ya! Seit er aufgewacht war, dachte er zum ersten Mal an seine Frau, dann an seine Mutter, seine Sklavin und sein Kind. Er blickte nach oben. Der Himmel war klar und blau – nichts deutete mehr auf den Sturm hin. Hatte der wirbelnde Wind das Dorf erreicht, bevor er verschwunden war? Er mußte es wissen.

Er stand auf, schwankte auf unsicheren Beinen und wäre fast in Ohnmacht gefallen. Es erforderte eine übermenschliche Konzentration, um auf den Beinen zu bleiben, und noch viel mehr, um den Hügel hinaufzuwanken. Aber er schaffte den Aufstieg und warf im Gehen seinen beschmutzten Lendenschurz ab. Keuchend und unter einem neuen Schwächeanfall zitternd, überblickte er das Grasland. Dann ging er in die Knie.

Der Sturm war nur noch eine graue Wand am Horizont. Der wirbelnde Wind und die Kinder Himmelsdonners waren über die Prärie weitergezogen ... genau durch das Dorf und die Pappelwäldchen, die das Flußufer begrünten. Die Verwüstung war entsetzlich. Nicht eine einzige Behausung stand mehr aufrecht. Es war, als hätte das Dorf niemals existiert. Der Sturm hatte sich durch die Bäume gefressen und auf einer breiten Spur die uralten Stämme wie Grashalme ausgerissen und zerfetzt.

Von Na-sei war nichts zu sehen. Hatte der junge Mann das Dorf erreicht? War er mit den anderen gestorben, oder war er schon vorher zwischen die tödlichen Kiefer des wirbelnden Windes geraten? Jedenfalls hatte er es nicht geschafft, das Leben seiner Frau zu retten. Der Mutige Mann war froh. Na-sei war Zeuge seiner Schande gewesen und hatte offen seinen Mut in Frage gestellt. Na-sei hatte sich als verräterischer Hund entpuppt, der ohne Zögern seinen Herrn angegriffen hatte. Falls er den Durchzug der Stürme doch überlebt haben sollte, wäre er eine große Gefahr für den Ruf des Mutigen Mannes.

»Ich wünsche deinen Tod!« zischte Dakan-eh. Für einen Augenblick befriedigte ihn die Vorstellung, wie der junge Mann über die Welt davongeweht wurde, im wirbelnden Griff des Tornados, zusammen mit den toten Körpern von Nachumalena und Kalawak und den vielen Frauen, Kindern, Alten und Hunden, die heute im Dorf gestorben waren.

Seine Lippen zuckten befriedigt, bis er sich daran erinnerte, daß die Frauen, Alten und Kinder seines eigenen Stammes sich ebenfalls im Dorf aufgehalten hatten. Sein Lächeln verschwand. In seiner Kehle bildete sich ein heißer Kloß, der nach Reue schmeckte. Niemand, der sich im Dorf aufgehalten hatte, konnte überlebt haben.

Dakan-eh tröstete sich mit dem Gedanken, daß es in fernen Gegenden des Graslandes andere Dörfer, andere Stämme und viele Frauen gab, die nicht vom wirbelnden Wind gefressen worden waren. Er zitterte, als er über diese Möglichkeit nachdachte. Ein mutiger und furchtloser Häuptling wie er konnte sich neue Frauen nehmen und würde bald viele neue Söhne haben! Diese kühnen Aussichten erregten ihn, bis die Erinnerung an Pah-las rundes Gesicht ihn schlagartig ernüchterte. Sogar der mutigste aller Männer war nicht in der Lage, sich eine neue Mutter zu machen.

Der Kloß in Dakan-ehs Kehle wurde bitter. Sein Vater würde ihm bestimmt Vorwürfe wegen Pah-las Tod machen. Er sah

Owa-neh schon vor sich, wie er ihn mit ernsten und tadelnden Augen ansah und anklagte: *Wenn der einzige Sohn von Owa-neh und Pah-la sich damit zufrieden gegeben hätte, im Land ihrer Vorfahren zu bleiben, hätte der wirbelnde Wind aus Shatehs Land nicht Dakan-ehs Stamm vernichtet – nicht seine Frauen, nicht seinen Sohn und nicht seine Mutter!*

»Nein!« rief Dakan-eh laut. Owa-neh und Pah-la hatten als Mann und Frau zusammengelebt, seit sie reif genug für eine solche Verbindung gewesen waren. Keiner von beiden hatte jemals das Verlangen nach einem anderen Partner gehabt. Plötzlich allein zu sein würde schwer auf Owa-nehs Schultern lasten. Doch Dakan-eh würde nicht die Verantwortung für Pah-las Tod auf sich nehmen. Es war nicht seine Schuld! Überhaupt nicht! Pah-la war sogar immer sehr stolz auf ihren tapferen und ehrgeizigen Sohn gewesen. Sie hatte sich gegen Owa-nehs Bedenken durchgesetzt und ihn überzeugt, nach Norden ins Grasland zu ziehen.

Er hob den Kopf und fühlte sich stärker und besser. Er war ein sehr schlauer und wissender Mann! Er hatte von Anfang an gewußt, daß die Treue einer Mutter ihrem einzigen Sohn gegenüber keine Grenzen kannte. Nachdem er es geschafft hatte, Pah-la angst davor zu machen, allein zurückzubleiben und den Verlust ihres Sohnes und Enkels betrauern zu müssen, war der Frau keine Wahl mehr geblieben, als sein Vorhaben zu unterstützen. Trotzdem konnte ihm niemand vorwerfen, er hätte seine Mutter mit körperlicher Gewalt gezwungen, sich seinem Willen zu beugen. Pah-la hatte sich freiwillig dafür entschieden, mit ihrem Sohn in ein neues Leben zu ziehen, und Owa-neh hatte wie ein mürrischer, zahnloser alter Wolf beschlossen, an der Seite seiner lebenslangen Gefährtin zu bleiben.

Der Mutige Mann runzelte nachdenklich die Stirn. Vielleicht würde sein Vater schließlich sogar dankbar sein, daß Pah-la vom wirbelnden Wind gefressen worden war. Ihr Tod würde ihn von ihr befreien, so daß er sich eine neue Frau nehmen konnte – eine jüngere, die ihm noch viele Söhne schenken könnte.

Dakan-eh zuckte die Schultern. Er hatte noch nie Probleme damit gehabt, sein Verhalten, das nur allein zu seinem Besten war, vor sich zu rechtfertigen. Niemand in der Roten Welt oder im Grasland konnte hoffen, seine Seele für immer im Körper zu halten. Und als der Wind sich drehte und die Schritte und Stimmen sich nähernder Männer und Hunde herantrug, erkannte Dakan-eh plötzlich, daß es vielleicht jemanden viel Wichtigeren zu betrauern gab als eine alte Frau, selbst wenn sie seine Mutter war. Und das war er selbst!

Er konnte den Tod von Pah-la und den Frauen und Kindern verkraften, doch wenn auch seine Jäger umgekommen wären, hätte er seinen gesamten Stamm verloren und damit auch seinen Status. In der Roten Welt und im Grasland wurde ein Häuptling, der Verderben über seinen Stamm brachte, ausgestoßen und als Mann gemieden, dem die Mächte der Schöpfung nicht mehr freundlich gesonnen waren.

Er drehte sich um und sah blinzelnd nach Westen. Drei gebrochene Reihen aus Männern und Hunden waren etwa eine Meile entfernt und kamen näher. Kurz darauf waren sie zwischen den hohen Schultern des gewellten Graslandes nicht mehr zu erkennen. Er war entsetzt. Die Zahl der Männer, die zur Jagd aufgebrochen waren, hatte sich um die Hälfte verringert. Ob noch welche von seinen eigenen Jägern darunter waren, konnte er noch nicht erkennen.

Er stöhnte qualvoll, als ihn wieder Shatehs leidenschaftliche Anrufung des Sturms verfolgte: *Wendet euch ab! Hört nicht auf die Unbesonnenheit eines Eidechsenfressers, dessen Überheblichkeit Himmelsdonner erzürnte und den wirbelnden Wind zu den Menschen zurückschickte!*

Dakan-eh war übel. Himmelsdonner hatte seine Unbesonnenheit nicht übersehen. Der wirbelnde Wind hatte die Menschen für seine Überheblichkeit bestraft. Jeder Jäger im Grasland würde Dakan-eh die Schuld an der Verwüstung geben. Jeder Mann in der Schlucht war Zeuge seines Ungehorsams gegenüber Shateh gewesen. Er ging in die Knie und erbrach sich, bis er nicht mehr konnte. Die Jäger würden ihn verstoßen. Vielleicht töteten sie ihn sogar. Er hatte gesehen, wie andere Männer für geringfügigere Vergehen getötet worden waren. Ihr Tod war langsam und qualvoll gewesen.

»Aiyee eh!« Dakan-ehs Schrei war der Ruf eines zutiefst verzweifelten Mannes. Es kam ihm in den Sinn, daß er schnell weglaufen und sich nie wieder umblicken sollte. Aber er war zu schwach. Seine Augen tränten, und seine Nase lief. In seinem Mund war ein abscheulicher Geschmack.

Er konnte nicht mehr fliehen. Shateh und Atonashkeh führten die anderen gerade über den gegenüberliegenden Hügel. Sie schritten in die Senke hinunter und stiegen die andere Seite wieder hinauf, bis sie vor ihm standen, und plötzlich mußte er zu seiner Schande vor Erleichterung weinen. Mit Shatehs Männern gingen Ma-nuk und K-wok, Ela-nay, und Atl, Xet und Tleea-neh und alle anderen. Die Freude drohte ihn zu überwältigen. Sie waren erschöpft, verdreckt und bluteten aus kleineren Wunden, aber sie waren seine Jäger aus der Roten Welt, und sie waren am Leben! Er war immer noch Häuptling!

Aber wie lange noch? fragte er sich. Was würden diese Männer sagen, wenn sie sahen, was noch vom Dorf übrig war? Vielleicht töteten sie ihn hier auf der Stelle.

Niemand sprach. Sie starrten an ihm vorbei auf das verwüstete Dorf. Ein bedrückendes Schweigen lastete über den Männern. Dann seufzten sie gleichzeitig und murmelten unruhig, als ihre Augen sahen, was ihre Herzen nicht glauben konnten.

Dakan-eh hatte Mühe zu atmen. Die Luft war zu heiß, zu stickig. Irgendwo in weiter Ferne krächzte ein Rabe. Es war kein schlimmeres Vorzeichen denkbar.

Schließlich brach Shateh das Schweigen. »Steh auf, Mann, der den wirbelnden Wind jagt!«

Dakan-eh war auf den Spott des Oberhäuptlings gefaßt. Er war immer noch zu schwach, um sich zu bewegen. Er blieb reglos sitzen und wartete auf weitere Beleidigungen.

»Steh auf, sage ich! Steh auf und tritt neben Shateh, Furchtloser Jäger! Dakan-eh ist wahrlich der Mutige Mann!«

Tief getroffen von diesem Sarkasmus blickte Dakan-eh mißtrauisch auf. Im Gesicht des Oberhäuptlings stand die Erschöpfung. Die breiten, ansehnlichen Züge verrieten kein Gefühl. Dunkles, windgetrocknetes Blut klebte in den Falten seines Gesichts, im langen Haar und auf seinen Unterarmen und Schenkeln. Auf der gebräunten Haut seiner mächtigen Brust waren die

Spritzer zu kleinen Klümpchen geronnen. Es mußte das Blut anderer Männer sein, dachte Dakan-eh, denn abgesehen von kleinen Kratzern auf den Armen und Beinen des Oberhäuptlings hatte Shateh keine ernsthaften Verletzungen... außer in den Augen. Darin stand ein tiefer Kummer. Also trauerte Shateh um seinen Sohn Kalawak. Und um wie viele andere noch?

Dakan-eh hatte nicht das Bedürfnis, dieser Frage genauer nachzugehen, denn in diesem Augenblick traf ihn der haßerfüllte Blick Atonashkehs.

Der von Shatehs Söhnen, der überlebt hatte, stand stolz neben dem Oberhäuptling und blickte mit unverhohlener Verachtung auf Dakan-eh hinab. »Ja! Dakan-eh ist wahrlich mutig! Wir alle haben gesehen, wie er mutig in seinem eigenen Kot sitzt! Riecht nur den mutigen Gestank seiner Pisse und seiner Überheblichkeit! Wer hat nicht gesehen, wie mutig dieser Eidechsenfresser gegen den Willen von Shateh gesprochen hat, dann die Macht des wirbelnden Windes beleidigte und schließlich den Zorn Himmelsdonners mit seinen Prahlereien auf unseren Stamm herabrief und...«

»Er hat uns alle an diesem Tag beschämt!« unterbrach Shateh seinen Sohn. Seine Stimme vibrierte wie das mächtige Knurren eines gereizten Löwen.

Dakan-ehs Eingeweide verkrampften sich. Wenn er nicht schon alles erbrochen hätte, was sich in seinen Gedärmen befunden hatte, hätte er sich wieder übergeben. Statt dessen erbleichte er wie eine verängstigte Frau und versuchte, nicht ohnmächtig zu werden, während er sah, wie sich Shatehs rechte Hand fester um den Knochenschaft seines Speeres schloß. Er starrte mit verbitterter Faszination auf die Knöchel des Oberhäuptlings, sah das Spiel der Sehnen und die Anspannung der Haut, bis der Blutmangel sie weiß werden ließ. Jeden Augenblick würde die kräftige Hand den Speer anheben. Der lange, muskulöse Arm würde ausholen, und der Mann würde sich für den tödlichen Wurf in Stellung bringen.

Mit einem Keuchen fand Dakan-eh seine Sprache wieder. Seine Zunge war lahm vor Furcht, dennoch brachte er sie in Bewegung. »Dieser Dakan-eh aus der Roten Welt... hatte nicht die Absicht, irgendeinen Mann zu beschämen.«

»Dennoch ist Shateh beschämt!« Der Oberhäuptling stieß das stumpfe Ende seines Speeres in den Boden.

Dakan-eh schrak zusammen und machte sich aufs Sterben gefaßt.

Shateh knurrte und stieß seinen Speer noch einmal in die Erde. »Viele Männer haben heute den Inhalt ihres Bauches erbrochen und ihren Lendenschurz abgeworfen, damit der Gestank nicht ihre Furcht offenbart!«

Die Jäger senkten peinlich berührt ihre Augen, und Atonashkeh zuckte zusammen. Dakan-eh erkannte, daß Atonashkeh offensichtlich auch zu denen gehörte, die sich selbst erniedrigt hatten.

Shateh nickte. »Alle haben gesehen, welches Schicksal Nachumalena ereilt hat! Alle kauerten sich vor Furcht nieder, sie könnten es teilen! Doch nur Dakan-eh wagte es, den Kindern des zornigen Himmels vorauszueilen und seinen Speer trotzig dem wirbelnden Wind entgegenzurecken. Dakan-eh hat sich in Gefahr gebracht, um den Seelenfänger von den Frauen und Alten und Kleinen im Dorf fortzulocken. In Shatehs Augen ist das, was dieser Mutige Mann getan hat, eine gute Tat! Eine mutige Tat! Eine Tat, die man nicht von einem Eidechsenfresser erwarten kann!«

Dakan-eh war überwältigt, nicht nur vom Ausmaß der Fehleinschätzung des Oberhäuptlings, sondern von Shatehs Bereitschaft, sich selbst und seine Jagdkameraden angesichts des Mutes eines Eidechsenfressers zu erniedrigen. Der Mann hatte Dakan-ehs panische Flucht über die Prärie im selben falschen Licht wahrgenommen, wie es auch Na-sei getan hatte – für ihn hatte es nicht so ausgesehen, als wolle er seine eigene Haut retten, sondern so, als habe er kühn und möglicherweise selbstmörderisch versucht, andere zu retten!

Die Erleichterung überwältigte ihn. Er würde nicht getötet und verstoßen werden! Man würde ihm nicht vorwerfen, den Zorn des menschenfressenden Himmelsgottes auf die Dorfbewohner herabgerufen zu haben! Man würde ihn für seine beispiellose Tapferkeit beglückwünschen! Die Last der Schande hob sich von seiner Seele, doch es war nur eine vorübergehende Gnadenfrist. Ihm gefiel der Blick eifersüchtiger Verachtung überhaupt nicht, mit dem der Sohn des Oberhäuptlings ihn bedachte.

»Keinem Mann des Graslandes würde es in den Sinn kommen, den Willen Shatehs in Frage zu stellen!« sagte Atonashkeh. »Und kein vernünftiger Mann würde versuchen, den wirbelnden Wind vom Dorf fortzutreiben. Die Frauen, Kinder und Alten würden nicht im Dorf ausharren, um tatenlos zuzusehen, wie der Wind alles verwüstet.«

Dakan-eh runzelte die Stirn. *Was sollten sie sonst tun? Wohin sollten sie denn gehen?* fragte er sich.

Nakantahkeh, ein Krieger mit scharfen Augen und einem Gesicht, das so hart und kantig wie eine gut gearbeitete Speerspitze war, sah die Verwirrung auf Dakan-ehs Gesicht. »Atonashkeh spricht Worte der Weisheit!« Der Mann betätigte sich oft als Sprachrohr für den Sohn des Oberhäuptlings – die zwei waren wie Brüder. »Beim ersten Anzeichen des wirbelnden Windes würde Lahontay, der Älteste der vielen versammelten Stämme, die Frauen, Alten und Kinder zur Höhle führen, die tief in den Klippen über dem Fluß liegt. Lahontay ist weise. Er hat sicher nicht gezögert.«

»Das ist wahr«, bestätigte der Oberhäuptling ungeduldig, »aber das konnte der Mutige Mann nicht wissen.«

Dakan-eh riß die Augen auf. Nein! Das konnte er nicht wissen! Niemand hatte ihm jemals etwas davon gesagt! Nicht, daß es einen Unterschied gemacht hätte. Er wäre immer noch davongelaufen, um sich selbst zu retten! Er starrte fassungslos vor sich hin. Das Dorf war niemals in Gefahr gewesen! Seine Mutter lebte! Und auch seine Frau Ban-ya, seine Sklavin Sheela und sein kleiner Junge Piku-neh! Lehana, die Frau Na-seis, würde unversehrt ihr Baby zur Welt bringen. Doch ihr Mann hatte ihretwegen sinnlos sein Leben aufs Spiel gesetzt und es verloren. Dakan-eh hätte fast aufgelacht, als er dem wirbelnden Wind dafür dankte, daß er Na-seis Leben genommen hatte und damit gleichzeitig die Gefahr, daß der junge Mann Shatehs Meinung über Dakan-eh widersprechen konnte ... dem Mann, der den wirbelnden Wind jagt!

Shateh streckte seine Hand aus. »Steh jetzt auf, Furchtloser Jäger, Mutiger Mann und Stammesbruder Shatehs!«

Es gab niemanden unter den versammelten Jägern, der nicht den Atem anhielt, als dem Fremden in diesem Land eine solche Ehre zuteil wurde.

Dakan-eh nahm die Hand des Oberhäuptlings und ließ sich von Shateh auf die Beine helfen. Ohne auf Atonashkehs vor Verachtung verzerrtes Gesicht zu achten, stand er nackt und schamlos im Wind. Er fühlte sich stark, sicher und mutig. Wozu brauchte er die heiligen Steine seiner Vorfahren, die Totems der Roten Welt oder dic Macht eines jugendlichen Schamanen, der ihn und seinen Stamm im Stich gelassen hatte? Er brauchte das alles nicht mehr! Er war in der Tat ein Mann, der sein Schicksal in die eigene Hand genommen hatte! Jetzt war er wieder zuversichtlich!

Hah-ri, ein kleiner Junge mit stämmigen Beinen, trat unsicher durch die Reihen der versammelten Jäger. Sein Gesicht hatte den bleichen, leeren Ausdruck eines Menschen, der unter Schock stand. Er zog einen toten Kojoten hinter sich her. In der Hand hielt der Junge Dakan-ehs Speer, dessen Spitze zerbrochen war.

»Der Speer meines Häuptlings trifft auch dann sicher, wenn er den Wind jagt«, sagte Hah-ri mit einer Stimme, die jeden Augenblick zu brechen drohte. »Ich habe dem Mutigen Mann diese Dinge gebracht, die ich fand, als ich Shateh aus der Schlucht folgte. Diese Beute, dieser Pelz und dieses Fleisch gehören Dakan-eh.«

Der Mutige Mann lächelte erfreut. Er war ein so guter Jäger, daß er einen Kojoten erlegt hatte, während er selbst in blinder Panik davonrannte!

Dakan-eh hatte Hah-ri bislang keine große Beachtung geschenkt, aber jetzt empfand er Sympathie für den Jungen, der ihn bewunderte, und entschied, daß er außerordentlich klug war. Niemand bemerkte, daß Hah-ris Kinn plötzlich zitterte, als der Mutige Mann den Kadaver des Kojoten ohne Zögern annahm und eifrig nickte. Er fühlte sich schon wesentlich besser. Er hob den toten Kojoten an den Hinterpfoten hoch und stellte fest, daß der Körper überraschend leicht war. Als er ihn genauer betrachtete, sah er, daß es ein junges Tier war, klein und sehnig, ohne viel Fett oder Muskeln. In einigen Monaten hätte er ein ausgezeichnetes Fell gehabt. Jetzt war das Spätsommerfell stellenweise ohne Haare und so wertlos wie das Fleisch, das es bedeckte. Verlegen ließ er den Kadaver sinken. Mit dieser Beute konnte man nicht prahlen.

Die anderen Männer sahen neugierig zu und fragten sich zweifellos, warum ein Mann eine wertvolle Speerspitze vergeudete, um ein so nutzloses Tier zu erlegen. Dakan-eh bezwang sich, den toten Kojoten nicht einfach fortzuwerfen. Denn das wäre undenkbar gewesen. Wenn auf der Jagd eine Beute erlegt worden war, mußte ihr Lebensgeist verzehrt werden. Ansonsten wären die Mächte der Schöpfung beleidigt. Sein Lächeln verzog sich zu einem finsteren Blick. Was würde Ban-ya von ihm denken, wenn er ihr ein so dürres, haarloses Stückchen Fleisch überreichte? Und was mußten diese Männer des Graslandes von ihm denken, daß er einen Speer danach geworfen hatte?

Er empfand das Bedürfnis, sich zu rechtfertigen. »Dieser kleine gelbe Wolf lief dem Furchtlosen Jäger immer wieder über den Weg, während er zur Rettung der Frauen, Kinder und Alten des Dorfes unterwegs war. Also tötete der Mutige Mann diesen Kojoten! So konnte Dakan-eh den wirbelnden Wind vom Stamm abhalten! Weil der Mutige Mann diesem kleinen Wolf das Leben nahm, sind Himmelsdonner und seine Kinder weitergezogen, und die Mächte der Schöpfung sind den Menschen des Graslandes wieder wohlgesonnen!«

Shateh erstarrte. Ein wachsamer, mißtrauischer und gefährlicher Blick flammte in seinen halbgeschlossenen Augen auf, die Dakan-eh mißfällig fixierten. Der Mutige Mann war plötzlich bestürzt. Er fragte sich, was er gesagt haben konnte, das Shatehs Unmut ihm gegenüber geweckt hatte. Er wagte es, sich dem tadelnden Blick des Oberhäuptlings zu stellen. »Warum blicken die Augen Shatehs mit Mißfallen auf einen Mann, den er gerade seinen Bruder genannt hat?«

»Wie kann ein Bruder Shatehs behaupten, die Mächte der Schöpfung wären uns wohlgesonnen, wenn Nachumalena und Kalawak und Na-sei von Himmelsdonner verschlungen wurden?« gab der Oberhäuptling zurück.

Dakan-eh atmete im stillen auf. *Natürlich!* In seiner Freude über die Ehre, die ihm durch den Oberhäuptling zuteil geworden war, hatte er völlig vergessen, daß jetzt die Zeit der Trauer war. Der Mutige Mann mußte zugeben, daß es unverschämt gewesen war, so zu tun, als würden ihm der Tod Kalawaks und Nachumalenas nichts bedeuten. Er heuchelte Trauer und sagte: »Das Herz Dakan-ehs ist schwer, wenn er einem Mann Schmerzen bereitet haben sollte, der ihn Bruder genannt hat. Aber die Seele dieses Mannes singt dennoch vor Freude, weil die Mächte der Schöpfung die Frauen, Kinder und Alten des Dorfes verschont haben. Dieser Mann hat jene nicht vergessen, die heute ein Opfer des wirbelnden Windes geworden sind.«

Der Oberhäuptling nickte besänftigt. »Viele sind heute in der Schlucht gestorben, Mutiger Mann der Roten Welt. Viele! Das Blut, das du an mir siehst, ist ihr Blut ... und deins.«

»Meins!«

»So ist es!« Hah-ris Kinn zitterte immer noch. »Du mußt wahrlich mutig sein, Dakan-eh, wenn du diese Worte hörst. Owa-neh hatte nicht den Wunsch, die Rote Welt zu verlassen. Er kam nur ins Grasland, weil du gekommen bist, und hier verließ seine Seele ihren Körper.«

Dakan-eh fühlte sich, als hätte ihm jemand einen Schlag versetzt. Er musterte die Reihen seiner Jäger. Sein Vater war nicht unter ihnen.

»So ist es«, bestätigte Shateh. »Er wurde vom Horn eines Bisons erfaßt und aufgerissen, etwa so.« Er zeigte auf eine Stelle knapp unter seinem Brustbein und fuhr dann mit dem Finger hinunter zu seinen Lenden, um eine schwere Bauchwunde anzudeuten. »Owa-neh lag auf dem Rücken am Boden, als der Bison auf ihn stürzte. Wegen des Blutes auf seinem Gesicht konnte er nichts mehr sehen und sich so nicht rechtzeitig zur Seite bewegen.« Er hielt inne und schüttelte dann den Kopf, als wollte er sich von einem bösen Traum befreien.

Ein Jäger trat aus dem Hintergrund vor. Er hielt Owa-nehs zerschmetterten Körper auf den Armen. Er legte ihn vorsichtig vor Dakan-ehs Füßen auf den Boden.

Nach einem respektvollen Schweigen ergriff Shateh wieder das Wort. »Wir werden jetzt zum Fluß gehen.« Seine Stimme klang tief vor Erschöpfung und noch viel größerer Trauer. »Wir werden zu unseren Frauen und Kindern und Alten gehen, die den Zorn Himmelsdonners überlebten. Wir werden den Frauen die Verwundeten und Sterbenden bringen, damit sie sich um sie kümmern. Wenn heute nacht der Rauch der Feuer und die Gesänge der Trauer aufsteigen, muß Shateh die Mächte der Schöpfung fragen, warum sie sich an diesem Tag gegen den Stamm verschworen haben.«

Atonashkeh durchbohrte Dakan-eh mit Blicken, die so scharf wie die Klauen eines Falken waren. »Vielleicht hat der Gestank, der den Eidechsenfressern immer noch anhaftet, die Vier Winde beschmutzt und die Mächte der Schöpfung beleidigt.«

Obwohl Dakan-eh ob des Todes seines Vaters tief erschüttert war, wollte er die Beleidigung doch nicht unwidersprochen hinnehmen. »Du hast dich davon nicht beleidigen lassen, als dir die Speere und mutigen Herzen der Männer aus der Roten Welt willkommen waren, um sich mit ihnen im Krieg gegen unseren gemeinsamen Feind zu verbünden, Atonashkeh!«

»Der Krieg ist vorbei. Der Feind ist besiegt«, erwiderte Atonashkeh. Dann sprach er seinen Vater an. »Vielleicht ist es nicht gut, wenn die Eidechsenfresser noch länger im Grasland bleiben. Es ist eine Sache, Mitleid mit ihnen zu haben, weil es in ihrem trostlosen Land kein Wild mehr gibt. Aber sie gehören nicht zu unserem Stamm und werden niemals dazugehören.«

Shateh schloß die Augen. »Zu Anbeginn der Zeiten waren alle Menschen ein Stamm. Alle Menschen waren die Kinder des Ersten Mannes und der Ersten Frau. Alle waren Brüder und Schwestern. Hat Atonashkeh die Lehren der Ahnen vergessen?«

Atonashkehs Gesicht spannte sich an. »Der Sohn Shatehs hat sie nicht vergessen! Und er wird auch nicht vergessen, daß am selben Tag, als mein Bruder dem wirbelnden Wind zum Opfer fiel, mein Vater einen Eidechsenfresser zu seinem Bruder ernannte.« Damit drehte er sich und lief in Richtung Fluß davon. Er blickte nicht einmal zurück.

Dakan-eh sah ihm nach und wußte, daß es niemals Frieden zwischen ihnen geben würde.

Shateh hatte die Augen wieder geöffnet. »Kommt!« sagte er mit einem sorgenvollen Seufzen. »Die Frauen, Alten und Kinder dürfen nicht von Lippen, die so schroff und ungeduldig wie die Atonashkehs sind, erfahren, was geschehen ist.«

Während die anderen dem Oberhäuptling gehorchten, stand der Mutige Mann reglos da. Sein Geist war wie betäubt, nachdem er Shatehs Enthüllung über Owa-neh gehört hatte. *Blut auf seinem Gesicht? Auf dem Rücken am Boden? Er konnte nichts sehen und sich so nicht rechtzeitig zur Seite bewegen?*

Dakan-eh wurde von seinen Erinnerungen überwältigt, als er auf den verstümmelten Körper seines Vaters hinabblickte. Er erinnerte sich, wie er eilig aus der Schlucht geklettert war, wie sein Vater ihn am Fuß festhalten wollte und wie er dann kräftig nach hinten ausgetreten hatte und Fleisch, Knochen und Knorpel unter seinem brutalen Tritt nachgegeben hatten. Er konnte immer noch den Schmerzensschrei hören. Er hatte gewußt – und wußte es auch jetzt – daß der Schrei aus der Kehle seines Vaters aufgestiegen war. Doch der Mutige Mann war weitergeklettert. Er hatte sich nicht mehr umgesehen. Er hatte seinen Vater liegenlassen, der, vom Schlag betäubt, vom Blut seines Sohnes blind gemacht, unfähig gewesen war, aufzustehen und sich in Sicherheit zu bringen, als die Bisons über die andere Seite der Schlucht herangestürmt kamen.

Nein! Diese Schuld konnte Dakan-eh nicht auf sich nehmen! Owa-neh hätte nicht versuchen dürfen, ihn aufzuhalten! Sein Vater wäre noch am Leben, wenn er den tapferen Versuch seines Sohnes, den Stamm zu retten, nicht behindert hätte.

Die Wahrheit nagte mit Schuldgefühlen an ihm, doch er wehrte sich dagegen, sie zu akzeptieren. Er hatte heute den wirbelnden Wind gejagt, und ein Oberhäuptling hatte ihn seinen Bruder genannt. Nichts konnte daran etwas ändern. *Nichts!* Seine Hand ballte sich zur Faust, und verblüfft stellte er fest, daß er immer noch den Kojoten in den Fingern hielt. Er hob seinen Arm, starrte das tote Tier an und knurrte.

»Es ist nur deine Schuld, Kojote! Gelber Wolf, Dieb, Betrüger, Cha-kwena! Ja! Steckst du noch in der Haut des Tieres, das dein helfender Tiergeist ist? Oder bist du mit dem Wind geflohen, weil du weißt, daß ein mutiger Mann, der dein Feind ist, deine Täuschungen durchschaut? Wo ist deine Seele jetzt, Schamane?«

Dakan-eh klammerte seine Faust so fest, wie er konnte, um die Pfoten des Kojoten und drückte sie, bis die Adern platzten, die Knochen brachen und die Muskeln zerquetscht wurden.

»Wenn ich dich jemals finde, Cha-kwena, werde ich dich zerquetschen und dich töten! Du wirst den Tag bereuen, an dem du geglaubt hast, ein Schamane zu sein, der Dakan-eh das Glück stehlen kann!«

2

Fern im Süden heulte ein Kojote auf einem zerklüfteten Berggipfel unter einer Sonne, die wie ein strahlendes Auge am unermeßlichen, wolkenlosen Gewölbe des hitzebleichen Himmels brannte. Der Ruf des kleinen gelben Wolfes war ein hohes, klagendes Heulen, das nur sehr selten am hellichten Tag zu hören war. Auf halber Höhe an der Seite des Berges hob ein Riesenfaultier von der Größe eines Grizzlybären seinen schweren Kopf mit der stumpfen Schnauze aus dem Gestrüpp, von dem es gefressen hatte, und lauschte in dumpfer Verwirrung, während seine Nüstern die Luft einsogen und nach dem verräterischen Geruch eines Raubtieres durchsiebten.

Hoch oben, fast auf dem Gipfel des Berges, erwachten Mäuse und erzitterten Kaninchen, während Buschschwanzratten sich in ihren hügelförmigen Bauten aus Zweigen rührten. Ein überraschter Widder mit langen Hörnern brach aus dem schwachen Schatten eines Wäldchens aus zwergwüchsigen Wacholdersträuchern und floh über das offene Geröll, wobei seine Hufe kleine Steinchen aus dem Boden traten und damit eine Steinlawine auslösten, die auf einen tiefergelegenen Grat hinunterprasselte.

Cha-kwena blickte noch rechtzeitig auf, um die Steine zu sehen, die auf ihn zurollten. Der Ruf des Kojoten hatte sich in seine Meditation gedrängt, doch es war das trocken klirrende Geräusch der Hufe des Widders auf dem Gestein, das den jungen Schamanen aus seiner Trance riß. Er hockte mit untergeschlagenen Beinen auf einem von der Sonne erwärmten Felsblock an der höchsten Stelle des Grats. Das erste Licht der Dämmerung hatte ihn, der die Einsamkeit gesucht hatte, an diesen Ort gerufen. Jetzt registrierte er sofort die Gefahr und griff nach seinem kurzen Speer und der Antilopenblase, die ihm als Wasserbeutel diente, und in weniger Zeit, als er zum Atemholen benötigt hätte, war er aufgestanden und vom Felsblock gesprungen. Er breitete die Arme aus und landete sicher auf dem Boden. Dann hetzte er leichtfüßig den Hang hinunter, um den Steinen zu entkommen, die ihn zu töten vermochten. Seine lederumwickelten Füße wirbelten Staub auf und lösten ihrerseits kleine Geröllawinen aus. Erst als Cha-kwena glaubte, in Sicherheit zu sein, drehte er sich außer Atem um und blickte zurück. Der Kojote war verschwunden.

Erleichtert befestigte der junge Schamane den schlaffen Wasserbeutel am Gürtel aus gewobenen Fasern, der seinen Lendenschurz aus Kaninchenfell hielt. Die Finger seiner rechten Hand umschlossen den Speer, und er griff mit der Linken an seine Brust, um zu überprüfen, ob der Medizinbeutel noch um seinen Hals hing. Er war noch dort. Das Wissen, daß der heilige Stein sich noch in seinem Besitz befand, beruhigte seinen Herzschlag. Er berührte den knotigen Strang aus Sehne, an dem der wertvolle kleine Ledersack befestigt war, dann drückte er den Medizinbeutel gegen seine Brust, so daß er die Härte des zahnförmigen, daumengroßen Amuletts spürte, das sich darin befand. Solange er den heiligen Stein seiner Vorfahren besaß, konnte weder ihm noch seinem Totem, dem großen weißen Mammut, Leid zustoßen, und auch nicht jenen, die sich entschlossen hatten, mit ihm zu ziehen, als er dem uralten Rüsseltier über die Sandberge in dieses öde und unfreundliche Land hinter dem Rand der Welt gefolgt war.

Dieser Gedanke hätte ihn trösten müssen, doch als Chakwena beobachtete, wie die letzten Steine auf den Felsblock schlugen und zu einem tödlichen Trümmerregen zersplitterten, fühlte er sich nicht getröstet. Der Tod war ihm gerade sehr nahe gewesen – so nahe, daß er seine Gegenwart noch in der heißen, schweren Luft des windstillen Nachmittags riechen konnte.

Er blickte zur Sonne hinauf. Noch nie hatte er eine solche

Hitze empfunden. In seinem fernen Heimatdorf im Norden, am See der Vielen Singvögel, zählte man jetzt den Mond der Heimkehrenden Enten. Die Luft würde vom Atem einer kühleren, milderen Jahreszeit besänftigt sein, das Reisgras wäre reif und würde in rötlichem Gold leuchten und sich nah am Ufer der vielen schrumpfenden, seichten Seen seines Heimatlandes wiegen. Ungeduldig löste er den Wasserbeutel von seinem Gürtel, drückte den steinernen Verschluß mit dem Daumen heraus und hob den Beutel an die Lippen, um ihn auszutrinken.

Es war nicht genug Wasser da, um seinen Durst zu löschen. Er knurrte und bezweifelte, daß er auf diesem Schlackenhaufen von Berg eine Quelle finden würde, aus der er trinken konnte. Der Fußweg zum Bach und zu dem armseligen, algenverseuchten Tümpel, neben dem sein kleiner Stamm sein Lager aufgeschlagen hatte, war lang.

Seine Finger schlossen sich erneut um den Medizinbeutel. War es möglich, daß die Macht des heiligen Steins an die Rote Welt seiner Vorfahren gebunden war? Konnte es sein, daß der Zauber des Steines um so schwächer wurde, je weiter er sich von seinem Heimatland entfernte? Diese Sorge plagte Cha-kwena schon seit mehreren Monden. Sein Großvater hätte diese Sorge bestätigen oder seine Gedanken beruhigen können, aber der alte Hoyeh-tay, der Schamane, Wächter des Totems, Bewahrer der Traditionen seines Stammes und Beschützer des heiligen Steines, war schon seit langem tot.

Cha-kwenas Kehle zog sich vor Trauer schmerzhaft zusammen. Wie sehr er den alten Mann vermißte! Cha-kwena hatte niemals Schamane werden wollen. Er war noch lange nicht dazu bereit gewesen, als in jener Nacht im Feuerschein der Tod in Gestalt eines Feindes aus einem fernen Land über seinen Großvater und Lehrer kam. Der alte Mann war in ihrem Dorf ermordet worden, sein Amulett gestohlen und seine Leiche aus seiner Höhle gestoßen worden, als handelte es sich nur um ein verdorbenes Stück Fleisch.

Die Erinnerung machte ihn wütend. Cha-kwena schloß die Augen. Hoyeh-tay hatte seinen eigenen Tod vorausgesehen, aber niemand hatte ihm geglaubt – nicht einmal sein Enkel, den das Schicksal dazu bestimmt hatte, den heiligen Stein vom

Feind seines Stammes zurückzuholen und den Pfad des Schamanen zu beschreiten.

Cha-kwena atmete aus und versuchte damit gleichzeitig seine Erinnerungen und seine Schuldgefühle auszuschließen. Wenn er auf die Warnungen seines Großvaters gehört und den Feind frühzeitig erkannt hätte, wäre Hoyeh-tay nicht getötet worden, dann wäre kein Krieg über seinen Stamm gekommen, und er würde jetzt nicht hier stehen, allein auf diesem trostlosen Grat, mit dem Geruch des Todes in der Nase und dem heiligen Stein in der Hand.

»Cha-kwena!«

Als er den schroff gesprochenen Klang seines Namens hörte, riß der junge Schamane überrascht die Augen auf. Wie schon manchmal, wenn er allein und in Sorge gewesen war und den Rat seines Großvaters gebraucht hatte, hätte er auch jetzt schwören können, daß Hoyeh-tay direkt vor ihm stand. Auf der Schulter des alten Mannes hockte Eule, der Raubvogel mit dünn gewordenem Federkleid, der Zeit seines Lebens Hoyeh-tays ständiger Begleiter gewesen und in der Nacht seines Todes verschwunden war.

Cha-kwena blinzelte. Hatte er die Vision eines Schamanen oder die Halluzination eines Wahnsinnigen, oder erlag er lediglich dem Wunschdenken eines Menschen, der einen geliebten Freund verloren hatte? Er war sich nicht sicher. Er wußte nur, daß er jetzt – ob wirklich oder eingebildet – seinen Großvater sah, der mit geradem Rücken seinen kurzen Umhang aus geflochtenem Kaninchenfell trug und genauso jähzornig wie zu Lebzeiten blickte, während seine schwarzen Augen funkelten. Mit seiner dünnen, heiseren Stimme sprach er den oft wiederholten Tadel: »Erinnere dich an alles, was ich dich gelehrt habe, Cha-kwena! Vergiß niemals! Zweifle niemals! *Niemals!* Du bist jetzt Schamane, Wächter des Totems und der Traditionen des Stammes und des heiligen Steines! Und weder in dieser Welt noch in der Welt jenseits dieser Welt gibt es solche Steine wie die, die den Heiligen Männern der Roten Welt anvertraut wurden. Diese Steine waren einst die Knochen des Ersten Mannes und der Ersten Frau, die zu Anbeginn der Zeiten unseren Vorfahren das Leben schenkten, als die Menschen noch ein Stamm waren und die Zwillingsgötter des Krieges und der Zwietracht noch nicht geboren waren.«

»Großvater!« Cha-kwena streckte seine Arme aus, doch der alte Mann trat schnell einen Schritt zurück. Eule breitete ihre langen Flügel aus und gurrte ihm eine Warnung zu.

»Hör zu und erinnere dich, Cha-kwena!« forderte Hoyeh-tay streng. »Der Erste Mann und die Erste Frau kamen aus dem hohen Norden. Sie folgten Lebensspender, dem großen weißen Mammutgeist, und überquerten das Land aus Eis, sie zogen durch das Tal der Stürme und erreichten das Verbotene Land. Sie zogen immer ins Gesicht der aufgehenden Sonne und kamen mit ihren vielen Kindern in die Rote Welt. Als der Erste Mann und die Erste Frau ihre Seelen den Vier Winden überließen, wollten die Mächte der Schöpfung sie nicht für immer sterben lassen. Ihre Knochen wurden in Steine verwandelt – in *heilige* Steine – und unter den Menschen verteilt. Die Geister des Ersten Mannes und der Ersten Frau sprechen durch die heiligen Steine zu den Schamanen, damit die Menschen immer der Traditionen der Ahnen gedenken und sich an sie halten.«

Cha-kwena schien es, als würde sein Großvater den Kopf schütteln und mit unendlichem Bedauern seufzen, bevor er fortfuhr. »Jetzt haben die Zwillingsgötter des Krieges die Menschen in viele Stämme aufgespalten. Jene, die einst eine Familie waren, sind jetzt viele, und jeder nennt den anderen einen Fremden und Feind. Jetzt jagen und verzehren die Männer das Fleisch und Blut der Mammutkinder von Lebensspender, denn sie haben vergessen, daß die Mammuts ihre Totem sind und ihr Fleisch den Menschen verboten ist. Nur die Menschen der Roten Welt erinnern sich noch daran, wie es zu Anbeginn der Zeiten war ... und nur ein Stamm von vielen bewahrt und ehrt die Traditionen der Vorfahren. *Dein* Stamm, Cha-kwena!«

»Mein Stamm ist klein und hungrig. Das Land, durch das wir ziehen, ist fremd und feindlich.«

»Ja, so ist es. Aber die Macht des heiligen Steines liegt in deiner Obhut, und das Totem geht dir voraus. Das große weiße Mammut wird deinem Stamm Leben spenden, so wie er dem Ersten Mann und der Ersten Frau Leben gespendet hat, während er sie auf ihrer Reise in die Rote Welt führte und beschützte. Du darfst niemals daran zweifeln, daß, solange sich noch ein heiliger Stein in der Obhut eines wahren und gläubigen Schamanen der Roten Welt befindet, das große Mammut niemals sterben kann. Und solange Lebensspender als Totem überlebt, wird auch der Stamm für immer leben.«

Plötzlich löste sich Hoyeh-tays Bild auf, und ein leichter Hauch kühler Luft strich über Cha-kwenas Wange. War es eine zufällige Windböe oder eine unsichtbare Nachwirkung der Erscheinung eines alten Geistes und des Flügelschlages einer Geistereule? Der junge Mann wußte es nicht. Er verstärkte seinen Griff um das Amulett in dem Lederbeutel. Der kleine Stein war so winzig und so leicht! Dennoch spürte Cha-kwena seine schwere Last – das Gewicht der Verantwortung und des großen Zaubers. Es war eine schwere Last für einen sechzehnjährigen Jungen. Sie machte ihn müde, unsicher und ängstlich.

Das Gewicht entsprach dreimal zehn Jahrtausenden und reichte so weit in den Nebel der Vorzeit zurück, daß nur ein Schamane ermessen konnte, wie gewaltig dieser zeitliche Abgrund war, der ihn mit der Vergangenheit verband. In Cha-kwenas Hand befand sich diese Verbindung. Er konnte die Macht des Amuletts spüren, die wie die Hitze eines glühenden Stückes Kohle aus einer Feuerstelle von ihm ausstrahlte. Der Mann, der eine glühende Kohle hielt, hielt die Seele des Feuers in seiner Hand gefangen. Er konnte die Flamme befreien und ihr neues Leben geben, oder er konnte sie absterben lassen. Er hatte die Macht, darüber zu entscheiden.

Genauso war es mit dem heiligen Stein. Nach Hoyeh-tays Tod hatte Cha-kwena als Schamane beschlossen, seinen alten Stamm allein zu lassen und dem großen weißen Mammut in dieses ferne Land zu folgen. Es war der einzige Weg, die Macht des Amuletts am Leben zu erhalten und es nicht von denen entehren zu lassen, die den Traditionen ihrer Vorfahren den Rücken zugekehrt hatten.

Elf Mitglieder von Dakan-ehs Stamm hatten sich Cha-kwena angeschlossen, als Dakan-eh sich für das kriegerische Leben mammutjagender Fremder entschieden hatte. Elf Leute – ein Mann, vier Frauen, ein Mädchen und fünf Kinder – hatten Cha-kwena zu ihrem Häuptling und Schamanen ernannt und waren an einem verschneiten Wintertag heimlich aus dem Dorf geflohen. Dakan-eh, der die Traditionen mißachtete, um seine eigenen ehrgeizigen Ziele zu erreichen, hatte Cha-kwena keine Wahl gelassen, so daß er für immer dem Land seiner Vorfahren den Rücken hatte zukehren müssen. Wäre er geblieben, wäre es nur eine Frage der Zeit gewesen, bis Dakan-eh den heiligen Stein für sich beansprucht und sich selbst genauso überheblich zum Schamanen ernannt hätte, wie er sich selbst zum Häuptling ernannt hatte. Er war nicht nur der Mutige Mann, sondern er war auch verwegen und dreist.

Cha-kwena schüttelte den Kopf. Das alles schien schon so lange her zu sein. Während der fast zweijährigen Wanderung von einem dürftigen Jagdlager zum nächsten hatten die Frauen des Stammes zwei Mädchen zur Welt gebracht. Zuerst erschienen den Reisenden die Geburten als ein gutes Zeichen. Doch jetzt, nach zwei langen, bitteren Wintern und einem weiteren Sommer mit furchtbarer Hitze und ohne Regen waren aus den Babys magere Kinder geworden. Und niemand war froh darüber, daß die alte und kranke Siwi-ni demnächst wieder gebären würde. Bald würde das Land wieder von Schnee bedeckt sein. Selbst wenn Siwi-ni die Qualen der Geburt überlebte, war es zweifelhaft, ob sie Milch für das Baby haben würde. Wenn nicht, wäre das Neugeborene nur ein weiterer Mund, der in diesem grausamen, trockenen Land gefüttert werden wollte. Sein Stamm hatte schon jetzt kaum genug zum Überleben. Wie lange würden sie noch bestehen, wenn die Situation nicht besser wurde?

Er runzelte die Stirn. Wenn der heilige Stein in seiner sicheren Obhut war, warum war dann das Leben für seinen Stamm so schwer? Und wo war das große weiße Mammut? Lebensspender war schon seit vielen Tagen nicht mehr gesehen worden.

Deshalb stand Cha-kwena allein auf dem sonnenüberfluteten Grat, hob sein Gesicht der Sonne entgegen und bat um ein Zeichen, daß ihm Hoffnung auf eine bessere Zukunft machen würde. »Ein Zeichen ist alles, was ich erbitte, so daß ich, wenn mein Stamm mich fragt, wo das große weiße Mammut ist, ihre Sorgen beschwichtigen und ihnen versichern kann, daß es Lebensspender gutgeht!«

Die Sonne antwortete ihm nicht.

»Vater Himmel, ich bitte dich, laß mich Lebensspender finden und ihm in ein Land folgen, das meinem Stamm Leben spendet! Ich bitte dich, dafür zu sorgen, daß die Frauen und Kinder endlich frei von Hunger und Durst sind!«

Die Sonne antwortete nicht.

»Hör mich an! Ich bin der Enkel Hoyeh-tays! Ich habe die Traditionen der Vorfahren bewahrt! Ich habe alles zurückgelassen, das den Mächten der Schöpfung nicht gefällt, und habe es gewagt, dem großen weißen Mammut in ein unbekanntes Land zu folgen! Ich bin Schamane! Und du wirst mir antworten!«

Die Sonne, die nicht auf das Flehen eines Jungen antworten wollte, reagierte nun auf den unverfrorenen Befehl des Schamanen. Der Kojote erschien wieder auf dem Berggipfel und stand als Schattenriß vor dem zitternden Hitzedunst des Nachmittags. Der kleine gelbe Wolf heulte, als würde er den Tod eines Bruders betrauern.

Cha-kwena war verwirrt. Was für eine Art Zeichen sollte das sein? Von allen Tieren, die er seine Brüder nannte, war der Kojote ihm im Geist immer am nächsten gewesen. Nur wenige Augenblicke zuvor hatte das Heulen dieses Kojoten einen Widder dazu veranlaßt, einen Steinschlag auszulösen, der ihn fast getötet hätte. Jetzt war das Tier wieder da und heulte mit so tiefer Trauer, daß Cha-kwena der Laut durch und durch ging. Er sah zu, wie der Kojote seinen goldbraunen, dem eines Wolfes ähnlichen Kopf senkte und mit zurückgelegten Ohren und eingeklemmtem Schwanz stumm den jungen Schamanen anstarrte. Seine Augen waren halb geschlossen, wie in großem Schmerz.

Cha-kwena starrte zurück. Die Anwesenheit des Tieres zu dieser Tageszeit hatte etwas Unnatürliches. So nahm Cha-kwena an, daß die Gegenwart des Kojoten ein Zeichen der Sonne war! Daran durfte er nicht zweifeln, auch wenn das Tier unheilverkündend wirkte.

Nun richtete der Kojote seine Nase zur Sonne hin, gab ein kurzes Jaulen von sich, das durch Mark und Bein ging, und lief dreimal im Kreis. Er trottete ein paar Schritte in Richtung der aufgehenden Sonne, kehrte wieder um und blieb schließlich stehen.

Cha-kwena keuchte ermutigt und überzeugt, daß der Kojote ihn soeben aufgefordert hatte, den Gipfel zu besteigen und ihm zu folgen. Hier war das Zeichen, nach dem er gesucht hatte! Er würde nicht danach fragen, ob es gut oder schlecht war – das würde er früh genug herausfinden. »Ich komme!« rief er und folgte ihm, ohne zurückzublicken, in der schwachen Hoffnung, daß der kleine gelbe Wolf ihn zu seinem Totem führen würde.

Der Aufstieg war nicht sehr beschwerlich. Cha-kwena suchte sich einen Weg zwischen den Felsblöcken hindurch, die unordentlich um den breiten, baumlosen Gipfel des Berges verstreut lagen. Und während der Schamane hinaufstieg, drängte ihn der Kojote immer weiter.

»Cha-kwena!«

»Ja, ich folge dir!«

»Cha-kwena!«

»Ich höre deinen Ruf, Bruder meines Geistes!«

Eine zunehmende Erregung stärkte seine Entschlossenheit, während er schneller hinaufkletterte und sich zum ersten Mal seit vielen Monden sicher war, daß die Macht des heiligen Steines noch mit ihm war. Er war wirklich noch ein Schamane, der die Fähigkeit besaß, mit den Geistern der Tiere in Verbindung zu treten.

»Warte auf mich, kleiner gelber Wolf, Bruder meines Geistes!« rief er dem Kojoten zu. »Ich komme so schnell, wie mich meine zwei Menschenbeine tragen!« Er schob sich auf den letzten Felsblock und darüber hinweg. Noch ein paar weitere Schritte, und er würde auf dem kahlen Schädel des Berges stehen. Dann konnte er die Welt überblicken und sehen, was der Kojote ihm zeigen wollte.

»Cha-kwena!« Diesmal rief der Kojote seinen Namen mit dem hohen, ungeduldigen Kreischen einer Frau. »Cha-kwena! Halt an!«

Überrascht gehorchte er und erkannte dann, daß der Ruf weder von der anderen Seite des Gipfels noch aus der Kehle eines Tieres gekommen war. Er hatte seinen Ursprung hinter und unterhalb von ihm, und er war aus dem Mund eines Mädchens gekommen. Er drehte sich um und blickte nach unten. »Mah-ree!«

Verärgert sah er zu, wie ihre kleine, sonnengebräunte Gestalt ihm über den Grat nacheilte. Ihre Lieblingshunde waren bei ihr – Freund und Narbennase, Einohr und Ungehorsam. Einer der Hunde trug Gepäcktaschen auf dem gesprenkelten grauen Fell seines Rückens. Cha-kwena bedachte die großen, zottigen Tiere mit den langen Ohren mit einem finsteren Blick. Die Hunde erinnerten ihn an tragische Ereignisse, die er lieber vergessen wollte. Die Hunde waren Welpen gewesen, als Masau, der Schamane und Botschafter des Stammes des Wachenden Sterns, sie Mah-ree zum Geschenk gemacht hatte. Das war mit guten Erinnerungen verbunden gewesen, bis Masaus mörderisches Doppelspiel erkannt worden war und der vernichtende Krieg zwischen den Stämmen des Nordens und des Südens ausgebrochen war. Cha-kwenas Lippen wurden zu einem dünnen weißen Strich. Er hatte Masau vertraut. Jeder im Dorf am See der Vielen Singvögel hatte ihm vertraut. Als Dank für die Gutgläubigkeit des Stammes hatte Masau Hoyeh-tay ermordet und den Tod in die Rote Welt gebracht.

»Cha-kwena! Warte!« rief Mah-ree. »Ich bringe etwas zu essen und frisches Wasser! Und ich habe dir etwas zu erzählen!«

Erzählen? Cha-kwena verdrehte die Augen. *Es wird wieder ein endloses Geschnatter!* Würde Mah-ree niemals aufhören, ihm wie ein Schatten zu folgen und ihn wie ein lästiger Moskito zu umschwirren? Er schüttelte den Kopf, weil er die Antwort kannte. Sie würde sicher mit ihm schimpfen, daß er sich klammheimlich aus dem Lager geschlichen hatte. Sie würde ihm wie schon so oft klarzumachen versuchen, daß sie auch Schamanin war und demzufolge das Recht hatte, an seiner Seite zu sein, wenn er nach seinen mystischen Visionen suchte.

Wie kam das Mädchen auf solche Ideen? Er seufzte widerwillig. Mah-ree lag vielleicht gar nicht so falsch. Schon während ihrer Kindheit hatte man sie Medizinmädchen genannt, weil sie ein Gespür dafür besaß zu heilen und furchtlos die Nähe der

Mammuts gesucht hatte. Trotzdem war der Weg des Schamanen in der Roten Welt nur für Männer bestimmt.

Doch wie hatte Mah-ree gewußt, wo sie ihn finden würde? Woher hatte sie gewußt, daß sein Wasserbeutel trocken war? Er hatte Durst und sehnte sich nach einem Schluck Wasser. Also wartete er – nicht auf das Mädchen, sondern auf das Wasser, das es ihm brachte.

Mah-ree nahm dem Hund die Gepäcktaschen vom Rücken, warf sie sich über die Schultern und befahl ihren Gefährten zurückzubleiben. Dann kletterte sie über die letzten Felsblöcke, bis sie mit rotem Gesicht und keuchend vor ihm stand – ein kleines Mädchen mit bloßen Brüsten, das einen knielangen Rock auf geflochtenen Schwalbenwurzfasern und Sandalen aus gestampftem, dicht geflochtenem Salbei trug. In einer Hand hielt sie einen Speer, und ihr steinernes Schlachtmesser steckte an ihrer Seite in der Scheide.

»Ich dachte schon, du würdest niemals langsamer werden!« erklärte sie völlig außer Atem. »Hast du nicht gehört, daß ich deinen Namen gerufen habe?«

Er betrachtete sie vorwurfsvoll. Sie wuchs heran und wurde ihrer älteren Schwester von Tag zu Tag ähnlicher. Doch in Cha-kwenas Augen war Mah-ree immer noch ein Kind, und er bezweifelte, daß sie jemals so schön wie Ta-maya aussehen würde. Er wußte, daß dieser Vergleich ungerecht war. Keine Frau in dieser oder der nächsten Welt kam Ta-maya gleich. Ihre Schönheit war so groß, daß schon viele Männer sie besitzen wollten. Schließlich war es nur dem großartigen Masau vom Stamm des Wachenden Sterns gelungen, ihr Herz zu gewinnen, doch Ta-maya hatte diesen, von ihr gewählten Mann, schon wieder verloren, bevor sie ihn noch wirklich für sich gewonnen hatte. Jetzt wollte sie überhaupt keinen Mann mehr und gab sich damit zufrieden, in Cha-kwenas Stamm zu leben. Doch Ta-maya sah ihn nicht auf die Weise an, wie eine Frau einen Mann ansah . . . auf die Weise, nach der er sich mehr als alles andere sehnte. Die kleine Mah-ree tat es, und das ärgerte ihn.

»Warum bist du mir gefolgt?« fuhr er sie an. »Jetzt schweigt der Kojote auf der anderen Seite des Berges, wohin er mich gerufen hat. Meine Einsamkeit ist zerstört, und meine Visionen sind vorbei.«

Jeder andere wäre bei diesem Tadel zusammengezuckt. Aber nicht Mah-ree. Da sie ihn jetzt endlich eingeholt hatte, war ihre Stimmung so heiter wie der Tag. »Ich werde dir immer folgen, Cha-kwena! Das weißt du doch!« Sie strahlte ihn an. »Diese Frau hat ihrem Mann Essen und Wasser gebracht. Doch wenn du auf deiner Suche nach der Vision fasten solltest, werde ich diese Dinge so lange zurückhalten, bis du bereit bist, sie zu nehmen.«

»Ich bin nicht *dein* Mann! Und du mußt erst noch eine Frau werden!«

»Bald!« prahlte sie und reckte ihre Brust. Die bevorstehende Reife war in Form zweier winziger Brüste sichtbar, die so rund, so hart und so spitz wie Süßwassermuscheln waren.

Er war davon nicht beeindruckt. Ihr Aussehen machte ihm sogar Sorgen, denn Mah-ree war fast vierzehn. Ihr hätten schon längst die Brüste einer Frau wachsen müssen. Erst am Tag zuvor hatte er gehört, wie ihre Mutter Ha-xa seiner Mutter U-wa ihre Besorgnis anvertraut hatte. Ha-xa hatte gesagt: »Ich befürchte, daß die Geister der werdenden Frau in meiner jüngeren Tochter durch die Strapazen der langen Reise abgestorben sind. Vielleicht wird meine arme Kleine niemals Mondblut vergießen! Vielleicht wird meine Mah-ree alt und trocken werden, ohne daß die Frau in ihr jemals geboren wurde!«

Die Erinnerung beunruhigte Cha-kwena. Als Mah-ree einen Wasserschlauch von den Gepäcktaschen löste und ihm anbot, war er froh über die Ablenkung. Er nahm einen tiefen Schluck und gab den Schlauch mit der Verachtung zurück, die von seinem Geschlecht und seiner Stellung erwartet wurde. »Du hättest nicht kommen dürfen, Mah-ree. Kosar-eh und die Frauen werden sich Sorgen machen. Und was tust du mit dem Speer? Das ist eine Männerwaffe!«

»Es ist mein Speer! Ich habe ihn mit meinen eigenen Händen gefertigt!« Ihre Augen strahlten vor Stolz. »Ich habe Kosar-eh zugesehen, wie er die Jungen in der Herstellung und Benutzung von Jagdwaffen unterrichtete – des Speers und des Speerwerfers. Bald werde ich mehr können, als nur Kaninchen, Eidechsen, Schlangen und Vögeln Fallen zu stellen! Ich werde ein mutiger Jäger sein, so wie die Erste Frau! Ich werde Antilopen jagen, Hirsche und Pferde! Ich werde meinen Stamm vor Bären und Pumas beschützen, vor Löwen und Säbelzahnkatzen und Wölfen! Ich bin schon so gut mit diesem Speer, daß ich mich allein und furchtlos in unbekanntes Land wagen kann. Kosar-eh weiß das. Wenn er sieht, daß ich gegangen bin, wird er nicht zulassen, daß die anderen sich Sorgen machen. Er wird ihnen sagen, daß Mah-ree zu Cha-kwena gegangen ist! Was soll mir schon passieren, wenn ich mit meinem Schamanen zusammen bin?«

Cha-kwena war schockiert über ihre Unverfrorenheit. »Keine Frau kann wie die Erste Frau sein! Sie ist die Mutter aller Generationen der Menschen. Wie kann ein halb dummes, kleines Ding wie du sich erdreisten, im Schatten der Ersten Frau gehen zu wollen?«

Seine Worte trafen ins Ziel. »Ich bin nicht dumm und werde auch nicht für immer klein sein, Cha-kwena«, flüsterte sie.

Er bedauerte es sofort, sie beleidigt zu haben. Was hatten ihr zitterndes Kinn und die Tränen in ihren großen, sanftbraunen Augen an sich, daß er sich so reumütig fühlte? Er hatte nichts gesagt, was nicht der Wahrheit entsprach!

Vielleicht steckte in ihr tatsächlich mehr von einem Jäger als in einer gewöhnlichen Frau. Während des Krieges zwischen den Stämmen des Nordens und des Südens hatte sie einen der stärksten Krieger des Stammes des Wachenden Sterns überlistet und ihn über eine Klippe in den Tod stürzen lassen.

Doch Cha-kwena war der Meinung, daß solche Dinge nicht ermutigt werden sollten. Im Grasland hatte es einst eine weibliche Jägerin und Schamanin mit großer Macht gegeben. Alle Männer, die vor Ysuna, die Tochter der Sonne, traten, waren gebeugt und gebrochen worden, um ihrem Willen gefügig zu sein. »Nein!« sagte er zu Mah-ree. »Bevor wir die Rote Welt verließen, wurde beschlossen, daß jene, die in dieses neue Land ziehen, in den Traditionen unserer Vorfahren stark werden sollten! Kosar-eh soll die Jungen in der Jagd unterrichten, und er soll seinen Speer benutzen, um sich und andere zu beschützen. Aber er darf weder mit seinem Speer auf die Jagd gehen noch einem Mädchen beibringen, wie man diese Waffe benutzt!«

»Aber . . .«

»Die Mächte der Schöpfung haben Kosar-eh dazu bestimmt, die Last eines verkrüppelten Arms und Narben im Gesicht zu tragen, damit er als Lustiger Mann lebt und nicht als Jäger. Es ist seine Aufgabe, unseren Stamm zum Lachen zu bringen und unsere Herzen in beschwerlichen Zeiten zu erleichtern. Er ist . . .«

»Ein Mann, der entrüstet wäre, wenn er deine Worte hören könnte!«

»Nein. Ich spreche in der Tradition unserer Vorfahren, Mah-ree. Ich spreche als Schamane! Ich habe bei der Macht des heiligen Steins geschworen, mich an die Traditionen der Vorfahren zu halten. Und du weißt genausogut wie ich, daß ein Mann, der durch eine Jagdverletzung verstümmelt wurde, damit für immer von den anderen Männern abgesondert ist. Er darf nicht die Frau seiner Wahl nehmen oder behalten, sondern muß sich mit alten Witwen zufriedengeben, deren Leben keinen Verlust für den Stamm darstellen, falls er es nicht schafft, für sie zu sorgen. Vom Augenblick seines Unglücks an darf er nie wieder mit einem Speer jagen! Wenn er es tut, wird seine Beute die Narben und die zerstörten Knochen sehen und beleidigt sein, so daß sie sich weigert, sich von den Speeren der anderen Jäger töten zu lassen. Wenn das geschieht, werden die Frauen und Kinder dieses Stammes hungern.«

Mah-ree schmollte. »In diesem neuen Land mit wenig Regen, in das Cha-kwena uns geführt hat, hungern die Frauen und Kinder dieses Stammes bereits. Kann der Speer eines Mannes – selbst wenn er Schamane ist – genug Fleisch für alle beschaffen?«

Es gab Augenblicke, in denen Cha-kwena eine große Abneigung gegen Mah-ree hatte – und dies war ein solcher Augenblick. »Bald werden wir besseres Land erreichen.«

Ihr Kinn hörte auf zu zittern. Ihr Haar, das über den Brauen gerade abgeschnitten war und in der vorgeschriebenen Weise für ein kindliches Mädchen bis knapp über die Ohren reichte, schimmerte bläulich wie die Flügel einer Amsel, wo die Sonnenstrahlen auf den dicken schwarzen Strähnen spielten. Die Tränen waren aus ihren Augen verschwunden. »Ich glaube daran, Cha-kwena. Ich glaube daran, weil du es sagst.«

Er streckte seine Hand aus. Ihre Blicke trafen sich. Sie wußte, was er von ihr wollte. Sie gab ihm den Speer.

Er nickte zufrieden. Jetzt gefiel sie ihm schon besser. »Ich werde mit Kosar-eh reden. Ich werde ihn daran erinnern, daß er fünf Söhne hat ... und daß Mah-ree nicht dazugehört.«

Sie hob den Kopf. »Tadele ihn nicht, Cha-kwena. Vergiß nicht, daß Kosar-eh mit meinem Vater losgezogen ist, um Ta-maya vor jenen zu retten, die sie ihrem Sturmgott opfern wollten. Damals hat niemand etwas über die Traditionen der Vorfahren gesagt oder ihm die Benutzung des Speeres verboten. Selbst nachdem mein Vater getötet wurde, hat Kosar-eh sich den Namen ›Mann, der seinem Feind ins Gesicht spuckt‹ verdient. Er hat um Ta-mayas Leben gekämpft, als sogar der Mutige Mann Angst hatte!«

Cha-kwena zuckte bei der Erwähnung Dakan-ehs zusammen. Es hatte eine Zeit gegeben, in der der junge Schamane mit ganzem Herzen danach gestrebt hatte, so wie Dakan-eh zu werden – genauso aufrecht und selbstsicher unter der Sonne zu stehen, genauso schnellfüßig und gutaussehend zu sein und einen genauso braunen und makellosen Körper wie ein Puma zu besitzen. Er hatte sich gewünscht, denselben ewighungrigen Ausdruck in den Augen und um den Mund zu haben, so daß er sich selbst im Schlaf an seine Beute anzuschleichen schien, jederzeit zum Aufspringen bereit, um sich als größter Jäger im Land der Vorfahren zu beweisen.

Doch dann war der Tag gekommen, als die Menschen der Roten Welt entdeckt hatten, daß es jenseits ihres Landes andere Länder und andere Menschen gab. Und in dem Augenblick, wo Dakan-eh zum ersten Mal die Großwildjäger aus dem Norden gesehen hatte, hatte er gewußt, daß er nur ein Puma unter Löwen war. Das war nicht gut genug für Dakan-eh. Wie eine Schlange hatte er die alte gegen eine neue Haut ausgetauscht, die ihn als Mann eines anderen Stammes auszeichnen sollte. Ohne Zögern hatte er den Traditionen der Ahnen den Rücken zugekehrt, um seinen Platz zwischen Fremden zu suchen, die

Menschen jagten und Mammuts töteten. Während des Krieges war dies eine gute Entscheidung gewesen. Um gegen ihren Feind zu überleben, war sogar Cha-kwena mit gerade vierzehn Jahren gezwungen gewesen, ein Krieger zu werden. Doch am Ende hatte er die kriegerische Lebensweise aufgegeben und war zu den Traditionen der Vorfahren zurückgekehrt. Dakan-eh jedoch hatte sich entschlossen, ein Löwe zu bleiben, und hatte viele Menschen ihres Stammes davon überzeugt, daß auch sie Löwen werden konnten.

Cha-kwena wurde von einem starken Schuldgefühl überwältigt, und seine freie Hand griff nach dem Medizinbeutel. Er wußte, daß er das Richtige getan hatte, als er den heiligen Stein Dakan-ehs Zugriff entzogen hatte. Der Mutige Mann hätte seinem Schamanen vielleicht befohlen, die Macht des heiligen Steins für böse Zwecke zu mißbrauchen. Viele Menschen im Grasland glaubten, daß sie, wenn das große weiße Mammut Lebensspender gejagt und getötet wurde und sie von seinem Fleisch aßen und von seinem Blut tranken, genauso unsterblich und mächtig würden wie das Totem selbst. Zu diesem Zweck hatte Masau Speerspitzen aus Chalzedon hergestellt – ›magische‹, weiße Speerspitzen, die angeblich als einzige Waffe das Totem zu töten vermochten. Cha-kwena befürchtete, daß Dakan-ehs Ehrgeiz ihn dazu treiben könnte, sich einem solchen Glauben anzuschließen.

Als die Mächte der Schöpfung sich zusammentaten, um die Speerspitzen in Cha-kwenas Obhut zu geben, und die Vier Winde ihm in seinen Träumen Warnungen zugeflüstert hatten, war der junge Schamane zur Tat geschritten. Er hatte die Speerspitzen und den heiligen Stein genommen und alle möglichen Feinde hinter sich gelassen, während er seinem Totem folgte. Selbst wenn Dakan-eh versucht hätte, ihm auf den Fersen zu bleiben, hätten die Stürme des Winters die Spuren seines kleinen Stammes verwischt. Hier, jenseits der Sandberge und am Rand der Welt, waren Cha-kwena und sein Stamm in Sicherheit, und das große weiße Mammut würde unter dem Schutz des Schamanen für immer leben.

Cha-kwena seufzte. Für einen so jungen Mann wie ihn war es eine schwere Entscheidung gewesen. Auch wenn seine Handlungen gerechtfertigt waren, hatte er doch Dakan-ehs Stamm ohne heiligen Stein und ohne Schamanen allein gelassen. Ohne ein Bündnis mit den Geistern war der Stamm des Mutigen Mannes vielleicht schon in großer Lebensgefahr. Er redete sich immer wieder ein, daß ihn das nicht kümmern durfte, aber es kümmerte ihn doch.

»Cha-kwena! Hör doch!« Mah-rees Aufforderung riß den jungen Mann aus seinen Gedanken.

Der Kojote heulte wieder auf der anderen Seite des Berges. Irgendwo im Osten trompetete ein Mammut. Der Ruf erfüllte Cha-kwenas Herz mit Freude. »Ich werde nachsehen, wo . . .«

»Ich komme mit!« unterbrach ihn das Mädchen.

Cha-kwena störte sich nicht daran, daß Mah-ree nicht von seiner Seite wich, denn er hatte sich bereits in Bewegung gesetzt und jeden Gedanken an sie aus seinem Geist vertrieben.

Als sie den Gipfel erreichten, verschwand der Kojote gerade in einer weiten, geröllübersäten Schlucht, deren Abhang steil abstürzte und dicht mit verkümmertem Immergrün bewachsen war. Ein sanfter, warmer Wind wehte von unten herauf und brachte den durchdringenden Geruch nach Salbei und Beifuß mit, den reichen, harzigen Duft uralter Nadelbäume und Wacholder und den eigentümlich süßen und feuchten Geruch nach verwesenden Blättern und Zweigen, die die nasse Lehmerde bedeckten.

Mah-ree beugte sich leicht vor, sog den Geruch des Windes ein und blickte dann hoffnungsvoll zu Cha-kwena auf.

Er nickte als Antwort auf ihre unausgesprochene Frage. *Ja. Ich rieche es auch. Feuchtigkeit!* Irgendwo dort unten führte der Kojote seinen menschlichen Geistbruder zum Wasser! Kurz flackerte in ihm die Hoffnung auf, bis sie wieder verschwand. Ein kalter, süßer Bach jeder Größe würde, wie er wußte, die Feuchtigkeit liebenden Bäume wie Weiden, Erlen, großblättrige Platanen und Pappeln dazu einladen, an seinem Ufer zu wachsen. Doch hier wuchs keiner dieser Bäume. Sein Mund wurde trocken. Er wußte, was er finden würde – die feuchte Spur einer sterbenden Quelle tief im Berg. Sie würde gerade ausreichen, um das Leben an diesem Ort zu erhalten, ohne daß es sich hier entfalten konnte.

Cha-kwena runzelte die Stirn. In seinem Dorf an den zurückweichenden Ufern des Sees der Vielen Singvögel trocknete das Land aus wie eine alte Frau, wenn der letzte Fluß ihres Mondbluts versiegt war. Die Rote Welt, die in den Tagen seiner Vorfahren ein kühles, grünes Grasland um einen großen Binnensee gewesen war, hatte sich schon zum Zeitpunkt von Cha-kwenas Geburt fast völlig in eine Wüste verwandelt. Niemand, nicht einmal der alte Hoyeh-tay, wußte, warum das so war.

Habe ich mich geirrt, fragte er sich, *als ich dachte, ich könnte ein besseres Land finden als das, in dem ich geboren wurde?* Er hatte Mah-ree zu Recht getadelt, weil sie versuchte, der legendären Ersten Frau nachzueifern. Aber wenn er sich der Vorstellung hingab, er könnte seinen Stamm in ein unbekanntes Land und ein besseres Leben führen, trat er damit nicht selbst in die Fußstapfen des Ersten Mannes?

Mah-ree bemerkte seine Selbstzweifel. »Als das Totem die Rote Welt verließ, konnte mein Schamane nicht zurückbleiben. Solange Lebensspender uns vorausgeht, werden die Geister der Vorfahren dem Stamm wohlgesonnen sein. Du wirst sehen!«

Cha-kwena war ihr für ihren Zuspruch dankbar. Während er tief Atem holte, um sich zu beruhigen, starrte er in die grünen Tiefen der Schlucht. Er hoffte, daß das Mammut noch einmal trompeten würde, aber die einzigen Geräusche auf dem Berg waren das Flüstern des Windes und von tief unten das gelegentliche heisere Schimpfen der Häher und Spechte.

»Will der kleine gelbe Wolf, daß wir ihm folgen?« fragte Mah-ree.

»Nein, die Schlucht ist zu trocken. Der Kojote mag dort mit dem Puma und dem Luchs leben können, aber ihr Leben wird hart und durstig sein, wenn sie sich um das magere Fleisch von Ratten und Hasen, von Vögeln und Mäusen, von Schlangen und Eidechsen streiten.«

»Wir haben schon von weniger gelebt, Cha-kwena. Wenn mein Schamane dem Kojoten folgen und auf die Jagd gehen will, wird Mah-ree keine Angst haben!«

Im selben Augenblick erhob sich ein weißköpfiger Adler in

die Lüfte. Als er aufsah, glaubte Cha-kwena, daß der Vogel genau auf sie zuflog. Er hatte recht. Der Adler kam ihnen so nahe, daß er und Mah-ree gezwungen waren, sich zu ducken. Kurz darauf stieg er mit weit ausgebreiteten dunklen Flügeln hoch in die Luft, während sein Schwanz und sein Kopf im Licht der Sonne weiß leuchteten. Er kreischte, als er seine Kreise zog.

Nur mühsam konnte er sein Verlangen unterdrücken, die Arme auszubreiten und dem Adler nachzufliegen. Immer weiter bis zum schimmernden Saum des Horizonts! Immer weiter über den Rand der Welt hinaus, den nur der Adler und die Vier Winde kannten! Immer weiter über riesige, aufgerissene Flächen ockergelben Ödlands, über rote Aschenkegel, über schwarze und rostrote Lavaströme, über die weite Fläche eines riesigen ausgetrockneten Sees, von dem nur noch ein paar Tümpel übrig waren.

Als Cha-kwena die Welt überblickte, waren sein Mund und seine Seele wie ausgedörrt. Das Land war nicht weniger trostlos als das Land, das er hinter sich gelassen hatte. Er schüttelte mutlos den Kopf.

Dann wandte sich sein Blick, der immer noch dem Flug des Adlers folgte, nach Norden. Er blinzelte. Dort am Horizont sah er unter dem Dunstschleier der Entfernung eine Masse aus Blau und Purpur, die sich unter einem blaßgrauen Wolkenstreifen erhob. *Berge!* Langgezogene, breite und hohe Berge! Größer und massiver als die wunderbaren Blauen Tafelberge seiner Heimat! Und ihre Farbe versprach Hochwälder und begrünte, feuchte Anhöhen!

Cha-kwena lief das Wasser im Mund zusammen. In diesen Bergen würde es Wild geben! Er kniff die Augen zu schmalen Schlitzen zusammen und sah die glänzenden Ausläufer, die wie Finger nach unten griffen und verrieten, daß in den tiefen Schluchten nahe der Gipfel Schnee lag. Wo die Wolken- und Schneegeister wohnten, waren auch die Geister des Regens und des Schmelzwassers zu Hause. Es gab kalte Quellen in diesen fernen Hügeln und Schluchten und klare Bäche – vielleicht sogar breite Flüsse und leuchtende Seen. Ihr klares, süßes Wasser würde überwinternde Wasservögel anlocken, Fischadler und müde Reisende, die lange durch ein ausgedörrtes und lebensfeindliches Land gewandert waren, in dem Cha-kwena kein Anzeichen von anderen Menschen oder einen Lagerplatz gefunden hatte ... bis jetzt.

Wieder trompetete ein Mammut. Der grelle, ohrenbetäubende Ruf zerriß die Stille des Tages. Kein anderes Geschöpf in dieser oder der nächsten Welt konnte ein solches Geräusch von sich geben. Mah-ree zeigte in die Richtung, aus der es gekommen war, wo eine blasse, wankende Gestalt aus dem Gebüsch am Grund der Schlucht hervorkam. Sie wandte sich nach Osten in Richtung der fernen Berge.

»Endlich sehe ich dich wieder, Lebensspender, Großer Geist, All-Großvater, Beschützer des Ersten Mannes und der Ersten Frau und aller Vorfahren und Totem!« Zitternd und seufzend sprach er die Namen aus. Jedesmal, wenn er das große weiße Mammut zu Gesicht bekam, erfüllte ihn sein Anblick und seine Größe aufs Neue mit Ehrfurcht. Das Tier hatte die Farbe des Schnees am Ende des Winters, nachdem der Wind ihn mit verwehtem Staub hatte grau werden lassen. Es war mit vielen Narben von erfolgreich bestandenen Kämpfen gegen unterlegene Bullen übersät und war an den Schultern etwa achtzehn Fuß hoch. Die nach innen gebogenen Stoßzähne waren fast genauso lang wie das Tier hoch war.

Der Gigant hätte der Vision eines Schamanen oder dem Alptraum eines Jägers entstammen können. Doch als Cha-kwena ihn anstarrte, wußte er, daß es keine Erscheinung war. Seit Anbeginn der Zeiten war Lebensspender durch die Welt der Menschen gezogen, in Fleisch und Blut und Knochen – die körperliche Manifestation des Großen Geistes. Und so lange Cha-kwena den heiligen Stein besaß und die magischen Speerspitzen von seinen Feinden fernhielt, würde das Totem unsterblich sein. Cha-kwena fühlte sich allein durch seinen Anblick gestärkt.

»Ich wußte, daß du ihn finden würdest, Cha-kwena!« sagte Mah-ree voller Ehrfurcht.

Der junge Schamane wandte sein Gesicht der Sonne zu und dankte Vater Himmel, daß er seine Gebete erhört hatte. Dann blickte er wieder in die Schlucht und suchte nach dem Kojoten. Er wollte seinem Geistbruder danken, daß er ihn hierhergeführt hatte, aber der kleine gelbe Wolf war irgendwo in der Tiefe verschwunden. Nur noch Lebensspender war zu sehen. Doch für Cha-kwena war das schon mehr als genug.

Dann bildete sich aus dem Nichts eine einzige Wolke und schob sich vor die Herbstsonne, um einen Schatten auf die Welt zu werfen. In der Ferne kläffte der Kojote einmal und verstummte wieder. Nicht zum ersten Mal an diesem Tag vermittelte der Laut Cha-kwena das Gefühl einer Warnung. Aber wovor?

Seine Hand griff nach dem Medizinbeutel. Die Berührung des Amulettes löste sofort eine Vision aus: Er sah einen tapferen jungen Löwen, der trotzig die Sonne anbrüllte. Und dann verwandelte sich der Löwe in Dakan-eh, der in ein Kojotenfell gehüllt war. Cha-kwena sah, wie der Mutige Mann voller Trotz, Kummer und Wut aufschrie und einen blutigen Speer reckte. *Cha-kwena!* tobte er. *Ich werde dich finden! Ich werde den heiligen Stein zurückholen! Ich werde Ta-maya holen, die Frau, die mir gehören sollte! Du folgst einem sterbenden Totem! Und mit meiner eigenen Hand werde ich die Speerspitzen mit Schäften versehen und das Mammut töten! Dann werde* ich *Schamane sein! Und du wirst tot sein! Und kein Mensch wird mir je wieder das Glück stehlen können!*

Cha-kwena keuchte. Die Vision schmerzte ihn, doch dann war sie plötzlich vorbei.

Neben ihm strahlte Mah-ree über das ganze Gesicht. »Wir müssen zu den anderen zurückgehen und ihnen sagen, daß sie sich auf die Reise zu den fernen Bergen vorbereiten sollen, zu denen unser Totem uns führt.«

Cha-kwena nickte. Es würde eine lange Wanderung um den Berg herum und über den trockenen See werden, bis sie ihr Ziel erreicht hatten. Seine Augen verengten sich und starrten das große weiße Mammut an. Lebensspender war so alt – so alt wie der Berggipfel, auf dem Cha-kwena stand, so alt wie das Land, über das er ging, so alt wie die Berge, zu denen er unterwegs war.

Du folgst einem sterbenden Totem!

Cha-kwena zuckte bei den Worten zusammen, die Dakan-eh ihm in seiner Vision zugeschrien hatte.

»Nein!« schrie er zurück. »Ich werde niemals daran glauben!«

Doch als Mah-ree ihn neugierig und besorgt musterte, wußte er, daß er daran glaubte. Die große Anzahl der Jahre, die das Mammut schon gelebt hatte, erdrückte Cha-kwena mit ihrer Last und machte ihm angst. Er stellte sich eine Frage, die kein Schamane, der das Mammut als sein Totem bezeichnete, stellen sollte: War es möglich, daß ein Tier ewig leben konnte?

»Ja!« erwiderte er trotzig, denn er hatte die Warnung seines Großvaters nicht vergessen, daß der Stamm sterben würde, wenn das große weiße Mammut starb. »Lebensspender wird so lange leben, wie Cha-kwena Schamane ist und der Mutige Mann der Roten Welt sich damit zufriedengibt, als Löwe im fernen Land unter dem Wachenden Stern zu leben!«

»Warum sagst du das, Cha-kwena?« fragte Mah-ree. »Du glaubst doch nicht, daß Dakan-eh uns folgen wird?«

Er antwortete nicht. Erneut wandte er sein Gesicht der nun wolkenverhüllten Sonne zu und sprach laut zu Vater Himmel. »Was immer ich mit dem inneren Auge gesehen habe, die Mächte der Schöpfung wissen, was in meinem Herzen ist: Ich wünsche Dakan-eh nicht mehr Unglück, als er vermutlich schon selbst über sich gebracht hat!«

Mah-ree riß die Augen vor Angst weit auf. »Was sagst du da, Cha-kwena? Hast du vergessen, wozu uns die Vorfahren geraten haben? Wünsche einem Mann nie etwas Böses, damit seine helfenden Geister deine Worte nicht gegen dich wenden!«

Er hatte es nicht vergessen, aber sie hatte nicht seine Vision gesehen, von der er ihr nichts erzählen würde. »Ich habe ihm nichts Böses gewünscht«, erwiderte er kurz angebunden.

»In deinen Worten lag mehr Fluch als Segen, Cha-kwena.«

»Ich verfluche keine Löwen, und ich segne sie auch nicht. Sie sind so, wie die Mächte der Schöpfung sie gemacht haben. Sie werden leben und jagen, wie sie müssen.«

Sie runzelte die Stirn. Sie überlegte einen Moment, dann flüsterte sie mit unverhohlener Angst: »Jagen sie *uns*, Cha-kwena?«

Er antwortete nicht.

»Dakan-eh ist kein Löwe!« erklärte sie energisch. »Er hat sich für den Weg entschieden, den er gehen will, und für das Tier, das er sein Totem nennt.«

»Genauso wie ich«, entgegnete Cha-kwena ruhig.

»Ja, aber wenn die Vision meinem Schamanen gezeigt hat, daß Löwen uns jagen, dann dürfen wir nicht hierbleiben. Lebensspender wandert zu den fernen Bergen. Wir müssen ihm folgen.«

Die Wolke, die vor die Sonne gezogen war, verdunstete, so daß wieder grelles Licht auf die Welt fiel. Da die Rückkehr der Sonne nur als gutes Zeichen gedeutet werden konnte, fühlte er sich besser. Vielleicht war seine Vision nur die Wiederkehr einer alten Furcht gewesen. Mah-ree hatte recht. Warum sollte Dakan-eh ihnen jetzt folgen, nachdem es seit so vielen Monden keine Spur von ihm gegeben hatte? Die Vision ergab keinen Sinn.

Er atmete tief ein. Er hielt die warme Luft tief in sich fest, damit sie sein Blut wärmen konnte und reine, helle Energie in sein Gehirn strömen ließ. Der Kojote schwieg, aber jetzt, wo sein Geistbruder ihn zu seinem Totem geführt hatte, war der kleine gelbe Wolf frei, seinen eigenen Weg zu gehen.

Cha-kwena entließ erleichtert und explosionsartig die Luft. Er fühlte sich gestärkt und von seinem Weg überzeugt. Lebensspender trottete auf die Berge zu, die Wasser und Wild versprachen. Das große weiße Mammut führte seinen Stamm in eine neue Heimat!

»Komm!« sagte er zu Mah-ree, legte seine Hand auf ihre nackte Schulter und drehte sie in Richtung des Lagers. »Wenn morgen die Sonne aufgeht, werden wir zu einem neuen und besseren Land unterwegs sein, wo unsere Feinde und Löwen aus der Roten Welt uns niemals finden werden!«

3

»Aiyee!«

Am Ufer neben dem Dorf, das vom wirbelnden Wind verwüstet worden war, war ein herzzerreißendes Jammern zu hören. Tiefe Furchen in der Erde zeigten die Stellen an, wo nur wenige Stunden zuvor mehr als hundert Hütten gestanden hatten. Lahontay, der älteste Jäger der vielen Stämme, die sich zur großen Bisonjagd versammelt hatten, hatte die Frauen, Kinder und Alten vor den Stürmen gerettet. Doch es gab keinen Grund zur Freude, als die Überlebenden des Zorns der wirbelnden Winde aus der Höhle hervorkamen, um die zu begrüßen, die über das übel zugerichtete Grasland zu ihnen kamen.

»Aiyee!« stöhnten die Frauen und alten Männer, als sie vergeblich nach ihren Lieben suchten und wie Geister durch das zerstörte Dorf irrten. Die wertvollen Besitztümer ihrer lebenslangen Arbeit waren zerstört und über die Prärie verstreut worden, zusammen mit den Leichen toter Menschen und Bisons.

Bevor der Wahnsinn der Trauer über seinen Stamm hereinbrechen konnte, befahl Shateh den Menschen, die Leichen und die Verwundeten in die Schneise zu bringen, wo der Sturm die Pappeln verwüstet hatte, die entlang des Ufers wuchsen. Der Rabe und seine Gefährten hatten sich bereits versammelt.

Noch nie hatte Dakan-eh so viele Raben gesehen – nicht einmal in den Tagen unmittelbar nach dem Krieg zwischen den Stämmen, als getötete Frauen, Kinder und Krieger reichliche Nahrung für die Aasfresser abgegeben hatten. Er blieb stehen. Pah-la und Ban-ya eilten auf ihn zu. Er hatte es nicht eilig, ihre Begrüßung über sich ergehen zu lassen. Er wußte, daß er von ihren Umarmungen erdrückt und von den Tränen seiner Mutter verbrüht werden würde. Seine Sklavin Sheela ging ein Stück hinter ihnen und war offenbar nicht so glücklich darüber, daß er am Leben war.

Die Augen des Mutigen Mannes verengten sich, als er den Himmel betrachtete. Er rückte das Gewicht des Kojotenkadavers auf seiner Schulter zurecht und brachte die grausam verstümmelte Leiche seines Vaters in seinen Armen in eine bessere Lage. Er bedachte die schwarzen, kreischenden Todesboten mit einem finsteren Blick. Er hatte lange genug unter Bisonjägern gelebt, um zu wissen, daß sich die Raben jedesmal nach einer größeren Jagd versammelten. Der Rabe und seine Gefährten folgten den großen Herden zusammen mit den Menschen, Wölfen und Löwen, denn wenn die Jagd vorbei war, gab es immer Reste, von denen die Raben fressen konnten.

Dakan-eh fragte sich, welche Art Fleisch die langen, schwarzen Schnäbel und Krallen der Raben heute blutig färben würde. Das Fleisch von Menschen oder von Tieren, von Jägern oder Beute? *Von beiden*, erkannte er, wenn die toten Jäger nicht schnell genug von ihren Familien in Sicherheit gebracht wurden.

Neben ihm hielt sich aschfahl und zitternd der junge Hah-ri auf. Er stand immer noch unter Schock. »So viele!« flüsterte er, als er zu den Vögeln aufblickte. »Folgen sie den Sturmgeistern genauso, wie sie den Herden folgen?«

»Ich bin dein Häuptling, nicht dein Schamane!« sagte Dakan-eh kurz angebunden, als seine Frauen ihn erreichten. Mit einem Schrei, der ihn trotz seines Entschlusses, sich nicht beirren zu lassen, tief schmerzte, lief Pah-la auf ihn zu und umarmte den Körper ihres Mannes. Sie war nicht groß, aber gut genährt, so daß sie Dakan-eh beinahe umwarf.

»Owa-neh! Owa-neh!« kreischte Pah-la den Namen ihres Mannes. »Mann meines Herzen! Das kann nicht sein! Das kann nicht sein! Das . . .«

»Ist aber so!« schnitt Dakan-eh das Gejammer seiner Mutter ab. »Komm! Wir werden meinen Vater in den Schatten unter den Bäumen hinter dem Dorf bringen, wie Shateh es befohlen hat.« Er verfiel in einen schnellen Trab und hoffte, daß Pah-la zurückfallen würde. Doch sie blieb an seiner Seite, zerrte an ihrem Mann, wimmerte und wiederholte, daß es nicht sein konnte, daß er tot war.

Ban-ya, die den kleinen Piku-neh auf ihrer Hüfte trug, blickte Dakan-eh voller Liebe und Erleichterung an. »Es gut zu sehen, daß mein Mann heute von der Jagd zurückgekehrt ist«, sagte sie, während sie neben Pah-la ging. Ban-ya streichelte den in Wildleder gekleideten Rücken der älteren Frau in einem vergeblichen Versuch, ihr Trost zu spenden. Der kleine Junge mit den fetten Wangen streckte seine Arme nach Dakan-eh aus, aber das Herz des Mutigen Mannes empfand nichts für das Kind. Piku-neh nährte sich immer noch von Ban-yas Brüsten – und solange das Kind gestillt wurde, war es seinem Vater nach den Gesetzen der Bisonjäger verboten, sich mit seiner Frau zu vergnügen.

Damit blieb nur noch Sheela übrig.

Dakan-ehs finsterer Blick ließ das Kind zurückweichen. Obwohl er stolz darauf war, daß er mit Piku-neh einen Sohn hatte, hatte er keine Geduld mit Babys. Sie stanken nach Urin, störten ständig und schissen überall in die Hütte. Er wartete darauf, daß sein Sohn endlich ein akzeptables Alter erreichte – nach seiner Meinung wurden Kinder erst im Alter von etwa vier Jahren zu Menschen –, weil er lieber in einer sauberen, ordentlichen Hütte lebte, in der allein seine Bedürfnisse im Mittelpunkt standen.

Doch Piku-neh – falls der Vater des Jungen jemals von den Ältesten als vollwertiges Stammesmitglied anerkannt wurde – war die Hoffnung des Stammes. Daher übertraf Ban-yas Sorge um ihr männliches Kind alle anderen Verpflichtungen an Wichtigkeit, selbst jene gegenüber ihrem Mann.

Dakan-eh verzog das Gesicht, als er weiterging. Er hätte mehr als nur eine Frau aus der Roten Welt mitbringen sollen und auch mehr weibliche Kriegsgefangene ... oder hätte zumindest vorsichtiger mit den dreien umgehen sollen, die er sich genommen hatte. Bis Piku-neh entwöhnt sein würde, hatte der Mutige Mann nur eine Sklavin, die ihm dienen konnte – und ein Mann mit nur einer Sklavin und einer Frau wurde in diesem Land bemitleidet, wo der Wert eines Jägers nach der Anzahl der Frauen bemessen wurde, für die er jagen und mit denen er Söhne machen konnte. Sheela ging als gehorsame, wenn auch ständig mürrische Sklavin dicht an Ban-yas Seite, damit sie jederzeit auf die Laune der Frau ihres Herrn reagieren konnte.

Dakan-eh war sich schmerzlich seiner Herkunft und des winzigen Umfangs seiner eigenen Familie bewußt. Um ihn herum traten die vielen Frauen und Sklavinnen der Jäger und Krieger des Graslands zu ihren Männern, um die zu trösten, die die Toten und Verwundeten in den Schatten der Pappeln brachten. Während die Frauen der weiten Prärie mit hoher, wilder Stimme klagten, wurden Dakan-ehs Ohren von Pah-las armseligem Gewimmer beleidigt. Wie konnte sie nur wie ein verwundetes Tier stöhnen, das die Kraft zum Schreien verloren hatte? Wenn er nicht von Owa-nehs totem Körper daran gehindert worden wäre, hätte er sie niedergeschlagen.

»Du bist nicht mehr in der Roten Welt, Frau!« knurrte er tadelnd und nannte sie absichtlich nicht Mutter. »Du bist jetzt im Grasland! Steh gerade! Gib die angemessenen Laute der Trauer für Owa-neh von dir, dem Vater dieses tapferen Jägers!«

Pah-la ließ sich nicht anmerken, ob sie den Befehl ihres Sohnes gehört hatte oder nicht. Sie berührte immer wieder den Toten in Dakan-ehs Armen und versicherte Owa-neh, daß er noch lebte und sie seine Wunden pflegen und ihm Weidenöl gegen seine Schmerzen bringen würde, wenn er erwachte. Das Sonnenlicht brach sich in den kleinen Goldkörnchen ihres Nasenrings, doch nicht einmal der Widerschein der Sonne verlieh ihrem bleichen Gesicht Farbe.

Dakan-eh war nicht überrascht, als seine Mutter unter der Last der Trauer zusammenzubrechen drohte. Er hatte kein Mitleid mit ihr. Er schämte sich nur und hätte sie einfach liegengelassen. Doch Ban-ya ahnte Pah-las Schwächeanfall voraus, reichte Piku-neh schnell an Sheela weiter und schob einen starken Arm unter die fülligen Achseln der älteren Frau.

»Geh mit Stolz, Mutter!« drängte Ban-ya ernst, während sie Pah-la in die Wangen kniff und sie zum Weitergehen antrieb. »Wie soll unser Dakan-eh in diesem fernen Land jemals ein Häuptling werden, wenn seine Frauen vor den anderen Schwäche zeigen?« fragte sie und stimmte dann ein grelles Gejammer nach der Art der Frauen des Graslandes an.

Dakan-eh begrüßte, was er hörte und sah. Alles in allem war er nun doch froh, daß Ban-ya den Zorn des wirbelnden Windes überlebt hatte. Eine so starke, verständnisvolle und treue Frau würde sich nicht ohne weiteres ersetzen lassen. Auch wenn sie nicht seine erste Wahl für seine erste Frau gewesen war, mußte er trotzdem eingestehen, daß sie ihm niemals Ärger bereitet hatte, seit sie mit ihm das Land ihrer Vorfahren verlassen hatte. Ban-ya hatte ohne Zögern oder Klagen die Traditionen ihrer neuen Heimat angenommen. Sie hatte sogar die meisten der vielen kunstvollen Kleider fortgeworfen, die sie aus der Roten Welt mitgebracht hatte, damit sie die einfachere Kleidung der Frauen der Stämme des Nordens tragen konnte.

Heute trug sie das lose sitzende Kleid einer stillenden Mutter – ein leichtes Kleid mit einem offenen Saum, der vom Hals bis zur Taille reichte und über den Brüsten verschnürt wurde, damit sie leicht den drängenden Händen und Lippen ihres Säuglings nachgeben konnte. Als Ban-ya der Mutter ihres Mannes schnell zu Hilfe geeilt war, hatte sie keine Zeit gehabt, die Riemen wieder zu verschnüren, nachdem sie Piku-neh an Sheela weitergereicht hatte. Dakan-eh sah Ban-yas frei schwingende Brüste, während sie sich anstrengte, Pah-la zu stützen. Dakan-ehs Lenden wurden bei diesem Anblick heiß und hart. Ihre Brüste waren schwer und feucht, auf der Haut schimmerte eine dünne Schweißschicht im Sonnenlicht.

Er blickte schnell zur Seite. Was war mit ihm los? Jetzt war nicht die Zeit, um an eine Paarung zu denken! Was würde Shateh sagen, wenn er seine Erregung bemerkte, nachdem er Dakan-eh schon einmal wegen seiner mangelnden Trauer gerügt hatte? Sein Vater lag tot in seinen Armen! Seine Mutter war der Ohnmacht nah! Sein Körper schmerzte von dem, was er in der Schlucht durchgemacht hatte! Aber sein Glied stand aufrecht und war bereit. Er wußte nicht, ob er sich verfluchen oder beglückwünschen sollte.

Dakan-eh senkte die Arme und ließ Owa-nehs Leiche bis über seine Lenden rutschen. Niemand durfte ihn so sehen! Aber es war zu spät. Er spürte, daß ihn jemand anstarrte. Dakan-eh blickte sich um und sah, daß seine Sklavin Sheela ihn angrinste.

Der Mutige Mann blickte an Ban-ya und Pah-la vorbei, während er das Gesicht verärgert verzog. »Worauf starrst du, Sklavin?«

Der Gesichtsausdruck der großen jungen Frau änderte sich nicht. »Auf nichts Besonderes.«

Dakan-eh errötete. Er war froh, daß Ban-ya zu sehr mit Pahla beschäftigt war, um die Beleidigung gehört zu haben. Er kniff gefährlich die Augen zusammen. »Du wirst niemandem erzählen, was du gesehen hast!«

Ihr Grinsen wurde noch breiter. »Ich versichere dir, diese Frau hat nichts, was der Erwähnung würdig ist, in deinem entblößten Mannknochen gesehen.«

Wenn sie in Reichweite gewesen wäre und er die Arme frei gehabt hätte, hätte er sie geschlagen, auch wenn Piku-neh dabei vielleicht zu Boden gefallen wäre. Das Kind ritt auf Sheelas Schultern und hielt sich mit den Händen an den zwei schulterlangen Zöpfen fest. Diese Zöpfe markierten sie als Sklavin, denn die Stämme des Graslandes glaubten daran, daß ein Teil der Lebenskraft eines Menschen in den Haaren ruhte. Wenn man das Haar abschnitt, tötet man die Seele, sagten sie. Wenn man nur die Hälfte abschnitt, tötete man nur die Hälfte der Seele – die Hälfte, in der der Wille zum Widerstand gegen die Sklaverei lebte.

»Laß dieses Lächeln aus deinem Gesicht verschwinden«, befahl er wütend, »oder ich werde dir den Rest deines Haars abschneiden und deine Seele freilassen, damit sie sich mit der deiner Schwester Rikiree in der Welt jenseits dieser Welt vereinigen kann!«

Sheela schloß halb die Augen und ließ ihr Lächeln verschwinden, als sie das Gesicht abwandte – doch er bemerkte trotzdem, wie sich nicht Angst, sondern Trauer und Haß unter ihren Lidern sammelten, wie Wasser aus den Tiefen einer bitteren Quelle.

Er schnaufte befriedigt. *Gut!* Es machte ihm Freude, Sheela zu verletzen. Sie war eine besondere Schönheit, aber er mochte sie nicht – er hatte sie noch nie gemocht. Diese Frau seiner Feinde, aus dem Stamm des Wachenden Sterns, hatte etwas an sich, was sie von anderen Frauen unterschied – sie besaß eine ruhige, abschätzende Wachsamkeit und eine stolze, verächtliche Haltung, die ihn oft dazu reizte, sie zu Boden zu werfen und durch Vergewaltigung zu demütigen.

Er biß die Zähne zusammen, als er ihr Profil betrachtete. Wie schon seit dem Tag, als sie zusammen mit ihrer jüngeren Schwester in Gefangenschaft geraten war, erinnerte ihn auch jetzt etwas in Sheelas Gesicht an eine andere Frau ... an Tamaya, die wunderschöne Ta-maya, die ihn zweimal verschmäht hatte ... die lieber mit einem Schamanenjungen und einem verkrüppelten Lustigen Mann davongelaufen war, als Dakan-eh zu ihrem Mann zu nehmen!

In gewisser Weise erleichterte Sheelas Ähnlichkeit zu Tamaya ihm die schwere Last seiner Erniedrigung. Er mußte grinsen, denn er war froh, daß Ban-ya die Sklavin oft mit Rührknochen oder Salbeistöcken auf den Kopf oder die Schultern schlug. Er empfand eine Genugtuung darin, daß andere Männer Sheela mit Verlangen ansahen und die Sitten dieses Landes ihm erlaubten, sie mit ihnen zu teilen. Das tat er oft, um Sheela zu beschämen und zu erniedrigen, so wie er auch Ta-maya für ihre ungerechtfertigte Verschmähung beschämen und demütigen würde.

Seine Kiefer verkrampften sich. Wie hatte sie ihn nur abweisen können? *Wie?* Er war doch der beste aller Männer! Keine Frau außer Ta-maya hatte ihm jemals den Rücken zugekehrt. *Keine!* Er wollte nicht mehr an sie denken! Die Gedanken an sie schwächten ihn jedesmal. Doch vielleicht war das in diesem Moment ganz gut so, denn sein Organ war wieder abgeschwollen und abgekühlt.

Schließlich erreichte er die Pappeln, und als das Gewicht seines toten Vaters seinen schmerzenden und erschöpften Körper in die Knie gehen ließ, blickte er auf und sah, daß Shateh auf ihn zukam.

»Den wirbelnden Wind in der Zeit des Mondes des Trockenen Grases zu sehen ist ein seltenes Ereignis.« Der Tonfall und das Gesicht des Oberhäuptlings waren verbittert, als er das verwüstete Grasland überblickte. Seine Frauen suchten nach dem verschollenen toten Leib Kalawaks. Die jammernden Frauen Na-seis suchten unterdessen nach ihrem verlorenen Sohn und Mann, und Nakantahkeh, der Vater von Na-seis Frau, half ihnen. Shateh zog ein finsteres Gesicht und wandte sich von ihrer traurigen Suche ab. »Noch nie hat dieser Mann eine solche Verwüstung erlebt. Männer sind auf der Jagd und im Krieg gestorben, doch die Verwundeten hatten immer ein Dorf, in das sie zurückkehren konnten, in dem sie gepflegt wurden und wieder zu Kräften kommen konnten. Was hat mein Stamm getan, um die Rache der Sturmgeister zu beschwören oder den Zorn Himmelsdonners zu erregen?«

Shateh war nicht der einzige Häuptling, der im Schatten des Baumes stand. Die Anführer aller versammelten Stämme waren anwesend. Doch niemand wagte es, ihm zu antworten. Sie waren viel zu entsetzt über sein Eingeständnis des Zweifels. Shateh war der Häuptling aller Häuptlinge, das Herz des gesamten Stammes. Wenn seine Kraft nachließ, wie konnten die Menschen dann stark genug sein, um hoffnungsvoll in die Zukunft zu blicken?

Niemand wagte es, Shateh mit einer Erwiderung auf seine unbedachten Worte zu beschämen – niemand außer den Raben, die krächzend umherflogen, und Atonashkeh.

Der Sohn des Oberhäuptlings stand in gebieterischer Haltung da und richtete seinen scharfen und gefährlichen Blick auf Dakan-eh, der immer noch kniete. »Shateh hat Eidechsenfresser in das Grasland gebracht! Was gibt es an dem Zorn der Geister nicht zu verstehen? Ihre Anwesenheit ist eine Beleidigung der Geister der Vorfahren, Vater! Jetzt haben die Geister gesprochen. Jetzt ist mein Bruder Kalawak tot. Jetzt ist das Dorf der vielen Stämme vernichtet. Jetzt . . .«

»Genug!« Shateh brachte seinen Sohn augenblicklich zum Schweigen. Dann tadelte er Atonashkeh zum zweiten Mal an einem Tag offen vor allen anderen. »Will ein Sohn Shatehs an der Weisheit seines Vaters zweifeln? Will jemand, der weder Häuptling noch Schamane ist, sich das Recht herausnehmen, wie ein Häuptling oder Schamane zu sprechen?«

Zum Erstaunen aller, die sich im Schatten der Bäume versammelt hatten, war es Sheela, die ihm mutig antwortete. »Shateh ist ein großer Häuptling, und Shateh ist gleichzeitig Schamane. Shateh muß wissen, daß es das war, was sein Stamm zu tun *versäumt* hat, was Himmelsdonner beleidigt hat. Seit dem Krieg zwischen den Stämmen ist Himmelsdonner kein menschliches Fleisch mehr geopfert worden. Weiß Shateh nicht, daß der Große Vater nach Fleisch hungert? Heute hat Himmelsdonner seinen Zorn auf jene losgelassen, die sich hemmungslos des Fleisches seiner Nachkommen bedienen – den großen Mammuts und den langhörnigen Bisons – die es jedoch versäumten, sich durch ein Opfer zu bedanken, das ihnen am wertvollsten ist, das Fleisch und Blut ihrer jungfräulichen Töchter im zeugungsfähigen Alter.«

Ein verblüffendes Schweigen herrschte am Waldrand. Niemand hatte jemals eine Frau und erst recht nicht eine Sklavin so sprechen gehört. Sheela stand stolz vor ihnen, während sie ihre gewagte Anklage fortsetzte.

»Ihr habt den Stamm des Wachenden Sterns getötet, weil wir eure Töchter raubten und sie dem Großen Vater opferten. Ihr hattet niemals den Mut zu solchen Opfern, also habt ihr uns diese Aufgabe erledigen lassen. Ihr habt geschehen lassen, was auch zu eurem Besten war, während ihr euch gleichzeitig selbstgerecht abgewendet habt. Unter der Führung unserer Hohepriesterin Ysuna und unseres mystischen Kriegers Masau hat der Stamm des Wachenden Sterns euch durch Krieg und Opfer ein gutes Leben ermöglicht! Jetzt sind Ysuna und Masau tot. Ihr habt sie getötet! Jetzt kommen die schlechten Zeiten wieder! Blickt euch um! Die Wahrheit ist überall zu sehen!«

Der Schlag, der Sheela zu Boden warf, kam weder von Shateh, Dakan-eh oder irgendeinem anderen Mann der Roten Welt oder des Graslandes. Es war Ban-ya, die neben der immer noch wimmernden Pah-la gehockt hatte und aufgesprungen war. Ban-ya hob ihren Sohn von Sheelas Schultern, setzte ihn neben ihre Füße und schlug dann ohne Warnung einen Aufwärtshaken gegen das Kinn der Sklavin. Sheela ging zu Boden.

»Nie wieder werden die blutrünstigen Sitten deines Stammes Anhänger in diesem oder irgendeinem anderen Land finden!« schwor Ban-ya. »Und wenn du je wieder dein überhebliches Maul öffnest, um ohne die Erlaubnis unseres Mannes zu sprechen, werde ich ihn um Erlaubnis fragen, mein Fleischmesser benutzen zu dürfen, um dich persönlich zu opfern!«

Ein älteres Mädchen lief herbei und trat Sheela heftig in die Seite. »Mein Messer wird sich freudig dieser Arbeit anschließen, Frau des Mutigen Mannes!« rief es und tanzte dann von der bewußtlosen Sklavin zurück. Die Augen des Mädchens blitzten befriedigt auf, als sich viele Stimmen erhoben und viele Hände anerkennend Beifall klatschten. Wila, die jüngste Tochter von Nakantahkeh, genoß die Aufmerksamkeit, die ihr zuteil wurde. »Wenn der arme, tapfere Na-sei nicht lebend wiedergefunden wird, ist meine Schwester Lehana eine Witwe, und jeder wird wissen, daß das Unglück der Stämme des Graslandes *ihre* Schuld ist – die Schuld von Sheela und ihrem todbringenden Stamm!«

Sheela setzte sich auf und tastete mit einer Hand vorsichtig nach ihrem Kinn. Blut sickerte durch ihre langen Finger, als sie das Mädchen haßerfüllt ansah.

Auf Atonashkehs Gesicht stand eine ähnliche Feindseligkeit gegenüber Wila, weil sie die Aufmerksamkeit des Stammes von dem Mann abgelenkt hatte, den er als seinen Rivalen betrachtete. »Die jüngere Tochter Nakantahkehs hat viel zu sagen, obwohl sie zu klein und unwürdig ist, um vor dem Oberhäuptling zu sprechen! Nakantahkeh wird davon erfahren, und er wird sich fragen, warum Wila in dieser Zeit der Trauer nicht bei ihm und ihrer Schwester ist.«

»Ich bin auf Nakantahkehs Befehl zurückgeblieben, um meiner Mutter zu helfen, die hinfiel und sich den Knöchel verstauchte, als Lahontay uns alle zur Höhle brachte!« Wila verzog ihren Mund. »Und *ich* zweifele nicht an der Weisheit Shatehs!« fügte sie trotzig hinzu.

Mit einer erhobenen Hand brachte der Oberhäuptling die Streithähne zum Schweigen, dann ermahnte er die geschlagene Sklavin. »Wenn Himmelsdonner mit den Opfern des Stammes des Wachenden Sterns zufrieden gewesen wäre, hätte er euren Stamm vor seinen Feinden beschützt. Die Dankeszeremonien der Vorfahren meines Stammes waren dem Großen Vater immer genug. Er hat Frieden mit uns gehalten. Schau dich um und sieh die Wahrheit! Hier ist sie! Die Menschen haben zwar an diesem Tag gelitten, aber der Stamm ist noch am Leben. Du wurdest von ihm versklavt, und deinen Stamm gibt es nicht mehr.«

Dann ruhte Shatehs Blick nachdenklich auf dem angespannten, trotzigen Gesicht seines Sohnes. Schließlich wandte sich der besorgte Blick des Oberhäuptlings Dakan-eh zu.

»Du warst heute tapfer«, gestand Shateh ein, »doch du warst auch aufsässig. Wegen deiner Weigerung, meinem Befehl zu gehorchen, sind dein Vater und ein Junge deines Stammes tot. Atonashkeh hat recht. Obwohl ich dich Bruder genannt habe und dich als Mutiger Mann, der den wirbelnden Wind jagt, ehre, war es vielleicht wirklich die Aufsässigkeit eines eidechsenfressenden Fremden, die den Großen Vater beleidigte und den Raben und seine Gefährten herbeirief, um von den Toten zu fressen.«

Dakan-eh zuckte zusammen. Er fühlte sich gefangen und hilflos. Er hatte diese Wendung nicht erwartet. Vor wenigen Augenblicken noch hatte Shateh für ihn gesprochen, und jetzt schlug er sich auf Atonashkehs Seite – jetzt zählten nur noch Blutsbande.

Er stand auf. Er war splitternackt, sein nasses Haar klebte ihm immer noch auf dem Rücken, und sein Körper war voll Blut, das aus eigenen Kratzern und Abschürfungen und aus den tödlichen Wunden seines Vaters geflossen war. Doch es schien ihn nicht zu stören. Er stand sogar noch selbstbewußter da und war stolz auf sein wildes Aussehen – so fühlte er sich wie ein verwegener, siegreicher Krieger.

»Ich habe keine Angst vor dem Raben und seinen Gefährten!« stieß er erregt hervor. »Sollen sie doch kommen! So wie ich gekommen bin! Es war Shatehs Einladung, die meinen Stamm hierherführte! Ich bin gehorsam gewesen. Ich bin stolz und eifrig gewesen, die Sitten der Stämme des Graslandes zu erlernen. Ich habe die langhörnigen Bisons gejagt, viele Male! Ich habe Mammuts gejagt, viele Male! Wie kann ich dann derjenige sein, dem der Große Vater nicht mehr freundlich gesonnen ist? An diesem Tag wurde ein Mann *deines* Stammes vom Blitz erschlagen, *bevor* ich die anderen ermutigte, vor den rasenden Bisons zu fliehen!«

Ban-ya rückte näher an ihn heran und flüsterte: »Dakan-eh, gib acht, was du sagst!«

»Sie sollen es alle hören! Shateh soll wissen, daß Dakan-eh vor keinem Menschen oder Tier davonrennt und daß ich mich furchtlos den Raben stellen werde, wenn meine Zeit zu sterben gekommen ist!« Er wurde so sehr von seiner eigenen Rede mitgerissen, daß er selbst seine Worte glaubte. »So ein mutiger Mann stimmt die Geister freundlich und läßt den Großen Vater jubeln! Wer kann sagen, daß Na-sei überlebt hätte, wenn er in der Schlucht geblieben wäre? Viele Frauen trauern hier um jene, die gestorben sind, *weil* sie Shatehs Befehl gehorchten!«

Wut blitzte in den Augen des Oberhäuptlings auf.

Atonashkehs Kopf ruckte hoch, als hätte ihn eine Wespe unter dem Lendenschurz gestochen.

Sheela zog ihre Hand vom Mund zurück, so daß alle sehen konnten, daß sie trotz ihrer Schmerzen spöttisch grinste.

Die Häuptlinge und Schamanen der Stämme des Graslandes keuchten vor Ärger und Wut auf.

Als er die feindseligen Blicke aller Männer, Frauen und Kinder sah, wußte Dakan-eh, daß er diesmal tapferer und mutiger gewesen war, als gut für ihn war. Er war zu weit gegangen. Er fühlte sich plötzlich in seiner nackten Haut unwohl und rückte den Kojotenkadaver zurecht, der immer noch über seiner Schulter lag. Dann erhellte sich sein Gesicht, als ihm eine Idee kam. Mit selbstgerechter Entrüstung schrie er auf: »Wenn jemand Schuld an den Tragödien des heutigen Tages hat, dann ist es jemand, der weit weg ist! Wenn ich den heiligen Stein meines Stammes hätte und das Totem meines Stammes sich noch im Land meiner Vorfahren aufhalten würde, wäre heute niemand gestorben, und die vielen Hütten von Shateh würden noch stehen!«

»Tatsächlich?« fragte der Oberhäuptling, nicht ohne Spott. »War es nicht nur ein einfacher Junge, der dir den heiligen Stein und das Totem stahl?«

Dakan-eh errötete. »Kein Junge – ein böswilliger Schamane! Cha-kwena trifft die Schuld für das hier!« Die Anklage klang so gut, daß er sie weiter ausschmücken mußte, um sich daran zu stärken und an sie zu glauben. Er nickte befriedigt. »Ja, so muß es sein. Weil ich die Rote Welt verlassen habe, hat Cha-kwena sich gegen mich gewandt, so wie er sich gegen jeden Mann wendet, der Mammuts jagt. Er ist neidisch auf unsere tapferen Herzen. Er hatte Angst, seine eigenen Speere gegen Bisons und Mammuts zu erproben, das einzige Wild, das der Stämme des Graslandes würdig ist! Cha-kwena ist schuld, daß mein Vater tot ist und daß die Frauen der vielen Stämme Anlaß zur Trauer haben!«

Bevor Shateh antworten konnte, lenkte ein furchtbares Geheul die Augen aller auf das verwüstete Dorf. Ree-la, die verwitwete Mutter von Na-sei, warf sich auf den Boden, während Lehana, die Frau des jungen Jägers, in die Knie ging. Nakantahkeh kniete sich neben seine schwangere Tochter, als sie die Arme hob, ein grelles Heulen entsetzlicher Pein anstimmte und sich dann über die Gestalt warf, neben der Ree-la soeben zusammengebrochen war.

Es gab keinen Zweifel, daß sie Na-seis toten Leib gefunden hatten – in welchem Zustand der wütende Himmel ihn auch immer zur Erde zurückgeschickt haben mochte. Shateh dachte an seinen eigenen vermißten Sohn, und damit ihn die Trauer nicht überwältigte, hob er seine Arme zur Sonne. »Mögen die Mächte der Schöpfung gnädig sein und Lehana, die Frau Naseis und ältere Tochter Nakantahkehs, ein männliches Kind gebären lassen, das nach dem benannt werden soll, der vom wirbelnden Wind mitgenommen wurde, damit die Seele Naseis, des Mannes der Roten Welt, in seinem Sohn im Stamm weiterleben kann.«

Die anderen Häuptlinge und Schamanen erhoben sich, nahmen die Pose der Anrufung an und wiederholten Shatehs Worte.

Jemand sprach, aber Shateh antwortete nicht. Sein Kummer hatte ihn zum Schweigen gebracht. Wie viele Söhne konnte ein Mann während seines Lebens verlieren und die Kraft finden, es zu ertragen? Und wenn der Seelenfänger jetzt zu Shateh kommen sollte, ohne daß er neugeborene Söhne oder Enkel hatte, die seinen Namen trugen, würde der Oberhäuptling für immer sterben. Seine Seele hätte keine Hoffnung mehr, jemals wieder den Zugang zum Reich der Lebenden zu finden.

Shateh sah plötzlich alt und geschwächt aus. Wenn er aufgefordert würde, die Anzahl der Winter anzuzeigen, die er seit seiner Geburt erlebt hatte, müßte er die Finger beider Hände viermal erheben und dann noch einmal die Finger einer Hand. Die große Zahl der Jahre seines Lebens machte ihn schwindlig.

»Wo sind die vielen Söhne, die um mich trauern werden? Alle tot bis auf einen. Alle tot bis auf Atonashkeh, der nur Mädchen gezeugt hat – und nicht einen einzigen Sohn!«

»Zwei meiner Frauen sind hoch schwanger!« protestierte Atonashkeh. »Die alten Frauen sagen, daß beide die Frucht ihres Leibes tief unten tragen – ein sicheres Zeichen für Söhne! Tretet vor, Frauen Atonashkehs! Zeigt Shateh, daß es so ist!«

Die Frauen gehorchten, aber Shateh sah sie nicht an. Er starrte seinen Sohn an, doch sein Blick war nach innen gerichtet. Er sah seine vielen Söhne – starke Söhne, auf die ein Vater stolz sein konnte. Er schwankte bei der Erinnerung an all die

Söhne, die seine vielen Frauen ihm geboren hatten. Alle bis auf Atonashkeh waren tot, im Krieg oder auf der Jagd umgekommen. Ein tiefes Bedauern erfüllte ihn, denn trotz seiner Kraft und seiner Männlichkeit, trotz seiner geheimen Beschwörungen und der besten Medizin, gelang es seinen Frauen nicht mehr, männliche Kinder zur Welt zu bringen.

Warum nicht? Die Frage riß Shateh aus seinen Grübeleien. Er blickte auf und starrte Dakan-eh an. Hatte das Bündnis mit den Stämmen des Südens seine Probleme verursacht? Heute hatte er besorgniserregende Eigenschaften an Dakan-eh festgestellt. Der junge Häuptling war überheblich, ließ seinem Zorn freien Lauf und empfand nicht das geringste für seine Frauen und seine Sklavin. Na-sei war tot, Owa-neh lag zerstümmelt und leblos zu seinen Füßen, und seine Mutter trauerte. Doch der Mutige Mann der Roten Welt stand ungerührt da. Shateh entdeckte nichts Würdevolles in Dakan-ehs offensichtlichem Mangel an Sorge um andere außer sich selbst.

»Vielleicht war es ein Fehler, daß du ins Grasland gekommen bist«, überlegte er laut. »Ich werde darüber nachdenken. Wenn die Zeit der Trauer vorbei ist, werde ich den Rat zusammenrufen. Die Schamanen, Häuptlinge und Ältesten der vielen Stämme des Graslandes werden entscheiden.«

»Ay yah!« bestätigte Atonashkeh, während sich seine Nasenflügel selbstgerecht blähten.

Dakan-eh riß die Augen so weit auf, daß sie hervorzutreten schienen. »Heute habe ich in den Bauch des wirbelnden Windes geblickt, und ich habe Cha-kwena darin gesehen!« In Panik war seine Stimme so hoch geworden, daß sie sich wie bei einem Jungen überschlug und brach. »Cha-kwena ist der Feind jedes Mannes, der jemals ein Mammut getötet hat! Wir müssen ihn suchen und töten, für das, was er uns heute angetan hat!«

»Wenn der Schamane Cha-kwena noch lebt, ist er weit vom Grasland entfernt«, erwiderte Shateh ruhig.

»Er schickt seinen Geist zu uns«, beharrte Dakan-eh. *»Er lebt!«*

»Vielleicht«, gab Shateh zu, »doch im Grasland gibt es einige, die nicht mehr leben. Ist der Mutige Mann der Roten Welt ein so tapferer Jäger, daß sein Herz nicht einmal für seine Toten blutet?«

»Mein Blut kocht vor Rachsucht gegen den, der diesen Schmerz über die Stämme des Graslandes gebracht hat!« antwortete Dakan-eh.

»Sein Blut ist kalt!« widersprach Atonashkeh mit Verachtung und Befriedigung. »So kalt wie das Blut der Eidechsen, die die Frau gegessen hat, aus deren Brüsten er die Milch des Lebens saugte!«

»Wenn Ban-ya ihn nicht am Arm festgehalten hätte, wäre Dakan-eh auf den Mann losgestürmt. »Nein!« rief sie. »Jetzt ist nicht die Zeit für so etwas!«

Shateh musterte die Frau ausdruckslos. »Du sprichst Worte der Weisheit, Frau der Roten Welt. Wir haben viele Tote. Ihre Seelen müssen geehrt werden. Wir müssen uns darauf vorbereiten, um sie zu trauern. Jetzt.«

4

Der Mond ging über dem Rand der Welt auf. Es gab keine Freude im Grasland oder im Herzen von Dakan-eh. Seine Stimmung war so düster wie die Nacht, und er wußte, daß sie auch nicht heller werden würde, wenn der Mond ganz aufgegangen war.

Seit Stunden war sein Stamm gezwungen, abseits zu stehen und zuzusehen, wie die Frauen und Alten der Stämme des Graslandes über die feuchte Erde gingen und in dem vom Wind verwüsteten Wäldchen nach trockenem Holz suchten. Mit Hilfe der Männer, Kinder und Hunde hatten sie alles, was sie fanden, an den Platz gebracht, den Shateh ausgesucht hatte – die Mitte des ehemaligen großen Jagdlagers der versammelten Stämme.

Das Trauerfeuer brannte mit hohen Flammen, die von Öl, das aus dem zerstörten Lager gerettet worden war, und von Zeltpfählen genährt wurden. Niemand würde es jemals wagen, wieder unter ihnen zu wohnen, denn die Himmelsgötter hatten die Pfähle umgeworfen. Deshalb wurden sie zusammen mit den Bison- und Mammutfellen, die sie bedeckt hatten, in Form von

Rauch an Himmelsdonner, den Großen Vater, zurückgegeben.

Jetzt ging Shatehs Stamm im Kreis um jenes Feuer und jammerte und klagte. Die Schamanen der verschiedenen Stämme versammelten sich, um mit ihren ernsten Zeremonien zu beginnen, die die Seelen der Toten in die Welt jenseits dieser Welt geleiten sollten. Die Trommelschläge drangen über die Prärie und senkten sich in Dakan-ehs Blut. Obwohl er im Licht des großen, rauchenden Feuers stand, hatte Shateh dem Stamm der Roten Welt verboten, an der Zeremonie teilzunehmen.

»Ich will trauern, wie es in Shatehs Stamm Sitte ist!« beharrte Dakan-eh nicht zum ersten Mal auf seiner Meinung.

Der Oberhäuptling stand vor ihm und ließ sich nicht umstimmen. »Ich könnte das von keinem Mann oder keiner Frau verlangen, die nicht mit unseren Sitten aufgewachsen ist. Es gibt Schmerzen, Blut und viele Qualen.«

»Was Shateh erduldet, wird auch dieser Mann erdulden! Ich habe keine Angst!« erklärte Dakan-eh.

Der Oberhäuptling, der von Atonashkeh und dem alten Lahontay flankiert wurde, schüttelte den Kopf. »Du, Mutiger Mann, hast vor überhaupt nichts Angst, wie es scheint.«

Dakan-eh zuckte zusammen. Wieder war er zu kühn gewesen, und er wußte es. Aber was sollte er sonst tun? Er hatte gesehen, wie diese Menschen nach dem großen Krieg getrauert hatten, war Zeuge ihres Heulens, ihrer Tänze und ihrer Selbstverstümmelungen gewesen. Seitdem hatte er sich heimlich nach dem Augenblick gesehnt – und sich davor gefürchtet –, in dem er es wagen durfte, sich ihnen anzuschließen und ihnen wie auch sich selbst seinen Mut zu beweisen. Jetzt war dieser Augenblick gekommen, und Dakan-eh fürchtete sich nur vor einem: dazu verdammt zu sein, als Eidechsenfresser zu leben!

Shatehs Gesichtszüge verhärteten sich. Sein Blick glitt über die versammelten Jäger der Roten Welt hinaus zum Ufer des Flusses, wo ihre Frauen und Kinder sich um die Leichen von Owa-neh und Na-sei scharten.

Dakan-eh errötete vor Scham. Er verfluchte sich selbst, daß er Pah-las Wunsch nachgegeben hatte, die Toten nach der Sitte der Roten Welt aufzubahren – nicht wie die Toten der Menschen des Graslandes auf frischen Bisonhäuten, sondern auf

Schlafmatten aus geflochtenem Schilf. Seine Mutter hatte es geschafft, den größten Teil des Familienbesitzes in die Matten einzurollen, bevor sie aus dem Dorf geflohen waren.

Pah-la und Ree-la rieben die kalte, erstarrende Haut ihrer Toten. Sie salbten und pflegten die Wunden, die vernäht und bandagiert worden waren, als würde dies das verletzte Fleisch wieder heilen und zum Leben erwecken. Der Mutige Mann schüttelte unwillig den Kopf, als er die ruhige und liebevolle Fürsorge der Frauen seines Stammes beobachtete. Warum konnten sich seine Frauen nicht genauso verhalten wie die schreienden, trauernden Frauen des Graslandes? Hatten sie keine Leidenschaft im Blut?

»Du magst keine Angst vor unseren Sitten haben«, sagte Shateh, »aber was ist mit deinem Stamm? Er hat seine eigenen alten und ehrenvollen Rituale für eine Zeit wie diese.«

»Shatehs Sitten werden zu unseren Sitten werden!« sagte Dakan-eh eifrig.

Atonashkehs verächtliches Schnaufen drückte seinen Zweifel aus.

Neben Dakan-eh stand Ma-nuk, der älteste und stärkste der Jäger, die mit ihm die Rote Welt verlassen hatten, und funkelte Shatehs Sohn an. »Dieser Mann steht an Dakan-ehs Seite!« sagte er empört. »Die Jäger der roten Welt haben keine Angst, ihre Trauer nach den Sitten der Stämme der Graslandes zu zeigen, ganz gleich, worin sie bestehen mögen.«

»Dakan-eh und sein Stamm können sich uns nicht anschließen!« sagte der alte Lahontay unnachgiebig. »Dakan-eh hat keinen Schamanen, der sich in seinem Namen um die Seelen der Toten in der Welt jenseits dieser Welt kümmern kann. Seine Unwissenheit über unsere Sitten wird eine Beleidigung der Geister unserer Vorfahren und seiner eigenen sein.«

Mit den Worten des ältesten Jägers schwanden Dakan-ehs letzte Hoffnungen. Wieder hatte er einen Anlaß, Cha-kwena zu hassen.

Shateh nickte traurig. »Ja, so ist es. Der Stamm der Roten Welt wird hier am Fluß bleiben, abseits von den Stämmen des Graslandes. Sie werden ihre Toten nach den Sitten ihrer Vorfahren betrauern. So ist es angemessen. Heute abend weht der

Nordwind nach Süden. Er wird ihre Trauer zu den Geistern des Landes tragen, aus dem sie gekommen sind.«

»Ich habe dieses Land zu meinem Land gemacht und diese Menschen zu meinem Stamm!« wehrte sich Dakan-eh.

Shatehs Augen funkelten vor Wut. »Du hast gar nichts gemacht! Wenn die Sonne viermal auf- und untergegangen ist, wird die Zeit der Trauer vorbei sein. Dann werden die Ältesten entscheiden, ob du bleibst oder dieses Land verläßt. Die Ältesten! Nicht du, Eidechsenfresser!«

Dakan-eh stand in hilfloser Verzweiflung zitternd da, als Shateh mit Atonashkeh und Lahontay davonging. Sie hatten ihn vor seinem eigenen Stamm beschämt und beleidigt. Es spielte keine Rolle, daß er mit ihnen gejagt hatte und heute fast mit ihnen gestorben wäre! Er würde für immer ein Eidechsenfresser bleiben und unwürdig sein, einer von ihnen zu werden.

»Sieh dir die Schamanen an!« Ela-nay seufzte voller Bewunderung. »Vielleicht ist es wirklich besser, wenn wir abseits stehen. Ihre Sitten sind nicht unsere Sitten.«

Dakan-eh sagte nichts, dazu war seine Verachtung für den kleinen Ela-nay mit den stämmigen Armen zu groß. Links und rechts von ihm raunten die anderen Jäger der Roten Welt wie Bäume in einer Windböe. Er konnte es ihnen nicht übelnehmen. Der Anblick, der sich ihnen bot, raubte auch ihm den Atem.

Die Schamanen tanzten zwischen den Menschen, die sich im Kreis bewegten. Die Flammen knisterten, knallten und sprangen so hoch, daß die wilde Pracht des Augenblicks das Blut des Mutigen Mannes erhitzte. Seine Erinnerungen an die heiligen Männer seines eigenen Stammes wurden dagegen blaß und bedeutungslos. Noch nie hatte er so etwas gesehen!

Jeder nackte Schamane bewegte sich im Rhythmus seiner eigenen Seele. Jeder hatte seine Haut mit der Asche des Feuers und dem Blut der Toten bemalt. Shateh, der größte und bei weitem kräftigste von ihnen, tanzte mit den heiligen Männern. Sein Körper trug so viele Narben, daß nicht einmal die heiligen Spiralmuster aus Blut und Asche, die das Leben und den Tod symbolisierten, sie verdecken konnten. Die Narben machten diesen Mann noch ehrwürdiger, da sie unmißverständlich klarmachten, daß dies ein Mann war, der viele Jagden, viele Kämpfe und viele Kriege überlebt hatte.

Dakan-eh kniff die Lippen zusammen, als er ein Gefühl bösartiger Eifersucht empfand. Wie konnte ein Mann von so vielen Jahren noch so jung und großartig aussehen? Es war fast so, als würde der berüchtigte mystische Krieger Masau, der getötete Sohn des Oberhäuptlings, vor ihm tanzen. Der Mutige Mann knurrte vor Neid. Vor dem großen Krieg hatte Ta-maya ihn beschämt, als sie ihr Versprechen, seine Frau zu werden, gebrochen und sich statt dessen Masau zugewandt hatte. Alle Frauen hatten Masau gewollt. Und als Dakan-eh jetzt Shateh anstarrte, sah er, wie die Frauen ihn im Vorbeigehen berührten, wie sie sich durch seine Kraft stärkten, um die bevorstehenden Rituale zu überstehen.

Die Familien der Toten traten vor, um die zerstörten Besitztümer ihrer Lieben ins Feuer zu werfen.

»Für meinen Bruder Manatiba«, rief ein junger Krieger, »schicke ich seine Speere in die Welt jenseits dieser Welt, damit er dort stolz mit seinen Lieblingswaffen jagen kann!«

»Für Joteh schicke ich diesen Wintermantel, damit mein Mann es im Schnee im Land der Vorfahren warm hat!« wimmerte eine verzweifelte Frau.

»Für Tekel schicke ich diese Mokassins, damit er auf geradem Weg aus dem Land der Toten zu mir zurückwandern kann und in dem Kind, das ich in mir trage, wiedergeboren wird!« schluchzte eine junge Schwangere.

»Für Nral schicke ich diesen Hund, damit mein Sohn auf den Himmelswegen vor Schlangen sicher ist und immer weiß, wenn Raubtiere auf seiner Spur sind!«

Dakan-eh zuckte zusammen, als die Frau, die gerade gesprochen hatte, einen Gelenkknochen hob und den Hund erschlug, den sie an einer Leine herbeigeführt hatte. Das Tier war kaum erschlafft, als sie es schon in die Flammen warf.

»Für Tchanak kommt die Frau ... um für immer mit ihm in der Welt jenseits dieser Welt zusammen zu sein, so wie es in ihrem guten Leben war, das sie seit der Kindheit gemeinsam führten!«

»Nein!« schrie jemand. »Mutter! Nein!«

Dakan-eh riß die Augen auf, als eine Frau mittleren Alters eine jüngere Frau zurückstieß und dann ohne Zögern auf den Scheiterhaufen sprang. Für einen Augenblick des Schreckens dachte er an Pah-la und blickte sich um. Er war erleichtert, als er sah, daß sie sich immer noch über Owa-nehs Leiche beugte. Er drehte sich wieder zum Feuer um und sah, wie die Frau, die sich den Flammen übergeben hatte, als dunkle Silhouette mit fliegenden Haaren und erhobenen Armen erschien, bevor sie in eine menschliche Fackel aus weißer Hitze und schreiendem Licht verwandelt wurde. Dann löste sich die Gestalt auf.

Ihre Tochter brach weinend zusammen, doch die Zeremonie ging weiter. Andere wichen der am Boden Liegenden aus oder stiegen einfach über sie hinweg.

Dakan-eh konnte sich nicht rühren. In der Luft hing ein intensiver Fleischgeruch – der Gestank nach verbranntem Fett und Haar, nach versengter Haut und Nägeln – von Hund und Mensch. Der Rauch des Feuers war dick und bläulich geworden. Männer traten vor und brachten mehr Holz für die Flammen. Frauen näherten sich ebenfalls, um zusätzliches Öl in die Flammen zu gießen.

Dann begannen die Schamanen unter Shatehs Führung einen neuen Tanz und stimmten ein neues Lied an, während die Krieger auf bemalte Trommeln schlugen und Lieder der Ermutigung und des Lobes für das sangen, was als nächstes geschehen würde. Bewaffnet mit Steinmessern, den Schnäbeln und Krallen von Raubvögeln, den Reißzähnen von Löwen und den Klauen von Bären verstümmelten die Schamanen sich selbst, während sie Arme und Beine schwenkten.

»Sehet ... wahre Macht ... wahre Schönheit ...«

Dakan-eh hörte verblüfft die leise, zischende Stimme Sheelas. Er drehte sich um und blickte in ihre fast geschlossenen, haßerfüllten Augen. Sie hatte die anderen Frauen verlassen und mußte sich einen Weg durch seine Jagdkameraden gekämpft haben, um Schulter an Schulter neben ihm zu stehen. Ma-nuk versuchte sie mit dem Ellbogen zurückzuschieben, aber sie gab nicht nach.

Ihre Stimme war tief, kehlig und laut genug, daß die anderen sie hören konnten, als sie sich zu Dakan-eh hinüberbeugte.

»Sieh die Schamanen des Graslandes! Sieh ihr Blut und ihre Wunden! Sieh ihren Schmerz und ihre Liebe! Sie nehmen den Schmerz des Stammes auf sich. Sie werden die Narben der Trauer für ihren Stamm tragen. Im Vergleich zu ihnen, Mutiger Mann ... *Tapferer* Jäger ... seid ihr, du und dein eidechsenfressender Stamm, nichts!«

Hätte Dakan-eh nicht vor kurzem den demütigenden Tadel Shatehs erleiden müssen, hätte er auf Sheelas Schmähung vermutlich nur mit einer Ohrfeige oder einer Drohung reagiert. Aber jetzt konnte er sich in den Augen seiner Stammesmitglieder nicht noch einmal demütigen lassen – nicht wenn er ihre Achtung behalten und seine eigene Würde bewahren wollte. Er spürte, daß sie ihn anstarrten und auf seine Reaktion warteten.

Er überlegte, ob er sie als ›Geschenk‹ für die Seele seines Vaters in die Flammen werfen sollte, doch dann verwarf er diesen verlockenden Gedanken wieder. Selbst wenn er nicht von den Trauerritualen ausgeschlossen gewesen wäre, könnte er Owa-neh nicht zumuten, ein so aufsässiges, rachsüchtiges und störrisches Weib in der Welt jenseits dieser Welt erdulden zu müssen. Die Toten verdienten die besten Andenken als Geschenke, nicht die schlimmsten. Außerdem kannte Dakan-eh eine bessere Methode, um eine Frau zu bestrafen ... und sich selbst gleichzeitig dadurch Vergnügen zu bereiten.

Er packte sie am Handgelenk und zerrte sie durch die Reihen der Jäger, aus dem Lichtkreis des Feuers und außer Sichtweite der Frauen, in die tiefe Dunkelheit des Waldes, hinunter in die Kühle zwischen den schwarzen Bäumen, die direkt am Fluß standen. Sie leistete keinen Widerstand, denn nichts, was sie sagte oder tat, würde ihn von seinem Vorhaben abbringen können.

Mit einem brutalen Tritt gegen die Fersen brachte er sie zu Fall und warf sie auf die harten, kalten Steine des Ufers. Sie keuchte, wehrte sich jedoch nicht gegen ihn, als er sie zwang, sich auf den Rücken zu drehen, und sich rittlings auf sie setzte. Statt dessen blickte sie in der Dunkelheit zu ihm auf und zeigte ihm ihre schönen, weißen Zähne, als er ihre Handgelenke schmerzhaft auf den Boden drückte. Sie fauchte ihn an wie eine gefangene Katze.

»Wie mutig du bist! Wie stark gegen diese Sklavin und Feindin!«

»Feindin?« Belustigt äffte er sie nach. »Hah! Ja! Du bist wirklich meine Feindin, Sheela, Tochter eines toten Stammes! Und meine Angst vor dir ist groß, Frau, größer als vor allem anderen!«

»Du solltest wirklich Angst vor mir haben, Mutiger Mann. Wenn du klug bist, wirst du mich töten, so wie du meine Schwester getötet hast – sonst werde ich dir eines Tages Grund geben, den Tag zu bereuen, an dem du sie genommen hast und . . .«

Er senkte so schnell den Kopf, daß sie sich nicht mehr abwenden konnte. Seine Stirn schlug hart gegen ihr Gesicht, und ein helles Licht flammte in seinem Kopf auf, als er gegen ihre Nase und ihren Mund stieß. Er spürte, wie sie unter ihm erschlaffte. Dakan-eh fluchte, als er feststellte, daß er sich durch die scharfen Schneiden der Zähne ihres Unterkiefers eine Wunde auf der Stirn zugezogen hatte. Doch seltsamerweise befriedigte ihn der Schmerz genauso sehr, wie er ihn ärgerte, denn als er seinen Kopf hob und im Mondlicht auf seine Gefangene hinunterblickte, sah er, daß er ihr die Nase gebrochen und ihre Lippen schlimmer aufgerissen hatte, als sie seine dünne, gebräunte Haut verletzt hatte.

Er lächelte, als er sich zurückbeugte, seine linke Hand hob und die Wunde untersuchte. Sie war nicht ernsthaft, so daß er das Blut abwischte und es über Sheelas Gesicht schmierte. Dann berührte er den gebrochenen Knorpel ihrer hohen Nase, drückte dagegen und spürte das warme Blut, das aus ihrem Mund floß. Als sie vor Schmerzen aufstöhnte, freute er sich. Sheela hatte ihn schon immer gehaßt, doch niemals so sehr wie am Todestag ihrer wesentlich jüngeren Schwester.

Warum warf sie ihm immer wieder Rikirees Tod vor? Das Mädchen war schwanger geworden und hatte sich dann seinem Befehl widersetzt, sich des Inhalts ihrer Gebärmutter zu entledigen. Wimmernd und würgend hatte sie sich geweigert, ihre Beine für sein Vergnügen oder das der Männer zu spreizen, mit denen er sie hatte teilen wollen. Verärgert und vermutlich mehr als nur ein wenig eifersüchtig auf das Mädchen hatte Ban-ya sich immer wieder über Rikirees Widerborstigkeit und Nutzlosigkeit beschwert.

Dakan-eh runzelte die Stirn. Rikiree war ein hübsches, kindliches kleines Ding gewesen. Selbst nachdem sie nutzlos und kränklich geworden war, hatte es ihm Spaß gemacht, sie zu verspotten und sie zu zwingen, seinen Mannknochen aufzunehmen. Aber als sein Stamm im Grasland eingetroffen war, hatten es die Tabus der Großwildjäger verboten, mit einer schwangeren Frau zu verkehren. Also hatte die junge Sklavin für Dakan-eh überhaupt keinen Wert mehr gehabt. Erneut hatte er gefordert, daß sie ihre Gebärmutter entleerte, damit er sich wieder in sie ergießen konnte, wie es ihm als Mann zustand. Doch ihr Bauch war bereits sehr groß gewesen, und die alten Frauen hatten davor gewarnt, daß es zu spät sei, das werdende Leben aus der sicheren, dunklen Höhle zu vertreiben.

Sie hatten ihn damit getröstet, daß er das Recht hatte, nach der Geburt das ungewollte Kind oder vor der Geburt die Mutter zu töten, wenn dies sein Wunsch war. Der Mutige Mann hätte Rikiree einfach als Strafe für ihr ungebührliches Verhalten töten können. Vielleicht hätte er es sogar getan, wenn Sheela nicht um das Leben ihrer Schwester gebettelt und geschworen hätte, ihre eigene Aufsässigkeit aufzugeben, wenn er Rikiree verschonte.

Also hatte Dakan-eh, statt sie zu töten, sein Messer genommen und den Rest ihrer Haare dicht über dem Schädel abgeschnitten, um sie ihrer Kraft und Frechheit zu berauben. Dann hatte er sie, um Ban-ya einen Gefallen zu tun, dem alten Nachumalena gegeben, dem einzigen Mann, der sie hatte haben wollen. Sheela hatte es ihm niemals verziehen.

Allein mit Rikiree in seiner Hütte hatte der alte Mann einen uralten Schamanenzauber beschworen, um den Fötus aus ihrem Leib zu treiben. Er hatte das Recht dazu, niemand konnte sich öffentlich darüber beschweren... doch die alten Frauen hatten sich bedeutungsvolle Blicke zugeworfen und von Gefahren und Schmerzen geflüstert, die mit der ›Kralle‹ verbunden waren.

Obwohl Rikiree der Kraft beraubt worden war, die in ihrem Haar gelebt hatte, hatte sie dennoch genügend Energie aufgebracht, immer wieder zu schreien, als das Ungetüm in ihren Körper eindrang, bei dem es sich, wie Dakan-eh später erfahren hatte, um die gekrümmte, handspannenlange Grabkralle eines Riesenfaultiers handelte. Er war gezwungen gewesen, Sheela an Armen und Beinen zu fesseln, um sie davon abzuhalten, zu ihrer Schwester zu laufen.

Jetzt berührte Dakan-eh mit einem Stirnrunzeln Sheelas aufgeplatzte Lippen. Immer noch stöhnend erwachte sie langsam aus ihrer Benommenheit und richtete den Blick erneut auf sein Gesicht. Ihre Augen waren so dunkel und voller Abscheu.

Er verstand nicht, warum sie ihn für das alles haßte. Als Rikiree fast zu Tode verblutet war und Fiebergeister kamen, um von ihrem Körper zu zehren, hatte Dakan-eh aus reiner Freundlichkeit gestattet, daß Sheela ging, um sich um ihre jüngere Schwester zu kümmern. Natürlich war es ein Teil des Handels, daß sie Nachumalena zu Diensten sein sollte. Zur Überraschung aller Dorfbewohner hatte Rikiree den Medizinzauber des alten Mannes überlebt. Sheela wurde in Dakan-ehs Hütte zurückgeschickt.

Danach hatte Nachumalena das Mädchen viele Tage und Nächte nicht aus seiner Hütte gelassen. Er erlaubte ihm keine körperliche Arbeit und fütterte es mit Nahrung, die er ihm selbst vorgekaut hatte. Alles, was er von Rikiree verlangt hatte, war, daß sie ihre Beine spreizte und immer wieder seinen ›Freudenspender‹ zur Erfüllung brachte.

Dakan-eh würde niemals verstehen, was das Mädchen dazu veranlaßt hatte, heulend in die Nacht des letzten Vollmonds hinauszurennen, oder warum böse Geister sie dazu getrieben hatten, von der Nordseite der hohen Klippe, in deren Schatten er jetzt auf ihrer Schwester kniete, in den Fluß zu springen. Was ihn betraf, so war er mehr als gerecht mit der jüngsten seiner Sklavinnen umgegangen.

Jetzt waren sowohl Rikiree wie auch Nachumalena tot, und Sheela gab ihm die Schuld am Tod des Mädchens. Doch in diesem Augenblick, während der Fluß ganz in der Nähe vorbeirauschte, während der Trommelschlag in seinen Adern dröhnte, während das zeremonielle Feuer die Nacht hinter den dunklen Bäumen erhellte und sein Blut und seine Leidenschaft anstachelte, war es Dakan-eh völlig egal.

Sein Organ stand aufrecht und pulsierte. Er berührte sich selbst. Wie groß er war! Wie schnell er sich erhob! Er grinste stolz, entfernte seinen Lendenschurz und hob Sheelas Wildlederkleid an. Er brachte sich in Stellung und war dankbar, daß die Frau noch betäubt war, als er ihre Schenkel auseinanderdrückte und tief hineinstieß.

Er lachte, als sie bei seinem gewaltsamen Eindringen vor Schmerz zischend den Atem einsog. Obwohl sie versuchte, ihn abzuwerfen, konnte sie sich gegen ihn nicht zur Wehr setzen. Er bewegte sich, erforschte ihre Tiefen und pumpte sich heftig der Erfüllung entgegen.

Beleidigungen waren die einzige Waffe, die ihr noch gegen ihm blieb. Die Worte drangen unter Schmerzen zwischen ihren zerrissenen Lippen und gelockerten Zähnen hervor. »Wie mutig du bist, Dakan-eh, daß du es schaffst, dich als Mann an einer Sklavin zu vergnügen, während dein Stamm trauert und deine Mutter an der Leiche deines Vaters weint.«

Doch er ließ sich nicht von seinem Vorhaben abbringen. »Sag nichts mehr! Beweg dich unter mir! Sofort!«

Doch sie lag reglos wie eine Tote da. »Bewegen? Damit du dir einbilden kannst, es würde mir Freude machen, was du mit mir tust?«

Es kümmerte ihn nicht, daß sie versuchte, ihn zu entmutigen. Eigentlich hörte er sie kaum. Seine Sinne waren ganz auf seine Lenden konzentriert und trieben ihm den gut bekannten Klippen zu, über die er bald in einer schwarzen zitternden Ekstase stürzen würde.

»Du bist ein hechelnder, rammelnder Hund, Dakan-eh! Wenn ich mich früher für dich bewegt habe, habe ich dabei an andere Männer gedacht ... an Tsana vom Wachenden Stern und manchmal an Shateh. Wie klein und wurmartig ist dein Mannknochen im Vergleich zu ihren ... oder zu dem des Mystischen Kriegers ... Masau ... der dir Ta-maya weggenommen hat.«

Diese Worte drangen bis zu Dakan-eh vor. Sie störten seine Konzentration. Sogar noch jetzt, nach seinem Tod, verspottete ihn der Mystische Krieger und stand ihm bei seinem Vergnügen mit anderen Frauen im Wege. Dakan-ehs Erregung ließ nach, und wutentbrannt brachte er Sheela, ohne nachzudenken, mit einem weiteren Kopfstoß zum Schweigen. Sie erschlaffte unter ihm, während sich in seinem Kopf alles vom Aufprall drehte. Der Schmerz wirkte wie eine weitere Beleidigung. Während er immer noch mit ihr vereinigt war, schlug Dakan-eh ihr ins Gesicht, um sie aus der Bewußtlosigkeit zurückzuholen.

»Hüte deine Zunge, oder ich werde dich töten, wie deine Schwester und deinen Stamm. Du lebst nur so lange, wie es mir gefällt, dich am Leben zu lassen.«

Im Pappelwäldchen war es dunkel, aber das Licht des Mondes, der Sterne und des Feuers gestatteten Dakan-eh einen guten Blick auf Sheelas angeschwollenes und blutiges Gesicht. Selbst in ihrer Benommenheit versuchte sie noch, ihm ihre Verachtung entgegenzuschleudern. Trotz seiner Wut war er von ihrer Tapferkeit beeindruckt.

Obwohl Dakan-eh eitel und überheblich war, war er nicht immer brutal zu Frauen gewesen. Schon als er noch ein Junge gewesen war, hatte sein gutes Aussehen immer wieder Frauen angezogen, und er hatte sich nie über einen Mangel an Gefährtinnen beklagen müssen, die bereit waren, jeden seiner Wünsche zu erfüllen. Mit Ausnahme von Ta-maya und Sheela hatte er niemals eine Frau erlebt, die nicht von seiner Berührung erregt wurde oder sich nach der Vereinigung mit ihm sehnte. Vergewaltigung war unnötig gewesen – sogar unbekannt – bis der Krieg, die Plünderungen und die Gefangennahme der Frauen ihn mit dem Reiz gewalttätiger Sinnlichkeit bekannt machten.

Nachdem er jetzt Sheela überwältigt und bestraft hatte, genoß er diesen Moment körperlicher Überlegenheit und freute sich auf den Augenblick, wo er in sie ergießen würde, ob es ihr gefiel oder nicht. Er begann sich wieder auf ihr zu bewegen und erlaubte sich kurz etwas Mitleid mit ihr. Sie war so schwach und er so stark! Er berührte ihren Mund und ihre Nase, doch diesmal zärtlich, und hoffte, daß er ihre Schönheit nicht für immer zerstört hatte. Andere Männer bewunderten sie genauso wie er, und er wußte, daß er sich bei den Jägern des Graslandes beliebt machte, wenn er ihnen erlaubte, sich in ihr zu erleichtern. Auch wenn Sheelas Aussehen nicht mit Ta-mayas außerordentlicher Schönheit zu vergleichen war, erregte ihn jetzt wieder die Ähnlichkeit ihrer Züge. Seine Lenden waren wieder heiß, sein Mannknochen geschwollen und suchend... bis sie ihn biß.

Er riß seine Hand weg und starrte darauf. Ihre Zähne waren bis zu dem Knochen seines rechten Daumens vorgedrungen. Wutentbrannt prügelte er sie, richtete sie übel zu, indem er auf ihre Brüste, ihre Arme und ihren Bauch schlug. Mit jedem tiefen, gnadenlosen Stoß seines Mannknochens fügte er ihr eine neue Strafe zu. Er trieb sich zur wilden Erfüllung, und Sheela schrie qualvoll auf, als Ela-nay eilig in den Wald gestürmt kam.

»Bring sie zum Schweigen!« sagte Ela-nay mit warnender und besorgter Stimme. »Weder dieser noch irgendein anderer Mann der Roten Welt kennt die Sitten der Bison- und Mammutjäger, was die Vereinigung von Mann und Frau in der Nacht der Trauer betrifft!«

Dakan-eh lehnte sich zurück und starrte den Störenfried an, während er immer noch mit der übel zugerichteten Sheela vereinigt war. Er war stolz, daß ein anderer Mann den Höhepunkt dieser verdienten Vergewaltigung beobachtet hatte – selbst wenn es sich um Ela-nay handelte, dem er nur wenig Achtung entgegenbrachte –, und sagte: »Das ist keine Frau. Das ist eine Sklavin!«

Ela-nays breites, flaches und uninteressantes Gesicht war vor Ärger verzerrt. »In der Roten Welt ist es verboten, sich in einer solchen Nacht mit einer Frau zu vereinigen!«

»Ich bin der Häuptling. Ich sage, was wir tun oder nicht tun! Und seit wann hast du plötzlich den Mut, meine Entscheidungen anzuzweifeln?«

Diese Worte gefielen Ela-nay überhaupt nicht. Seine Gesichtszüge verhärteten sich. Er blickte sich im Wald und am Fluß um, bis er mit flüsternder und furchtsamer Stimme sprach: »Der Seelenfänger zieht in dieser Nacht mit dem Wind und wartet auf die Seelen jener, die gestorben sind, und hungert nach denen unter den Schwerverletzten, die vielleicht nicht überleben. Sich jetzt mit einer Frau zu vereinigen, und dann auf diese Weise, kann nicht gut sein.«

Mit einem verärgerten Schnaufen arbeitete Dakan-eh die

letzten Wellen der Leidenschaft von seinen Lenden ab. »Ich habe dir doch gesagt, daß dies Dakan-ehs Sklavin ist und nicht seine Frau«, warf er ein.

Ela-nay kam näher und starrte auf Sheela hinunter. Bestürzt über das, was er sah, hielt er den Atem an. »Ihr Gesicht ... ihr schönes Gesicht!«

»Am Tag, als wir ihr Dorf plünderten, hast du sie freiwillig mir übergeben, Elan-nay. Jetzt gehört sie mir, und ich darf mit ihr tun, was ich will.«

Die Augen des Mannes verengten sich. »Wie du gesagt hast: Du bist der Häuptling. An jenem Tag wolltest du meine Gefangene. An jenem Tag habe ich dir Sheela überlassen, aber ich hatte keine andere Wahl ... nach den Gesetzen der Vorfahren war ich gezwungen, sie dir zu lassen.«

Der Mutige Mann schnaufte überrascht. Ela-nay verhielt sich seltsam. Normalerweise war er kein Mann, der seinen Frauen oder Jagdkameraden widersprach, und schon gar nicht dem Häuptling.

Ela-nays Hände hatten sich zu Fäusten geballt. Während er auf Sheela hinabstarrte, zeigte sein Gesicht Mitleid. »Wenn du eine Sklavin so behandelst«, sagte er, »bringst du nicht nur Schande über sie, Dakan-eh, sondern auch über dich.«

»*Sie* hat Schande über *mich* gebracht! Ich habe sie in den Wald mitgenommen, um sie zu bestrafen, nicht um sie zu belohnen!« Er zog sich aus der Frau zurück, hob seinen Lendenschurz auf, den Ban-ya vor den Stürmen aus dem Dorf gerettet hatte, und stand auf. »Wenn du sie willst, kannst du sie benutzen. Befriedige dein männliches Bedürfnis. Aber vergiß nicht, wem sie gehört, und sprich nicht wieder zu ihrer Verteidigung!«

Doch Ela-nay ließ nicht locker. »Es ist nicht gut. Es ist nicht nach der Sitte der Roten Welt. Wenn unser Schamane bei uns wäre, würde er ...«

»Cha-kwena ist nicht bei uns! Und die Rote Welt ist weit weg! Und seit Anbeginn der Zeiten haben die Geister der Vorfahren unserem Stamm immer wieder gesagt, daß die Menschen in Zeiten der Veränderung neue Wege beschreiten oder sterben müssen! Das habe ich getan! Und das werde ich auch weiterhin tun!«

»Die Schöpfungsgeschichte ist eindeutig«, sagte Ela-nay ruhig. »Der Erste Mann und die Erste Frau hielten keine Sklaven. Sie überfielen nicht die Dörfer anderer Stämme. Ihr Schamane und ihr Totem ließ sie nicht im Stich. Sie trauerten, wenn ihre Leute starben. Wie kannst du dich mit einer Frau vergnügen, wenn dieser Tag den Tod über unseren Stamm gebracht hat, Dakan-eh? Welch ein größeres Unglück könnte uns zustoßen?«

Dakan-eh zischte wütend zurück: »Ich werde dir sagen, welches größere Unglück uns zustoßen könnte: Wir könnten immer noch in der Roten Welt Eidechsen fressen!«

»Ich würde freudig schon morgen dahin zurückkehren!«

»Dann geh! Ich werde einen so armseligen Mann wie dich nicht vermissen!« Dakan-eh verschnürte seinen Lendenschurz und sah Ela-nay voller Verachtung von unten bis oben an. Dann stieß er ihn beiseite und stapfte davon.

»Was ist mit der Sklavin? Du kannst sie doch nicht einfach hier liegenlassen!«

Dakan-eh blieb stehen. »Sie wird mir folgen, wenn sie dazu bereit ist.«

»Du willst sie allein lassen? Glaubst du, daß der Rabe und seine Gefährten die einzigen Fleischfresser sind, die dem wirbelnden Wind gefolgt sind? Löwen könnten in der Nähe lauern, oder Wölfe ...«

Dakan-ehs Mund verzog sich spöttisch. »Dann beschütze sie! Du hast deinen Speer und dein Messer bei dir. Aber deine Sorge um diese Frau ist reine Verschwendung. Sie ist nichts! Nimm sie, wenn es das ist, was du willst. Dann bring sie zu mir zurück. Aber ich warne dich: Wenn du Shateh erzählst, was du hier in dieser Nacht gesehen hast, wirst du die nächste Morgendämmerung nicht mehr erleben!«

Ela-nay stand lange reglos da, starrte Dakan-eh nach und bereute den Tag, an dem er sich von seiner Frau hatte überreden lassen, dem Mutigen Mann in dieses ferne Land zu folgen.

»Du bist viel mutiger und tapferer als er«, sagte Sheela zu Ela-nay.

Sie streckte ihm ihren Arm hin, den er vorsichtig ergriff. Er half ihr, als sie langsam und unsicher auf die Beine kam. Elanay stellte verblüfft fest, daß die Frau einen halben Kopf größer als er war. Er blickte zu ihr auf. Unter dem Licht des Vollmonds, das durch die vom Wind bewegten Zweige drang, lag ihr Gesicht abwechselnd im Schatten und im Licht. Er grunzte unwillig, als er Blut sah, das im Mondschein schwarz wirkte, und angeschwollene, verzerrte Züge. Unter diesen Verletzungen würde ihre Schönheit eine Zeitlang nicht mehr zum Vorschein kommen. Vielleicht blieb sie sogar für immer entstellt.

Er war voll des Mitleids und dann voll der Wut, bis er plötzlich den Kopf hängen ließ, weil ihr Anblick ihn beschämte. Ein anderer Mann ... ein tapferer Mann ... ein *besserer* Mann hätte sie vor Dakan-ehs Greueltat beschützt. »Vergib mir, Frau. Vergib mir, daß ich dich ihm überlassen habe. Ich würde alles tun, um diesen Tag ungeschehen zu machen!«

Ihr Atem ging flach und mühsam, als sie ihm langsam eine Hand auf den Unterarm legte. »Dann flieh mit mir über das Grasland! Bring mich von ihm fort, fort von allen, die meinen Stamm getötet haben!«

Ihre Worte und ihre Berührung waren für ihn kaum zu ertragen. Er wollte sie so sehr, liebte sie so sehr und verachtete sich für seine Schwäche. »Wir können nicht fliehen, Sheela. Wohin wir auch gehen, dein Haar wird dich als Sklavin kennzeichnen. In einem anderen Stamm würde sich dein Leben nicht ändern.«

»Aber du würdest bei mir sein. Dein starker Speerarm wird mich vor den Sklavenhaltern anderer Stämme und vor Raubtieren beschützen.«

Er war fassungslos. »Du würdest mit *mir* fliehen? Mit Elanay? Einem Eidechsenfresser?«

Sie schmiegte sich an ihn und ging ein wenig in die Knie, um ihn nicht allzusehr zu überragen. Seufzend legte sie ihren Kopf auf seine Schulter. »Ich würde mit dir gehen, Ela-nay.«

Damit hatte er nicht gerechnet. »Aber wohin sollten wir gehen? Wie könnten wir ohne den Schutz eines Stammes leben, während all unsere Feinde nach uns suchen?«

»Dieses Land ist mir nicht unbekannt, Ela-nay. Ich kenne diesen Ort ... diesen Wald und diese Felsklippen. Im Süden gabelt sich der Fluß und führt in Richtung des Landes meiner Vorfahren und meines Stammes.«

»Dein Stamm ist tot, Sheela«, warf er behutsam ein.

»Nein.« Sie schwankte ein wenig, als sie zurücktrat, um ihn ansehen zu können. »Shateh und Dakan-eh und ihre Krieger habe nicht alle getötet. Bevor ich in Gefangenschaft geraten bin, sind Pläne für einen sicheren Rückzug gemacht worden. Einige Stammesangehörige sind noch am Leben – und ich weiß, wo sie sich versammeln. Flieh jetzt mit mir, Ela-nay, bevor der Zorn Himmelsdonners noch einmal diese Menschen heimsucht, die seine Lieblingskinder gedemütigt haben – den Stamm des Wachenden Sterns. Was hast du zu verlieren? Eine Frau, die ständig an dir herumnörgelt. Kinder, die keinen Respekt vor dir haben. Einen Stamm, auf den Shatehs Leute immer mit Verachtung herabblicken werden.«

Er war erregt und erschrocken. Sein Herz pochte wie das eines Jungen, der auf die Jagd nach Hasen gegangen war, dann jedoch einen Löwen erlegt hatte. »Sheela, ich ... ich bin ... äh, ich habe ... ich kann das nicht tun.«

»Wieso kannst du es nicht tun? Dakan-eh ist eifersüchtig auf dich, Ela-nay. Er weiß, daß du ein besserer Mann bist, viel stärker, viel beliebter bei den Frauen und viel mutiger, als er es für sich selbst jemals erträumt hat!«

»Bin ich das?«

»Ja. Und weil du klug, stark und mutig bist, wird mein Stamm dich als einen der ihren aufnehmen.«

»Aber ich habe im Krieg gegen sie gekämpft.«

»Das ist bedeutungslos. Die Brüder und Schwestern meines Stammes werden dich nicht zurückweisen, wenn du mich sicher zu ihnen zurückbringst.«

Er runzelte mißtrauisch die Stirn. »Ich habe lange genug unter den Kriegern des Graslandes gelebt, um zu wissen, daß kein Mann unter ihnen seine Feindschaft wegen einer Frau vergessen würde.«

Ihr Gesicht verzog sich vor Schmerzen. Dennoch redete sie drängend weiter. »Richtig, nicht wegen einer Frau. Aber meinetwegen würden sie es tun. Ich werde dir ein Geheimnis verraten, das ich keiner lebenden Seele anvertraut habe, seit ich gefangengenommen wurde: Die Tochter des ältesten Bruders meines Vaters war Ysuna, die Hohepriesterin des Wachenden Sterns. Ihr Blut fließt in meinen Adern – und *nur* in meinen. Sie hatte keine Kinder, und alle Verwandten aus der Linie ihres Vaters und ihrer Mutter wurden im großen Krieg getötet. Die Menschen meines Stammes, die das Gemetzel durch Shateh und Dakan-eh überlebt haben, können nicht wissen, daß ich noch am Leben bin. Sie werden dich reichlich belohnen, wenn du mich sicher zu ihnen zurückbringst.«

Ela-nay wich vor Sheela zurück, als hätte sie ihm ins Gesicht geschlagen. Ihre Enthüllung entsetzte ihn. »Ysuna? Ihr Blut kann nicht in dir fließen! Sie war es, die die Stämme gegeneinander aufgehetzt hat. Sie ist schuld, daß die Prärie vom Blut des Krieges getränkt wurde!«

»Lügen! Lauter Lügen!«

Elan-nay zitterte, als er sich an die in der Vergangenheit begangenen und erlittenen Gewalttätigkeiten erinnerte. Dann flüsterte er: »Sheela, wenn Shateh das erführe, würde er sofort deinen Tod befehlen.«

»Ja, und Dakan-eh ist so begierig darauf, Achtung in den Augen der Stämme des Nordens zu gewinnen, daß er ohne Zögern gehorchen würde!« Tränen standen in ihren Augen »Du mußt mir helfen, Ela-nay! Laß mich deine Frau sein! Du hast doch bestimmt keine Angst?«

Es war nicht Angst, die Ela-nay erfüllte – es war Entsetzen. Aber er wollte Sheela. Seit seine Augen sie zum ersten Mal erblickt hatten, wollte er sie. Er dachte an seine Frau und seine zwei Kinder, an seine Sklavin und seine alte Mutter. Er war dafür verantwortlich, daß sie zu essen und ein Zelt hatten. Wie konnte er einfach mit Sheela davonlaufen?

Er dachte über die Frage nach. Wieso konnte er es eigentlich nicht? Er war in diesem Land nicht glücklich, so weit vom Land seiner Vorfahren entfernt. Er trug zu viel Verantwortung, deren Erfüllung ihm keine Befriedigung verschaffte. Seine Frau war fett, seine Sklavin unscheinbar. Seine Kinder mochten ihn nicht, seine Mutter war herrschsüchtig, und sein Häuptling hatte eine perverse Freude daran, ihn zu demütigen.

»Komm mit mir, Ela-nay!« flehte Sheela, während ihre langen, zarten Finger über sein Gesicht strichen. »Hat Dakan-eh dir nicht gesagt, du sollst gehen?«

»Ja, zurück in die Rote Welt – aber nicht auf die Suche nach dem Stamm des Wachenden Sterns, und ganz bestimmt nicht mit dir.«

Ihr blutiges Gesicht verzerrte sich. »Dakan-eh ist der Häuptling eines Stammes ohne Totem. Er ist der Anführer von Menschen, deren Schamane sie im Stich gelassen hat. Die Geister deiner und meiner Vorfahren blicken mit Verachtung auf ihn herab. Atonashkeh haßt ihn, und Himmelsdonner hat begonnen, sich an denen zu rächen, die ihm treu sind. Warum solltest du ihm weiterhin gehorchen? Hat er nicht gesagt, daß die Menschen in Zeiten der Veränderung neue Wege beschreiten oder sterben müssen? Bist du kein Mensch, Ela-nay? Bist du kein Mann? Bist du nicht der beste und mutigste aller Männer?«

»Ich . . .«

»Nein, sag nichts. Hör zu! Die Trommelschläge werden schneller. Und der Gesang der Schamanen wird lauter. Es wird lange dauern, bis man einen von uns beiden vermißt. Entscheide dich! Komm mit mir oder geh zu deinem eidechsenfressenden Häuptling zurück. Was immer du tust, ich werde nicht unter meinen Feinden bleiben. Ich werde allein in die Nacht fliehen. Ich werde leben oder sterben, ganz wie es die Mächte der Schöpfung wollen, ob du an meiner Seite bist oder nicht. Aber ich werde keine Sklavin mehr sein!«

5

Cha-kwena machte sich Sorgen, aber er wußte nicht genau, warum. Der Mond war schon vor langem im Osten aufgegangen und stand nun hoch über ihm, ein kreisrundes, leuchtendes Schmuckstück auf dem sternenübersäten schwarzen Gewand der Nacht. Als der junge Schamane aufblickte, spürte er, daß die Mondgöttin ihn aus grauen, reglosen Augen beobachtete.

Sie wirkte heute nacht so ernst! Ihr schräger Mund stand in

einem weiß glühenden Gesicht, das von vielen Narben übersät war. Er hatte sie schon in verschiedenen Phasen und in vielen Stimmungen gesehen, doch gewöhnlich war er es, der sie anblickte. Heute nacht sah sie *ihn* an, und ihr Blick war durchdringend und befehlend.

Er saß auf seinem Platz am schwelenden Feuer aus Fettholz, um das sich sein Stamm versammelt hatte. Das Abendessen, geröstete Kaninchen, Schlangenspieße und Eidechseneintopf, war verzehrt, aber es gab noch Knochen auszusaugen. Das Feuer spendete Licht und Wärme. Der Stamm würde in dieser Nacht hier schlafen, in der Nähe der Glut, in Wintermäntel und Decken aus geflochtenem Kaninchenfell gehüllt, vor dem Nordwind geschützt, in voller Reisekleidung, bereit zum Aufbruch und zur Wanderung durch ein neues Land.

Die jüngeren Kinder schliefen fest neben oder in den Schößen ihrer Mütter. Die letzten Lieder des Lustigen Mannes waren zu einem leisen Summen in der Dunkelheit geworden. Wenn die Hunde nicht so unruhig gewesen wären und mehrere Kojoten nicht immer wieder im Chor geheult hätten, wären alle längst in einen tiefen Schlaf gefallen.

Cha-kwena, der immer noch zum Himmel hinaufblickte, neigte den Kopf. Schon einmal hatte er das Gefühl gehabt, daß die Mondgöttin ihn auf diese Weise angesehen hatte. Das war vor langer Zeit in der Roten Welt gewesen, in der Nacht, als er vom heiligen Wacholder hinabgeklettert war, um dem alten Hoyeh-tay und Eule durch dichtes, schwarzes und geheimnisvolles Waldland zu folgen. Sie waren am Rand eines erschreckenden Abgrundes stehengeblieben, in den die Mondgöttin ihr Licht gegossen hatte, damit er nach unten blicken konnte – tief in den Mutterschoß der Welt, wie es ihm vorgekommen war – und zum ersten Mal sein Totem sah.

Die Erinnerung ließ ihn erschaudern. Riesig, unverletzbar und so bleich wie das Gesicht des Mondes hatte Lebensspender mit seiner Herde gegrast, mit seinen Kühen, heranwachsenden Nachkommen und einem Kalb, das so weiß wie sein Erzeuger gewesen war – und so jung und unversehrt von den Mächten der Schöpfung, die dem alten Bullen tiefe Narben zugefügt hatten.

Wieder erschauderte Cha-kwena. Die Herde war von den feindlichen Mammutjägern niedergemetzelt worden, vom Stamm des Wachenden Sterns. Jetzt war das große Mammut ganz allein und führte jene, die es immer noch als ihr Totem bezeichneten, nach Norden über ein unbekanntes Land, wo es überhaupt keine Mammuts gab.

Warum nach Norden? Nicht zum ersten Mal an diesem Tag war Cha-kwena von dieser Vorstellung zutiefst verwirrt. Seit dem Ersten Mann und der Ersten Frau waren seine Vorfahren immer in das Gesicht der aufgehenden Sonne gezogen. Warum sollte es jetzt anders sein?

Erneut blinzelte er zur Mondgöttin hinauf. Er konnte ihr keinen Vorwurf machen, falls sie nicht mit ihm zufrieden sein sollte, denn er hatte sich seit seiner Rückkehr in das Lager nicht gerade angemessen verhalten. Die Menschen seines Stammes hatten gejubelt, als er ihnen sagte, daß er ihr Totem wiedergefunden hatte und daß das große weiße Mammut sie morgen zu guten Jagdgründen führen würde. Doch dann hatte Ha-xa, die Mutter von Ta-maya und Mah-ree, mit dem Mädchen geschimpft, weil es ganz allein und ohne Erlaubnis fortgegangen war. Wenn Mah-ree nichts auf die Tirade ihrer Mutter erwidert hätte, wäre vielleicht alles reibungslos abgelaufen, aber sie hatte sich verteidigt, worauf sie sich einen weiteren Tadel von Kosar-eh eingehandelt hatte.

Der Lustige Mann hatte sie tatsächlich angebrüllt. »Hast du geglaubt, ich würde nicht nach dir suchen? Hast du geglaubt, es wäre mir gleichgültig, wenn deine Mutter und deine Schwester sich Sorgen um dich machen? Nein! Ich habe den Stamm verlassen und bin den ganzen Weg bis zum Fuß des Grats gegangen, bevor ich entdeckte, daß deine Spuren denen Cha-kwenas dichtauf folgten. Das war nicht gut! Als Cha-kwena und Kosar-eh beide dieses Lager verlassen hatten, war nur noch Gah-ti übrig, um die Frauen und Kinder zu schützen!«

Gah-ti, dreizehn Jahre alt und Kosar-ehs ältester Sohn, gefiel das überhaupt nicht. Er war aus der Gruppe seiner jüngeren Brüder aufgesprungen und selbstbewußt neben seinen Vater getreten. Er hatte Mah-ree voller Bewunderung angesehen und verkündet: »Ich wäre mit dir gegangen! Mein starker Arm und mein Speer hätten dich beschützt! Mah-ree sollte nicht allein fortgehen, wenn Gah-ti hier ist!«

Das Mädchen hatte den Jungen mit einem Blick bedacht, der ihn zusammenzucken ließ. »Ich war nicht in Gefahr. Meine Hunde waren bei mir und mein Speer. Ich konnte mich selbst verteidigen.«

Cha-kwena kniff die Lippen zusammen. Er bedauerte es immer noch, daß er in diesem Augenblick Kosar-eh gerügt hatte. Es war richtig, daß Mah-ree niemals in der Herstellung oder Benutzung von Waffen hätte unterrichtet werden dürfen. Aber er hätte Kosar-eh auch einfach beiseite nehmen können, um es unter vier Augen mit ihm zu besprechen. Statt dessen hatte er vor Kosar-ehs Frau, seinen Söhnen und dem ganzen Stamm mit gedankenloser Grausamkeit gesagt: »Du bist kein ganzer Mann mehr! Es ist dir verboten, außer zur Selbstverteidigung oder zum Schutz des Stammes einen Speer in die Hand zu nehmen! Du darfst Speerspitzen aus Stein herstellen. Du darfst die Schäfte bearbeiten und Steinspitzen daran befestigen. Du darfst deinen Sohn in der Herstellung und Benutzung dieser Waffen unterweisen. Aber du darfst keine Frauen unterrichten, und du darfst mit keiner dieser Waffen jagen!«

Cha-kwenas Rüge hätte jeden verärgert, doch nicht so Kosar-eh. Für einen Mann, der in der Roten Welt geboren worden war, war er sehr groß und hatte einen muskulösen Hals und Oberkörper. Als er seinen Kopf respektvoll vor Cha-kwena senkte, hatte seine Haltung etwas von der eines erschöpften Elches gehabt. »Der Schamane hat recht. Es war falsch von mir, Mah-ree zu unterrichten. Es wird nicht wieder geschehen.«

Jetzt fragte Cha-kwena sich, wie er so harte Worte zu Kosar-eh hatte sprechen können. Kosar-eh war sein Freund! Ein Mann beschämte seine Freunde nicht! Cha-kwena schüttelte den Kopf. Er wußte die Antwort auf seine Frage. Er hätte Kosar-eh niemals so streng getadelt, wen Ta-maya nicht zugesehen hätte.

Die wunderschöne Ta-maya!

Cha-kwena blickte über das Feuer, wo sie ihm gegenüber zwischen den anderen Frauen saß und dennoch über sie hinausstrahlte. Im Mondschein schienen die anderen zu verblassen, nicht so Ta-maya.

Cha-kwenas Herz pochte, und sein Mund wurde trocken vor Verlangen. Er hatte sie sein ganzes Leben lang gekannt, aber er reagierte immer wieder so, wenn er sie sah. Jetzt erwiderte sie seinen Blick und lächelte. Es war ihr trauriges, seltenes und zartes Lächeln. Erleichterung durchströmte ihn. Sie hatte ihm vergeben. Er war vor Liebe und Dankbarkeit wie erstarrt, bis sie den Blick abwandte, die Augen schloß und immer noch lächelnd auf Kosar-ehs Lied lauschte, das die Herzen des Stammes erfreuen sollte.

Cha-kwena wurde eifersüchtig, als er erkannte, daß ihr Lächeln die ganze Zeit über Kosar-eh gegolten hatte. Doch für sein Gefühl gab es keinen Anlaß. Selbst wenn sie nach Masaus Tod nicht geschworen hätte, nie wieder einen anderen Mann nehmen zu wollen, war Cha-kwena überzeugt, daß sie auch dann nicht Kosar-eh mit den Augen einer Frau anblicken würde. Sie nannte den Lustigen Mann ihren ›Lieben Freund‹ und ›Bruder meines Herzens‹. Sie behandelte seine Frau Siwi-ni wie ihre Schwester. Trotzdem war Cha-kwena eifersüchtig.

Er beugte sich vor, um Kosar-eh besser sehen zu können. Der Mann lehnte sich an seine Rückenstütze aus geflochtenen Weidenzweigen. Seine Beine hatte er ausgestreckt und die Knöchel überkreuzt, während er schläfrig in die sterbende Glut des Feuers starrte. Im flackernden Licht der kleinen Flämmchen sah Cha-kwena einen reifen und kräftigen Mann. Obwohl Kosar-eh in einen langen Umhang aus Kaninchen- und Fuchsfellen gehüllt war, konnte sich Cha-kwena seine Gestalt darunter vorstellen. Der rechte Arm war nach oben gebogen und geschrumpft wie der federlose Flügel eines verwundeten Falken. Die Muskulatur des linken Arms dagegen war kräftig entwickelt, genauso wie die breiten Schultern und der große Brustkorb.

Die traditionelle Gesichtsbemalung des Lustigen Mannes in weißen und schwarzen Streifen leuchtete im Feuerschein. Kosar-eh legte die Farbe an jedem Morgen neu auf, auch wenn er den Stamm gar nicht aufheitern sollte. Cha-kwena vermutete, daß es ein vergeblicher Versuch war, den gebogenen und flachen Rücken seiner gebrochenen Nase und die Narben, die senkrecht auf einer Seite des Mundes über die Wange zur Stirn verliefen, zu verbergen. Trotz der Narben und der Farbe drückte Kosar-ehs einstmals wohlgestaltetes Gesicht Kraft, Würde und Klugheit aus.

Cha-kwena war sich plötzlich schmerzhaft seiner eigenen Jugend und seines jungenhaften Körpers und Gesichts bewußt. Kosar-eh war durch die Verletzungen und die Lähmung eingeschränkt in seinem Tun, doch manchmal kam sich der sechzehnjährige Schamane im Vergleich zu ihm wie ein kleiner, schwacher Junge vor. Plötzlich verstand Cha-kwena, warum er seinem merkwürdigen Verlangen nachgegeben hatte, den Mann in Ta-mayas Augen zu erniedrigen. Obwohl ihm jetzt seine Beweggründe klar wurden, konnte er sein Tun immer noch nicht vor sich rechtfertigen. Was er getan hatte, war eines Schamanen nicht würdig.

Er blickte auf. Die Mondgöttin hatte recht, wenn sie finster auf ihn hinabblickte. Er selbst war wütend auf sich.

»Du solltest schlafen, Schamane«, sagte Kosar-eh.

»Ja, bald«, antwortete er, als er überrascht feststellte, daß der Lustige Mann ihn unter schweren Lidern anblickte. »Aber jetzt muß ich über all die Zeichen nachdenken, die ich heute gesehen habe, und . . . Weißt du, daß ich meine Worte an dich bereue, Kosar-eh?«

»Es ist sinnlos, die Wahrheit zu bereuen, Schamane.«

»Manche Dinge sollten ungesagt blieben.«

»Manche Rüge sollte nicht ausgesprochen werden.«

Die Kojoten kläfften wieder. Sie waren weiter entfernt als zuvor. Ihre Rufe kamen aus dem Norden. Es war kein ungewöhnliches Geräusch, so daß die Kinder davon nicht aufwachten und auch die Frauen nicht beunruhigt waren. Der Stamm hatte lange genug in diesem Lager gelebt, um zu wissen, daß mitten in der Nacht oft kleine Rudel Kojoten aus der Dunkelheit kamen, um an den Teichen zu trinken, bevor sie sich auf ihren eigenen Wegen wieder auf die Suche nach Beute machten – Wegen, denen auch Cha-kwena und der Stamm gefolgt waren. Jetzt jedoch, nachdem sie fast einen ganzen Mond lang an dieser Stelle gelagert hatten, war auf den Wegen nur noch wenig Nahrung zu finden, weder für Menschen noch für Kojoten.

»Es ist gut, daß wir diesen Ort verlassen«, sagte Kosar-eh.

»Ja«, stimmte Cha-kwena zu. »Es ist gut!« Und obwohl er an seine Bestätigung glaubte, wünschte er sich, die Mondgöttin würde nicht mehr so finster blicken, damit seine sorgenvolle Unruhe verschwand.

6

Die Nacht im Grasland war rot und schwarz, in Blut und Feuerschein, in Rauch und Dunkelheit getaucht. Die Erde stank und dampfte, als sie den Dunst der zurückgebliebenen Geister des Regens und des Hagels freigab, die die Prärie heimgesucht hatten. Gelegentlich brüllte ein Löwe eine tiefe, grollende Warnung an andere Raubtiere, die von den Raben und dem Gestank des Todes angelockt worden waren.

Dakan-eh trat zwischen den Bäumen hervor und stellte sich zu seinen Jägern in den Feuerschein. Er hatte sich an Sheela gütlich getan, fühlte sich jedoch auf unerklärliche Weise unbefriedigt und nervös.

Ma-nuk beugte sich zu ihm hinüber und flüsterte mit leiser und besorgter Stimme: »Wo sind die anderen?«

»Anderen?«

»Ela-nay und die Sklavin. Ich höre Löwen. Ich höre . . .«

Dakan-eh brachte Ma-nuk mit einer Handbewegung zum Schweigen. Es war unwahrscheinlich, daß sich Ela-nay und Sheela in Gefahr befanden. Sie würden schon irgendwann aus dem Wald kommen. In der Zwischenzeit wollte er nicht an sie denken.

Der Mutige Mann starrte geradeaus. Die Schamanen des Bisonstammes tanzten immer noch. Gebannt beobachtete er ihr rasendes, blutiges Ritual. Sie tanzten mit ihren Toten, erkannte Dakan-eh plötzlich erschrocken. Angeführt von Shateh hatten sie die toten Körper von den Bisonfellen genommen, auf die man sie gelegt hatte, hielten sie in den Armen oder hatten sie sich über die Schulter gelegt. Dann wirbelten sie weinend und heulend im Tanz herum. Sie riefen den Geistern des Windes die Namen derjenigen zu, die von ihnen gegangen waren, bis die Schamanen endlich einer nach dem anderen die Toten ins Feuer warfen und weitertanzten.

Dakan-eh riß die Augen weit auf. Der Scheiterhaufen gab mehr Rauch als Flammen von sich, bis das versengte Fleisch heiße Blasen aus Fett warf. Plötzlich explodierten die Flammen und schossen hoch auf. Von den heiligen Männern tanzte nur noch Shateh weiter mit einer leblosen Last, die sich von denen der anderen unterschied. Dakan-eh verzog das Gesicht, denn er wußte, daß der Leichnam seines Sohns immer noch vermißt wurde.

Nicht, daß es noch irgendeine Hoffnung gab, Kalawak vielleicht doch lebend wiederzufinden. Vor Stunden hatte ein Hund einen der Jagdmokassins des Mannes angeschleppt, der noch an Kalawaks rechtem Fuß am Ende eines grausam zerfleischten Beines verschnürt gewesen war. Selbst wenn Kalawak die Verstümmelung überlebt hatte, wäre er vermutlich längst verblutet oder den Aasfressern zum Opfer gefallen. Atonashkeh hatte dem Hund das abgetrennte Bein weggenommen und das Tier damit zu Tode geprügelt.

Kalawaks Frau hatte den kostbaren Wintermantel ihres Mannes, seine Wildlederhosen und kniehohen Mokassins geholt, die Kleidung zusammengenäht und sie mit Blättern und Gras ausgestopft. Nur in das rechte Hosenbein hatte sie das abgetrennte Bein gesteckt, um ein groteskes Abbild von Kalawak zu schaffen, mit dem Shateh jetzt tanzte.

Tief in Dakan-ehs Eingeweiden krampfte sich etwas zusammen, als er auf das Klagelied des Oberhäuptlings lauschte und seinen wilden, qualvollen Tanz beobachtete. Als Shateh schließlich Kalawaks Nachbildung in die Flammen warf, erzitterte der Mutige Mann – nicht vor Mitleid, das ein Vater in einem solchen Moment einem anderen Vater gegenüber empfinden sollte, sondern vor Bewunderung und Neid.

Ach, wenn ich nur ein Mann wie Shateh sein könnte! Ein so großartiger Oberhäuptling! Dafür würde ich alles tun und alles geben!

Das Feuer brannte höher und heißer. Der Tanz und die Trommeln wurden immer wilder. Der Mutige Mann sah mit Entsetzen zu und war gleichzeitig begierig, daran teilzunehmen.

Wenn Shateh es nur erlauben würde, würde ich schon dafür sorgen, daß sich mir alle Augen zuwenden! Ich würde ihnen zeigen, daß ich der Mutige Mann bin, der ...

»Dakan-eh! Bitte, mein Sohn, halte sie zurück!«

Er drehte sich um. Pah-la lief schluchzend durch seine versammelten Jäger. Ban-ya folgte dichtauf und dahinter die anderen Frauen seines Stammes.

»Was ist los?« fragte Dakan-eh verärgert, als sie ihrem Sohn zu Füßen fiel.

Im Gegenlicht des Feuers sah er Pah-las Gesicht, das von der Trauer ausgezehrt war, und ihr zerzaustes Haar. »Ban-ya hat vergessen, daß sie eine Frau der Roten Welt ist! Ban-ya will, daß wir alle es vergessen! Ich will es nicht vergessen, Dakan-eh! Ich kann es nicht vergessen!«

Er blickte Ban-ya in die Augen und war verblüfft über das, was er darin entdeckte – eine Entschlossenheit, die eher zu einem Mann als zu einer Frau paßte. Sie stand nackt vor ihm, nach der Sitte der trauernden Frauen des Graslandes. Ihren todmüden Jungen trug sie auf der Hüfte. Ihre linke Hand war erhoben, und darin hielt sie ein dünnes Fleischmesser. »Es muß getan werden«, sagte sie mit grimmiger Entschlossenheit. »Du darfst nicht länger warten, Mutiger Mann. Ich habe keine Angst!«

»Angst wovor?«

»Davor.« Mit erhobenem Kopf zog sie, ohne mit der Wimper zu zucken, die Klinge über ihren Oberkörper. Der Schnitt war lang und würde ohne weiteres wieder verheilen. Aber er war tief genug, um Blut fließen zu lassen, das über ihre Brüste herabrann.

Dakan-eh hielt den Atem an. Dasselbe taten alle Männer und Frauen der Roten Welt, die ihre Tat beobachtet hatten. »Was tust du da?« fragte er. »Shateh hat es verboten!«

»Nein«, widersprach sie, berührte die Wunde mit den Fingerspitzen und hob dann die Hand, um sich Wangen und Stirn mit Blut zu bestreichen, wie es auch die Männer und Frauen des Graslands getan hatten. »Shateh hat Dakan-eh verboten, sich dem Trauerritual am Feuer seines Stammes anzuschließen. Shateh hat nicht verboten, daß jene, die nicht mit den Sitten seines Stammes aufgewachsen sind, erleiden sollen, was er und sein Stamm jetzt erleiden, und er hat Dakan-eh und seinem Stamm erlaubt, unsere Toten auf die Art der *Eidechsenfresser* zu betrauern.«

Dakan-eh war schockiert über die unerwartete Verachtung, mit der sie das Schimpfwort ausgesprochen hatte. Seine Kiefer verkrampften sich. Er überlegte, ob er sie schlagen sollte. »Wir haben uns in diesem Land als Krieger erwiesen«, erwiderte er trotzig.

»Ja!« stimmte Ban-ya ihm schnell zu. »Diese Frau ist stolz, daß sie von sich sagen kann, die Frau des Mutigen Mannes der Roten Welt zu sein, der im Grasland zum Tapferen Jäger geworden ist.«

Er musterte sie mißtrauisch. Was hatte sie vor? Erst reizte sie ihn mit Beleidigungen, und im nächsten Moment schmeichelte sie seinem Stolz. Es war ungewöhnlich für Ban-ya, daß sie ihn vor anderen kritisierte, denn sie war genauso begierig darauf wie er selbst, daß er in diesem Land der Krieger zum Oberhäuptling wurde. »Warum hast du meine Mutter zum Weinen gebracht und deine Haut wie die Menschen des Graslandes aufgeschlitzt?«

»Weil Dakan-eh mich zu einer von ihnen gemacht hat! Meine Worte sollen den anderen Menschen meines Stammes zeigen, wie wichtig dieser Augenblick ist! Meine Tat soll sie beschämen, so wie sie meinen Mann beschämt!«

Ma-nuk knurrte verärgert. »Was soll das?«

Ban-ya blickte den Jäger von unten bis oben an und drückte mit einem tadelnden Schnaufen aus, wie gering sie ihn schätzte. »Der Vater unseres Häuptlings und ein Junge dieses Stammes sind tot. Wie trauerst du um sie, Ma-nuk? Mit leisem Stöhnen und Gemurmel? Oh, was bist du für ein tapferer Mann, der stumm zusieht, wie die Schamanen und Krieger von Shatehs Stamm tanzen und den Geistern der Vier Winde ihr Blut, ihre Schmerzen und ihre Klagen übergeben!«

Es war für alle offensichtlich, daß Ma-nuk, wenn Ban-ya nicht einem anderen Mann gehört hätte, die Frau auf der Stelle erwürgt hätte. »Dakan-eh gehorcht Shatehs Befehl, daß er abseits stehen soll! Und ich gehorche Dakan-eh!« Er blickte seinen Häuptling an. »Warum läßt du es zu, daß eine Frau so zu mir spricht? Wenn sie mir gehören würde, hätte ich ihre wilde Zunge gezähmt!«

»Sie gehört dir aber nicht!« Dakan-eh senkte den Kopf und drohte Ma-nuk und dann Ban-ya mit seinem Blick.

Bevor er sie tadeln konnte, veränderte sich etwas in ihrer Haltung. »Wir alle müssen Dakan-eh gehorchen«, sagte sie zu Ma-nuk. »Er hat uns aus einem Land des Hungers in ein neues und besseres Leben geführt. Mein Mutiger Mann ist ein genauso großer und wohltätiger Häuptling wie Shateh! Jetzt riskiert er die Verbannung, weil er in seiner Sorge um diesen Stamm euch nicht um das bitten will, was getan werden muß, wenn wir die Erlaubnis haben wollen, im Grasland bleiben zu dürfen! Er wartet darauf, daß ihr vortretet und ihm erklärt, daß ihr keine Angst habt, euch von den alten Sitten abzuwenden und das zu tun, was ich getan habe – eure Haut aufzuschlitzen und eure Trauer nach der Sitte des Stammes zu zeigen, den ihr euch erwählt habt.«

»Wie oft muß dir noch gesagt werden, daß Shateh uns verboten hat, zu seinem Stamm ans Feuer zu gehen?« Ma-nuk schleuderte ihr die Worte entgegen, als wären sie Speere, die auf ihr dreistes Herz gerichtet waren.

»Aber Shateh hat uns nicht verboten, ein *eigenes* Feuer zu machen!« erwiderte sie. »Er hat uns nicht verboten, von unserer Trauer zu singen! Und er hat auch nicht gesagt, daß wir nicht den Besitz der Toten in die Flammen werfen dürfen. Er hat uns nicht befohlen, daß wir unsere Haut als Zeichen für die Trauer um unsere Toten aufschlitzen sollen, aber er hat auch nicht gesagt, daß wir es *nicht* tun dürfen! Stimmt das, Mutiger Mann?«

Dakan-ehs Unterkiefer klappte herunter. Ban-ya war schon immer eine kluge Frau voller Überraschungen gewesen. Plötzlich wurde ihm klar, worauf sie die ganze Zeit lang hingearbeitet hatte, und daß sie es ihm überließ, die anderen zu überzeugen. »Shateh soll sehen, daß unsere Sitten nicht mehr die Sitten der Eidechsenfresser sind. Die Stämme des Graslandes sollen sehen, daß unsere Sitten ihre Sitten sind! Sie sollen sehen, daß wir furchtlos und würdig sind, in diesem Land zu bleiben!«

Ban-ya atmete voller Erleichterung aus. »Ja!« stimmte sie zu, und wenn ihr jemand außer Dakan-eh in die Augen geblickt hätte, hätte er darin ihre Freude und einen Tadel gesehen: *Dummkopf! Du hast ziemlich lange gebraucht, um den Weg zu sehen, auf den du sie führen mußt!*

Sie errichteten ein kleines, rauchendes Feuer. Es war keine einfache Aufgabe, denn Shatehs Stamm hatte bereits das meiste trockene Holz aufgesammelt. Dakan-eh gab seinen Jägern Anweisungen, wie sie das Holz, die Zweige und die wertvollen Öle anordnen sollten, die die Frauen aus dem zerstörten Dorf hatten retten können.

»Hast du meinen Mann gesehen?« fragte Ela-nays Frau den Mutigen Mann. In ihrer Stimme lag mehr Ärger als Besorgnis. »An diesem Tag ist für uns alles schiefgegangen, und . . .«

»Genug!« Er blickte sie mißfällig an. Sie war eine Nörglerin und schaffte es immer wieder, einen Mann zu verhöhnen. Er war froh, daß er den Stamm auf der Suche nach Feuerholz flußabwärts geführt hatte, weit fort von der Stelle, wo er Ela-nay bei Sheela zurückgelassen hatte, um sich mit ihr zu vergnügen. Er hatte wenig Respekt für den Mann, aber wenn ihn ein solcher Quälgeist wie seine Frau erwartete, konnte Dakan-eh gut verstehen, warum Ela-nay sich mit der Rückkehr zum Stamm Zeit ließ. »Geh weg!«

»Aber Ela-nay ist . . .«

»Geh, sage ich!« befahl er schroff. »Bereite dich auf die Trauerrituale vor, die jetzt beginnen werden! Dein Mann wird zurückkommen, wenn er es für angemessen hält! Ich werde den Ungehorsam einer weiteren Frau in dieser Nacht nicht dulden!«

»Vater, sieh sie dir an! Hör doch!« Atonashkeh war erzürnt.

Shateh, der vor Trauer gefühllos geworden war, blieb neben seinem Sohn stehen. Der Oberhäuptling blickte zum Wald. Die Eidechsenfresser hatten ein armseliges Feuer errichtet und umtanzten es. Nach der Sitte der Stämme des Graslandes hatten alle außer der Mutter des Mutigen Mannes ihre Kleidung abgeworfen und ihre Gesichter und Arme mit ihrem eigenen Blut gefärbt.

Atonashkehs Gesicht war finster. »Du hast es verboten!«

»Nein«, widersprach Shateh. »Ich habe ihnen verboten, an unseren Ritualen teilzunehmen. Ich habe ihnen nicht befohlen, auf welche Weise sie um ihre Toten trauern sollen.«

»Sie haben keinen Schamanen, der im Namen ihrer Toten mit den Geistern spricht, und dennoch singen sie!«

Shateh hörte zu. Neben den Trommeln, dem Heulen und den Gesängen seines eigenen Stammes hörte er die Lieder Dakan-ehs und des Stammes der Roten Welt. Nach einer Weile nickte er. »Ich höre Schreie der Trauer – keine heiligen Gesänge ... nichts, an dem die Geister Anstoß nehmen könnten.«

»Sie wollen uns verspotten, indem sie unsere Sitten nachzuahmen versuchen.«

Shateh kniff nachdenklich die Augen zu schmalen Schlitzen zusammen. »Nein. Sie wollen uns damit ehren und in unseren Augen an Ehre gewinnen.«

»In den Augen dieses Mannes können Eidechsenfresser keine Ehre haben.«

Doch Shateh lauschte nur auf seine eigenen Gedanken. »Es gehört Mut dazu, durch den Rauch von Shatehs Worten zu blicken, um ein Trauerfeuer zu errichten und das Fleisch nach der Sitte unseres Stammes zu opfern. Vielleicht ist dieser Mutige Mann gar kein Eidechsenfresser mehr.«

Atonashkehs Gesicht verzerrte sich vor Eifersucht. »Deine Meinung über die Eidechsenfresser wechselt so schnell wie der Wind, Vater! Ich sage, daß der Mann, der sich selbst besudelt hat, nicht davonlief, um den Stamm zu retten. Er lief, um sich selbst zu retten!«

»Wir werden sehen«, entschied Shateh. »Komm! Hole Lahontay und die Schamanen! Wir werden sehen, wie sehr dieser Mutige Mann wünscht, ein Bruder Shatehs zu werden.«

Die Trommeln verstummten. Dakan-eh hörte auf zu tanzen und blickte zum großen Feuer der Stämme des Graslands hinüber. Auch sie hatten zu tanzen aufgehört. Der Oberhäuptling und die anderen Schamanen kamen auf ihn zu, gefolgt von Atonashkeh und den Kriegern des Stammes. Dakan-eh wußte nicht, was geschehen würde, und rührte sich nicht von der Stelle. Jetzt war nicht die Zeit, Furcht zu zeigen, obwohl er sicher war, daß der Gestank ihn verraten würde, als Shateh vor ihm stehenblieb.

»Dies ist nicht die Trauer der Eidechsenfresser«, begann der Oberhäuptling. »Ich habe eure stillen Rituale gesehen und eure sanften Lieder gehört.«

Dakan-ehs Mund war wie ausgetrocknet. Dennoch sprach er, wenn auch zur Abwechslung mit Vorsicht und Bedacht. Er war überheblich und heißblütig, aber nicht immer ein Narr. Er würde nicht das Risiko eingehen, Shateh noch einmal in Wut zu versetzen. Vielleicht war dies seine letzte Gelegenheit, die Gunst des Mannes zu gewinnen. »Es ist lange her, daß dieser Stamm Eidechsen gefressen hat. Es ist lange her, daß dieser Stamm zum ersten Mal zu den Stämmen des Nordens blickte und wußte, daß die Mächte der Schöpfung sie mehr als andere begünstigten. Dieser Mann hat den kleinen Feuern, den sanften Gesängen und stillen Sitten den Rücken zugekehrt. Dies ist das Trauerfeuer des Stammes des Mutigen Mannes, der den wirbelnden Wind jagt, um den Stamm zu retten.«

»Wessen Stamm?« fragte Atonashkeh verächtlich. Er versuchte Dakan-eh zu einer unbedachten Reaktion zu verleiten.

Vor einigen Stunden wäre es ihm leichtgefallen, Dakan-ehs Jähzorn zu entfachen. Jetzt war es nicht mehr so einfach. Er hatte erfahren, wie gefährlich es sein konnte, wenn er seinen Gefühlen freien Lauf ließ. »Den Stamm von *Shateh* und den Stamm von *Dakan-eh*«, erwiderte er ruhig. »Shateh hat gesagt, daß alle Menschen ein Stamm sind. Wurde dies nicht den Stämmen der Roten Welt und des Graslandes seit Anbeginn der Zeiten gelehrt? Willst du deinem Häuptling und Vater widersprechen, Atonashkeh?«

Atonashkeh funkelte ihn haßerfüllt an.

Die Frauen von Shatehs Stamm waren vorgetreten. Langsam

stellte sich Wehakna, die älteste Frau des Oberhäuptlings und Mutter von Kalawak, neben ihren Mann. Sie war erschöpft und von Trauer gezeichnet, als sie ihren Blick auf Pah-la richtete. »Die dort trägt immer noch ihre Kleidung und ihren Schmuck, als würde keine Trauer in ihrem Herzen sein. Und seht euch Lehana an, die Tochter Nakantahkehs. In meinen Augen ist sie zur Fremden geworden. Es ist schandhaft, ihren Mangel an Verzweiflung, Schmerz und Blut sehen.« Sie schüttelte sich vor Abscheu. »Eidechsenfresser!«

Die benommene und rotäugige Pah-la kniete über der leblosen Gestalt ihres Mannes, ein Stück vom kleinen Feuer entfernt. Die Familie Na-seis kniete in der Nähe um ihren in Felle gehüllten Sohn.

Die hochschwangere Lehana stand zitternd auf. Auch sie hatte all ihre Kleidung und ihren Schmuck nach Sitte ihres Stammes abgelegt, doch ihre Haut war nur mit Schlamm gezeichnet, den sie als Ersatz für Blut aufgetragen hatte. Sie suchte die Augen ihres Vaters Nakantahkeh unter den tadelnden Blicken der Krieger ihres Stammes. Als sie ihn entdeckte, sprach sie mit erstickter und qualvoller Stimme. »Wehakna irrt sich, wenn sie glaubt, ich würde nicht um die verlorene Seele meines armen Na-sei trauern. Ich gehöre jetzt zu diesem Stamm. Die Frauen der Roten Welt wollten nicht zulassen, daß ich meine Haut aufschlitze. Diese Frauen bangen um die Unversehrtheit meines ungeborenen Kindes. Aber was spielt das Kind jetzt noch für eine Rolle? Noch bevor es geboren ist, ist es durch seine Mutter entehrt, die nicht nach der Sitte des Graslandes trauert ...«

»Dann trauere!« Dakan-eh stand kurz vor der Panik. »Trauere, wie du es für angemessen hältst! Ban-ya, bring der Frau ein Messer, damit sie ihr Fleisch öffnen kann! Und du Mutter, steh auf! Zeig dem Stamm Shatehs, daß du ihre Sitten ehrst!«

Das Licht des Feuers glänzte auf Pah-las tränenüberströmten Wangen und den Goldkörnern ihres Nasenrings. Sie schien verwirrt.

Trotz seines selbstsüchtigen Wesens bemitleidete Dakan-eh sie. Sie sah wie ein erstarrtes, verwundetes altes Reh aus, dessen Gefährte erlegt worden war und das jetzt von Jägern eingekreist wurde, während es weder den Verlust noch sein eigenes Schicksal verstehen konnte. Dennoch drängte er noch einmal. »Pahla! Du wirst jetzt gehorchen!«

Ban-ya, die immer noch Piku-neh trug, ging leise zu Pah-la und reichte ihr Fleischmesser nicht Lehana, sondern der älteren Frau.

Pah-la starrte auf die gekrümmte Schneide der Steinklinge und dann auf Ban-ya. Sie schüttelte den Kopf. »Ich bin eine Tochter der Roten Welt. Ich werde die Seele meines geliebten Mannes nach der Sitte der Vorfahren ehren, mit meinen Tränen, nicht mit meinem Blut. Owa-neh würde es nicht anders wollen.«

»Sie hat Angst vor den Schmerzen und dem Blut – sie ist eine echte Eidechsenfresserin!« sagte Atonashkeh.

Der alte Lahontay knurrte und nickte zustimmend.

Eine tiefe Ruhe hatte von Dakan-eh Besitz ergriffen. Er wußte, was er jetzt tun mußte, und er tat es ohne Zögern. »Du bist keine Frau der Roten Welt mehr«, teilte er seiner Mutter mit. »Du wirst so trauern, wie die Frauen dieses zerstörten Dorfes trauern!«

Pah-la rührte sich nicht.

Dakan-eh unterdrückte das Verlangen, seiner Mutter einen Fußtritt zu versetzen. »Du wirst jetzt das Messer nehmen!«

Pah-la rührte sich immer noch nicht.

Shateh blickte auf die Frau hinab und sagte leidenschaftslos: »Wenn du eine der Frauen dieses Stammes sein willst, mußt du mit dem Blut deiner Trauer das Fleisch deines Mannes reinwaschen. Er muß den Geschmack deiner Trauer erfahren, bevor sein Körper den Flammen übergeben wird, die seine Seele in die Vier Winde entlassen. So ist es Sitte unter deinen neuen Schwestern, die um ihre eigenen Toten trauern.«

Wehakna verzog angewidert das Gesicht, offenbar weil sie sich beleidigt fühlte, daß man sie als Schwester einer Eidechsenfresserin bezeichnet hatte.

Dakan-eh hätte fast vor Freude laut aufgeschrien. Es bestand also doch noch Hoffnung, daß die Menschen seines Stammes als Brüder und Schwestern der Stämme des Nordens aufgenommen wurden. Doch dann verschwand seine Freude, als Pah-la seine Hoffnung zunichte machte.

»Diese Frau respektiert die Sitten der Stämme des Graslandes«, sagte sie ruhig und würdevoll zum Oberhäuptling, »aber mein Owa-neh war in diesem Land nicht glücklich. Er hatte keinen Sinn für den Krieg oder für die Jagd auf Bisons oder Mammuts. Er sehnte sich danach, in das Land unserer Vorfahren zurückzukehren. Ich kann nicht zulassen, daß sein Körper in diesem fernen Land verbrannt wird, wo seine Seele vielleicht niemals den Weg zurück in die Rote Welt finden wird. Diese Frau muß ihren Mann nach Hause bringen. Die Rote Welt ist der Ort, wo Pah-la und Owa-neh, ihr Sohn Dakan-eh und sein Stamm hingehören. Es war ein Fehler, daß wir hierhergekommen sind.«

Dakan-ehs Entschluß, nicht die Beherrschung zu verlieren, wurde von einer plötzlichen Wut fortgespült. Er ging zu seiner Mutter, riß sie hoch, nahm Ban-ya das Messer ab und schnitt damit gewaltsam in Pah-las Stirn, ihre Oberarme und die Riemen, die ihren geflochtenen Rock hielten. Das Kleidungsstück fiel von ihren Hüften und blieb an ihren Knöcheln hängen. Sie schluchzte und zitterte in seinem Griff, aber Dakan-eh war es gleichgültig. Er hatte kein Mitleid mit ihr.

Shateh sah ihn an. Lahontay und die Schamanen sahen ihn an. Und auch Atonashkeh und Nakantahkeh und die Jäger des Graslandes sahen ihn an. Dakan-eh wußte, daß seine folgenden Taten oder Worte für immer sein Schicksal bestimmen würden – entweder als Krieger und Großwildjäger der Stämme des Nordens oder als madensammelnder Eidechsenfresser der Roten Welt. Pah-la blickte zu ihm auf und versuchte ihren stämmigen Arm aus Dakan-ehs Griff zu befreien. Er starrte auf die kleinen Goldklümpchen an ihrem Nasenring hinab. Sie funkelten hell im Feuerschein, und dieses Licht verschaffte ihm eine Eingebung. »Nimm das ab!« befahl er. »Wirf es ins Feuer! Die Frauen dieses Stammes haben ihren Schmuck den Flammen übergeben, damit die Seelen ihrer Toten in der Welt jenseits dieser Welt ein Andenken an sie haben!«

Pah-la riß die Augen auf und jammerte in unendlicher Verzweiflung. »Nein, Dakan-eh! Das kannst du nicht von mir erwarten!«

»Ich bin der Häuptling. Ich erwarte nicht! Ich befehle!« Seine

Miene war unerbittlich. Er wußte, wie wertvoll der Nasenring für Pah-la war. Er war mehr als nur irgendein Schmuckstück. Sein Vater hatte ihn ihr vor vielen Jahren geschenkt, und seit jenem Tag hatte sie ihn niemals abgenommen. Jetzt, wo Owaneh tot war, würde ein Teil von Pah-las eigener Seele sterben, wenn sie gezwungen wurde, ihn aufzugeben. Doch die Umstände ließen Dakan-eh keine andere Wahl. Obwohl er ein leichtes Bedauern verspürte, zeigte Dakan-eh keinerlei Regung, als er ihr den Ring aus dem Gesicht riß.

Pah-la schrie, während Dakan-eh sich umdrehte und das blutige Schmuckstück ins Feuer warf. »Jetzt hat die Mutter Dakanehs ihr altes Leben abgelegt«, verkündete er ernst. »Jetzt trauert die Mutter dieses Häuptlings nach der Sitte der Stämme des Graslandes.«

Pah-la schluchzte, hielt sich die Hände vors Gesicht, zwischen denen Blut hervorquoll, und ließ den Kopf hängen.

Dakan-eh blickte beifallheischend zu Shateh, doch das von trockenem Blut geschwärzte Gesicht des Mannes verriet keine Gefühle. Der Mutige Mann betrachtete die blutigen Streifen auf den Armen, dem Gesicht und der Brust des Oberhäuptlings. Seine eigenen Wunden waren im Vergleich dazu nur leichte Kratzer. Mit hoch erhobenem Kopf nahm er das Steinmesser, setzte es an seine bereits blutende Stirn und fügte sich einen tiefen Schnitt zu, der bis zum Knochen ging und von Schläfe zu Schläfe reichte. Dann senkte er die Hand und zog waagerecht eine blutige Linie über seinen Brustkorb, von der linken bis zur rechten Achselhöhle, und dann eine weitere hinunter bis zum Nabel. Die Schmerzen seiner selbstverursachten Wunden befriedigten ihn, denn während das Blut in seine Augen und über seinen Bauch, die Geschlechtsorgane und die Schenkel lief, hörte er von den Zuschauern ein anerkennendes Raunen.

»Für Owa-neh zeichnet der Mutige Mann sein Fleisch, damit er für immer die Narben seiner Trauer um seinen Vater trägt!« Diese Worte waren seiner Meinung nach angemessen.

Lahontay knurrte anerkennend. Die anderen Schamanen und Häuptlinge taten dasselbe. Die Frauen seufzten, und Wehakna nickte mit widerwilliger Bewunderung.

Atonashkehs Blick verzerrte sich voller Haß, denn die Wunden von Shatehs Sohn waren nicht so tief wie die Schnitte, die Dakan-eh sich zugefügt hatte, und die zurückbleibenden Narben der Trauer, die er für seinen verlorenen Bruder Kalawak trug, würden nicht so beeindruckend sein wie die, die ein Eidechsenfresser für seinen Vater tragen würde.

Ban-ya, die dicht neben Dakan-eh stand, tröstete den kleinen Piku-neh, der wimmernd seine Großmutter anstarrte. Um den Jungen zu beruhigen, bot Ban-ya ihm ihre große und blutige Brust.

Shatehs Gesicht blieb ausdruckslos, als er die Frau und den Jungen betrachtete und ihre offenen Wunden bemerkte. »Es war nicht nötig, daß die Frau Dakan-ehs sich selbst zeichnet. Owanehs Blut war nicht dein Blut.«

Ban-ya wirkte völlig ruhig. »Diese Frau wird stolz die Narben ihrer Trauer tragen. Dakan-eh und Ban-ya gehören zusammen. Ich teile freiwillig seinen Schmerz.«

Wieder ging ein anerkennendes Raunen durch die Umstehenden. Diesmal blickte sogar Atonashkeh die Frau interessiert an.

Dakan-eh mußte sich beherrschen, um nicht zu grinsen. Ban-ya war eine großartige Frau! Sie war zwar keine Schönheit wie Ta-maya – nicht einmal wie Sheela – aber sie sah besser aus als die meisten Frauen, und er war stolz, als zweite Wahl eine solch tapfere Frau mit dem überwältigenden Busen an seiner Seite zu haben, die ihm außerdem einen Jungen geboren hatte. Sie war eine gute Frau, und es war offensichtlich, daß der Oberhäuptling von Ban-ya beeindruckt war. Zum ersten Mal seit sehr vielen Monden verspürte Dakan-eh wieder das aufregende Gefühl des Erfolgs. Der Mutige Mann gab seinem Drang nach und lächelte. Es war ein breites, triumphierendes Lächeln.

Doch dann war auf der anderen Seite des Lagerfeuers wieder das Brüllen des Löwen zu hören, und die Frau Elanays trat vor, um das Lächeln aus Dakan-ehs Gesicht verschwinden zu lassen.

»Hat Shateh meinen Mann gesehen?« fragte sie.

Dakan-ehs Eingeweide verkrampften sich. Er hatte Ela-nay und Sheela völlig vergessen! Er blickte sich um. Sie waren nicht bei seinem Stamm. War es möglich, daß sie sich immer noch im Wald aufhielten? Wie lange brauchte der stämmige kleine

Jäger, um sich in einer Sklavin zu erleichtern? Zu lange. Viel zu lange!

Schweiß prickelte auf Dakan-ehs Stirn, als er sich an Ela-nays Warnung erinnerte, daß die Vereinigung von Mann und Frau in einer Nacht der Trauer bei den Stämmen des Graslandes genauso wie bei den Stämmen der Roten Welt verboten sein könnte. Was war, wenn Ela-nay recht hatte? Wenn der Mann jetzt zusammen mit Sheela aus dem Wald kam, würde Shateh sofort wissen, was zwischen ihnen vorgefallen war. Und Dakan-eh kannte Sheelas Haß auf ihn gut genug, um zu wissen, daß es dann nur eine Frage der Zeit war, bis der Oberhäuptling erfuhr, daß Ela-nay nicht der einzige Mann gewesen war, der in dieser Nacht bei ihr gelegen hatte.

Der Boden schien unter Dakan-ehs Füßen nachzugeben. Wieder einmal war seine Hoffnung, von den Stämmen des Nordens anerkannt zu werden, in großer Gefahr, und diesmal durch seine eigenen Handlungen. Nein! Noch war nicht alles verloren, wenn er jetzt schnell handelte. Also legte er sich hastig eine Lüge zurecht und sprach. »Der Jäger Ela-nay war tief von den Ereignissen des Tages betrübt. Ich habe ihm gestattet, allein zu trauern. Das ist manchmal Sitte bei den Menschen der Roten Welt.« Die letzten Worte entsprachen wieder der Wahrheit.

Doch Ela-nays Frau gab sich damit nicht zufrieden. »Davon hast du mir nichts gesagt, als ich vorhin zu dir kam, Häuptling!«

»Ich wollte nicht, daß du um ihn bangst«, antwortete Dakan-eh, während er mit sorgenvollem Respekt auf sie hinabblickte und damit seinen Wunsch maskierte, die erbärmliche und lästige Frau möge auf der Stelle tot umfallen. Sein zweiter Wunsch war, die Löwen würden flußabwärts weiterziehen und ihren dummen, egoistischen Mann und die widerborstige Sklavin auffressen.

Er sah auf, als er die Blicke Ma-nuks und der anderen Jäger der Roten Welt auf sich spürte. Sie runzelten die Stirn und versuchten den Zweck seiner Lüge zu erkennen. Er funkelte sie stumm an. Sie verstanden, und als Ma-nuk nickte, war der Mutige Mann zuversichtlich, daß der ältere Mann ihm nicht in den Rücken fallen würde. Ma-nuks Wunsch, im Grasland zu bleiben, war genauso groß wie der Dakan-ehs.

»Ein Mann ganz allein, während überall Löwen herumstreifen?« fragte Shateh. »Dieser Ela-nay muß ein mutiges Herz besitzen.«

»So mutig wie die Löwen, mit denen er die Nacht verbringt!« erwiderte Dakan-eh.

»Mein Mann?« Ela-nays Frau verzog ungläubig das Gesicht.

»Ja! *Dein* Mann!« Dakan-eh wünschte ihr schon wieder den Tod. Er sog tief den Atem ein, mit dem er sich jedoch kaum beruhigen konnte, und schickte ein stummes Stoßgebet an die Mächte der Schöpfung, daß Ela-nay und Sheela so lange im Wald bleiben würden, bis Shateh und die anderen abgelenkt waren. »Ela-nay wird bald zurückkommen. Bis dahin sollte seine Abwesenheit den Stamm nicht davon abhalten, die angemessenen Rituale für die Toten durchzuführen.« *Den Stamm.* Dakan-ehs Mund wurde bei dieser unbedachten Äußerung trocken. Er hatte gesprochen, als wären die zwei Stämme ein Stamm.

Shateh musterte den Mutigen Mann aus halb geschlossenen Lidern. »Ihr werdet eure Toten verbrennen. Nach der Sitte der Stämme des Graslandes. Jetzt!«

Pah-la nahm die Hände vom Gesicht. Sie blickte auf den Oberhäuptling, dann auf ihren Sohn. »Dakan-eh, bitte! Wenn du der Seele deines Vaters Ehre erweisen willst, mußt du dich daran erinnern, wer du bist, und wie weit wir vom Land unserer ...«

»Ich bin der Tapfere Jäger in diesem Grasland«, unterbrach er sie schroff. »Ich werde den Toten dieses Stammes nach Shatehs Art Ehre erweisen. Die Rote Welt ist weit weg. Lösche sie aus deinen Gedanken und Träumen. Du wirst sie nie wiedersehen, Frau!«

Der Oberhäuptling hob den Kopf. Er richtete seinen Blick auf das Gesicht des Mondes, der rötlich im rauchverhangenen Himmel stand. Wölfe hatten zu heulen begonnen, und Löwen brüllten wieder. Der Oberhäuptling hörte zu, dann sagte er: »Die Zeichen stehen nicht gut. Wir werden diese Nacht und dann noch drei Nächte lang trauern. Vier Tage lang werden wir fasten. Am Morgen des fünften Tages werden wir diesen Ort verlassen. Wir werden den alten Wildpfaden nach Süden folgen. Dort werden wir die Bisons wiederfinden, in der Nähe der Gabelung des Flusses. Wir werden ihnen folgen.«

Wir.

Das Wort war wie Musik in Dakan-ehs Ohren. Shateh hatte ›wir‹ gesagt! Dakan-eh war zufrieden. In vier Tagen würde er sicher einen Weg gefunden haben, wie er Shateh beeindrucken und sein Vertrauen zurückgewinnen konnte!

»Es ist nicht gut, daß dein Jäger Ela-nay allein ist«, sagte Shateh. »Es sind viele Löwen in der Nähe.«

Dakan-eh fragte sich plötzlich beunruhigt, ob der Oberhäuptling seine Lügen durchschaut hatte. »Er hat seinen Speer dabei. Die Löwen machen kein Geheimnis aus ihrer Anwesenheit. Ela-nay wird ihnen aus dem Weg gehen.«

Shateh nickte und war offenbar zufrieden. »Verbrennt eure Toten auf eurem eigenen Feuer! Trauert und fastet! Dann werden wir sehen, was der Morgen des fünften Tages dem Mann bringt, der dann vielleicht – oder vielleicht nicht – ein Bruder sein wird.« Damit drehte er sich um und ging zum großen Feuer zurück. Sein Sohn, die Schamanen und der Rest des Stammes folgten ihm.

Dakan-eh stand reglos da. Ban-ya kam zu ihm und flüsterte leise: »Bevor die zwei, die am Fluß beieinander liegen, zurückkehren und den Mutigen Mann einen Lügner nennen können, sollte ein zweibeiniger Löwe ihnen nachschleichen und dafür sorgen, daß sie nie über das sprechen werden, was zwischen ihnen – und mit *dir* – in dieser Nacht vorgefallen ist.«

Und so nahm Dakan-eh heimlich, als er sicher war, daß niemand ihn beobachtete, einen seiner Speere. Er bedankte sich nicht bei Ban-ya, daß sie seine Waffen und anderen Sachen vor dem Sturm gerettet hatte, denn eine Frau war dazu da, zuerst an die Bedürfnisse ihres Mannes zu denken. Furchtlos ging er in die Dunkelheit hinaus, während sein Stamm tanzte und trauerte und die Körper Na-seis und Owa-nehs den Flammen übergeben wurden. Dakan-eh erwartete, Sheela und Ela-nay auf dem Rückweg zu ihrem Stamm zu begegnen, und war bereit, sie sofort zu töten. Anschließend würde er sie in den Fluß werfen. Aber weder im Pappelwäldchen noch am Flußufer war eine Spur von Sheela oder Ela-nay zu entdecken. Erst nachdem Dakan-eh lange auf den schnell fließenden Fluß gestarrt hatte, gestand er sich ein, daß sie zusammen in die Nacht geflohen sein mußten.

Sein Gesicht verzerrte sich. Er war wütend und dann voller Verachtung. »Geht! Alle beide! Geht schnell und weit weg!« knurrte er, während nur der Mond, der Fluß und der flüsternde Nordwind ihn hören konnten. »Möge euer Leben in den Bäuchen von Löwen enden! Ihr bedeutet mir nichts! Gar nichts!«

Trotz der Verletzungen, die sie durch Dakan-ehs Hand erlitten hatte, führte Sheela den kleineren Ela-nay im schwächer werdenden Licht des Mondes nach Süden. Bald würde die strahlende Scheibe hinter den Hügeln im Westen verschwinden und die Welt fast völlig dunkel werden. Sie würden das Mondlicht vermissen, aber gleichzeitig froh sein, daß es dunkler geworden war. Seit Stunden hatten sie sich immer wieder aus Furcht vor Verfolgern umgeblickt. Zu Anfang hatten sie sich große Mühe gegeben, ihre Spuren zu verwischen. Sie waren durch knietiefes Wasser am Flußufer gewatet und waren oft auf glatten Steinen ausgerutscht, auf denen sie keine Spuren hinterlassen würden.

Nun waren sie naß und froren, als sie eine weite Gabelung des Flusses erreichten. Bevor Ela-nay protestieren konnte, war Sheela hineingesprungen und schwamm in der schwarzen, wirbelnden Flut davon. Er wollte seinen Augen nicht trauen, als er zusah, wie sie stromabwärts davongetrieben wurde. Er sah ihren Kopf, der sich über dunkle, schaumgekrönte Wellen erhob, und ihre langen Arme, die immer wieder aus dem Wasser kamen und eintauchten, bis sie schließlich auf eine breite, steinige Sandbank kroch. Nachdem sie sich für einen Augenblick mit hängendem Kopf hingekniet und Atem geholt hatte, stand sie auf und winkte ihm zu, er sollte ihr folgen.

Ela-nay zögerte. Er war ein paarmal in der Roten Welt im See geschwommen und hatte es als die natürlichste Sache der

Welt empfunden, sich durch das Wasser zwischen dem Spätsommerschilf zu bewegen, um aus Gras und Zweigen geflochtene Entenköder auszusetzen, während sein Kopf mit einer Haube aus Binsen und Weiden getarnt gewesen war. Doch seinen Körper diesem dunklen, kalten Fluß anzuvertrauen, war etwas anderes, Furchterregenderes. Er wollte es nicht tun. Aber die Frau, für die er alles und jeden im Stich gelassen hatte, rief nach ihm. Ela-nay holte tief Luft und folgte ihr, während er sich bemühte, nicht daran zu denken, was er tat.

Bald lag er flach auf dem Bauch neben ihr auf der Sandbank, während er immer noch seinen Speer umklammerte und Flußwasser erbrach.

Sheela stand über ihm. »Das hast du gut gemacht. Du wirst sehen, wir werden diese Nacht überleben. Und schon bald wird eines Tages ein dummer Mann, der sich selbst für mutig hält, dafür bezahlen, wie er uns beide gedemütigt hat. Komm, wir wollen jetzt die zweite Rinne durchqueren. Sobald wir auf der anderen Seite sind, können wir uns schneller bewegen und müssen unsere Spuren nicht mehr verwischen. Niemand wird es wagen, uns dann noch weiter zu folgen.«

»Nein? Warum nicht?« fragte er, während er immer noch Wasser spuckte.

»Sie würden es nicht wagen, durch den Fluß zu schwimmen, wie wir es gerade getan haben!« sagte sie stolz.

Ela-nay blickte auf. Sie war fort. Er hatte das Platschen nicht gehört, das ihr großer, geschmeidiger Körper verursachte, als sie in den Fluß sprang. Dazu war der Lärm der Strömung zu laut. Er erhob sich, hockte einen Moment auf den Fersen und schüttelte den Kopf. Er fragte sich, was ihn dazu getrieben hatte, Sheela aus dem zerstörten Dorf und dann auch noch über den Fluß zu folgen. Aber die Antwort war klar: Er wollte diese Frau.

Er seufzte, stand auf und sprang ihr nach. Er hatte sich für diesen Weg und diese Frau entschieden, und obwohl es schwierig war, mit ihr Schritt zu halten, nörgelte sie wenigstens nicht an ihm herum.

Schließlich lag er neben ihr auf dem trockenen Land. Er schüttelte sich wie ein nasser Hund. Ein kalter Wind blies aus

Norden. Im Südosten wurden die Sturmwolken von gelegentlichen Blitzen erhellt.

»Himmelsdonner ist dorthin weitergezogen«, sagte Sheela.

Ela-nay erinnerte sich an den Schrecken des wirbelnden Windes und schlang zitternd die Arme um seinen Brustkorb. »Wir sollten ihm nicht folgen, Sheela.«

»Unser Weg führt in diese Richtung.«

Zu seiner Erleichterung zeigte ihr ausgestreckter rechter Arm nach Norden. Gletscherbedeckte Berge glänzten weiß am Horizont, unter dem Licht des einzigen Sternes am Himmel, um den sich alle anderen drehten – des Wachenden Sterns. Er zitterte erneut und sehnte sich nach warmer, trockener Kleidung. Er verfluchte sich selbst, weil er sich von Dakan-eh hatte überreden lassen, die Rote Welt zu verlassen, und von Sheela, ihr zu helfen. Ela-nay mußte noch einmal sehnsüchtig nach Süden blicken. Das geliebte Land seiner Vorfahren schien so weit weg zu sein. Das Leben war dort so einfach gewesen und ohne Furcht.

Wölfe heulten ganz in der Nähe. Ela-nay zuckte zusammen. In den fernen Bergen im Norden antworteten ihnen andere Wölfe. Die Laute hatten etwas Merkwürdiges, fast Menschliches. Sheela erstarrte und lauschte. Ela-nay lief es eiskalt den Rücken hinunter.

»Hab keine Angst«, sagte er zu Sheela und versuchte erfolglos, seinem eigenen Rat zu folgen.

»Dein starker Speerarm wird mich beschützen, Ela-nay.«

»J-ja. Mein starker Speerarm wird dich . . . uns beschützen.« Er wünschte sich, seine Worte hätten überzeugter geklungen. Liebeskrank und ängstlich sah er zu, wie Sheela ihm vorausging. Er verstand seine Gefühle nicht. Er wollte an ihrer Seite und gleichzeitig wollte er weit weg von ihr sein, wieder unter den anderen Trauernden – nein, zwischen den Schluchten und Felskuppen und den vielen zerstreuten, friedliebenden Stämmen der Roten Welt, wo sich ein Mann vor den Mächten der Schöpfung nicht so verletzlich fühlte.

»Komm, Ela-nay! Wir werden es warm haben und in Sicherheit sein, solange wir gehen und dicht nebeneinander bleiben!«

Er hob seinen Speer und eilte Sheela nach. Sie hatte recht.

Die Bewegung erwärmte die Knochen. Als er sie einholte und dann neben ihr herging, hakte sie einen Arm bei ihm unter und blickte ihn voller Anerkennung und – konnte er seinen Augen trauen? – voller Zuneigung an. Ihr Gesicht war so sehr angeschwollen, daß sie kaum wiederzuerkennen war. Es war unmöglich, die wahre Bedeutung ihres Gesichtsausdrucks zu erkennen, aber ihre Berührung sollte ihn anscheinend ermutigen. Sie wärmte sein Herz.

Plötzlich war er froh, daß er nach Norden ging, fort von den blitzenden Wolken, die sich am südlichen Horizont auftürmten. Wenn Himmelsdonner nach Süden zog, war er dankbar, daß es in die entgegengesetzte Richtung ging. Er hoffte, daß die Mächte der Schöpfung Erbarmen mit den Menschen und Tieren hatten, die bald unter dem Sturmschatten des zornigen Himmels lagen.

TEIL 2

SCHWARZER MOND

1

Weit entfernt vom Grasland folgte Cha-kwena Lebensspender zu den Hügeln am Fuß eines Gebirgszuges, der sich wie eine riesige leuchtende Insel aus der Nachmittagshitze der Ebene erhob. Der junge Schamane sang, während er ging. Er hatte keine Furcht – der heilige Stein lag sicher im Medizinbeutel an seinem Hals, und er trug die magischen Speerspitzen in einem eigens dafür hergestellten Köcher, der am geflochtenen Gürtel seines Lendenschurzes befestigt war. Ihr Gewicht gab ihm ein beruhigendes Gefühl.

Der Wind kam immer noch aus dem Norden. Er war kühl und beständig und hatte einen blauen Schleier über die fernen Berge getrieben. Nun erhoben sich Staubwirbel von der Oberfläche des ausgetrockneten Sees, über den der Schamane stapfte. Er beugte sich in den Wind und benutzte das stumpfe Ende seines Speers als Gehstock. Er stemmte sich gegen das Gewicht seiner Rückentrage aus Elchgeweihen, die mit Riemen verschnürt waren.

Seit Stunden war Cha-kwena den Spuren eines einsamen Kojoten und des großen weißen Mammuts gefolgt, das ihm vorauslief, im Hitzedunst zu schweben schien und dann in den fernen Hügeln verschwunden war. Er blieb stehen und blickte zurück. Er war dem Rest des Stammes und sogar Mah-ree ein gutes Stück voraus. Er war froh darüber, denn er liebte die Einsamkeit.

»Bei Sonnenuntergang werden wir in den Hügeln sein«, sagte er zum kleinen gelben Wolf und zu seinem Totem, das er nicht mehr sah. »Mein Stamm wird dort lagern und sich ausruhen, um am nächsten Tag in die Berge weiterzuziehen.«

Eine heftige Windbö blies aus allen vier Himmelsrichtungen gleichzeitig. Sie bewegte sich wie ein lebendes Wesen um Cha-kwena herum und umschlang ihn mit kühlen, unsichtbaren Armen. Dann blies der Wind wieder kräftig aus dem Norden und kämmte dem jungen Mann die schulterlangen Haare aus dem Gesicht. Seine Augen brannten und tränten vom Staub. Es dauerte eine Weile, bis seine Tränen die kratzenden, alkalischen Partikel herausgewaschen hatten.

»Was soll das, Nordwind? Willst du mir den Weg versperren, den ich eingeschlagen habe? Das kannst du nicht. Solange das große weiße Mammut Cha-kwena vorausgeht, wird dieser Schamane ihm folgen.«

Cha-kwena machte sich bereit. Er hob seine Arme, um den Wind zu vertreiben. Der Wind blies ihm wütend entgegen und wehte dann weiter, um den Jungen in heißer, windstiller Luft alleinzulassen. Cha-kwena blickte ihm mit offenem Mund nach, denn jetzt konnte er den Wind *sehen*! Er hatte im Staub Gestalt angenommen, den er in geschwungenen Schlangenlinien nach Süden trieb. Er schlängelte sich durch Cha-kwenas kleinen Stamm und wirbelte dann eine Staubwolke auf, in der er weiterzog – doch er kam noch einmal zurück, blickte den Schamanen an und dröhnte: *Folge mir!*

Noch nie hatte Cha-kwena etwas Ähnliches gesehen. Der Wind war jetzt verschwunden und damit auch seine Zuversicht. Er beobachtete, wie sein Stamm zu ihm aufschloß, seine Leute, deren Fußspuren sich meilenweit nach hinten erstreckten. Die Furcht schwächte seine Entschlossenheit, doch er wollte sich davon nicht beirren lassen. »Ich folge nicht dem Nordwind! Ich folge dem Totem meines Stammes!« Nach diesem Ausruf fühlte er sich besser. Er drehte sich um und ging wieder nach Norden, in den Spuren des großen weißen Mammuts.

Der Tag ging zu Ende, als Shateh aus dem Schlaf hochschreckte. Er war nicht wirklich zur Ruhe gekommen und fühlte sich erschöpft. Säbelzahnkatzen und Wölfe hatten sich in den Stunden vor der Dämmerung angeschlichen, um von dem zu fressen, was die Löwen von den Bisons in der Schlucht übriggelassen hatten. Während der Nacht war ständig das Knurren und Jaulen von Riesenwölfen, wilden Hunden und Kojoten zu hören gewesen. Danach waren die Füchse gekommen. Dachse, kurzschwänzige Luchse und andere Fleischfresser hatten auch auf eine Gelegenheit gewartet, am Festmahl teilnehmen zu können. Gegen Morgen hatte ein Stinktier die Luft verpestet.

Später im blassen, verrauchten Licht der Dämmerung war Shateh vom Schnaufen eines großen Bären geweckt worden. Der Oberhäuptling war aufgestanden und hatte sich davon überzeugt, daß Atonashkeh und seine Familie in Sicherheit waren, daß die Wächter auf ihren Posten standen und daß alle Kinder des Stammes geschützt im Kreis ihrer Familien schliefen. Erst danach war er zu seiner eigenen Familie zurückgekehrt und wieder eingeschlafen.

Jetzt ging die Sonne heiß und bösartig unter. Er setzte sich auf, starrte sie an und ließ zu, daß sie seine Augen versengte. Bald sah er nur noch goldene und weiße Flecken aus brennender, pulsierender Hitze. Neben ihm saß auf einem geretteten Mammutfell Cheelapat, seine jüngste Frau. Sie legte die aus einem Schwanenknochen gefertigte Röhre beiseite, durch die sie Salbeipollen auf die Wunden des Oberhäuptlings geblasen hatte. Senohnim, seine schwangere mittlere Frau, blickte ihn besorgt an und wandte sich dann den drei kleinen Mädchen des Oberhäuptlings zu, um ihnen zu bedeuten, still zu sein, indem sie sich einen Finger an die Lippen legte.

Wehakna, die neben dem Oberhäuptling geschlafen hatte, schob eine Hand auf seinen Unterarm. »Shateh wird sich die Seele verbrennen, wenn er zu lange auf die Sonne starrt!«

»Shatehs Seele ist bereits verbrannt«, sagte er zu ihr, stand auf und ging fort, weil er nichts mehr von seinen Frauen hören und sehen wollte.

Mit erhobenem Kopf schritt er am Rest des großen Feuers vorbei. Es schwelte nur noch und stank in der flimmernden Hitze des Spätnachmittags. Als sich sein Sehvermögen klärte, bemerkte er, daß die Menschen ihn anblickten. Sie waren erschöpft von den schmerzvollen Ritualen und hungrig nach einem Tag des Fastens. Niemand sprach, als er vorbeiging, aber er sah die Fragen – und vielleicht auch den Tadel – in ihren Augen.

Er biß die Zähne zusammen. Was wollten sie von ihm? Weder konnte er ihre Betrübnis erleichtern noch die gestrigen

Tragödien ungeschehen machen. Er empfand ein erschreckendes Gefühl der Unzulänglichkeit. Was war mit seiner Macht, den Stamm zu beschützen, geschehen? Wieso hatte er die Stärke der gestrigen Stürme nicht vorhergesehen? Was hatte er getan – oder nicht getan –, das den Zorn Himmelsdonners auf seinen Stamm herabgerufen hatte? Er konnte nicht glauben, daß die Sklavin des Eidechsenfressers recht damit gehabt hatte, daß der Himmelsgott nach dem Fleisch menschlicher Opfer verlangen würde.

Shateh blieb stehen, nachdem er die letzten Angehörigen seines Stammes hinter sich gelassen hatte. Er blickte über die offene Prärie und sah, was die Löwen von den Bisons übriggelassen hatten, die dort vom Sturm getötet worden waren. Die meisten waren an Ort und Stelle gefressen worden. Bäuche und Kehlen waren aufgerissen und ausgehöhlt, die Eingeweide herausgezerrt und verschlungen, Beine und Schenkel abgerissen und in ganzen Stücken davongeschleift worden, um später vom Rudel gefressen zu werden. Es waren nur noch blutige braune Hügel aus Knochen und Knorpel übrig, groteske Inseln im goldenen, sturmverwüsteten Grasland. Gelegentlich blitzte ein Horn oder ein fleischloser Schädel im Schein des Lichts der Sonne auf, doch meist verschwanden die Überreste der Kadaver völlig unter den schwarzen Federn der Aasvögel. Der Rabe und seine Gefährten hatten sich heute sattgefressen.

Shateh blickte nach oben, während er weiterging. Die großen schwarzen Vögel kreisten träge am wolkenlosen, blaßblauen Himmel. Ihre Flügel warfen lange Schatten auf den Boden. Hinter dem zerstörten Dorf stritten sich ihre Artgenossen krächzend mit Geiern und verschiedenen kleinen aasfressenden Säugetieren um die Kadaver der Bisons oder jagten die verwaisten Kälber.

Die tief eingeschnittene Stirn des Oberhäuptlings legte sich in Falten, und Blut sickerte ihm aus dem Schnitt in die Augen. Er wischte es ab, ohne auf den Schmerz zu achten.

»Wozu diese Verschwendung?« fragte er verbittert. Diese Bisons waren völlig sinnlos gestorben. Ihr Fleisch konnte nicht vom Stamm verzehrt werden. Niemand würde ihr Fell, ihre Sehnen oder das wertvolle Fett verwerten, denn Himmelsdonner hatte das alles für sich selbst und für die Aasfresser des Himmels und der Erde beansprucht. Nur die Felle der Bisons, die in die Schlucht gestürzt waren - und Mitglieder des Stammes zu Tode gequetscht hatten – konnten benutzt werden, wenn auch nur, um die verbrannten Körper der Toten zu bedecken.

Er war verzweifelt. Bald würde in diesem Land der Winter anbrechen. Würde sein Stamm bis dahin neue Zelte errichtet haben? Würden die Jäger die Bisons wiederfinden? Würden sie erfolgreich und rechtzeitig Jagdbeute machen, um ihr Überleben zu sichern?

Hinter ihm, von dort, wo die Eidechsenfresser sich am Flußufer versammelt hatten, stimmte Dakan-ehs Mutter ein hohes, klagendes Gejammer an, und im Lager seines eigenen Stammes schrie ein Neugeborenes. Ein junger Mann von einem der westlichen Stämme klagte. Wieder verspürte Shateh tiefe Verbitterung. Er bemitleidete Pah-la. Er bemitleidete jene Frau, die in der Zeit der Trauer neues Leben auf die Welt gebracht hatte. Er bemitleidete den jungen Jäger. Und er bemitleidete sich selbst wegen des Verlustes von Kalawak.

»Der Eidechsenfresser ist für das alles verantwortlich.«

Shateh stellte überrascht fest, daß Atonashkeh an seiner Seite ging. Das Gesicht seines Sohnes war verhärmt, und der Schnitt in seiner Stirn war tiefer, als der Oberhäuptling ihn in Erinnerung hatte. Er wußte, daß Atonashkeh den Schnitt vertieft hatte, damit die zurückbleibende Narbe die von Dakan-eh in den Schatten stellte.

»Ein Bruder sollte sich Narben zufügen, um seine Trauer um seinen Bruder zu zeigen, nicht um jemanden zu beeindrucken, den er verachtet.«

Atonashkehs Gesicht verzerrte sich. »Seine Anwesenheit beleidigt die Mächte der Schöpfung.«

»Vielleicht. In drei Tagen wird der Rat . . .«

»Meine erste Frau hat neues Leben geboren!« Mit versagender Stimme brachte Atonashkeh dies vor.

Dem Oberhäuptling schien es, als habe man ihn geschlagen. »Dem Kind darf nicht erlaubt werden weiterzuleben, damit die Geister der Toten nicht beleidigt sind! Nicht während der Zeit der Trauer!«

Atonashkeh konnte sich nicht dazu überwinden, seinen Vater anzusehen. »Das Leben ist beendet... von meiner eigenen Hand!«

Shateh fühlte sich plötzlich alt. »Atli hat andere Kinder geboren. Sie ist jung. Du wirst ihr neue Söhne und Töchter machen. Und Nani, deine neue Frau, wird bald neues Leben gebären.«

Atonashkeh nickte. »So möge es sein.«

Shateh legte seinem Sohn eine breite, starke Hand auf die Schulter. »Die Mächte der Schöpfung können nicht so grausam sein, das zu verhindern.«

Atonashkeh blickte auf. Sein Gesicht war erstarrt, und seine Augen blickten stechend. »Nein? Mein Bruder ist vom wirbelnden Wind verschlungen worden. Mein Dorf ist zerstört. Meine Jagdbrüder und mein bester Hund sind nur noch Asche auf dem Scheiterhaufen. Meine Lieblingsfrau hat zu einer verbotenen Zeit neues Leben auf die Welt gebracht, und das Kind, dem das Weiterleben nicht erlaubt werden durfte, war ein *Sohn*, der erstgeborene Sohn Atonashkehs, ein Enkel Shatehs!«

Shateh starrte ihn an. Das lange erhoffte männliche Kind war tot, bevor es seinen zweiten Atemzug getan hatte? »Aaah...«, stöhnte er verzweifelt. Er fühlte sich wieder alt und schwach. Und dann packte ihn plötzlich die kalte Wut, als er über seinen Stamm zu der Stelle blickte, wo sich die Eidechsenfresser am Fluß versammelt hatten. Vielleicht hatte Atonashkeh recht. Vielleicht waren diese Fremden wirklich eine Beleidigung der Mächte der Schöpfung.

Er konnte den Eidechsenfresser jetzt sehen, der zusammen mit seinen Jägern vor den Überresten seines armseligen Feuers hockte, auf dem die versengten, aber nicht vollständig verbrannten Toten seines Stammes lagen. Hatte der Mann nicht selbst behauptet, daß ein Schamane ihn und alle Mammutjäger verflucht hatte und daß er diesen Fluch mit dem Nordwind über die Welt hinausgeschickt hatte?

Als er hinüberblickte, entdeckte er Ban-ya, die mutige Frau mit den großen Brüsten, die aus dem Schatten der Pappeln hervortrat. Sie blieb stehen und bemerkte offenbar, daß sie beobachtet wurde, denn nun starrte sie zu ihm zurück.

Sie war beeindruckend. Während ihr starker, gutgeratener kleiner Junge auf ihrer wohlgeformten Hüfte ritt, nahm sie eine Brust in die Hand und bot sie dem Kind an ... oder vielleicht dem Mann, der sie aus der Ferne beobachtete?

Atonashkeh erstarrte. »Ein Mammut könnte mit solchen Brüsten gesäugt werden! Und sieh nur, wie sie uns damit lockt! Glaubt sie, wir wären ihrem Mann freundlicher gestimmt, wenn sie uns verführt?«

»Sie gebärt starke Söhne«, stellte Shateh nachdenklich fest.

»Ich sage dir, sie und der Rest ihres Stammes sollten aus diesem Land vertrieben werden, bevor es zu spät ist!«

»Wenn wir sie jetzt verstoßen, wird das die Toten nicht zurückbringen, Atonashkeh.«

»Nein, aber damit lassen sich weitere Tote vermeiden!«

»Wirklich?« Shatehs zusammengekniffene Augen fixierten immer noch den Körper der mutigen Frau, deren Treue zu ihrem Mann er allmählich bewunderte. »In drei Tagen wird der Rat entscheiden, ob die Eidechsenfresser im Grasland bleiben dürfen oder nicht.«

»Das ist zu lange! Wenn mir vorher ein weiterer Sohn geboren wird ...«

»Dann wirst du ihn töten, so wie du auch den ersten getötet hast!« Shateh hatte genug vom Selbstmitleid seines Sohnes. »Du bist ein Mann des Stammes, Atonashkeh, der genauso wie jeder andere Mann dazu verpflichtet ist, den Gesetzen der Vorfahren zu gehorchen.«

»Ich bin Shatehs Sohn!«

»Ja«, gab der Oberhäuptling zu, der nicht einmal versuchte, seine mangelnde Begeisterung zu verbergen. »Der einzige Sohn, der mir noch geblieben ist.« Er war plötzlich unendlich müde. »Vergiß nicht deine Stellung, Atonashkeh, und sprich mich nie mehr auf diese Eidechsenfresser an.«

Ela-nay und Sheela sahen zu, wie die Sonne hinter dem Rand der Welt verschwand. Ela-nays Hand klammerte sich um seinen Speerschaft. Die Angst vor der hereinbrechenden Nacht verlangsamte seine Schritte. Er sehnte sich nach dem angenehmen

Leben eines Jägers, der sich in Gesellschaft anderer bewaffneter Männer befand.

»Komm!« drängte Sheela. »Wir können noch ein gutes Stück weitergehen, bevor es ganz dunkel wird!« Ihre Worte kamen undeutlich zwischen ihren geschwollenen, angespannten Kiefern, gelockerten Zähnen und aufgerissenen Lippen hervor.

Ela-nay antwortete nicht. Sein Blick war auf die Berge gerichtet, auf die sie zugelaufen waren, seit sie in der letzten Nacht den Fluß überquert hatten. *Sie sind immer noch so weit weg!* dachte er und erinnerte sich, daß er im Licht des Morgens überzeugt gewesen war, daß Sheela und er vor der Dämmerung die hügeligen Ausläufer erreicht haben würden. Sie hatte ihn darin bestätigt, aber nach endlosen Stunden der Wanderung wurde klar, daß sie sich geirrt hatte.

Er verzog mißmutig das Gesicht. Je weiter sie über das weite, gewellte und so gut wie baumlose Land vorrückten, desto weniger mochte er es. Den ganzen Tag lang waren Sheela und er an alten, in Kriegen verwüsteten Dörfern und Schlachtlagern vorbeigekommen. Sie hatten viele Spuren von Antilopen, Pferden und Kamelen entdeckt, aber auch Spuren von Wölfen und Löwen und von einem Bären, dessen Tatzen so gewaltig waren, daß das Tier halb so groß wie ein Mammut sein mußte. Es beruhigte Ela-nay überhaupt nicht, daß die Bärenspuren mindestens eine Tag alt waren.

»Komm, Ela-nay«, sagte Sheela sanft, und sie legte ihren rechten Arm um seine Hüfte, um ihn weiterzudrängen.

Ela-nay schenkte ihr ein mattes Lächeln. Ihre Berührung verzauberte ihn. Aber er war müde und hungrig, und seine Angst vor lauernden Fleischfressern zerstörte ihren Zauber. »Würdest du nicht lieber anhalten und dich für eine Weile ausruhen?« fragte er. »Ich werde ein Feuer machen und Fallen stellen, in die die Mächte der Schöpfung vielleicht ein paar kleine Tiere laufen lassen. Hast du keinen Hunger, Sheela?«

Sie war entsetzt über seinen Vorschlag. »Wir werden sehr bald rasten und essen – aber nicht hier auf dem offenen Land! Jetzt, wo ich keine Sklavin mehr bin, werde ich nie wieder das Fleisch von Kaninchen oder Erdhörnchen essen.« Dann senkte sie reuevoll den Kopf und lehnte sich gegen ihn. »Ich weiß, wo es Bäche und dichte Wälder gibt, in denen Hirsche grasen. Du wirst dort gutes Wasser finden und guten Stein, um dir neue Speerspitzen zu fertigen.«

Ela-nay lief das Wasser im Mund zusammen, als er sich vorstellte, bald von geröstetem Hirschfleisch zu essen, und er war begeistert von der Aussicht, Steine bearbeiten zu können. Er hatte sich schon oft über seine Dummheit beklagt, daß er den Stamm so überstürzt verlasen hatte, ohne seinen Werkzeugbeutel oder Ersatzspeerspitzen mitzunehmen. »Wie weit ist dieser Ort entfernt?«

»Er liegt gleich da vorne.«

Er blickte über viele Meilen schattenloser Hügel mit trockenem Gras. »Ich sehe nichts«, sagte er zu ihr.

Sie blickte ihn mitleidsvoll an, dann wandte sie sich wieder dem vorausliegenden Land zu. »Ich sehe *alles*«, flüsterte sie, während ihr Tonfall ihre große Liebe für das Land ihrer Ahnen verriet. »Wenn du dieses Land kennen würdest, wie ich es kenne ... Vertrau mir, Ela-nay. Bald werden wir rasten. Nachdem der Mond aufgegangen ist, wirst du auf die Jagd gehen, und wir werden Fleisch essen, das dem Stamm des Wachenden Sterns nicht verboten ist. Bis dahin stille ich meinen Hunger mit dem Bedürfnis, meinen Stamm wiederzufinden. Komm! Wir gehen weiter! Ich kann nicht rasten, wenn ich weiß, daß sie in der Nähe sind!«

Die Unverwüstlichkeit der Frau erstaunte ihn. Seit sie den Fluß überquert hatten, hatten sie sich nur für sehr kurze Zeit ausgeruht und sich lediglich von ein paar Samen und zerstampften Wurzeln ernährt. Aber nicht ein einziges Mal hatte Sheela sich über Müdigkeit oder Hunger beklagt. Ihr einziges Zugeständnis an die Erschöpfung war ihr Gehstock, ein langer, dünner, gegabelter Zweig, den sie in einem Berg aus morschem Holz gefunden hatte.

Jetzt, Stunden später, waren seine Sandalen fast durchgelaufen, und die Muskeln in seinen Kniekehlen wurden weich vor Erschöpfung, während er zusah, wie sie vorauslief. Wenn sie ohne Nahrung oder Pause weitergehen konnte, würde er es auch nun. Hatte er eine andere Wahl? Es war zu spät, um noch zu seinem Stamm zurückkehren zu können. Inzwischen würde man ihn und Sheela vermissen, und der Mutige Mann würde ihn töten, wenn sie sich jemals wieder begegnen sollten.

Ela-nay seufzte mit mißmutiger Resignation, legte sich den Speer über die Schulter und folgte Sheela durch kniehohes Gras und große, vertrocknete Blumen. Das Kreischen einer Säbelzahnkatze drang durch die Abendluft und riß eine tiefe Wunde in das Selbstbewußtsein, das Ela-nay sich zurechtgelegt hatte. Hinter seinen Augen blitzte ein Bild der Katze auf. Sie war so groß wie ein kleiner Löwe, hatte das Gesicht eines Luchses und gekrümmte Reißzähne, die so lang wie der Unterarm eines Mannes waren. Ela-nays Mund wurde trocken. Er fühlte sich klein und verletzlich. *Ich will versuchen, tapfer zu sein,* dachte er, dann fügte er hinzu: *Aber meine Seele erzittert beim Schrei einer Säbelzahnkatze. Und meine Füße tun weh, und mein Bauch schmerzt vor Hunger.*

Die Säbelzahnkatze kreischte noch einmal. Sie befand sich weit im Westen und stellte keine Gefahr für sie dar. Dennoch wurde Ela-nay nervös. Es war nicht gut, wenn sich ein Mann und eine Frau mit nur einem Speer und einem Messer allein im Grasland aufhielten. »Nachdem wir die Hügel vor den fernen Bergen erreicht haben, wie oft werden wir noch gemeinsam schlafen, bis wir im Land deines Stammes sind?«

»Noch eine Nacht oder vielleicht noch eine weitere, je nachdem, wie schnell wir vorankommen. Nicht mehr als drei Tage.«

»Drei Tage . . .« Das schien ihm eine unerträglich lange Zeit. »Und was dann, Sheela? Was ist, wenn dein Stamm mich nicht als einen von ihnen aufnimmt?«

Sie bemerkte seine Angst und legte ihre Hand auf seinen Arm. »Wir können jetzt nicht mehr umkehren, Ela-nay. Bald werden wir meinen Stamm erreicht haben. An diesem Tag wird sich für uns die Welt ändern, genauso wie für all jene, die so dumm waren, die Flucht dieser Tochter des Wachenden Sterns zu erlauben. Sie werden für das büßen, was sie mir, meiner Schwester und meinem Stamm angetan haben. Beim Blut von Ysuna schwöre ich dir, daß ich sie dafür büßen lasse!«

2

Cha-kwena führte seinen Stamm lange vor der Dämmerung in die Hügel. Die sternenübersäten Flügel einer klaren Nacht breiteten sich über die Hügel und Berge aus, zu denen sein Totem und der kleine gelbe Wolf ihn geführt hatten. Er und sein Stamm hatten sich um ein hohes, warmes Feuer aus Pinienholz in einem kleinen, aber schützenden Wäldchen versammelt. Die Pinien und Wacholder erinnerten ihn an seine Heimat.

»Unser Totem hat uns gut geführt!« sagte er.

Die Frauen hatten zwölf Hasen mit fetten Schenkeln gebraten, die Kosar-ehs Söhne und Cha-kwena aus dem Unterholz aufgescheucht und mit Wurfnetzen aus geflochtenem Schwalbenwurz gefangen hatten. Nachdem die Hasen gehäutet und die Köpfe, Innereien und Füße den Hunden vorgeworfen worden waren, ergaben sie eine köstliche Mahlzeit. Als die Frauen ihren Anteil verzehrt hatten, machten sie sich fröhlich daran, die wertvollen Pinienzapfen zu rösten, die die Jungen von den Bäumen geschüttelt hatten. Die immer noch grünen Zapfen wurden an den Rand des Feuers gelegt, worauf sie sich öffneten und der goldene Saft herausfloß, der die Luft mit durchdringendem Harzgeruch erfüllte.

»Macht schnell!« Ha-xa forderte Kosar-ehs Söhne auf, ihr zu helfen. Sie und ihre Töchter Mah-ree und Ta-maya nahmen lange Stöcke, um die vielen schwelenden Zapfen aus dem Feuer zu holen. Ha-xa, die stolz das wertvolle, wenn auch dünn gewordene Jaguarfell ihres gestorbenen Mannes trug, sah wie eine große gefleckte Katze aus, als sie sich über ihre Arbeit beugte. »Nehmt eure eigenen Stöcke, Jungen, und schlagt auf die Zapfen, bis sie aufspringen.«

Gah-ti, der älteste von Kosar-ehs fünf Jungen, war seiner eigenen Meinung nach zu alt, um sich daran zu beteiligen, und hielt sich mit hochmütigem Ausdruck abseits. Seine Brüder – der elfjährige Ka-neh, der achtjährige Kiu-neh und der fünfjährige Kho-neh – machten sich begeistert an die Arbeit. Klahneh, ihr fast drei Jahre alter Bruder, war noch zu jung dafür. Die Jungen hatten ihre Namen der Reihenfolge ihrer Geburt nach erhalten, mit Ausnahme von Gah-ti, der nach seinem verstorbenen Großvater väterlicherseits benannt worden war. Sie schlugen auf die angekohlten Zapfen, bis sie auseinanderbrachen und überall heiße, hartschalige Piniensamen herausfielen.

»Jetzt sammelt eure Ernte auf und teilt sie mit den anderen!« sagte Ha-xa zu ihnen. Als Witwe des letzten Häuptlings des Stammes gingen ihr die Befehle leicht von den Lippen.

Wieder gehorchten die Kinder ohne Zögern. Sie steckten den Samen in den Mund, knackten die Schale mit den Zähnen auf und spuckten sie aus. Dann gaben die Jungen den warmen, mehligen Inhalt an die ausgestreckten Hände des versammelten Stammes weiter.

Die Frauen nahmen wieder auf der gegenüberliegenden Seite des Feuers Platz, und die Jungen drängten sich dicht vor den Flammen. Nachdem Cha-kwena seinen Anteil erhalten hatte, musterte er seinen zufrieden kauenden Stamm und fühlte sich stolz und bestätigt. Sie waren alle noch zusammen, am Leben und bei guter Gesundheit.

Die schwangere alte Siwi-ni hatte den bockigen kleinen Klahneh in die Obhut ihrer Söhne gegeben, die jetzt die letzten Samen vom Boden auflasen, sie für ihren Bruder knackten und ihm die Kerne reichten. Siwi-ni lehnte sich an die Rückenstütze aus geflochtenen Apfelbeerzweigen, die Kosar-eh für sie gemacht hatte, und nickte befriedigt über das Verhalten ihrer Kinder, während sie das Mark aus einem Hasenknochen saugte.

Cha-kwena löste seinen Blick von der zerbrechlichen, gealterten Frau. U-wa lächelte ihm von der anderen Seite der Flammen in der besonderen Art zu, wie es Mütter tun, wenn sie sehr zufrieden mit ihren Kindern sind. Als zweimalige Witwe war U-wa immer noch eine hübsche Frau und sah glücklicher aus, als Cha-kwena sie je zuvor gesehen hatte. Seine fast zwei Jahre alte Halbschwester Joh-nee döste in ihrem Schoß. Das fettige kleine Gesicht des Kindes glänzte im Feuerschein. Tla-nee, Ha-xas Tochter, die im selben Alter wie Joh-nee war, schlief in den Armen ihrer Mutter.

Ha-xa und U-wa waren wie Schwestern zueinander. Während des letzten Jahres, das sie in der Roten Welt verbracht hatten, waren beide die Frauen des Häuptlings Tlana-quah gewesen. So kam es, daß ihre jüngsten Töchter denselben Vater hatten.

Cha-kwena warf vorsichtig einen Blick nach links. Mah-ree strahlte ihn schamlos an. Ta-maya saß neben ihrer Schwester und hatte ihre Arme um die angezogenen Knie geschlungen. Ihr Haar war in der Mitte gescheitelt und aus dem Gesicht gekämmt. Über jeder Schläfe war es mit geflochtenen Bändern befestigt, die mit einer glänzenden Elsternfeder geschmückt waren. Der Hauptteil ihres Haares fiel lose über ihre Schultern und Arme auf den Rücken. Ta-maya lächelte leise und liebevoll, als sich ihre Blicke trafen. Cha-kwenas Herz schien stehenzubleiben.

Ah! Sie war so wunderschön! Er wollte für immer hier sitzen bleiben und in Ta-mayas Lächeln versinken.

Sie wandte den Blick ab, als ein Seufzen Siwi-nis ihre Aufmerksamkeit erregte. Augenblicklich war Ta-maya an der Seite der älteren Frau. Cha-kwena bewunderte nicht nur ihre Schönheit, sondern wurde tief von ihrem Mitgefühl gerührt. Im fortgeschrittenen Stadium von Siwi-nis Schwangerschaft kümmerte sich Ta-maya besonders um Kosar-ehs Frau. Als er Ta-maya bei ihren Bemühungen beobachtete, der angeschwollenen kleinen Frau Erleichterung zu verschaffen, atmete er tief durch, um zu versuchen, seinen Herzschlag zu verlangsamen. Er seufzte und sehnte sich danach, daß die Frau seines Herzens ihn genauso bewunderte wie er sie. Er räusperte sich und fand den Mut, Ta-maya anzusprechen. »Morgen wird dieser Schamane dem Stamm vorausgehen, und das gute Land finden, zu dem Lebensspender uns führt.«

»Ich gehe mit dir, Schamane!« bot sich Gah-ti begeistert an, während er über das Feuer hinweg Mah-ree anhimmelte. »Gah-ti hat keine Angst! Mein Speer wird unseren Schamanen beschützen!«

Mah-ree reckte ihre Nase in die Luft. »Mein Schamane schreitet in der Gunst der Vier Winde. Es bedarf nicht des Speeres eines halb erwachsenen Jungen, um ihn zu beschützen!«

Gah-tis Lächeln verschwand. »Ich habe nur einen Sommer weniger als du erlebt!«

Mah-ree hielt die Nase hochgereckt und schnaufte nur.

Der Junge wandte sich an Kosar-eh. »Sag ihr, daß Gah-tis Speerarm stark ist! Sag ihr, daß Gah-ti ein *Mann* ist!«

»Ja, ja, Gah-ti«, antwortete Kosar-eh im geduldigen Tonfall eines Vaters. Er hatte offensichtlich wichtigere Sorgen, als sich um das Bedürfnis seines Sohnes zu kümmern, Mah-ree beeindrucken zu wollen. Als der Lustige Mann sprach, wandte er sich an Cha-kwena. Die Worte klangen wie die eines Mannes, der niemanden kränken wollte. »Vielleicht mußt du gar nicht gehen, Schamane. Wir könnten gut hier überwintern. Dies scheint ein guter Platz zu sein. Wenn wir morgen an die Arbeit gehen, Fallen aufstellen, Hütten aus Zweigen bauen und nach zuverlässigen Wasserquellen und Beeren und Wurzeln suchen, sollten wir so viel Nahrung haben, daß sie bis zum Frühling reicht. Aber wenn wir weitergehen, Schamane, wird es sehr schwer für Siwi-ni und die Kinder. Im unbekannten Hochland zu überwintern könnte uns alle in große Gefahr bringen.«

Cha-kwena schämte sich, denn Kosar-eh hatte recht. Er hatte nicht darüber nachgedacht, wie sich eine lange Reise auf die Mitglieder des Stammes auswirkte. Als er jetzt Siwi-ni ansah, rügte er sich selbst, weil er es versäumt hatte, ihre Schwangerschaft zu berücksichtigen. Nur ein Dummkopf würde sie dazu auffordern, dieses Lager zu verlassen und weiterzugehen, bevor er sich nicht überzeugt hatte, daß sie die Reise überstehen würde. Von dem gewölbten Leib abgesehen, schien sie dünn, obwohl sie in dicke Felle gehüllt war. Eine kleine geschrumpfte Frau mit einem Gesicht, das so faltig wie eine Walnuß war. Ihre Haut wirkte sogar im Feuerschein grau. Ihre Hände, die schützend auf dem riesigen Hügel ihres Bauches lagen, wirkten so dünn und hornig wie Vogelfüße. Als Ta-maya ihn jetzt wieder ansah, fühlte er sich zu einer Rechtfertigung verpflichtet.

»Ich habe das nicht vergessen, Kosar-eh! Ich werde in die Berge gehen.« Er fühlte sich besser, wenn er an einem Teil seiner Ankündigung festhalten konnte, während er gleichzeitig dem Lustigen Mann recht geben konnte. »Ich muß nachsehen, wohin unser Totem uns führt. Wenn sich der Weg als beschwerlich erweist, werden wir in diesem Lager bleiben, bis Siwi-ni ihr neues Leben zur Welt gebracht hat und wieder zur Reise bereit ist.«

Der Widerspruch kam aus einer völlig unerwarteten Richtung.

»Bah!« machte Siwi-ni. »Du glaubst wohl, dies wäre das erste Baby, das ich in meinem Bauch trage! Ich bin Siwi-ni, die Mutter von fünf Söhnen. Ich würde kein neues Leben in einem Land gebären, das das Totem meines Stammes nicht für einen Aufenthalt angemessen hält!«

Cha-kwena war dankbar für den Stolz der Frau, aber er konnte die Erschöpfung in ihren eingesunkenen Augen nicht übersehen. Ihre anhaltende Fruchtbarkeit versetzte immer wieder jeden in Erstaunen, und Cha-kwena brauchte gar nicht mit den Augen eines Schamanen in ihre Seele zu schauen, um zu wissen, daß diese Schwangerschaft mehr an ihren Kräften zehrte als die vorangegangenen. Er und alle anderen würden erleichtert sein, wenn ihr Baby auf die Welt kam, gesund und ohne das Leben seiner Mutter zu gefährden.

»Nein«, sagte er. »Nach den Traditionen der Vorfahren muß Siwi-ni den Wünschen ihres Mannes gehorchen. Der Schamane wird sich nicht einmischen.«

Kosar-eh hob die Augenbrauen. »Dieser Mann ist dankbar dafür.«

Siwi-ni runzelte die Stirn und schnaufte verächtlich.

Cha-kwena sah sie an und wußte, daß ihr nicht gefiel, was beschlossen worden war. Sie wollte nicht, daß ihretwegen Rast gemacht wurde, damit sie in den Augen ihres Mannes und ihrer Söhne nicht alt und schwach wirkte. Er wußte nicht, was er sagen sollte.

»Tu, was du tun mußt, Schamane, aber nicht aus Rücksicht auf mich. Wenn die anderen gerne eine Weile rasten möchten, habe ich natürlich nichts dagegen. Ich weiß, daß die Kinder müde sind. Doch du mußt dem Totem folgen und nachsehen, wohin Lebensspender uns führt. Wenn der Weg nicht beschwerlich ist, wird diese Frau ihm folgen. Das Leben in diesem Bauch hat sich noch nicht in die Geburtsstellung gebracht. Vielleicht weiß es, daß wir bald besseres Land erreichen, also wartet es noch, um dort geboren zu werden.«

»So soll es sein«, sagte der junge Mann. »Der Stamm wird hier lagern – wegen der Kinder. Morgen werde ich der Spur unseres Totems folgen.«

»Ich werde mit dir gehen!« rief Gah-ti und ergriff sofort die Gelegenheit, Mah-ree erneut zu beeindrucken.

»Bei Sonnenaufgang«, stimmte Cha-kwena zu, nachdem er gesehen hatte, daß Kosar-eh keine Einwände erheben würde. Doch er wußte, daß er schon weit weg sein würde, wenn der Junge sich aus den Schlaffellen erhoben hatte. Er brauchte keinen Mann, der ihn beschützte. Er war der Schamane. Der heilige Stein würde bei ihm sein, und die Mondgöttin, die Mutter der Sterne, würde seinen Weg erhellen.

Und es war, wie Cha-kwena es erwartet hatte. Nur die Hunde bemerkten seinen Aufbruch. Gah-ti hatte angekleidet und reisefertig die Hälfte der Nacht wachgelegen, war jedoch schließlich in tiefen Schlaf gefallen – genauso wie Mah-ree, die Cha-kwena seit Stunden aus den Augenwinkeln beobachtet hatte. Der Schamane empfand keine Reue darüber, daß er die zwei, die ihn gerne begleitet hätten, zurückließ. Es war nicht ihre Aufgabe, dem Totem zu folgen, sondern seine.

Während der fast volle Mond aufging, folgte Cha-kwena dem großen weißen Mammut im kühlen silbrigen Licht, das die Mondgöttin ihm schenkte. Gelegentlich stieß er auf Kojotenspuren, auf vereinzelte Pfotenabdrücke und den unverkennbaren langen, dunklen und körnigen Kot, den er im Spätsommer ausschied. Die Fäkalien waren trockener als gewöhnlich und enthielten weniger Beeren, Piniennüsse und Mäuseknochen, als er zu dieser Jahreszeit erwartet hätte. Mammutspuren waren im Mondlicht nicht schwer zu entdecken – zumindest nicht für jemanden, der im Spurenlesen geübt war.

Lebensspender bewegte sich durch Gebüsch und Bäume, kämpfte sich mit Rüssel und Stoßzähnen einen Weg frei und zerbrach viele Zweige in einer Höhe, die keinen Zweifel daran ließen, daß ein Gigant vorbeigekommen war. Der Duft nach Harz, der aus verletzten Pinien und Wacholdern floß, lag in der Luft, dazu der durchdringende Geruch zertrampelter Kräuter und gelegentlich der säuerliche Geruch, der charakteristisch für den Urin und Kot eines Mammuts war.

Bald hatte Cha-kwena die Pinienwälder verlassen und stieg über hohe, steinige Hügel. Der junge Schamane lächelte zufrieden. Der Weg stellte für einen Mann kein Problem dar, und er würde auch seinem Stamm oder einer gut ausgeruhten Schwangeren keine Schwierigkeiten bereiten, wenn sie sich Zeit ließ.

Bald befand er sich an der Flanke des Berges selbst und stieg langsam aufwärts. Vor ihm schien ein breiter Paß zu liegen, der sich ins Herz des Gebirgszuges öffnete. Er wußte nicht genau, wann er zum ersten Mal bemerkte, daß er nicht mehr allein war. Doch hinter ihm war niemand, und er hörte auch keine Schritte, weder von Menschen noch von Tieren. Er blickte nach links und rechts und spürte dann, wie sich plötzlich seine Eingeweide verkrampften. Dunkle Schattengestalten standen zwischen den Bäumen neben ihm und beobachteten ihn mit starren Augen, die im Mondlicht silbern glänzten.

Bären? Pumas? Wölfe? Säbelzahnkatzen? Löwen? Als Schamane wagte er nicht, ihre Namen auszusprechen, damit sie nicht zur Wirklichkeit wurden. Die Angst drohte ihm die Kehle zuzuschnüren. Er zwang sich, sie hinunterzuschlucken, und rief seinen Mut und seinen Verstand zurück.

Er hob seinen Speer. Aber die Schatten rührten sich nicht. Sie gaben keinen Laut von sich, verströmten keinen Geruch. Er stand aufrecht und erleichtert da, denn er wußte, daß diese Schattenraubtiere längst über ihn hergefallen wären, wenn sie sein Fleisch gewollt hätten. Wenn diese natürlichen Feinde und Jagdrivalen gemeinsam durch die Nacht zogen – und wenn sie weder Geräusche machten noch Gerüche ausströmten – dann konnten es keine wirklichen Tiere sein. Es mußten Geisterwesen sein, die von den Mächten der Schöpfung geschickt wurden, um einen jungen, unerfahrenen Schamanen zu beschützen, der in unbekanntes Land vorstieß.

Wovor beschützen? fragte Cha-kwena sich. Solange der heilige Stein in seinem Besitz war und er der Spur seines Totems folgte, konnte ihm nichts zustoßen.

Cha-kwenas linke Hand hob sich und klammerte sich fest um den Medizinbeutel. Während er den Speer in der rechten Hand hielt, ging er weiter. Die Schattentiere folgten ihm. Er fühlte sich sicher, aber die Erkenntnis, daß ihn in dieser Nacht nur Raubtiere begleiteten, bereitete ihm Unbehagen.

Cha-kwena lief immer weiter den sanft ansteigenden Hang hinauf. Als eine große Ohreule aus der abgebrochenen Krone einer Pinie hervorschoß und auf lautlosen Flügeln vorausflog, machte Cha-kwenas Herz vor Erleichterung und Freude einen Satz.

»Eule! Alter Freund! Fliegt die Seele meines Großvaters auf deinem Rücken, so wie sie es einst im fernen Land der Vorfahren getan hat?«

Der Vogel flog wie eine ganz gewöhnliche Eule weiter, mit leisen und seidenen Schwingen, bis er sich im mondbeschienenen Unbekannten verlor. Cha-kwena blieb enttäuscht stehen und blickte auf. Die Welt war in tiefe Dunkelheit getaucht. Die Sterne waren verschwunden. Der Mond stand hinter langen, dünnen Wolkenbändern. Der junge Schamane war verwirrt. Trotz seiner Entschlossenheit, mutig zu bleiben, wurde seine Furcht wieder zum Leben erweckt. Er stellte sich vor, daß von allen Seiten Tiere näher rückten, deren Klauen, Zähne und geifernde Kiefer sich darauf vorbereiteten, sein Fleisch und seine Knochen zu zerfetzen.

Erschrocken stürmte er blindlings voran, bis ihn etwas am Knöchel festhielt und zu Boden warf.

Schmerzen flammten auf, als er mit einem überraschten Schrei stürzte. Benommen setzte Cha-kwena sich auf, hob seinen Speer und stellte sich dem, was ihn zu Fall gebracht hatte.

»Ich bin Cha-kwena! Ich bin der Schamane! Und ich habe keine Angst!« Wenn er nur laut genug rief, so hoffte er, würde das, was ihn angegriffen hatte, die Lüge vielleicht glauben.

Sein Herz klopfte schnell. Sein Spann schmerzte furchtbar, aber er achtete nicht darauf. Er hoffte, daß er noch lange genug lebte, um sich später darum kümmern zu können. Jetzt starrte er in absoluter Finsternis auf eingebildete Löwen, Wölfe und große, schwerfällige Bären. Doch was er sah, waren keine Fleischfresser oder Gestalten seiner Phantasie, sondern eine Riesenschlange, die aus der knochigen Haut des Berges hervorgekrochen kam.

Cha-kwena hielt entsetzt den Atem an. Der Kopf und Schwanz des Geschöpfes steckten im Boden. Der lange, gekrümmte Körper wölbte sich in der Mitte nach oben. Ihm war übel vor Furcht. Wenn dieses Reptil aus dem Fleisch des Berges hervorkam, würde es länger sein, als Cha-kwena groß war! Wie konnte er sich gegen ein solches Tier verteidigen?

Eine Ewigkeit schien zu verstreichen, doch die große Schlange rührte sich nicht von der Stelle, den Körper immer noch in der Mitte hochgewölbt und Kopf und Schwanzspitze im Boden. Cha-kwena verzog verblüfft das Gesicht. Warum rührte sich das Ding nicht? Als Cha-kwena seine Neugier nicht mehr zügeln konnte, streckte er seinen Speer vor und stieß damit schnell und vorsichtig die Schlange an. Er war bereit, um sein Leben zu laufen, wenn das Tier geweckt wurde und sich in schnellen und gefährlichen Windungen zu bewegen begann. Doch die Schlange rührte sich immer noch nicht.

Cha-kwena stieß sie noch einmal an. Diesmal überkam ihn unendliche Erleichterung, als er das dumpfe Schaben der steinernen Spitze hörte, die gegen blanken, harten und verwitterten Knochen rieb. Er mußte kurz über sich selbst lachen. Er senkte den Speer und kam sich ziemlich dumm vor, weil er Angst vor der Mammutrippe gehabt hatte, über die er im Dunkeln gestolpert war.

»Du bist mir vielleicht ein Schamane!« tadelte sich Cha-kwena. Er lehnte den Speer gegen die Schulter und rieb sich den schmerzenden Fuß. Nachdem er nur eine winzige Verletzung festgestellt hatte, trat er vor, um seine Hand auf das zu legen, was ihn umgeworfen hatte.

Cha-kwena ließ die Hand über den gebogenen Knochen gleiten. Hier war der Beweis, daß er seinem Totem endlich in ein Land gefolgt war, wo einmal andere Mammuts gelebt hatten und vielleicht immer noch lebten.

Er schloß die Augen und wartete darauf, daß der Knochen zu ihm über das sprach, was vor vielen Jahren auf diesem Paß geschehen sein mußte. Ein großes Mammut war der Schwäche seines Alters erlegen. Als es sterbend am Boden lag, waren andere Mammuts bis zum Ende bei dem alten Tier geblieben, um irgendwann weiterzuziehen. Nachdem die Fleischfresser, die Sonne und das Wetter ihre Arbeit getan hatten, lagen nur noch die größten Knochen an der Stelle, wohin sie gefallen waren. Stürme hatten sie den Berg hinuntergeschwemmt und sie mit Schutt von der Höhe des Passes bedeckt. Schließlich war nur noch ein Teil einer großen Rippe zu sehen.

Cha-kwena wurde immer aufgeregter. Lebensspender hatte sich nach Norden gewandt, weil er gewußt hatte, daß es hier andere Mammuts gab. Der junge Schamane faßte neue Hoffnung. »Die Zeichen in dieser Nacht stehen gut!« rief er. »Wenn Lebensspender wieder mit Mammuts zieht, wird mein Stamm das gute Land finden, zu dem das Totem uns führen will.«

Cha-kwena merkte plötzlich, daß der Nordwind aufgefrischt war. Unruhig zerzauste er sein Haar, ließ seine Kopfhaut frieren und drückte wie mit unsichtbaren Händen gegen seinen Körper. Cha-kwena blickte sich unbehaglich um, denn der Wind trug einen leicht vertrauten Geruch heran, der ihn an eine Gefahr zu erinnern schien.

Die letzten Spuren der Wolkendecke waren vom Himmel verschwunden. Die Mondgöttin senkte sich auf die Hügel im Westen hinab. Ihr Gesicht wirkte kleiner und müder, als auf der anderen Seite des Passes Kojoten zu heulen begannen.

Cha-kwena lauschte. Die kleinen gelben Wölfe riefen sich gegenseitig mit hohem Geheul und Gekläff zur Jagd. Er kannte diese Laute gut, und er hatte davor keine Angst. Sie waren nicht auf der Jagd nach ihm. Aber irgend etwas kam von der anderen Seite des Passes auf ihn zu. Er hörte das Stampfen gigantischer Schritte, das Keuchen eines schweren Atems und das Rollen kleiner Steine auf dem Abhang. Cha-kwena erhob sich, blickte den Paß hinauf und hielt den Atem an.

Das große weiße Mammut ragte vor ihm auf und der Kojote, der kleine gelbe Wolf, war an dessen Seite.

Cha-kwena wußte nicht, wie lange er stumm dastand. Langsam, so langsam, daß die Bewegung zuerst gar nicht wahrzunehmen war, kam sein Totem auf ihn zu, während es ihn aus tiefliegenden, wäßrigen Augen anstarrte. Der junge Schamane sah sich selbst darin als Spiegelung, wie durch eine Schicht durchsichtigen Eises.

Er kämpfte seine Furcht vor einem Geschöpf nieder, das die

Größe eines wandernden Berges hatte. Dann hob der Schamane seinen Speerarm zum Gruß und versuchte, tapfer und sicher zu klingen, als er rief: »Lebensspender... Großer Geist... Großer Vater aller Mammuts... Wächter des Ersten Mannes und der Ersten Frau und aller Vorfahren seit Anbeginn der Zeiten... Totem des Stammes... Cha-kwena, der Enkel Hoyeh-tays, grüßt dich!«

Die flügelgleichen Ohren mit den zerrissenen Rändern zuckten und drehten sich nach vorn, als warte das Mammut darauf, noch mehr von dem winzigen Wesen zu hören. Die langen Strähnen dünnen weißen Haars, die aus der hohen, doppelten Wölbung seines Schädels, aus seinem Rückgrat, seiner Schulter und seinem Rüssel wuchsen, schimmerten wie Büschel silbernen Grases im verblassenden Mondlicht. Lebensspender trat einen Schritt zurück, schwenkte langsam den Kopf von einer Seite zur anderen, und trat wieder einen Schritt vor, bis er direkt vor Cha-kwena stand. Er streckte seinen Rüssel aus, um die Steinspitze des Speeres zu berühren, den der junge Schamane hielt.

Cha-kwena fiel fast in Ohnmacht. Doch er war so gebannt, daß er nicht fliehen konnte, selbst wenn er es gewollt hätte. Er war zwischen den langen, nach innen gebogenen Stoßzähnen des Mammuts gefangen. Wenn Lebensspender seinen Speer wollte, würde er ihn ohne Widerstand hergeben, doch das große Mammut ließ die Waffe los und beschnupperte dann den jungen Mann mit dem Rüssel.

»Ah!« Cha-kwenas Ausruf drückte mehr Angst und Abscheu als Ehrfurcht aus. Er stand im feuchten, heißen Atem seines Totems – nicht im Geruch nach Wolken und Nebel, von denen Geistertiere sich ernährten, wie es hieß, sondern im Gestank alter, belegter Backenzähne, verfaulten Zahnfleisches und vorgekauter, halbverdauter Nahrung. Es roch so faulig, daß sogar ein Schamane es kaum ertragen konnte. Cha-kwena hielt den Atem an, bis er befürchtete, sich entweder übergeben zu müssen oder bewußtlos zu werden.

Das Mammut schnaufte, schwankte, ließ Cha-kwena los und trat zurück.

Als das Tier sich abwandte, sackte Cha-kwena vor Erleichterung in sich zusammen. Das große Mammut ging fort, den Paß hinauf, wo der Kojote mit gesenktem Kopf, eingezogenem Schwanz und erhobener Vorderpfote wartete. Das Mammut hielt neben dem kleinen gelben Wolf an, blickte sich noch einmal zu Cha-kwena um und schritt dann mit dem Kojoten weiter.

Wie in Trance folgte Cha-kwena ihnen. Der Nordwind blies ihm kräftig ins Gesicht, als er auf dem Gipfel des Passes stehenblieb und auf das Tal hinabblickte, das weit unter ihm lag. Wieder hielt Cha-kwena den Atem an. *Dies ist der Ort, zu dem der weißköpfige Adler fliegt!*

Er konnte alles sehen: Hohe Wälder im Westen, Grasland im Osten, einen Fluß, Hügel und einen See, der silbrig im Mondlicht glänzte – ein Land, das all das erfüllte, wovon er geträumt und wonach er sich gesehnt hatte, seit sie das Land seiner Vorfahren verlassen hatten. In dieser oder der nächsten Welt würde er niemals ein schöneres oder freundlicheres Land finden als dieses Tal, in das er bald seinen Stamm führen würde, um für immer dort zu leben.

Der Nordwind wehte ihm weiterhin kalt ins Gesicht und gegen den Körper, doch achtete er nicht darauf. Als er den Widerschein eines Blitzes über einem fernen Gebirgszug weit im Norden hinter den Bergen bemerkte, die das Tal umgaben, sah er darin keine Bedeutung.

Als das Trompeten von Mammuts den Abhang des Berges heraufhallte und Lebensspender zurücktrompetete, hob Cha-kwena seine Arme und dankte den Mächten der Schöpfung, daß sie das Totem seines Stammes mit seinen Artgenossen wiedervereinigt hatten.

In dem schönen Tal heulten immer noch Kojoten. Cha-kwena lauschte und stimmte dann selbst ein Geheul an. Es war ein helles Heulen aus purer Freude. »Ich habe meinen Stamm endlich nach Hause gebracht!« rief er.

Wie so oft in den besonderen Augenblicken seines Lebens dachte Cha-kwena plötzlich an Dakan-eh. Er fragte sich, wie es dem Häuptling ohne sein Totem, den heiligen Stein und den Schamanen ergangen war. »Ach, Mutiger Mann, wenn du mich doch nur in dieser Nacht begleitet hättest und das Tal sehen könntest, zu dem unser Totem den Stamm geführt hat! Du würdest sicher den Tag bereuen, als du den Traditionen der Vorfahren den Rücken zugekehrt hast!«

Überglücklich machte Cha-kwena sich auf den Rückweg zum Lager in dem Pinienwäldchen. Er redete sich ein, daß er sich keine Sorgen um den Mutigen Mann machen mußte. Dakan-eh hatte sich freiwillig für sein Schicksal entschieden, so wie Cha-kwena sich für das seine.

3

»Bald wird es dämmern.«

Dakan-eh zuckte zusammen, als er von Ban-yas kehligem Geflüster aus seinen Träumereien gerissen wurde. Sie war allein zu ihm ans Ufer des Flusses gekommen, wo er saß und in die Finsternis hinausstarrte. Ein Tag und fast eine Nacht waren vergangen, seit Sheela und Ela-nay zusammen davongelaufen waren. Dakan-ehs Stolz war von der Untreue der Sklavin verletzt worden, und er konnte nicht verstehen, wie der geistig schwerfällige und überhaupt nicht tapfere Ela-nay um einer Frau willen solchen Mut hatte aufbringen können. Als Ban-ya sich jetzt neben ihn kniete, nahm er ihre Anwesenheit nicht wirklich wahr.

»Du kannst nicht schlafen?« Sie wartete auf eine Antwort, und als ihr klar wurde, daß sie keine erhalten würde, sagte sie leise: »Es ist gut, daß sie tot sind.«

Er blickte Ban-ya an. »Sie?«

»Der Narr Ela-nay und die Sklavin. Sie hat uns nur Unglück gebracht. Und solange die Trauerrituale im Gange sind, wird niemand dazu kommen, sich Sorgen um sie zu machen. Es ist gut, daß du mit ihnen abgerechnet hast.« Sie nickte mit grimmiger Zufriedenheit.

Er sagte ihr nicht, daß ihre Vermutung falsch war, daß er sie inzwischen getötet und ihre Leichen in den Fluß geworfen habe.

»Wenn andere nach ihnen fragen«, sprach sie weiter, »wirst

du sagen, daß der Tod von Owa-neh und Na-sei, von Shatehs Sohn und seinen Jägern deiner Seele so große Trauer bereitet hat, daß du die Abwesenheit einer Sklavin gar nicht bemerkt hast. Du hast ihnen schon gesagt, daß der Narr Ela-nay fortgegangen ist, um allein zu trauern. Wir werden so tun, als würden wir nach ihnen suchen. Wenn wir sie nicht finden, werden wir betrübt sein.«

»Sie gehen mich nichts mehr an.«

»Sie müssen dich aber etwas angehen, Dakan-eh, damit Atonashkeh nicht einen weiteren Grund hat, dir Shatehs Unglück anzulasten!«

»Ich habe keine Angst vor Atonashkeh. Seine Zunge ist so lose wie die Gedärme eines Hundes, der nur Fleisch gefressen hat und kein . . .«

»Du würdest das Fleisch sein, daß Atonashkeh frißt, Dakan-eh! Du *mußt* Angst vor ihm haben! Wenn er Shateh überzeugen kann, daß du in Ungnade aus diesem Land verstoßen . . .«

»Deine Zunge ist genauso lose wie die Atonashkehs, Frau!«

»Vielleicht, aber in meinem Herzen ist kein Haß auf dich. Das einzige Fleisch, das diese Frau jemals essen wird, ist das, was sie für immer mit dir teilen will.«

Seine Augenbrauen hoben sich fast bis zum Haaransatz. Ihre Treue gefiel ihm, aber sie ärgerte ihn auch. Er brauchte niemanden, und schon gar keine Frau, die ihm sagte, daß der Sohn Shatehs sein Feind war. Er blickte Ban-ya vorwurfsvoll an. Sie trug ihr Lieblingskleid – einen langen Umhang aus einem Stück Fell, das oben in eine Kapuze auslief und an dem viele erstklassige Kojotenschwänze hingen. Der getrocknete Kopf des Pelzes lag auf ihrem eigenen Kopf. Die Vorderpfoten rahmten ihr Gesicht ein und waren unter ihrem Kinn verknotet.

Der Kapuzenumhang war ein auffallendes Kleidungsstück, und normalerweise erfreute ihn der Anblick – nicht jedoch heute nacht. Während das Sternenlicht ihre Züge in einem sanften, blauen Schimmer zeichnete, erinnerte Ban-yas Gesicht ihn an das eines Wiesels mit schrägen Augen, das sich in der Hülle eines größeren Tieres verkrochen hatte.

Er wußte, daß dieser Umhang das einzige Stück von ihren eigenen Sachen war, das Ban-ya aus dem Dorf hatte retten können. Für sie war es etwas ganz Besonderes, und auch ihm bedeutete es sehr viel. Vor langer Zeit hatte er den Kojoten in einem fernen Land getötet, und zwar als Teil seiner Brautgeschenke für Ta-maya. Er hatte ihn in einer Falle gefangen, geschlachtet, die Haut bearbeitet, bis sie so weich wie die eines neugeborenen Kitzes war, dann den Pelz gekämmt und eingefettet, bis er glänzte und wie warmes Wasser durch seine Finger glitt.

Diese Erinnerungen beschämten ihn und machten ihn wütend. Ta-maya hatte sein Geschenk verschmäht, weil er ein Tier getötet hatte, das der junge Schamane als Geistbruder bezeichnete.

Dakan-eh schnaufte erbittert, als er sich erinnerte, wie Ban-ya das Kojotenfell genommen und mit ihm das Dorf am See der Vielen Singvögel verlassen hatte. Er hatte geschworen, nach Ta-mayas Abweisung nie wieder zu diesem Ort zurückzukehren. Der Mutige Mann hatte Ban-ya zur Frau genommen, er hatte ihr neues Leben eingepflanzt und gewußt, daß sie ihm viele mutige Söhne gebären würde. Ta-maya war zu dumm gewesen, um ihren Irrtum zu erkennen. Nachdem sie von einem Feind verführt worden und kurz darauf zur Witwe geworden war, hatte sie geschworen, daß sie nie wieder einen Mann erwählen würde.

Ban-ya hatte ihm keinen Grund gegeben, seine Entscheidung zu bereuen, sie zur Frau zu nehmen. Dennoch sehnte er sich immer noch nach Ta-maya ... fragte sich wo wie war, wie es ihr ging und wie es wäre, den Körper der einzigen Frau zu besitzen, die ihn jemals abgewiesen hatte.

Als er an sie dachte, spürte er, wie sein Glied sich erwärmte, bewegte und anschwoll. Er starrte in das Gesicht des toten Kojoten, der seinen Blick von Ban-yas Kopf aus zu erwidern schien. Dakan-ehs Mund verzog sich zu einer Grimasse der Verachtung. Um es Cha-kwena heimzuzahlen, hatte der Mutige Mann seitdem immer wieder Kojoten getötet und die Schwänze der besten Tiere zu Ban-yas Umhang hinzugefügt, bis es zu einem Kleidungsstück von solch überragender Wärme und Schönheit geworden war, daß alle Frauen des Graslandes sie darum beneideten.

Dakan-ehs Mundwinkel krümmten sich zu einem Lächeln purer Rachsucht. Jedesmal, wenn er einen kleinen gelben Wolf erlegte und seinen Schwanz am Umhang befestigte, fühlte sich Dakan-eh durch die Gewißheit gestärkt, daß Cha-kwena, der Bruder der Tiere, wo immer er sich auch aufhalten mochte, ein wenig blutete und unter dem Schmerz litt, daß wieder ein Teil seiner Macht als Schamane verloren war.

Doch würde seine Macht jemals sterben, solange Cha-kwena im Schatten des großen weißen Mammuts ging und im Besitz des heiligen Steins war? Konnte seine Macht überhaupt jemals sterben? Oder wuchs sie sogar, während Cha-kwena heranreifte? Irgendwo weit von hier entfernt mußte der Enkel Hoyehtays jetzt ein Mann sein, vielleicht mit Ta-maya als seiner Frau.

»Dakan-eh, hörst du mir zu? Die Luft ist kühl. Komm, zieh das hier an!«

Er war erleichtert, daß er aus seinen düsteren Grübeleien gerissen wurde, und dankbar für die Wärme seines Umhangs aus Pumafell, den Ban-ya mitgebracht hatte, um ihn ihm über die Schultern zu legen. Hinter dem Wald hörte er ein langes, unverkennbares Jammern des Trauergesanges. Er schauderte beim Klang der Stimme seiner Mutter und bei der Erinnerung, wie sein Vater gestorben war.

Deine Schuld.

Die Worte verletzten ihn. Er wollte sie nicht hören. »Nein! Cha-kwena ist schuld daran! An allem!«

Ban-ya nickte. »Ja. Wenn solche Worte nötig sind, ist es gut, wenn du sie aussprichst.« Sie glättete das abgehäutete Fell des Kojoten, den er am Tag der Stampede getötet hatte. »Trage es mit Stolz! Alle, die es sehen, werden sich daran erinnern, wie du zur Rettung des Stammes den Wind gejagt hast!«

Während er immer noch an Cha-kwena dachte, nahm er das Fell in die Hand und wünschte sich, der junge Schamane würde abgehäutet über seinem Arm liegen. Er stand auf, legte sich das Fell um die Schultern und atmete tief die späte Nachtluft ein. »Komm, Ban-ya! Wir werden zu den anderen zurückgehen. Mit diesem Sonnenaufgang werden wir unser Schicksal selbst in die Hand nehmen!«

»Hör doch!« flüsterte Sheela.

Ela-nay gehorchte. Der Gesang der Wölfe kam aus den kahlen, steinigen Hügeln genau im Norden und bedeutete, daß die Tiere auf der Jagd waren. Seine Nackenhaare sträubten sich.

Sheela war nicht anzusehen, ob sie Angst hatte. Sie stand mit dem Rücken zur Dämmerung, und ihr zerschundenes Gesicht war angespannt. »Sie sind wirklich da und kommen auf uns zu!« Sie seufzte glücklich, als würde sie auf den Gruß lieber alter Freunde lauschen.

Ihm gefiel die Situation gar nicht. »Die Wölfe klingen, als wären sie im Rudel unterwegs. Vielleicht sollten wir lieber in Richtung der Roten Welt weitergehen. Sie ist weit weg, ich weiß, aber ich werde dich beschützen, wenn ...«

»Sprich nicht wie ein Dummkopf, Ela-nay! Das Land deiner eidechsenfressenden Vorfahren ist der erste Ort, wo Dakan-eh und Shateh nach uns suchen würden!«

Er runzelte die Stirn über die Verachtung, die in ihrer Antwort mitgeschwungen hatte. »Du hast gesagt, sie würden es nicht wagen, den Fluß zu überqueren, und daß sie sich gar nicht die Mühe machen werden, uns zu verfolgen«, erinnerte er sie. Seine Worte klangen gut, stellte er fest. Sein Tonfall war stark, tief und rauher, als seine Frau, seine Kinder oder seine Mutter ihn seit Jahren gehört hatten. Es war die Stimme, die er Frauen gegenüber benutzte, die nicht zu seiner Familie gehörten, wenn er hoffte, sie zu beeindrucken und zu verführen, und anderen Jägern gegenüber, wenn er in ihren Augen – und seinen eigenen – mutig erscheinen wollte.

Sheela schüttelte den Kopf, als wäre er ein dickköpfiges Kind. »Niemand weiß, was sie tun werden, wenn ihre Trauer vorbei ist, Ela-nay. Vielleicht folgen sie uns. Und was sind schon ein paar Wölfe für einen so mutigen und furchtlosen Mann wie dich? Hast du dich nicht zwischen mich und ein Rudel Löwen gestellt?«

Er nickte. Sehr spät in der vergangenen Nacht hatte Sheela hinter ihm Schutz gesucht, als sie unabsichtlich in das Jagdrevier von Löwen eingedrungen waren. Gemeinsam hatten die Sklavin und er zugesehen, wie die riesigen Katzen sich an eine kleine Kamelherde angeschlichen hatten. Während er seinen

Speer bereithielt und sein Herz in seiner Kehle klopfte, hatte Ela-nay gewußt, daß er selbst in den Tod gegangen wäre, um die Frau zu beschützen, denn er liebte sie mehr als sein eigenes Leben.

»Komm!« drängte sie ihn weiter. »Bald werden wir bei meinem Stamm sein!«

Sie ließ ihm keine andere Wahl, als ihr zu folgen. Während die Dämmerung einbrach, staunte er darüber, wie gut sie das Land kannte. Sheela wich den Herden grasender Tiere aus, in deren Nähe sicherlich Raubtiere lauern würden, und einer Stelle, wo die Narben des Krieges noch deutlich auf dem Land zu erkennen waren. Er blieb stehen, als ihn eine dunkle Vorahnung überkam. Er fühlte sich unwohl, als er an die Anwesenheit der Geister der Toten und an seine Teilnahme am Krieg dachte.

»Was gibt es, Ela-nay?«

»Die Geister jener, die ich getötet habe, beobachten mich.«

»Vielleicht.«

»Ich glaube nicht, daß sie mich im Land ihrer Vorfahren willkommen heißen, Sheela.«

Sie trat zu ihm und hakte sich bei ihm unter. »Du hast keinen Grund, dich vor den Toten zu fürchten, Ela-nay.«

Er starrte zu den Hügeln. Wieder heulten Wölfe, und Ela-nay hielt den Atem an. Er hatte mehr als nur Wölfe gehört. Im schwachen Licht des Morgens erschien wie aus dem Nichts eine Gruppe Jäger, die mit Speeren bewaffnet waren. Er ballte eine Hand dreimal zur Faust, bis er fünfzehn Männer gezählt hatte. Sie waren tätowiert, in zerlumpte Felle gekleidet und hatten ihre Körper wie Krieger bemalt. Sie sahen genauso feindselig aus wie ihre Hunde. Ela-nay wußte sofort, daß diese Männer gefährlicher waren als die Löwen, die er in der letzten Nacht bei der Jagd beobachtet hatte.

»Tritt hinter mich, Sheela! Hab keine Angst!«

Sheela stöhnte auf. »Nimm deinen Speer weg, du Dummkopf! Ich brauche keinen Schutz vor diesen Kriegern!« Bevor er sie aufhalten konnte, war sie losgerannt. »Tsana!« rief sie und lief vor Freude weinend in die Arme eines der Fremden.

Ela-nay sah mit offenem Mund zu. Die Krieger standen jetzt

vor ihm. Die großen, kräftigen Männer überragten ihn. Er richtete sich auf und blähte seinen Brustkorb wie eine Krötenechse auf, die angesichts eines Raubtieres groß, mutig und als harter Brocken erscheinen wollte. Er spürte, wie die Männer ihn mit Blicken durchbohrten, aber er hatte nur Augen für den Mann namens Tsana.

Der Krieger schien ausgezehrt wie von einer langen Krankheit, aber er war in den besten Jahren und körperlich eindrucksvoll. Er hielt Sheela, als könnte er nicht glauben, daß sie in seinen Armen lag. Ela-nay vermutete, daß der Mann ihr Bruder oder ein alter Freund der Familie war. Dann wurde er eifersüchtig. Nein, Tsana war kein Bruder! Und er war bestimmt mehr als nur ein Freund! Er hielt sein Gesicht gegen Sheelas gepreßt und atmete tief und hungrig ihren Geruch ein. Sein Mund suchte ihre Lippen, und seine Hände strichen über ihren Körper. Als sie sich vor Schmerzen zurückzog, ließ er sie los, betastete ihre abgeschnittenen Stirnhaare und blickte in ihr zerschundenes Gesicht.

Ela-nay sah, wie er erstarrte, tief Luft holte und dann Ela-nay wutentbrannt anstarrte.

»Du hast es ihr angetan, die einmal meine Frau werden sollte!« tobte Tsana.

»Ich . . .« Das war alles, was Ela-nay sagen konnte, bevor ihm jemand seinen Speer entwand und Tsana seinen Hals umklammerte. Kurz darauf lag Ela-nay am Boden und starrte nach oben, während seine Kehle brannte, sein Kopf sich drehte und er sah, daß er von tobenden Hunden und Männern umgeben war.

»Nein«, sagte Sheela zu Tsana. »Dieser Mann hat mich zu dir gebracht. Es war ein anderer, der mir das angetan hat.«

»Nenne seinen Namen! Er wird dafür büßen!«

»Ja, ich werde seinen Namen nennen, und sie *alle* werden dafür büßen!« Dann sprach Sheela mit sorgenvoller Stimme weiter. »Sag mir, Tsana, wo bist du gewesen, seit ich vor so vielen Monden in Gefangenschaft geraten bin?«

Die Antwort gab ein stämmiger Mann, der sich das Gesicht mit Asche und Fett völlig schwarz bemalt hatte. »In diesen langen Monden hat Tsanas Seele oft seinen Körper verlassen und ist wieder zurückgekehrt. Die Wunden, die er in der Schlacht erhielt, waren schwer und zahlreich. Nur die Mächte der Schöpfung wissen, warum er nicht daran gestorben ist.«

»Und du, Ston?« fragte sie mit tiefer Stimme. »Warum bist du nicht gekommen, um mich und Rikiree zu befreien? Sie sollte deine Frau werden. Sie hat oft nach Norden geblickt und deinen Namen gesprochen und sich danach gesehnt, daß du sie holst. Zum Schluß hat sie sich, geschändet und erniedrigt, selbst von den Klippen in den Fluß gestürzt.«

Ston brach in ein zorniges Geheul aus. Verzweifelt ließ er den Kopf hängen und weinte, während die Männer an seiner Seite ihm in brüderlichem Mitgefühl die Hände auf die Schulter legten.

Tsana biß wütend die tätowierten Kiefer zusammen, als er Sheela zu sich umdrehte, damit er ihr wieder ins Gesicht sehen konnte. »Ich hätte dich nicht erkannt, wenn du nicht meinen Namen gerufen hättest.« Er küßte zärtlich ihr geschwollenes Gesicht. »Ston und die anderen haben nach dir und Rikiree gesucht, wie auch nach allen anderen, die gefangengenommen wurden. Sie fanden dein verbranntes Dorf, Sheela. Viele waren tot – Alte, Kinder und sogar Hunde. Die Leichen waren in die brennenden Hütten geworfen worden. Wir konnten nicht feststellen, ob du unter den Toten warst oder nicht. Wir haben die Trauergesänge angestimmt und in unser Fleisch geschnitten, um unseren Schmerz zu zeigen, weil eure Seelen in die Welt jenseits dieser Welt übergegangen waren.«

Ela-nay versuchte aufzustehen. Zu seiner Verblüffung war es Sheela, die ihn mit einem Fußtritt wieder zu Boden warf. Der Schmerz dieses unerwarteten Schlags war heftig und tief, und er hielt sich den Bauch. Trotzdem war der Schmerz nichts im Vergleich zu der Enttäuschung, die er empfand, weil die Frau seines Herzens ihn auf diese Weise verletzt hatte.

»Wie viele haben überlebt?« fragte Sheela an Tsana gewandt.

Das Gesicht des Mannes zeigte Verbitterung. »Wir sind nur noch wenige – ein Stamm, der über das Grasland verstreut ist. Wir sind nicht mehr das, was wir in den Tagen waren, als Ysuna, die Tochter der Sonne, und Masau, der Mystische Krieger, uns versprachen, daß wir einst so zahlreich wie die Sterne und so unbesiegbar wie unser Totem sein würden, das große weiße Mammut, das aus unserem Land verschwunden ist.«

»Das Totem ist weit im Süden«, teilte Sheela ihm ungerührt mit. »Wir werden es schon bald suchen und jagen. Wenn wir sein Fleisch essen und sein Blut trinken, werden wir seine Macht in uns aufnehmen. Doch im Augenblick gibt es einfachere Beute, die nicht so weit entfernt ist. Das Jagdlager, aus dem ich geflohen bin, wurde von den Sturmgeistern zerstört. Die Bisonjäger sind schwach vor Trauer. In ein oder zwei Tagen werden die vielen Stämme, die sich zur großen Herbstjagd versammelt haben, wieder ihre eigenen Wege gehen. Viele – vielleicht sogar alle, die dies meinem Gesicht angetan haben und schuld an Rikirees Tod sind, könnten getötet werden. Die Leichen könnten wir zurücklassen, wie auch unsere Toten zurückgelassen wurden – bis zur Unkenntlichkeit verbrannt!«

Die Welt schien unter Ela-nay zu schwanken. »Sheela«, gab er zu bedenken, »meine Frau, meine Kinder und meine Mutter sind noch im Lager.«

Sie funkelte ihn voller Verachtung an. »Sie bedeuten mir nichts und dir noch weniger, Eidechsenfresser, sonst hättest du sie nicht verlassen!« Sie wandte sich wieder an Tsana. »Gibt es außer denen, die jetzt neben dir stehen, noch mehr Krieger, die die endlosen Überfälle überlebt haben?«

Tsana nickte langsam. »Ein paar. Wir sind zum größten Teil ein Stamm aus Frauen und Kindern. Wir haben einen Schamanen und genügend Krieger, um mit den Frauen neues Leben zu machen.«

»Haben sie den Mut und den Kampfgeist, um Shatehs Stamm anzugreifen?« fragte sie nach.

Die Männer des Stammes des Wachenden Sterns tauschten bedeutungsvolle Blicke aus, während ein Raunen durch ihre Reihen ging.

»Ich würde gehen!« erklärte Ston mutig. »Um Rikiree zu rächen, würde ich gehen!«

»Nicht allein!« warnte Tsana. »Der Stamm des Wachenden Sterns hat schon zu viele Männer verloren. Es ist Zeit, daß jetzt unsere Feinde sterben. Eile uns zum Lager voraus, Ston! Sag denen, die auf unsere Rückkehr warten, daß eine Frau vom Blut

Ysunas aus der Welt jenseits dieser Welt zu den Lebenden zurückgekehrt ist. Sie sollen ihr zu Ehren ein Festmahl vorbereiten. Das wird ihnen neue Hoffnung geben. Das wird die Seelen unserer Krieger entflammen, so daß sie bereit sind, noch einmal in das Land unserer Feinde vorzustoßen.«

Während Ston zu den Hügeln lief, konnte Ela-nay seine Augen nicht von Sheela abwenden. Er war völlig fassungslos. Sie stand so gerade und fest wie eine Pinie da. Ihre Augen waren unter den geschwollenen Lidern kaum zu erkennen, doch in ihnen strahlte eine feste Entschlossenheit. Ihr Mund war ernst, und Speichel trat zwischen ihren einstmals schönen Lippen hervor. Erschaudernd dachte er, daß das Blut der mörderischen Ysuna wirklich in ihren Adern floß. Und ihn hatte sie benutzt und dann verraten.

»Was du tust, ist eine Beleidigung der Mächte der Schöpfung«, sagte er, als er es schaffte, auf die Knie zu kommen. »Zumindest auf meine Kinder solltest du Rücksicht nehmen! Ich habe alles aufgegeben, um dich zu beschützen, Sheela!«

Sie war ungerührt. »Zu meinem Besten oder in der Hoffnung, dein eigenes Verlangen an mir zu befriedigen?«

Er erbleichte, als er die Wahrheit erkannte.

»Als dein Stamm mein Dorf überfallen hat, Ela-nay, hast du da *meine* Familie verschont?« Sie schüttelte den Kopf. »Du und alle anderen, die treu zu Shateh und Dakan-eh stehen, haben mich und meine Schwester in die Gefangenschaft verschleppt und alle anderen getötet. Mit eigenen Augen habe ich gesehen, wie du meine alte Großmutter mit dem Speer durchbohrt und Feuer an unsere Hütte gelegt hast. Du hattest Spaß am Töten.«

Ela-nay spürte, wie etwas in ihm starb – es war seine Hoffnung. Sein Leben war vorbei, und er wußte es.

Während Sheela immer noch Ela-nay ansah, gestand sie Tsana: »Dieser Eidechsenfresser ist kein großer Mann, aber ich habe ihm wirklich eine Belohnung versprochen, wenn er mir hilft, zu meinem Stamm zurückzukehren.«

Hoffnung flackerte in Ela-nays Brust auf, doch dann sah er die Blicke, die Sheela, Tsana und die anderen austauschten. Seine Belohnung würde nicht sein Leben oder das seiner Familie sein – sondern ein schneller Tod. Er ritt auf der Spitze von Tsanas Speer, während Ela-nay um Gnade schrie, die es, wie er wußte, für ihn nicht mehr gab. Und sein Herz wurde durchbohrt.

4

»Wir gehen jetzt weiter!« Siwi-ni, die gegen ihre Rückenstütze gelehnt dasaß, streckte ihre dünnen Beine zu dem kleinen Kochfeuer aus, das die anderen Frauen entfacht hatten. Eine Morgenmahlzeit aus frisch gefangenen Vögeln und Erdhörnchen wurde von Ha-xa, U-wa, Mah-ree und Ta-maya geröstet. »Der Tag ist noch jung. Bald wird diese Frau neues Leben gebären, und ich möchte es in einem neuen Land gebären!«

Kosar-eh musterte seine Frau besorgt von der anderen Seite des Feuers aus. Sie sah im sanften Morgenlicht so eingefallen und grau aus. »Die Reise wird nicht einfach für dich werden, Siwi-ni. Wir sollten in diesem Lager bleiben, bis das neue Leben wirklich zu Leben geworden ist und du wieder bei Kräften bist.«

»Bah! Ich bin nicht krank! Ich bin etwas geschwächt von diesem neuen Leben, das in mir heranwächst, aber ich bin stark genug, um es zu tragen, das sage ich dir!« Die runzelige kleine Frau schnalzte mit der Zunge. »Sieh mich nicht so an, Kosar-eh! Du weißt besser als die meisten, daß nichts im Leben einfach ist. Wir können hier nicht sitzen bleiben und warten, bis die besseren Zeiten zu uns kommen. Wir müssen zu ihnen gehen, auch wenn der Weg schwierig werden mag.«

»Der Weg zum Tal ist nicht schwierig«, sagte Cha-kwena. Er saß neben Kosar-eh und riß lange, dünne Streifen halbgaren Fleisches vom Rücken des Erdhörnchens, das seine Mutter für ihn gebraten hatte. Er aß es, auch wenn er sich wünschte, daß U-wa ihm einmal etwas kochen würde, das nach seinem Geschmack war.

»Diese Reise mag für einen jungen Mann vielleicht kein Problem sein«, erwiderte Kosar-eh. »Aber für eine alte und hochschwangere Frau ist jeder Gang beschwerlich.«

Cha-kwena war verblüfft über die heftige Erwiderung des Mannes. Es schien, daß Kosar-eh und er sich in diesen Tagen nicht einmal über Nebensächlichkeiten unterhalten konnten, ohne aneinanderzugeraten.

Siwi-nis Widerspruch war stolz, aber schwach. »Ich bin nicht alt!«

»Du bist auch nicht jung!« entgegnete Kosar-eh.

Unbehaglich legte Cha-kwena den halbgaren Erdhörnchenrücken wieder auf das Feuer, während er im Tonfall eines Schlichters sprach. »Wir können weitergehen, oder wir können hierbleiben, bis Siwi-ni die Qualen der Geburt überstanden hat. In beiden Fällen wird dieser Schamane zufrieden sein.«

»Dann müssen wir weitergehen!« rief Siwi-ni nachdrücklich. »In der letzten Nacht habe ich gespürt, wie sich große Fleischfresser in der Nähe herumgeschlichen haben. Ich habe mich nach der Nähe unseres Totems gesehnt und nach dem Schutz einer großen Hütte mit hohen Pfosten und dicken Wänden aus Holz und geflochtenem Gras. Ach, wie sehr ich die Bequemlichkeit und Sicherheit eines großen Dorfes vermisse, wo die vielen Jäger und der Geruch nach Menschen und Rauch die Raubtiere fernhält. Ich wünschte mir, ich müßte mir nicht solche Sorgen um meine Kinder machen.«

»Du mußt dir keine Sorgen um mich machen, Mutter«, teilte Gah-ti stolz mit. »Ich bin jetzt ein Mann.«

Seine jüngeren Brüder kicherten. Er schlug nach ihnen, aber sie duckten sich weg. Als er immer wütender wurde, kreischten sie vor Lachen.

»Nehmt euch vor mir in acht!« warnte Gah-ti sie. »Wenn ich euch zu fassen kriege, wird euch die Strafe nicht gefallen. Ich *bin* ein Mann, und die Schläge, die auf euch herabregnen, werden es beweisen!«

»Wer Kindern droht, sie zu schlagen, beweist damit überhaupt nichts, außer daß er gar kein Mann ist!« belehrte Kosar-eh seinen Sohn mit ernster Miene.

Der Junge erstarrte, warf seinen halb gegessenen gebratenen Specht ins Feuer und schlang seine dünnen Arme um die Knie, um wütend in die Flammen zu starren.

Siwi-ni schüttelte tadelnd den Kopf und sagte zu ihren anderen Söhnen: »Hört auf, Gah-ti zu ärgern!«

»Auch ich habe herumstreifende Fleischfresser gespürt und aus Furcht vor ihnen nicht gut geschlafen«, sagte U-wa, während sie aufstand, über das Feuer griff, das aufgespießte Erdhörnchen nahm, das sie für Cha-kwena zubereitet hatte, und es ihm zurückgab. Ihr Gesichtsausdruck sagte ihm, daß er sein Frühstück aufessen sollte.

»Ich habe keine Angst«, ließ Mah-ree verlauten. »Ihr sprecht, als wären nie zuvor Raubtiere in die Nähe unserer Lager gekommen. Solange unser Schamane All-Großvater folgt, wird die Macht unseres Totems uns beschützen – in diesem genauso wie in jedem anderen Lager!«

»Dann soll es das in einem dauerhaften Lager im neuen Land tun«, sagte Siwi-ni.

Ta-maya, die neben Siwi-ni kniete, hatte einen tief besorgten Gesichtsausdruck. »Hör auf die Weisheit deines Mannes, meine Freundin«, riet sie sanft. »Eine Frau, die neues Leben in sich trägt, muß sich auf ihre eigene Kraft verlassen können, wenn sie das Kind beschützen will, das in ihr wächst.«

Siwi-ni kicherte. »Ha! Wenn ich auf Kosar-ehs Weisheit gehört hätte, gäbe es in diesem Bauch überhaupt kein neues Leben. Er hat mir gesagt, ich wäre nicht mehr kräftig genug, um noch ein Kind zu haben. Aber sieh dir die fünf Söhne an, die diese starke und tapfere Frau Kosar-eh geschenkt hat! Und wenn die Mächte der Schöpfung es wollen, werde ich ihm bald einen weiteren gebären und danach noch viele mehr!«

Ta-maya blickte Kosar-eh an. »Du mußt deine Frau zur Vernunft bringen, lieber Freund.«

Der Mann hatte verlegen über Siwi-nis Prahlerei den Blick gesenkt und massierte geistesabwesend seinen verkrüppelten Arm mit der gesunden Hand. Jetzt blickte er Ta-maya an und konnte überhaupt nichts mehr sagen, als er sich, wie so oft, in ihren sanften Augen und ihrem lieblichen Gesicht verlor.

Siwi-nis runzelige Züge spannten sich an, als sie das offensichtliche Verlangen ihres Mannes bemerkte, aber sie sagte nichts. Sie hatte den Ausdruck schon oft an ihm bemerkt.

Dann begannen die Hunde sich plötzlich knurrend und beißend um ihr Fressen zu streiten.

Cha-kwena richtete sich abrupt auf. *Natürlich!* dachte er. *Warum habe ich nicht eher daran gedacht?* Er hob seine Hände und fühlte sich auf einmal wirklich als Schamane, als er sagte: »Die Hunde haben uns gesagt, was wir tun müssen. Wir werden in das neue Land aufbrechen, aber wir werden einen Schlitten herstellen. Die Hunde werden die Frau Kosar-ehs ziehen.«

»Willst du mich beschämen, Cha-kwena?« Siwi-ni sah ihn entsetzt an. »Ich werde es nicht zulassen, daß man mich wie einen verkrüppelten Greis hinterherschleift!«

Kosar-ehs Blick brannte sich in Siwi-nis Gesicht fest. »Du wirst tun, was dir gesagt wurde!« Er sprach so schroff, daß Siwi-ni sich erschrocken über die unerwartete Feindseligkeit ihres Mannes die Hände auf den Mund legte.

Kosar-ehs Stirn legte sich in tiefe Falten, und sein Mund war ernst. »Vielleicht habe ich mich geirrt«, gab er schließlich verbittert zu. »Vielleicht hat der Schamane weise gesprochen... zur Abwechslung.«

Cha-kwena zuckte bei diesen Worten zusammen, die seine Entscheidungsfähigkeit gleichzeitig anerkannten und kritisierten.

»Mein Schamane spricht *immer* weise!« verteidigte Mah-ree ihn.

Kosar-ehs Gesichtsausdruck blieb ernst, mürrisch und grüblerisch. Ein leichter kühler Wind wehte nun aus dem Norden. Während er immer noch seinen leblosen rechten Arm massierte, wandte er seinen Blick den hohen, dünnen Wolken zu, die eine Wetterveränderung versprachen. »Ein Sturm kommt. Bald wird es Winter in diesem Land werden. Wir können nicht in einem Lager bleiben, das große Fleischfresser angelockt hat und in dessen Nähe es keine zuverlässige Wasserquelle gibt. Wir müssen weitergehen.«

In den folgenden Tagen führte Kosar-eh die Frauen und Kinder, während Gah-ti die Hunde antrieb, die Siwi-nis Schlitten zogen. Unterdessen lief Mah-ree voraus und rief immer wieder Cha-kwena vergeblich an, er solle auf sie warten.

Als Kosar-eh das Mädchen beobachtete, konnte er Gah-ti keinen Vorwurf machen, daß er in sie vernarrt war. Er empfand großen Vaterstolz auf alle seine strammen Jungen und war überzeugt, daß Cha-kwena, wenn er Mah-ree nicht allmählich ernst nahm, bald einen ernsthaften Rivalen um ihre Gunst haben würde.

Während er ging, erinnerte sich der Lustige Mann an seine eigene Jugend in der fernen Roten Welt. In jenen Tagen war er und nicht Dakan-eh der Mutige Mann seines Stammes gewesen. In jenen Tagen hatten die Frauen und Mädchen des Stammes die Vollkommenheit seines Körpers bewundert. Obwohl er zu jener Zeit kaum vierzehn Jahre alt gewesen war, als er begonnen hatte, ihr Lächeln zu erwidern, hatten ihn viele kichernd mitgenommen und sich für sein – und ihr – Vergnügen geöffnet. Er hätte jede von ihnen als seine Allzeit-Frau bekommen können, einschließlich der erstgeborenen Tochter des Häuptlings.

»Ta-maya . . .« Er flüsterte ihren Namen mit dem alten, immerwährenden Verlangen. Er merkte nicht einmal, daß er laut gesprochen hatte.

Ta-maya, die neben ihm und ihrer Mutter ging, blickte zu ihm auf und fragte, was er von ihr wünschte.

Er antwortete nicht, weil er sich in der Vergangenheit verloren hatte und sie so sah, wie sie in den lange zurückliegenden Tagen seiner Jugend gewesen war – ein rehäugiges, fünfjähriges Mädchen, das sanfteste und strahlendste aller Kinder, auf das er bereitwillig gewartet hätte. Was waren schon ein paar Jahre? Nichts für einen wagemutigen, gutaussehenden jungen Jäger, der eine glänzende Zukunft vor sich hatte. Vielleicht war er zu wagemutig und gutaussehend gewesen. Die alten Männer hatten davor gewarnt, daß die Mächte der Schöpfung manchmal neidisch und rachsüchtig wurden. Sie hatten ihn ermahnt, vorsichtig zu sein, aber auf der Jagd war er sorglos gewesen, und bis zum heutigen Tag litt er unter diesem Fehler. Der gutaussehende Jäger war vor langer Zeit gestorben. An seiner Stelle gab es nun einen Lustigen Mann mit vernarbtem Gesicht und einem gelähmten Arm, der ihn daran hinderte, eine Frau zu nehmen – außer einer alten Witwe.

Kosar-eh seufzte verzweifelt. Siwi-ni war immerhin eine Frau gewesen. Mit der Zeit hatte er sie liebgewonnen, und er bewunderte ihre Söhne. Doch als er sich jetzt zu Gah-ti umblickte, der neben ihrem Schlitten ging, wußte er, daß sein letztes Geschenk für sie gar kein Geschenk war. Ob es ein Junge oder ein Mädchen war, dieses Kind schien sie umbringen zu wollen.

So sollte es sein!

Entsetzt über diesen Gedanken blieb Kosar-eh unvermittelt stehen. Er erkannte, daß sein Wunsch nach Siwi-nis Tod ihn dazu getrieben hatte, ihr zu erlauben, diese Reise zu unternehmen. Heimlich hoffte er, daß die Anstrengung sie umbringen würde. Wenn Siwi-ni starb, hatte er keine Frau mehr, und Ta-maya würde sich um ihn kümmern. Vielleicht würde die Frau seines Herzens nach all diesen langen Jahren der Sehnsucht doch noch ihm gehören.

Er ließ beschämt und schuldbewußt den Kopf hängen. Um an Ta-mayas Seite zu sein, war er bereitwillig zu einem Außenseiter innerhalb des Stammes geworden. Um ihr Leben zu retten, war er ihr tief in das Land der Menschen gefolgt, die sie verführt hatten, um mit ihr Dinge zu tun, die so schrecklich waren, daß er nicht mehr daran denken wollte. Er hatte den Gesetzen seiner Vorfahren den Rücken zugekehrt, die Waffen eines Mannes in die Hand genommen und war zu einem einarmigen Krieger geworden, der sich dem Stamm des Wachenden Sterns stellte. Er hatte sich den Namen ›Mann, der seinen Feinden ins Gesicht spuckt‹ verdient. Für ihn war kein Leben vorstellbar, solange Ta-maya nicht irgendwo in seiner Nähe war – wenn nicht als Frau, dann zumindest als Freundin. Sein Herz blutete, weil er wußte, daß er von ihr nie mehr als den Respekt und die Dankbarkeit erwarten konnte, die er sich im großen Krieg verdient hatte. Er war klug und wußte, daß ihre Sorge um ihn nie mehr als Freundschaft und Mitleid mit einem Krüppel sein würde.

»Was gibt es, lieber Freund?« fragte sie, trat neben ihn und schob ihre Hand unter den für immer gekrümmten Ellbogen seines rechten Armes. Da der auffrischende Nordwind seinen Umhang geöffnet hatte, lagen die bleiche Haut und die verkümmerten Muskeln frei. »Deine Frau wird es schaffen. Siwi-ni wird dir noch einen Sohn gebären ... oder diesmal vielleicht eine Tochter, die dein tapferes Herz erfreut.«

Lieber Freund. Tapferes Herz. Er war überzeugt, daß er diese Worte noch nie so sehr gehaßt hatte. Was eine Tochter betraf, so hatte er noch nie über diese Möglichkeit nachgedacht. Vielleicht eine Tochter, die eines Tages eine genauso liebe und schöne Frau wie Ta-maya sein würde? Er biß die Zähne zusammen. Er wollte ein solches Kind nicht! Er wollte die Frau!

Ihre Blicke trafen sich. Ta-maya schenkte ihm ein aufmunterndes Lächeln. Und während er schmerzhaft den Druck ihres Körpers an seinem spürte, blickte er nach unten und keuchte. Sein Arm lag frei! Sein kranker Arm! Und sie berührte ihn und hielt ihn fest, als würde sie sich nicht davor ekeln, wie er sich davor ekelte. Entsetzt über den Gedanken, daß Ta-mayas makellose Hand auf seinem zerstörten Fleisch lag, drängte er ihre Hand fort und zerrte hektisch den Umhang über seinen Arm.

Er war wütend auf sich selbst. Siwi-ni hatte es nicht verdient, daß er ihr den Tod wünschte. Nach all den Jahren war es wirklich an der Zeit, daß er zugestand, daß alles, was zwischen ihm und Ta-maya hätte sein können, vorbei war und vergessen werden sollte.

Plötzlich erhob sich Siwi-ni von ihrem Schlitten und zeigte aufgeregt auf zwei Fischadler, die am Himmel kreisten. »Das ist ein sehr gutes Zeichen!« verkündete sie.

Als Kosar-eh neben sie trat, strahlte sie ihn mit gerötetem Gesicht an, während ihre Augen vor Begeisterung funkelten. Seine linke Augenbraue hob sich in überraschter Zufriedenheit. Die kleine Frau sah schon viel besser aus. Sie sah sogar so gut wie schon seit Tagen nicht mehr aus! Er war erleichtert, daß die Mächte der Schöpfung seinen gemeinen, selbstsüchtigen Todeswunsch nicht erhört hatten.

»Siehst du die Fischadler, Kosar-eh? Die Mächte der Schöpfung versprechen uns, daß dort vorne gutes Land und viel Wasser liegt! Ich werde auf meinen eigenen Beinen in das neue Land gehen!«

»Das wirst du nicht«, sagte er unnachgiebig. »Wenn wir den

Ort erreichen, von wo wir in das Tal hinuntersehen können, dann darfst du vielleicht gehen. Aber nicht vorher.«

Während der Stamm weiterzog, kreisten die Adler auf den warmen Aufwinden. Weit ausgestreckte Flügel warfen Schatten vor die Sonne. Ta-maya blickte auf und sprach besorgt von Erinnerungen, die ihr schwer auf der Seele lasteten. »Der Anblick kreisender Adler führte die Krieger des Stammes des Wachenden Sterns zum Land der Seen in der Roten Welt.« Sie erzitterte und seufzte, denn die Krieger hatten Kampf und Tod über die vielen Stämme des Landes gebracht. »Wären die Krieger nicht gekommen, wäre ich niemals Masau begegnet, und vielleicht würde er dann jetzt noch leben, glücklich mit seinem Stamm und . . .«

»Jederzeit darauf bedacht, wieder gegen andere Krieg zu führen!« wurde sie von U-wa unterbrochen. »Auf der Suche nach Opfern, die er verführen kann, nach ahnungslosen Bräuten, die seine Frauen werden und dann diesem menschenfressenden Himmelsgott geopfert werden sollen. Wie kannst du nur mit Sehnsucht über Masau sprechen, Ta-maya? Es ist gut, daß er tot ist. Seinetwegen wurde dein Vater getötet, und seine Hände haben den alten Hoyeh-tay ermordet. Wie viele friedliche Dörfer wären noch mit dem Blut unserer Stämme überschwemmt und dann auf seinen Befehl in Brand gesetzt worden?«

Ta-maya senkte den Kopf und flüsterte leise: »Du hast ihn nicht gekannt, wie ich ihn kennengelernt habe.«

»Ich danke den Vier Winden, daß ich ihn nicht kennengelernt habe!« rief U-wa.

Ha-xa war sichtlich verstört. »Ich bereue den Tag, als ich Masau zum ersten Mal erblickte. Shateh wußte, was er tat, als er diesen Sohn dem Großen Weißen Winter opferte! Es wäre besser gewesen, wenn Ysuna, die Tochter der Sonne, und ihr mörderischer Stamm ihn niemals vor den Stürmen gerettet hätten.« Die Frau verstummte, als sie sah, daß ihre Worte ihre Tochter verletzten. »Bringe nicht den Geist eines Menschenmörders mit in dieses neue Land«, sagte sie sanft. »Vergiß ihn, Tamaya! Solange du dich an seine Erinnerung klammerst, wirst du dich niemals von ihm befreien können, und sein Geist wird ein ewiger Schandfleck in deinem Herzen sein.«

Endlich stieg Cha-kwena den Paß hinauf und stieß einen lauten Schrei aus, während er den anderen bedeutete, sie sollten sich beeilen.

Das Tal lag unter ihnen, und bei vollem Tageslicht war es noch wunderbarer und einladender als vorher, als er es im blaßblauen Licht der Mondgöttin und ihrer Sternenkinder gesehen hatte. Von hier oben konnte er das große weiße Mammut sehen, das auf einer Wiese neben einem See mit seinen Artgenossen graste. Viele Weidetiere waren auf dem Grasland zu erkennen, das sich zwischen den Hügeln am östlichen Rand des Tals erstreckte. Als er atemlos vor Aufregung hinunterstarrte, trat ein einzelner Kojote hinter einer Ansammlung von Felsblöcken hervor, die nur etwa drei lange Schritte weit entfernt war. Mit durchhängendem Rücken, gesenktem Schwanz und offenen Kiefern starrte der kleine gelbe Wolf zu ihm hinauf. Seine halbgeschlossenen Augen glänzten golden wie Pinienharz im Sonnenlicht.

Cha-kwena starrte zurück. Etwas am Aussehen dieses Kojoten beunruhigte ihn, genauso wie am Tag, als er zum ersten Mal die blauen Berge hinter dem trockenen See gesehen hatte. Jetzt erkannte er deutlich, daß der kleine gelbe Wolf Schmerzen hatte.

»Geistbruder, was hast du?«

Die Frage war kaum ausgesprochen, als Mah-ree mit ihren Lieblingshunden den Abhang hinaufgeklettert kam. Gah-ti war direkt hinter ihr. Der Kojote wirbelte herum und rannte davon, während die Hunde ihm nachhetzten.

»Ruf sie zurück!« forderte Cha-kwena schroff.

Mah-ree gehorchte, und kurz darauf waren alle Hunde bis auf Freund und Ungehorsam wieder an ihrer Seite.

»Ai yee!« rief Gah-ti, dessen Augen hervorzutreten schienen, als er an Cha-kwena vorbei ins Tal hinunterstarrte. »Pferde! Kamele und Elche und Bisons!« Er war völlig außer sich vor Freude. »Wenn Dakan-eh dieses schöne Land sehen könnte, würde er den Tag bereuen, als er Shateh die Treue schwor und Cha-kwena und seine Anhänger dazu zwang, aus dem Land ihrer Vorfahren zu fliehen.«

Cha-kwena runzelte die Stirn, als so unerwartet der Name seines alten Freundes genannt wurde.

»Du bist ein dummer kleiner Junge, Gah-ti«, tadelte Mah-ree ihn. »Niemand hat Cha-kwena jemals gezwungen, irgend etwas zu tun. Er muß vor nichts und niemandem ›fliehen‹. Jene, die ›fliehen‹ sind jene, die sich fürchten! Wir fürchten uns nicht, nicht wahr, Cha-kwena?«

Cha-kwena antwortete nicht. Die Begeisterung, die er nur wenige Augenblicke zuvor verspürt hatte, verflog wieder. Der Wind frischte auf ... die Adler drehten ab und flogen vor der Sonne vorbei ... ein Löwe brüllte im Tal ... was waren das für Zeichen? Gute? Schlechte? Er blickte besorgt zu den Vögeln und den dünnen hohen Wolken hinauf. Kosar-eh hatte die Wolken richtig eingeschätzt – es waren die Art Wolken, die einen Sturm ankündigten. Er würde mit dem Nordwind in ein oder vielleicht zwei Tagen eintreffen.

Seine Eingeweide verkrampften sich vor Ungewißheit, als die Adler hinter dem östlichen Rand des Tals verschwanden. Wollten ihn die Geister der Vorfahren warnen, daß das wunderbare Tal nicht das war, als was es erschien? *Nein!* Er wollte nicht glauben, daß dies kein dauerhafter Lagerplatz war. Er war schon zu weit gewandert, hatte schon zuviel erlitten und war einfach zu erschöpft, um an etwas anderes zu denken, als sich in einem dauerhaften Lager niederzulassen.

U-wa trat neben ihn. »Ah! Das ist alles und viel mehr als das, was du uns versprochen hast, mein Sohn!«

Im Tal tief unten trompetete Lebensspender, drehte sich mit seiner großen Herde um und blickte zur Höhe des Passes hinauf. Als er seinen Rüssel wie zum Gruß erhob, fühlte Cha-kwena sich erleichtert. Die Sonne schien hell, trotz der Wolken. Die Adler kamen aus dem Osten zurück und flogen tief über den See. Es war ein außergewöhnlich schöner und vielversprechender Tag. Und der Nordwind war ein ruhiger, stetiger Strom aus kühler Luft, der die guten Gerüche nach frischem Wasser, Wäldern, Gras und Wild heranwehte, während sich die Menschen um ihren Schamanen versammelten. Kosar-eh half Siwini aus dem Schlitten, damit sie neben den anderen stehen und das gute Land bewundern konnte.

Mit erhobenem Kopf sagte sich der junge Schamane, daß nur ein selbstsüchtiger Angeber wie Dakan-eh in einem solch gewichtigen Augenblick keine Zweifel habe würde. Cha-kwena fragte sich, ob der Mutige Mann immer noch die schöne Tamaya begehrte und nach denen suchte, mit denen sie zusammenleben wollte. Nein, redete er sich ein, Dakan-eh und seine mammutjagenden Verbündeten waren weit weg. Wenn sie Cha-kwena und seinen Stamm bis jetzt nicht gefunden hatten, würden sie es niemals schaffen.

Er atmete tief den Nordwind ein, um sich zu beruhigen. Er war kalt, aber er roch gut.

Lächelnd führte Cha-kwena seinen Stamm weiter.

5

Lange nachdem die anderen Trauernden eingeschlafen waren oder neben ihren Toten in einen unruhigen Traum gefallen waren, wurde Pah-las herzzerreißendes Jammern vom einsamen Gesang der Wölfe beantwortet.

Shateh, der abseits von seinem Stamm saß und nicht schlafen konnte, horchte müde auf Dakan-ehs Mutter und war gerührt. Er atmete tief durch. Morgen würde er diese gute und treue Frau auffordern müssen, die verbrannten Überreste ihres Mannes allein zu lassen und mit ihrem neuen Stamm in unbekanntes Land zu wandern, das den Geistern ihrer Vorfahren fremd war und wohin sie ihnen nicht folgen konnten.

Er dachte an die Frauen, die er überlebt hatte. Würden sie um ihn jammern, wenn seine Seele den Körper verließ, um sich zu seinen Vorfahren am Sternenhimmel zu gesellen? Von allen ragte nur eine – die Mutter von Maliwal und Masau – aus seiner Erinnerung heraus. Nur die Liebe zu ihr war tief und unvergänglich. Er preßte die Lippen aufeinander. Er wollte nicht an diese Frau denken, aber er dachte doch an sie – und an Maliwal und Masau, die zwei besten Söhne, die er jemals gezeugt hatte. Er hatte sie, als sie jung gewesen waren, verstoßen, weil sie nicht seiner Vorstellung von Tapferkeit entsprochen hatten. Als er jetzt zurückblickte, erkannte er, daß seine Anforderungen an so junge Kinder viel zu hoch gewesen waren. Keinem von beiden hatte es im Erwachsenenalter an Mut gefehlt.

Er stöhnte voller Bedauern. Maliwal und Masau würden zwischen den Sternen auf ihn warten. Sie würden in der Welt jenseits dieser Welt seine Feinde sein, so wie sie in dieser seine Feinde geworden waren.

Die Frau der Eidechsenfresser schluchzte immer noch und rief den Namen ihres verlorenen Mannes. Während Shateh lauschte, fiel ihm auf, daß Wehakna nicht mehr Kalawaks wegen jammerte, obwohl die Trauerzeit noch bis zum nächsten Sonnenaufgang dauerte.

Die Gedanken des Oberhäuptlings wanderten zu der mutigen Frau von Dakan-eh. Seine Lenden erwärmten sich, als er sich ihren flachen Bauch vorstellte, ihre vollen Hüften und üppigen, milchreichen Brüste. Seit Ta-maya, die Witwe seines getöteten Sohnes, sich kurz in seinem Lager aufgehalten hatte, war er nicht mehr so begierig auf eine Frau gewesen.

Ta-maya war eine Frau, die er hätte lieben und bei der er immer wieder hätte liegen können, ohne ihrer jemals überdrüssig zu werden. Sie hatte die sanfte Anmut und Schönheit seiner gestorbenen Agrah gehabt und sein Herz zum Singen gebracht. In der Nähe Ta-mayas hatte er sich heimlich nach seiner verlorenen Jugend zurückgesehnt.

Shateh schüttelte den Kopf und schloß die Augen. »Weichherziger, alter Narr!« schalt Shateh sich selbst, und während er immer noch aufrecht saß, schlief er endlich ein ...

Er jagte Mammuts. Masau und Maliwal waren an seiner Seite. Gemeinsam verfolgten sie eine kleine Herde und warfen viele Speere Dann befanden sie sich plötzlich und unerklärlich auf verschiedenen Seiten einer weiten Schlucht, in der ein mit nichts zu vergleichendes Mammut gefangen war. Es war das große weiße Mammut, das Totem seines Stammes, ein Geschöpf, das zu Anbeginn der Zeiten geboren worden war und dessen Blut und Fleisch denen, die es töteten und davon aßen, unendliche Macht und Unsterblichkeit verleihen würde.

Shateh warf seinen Speer, der tief ins Ziel eindrang.

Obwohl er die Waffe nicht mehr in seiner Hand hielt, spürte Shateh, wie die lange, lanzettförmige Steinspitze durch die Haut und die Muskeln schnitt. Der Schaft der Waffe lag wieder in seiner geballten Faust. Er zog am Speer, drehte ihn nach links und befreite ihn, damit der Schaft mit einer neuen Spitze versehen werden und er ihn erneut auf das Tier werfen konnte, während die erste Spitze immer noch tief in dem Mammut steckte. Schließlich stürzte das Mammut tot zu Boden. Während seine Söhne zusahen, sprang Shateh auf den berggleichen Kadaver. Er schmeckte die warme Süße seines Blutes im Mund. Plötzlich war er wieder jung und stark – ein Mann im selben Alter wie seine Söhne, ein Mann, der ewig leben würde.

Der Traum veränderte sich. Er war in einem großen Zelt aus dem Fell seines Totems. Er schlief gleichzeitig mit Ban-ya und Ta-maya, machte mit beiden Frauen neue Söhne, während sie wie singende Wölfe heulten und sich unter ihm wanden, ihn immer weiter drängten, bis . . .

»Vater, wach auf! Wölfe sind in der Nähe. Du solltest hier nicht allein sitzen.«

Shateh schüttelte den Kopf, um sich von dem besten Traum zu befreien, den er seit Jahren gehabt hatte. »Warum störst du den Schlaf deines Oberhäuptlings?« knurrte er und blickte finster zu Atonashkeh auf.

»Die Zeit der Träume ist vorbei.«

»So? Und wer hat dich zum Häuptling ernannt, seit ich meine Feuerstelle verließ, um allein nachzudenken und mich auszuruhen?«

Atonashkeh war empört. »Wenn sich Wölfe einer Feuerstelle nähern, dann muß der Mann, der als einziger wach ist, wie ein Häuptling handeln, und ich . . .«

»Du brauchst mich nicht vor Wölfen zu warnen oder mich an meine Verantwortung zu erinnern! Ich ...«

Shateh verstummte besorgt, denn in diesem Augenblick fielen Wölfe in unmittelbarer Nähe des Stammes das vermutlich letzte der verwaisten Bisonkälber an. Als der Oberhäuptling bei den Todesschreien des Kalbes zusammenzuckte, schmerzte die offene Wunde auf seiner Stirn.

Die Wölfe sind nah – viel zu nah! mußte er vor sich selbst eingestehen. Atonashkeh hatte ihn zu Recht gedrängt, sich wieder in den schützenden Kreis seiner Leute zurückzuziehen. Er wußte, daß er seinem Sohn danken sollte, doch der Ausdruck der Dankbarkeit würde wie ein Eingeständnis seiner eigenen Unfähigkeit klingen, die richtigen Entscheidungen zu treffen. Außerdem wartete Atonashkeh nur darauf, daß er seine Altersschwäche zugab, damit er an seiner Stelle Häuptling werden konnte.

Shateh wich dem Blick seines Sohnes aus. Er hegte einen großen Widerwillen gegen Atonashkeh. Shateh fragte sich verzweifelt, warum die Mächte der Schöpfung von all seinen Söhnen ausgerechnet den ehrgeizigsten und jämmerlichsten am Leben gelassen hatten. Er wünschte sich, daß Atonashkeh und nicht der zuverlässige und treue Kalawak im wirbelnden Wind umgekommen wäre.

»Vater, ich muß dir sagen, was ...«

»Du kannst mir nichts erzählen, was ich nicht schon längst weiß, Atonashkeh!« Er erkannte, daß er ziemlich lange geschlafen haben mußte. Pah-la hatte mit ihrem Gewimmer aufgehört. Die Nacht war dunkel – zu dunkel, unnatürlich dunkel. Als seine Augen den Mond fanden, verstand er den Grund und sprang mit einem Schrei auf die Beine.

»Ja!« Atonashkeh stand neben seinem Vater und starrte zur Mondfinsternis hinauf. »Das ist es, was ich dir sagen wollte! Ich habe noch nie etwas so Furchtbares gesehen! Genau davor habe ich gewarnt! Die Anwesenheit der Eidechsenfresser im Grasland beleidigt die Geister unserer Vorfahren und die Vier Winde und hat großes Unheil über uns alle gebracht!«

Unter dem schwarzen Mond begleiteten Tsana und seine Krieger Sheela über das Land. Sie sprachen nicht über Zeichen, denn es war überflüssig. Es gab kein schlechteres Zeichen. Doch sie fragten sich, ob es ihnen oder ihren Feinden galt? Nur die Mächte der Schöpfung wußten die Antwort darauf. Da es unter ihnen keinen Schamanen gab, der dieses unheilverkündende Zeichen am Himmel deuten konnte, eilten sie weiter, obwohl Tsana gehofft hatte, daß Sheela sich etwas Ruhe gönnte.

»Wir werden bis zum Lager weitergehen«, beharrte sie auf ihrem Entschluß. Sie wollte genausowenig wie die Krieger an diesem Ort bleiben, während dunkle Geister die Mutter der Sterne verzehrten. »Wenn es irgendwo Sicherheit für uns gibt, dann bei unserem Stamm.«

Das letzte Stück des Mondes verschwand, und die Welt wurde dunkel. Ein seltsamer blutroter Schein pulsierte am Himmel. Weinten die Sterne um ihre sterbende Mutter? Oder stammten die Schreie von den Männern, die ihre Hunde losließen und sich auf die Erde warfen.

Tsana riß Sheela wild in seine Arme. »Ich werde mich nicht gegen den Seelenfänger wehren, wenn er jetzt zu uns kommt!« sagte er zu ihr. »Die Frau, die mir gehören sollte, ist jetzt bei mir! Wenn das alles ist, was ich je von dir haben soll, Sheela, dann soll es genug sein! Wenn wir kein gemeinsames Leben haben können, dann danke ich den Mächten der Schöpfung, daß wir uns im Augenblick des Todes der Welt in den Armen halten dürfen!«

Doch der Augenblick verging, ohne daß die Welt starb. Der Schatten wanderte langsam über das Gesicht der Mondgöttin, und ihr schwaches Licht kehrte wieder in die Nacht zurück. Langsam und ängstlich standen die Männer auf, riefen ihre Hunde und zogen weiter.

Die Dämmerung färbte den östlichen Horizont, als sie ein hohes Labyrinth aus vulkanischen Hügeln betraten. Oben standen mit Speeren bewaffnete Krieger, die sie mit einem hellen Trillern begrüßten, das durch die Schluchten hallte.

Sheela blieb stehen. »Es ist lange her, daß ich diesen Laut gehört habe!« rief sie, während ihr Tränen unter den Lidern brannten. Sie hob beide Arme, um die Wächter des uralten

Lagers ihres Stammes zu begrüßen, warf den Kopf zurück und stieß einen hohen, gellenden Schrei aus.

Die Sonne ging gerade auf, als Ston wieder zu ihnen stieß. Gemeinsam gingen sie durch eine schmale Schlucht, die von den aufgerichteten Stoßzähnen vieler, vor langer Zeit erlegter Mammuts gesäumt wurde. Sie kamen zu einem großen Plateau aus rotem Stein, und zu drei Seiten erhoben sich Klippen, in denen natürliche Höhlen lagen. Über mehrere Knochenleitern stiegen sie zur Haupthöhle hinauf – einer großen, gewölbten, verrauchten Kammer, in der ein Freudenfeuer brannte und in der sich die Überlebenden des einstmals zahlreichen Stammes des Wachenden Sterns versammelt hatten, um ihre zurückgekehrte Schwester zu begrüßen.

Niemand sprach. Alle starrten sie an. Sheela war fassungslos angesichts der armseligen Versammlung von Männern, schwangeren Frauen und schmutzigen Kindern, die sie, entsetzt über ihr zerschundenes Gesicht, ihre geschorenen Stirnlocken und die Sklavenkleidung, anstarrten.

»So wenige ...«, flüsterte sie ungläubig und enttäuscht. Sie bezweifelte, daß sich in der Höhle mehr als hundert Menschen aufhielten, selbst wenn sie die Kleinsten mitzählte.

»Jene, die einst Löwen unter den Stämmen der Menschen waren, sind jetzt nur noch das, was du hier siehst«, erklärte Tsana.

»Aber es gibt noch mehr. Sie werden zurückkehren, jetzt, wo du wieder da bist.« Stons Stimme klang zuversichtlich.

Tsana nickte. »Die vielen Stämme, die einst den Stamm des Wachenden Sterns bildeten, verstecken sich jetzt wie Herden verängstigter Bergschafe zwischen den Felsen, während jene, die zu Wölfen geworden sind, frei und furchtlos auf dem offenen Land leben. Sie fallen über uns her, wenn sie können, und genießen es, uns zu töten. Aber das ist jetzt vorbei! Jetzt ist eine vom Blut Ysunas zu uns zurückgekehrt! Ist es nicht so, Jhadel?« Mit strengen Augen musterte er einen älteren, weisen Mann.

Jhadels Gesichtsausdruck war voll der Herausforderung. Niemand konnte übersehen, daß die beiden Männer sich um die Führung stritten. Im Augenblick hatte der ältere Mann eindeutig die Kontrolle über die Versammlung.

Sheela musterte Jhadel. Obwohl er nicht von ihrem Stamm war, war er für sie kein Fremder. Er war ein hochrangiger Schamane gewesen, bis eine Meinungsverschiedenheit mit Ysuna ihn gezwungen hatte, sich zu verstecken. Sheela hatte den Mann niemals gemocht. Sie hatte sich bei seinem Anblick immer gefragt, ob er eine Art Geiervogel war, der auf magische Weise in menschliche Gestalt verwandelt worden war. Seine kleinen, wachsamen Augen waren wie die eines Kondors. Sein hoher Schädel, der auf einem langen schwankenden Hals saß, ließ sein knochiges Gesicht wirken, als würde er ständig nach Beute Ausschau halten. Unter der großen hervorspringenden Adlernase stand Jhadels breiter Mund, der fast ohne Lippen schien, immer ein kleines Stück offen. Und sein ganzes Gesicht einschließlich der Ohren, der Augenlider und sogar der Zunge waren mit Asche und Fett eingerieben worden, so daß es schien, als wäre sein Kopf in einer schwelenden Feuerstelle verkohlt worden.

Sheela spannte sich an, als sie ihn ansah. Seine Augen, die wie winzige schwarze Klingen aus Obsidian waren, hatten sie scheinbar aus dem Kreis ihrer Freunde und Verwandten herauszuschneiden und sie schmerzhaft zu durchdringen versucht. Sie hatte sich immer abgewandt und war irgendwohin geflohen, wo sein Blick sie nicht hatte treffen können. Als das Gerücht bis zu ihrem Stamm vorgedrungen war, daß er sich in die Hügel hatte zurückziehen müssen, und man vermutlich nie wieder etwas von ihm sehen oder hören würde, wenn er sich nicht Ysunas Zorn aussetzen wollte, hatte Sheela den Mächten der Schöpfung gedankt und gehofft, daß er sterben würde.

Doch hier war er – lebendig, unverändert und offenbar bei guter Gesundheit – und beobachtete sie mit einem seltsamen Ausdruck, bei dem sie schauderte. Er war genauso geschmückt wie schon in all den Jahren zuvor – mit einem Stirnband aus Rabenfedern, während sein magerer Körper mit rotem Ocker bemalt war. Sein unvergeßlicher Pappelholzstab war mit Streifen aus Mammutfell, Strähnen aus Mammuthaar und vielen Ketten aus winzigen Vogelknochen besetzt, die im Wind klapperten oder wenn er den Stab schüttelte.

Jetzt schüttelte er ihn Sheela entgegen. Sie unterdrückte das

Verlangen, ihm den Stab aus der Hand zu schlagen. Sie zwang ihren Blick zu seinem Hals, an dem der Medizinbeutel hing.

Ihre Eingeweide zogen sich zusammen, denn dies war etwas Neues. Der alte Beutel aus Vielfraßfell, in dem er seine heiligen Fetische aufbewahrt hatte, war verschwunden. An seiner Stelle hing ein viel größerer, länglicher Beutel . . . der aus einem wunderschön gegerbten, ausgenommenen menschlichen Arm bestand. Er war bemalt und mit vielen Stacheln eines Stachelschweins besetzt. Die Haut des Oberarms war in Fransen geschnitten und zu einer Klappe verarbeitet worden, die den hohlen, unteren Teil des Armes verschloß. Eine zarte, eindeutig weibliche Hand war noch daran befestigt. Die langen, durchscheinenden Finger waren so sorgfältig behandelt worden, daß sie nicht gekrümmt waren, sondern nach unten auf Jhadels nackten Bauch zeigten. Sheela erschrak beim Anblick des menschlichen Medizinbeutels und des Mannes, der ihn trug.

Jhadel lächelte, offenbar befriedigt über ihre Abscheu. Dann schüttelte er heftig seinen Stab und zeigte damit auf sie. »Ysunas Blut erstarrte nicht so schnell vor Furcht«, höhnte er.

Sheela richtete sich auf. Wenn er ihre Reaktion als Angst und Schwäche mißverstanden hatte, war es wichtig, daß sie diesen Eindruck verwischte. Andernfalls hätte sie keine Chance, sich gegen ihn zu bewähren. Aber sie erhielt keine Gelegenheit dazu, denn Jhadel wandte sich sofort an Tsana.

»Tsana und seine Jäger sind mit seltsamem und nicht eßbarem Fleisch zu uns zurückgekehrt«, sagte der Schamane. »Wieso soll die Rückkehr einer einzelnen Frau irgend etwas für unseren Stamm ändern? Noch ein hungriges Maul? Noch zwei Schenkel, die sich dem Gerammel unserer Krieger öffnen? Noch ein Bauch, in den neues Leben eingepflanzt werden kann? Diese Dinge werden den Stamm in den langen, dunklen und hungrigen Tagen schwächen, die uns bald bevorstehen.«

»Vergeßlicher alter Mann!« klagte Tsana ihn energisch an. »Das hier ist nicht irgendeine Frau! Es ist Sheela, die Tochter von Sheehanal, dem Bruder von Quahnalay, der der Vater Ysunas war, der Tochter der Sonne, der Hohenpriesterin und Weisen Frau des Stammes des Wachenden Sterns!«

»Ja, *junger* Mann!« gab Jhadel zurück und schüttelte seinen

Stab in Tsanas Richtung. »Ich kenne diese erstgeborene Tochter Sheehanals. Ich sehe jetzt – wie ich es auch schon in den lange zurückliegenden Tagen ihrer Kindheit gesehen habe –, daß ein wenig von der Tochter der Sonne in ihr sein könnte. Aber Ston hat uns berichtet, wie es ihrer gefangenen Schwester ergangen ist. Wenn die Macht der Großen Mutter in Sheela gewesen wäre, hätte sie Rikiree besser beschützt – nicht wahr, Ston?«

Sheela sah, wie der Krieger von Ungewißheit geplagt wurde.

»Meine Schwester war schwach«, verkündete sie und sprach dann trotz des Schmerzes in Stons Augen weiter. »Rikiree konnte keine Kraft aus meinem Mut beziehen. Sie hat sich dazu entschieden, ihre Seele aufzugeben und dem Wind anzuvertrauen! Die Mitglieder meines Stammes, die überlebt haben, hatten Glück, daß sie sich Jhadel als Führer anschließen konnten. Doch wenn die Macht bei ihm liegt, warum hat der große Schamane nicht die Leiden der Töchter des Wachenden Sterns gesehen und die Krieger unseres Stammes in den Kampf gegen jene geschickt, die uns erniedrigt haben?«

Der Schamane hob den Kopf. Offenbar hatte er nicht damit gerechnet, daß Sheela seine Herausforderung erwidern würde.

Tsana lächelte seine Frau an, während ein unruhiges Murmeln durch die Versammlung ging.

Jhadel musterte Sheela mißtrauisch unter tätowierten Lidern. »In der letzten Nacht haben dunkle Geister den Mond verschlungen und ihn wieder ausgespuckt. Als Schamane sage ich, daß dies ein Zeichen für das Ende der Zeit des Todes ist. Ja, des Todes! Also frage ich jetzt meinen Stamm, ob die Rückkehr dieser Frau gut ist. Hast du wirklich Macht in deinem Blut, Tochter Sheehanals? Oder bist du, nachdem dein Haar geschoren und dein Gesicht zerstört wurde, nur irgendeine von den Frauen des Wachenden Sterns, die versklavt und erniedrigt wurden?«

Sie drängte ihre Furcht vor ihm zurück und erinnerte sich daran, daß sie eine erwachsene Frau war, die sich in den vergangenen Monden vielen Gegnern hatte stellen müssen. Dieser Mann war gefährlicher als die meisten anderen, aber sie würde es Schritt für Schritt und Wort für Wort mit ihm aufnehmen. Er ließ ihr keine andere Wahl. »Ich bin eine Sklavin gewesen.

Es stimmt, daß mein Fleisch erniedrigt wurde, aber niemals mein Geist. Meine Seele ist immer frei gewesen ... sie war bei den Geistern meiner Vorfahren in der Welt jenseits dieser Welt – bei Ysuna und Sheehanal und bei Masau und Maliwal. Ich habe mich mit denen beraten, die im großen Krieg umgekommen sind. Sie haben mir ihre Kraft und ihren Mut gegeben.« Sie drehte sich um, während sie sprach, und wandte sich an die Menschen der Versammlung, um ihr Vertrauen in sie zu stärken. »Mein Gesicht wird heilen. Mein Haar wird wachsen. Meine Seele ist stark, denn obwohl meine Feinde mein Haar abgeschnitten haben, um mich zu schwächen, haben sie es trotzdem nicht geschafft. Sie konnten meinen Willen zur Flucht und zur Rache an denen nicht brechen, die meinen Stamm zu dem gemacht haben, was ich jetzt vor mir sehe. Meine Gebete an die Geister meiner Vorfahren haben Himmelsdonner dazu veranlaßt, zwischen unseren Feinden zu wüten. Jetzt betrauern jene, die die Töchter des Wachenden Sterns zu Sklavinnen gemacht haben, ihre Toten. Jetzt fasten sie und sind geschwächt. Ich kann euch zu ihrem Lager führen, um sie anzugreifen! Und ich sage, daß Jhadel recht hat! Das unheilvolle Zeichen, das am Nachthimmel stand, hat wirklich das Ende des Todes versprochen – den Tod unserer Feinde und den Anfang eines neuen Lebens für den Stamm des Wachenden Sterns.«

Sheela warf Jhadel einen triumphierenden Blick zu. *So, alter Mann! Was hast du dieser Herausforderung entgegenzusetzen?*

Jhadel trat trotzig vor. »Du kommst zu uns und redest von Kampf und Rache, Sheela. Der Kampf ist gut – wenn er den Sieg und reiche Beute bringt. Die Rache ist gut – für jene, die sie nehmen und unverletzt davonkommen.« Er schwieg einen Moment, um seine Worte wirken zu lassen. Dann legte er seine freie Hand auf den grotesken Medizinbeutel und nickte finster. »Wenn Ysunas Stolz und Ehrgeiz doch nur genauso beschränkt wie ihre Fähigkeit gewesen wären, im voraus zu erkennen, wohin ihr Streben ihre Anhänger unausweichlich führen würde! Dann hätte dieser Stamm keine Feinde. Du wärst niemals versklavt worden. Und wir müßten nicht wieder von Überfällen, Kämpfen und Krieg sprechen.«

Tsana ließ seiner Empörung freien Lauf. »Ysuna hatte keine

Schuld daran, daß die anderen Stämme nicht von ihrer Vision überzeugt waren oder ihr nicht die Opfer überlassen wollten, die für Himmelsdonner notwendig sind! In der Zeit des Hungers haben ihre Visionen den Stamm zum Fleisch geführt. Viele Mammuts starben. Der Stamm war glücklich und wurde stark. Wir waren so zahlreich wie die Sterne. Es war nicht Ysunas Werk, daß die Mammuts zu verschwinden begannen und die Stürme des Krieges über uns hereinbrachen. Schuld daran sind jene, die sie verraten haben. Jetzt sind sie damit zufrieden, wie Schafe zu leben, während die Wölfe das Land unserer Vorfahren für sich beanspruchen. Ist es nicht so, Jhadel?«

Die verächtlich blickenden Augen des Schamanen durchbohrten den jungen Mann. »Ich war der erste, der in Ysuna erkannt hat, wer sie sein konnte und sein würde. Ich war ihr Lehrer. Ich habe sie das Wissen gelehrt, das sie zur Schamanin machte. Ich habe sie nicht verraten, ich habe sie gewarnt. Aber Ysuna wollte nicht auf meinen Rat hören. Dann wurde sie von Masau getötet, der sich – aus Liebe zu einer wertlosen Eidechsenfresserin – gegen seine Mutter wandte, wie ein wildgewordener Hund. Er hat den Stamm, der ihn angenommen hatte, verraten und dem sicheren Tod ausgeliefert, als er zu den Traditionen seines Bisonstammes zurückkehrte. Glaubst du, ich will keine Rache an denen, die seine Verbündeten waren? Glaubst du, daß ich nicht wie jeder andere um Ysunas Tod trauere? Aber, Tsana, ich möchte auch, daß mein Stamm lebt – und wenn es sein muß als Schafherde – bis er wieder stark und zahlreich ist und es wagen kann, das zu tun, was auch wirklich erreicht werden kann, und nicht einem unerfüllbaren Wunsch folgt!«

Sheela sah, wie ihre Hoffnung auf Rache dahinschwand. »Jetzt ist die Zeit, um gegen unsere Feinde loszuschlagen!« sagte sie. »Sie werden nie wieder so schwach wie jetzt sein. Shateh und Dakan-eh halten Wache, sind auf den Angriff von Löwen und Wölfen gefaßt, aber nicht auf den von Menschen! Bald wird die Zeit der Trauer vorbei sein, und die Stämme werden zu ihren verschiedenen Winterlagern ziehen. Shateh wird seinen Stamm auf Wildpfaden führen, die mir vertraut sind. Dakan-eh wird bei ihm sein. Wenn wir sie überfallen, während sie auf der Wanderung und von der Trauer und vom Fasten geschwächt sind und nicht mit einem Angriff rechnen, könnten unsere Krieger über sie herfallen wie Falken, die sich auf ein Kaninchen stürzen!«

»Und wie viele von unseren eigenen Männern werden dabei sterben?« fragte Jhadel.

»Himmelsdonner wird uns beschützen.« Ein bleiches junges Mädchen trat aus dem Kreis der anderen. Ihr langes, dickes, ungekämmtes schwarzes Haar fiel ihr wie ein Umhang über die Schultern und den Rücken. In ihrem vom Hunger und Trauer ausgezehrten Gesicht blickten die großen Augen starr und wie in Trance, während ein kleiner, knochiger Junge mit genauso großen Augen und zerlumptem Aussehen sie am Handgelenk ergriff und sie in die Menge zurückzuzerren versuchte. Doch das Mädchen ließ sich nicht beirren. Es trat vor und sah klein und zerbrechlich aus in seinem abgenutzten Kleid aus fleckigem Elchfell. Es hing über einem mageren Körper, der nur schwache Andeutungen der bevorstehenden Reife zeigte.

»Neea . . .«, jammerte der kleine Junge neben ihr und zerrte beharrlich an ihrem Handgelenk.

Sie schüttelte ihn ab. »Sei still, Warakan! Jetzt verstehe ich endlich.«

Sheela runzelte die Stirn. Neea kam auf sie zu und starrte sie aus unnatürlich großen Augen an, ohne zu blinzeln. Kurz darauf blieb das Kind direkt vor der Frau stehen und legte seine kleinen, ruhigen Hände auf Sheelas Unterarme.

Sheela schrak zurück, als sie den Wahnsinn in den Augen des Mädchens erkannte.

»Ja, jetzt ist alles ganz klar«, sagte Neea wie in Trance. »Mein kleiner Bruder Warakan und ich sind die einzigen Überlebenden unseres Stammes, weißt du. Der nächtliche Überfall auf unser Dorf war schnell und unerbittlich. Unsere Hütte stand in der Nähe des Flusses, wo Bäume sie vor dem Wind schützten. Warakan hatte an jenem Abend zu viele Beeren gegessen, so daß ihm übel war. Mutter war hochschwanger und stand kurz vor der Niederkunft, also wollte ich nicht, daß Warakan sie störte. Ich habe ihn zwischen die Bäume am Fluß gebracht, damit die Hütte nicht beschmutzt würde, sollte er die Beeren erbrechen müssen. Wir waren unter den Bäumen, als der Überfall begann. Nachdem sie verschwunden waren, blieben wir in unserem Versteck. Das Dorf brannte. Mutter und Vater und alle anderen waren tot. Die Krieger nahmen keine Gefangenen, nicht einmal die Töchter der Brüder meines Vaters. Leruka und Plaki waren sehr gute Freundinnen von mir. Man hat ihnen die Kehlen durchgeschnitten, etwa so, und überall war Blut. Ich blieb viele Tage lang bei ihnen. Dann jammerte Warakan, daß es nichts zu essen gab. Also sind wir weggegangen, immer weiter fort, bis Tsana und seine Jäger uns fanden und hierherbrachten.«

Sheela war durch eigene Erinnerungen an ihre Gefangennahme tief gerührt und beobachtete die Reaktionen der Menschen, die Neea zuhörten. Fast jeder von ihnen hatte Ähnliches erlitten wie das Mädchen. Sheela legte ihre Hand auf Neeas Schultern. »Es ist gut, daß Tsana dich gefunden hat . . . und nicht die feindlichen Krieger.«

»Ja«, sagte Neea seufzend. »Obwohl ich lange Zeit nicht glaubte, daß es so war. Ich wollte nichts essen, nicht einmal, als Warakan sich weigerte zu essen, bis ich wieder etwas zu mir nahm. Dann hat Jhadel mich zum Essen gezwungen. Zum Wohl meines Bruders, hat er gesagt. Also habe ich gegessen, für Warakan, nicht für mich. Warum sollte ich weiterleben, wenn alle anderen tot waren?«

»Ich war nicht tot!« widersprach Warakan.

Neea schien ihn nicht gehört zu haben. Ihr Blick war starr auf Sheela gerichtet. »Aber jetzt, wo *du* zu uns gekommen bist, verstehe ich, warum der Große Geist mir erlaubt hat zu überleben.«

Sheela hatte keine Ahnung, worauf das Mädchen hinauswollte.

Neea richtete sich zu ihrer ganzen Größe auf und verkündete in unerwartet würdevollem Ton: »Mein Stamm hat lange und schwer gelitten! Unser Totem hat sich von uns abgewandt, aber Himmelsdonner ist noch am Leben. Er hat dich gerettet und zu uns geführt, Sheela, um durch deinen Mund zu sprechen, wie er einst durch Ysuna gesprochen hat. In dir, Sheela, ist Ysuna zu ihrem Stamm zurückgekehrt! Und jetzt können wir für dich

Rache an unseren Feinden nehmen. Himmelsdonner wird unsere Krieger unbesiegbar machen. Wir werden wieder Löwen sein. Aus Dankbarkeit müssen wir Himmelsdonner nach der Tradition unseres Stammes wieder stark machen. Ich bin jung. Ich habe zum ersten Mal als Frau geblutet. Ich habe noch bei keinem Mann gelegen. Ich habe keine Mutter und keinen Vater, die um mich trauern würden. Ich habe keine Angst. Ich bin das Blutopfer, nach dem Himmelsdonner gehungert hat. Ich werde freiwillig an deiner Hand zu ihm gehen.«

Gemurmel breitete sich auf die Worte des Mädchens wie ein Grasfeuer unter den Menschen aus. Jhadel war sichtlich erschüttert. Tsana schien zu wachsen, und Sheela war zu fassungslos, um sich rühren zu können. »An *meiner* Hand?«

»Nein, Neea!« Warakan klammerte sich an das Kleid seiner Schwester.

Ston rief: »Ja! Zum Gedenken an Rikiree und alle anderen, die gestorben sind, ja! Es soll wieder so sein, wie es einmal war!«

Sheela war entsetzt, als sie begriff, wovon das Mädchen sprach. Und sie erinnerte sich daran, wie sie Shateh belehrt, ihm von der Notwendigkeit eines Menschenopfers erzählt hatte, um den Sturmgott ihrer Vorfahren zu beschwichtigen. Es ging alles zu schnell, sie fühlte sich von den Ereignissen überrollt.

Jhadel blickte sich um und musterte die neue Energie und den Optimismus, die seinen Stamm verwandelt hatten. Der Schamane schien plötzlich Hoffnung zu fassen. Er wandte sich an Sheela. »Bist du dessen würdig, meine Tochter?«

Tochter? Sheela war fassungslos. War ihr Feind auf einmal zu einem unwillkommenen Verbündeten geworden? »Ich bin zurückgekommen, um wieder in meinem Stamm zu leben und ihm den Weg zur Rache zu zeigen«, sagte sie entschieden. »Aber ich bin nicht die Tochter der Sonne! Ich kann ihren Platz nicht einnehmen! Ich bin dessen nicht würdig!«

Für einen Moment herrschte absolute Stille.

»Du mußt dessen würdig sein«, forderte Jhadel. »Für alles, was geschehen ist und geschehen wird. Ich werde an deiner Seite stehen. Ich werde dich unterrichten, wie ich einst Ysuna unterrichtet habe, bevor sie ihre eigene Macht erkannt hatte. Gemeinsam werden wir den Stamm zum Sieg führen.«

Ein Schrei drang aus der Menge. Sheela riß ungläubig die Augen auf. Die Überlebenden drängten sich in ihre Nähe. Alle riefen ihren Namen, sangen ihn, als hätte er dieselbe Macht wie einst der Name Ysunas.

Warakan schlang seine dünnen Ärmchen um die Taille seiner Schwester. »Nein, Neea, bitte nicht! Wenn du zu Himmelsdonner gehst, wer wird dann noch für mich da sein? Bitte, Neea, sag nein!«

Tsana legte dem Jungen eine Hand auf die Schulter. »Ich werde für dich da sein. Das Opfer wird dem Stamm neues Leben und neue Kraft geben. Es wird uns stark machen für den Kampf gegen unsere Feinde ...«

Warakan riß sich von Tsana los und funkelte den Mann wütend an. »Unsere Feinde sind mir egal! Der Stamm ist mir egal! Ich ...«

Tsana schlug ihn nieder.

Sheela verspürte ein plötzliches Mitleid für den Jungen, aber sie blickte ihn nicht an. Sie wollte nicht die Wut und die Verachtung in seinem Gesicht sehen. Statt dessen blickte sie Jhadel an, der nun seinen Medizinbeutel öffnete.

Noch bevor er einen langen, blutbesudelten Dolch aus dem hohlen Arm zog, wurde es Sheela eiskalt. Sie kannte dieses Messer, denn sie hatte es in den Händen von Ysuna gesehen. Sie hatte gesehen, zu welchem Zweck es benutzt worden war, und wußte, zu welchem Zweck sie es jetzt benutzen sollte. Sie wußte, was sie tun mußte, wenn sie es schaffen wollte, ihren Stamm wieder zu einen. Aber konnte sie es auch tun?

»Ysuna wird dir helfen, meine Tochter«, versicherte Jhadel ihr, als er ihr Zögern bemerkte.

Als sie seinen Blick erwiderte, wußte sie, daß er auf ein Anzeichen der Schwäche wartete, daß sie von der grausamen Verpflichtung zurücktrat, aber sie wollte sie auf sich nehmen. »Ich werde es tun«, sagte sie kalt und fühlte sich gestärkt, als sie sich an Dakanehs Grausamkeiten, an Ban-yas Gemeinheiten und an Shatehs Duldung ihrer Erniedrigungen erinnerte. Sie nahm den Opferdolch entgegen. »Und Ysuna ist nicht hier, um mir zu helfen!«

»Doch, das ist sie!« Obwohl Jhadels Mund sich zu einem gütigen Lächeln verzog, war der Blick seiner Augen bösartig, als er den Medizinbeutel berührte. Dann nahm er ihn ab und legte ihn Sheela um den Hals.

Sheela keuchte entsetzt, als sie mit einem Mal verstand. »Es ist Ysunas Arm, den du an mich weitergegeben hast?«

»Ja. Es ist alles, was die Löwen von ihr übriggelassen haben. Nachdem ich sie aus dem zerstörten Lager vertrieben hatte, fand ich den heiligen Opferdolch. Himmelsdonner selbst muß mich auf dem Weg von den Hügeln zu Ysunas Kriegern geführt haben, die gerade gegen ihre Feinde vorrückten. Ich bin der einzige überlebende Schamane des Stammes des Wachenden Sterns. Aber Ysuna ist bei mir gewesen und bei meinem Stamm, hier, in der Nähe meines Herzens ... und hat auf deine Ankunft gewartet, Sheela, damit ihre Kraft und Macht in dir wiedergeboren werden konnten – wenn du dessen würdig bist.«

Sie gab sich alle Mühe, sich nicht zu übergeben. Das Gewicht des ›Dings‹ an ihrem Hals schien sie zu ersticken. Sie hielt Jhadels Blick stand. »Dann soll es so geschehen«, sagte sie.

Und so geschah es. Unter dem kreischenden Protest eines kleinen Jungen und dem lauten Beifall des Stammes des Wachenden Sterns wurde das Opfer vollzogen. Neea starb lächelnd von Sheelas Hand. Doch erst als die Tochter Sheehanals mit Hilfe von Jhadel und Tsana den toten Körper abgehäutet, sich die Haut des Mädchens angelegt und das Fleisch ihres Herzens mit dem Stamm geteilt hatte, wußte Sheela, daß sie wirklich würdig war, ihren Stamm gegen die Feinde zu führen, die ihnen so großes Unrecht zugefügt hatten.

In Blut gebadet stand sie vor allen. Zu Anfang hatte der Schrecken der Geschehnisse sie betäubt. Jetzt war diese Betäubung gewichen. Nachdem sie den ersten Schritt getan hatte, war das Töten sehr einfach und schnell vor sich gegangen. Das Fleisch und das Blut des Opfers hatten ihre Kraft wiederhergestellt. Das Gewicht des Medizinbeutels um ihren Hals und die warme, feuchte Haut des toten Mädchens auf ihrem Rücken verursachten ihr keine Übelkeit mehr. Sie fühlte sich wie neugeboren und sehr ruhig, als sie in Jhadels Augen blickte und lächelte. Es war ein großer Fehler von ihm gewesen, sie dieser Prüfung zu unterziehen. Er würde sie jetzt nie wieder einzuschüchtern vermögen.

6

Der schwarze Mond hatte gesprochen, und Shateh gefiel nicht, was er zu sagen hatte. Als der Himmel sich verfinstert hatte, hatte sich der Stamm voller Furcht versammelt, geschrien, Speere geschleudert und Erde in die Luft geworfen, um die mondfressenden Geister von der Mutter der Sterne zu vertreiben. Der Oberhäuptling hatte versucht, die Furcht seines Stammes zu beschwichtigen, indem er ihn daran erinnerte, daß er und alle älteren Stammesmitglieder vor langer Zeit schon einmal erlebt hatten, daß der Mond sich verdunkelte.

»Die Schattengeister werden vorbeiziehen!« hatte er versichert.

Doch selbst nachdem sich seine Worte als Wahrheit erwiesen hatten, ließen sich nur wenige vom Anblick des Mondes trösten, der wieder hell, strahlend und voll am Himmel stand. Etwas, das unantastbar für sie erschienen war, war von dunklen Mächten berührt worden, die sie weder sehen noch verstehen konnten. So kurz nach dem Wüten der Stürme und der Stampede der Bisons war der schwarze Mond ein furchtbares und geheimnisvolles Zeichen. Deshalb riefen jetzt in der bedrückenden Stille des Morgens die Schamanen, Häuptlinge und Jäger der Stämme des Graslandes einen Rat zusammen, obwohl der fünfte Tag der Trauer noch nicht angebrochen war.

»Wir sollten warten«, sagte ein müder und sehr besorgter Shateh zu ihnen. »Morgen, wenn der vierte Tag der Trauer zu Ende gegangen ist, können wir uns zum Rat versammeln. Nicht jetzt. Die Geister unserer Toten ziehen immer noch über das Land.«

»Willst du dich ihnen anschließen, Shateh?« Die Frage kam

von Khutanay, dem Häuptling eines der größeren Stämme aus dem Westen.

»Ich habe den Wunsch, sie zu *ehren!*« gab Shateh zurück.

»Dann höre auf ihre Warnung! Sie wollen nicht, daß wir noch länger hierbleiben. Sie wollen, daß die Stämme sich auf den Weg zu ihren verschiedenen Winterlagerplätzen machen – jetzt, heute, und nicht morgen.«

»Du bist kein Schamane, Khutanay! Woher willst du das wissen?« fragte Shateh.

»*Ich* bin Schamane«, sprach Buhana, der Heilige Mann eines kleinen, aber wichtigen Stammes aus dem Hügelland. Seine Leute kontrollierten mehrere Steinbrüche, aus denen schöne, durchscheinende, tiefbraune Steine gewonnen wurden, die sie im Handel mit den anderen Stämmen austauschten. »Ich sage, Khutanay hat recht! Hat Himmelsdonner nicht durch die Stürme zu uns gesprochen? Hat er nicht die Bisons aufgehetzt, um unsere Söhne, Brüder und Väter zu zertrampeln? Hat er nicht die Kinder des zornigen Himmels gerufen, um den Mond zu verschlingen?«

»Ja«, stimmte Shateh zu. »Doch der Mond ist nicht verschlungen worden. Die Mutter der Sterne ist rechtzeitig zurückgekehrt, um sich hinter den westlichen Hügeln zur Ruhe zu begeben.«

Buhana hob vielsagend seinen Finger. »Als Warnung! Beim nächsten Mal wird die Mondgöttin für immer verschwinden, und die bösen Geister werden uns heimsuchen! Wir dürfen nicht in diesem Land bleiben. Wir müssen gehen, bevor die Vorfahren uns alle aufrufen, ihnen in die Welt jenseits dieser Welt zu folgen!«

»Es ist verboten, schon jetzt zu gehen, bevor die Trauerzeit vorbei ist!« Shateh war sich bewußt, daß die anderen dieses Verbot ebensogut kannten wie er. Trotzdem hatte er das Bedürfnis, sie daran zu erinnern.

»Dann bleib hier, Shateh!« sagte Xiaheh, der Häuptling eines der Stämme aus dem Norden. »Aber wir werden nicht bei dir ausharren. Viele Male hast du die Stämme in dieses Land eingeladen, um mit deinem Stamm auf Bisonjagd zu gehen und es dadurch einfacher für alle zu machen. Wir sind dir dafür dankbar. Wir tauschen gute Dinge in diesen herbstlichen Jagdlagern und kehren mit viel Fleisch in unsere Winterzelte zurück. Doch jetzt ist dieses Land von Shatehs Vätern uns feindlich gesonnen. Der Himmel und die Herden sind uns feindlich gesonnen. Wir müssen unsere Frauen, Kinder und Hunde in das Land unserer eigenen Väter zurückbringen, bevor der Große Weiße Winter uns überrascht, bevor wir Fleisch als Nahrung und Zelte als Schutz haben werden.«

Shateh war fassungslos. »Du willst die Stämme jetzt trennen? Bevor wir Fleisch gejagt haben, das ihr mitnehmen könnt? Was geschieht, wenn ihr auf der langen Reise zurück zu euren Winterlagern kein Wild findet? Die Bisons sind nach Süden und Osten gezogen. Gemeinsam können wir die Herde wiederfinden, ihr folgen und wieder auf die Jagd gehen. Viele Männer können viel Fleisch mitnehmen, bevor der Große Weiße Winter in das Grasland einzieht!«

»Ich werde diese Herde nicht noch einmal jagen!« sagte Ylanal, einer der führenden Häuptlinge der östlichen Stämme. »Diese Herde gehört Himmelsdonner. Und ich werde nicht im Land Shatehs auf die Jagd gehen. Hier stehen alle Zeichen schlecht.«

Shateh war erschüttert. Zum ersten Mal seit mehr Monden, als er sich erinnern konnte, galt sein Wort unter den Häuptlingen nicht als Gebot. Wenn er in diesem Meinungsstreit unterlag, würde er nicht länger Häuptling aller Häuptlinge sein, sondern nur einer unter vielen.

Atonashkeh, der bei den anderen Jägern saß, war verblüfft. Noch nie in seinem Leben hatte er gesehen, daß sich der Rat gegen den Willen seines Vaters stellte. Wütend und ohne nachzudenken, rief er laut: »Die Eidechsenfresser haben die Geister unserer Vorfahren und die Vier Winde beleidigt und nicht Shateh! Die Zeichen werden in diesem Land wieder gut stehen, sobald die Stämme der Roten Welt vertrieben wurden!«

Shateh erstarrte und sah seinen Sohn an, der zweifellos um seine eigene Stellung innerhalb des Stammes fürchtete. Atonashkehs Verteidigung war überhaupt keine Verteidigung gewesen. Wenn Shateh die Eidechsenfresser eingeladen hatte, dann hatte er damit das Unheil über den Stamm heraufbeschworen.

Ylanal hob vielsagend eine Augenbraue. »Shateh hat die Fremden ins Grasland eingeladen. Er hat den Rat nicht gefragt. Er hat einfach nur gesagt: ›Kommt!‹ Und er hat einen der Eidechsenfresser seinen Bruder genannt!«

Ein Raunen ging durch den Kreis der Männer.

Ylanal zeigte in die Richtung, wo Dakan-eh mit den anderen Menschen aus der Roten Welt am Rand des Waldes neben dem Fluß saß. »Seht ihn euch an! Wie kann er so ruhig sein, wenn er weiß, daß ein Mann seines Stammes allein auf dem Land unterwegs ist, unter Wölfen und Löwen? Vielleicht hat Dakan-eh Angst, ihn zu suchen. Und dabei fällt mir ein, daß ich auch diese große Sklavin nicht mehr wiedergesehen habe, seit er mit ihr in der ersten Nacht der Trauer zwischen den Bäumen verschwand. Vielleicht hat er sie getötet – nicht daß sie etwas Besseres verdient hätte. Aber wenn er sie fortgebracht hat, um in einer Nacht der Trauer bei ihr zu liegen, dann hat er ...«

Shateh reagierte sofort. Er sprang auf die Beine und starrte Ylanal wütend an. »Du hast gesehen, wie ein Mann mit einer Frau in einer Nacht der Trauer in den Wald gegangen ist und hast nichts darüber gesagt?«

Ylanal zuckte zusammen. »Keine Frau – nur eine Sklavin. Und der Mann ist kein Mann – er ist ein Eidechsenfresser!«

Dakan-eh hatte noch nie einen so wütenden Mann gesehen. Shateh stapfte vom Kreis des versammelten Rats zum Waldrand, während die Ratsmitglieder und der größte Teil seines Stammes ihm folgten, bis er wie ein wütender Bär vor dem entsetzten Stamm des Mutigen Mannes stehenblieb.

»Dieser Mann namens Ela-nay. Er ist noch nicht zu diesem Stamm zurückgekehrt?« Die Worte des Oberhäuptlings klangen weniger wie eine Frage, sondern eher wie eine Anklage.

Ela-nays Frau blickte Shateh hoffnungsvoll aus geröteten Augen an. »Du hast eine Spur meines Mannes entdeckt? Er ist schon so lange fort, daß ich mir große Sorgen mache.«

Shateh senkte die Augenbrauen. Er fragte Dakan-eh unverblümt: »Du hast nicht nach diesem vermißten Mann gesucht?«

Dakan-eh war aufgesprungen und bereit, sich zu verteidigen.

»Dazu gibt es keinen Grund. Ela-nay wird nicht vermißt. Er wird zurückkehren, wenn seine Seele genug getrauert hat.«

»Er ist schon viele Tage lang fort«, sagte Shateh.

»Seine Trauer ist groß«, antwortete Dakan-eh.

Shatehs Gesichtsausdruck war unergründlich, während seine Augen den Stamm aus der Roten Welt überblickten. »Diese große Sklavin, diese Sheela . . . ich sehe sie nirgendwo.«

Ma-nuk war aufgestanden und hatte sich neben Dakan-eh gestellt, genauso wie die anderen Jäger der Roten Welt. »Diese Sklavin wurde nicht mehr gesehen, seit Dakan-eh sie in der Nacht des Trauerfeuers zur Bestrafung mit in den Wald nahm«, teilte er gelassen mit.

Dakan-eh war sprachlos über die unerwarteten Worte. Er warf Ma-nuk einen warnenden Blick zu und war sehr beunruhigt über das feindselige Funkeln in seinen Augen, das er als Antwort erhielt. Der Mann war verdrossen, seit der Mutige Mann Ban-ya erlaubt hatte, ihn zu beleidigen, und erst recht, nachdem er zweimal zu Dakan-eh gekommen war, um ihm seine Sorge über Sheelas Abwesenheit mitzuteilen, nur um von seinem Häuptling getadelt zu werden und den Befehl zu erhalten, sie zu vergessen. Der Mutige Mann war wütend auf sich selbst. Er hätte wissen müssen, daß Ma-nuk die Sklavin nicht vergessen würde. Als Sheela in den Stamm gebracht worden war, hatte Ma-nuk seine eigene Frau und seine älteste Tochter im Tausch für sie geboten. Dakan-eh hatte sein Angebot verspottet. Als der Mann anschließend unwillig gewesen war, hatte der Mutige Mann Ma-nuk erlaubt, bei Sheela zu liegen, um ihn wieder für sich zu gewinnen. Offenbar war seine Großzügigkeit nicht ausreichend gewesen. Und so dankte er ihm nun dafür! Dakan-eh schwor, daß Ma-nuk ihm für seine Worte büßen würde, doch jetzt konnte er sich nur mit der Tatsache trösten, daß niemand außer Ela-nay beweisen konnte, daß Dakan-eh in jener Nacht bei seiner Sklavin gelegen hatte. Und Ela-nay war nicht hier, um ihn verraten zu können.

Aber Ela-nays Frau war hier. »Vielleicht hat die Sklavin meinen Mann in den Wald gelockt«, dachte sie laut nach.

Dakan-eh vermutete, daß die Frau nichts vom Verbot einer Vereinigung von Mann und Frau während der Trauerzeit wußte und ihre Worte sicher nicht bösartig gemeint waren. Dennoch sank sein Mut, als sie erneut den Mund öffnete und sich ihr Gesicht vor Mißtrauen und Eifersucht verzog.

»Die Sklavin hat meinen Ela-nay schon immer gewollt. Ich habe gesehen, wie ihre Augen ihm folgten, ihn beobachteten ... mit Blicken, die einen Mann verführen und ihm seine Seele aussaugen. Ich sage euch, es ist nicht Ela-nays Art, sich zum Trauern zurückzuziehen. Vielleicht hat die Sklavin ihn überredet, sie mitzunehmen, um in Freiheit unter unseren Feinden leben zu können und ...«

»Unsere Feinde sind seit langem tot!« wurde sie von Dakan-eh unterbrochen. Sein Gesicht brannte vor Verzweiflung, weil sie der Wahrheit so nahe gekommen war.

Shateh befahl ihm mit einer erhobenen Hand zu schweigen. »Ist das wahr? Aus deinem Stamm werden zwei Menschen vermißt, und du hast keinen Grund gesehen, auch nur nach einem von ihnen zu suchen?«

Atonashkeh, der rechts neben Shateh stand, fixierte Dakan-eh mit rachsüchtigen Blicken. »Der Mutige Mann hat Angst!«

In Dakan-eh stieg Übelkeit auf, als er sah, daß jeder Mann, jede Frau und jedes Kind des Graslandes ihn anstarrten, als wäre er ein Feigling. Seine Zunge fühlte sich wie gelähmt an, doch er zwang sich dazu, trotzdem zu sprechen.

»Ich muß mich nicht selbst verteidigen! Ich habe den wirbelnden Wind gejagt, während Atonashkeh sich in der Schlucht niederkauerte! Und warum macht sich Shateh solche Sorgen um eine Sklavin? Sie ist nichts! Und sie gehört mir! Dem Mutigen Mann steht es zu, sich um seine Sklavin zu sorgen, nicht den Häuptlingen, Schamanen und Jägern des Graslandes!«

Das Gesicht des Oberhäuptlings blieb ungerührt, doch in seinen Augen flackerte Zorn auf – und noch etwas anderes, etwas, das Dakan-eh als wesentlich bedrohlicher einstufte – Enttäuschung. »Ein Mann hat das Recht, einen ungehorsamen Sklaven zu bestrafen oder zu töten. Hast du die Sklavin Sheela mit dem Tod bestraft, Dakan-eh aus der Roten Welt?«

»Es ist verboten, jemanden in einer Nacht der Trauer zu töten!« knurrte Lahontay.

Dakan-eh hätte den alten Mann küssen können, denn jetzt

wußte der Mutige Mann, wie er antworten mußte, um die Gunst des Oberhäuptlings zu behalten. »Die Frau ist fortgelaufen!« sagte er. »Sie hat nur Ärger gemacht, deshalb habe ich sie nicht zurückgeholt. Wenn die Wölfe und Löwen sie gefressen haben, hat sie ein besseres Schicksal erlitten, als sie verdient hat!«

Shateh war noch nicht zufrieden. »Wenn sich in den Stämmen des Graslandes ein Hund in einer Gegend verirrt, wo er sich nicht gegen Raubtiere verteidigen kann, wird der Mann, dem dieser Hund gehört, ihm folgen und ihn zurückbringen, wenn er kann, denn der Hund hat dem Mann gedient und sich seinen Anteil an Fleisch und Pflege verdient. Sollte ein Mann weniger Sorge um eine Sklavin zeigen?«

Dakan-eh verzog das Gesicht. Die Wunde auf seiner Stirn schmerzte, doch nicht so sehr wie sein Stolz.

»Hast du bei der Frau gelegen, bevor sie davongelaufen ist?« fragte Shateh ruhig.

Dakan-eh war sprachlos, obwohl er wußte, daß sein Schweigen ihn in den Augen eines Mannes verdammte, der ihn nie wieder als seinen Bruder bezeichnen würde.

Atonashkeh grinste. »Wir alle wissen jetzt, wie dieser Mann seine Sklavin bestraft hat.«

Nakantahkeh nickte und bestätigte wie immer die Worte seines alten Freundes. »Atonashkeh spricht die Wahrheit.«

Lahontay schüttelte den Kopf. »Die Stämme der Roten Welt haben sich mit uns gegen unsere Feinde verbündet. Einige haben unsere Töchter zur Frau genommen. Aber die Eidechsenfresser haben uns gezeigt, daß ihre Sitten nicht die Sitten der Bison- und Mammutjäger sind. Jetzt sagen ihnen die Geister unserer Vorfahren und der Vier Winde, daß sie dieses Land verlassen sollen.« Er drehte sich um und umfaßte mit einer Handbewegung die verwüstete Prärie. »Mein Zelt ist zerstört worden, und der Besitz meiner Familie ist . . .«

»Besser eure Zelte als jene, die darin gewohnt haben, alter Mann!« rief Ban-ya.

Dakan-eh wollte seinen Ohren nicht trauen, als er hörte, wie seine Frau zu seiner Verteidigung sprach. In ihren Augen brannte ein Feuer, als sie mit ihrem Jungen auf der Hüfte unverwandt den Oberhäuptling der versammelten Stämme des Graslandes anblickte.

»Der große Shateh ist weise! Der große Shateh steht nicht in der Ungunst der Geister der Vorfahren. Wir alle erleben immer wieder schlimme Dinge – Stürme, Hunger, Durst, den Tod von lieben Menschen. Hier gibt es keinen Mann und keine Frau, der oder die nicht schon gelitten hat. Wem habt ihr die Schuld an eurem Leid gegeben, als die ›Eidechsenfresser‹ noch nicht unter euch lebten? Oder habt ihr in euch selbst nach Fehlern oder Irrtümern gesucht und seid dann zu besseren Jagdgründen und besseren Zeiten weitergezogen? Ich sage, daß es wieder so sein soll! Wenn mein Mann unwissentlich ein Tabu verletzt hat, dann soll er sich selbst dafür bestrafen. Er hat euch gezeigt, daß er keine Angst hat, so zu trauern wie ihr, zu leiden wie ihr und zu bluten wie ihr! Wer unter Shatehs Kriegern ist so tapfer wie mein Mutiger Mann?«

»So ist es!« bestätigte Dakan-eh und verfluchte sich, daß er überhaupt etwas gesagt hatte. Seine Stimme hatte wie die eines strangulierten Falken gequiekt.

Shateh sah Ban-ya interessiert an. »Du hast großen Mut, Frau der Roten Welt.« Er hob seine Augenbrauen und musterte den starken Jungen an ihrer Brust, dann wandte er sich Dakan-eh zu. »Mehr als dein Mann, denke ich.«

»Niemals!« erwiderte sie mit erhobenem Kopf. »Es ist Dakan-eh, von dem – und für den – ich meine Kraft beziehe. Du hast sein tapferes Herz erlebt. Du hast gesehen, wie er gegen unsere Feinde kämpfte. Du hast gesehen, wie er dem Wind befahl, unseren Stamm zu verschonen!«

Dakan-eh zuckte zusammen. Ban-ya hatte etwas Falsches gesagt.

Shateh blickte finster. »Ist es möglich, daß ein Mann, der kein Schamane ist, dem Wind etwas befiehlt, Frau der Roten Welt?«

»Ich ... ja! Damit, in Shateh einen Bruder zu haben, ist es und war es möglich!«

Der Oberhäuptling kniff die Augen zusammen. Sie versuchte ihn zu beeinflussen, aber er wollte dies nicht zulassen. »Dein Mann hat den Wind gejagt, um jene zu retten, die niemals in

Gefahr waren. Viele starben in der Schlucht, weil er sich meinem Befehl widersetzte und die Entschlossenheit der Männer schwächte, die sich nicht zwischen seinem und meinem Willen entscheiden konnten. Wird dein Mann auch dieses Verdienst für sich in Anspruch nehmen?«

Die Frage erschütterte Ban-ya. Ihr Gesicht wurde bleich. Ihre Arme klammerten sich schützend um Piku-neh, während sie nach einer Antwort suchte.

Wütend und ohne nachzudenken, antwortete Dakan-eh an ihrer Stelle. »Wegen deines Befehls haben sie ihr Leben verloren, Shateh, nicht durch meine Schuld! Ich habe ihnen gesagt, sie sollten mir folgen! Ich . . .« Er unterbrach sich mitten im Satz. Er wußte, daß er einen schweren Fehler begangen hatte.

Alle starrten ihn an.

Shateh blieb lange Zeit stumm. Er seufzte und schüttelte den Kopf. Dann sprach er sanft – nicht zu Dakan-eh, sondern zu Pah-la. »Ich habe deine Totenklage gehört, Frau der Roten Welt. Dein Lied der Trauer hat mein Herz gerührt. Es soll nicht heißen, daß Shateh die Seele eines tapferen Mannes in einem Land gefangengehalten hat, wo sein Geist für immer unter Fremden sein wird und er keine Hoffnung hat, jemals wieder durch seine Kinder in der Welt der Lebenden wiedergeboren zu werden. Nimm die Asche deines Mannes und des jungen Na-sei und verschnüre sie sicher für die Reise in einem Fell. Es ist Zeit, daß ihr mit dem, was von euren toten Männern übrig ist, in die Rote Welt zurückkehrt.«

Pah-la weinte vor Dankbarkeit.

»Nein!« schrie Dakan-eh erregt. »Wir gehören nicht mehr in die Rote Welt! Wir haben nach den Sitten deines Stammes gelebt, gejagt und getrauert! Gemeinsam haben wir gegen unsere Feinde gekämpft und gesiegt! Gemeinsam haben wir gelitten und sind wieder stark geworden! Du hast mich deinen Bruder genannt!«

»Jetzt nicht mehr. Die Geister meiner Vorfahren haben mit dem Wind und in den Stürmen und auf dem Gesicht des schwarzen Mondes gesprochen. Die Eidechsenfresser sind im Grasland nicht länger willkommen.«

Dakan-eh sah seine Träume von einem Leben als Krieger und vielleicht irgendwann als Oberhäuptling dieses großen Stammes schwinden. Verzweifelt platzte er heraus: »Der Fluch Chakwenas hat meine Handlungen und meine Zunge verzerrt. Chakwena ist schuld, daß der Tod über das Grasland gekommen ist! Niemand von uns wird jemals in Frieden leben, bis wir ihn aufgetrieben haben – wir alle, dein und mein Stamm –, bis wir sein Leben beendet und Lebensspender in das Land jener zurückgebracht haben, die ihn rechtmäßig als ihr Totem bezeichnen!«

»Vielleicht«, sagte Shateh müde. »Aber jetzt ist das große weiße Mammut weit fort, und der Winter steht bevor. Führe deinen Stamm nach Hause. Trauert nach eurer Sitte bei den Geistern eurer Vorfahren.«

»Unsere Sitten sind jetzt deine Sitten, Shateh. Wenn du uns jetzt fortschickst, werden wir wie der Hund sein, von dem du gesprochen hast, aus dem Rudel ausgestoßen, ohne Stolz, ohne Ehre ...«

Ban-yas Worte lenkten den Blick des Oberhäuptlings auf die Frau. Er sah sie an und mußte sie bewundern.

Als Dakan-eh es bemerkte, griff er nach der letzten Chance, die er noch sah, um das Leben führen zu können, nach dem er sich so verzweifelt sehnte. »Wenn du uns erlaubst hierzubleiben, Shateh, gehört meine Ban-ya dir! Sie wird dir Vergnügen bereiten und dir viele starke Söhne schenken!«

Ban-ya war fassungslos. »Ich bin deine erste Frau! Dein Sohn nährt sich an meiner Brust! Du kannst mich nicht weggeben!«

»Ich kann es, und ich werde es tun!« Dakan-eh ließ sich von seiner neuen Hoffnung mitreißen. »Ich werde jagen und Fleisch an die Feuerstelle jedes Mannes bringen, der seiner Frau erlaubt, meinen Sohn an ihre Brust zu legen! Eine milchgefüllte Zitze ist für diesen Zweck so gut wie jede andere. Doch die Brüste und der Körper von Ban-ya sollen Shateh gehören – als Geschenk von Dakan-eh, der sein Bruder sein wird und an seiner Seite in seinem Land jagen wird!«

Es herrschte Totenstille unter den Menschen. Alle starrten Shateh an und warteten auf seine Entscheidung. Als sie kam, war Dakan-eh erschüttert, als hätte ihn der Blitz getroffen.

»Ich, Shateh, entscheide, wer im Land meiner Väter lebt und wer nicht! Meine Brüder aus den vielen Stämme des Graslandes haben recht. Dieser ›Mutige‹ Mann ist eine Beleidigung unserer Vorfahren und der Mächte der Schöpfung! Dakan-eh wird jetzt sofort mit seinem Stamm dieses Land verlassen! Wenn er fort ist, wird Shateh beobachten, ob der Seelenfänger ihm folgt. Dann wird Shateh wissen, wer in der Gunst der Vier Winde steht.«

Der Oberhäuptling machte eine Pause und genoß offensichtlich, wie der junge Mann ihn fassungslos mit offenem Mund anstarrte. Dann fügte er verächtlich hinzu: »Du hast recht – Shateh könnte starke Söhne mit deiner Frau machen. Ich werde dein Abschiedsgeschenk als Zeichen annehmen, daß zwischen uns noch nicht der letzte Rest an Wohlwollen verloren ist. Du bist sehr tapfer gewesen, Eidechsenfresser. Du hast dich für meinen Stamm in Gefahr gebracht, als wäre er dein eigener. Aber der Tod ist dir in dieses Land gefolgt. Ich werde dir deinen Sohn und eine Frau mit Milch geben, um ihn zu stillen, und eine weitere Frau, die sich auf deiner Reise in die Rote Welt für dich öffnen wird. Doch deine Frau Ban-ya wird hier im Grasland bleiben, um neues Leben und starke Söhne für Shateh zu machen.«

7

Ein kalter, unaufhörlicher Regen fiel in das wunderbare Tal, durch das Cha-kwena seinen kleinen Stamm geführt hatte, doch die Angehörigen des Stammes hatten es warm und trocken in den Unterkünften aus Reisig und Schilf, die sie hastig im Windschatten eines Höhenzugs errichtet hatten, in dem weiter oben viele Höhlen auszumachen waren.

Cha-kwena aber saß allein und zitternd in seiner eigenen Hütte und bedauerte es, nicht die Zeit gehabt zu haben, die Hügel nach einem sicheren Weg zu den Höhlen zu erkunden. Ein paar von ihnen hätten sich bestimmt als sichere Zuflucht vor dem Wetter erwiesen. Noch mehr bedauerte er es, daß er U-was und Mah-rees Hilfe bei der Errichtung seines eigenen Unterschlupfs abgelehnt hatte. Er war noch nie sehr geschickt im solchen Dingen gewesen. Jetzt drang der Wind mit kalten Fingern durch die Ritzen ein und strich über seinen regennassen Umhang aus fest zusammengeflochtenen Kaninchenfellen, und die auf seinen Kopf fallenden Regentropfen machten ihn verrückt. Seine Mutter würde nicht sehr erbaut sein, wenn sie sehen könnte, daß der Umhang, den sie so sorgfältig für ihn gestickt hatte, genauso naß war wie seine Haare. Er redete sich ein, daß ein Schamane sich nicht um die Meinungen von Frauen kümmern sollte, aber eine verärgerte U-wa war nicht gerade eine erfreuliche Aussicht. Seine Mutter konnte tagelang übellaunig sein, und ihre Kochkunst, die ohnehin kaum erträglich war, brachte dann nur noch völlig ungenießbare Mahlzeiten zustande.

Verärgert suchte er in seinem Reisegepäck nach dem Regenschutz aus eingefetteten Antilopeninnereien, den ebenfalls U-wa für ihn gemacht hatte. Er streifte ihn über. Er hüllte ihn wie ein großes, halbdurchsichtiges Zelt ein, durch dessen Nähte kein Wasser oder Windzug dringen konnte. Er saß reglos da und lauschte in schlechter Stimmung auf den Wind und den Regen. Die Zeichen standen schlecht, und er wußte es.

»Wolken ... Regen ... der Nordwind ... und in der letzten Nacht ein schwarzer Mond! Warum?« knurrte Cha-kwena. Er brauchte frische Luft, stand auf und trat in den Regen hinaus.

Dort umfing ihn der Wind, und der Regen prasselte auf ihn nieder. Er zog den Regenumhang von seinem Kopf und hielt ihn dicht unter dem Kinn verschlossen, während er die Kälte auf seinem Gesicht und seiner Kopfhaut genoß. Aus der Hütte der Witwen Tlana-quahs und ihrer Töchter hörte er eine Frau singen. Er erkannte Ta-Mayas Stimme wieder. Ein kleines Kind kicherte – es war die kleine Joh-nee. Ha-xa stimmte in Tamayas Lied ein, und dann folgten auch U-wa und Mah-ree. Es war ein altes Lied, ein Kanon, ein Lernspiel, in dem eine Frage gestellt wurde, auf die die Singenden möglichst viele Antworten geben sollten.

Wer kommt auf die Wiese, wenn die Sonne untergeht?
Der Hirsch kommt auf die Wiese, wenn die Sonne untergeht.
Der Wolf kommt auf die Wiese, wenn die Sonne untergeht.
Der Fuchs folgt dem Wolf, wenn die Sonne untergeht.
Der Kojote folgt dem Fuchs, wenn die Sonne untergeht.

Cha-kwena wußte genau, daß die Frauen sich selbst und die Kinder von der furchtbaren Angst abzulenken versuchten, die sich im Stamm seit dem Aufgang des schwarzen Mondes in der letzten Nacht ausgebreitet hatte. Jetzt hörte er deutlich, wie die kleine Tla-nee sang: »Kommt der Mond zurück?«

Cha-kwena fühlte sich erleichtert, als er Mah-rees Antwort hörte: »Die Mutter der Sterne kommt immer wieder zurück, wenn die Sonne untergeht, kleine Schwester! Außer natürlich in jenen Nächten, wenn sie auf der anderen Seite des Himmels schläft! Sie ist in der letzten Nacht zurückgekommen, nicht wahr? Genauso wie Cha-kwena versprochen hat! Jetzt stell keine dummen Fragen mehr, Tla-nee, sondern laß uns das Lied weitersingen!«

Cha-kwena schüttelte den Kopf. Mah-ree hatte sehr großes Vertrauen in ihn! Das war manchmal sehr lästig. Als der Mond sich verfinstert hatte, war er genauso entsetzt gewesen wie alle anderen. Der alte Hoyeh-tay hatte ihm von vielen Dingen erzählt, als Cha-kwena mit dem alten Mann in seiner Höhle gelebt hatte. Doch er konnte sich nicht erinnern, daß sein Großvater ihm gesagt hatte, wie sich ein Schamane verhalten mußte, wenn die Mondgöttin von schwarzen Himmelsgeistern bedrängt wurde. Er mußte zugeben, daß er oft nicht sehr genau zugehört hatte, und der alte Mann war gestorben, bevor er auch nur einen Bruchteil seines Wissen hatte weitergeben können. Und so hatte Cha-kwena im schwindenden Licht eines sterbenden Mondes vor Furcht gelähmt dagestanden, bis Kosar-eh ihm einen Rippenstoß versetzt und ihm gesagt hatte, was er tun mußte.

»Tanz, Schamane! Singe! Rufe die Mächte der Schöpfung an! Du hast die Macht des Totems! Erhebe deinen Speer gegen den Himmel! Zeig unserem Stamm, daß Cha-kwenas Zauberkraft ihn schützen kann! Versprich ihnen, daß die Mutter der Sterne nicht sterben wird und daß die schwarzen Himmelsgeister nicht auf die Erde herunterkommen werden, um diesen Stamm zu verschlingen!«

Cha-kwena hatte gehorcht. Er hatte getanzt, gesungen und sich dabei die passenden Worte ausgedacht. Wie schon oft, wenn er sich gewünscht hatte, der Geist seines Großvaters wäre bei ihm, hatte der alte Mann ihm auch diesmal geholfen. Ermutigt hatte Cha-kwena den schwarzen Himmelsgeistern mit seinem Speer gedroht.

Für einen schrecklichen Augenblick war der Mond verschwunden, und der Himmel ringsum war rot wie Blut geworden. Die Kinder seines Stammes hatten sich an die Kleider ihrer Mütter geklammert, und sogar die Hunde hatten verwirrt geheult. Siwi-ni war auf die Knie gefallen und hatte geschluchzt, daß sich ihr Kind nicht mehr in ihrem Bauch bewegte, während sie Cha-kwena angefleht hatte, das Leben ihres ungeborenen Kindes zu retten.

»Der Kampf ist noch nicht vorbei!« hatte Kosar-eh Cha-kwena zugerufen. »Befiehl den schwarzen Geistern, vom Himmel zu verschwinden, und so wird es geschehen!«

Cha-kwena hatte geglaubt, daß er nichts zu verlieren hatte, und gehorcht. Und tatsächlich hatten sich die Schwarzen Himmelsgeister über das Gesicht der Mutter der Sterne bewegt und waren schließlich verschwunden. Dann hatte sie wieder mit ihren grauen, niemals blinzelnden Augen auf ihn und den Stamm hinabgeblickt. Und in diesem Moment hatten sich seine und Ta-mayas Blicke getroffen. Er hatte gezittert, als sie ihn mit unendlicher Dankbarkeit angelächelt hatte. Er hatte sich noch nie mächtiger gefühlt und war nie stolzer darauf gewesen, ein Schamane zu sein.

Jetzt betrachtete er durch schmale Augenschlitze das Lager aus kleinen kegelförmigen Hütten. Dann blieb sein Blick an einer leeren Hütte haften, die ein Stück von den anderen entfernt stand – die Geburtshütte, die für Siwi-ni errichtet worden war.

Cha-kwena seufzte. Die schwache, gealterte Frau war zusammengebrochen, nachdem die mondfressenden Geister geflohen waren. Ta-maya war zu ihr geeilt, aber Kosar-eh hatte die junge

Frau vertrieben und dann Siwi-ni in die Hütte getragen, die er für seine Familie gebaut hatte. Seitdem waren er und seine Söhne ihr nicht von der Seite gewichen.

Cha-kwenas rechte Hand drückte auf den Medizinbeutel und den heiligen Stein, der sich darin befand. Wie immer gab ihm die Berührung des Amuletts Kraft. Außerdem ließ der Regen nach. Die Wolken wurden dünner, bis große Stellen mit blauem Himmel sichtbar wurden. Er blinzelte, nicht wegen des Regens, sondern wegen des plötzlichen hellen, warmen und willkommenen Lichts der Sonne. Es war ein gutes Zeichen!

Er fühlte sich auch deshalb besser, weil dies trotz des Schreckens des schwarzen Mondes und des plötzlich einsetzenden Regens ein vorzüglicher Lagerplatz war. Bewaldete Hügel schützten sie vor der vollen Kraft des Nordwindes, und aus einer warmen Quelle in der Nähe konnten sie den ganzen Winter lang eisfreies Wasser schöpfen. Hinter einer weiten Grasebene lag ein schilfbewachsenes Seeufer, hinter dem Lebensspender und eine kleine Mammutherde badeten und von den Pflanzen des seichten Wassers fraßen.

Cha-kwena und der Stamm hatten beim Anblick des Schilfufers und der üppigen Weiden gejubelt, denn dort stand ihnen vieles für die lebenswichtigen Vorräte zur Verfügung: Wild, Wasservögel, Fische und wertvolle Eier, dichte Kamas-Stauden, deren süße Wurzeln eine geschätzte Delikatesse waren, mehrere Arten von Schilf und Binsen, die zu Fußbodenmatten für die Hütten geflochten werden konnten, während die Wurzeln, Schößlinge, Samen und Pollen eßbar waren. Sogar die stacheligen braunen Samenkapseln ließen sich als Fackeln oder Zunder verwenden, und wenn die flaumige Wolle herausgezogen wurde, ließ sich daraus eine warme Fütterung für Winterschuhe, Kleidung und Kinderwiegen herstellen.

Doch als Cha-kwena jetzt über die regennasse Wiese zum See blickte, konnte er keine Spur der Mammuts erkennen. Lebensspender und seine kleine Herde waren weitergezogen. War dies ein weiteres schlechtes Zeichen, fragte er sich, oder hatten sich die Tiere lediglich irgendwo zum Schutz vor dem Regen versteckt?

»Cha-kwena?«

Mah-ree trat neben ihn. Ihr Lieblingshund Freund war an ihrer Seite. Sein linkes Ohr war zerrissen, und das Fell über seinem Auge war an mehreren Stellen kahl.

»Ungehorsam ist immer noch nicht zu seinen Brüdern zurückgekehrt«, sagte sie traurig. »Und Freund wurde von einem kleinen gelben Wolf gebissen, glaube ich. Ich habe seine Verletzungen gepflegt.«

Cha-kwena blickte auf den Hund hinunter. Wenn Freund sich dem Kojoten in den Weg gestellt hatte, war es nicht überraschend, daß das Tier mit ein paar Verletzungen als Strafe für seine Dreistigkeit zurückgekehrt war. Und was war mit Ungehorsam? Der Hund kam entweder zurück oder nicht. Mah-ree war der einzige Mensch, dem etwas an diesem Hund lag. Seine Launen machten dieses Tier zum am wenigsten nützlichen Hund des Rudels.

Cha-kwena neigte den Kopf zur Seite. Das unverkennbare Trompeten eines Mammuts irgendwo im Osten war Balsam für seine Seele. Solange Lebensspender ihm vorausging, konnten ihm ein bißchen Regen und Donner oder ein paar Blitze und sonstige unklare Zeichen nichts anhaben! Warum machte er sich überhaupt Gedanken über irgendwelche Zeichen?

Weit entfernt und in großer Höhe war ein Löwe zu hören.

»Cha-kwena, dieser Löwe ist nah.«

»Nein, Mah-ree. Die Hügel verzerren den Klang seiner Stimme. Er ist weit weg. Hab keine Angst. Der Zauber dieses Schamanen hat die schwarzen Himmelsgeister vertrieben. Wenn der Löwe droht, wird dieser Schamane ihn aus den Hügeln vertreiben. Und wenn er sich nicht vertreiben läßt ... nun, dieser Mann hat in seinem Leben schon Löwen gejagt.«

»Du sprichst genauso mutig wie Dakan-eh.«

»Das bin ich auch!« versicherte Cha-kwena ihr. »Aber du mußt den Mutigen Mann vergessen. Er ist weit weg. Er wird nie wieder unseren Weg kreuzen.«

Im Grasland stand die Sonne hoch an einem wolkenlosen Himmel, aber der kühle Wind versprach einen frühen Winter. Dakan-ehs Stimmung war genauso düster und bedrohlich wie die Stürme, die über die Prärie getobt waren. Wütend und verzweifelt führte er seinen Stamm von Shatehs Jagdgründen fort und zu einem ausgetrockneten Land, wo das Überleben schwer sein würde. Stumm und verdrossen folgten ihm die Menschen, ohne sich noch einmal umzublicken.

Nach Sitte des Stammes der Roten Welt trugen sie ihre wenigen Besitztümer auf dem Rücken, und die Überreste ihrer Toten lagen auf Schlitten, die von den Frauen gezogen wurden, während die Männer vorausgingen.

»Dein Sohn hätte die Hunde mitnehmen sollen«, beschwerte sich Cheelapat mürrisch bei Pah-la. »Shateh hat sie Dakan-ehs Stamm zum Geschenk gemacht, als wir das erste Mal ins Grasland kamen.« Unter dem Gewicht ihres Rückengepäcks gebeugt, stapfte sie neben der Mutter des Häuptlings und ein gutes Stück hinter Dakan-eh her. »Ich bin es nicht gewöhnt, wie ein Hund Lasten auf dem Rücken zu tragen!«

»Dann solltest du dich daran gewöhnen«, riet Pah-la der wesentlich jüngeren Frau. Pah-la zog einen Schlitten, der aus zwei Stangen bestand. Darauf lagen ihr dürftiger Besitz und die in ein Fell gehüllten Überreste ihres Mannes. »Betrachte es als Ehre, den Besitz deines neuen Mannes tragen zu dürfen. Außerdem ist deine Last gering im Vergleich zu der, die ich Ban-ya mit Stolz haben tragen sehen. Sie hat nur wenige Dinge retten können, also beschwere dich nicht! Du bist jetzt Dakan-ehs Frau, Cheelapat!« Die Frauen gingen ein paar Schritte schweigend weiter, bevor Pah-la zornig hinzufügte: »Mein Sohn konnte die Hunde nicht mit in die Rote Welt nehmen. Mein Sohn ist zu stolz, um so ein Geschenk von jemandem anzunehmen, der ihn beschämt hat!«

»Aber er hat *mich* angenommen! Und Rayela dazu! Sieh nur, wie sie uns an seinen Fersen vorausgeht! Sie trägt überhaupt keine Last – außer dem Sohn des Häuptlings.«

Pah-la schüttelte den Kopf über Cheelapats Dummheit. »Auch im Grasland ist es Milchfrauen erlaubt, keine Last zu tragen. Warum glaubst du, sollte es in der Roten Welt anders sein? Außerdem wart ihr, du und Rayela, keine Geschenke. Dakan-eh hat euch gegen Ban-ya getauscht. Ein Mann braucht eine Frau, in die er die Milch seiner Manneskraft pumpen kann, und ein Sohn braucht eine Frau, aus der er die Milch des Lebens saugen kann! Als Shateh Ban-ya für sich beansprucht hat, hat er Dakan-eh damit beides genommen.« Sie schüttelte erneut den Kopf. »Trotz allem, was passiert ist, ist Shateh kein böser Mann. Du wirst den Hunger meines Sohnes nach einer Frau stillen. Rayela wird den Hunger meines Enkelsohnes nach Milch stillen. Und Shateh hat Ban-ya. Aber was für einen Zweck sollten Hunde für diesen Stamm haben? In der Roten Welt ziehen wir nicht durch das Land. Wir folgen keinen Herden und müssen unsere Zelte nicht auf dem Rücken tragen. Wir wohnen in festen Siedlungen und brauchen keine Hunde!«

»Sie würden uns die Reise erleichtern, bis wir dort angekommen sind!« Cheelapat stöhnte. »Ich war die Frau eines Oberhäuptlings! Ich war geehrt! Mir gehörten viele Hunde! Ich . . .«

»Du bist immer noch die Frau eines Häuptlings, Cheelapat!«

Die Frau schnaufte verächtlich und kämpfte dann ihre Tränen zurück. »Ich habe nichts Unrechtes getan, daß ich es verdient hätte, die Frau eines Eidechsenfressers zu werden!«

Pah-la war entrüstet. »Dir geht es besser als Ban-ya! In Shatehs Hütte warst du nur die dritte Frau. Du hast ihm keine Söhne geboren, also war es sein Recht, dich gegen eine andere auszutauschen. Er hat dich nicht entehrt! Dein neuer Mann ist jung und stark. Vielleicht ist er besser, als du verdienst hast – wir werden sehen. Jetzt wirst du wie eine Frau der Roten Welt leben. Unsere Sitten sind gute Sitten, und ich bin Shateh dankbar, daß er uns zurückgeschickt hat! Meine Last wird mit jedem Schritt, den ich mich der Heimat nähere, leichter!«

Cheelapat hätte vielleicht noch weitere Beschwerden vorgebracht, doch in diesem Augenblick wurde sie von einer murrenden, zerlumpten alten Frau abgelenkt, die sich ihnen von hinten näherte. Sie rief Pah-las Namen und bat sie, auf sie zu warten.

»Kahm-ree?« Pah-la betrachtete die Frau mit offener Besorgnis. »Wo ist dein Gepäck, alte Freundin?«

Die Großmutter Ban-yas stöhnte und schüttelte den Kopf. Sie sagte kein Wort zu Pah-la. Statt dessen lief sie schneller und rief Dakan-eh. »Mutiger Mann! Ich muß mit dir reden!«

»Nicht schon wieder, alte Frau.» Er beschleunigte seine Schritte, doch es gelang ihr, sich nicht abschütteln zu lassen.

»Ban-ya ist seit vielen langen Monden das Herz meines Lebens, Dakan-eh. Wenn du nicht umkehrst und meine Ban-ya holst, muß ich dich schon wieder bitten, bei meiner Enkeltochter zurückbleiben zu dürfen.«

Als Dakan-eh auf die fette alte Frau hinabblickte, war seine Geringschätzung offensichtlich. »Dein Geist ist schon genauso schlaff wie deine Haut, Kahm-ree! Es ist Shateh, nicht Dakan-eh, der dir die Erlaubnis verweigert hat, im Grasland bleiben zu dürfen.«

»Ja, aber wenn du wirklich noch der Mutige Mann und der Tapfere Jäger bist, dann wirst du zurückgehen und meine Ban-ya von denen zurückholen, die sie von ihrem Stamm geraubt haben!«

»*Wenn* ich noch der Mutige Mann bin? Alte Frau, du nimmst dir zuviel heraus!«

»Für meine Ban-ya würde ich mir alles herausnehmen, auch wenn es zuviel ist.«

»Das hast du getan!«

Sie achtete nicht auf seine Drohung. »Ich habe keine Angst – nicht vor dir, nicht vor Shateh. Ich habe nur Angst, meine Ban-ya niemals wiedersehen zu dürfen.«

»Dann mußt du lernen, mit dieser Angst zu leben, alte Frau. Wenn ich tun würde, was du verlangst, würde Shateh uns alle seine Männer hinterherschicken! Wir sind in der Minderzahl. Wir können nicht wegen einer einzige Frau Krieg gehen Shateh und seinen Stamm führen! Jetzt verschwinde! Dein Anblick beleidigt mich!«

Kahm-rees runzeliges Gesicht verzog sich zu einer wütenden Fratze aus Zysten und Falten. »Und dein Anblick beleidigt die Mächte der Schöpfung, Dakan-eh! Was für ein Mann würde seine beste Frau weggeben und seinem Sohn die Mutter nehmen? Was für ein Mann würde eine Frau von ihrem Sohn trennen?«

»Nicht ich habe so entschieden!«

»Wenn du nicht versucht hättest, dir Shatehs Gunst mit dem Körper meiner Ban-ya zu erkaufen, wäre sie noch bei uns. Mein kleiner Piku-neh würde nicht Milch aus den Brüsten einer Fremden saugen und . . .«

Dakan-eh blieb abrupt stehen und gab seinem Drang nach, der Frau einen Stoß gegen die Schulter zu versetzen. Kahm-ree stürzte und landete auf ihrem üppigen Hintern, während ihr fransenbesetzter Rock hochflog und ihre ausgestreckten, fetten Schenkel enthüllte. Der Mutige Mann sah mit einem warnenden Blick in den Augen auf sie herab. »Sprich in meiner Gegenwart nie wieder von Ban-ya, alte Frau, oder ich schwöre dir, daß du wirklich hierbleiben wirst – allein, aus diesem Stamm ausgestoßen und von den Stämmen des Graslandes abgewiesen.«

Dakan-eh ging weiter. Er hatte sich beruhigt, nachdem er seine Wut an der alten Frau ausgelassen hatte, und fühlte sich eine Weile besser. Dann wurde er wieder von seinen geplatzten Träumen und zerstörten Hoffnungen gequält. Er erinnerte sich daran, wie Ban-ya ihn angesehen hatte, bevor er ihr den Rücken zugekehrt hatte und davongegangen war, und wie sie verzweifelt nach ihrem Sohn geschrien hatte. Die Erinnerung schmerzte ihn. Mit ihrem Benehmen hatte sie ihn und sich selbst beschämt! Doch Shateh hatte kein Mitleid mit ihr gehabt. Dakan-eh biß die Zähne zusammen. Das würde er Shateh niemals verzeihen – niemals!

Und er würde Ma-nuk niemals verzeihen, daß er dem Oberhäuptling mitgeteilt hatte, daß er in der Nacht der Trauer mit einer Sklavin in den Wald gegangen war. Wenn der Mann doch nur den Mund gehalten hätte! Der Mutige Mann machte lange, wütende Schritte. Er hatte Ma-nuk nicht wiedergesehen, seit der Mann ihn verraten hatte. Ma-nuk war ihm nicht vor Augen gekommen, seit der Stamm sich auf die Reise nach Süden gemacht hatte und mit spöttischen Liedern von den Stämmen des Graslandes verabschiedet worden war.

Auch von Sheela und Ela-nay – falls sie in diese Richtung geflohen sein sollten – konnte Dakan-eh keine Spur entdecken. Die Enttäuschung juckte unter seiner Haut. Vielleicht würde er sie irgendwann finden. Er *wollte* sie finden! Um sie zu töten! Damit sie für all das büßten, was sie einem so tapferen und ehrenhaften Mann wie ihm angetan hatten.

Dann brachte ihn die Stimme K-woks dazu, anzuhalten.

»Sieh mal, wer uns folgt!« rief der Jäger. »Da ist der Mann, der aus dem Stamm ausgestoßen werden sollte – und zwar sofort, als Exempel für jeden, der es wagt, gegen unseren Häuptling zu sprechen.«

Dakan-eh drehte sich um. Der ganze Stamm war stehengeblieben. Er senkte die Augenbrauen. K-wok zeigte in Richtung des Weges, den sie gegangen waren, an Kahm-ree, Rayela, Pah-la und Cheelapat vorbei. Der Mutige Mann knurrte erneut. Ma-nuk! Mit ernstem und reuevollem Ausdruck holte der Mann sie mit seiner erschöpft aussehenden Frau und den Kindern ein. Wann hatte sich der Verräter dazu entschieden, ihnen zu folgen?

»Halt!« rief Dakan-eh und hob drohend seinen Speer. Er hätte die Waffe sofort benutzt, wenn ihm nicht eingefallen wäre, daß die Spitze aus dem wertvollen Braunstein bestand, der in den fernen Hügeln gewonnen wurde, die er vermutlich niemals wiedersehen würde. Ma-nuk befand sich innerhalb seiner Reichweite, aber wenn der Mutige Mann keinen erstklassigen Wurf schaffte, könnte die Speerspitze dabei Schaden nehmen. Dakan-eh senkte den Arm. Ma-nuk war dieses Risiko nicht wert. Außerdem war dem Mutigen Mann eingefallen, daß er die Möglichkeit hatte, Ma-nuk zu einem viel schändlicheren Tod zu verhelfen.

»Du wirst keinen weiteren Schritt mit meinem Stamm gehen!« rief er.

»Dakan-ehs Stamm ist Ma-nuks Stamm!« rief Ma-nuk zurück. »Ma-nuk *muß* mit Dakan-eh gehen!«

Dakan-eh musterte den Mann. »Als Shateh und seine Schamanen kamen, um mich zu beschuldigen, haben deine Worte ihre Feindseligkeit mir und meinem Stamm gegenüber vertieft. Weil du bereit warst, deinem Häuptling mit deinen Worten in den Rücken zu fallen, wurde dieser Stamm aus dem Grasland verstoßen und muß jetzt in die Rote Welt zurückkehren! Du hast dich entschieden, mit wem du leben willst, Ma-nuk.«

»Böse Geister haben in jenem Augenblick meine Zunge zum Sprechen gebracht. Ich weiß nicht, woher sie gekommen sind! Aber sie werden mich nie wieder gegen Dakan-eh sprechen lassen!«

Ma-nuks Frau blickte mißmutig zu ihrem Mann auf. An ihrem angewiderten Gesichtsausdruck war zu erkennen, daß sie keine Zuneigung mehr für ihn hatte. »Wie gut hat Ma-nuk seine Zunge jetzt unter Kontrolle, nachdem Shateh sich geweigert hat, ihm und seiner Familie den Aufenthalt im Grasland zu erlauben?« fragte sie ihn laut.

Ma-nuk schlug seine Frau mit der flachen Hand.

Sie blieb ungerührt stehen.

Ma-nuk schluckte und strengte sich sichtlich an, sich vor Dakan-eh erniedrigen. »Bitte, Häuptling! Dieser Mann hat schlecht gehandelt! Die Seele dieses Mannes blutet, weil er gegen dich gesprochen hat. Aber an den schlechten Worten war die Sklavin schuld. Ja! Vom ersten Tag an hat Sheela uns beide mit bösen Geistern verhext. Aber jetzt ist sie fort, und Ma-nuk ist wieder der alte. Dakan-eh muß Ma-nuk erlauben, mit ihm in die Rote Welt zurückzukehren! Ein Mann ganz allein in diesem Land ist sehr bald ein toter Mann!«

»Du wirst nicht allein sein«, antwortete Dakan-eh kühl. »Du hast deine Frau und deine Kinder bei dir.«

Ma-nuks Frau riß die Hände vor das Gesicht und jammerte verzweifelt.

Ma-nuk war entsetzt. »Wenn ich getötet oder verletzt werde, wie sollen meine Frau und die Kleinen dann überleben?«

»Dein Junge, Hah-ri, kann für sie jagen. Du hast ihr und dein eigenes Schicksal zu verantworten.«

Ein beunruhigtes Gemurmel ging durch den Stamm. Dakan-eh blickte sich irritiert um. »Gibt es hier einen Mann, der zu Ma-nuks Verteidigung sprechen will?« rief er erregt. »Er hat gegen seinen Häuptling gesprochen, weil er hoffte, ein ehrenvoller Krieger unter den Großwildjägern des Graslandes bleiben zu dürfen, während sein Stamm in Ungnade verstoßen wurde. Gibt es einen Mann, der das nicht so sieht? Gibt es einen Mann, der sich in Gesellschaft eines Verräters begeben möchte?«

In der folgenden Stille war nur Ma-nuk ängstliches Keuchen zu hören. Dann sprach Pah-la, nicht um für den Mann, sondern um für seine Frau und die drei Kinder zu sprechen. »Sie haben dem Stamm kein Unrecht angetan«, gab sie zu bedenken.

»Und sie werden ihm auf der langen Reise auch nichts nützen, wenn unter ihnen nur ein kleiner Junge ist, um für sie zu jagen«, entgegnete Dakan-eh.

Hah-ri, Ma-nuks ältester Sohn, trat zögernd vor. »Wenn es sein muß, werde ich für meine Familie und meinen Stamm jagen.«

»Sei still, Faultierhirn!« befahl Ma-nuk in plötzlicher Wut.

Der Mutige Mann hob nachdenklich eine Augenbraue. Hah-ri hatte sich am Tag der Stampede nicht durch besonderen Mut ausgezeichnet, und jeder wußte, wie langsam sein Geist arbeitete. Aber der Junge war stark und beweglich und war – anders als sein toter Freund Na-sei – immer ein treuer Anhänger seines Häuptlings gewesen. Und der junge Hah-ri hatte den Mutigen Mann auch nicht in der Schlucht gesehen, wo er sich besudelt und vor Angst geschrien hatte.

Dakan-eh schürzte die Lippen, als er sich dazu zwang, die Situation einzuschätzen. Sein Blick wanderte zur Schwester des Jungen. Ili-na war keine Schönheit, aber sie war alt genug, um sich einen Mann nehmen zu können. Ma-nuks Frau Ghree hingegen sah sehr gut aus. Als der Mutige Mann sie musterte, erinnerte er sich an die Zeit, als Ma-nuk sie ihm überlassen hatte, während er sich eine Nacht lang mit Sheela vergnügen konnte. Ghree war überraschenderweise sehr bereitwillig gewesen, ihn zu befriedigen.

Als er diese durchaus angenehmen Möglichkeiten durchdachte, kam es Dakan-eh in den Sinn, daß die Geister seiner Vorfahren ihn vielleicht doch nicht im Stich gelassen hatten. Er hatte die Rote Welt mit zwei Frauen und einem Sohn verlassen, und er würde mit vier Frauen und drei Söhnen zurückkehren. Trotz des Todes von Owa-neh und Na-sei konnte ihn sein Stamm auf keinen Fall als Mann betrachten, der sein Glück verloren hatte. Wenn alles vorüber war, würde man ihn vielleicht als großen und reichen Häuptling betrachten – wenn schon nicht im Land der Bison- und Mammutjäger, dann zumindest in seinem eigenen.

»Die Familie Ma-nuks darf bei diesem Stamm bleiben«, sagte er großzügig, während er an seinen neuen Status und die künftige Befriedigung seiner Lust dachte. »Ich werde für die Frauen und Kinder Ma-nuks jagen. Ich biete ihnen den Schutz meines Speerarms und die Wärme der Feuerstelle des Häuptlings. Ma-nuks Frau und Tochter werden Dakan-ehs Frauen und seine Söhne werden Dakan-ehs Söhne.«

Ma-nuk explodierte vor Wut. »Wenn ich diesen Stamm verlasse, werden meine Frau und meine Kinder mit mir gehen! Du wirst mich nicht beschämen, indem du sie dir nimmst!«

Dakan-eh genoß den Augenblick. Er lächelte. »Dann sollen sie selbst wählen – zwischen der Einsamkeit und einem einsamen Tod an deiner Seite oder einem Leben im Stamm an der Feuerstelle ihres Häuptlings.«

»Ich entscheide mich für das Leben! Ich entscheide mich für Dakan-eh!« erklärte Ma-nuks Frau ohne Zögern, während sie ihre Rückentrage aus Holz abschnallte.

Ma-nuk sah fassungslos zu, wie seine Frau sich hinkniete und das zusammengerollte Fell löste, in dem sich seine Sachen befanden. »Was machst du da? Du undankbare Frau! Seit dem Tag, als ich deinem Vater Geschenke aus Fellen und Federn und schönen Jagdnetzen brachte, habe ich für dich gejagt? Ich habe Söhne mit dir gezeugt! Ich habe . . .«

»Seit wir ins Grasland gekommen sind, hast du mich geschlagen und beschämt! Hier! Nimm deine Sachen, die ich für dich vor dem Sturm gerettet habe. Ich werde sie nicht mehr für dich tragen.«

Er war entsetzt. »Ich habe dich so behandelt, wie es das Recht eines Mannes ist. Und wer sollte es mir übelnehmen? Dein Mund ist genauso groß und locker wie das Loch zwischen denen Schenkeln!«

»Du warst bereit, mich und deine Tochter für eine Sklavin einzutauschen!« gab Ghree wütend zurück. »Ich habe diese Erniedrigung weder vergessen noch verziehen. Und auch nicht, wie ich unter den Jägern des Graslandes weitergereicht wurde, als wäre ich für dich eine Sklavin und würde dir nicht mehr bedeuten als ein Wasserschlauch, der sich füllen und von allen austrinken läßt!«

»Das ist so Sitte in diesem Land!«

»Dann danke ich den Mächten der Schöpfung, daß ich es verlassen darf!« Ghree funkelte Ma-nuk haßerfüllt an. »Von diesem Augenblick an stehe ich in der Gunst der Vier Winde, weil ich als Häuptlingsfrau an Dakan-ehs Seite gehen darf und weil ich endlich von einer entwürdigenden Verbindung erlöst bin, die ich niemals hätte eingehen dürfen!«

Ma-nuks Gesicht verzerrte sich vor Wut. »Glaubst du, daß er dich nicht schlagen und mit anderen teilen wird, und . . .«

»Du kannst alleine sterben, Ma-nuk!« unterbrach Ghree ihn schnell und giftig wie eine zubeißende Klapperschlange. »Als Strafe für die Schande, die du über diese Frau gebracht hast, sollen dein Name und deine Seele für immer verloren sein!«

Es war ein entsetzlicher Fluch. Sogar Dakan-eh war darüber erschüttert.

Fassungslos über die Erniedrigung und die unerwartete Gehässigkeit in den Worten seiner Frau konnte Ma-nuk sich weder rühren noch etwas sagen. Er blieb reglos stehen, allein und gebrochen, während seine Frau seine Tochter und seine zwei Söhne mitnahm. Dann sah er stumm zu, wie der Stamm ohne ihn weiterzog.

Das Land wellte sich vor ihnen wie ein windgepeitschter See, der sich im hellen, kalten Licht des Tages in Gold verwandelt hatte. Ma-nuks Gestalt wurde vor dem Horizont immer kleiner, bis sie ganz verschwunden war.

Hah-ri blieb stehen, blickte zurück und sprach den Namen seines Vaters.

»Du darfst nicht zurückblicken. Du darfst seinen Namen nicht mehr aussprechen«, befahl der Mutige Mann sofort, damit das Mitleid des Jungen für seinen Vater nicht die Entschlossenheit des ganzes Stammes schwächte. »Durch seine eigene Schuld hat er sich aus dem Stamm ausgestoßen! Vergiß ihn, aber erinnere dich immer daran, warum er ausgestoßen wurde: Wiederhole nicht seine Fehler, damit dein Leben nicht genauso endet wie seins.«

Das Gesicht des Jungen war verbittert und unglücklich.

»Du mußt unserem Häuptling in jeder Beziehung gehorsam sein«, sagte Ghree, die neben ihren Sohn trat, aber Dakan-eh anblickte. »Meine Söhne, meine Tochter und ich werden dich ehren und dich jederzeit zufriedenstellen. Zweifele niemals daran, daß diese Frau dir für immer dankbar sein wird!« Sie legte zitternd ihre Hand auf seinen Unterarm und zeigte ihm mit den Augen ihre Unterwürfigkeit – und noch etwas anderes. Die deutliche Aufforderung, seine Lust bei ihr zu stillen, verblüffte ihn. »Mögen die Mächte der Schöpfung dem Mutigen Mann durch diese Frau und ihre Tochter viele Söhne schenken.«

Seine Lenden regten und erwärmten sich.

Ghree lächelte, senkte die Augenlider und hakte sich an Hahris Arm unter. Sie zog ihren Sohn mit sich und fiel demütig zurück, um ihren Platz neben ihrer Tochter, Pah-la und den zwei neuen Frauen des Stammes, Cheelapat und Rayela, einzunehmen.

Dakan-eh blickte kurz über die Schulter zu Ghree zurück, bevor er sich wieder dem leeren Land vor ihm zuwandte. Ghree war nicht Ban-ya. Auch ihre heranwachsende Tochter war nicht einmal annähernd mit der Frau zu vergleichen, die Shateh ihm weggenommen hatte. Doch wenn der Stamm sich nachts zur Ruhe legen würde, wollte er neben Cheelapat auch in sie beide eindringen.

Sein Kiefer verkrampfte sich, als er eine große Enttäuschung verspürte. Er erkannte, daß er diese neuen Frauen nicht wollte. Er wollte seine dreiste, großbrüstige Ban-ya. Sie war eine unvergleichliche Gefährtin! Er lächelte, als er daran dachte, wie sie miteinander geschlafen hatten. Er hatte sich so sehr nach dem Augenblick gesehnt, in dem sein Sohn abgestillt werden würde und ihr Körper wieder für ihn verfügbar war. Nachdem ihr jetzt der Sohn von der Brust gerissen worden war, konnte Shateh sie sich nehmen.

Langsam und düster staute sich seine Wut an, während er weiterstapfte. Wenn es eine Möglichkeit gab, Kahm-rees Wunsch nachzukommen und einen erfolgversprechenden Angriff gegen Shatehs Stamm durchzuführen, um seine Ban-ya und seinen verletzten Stolz zurückzugewinnen, würde er es tun! Aber es war sinnlos, sich nach dem Unmöglichen zu sehnen – zumindest im Augenblick. Seine Lenden schmerzten. Er blieb stehen, blickte sich noch einmal um, musterte seine Frauen und wußte, daß für ihn keine Notwendigkeit bestand, mit der

Befriedigung seines Verlangens bis zum Abend zu warten. Er löste den Gürtel seines Lendenschurzes.

Pah-la runzelte die Stirn, und Cheelapat blickte finster. Rayela jedoch sah ihn interessiert an und musterte den Zustand und die Größe seines Gliedes. Ili-na errötete und senkte den Blick. Ghree lächelte und leckte sich über die Lippen.

Dakan-eh zeigte auf Ghree.

Lächelnd kam sie auf ihn zu.

Der Stamm zog weiter und blieb gerade so weit entfernt stehen, um den zweien eine gewisse Ungestörtheit zu erlauben, ohne daß sie schutzlos den Raubtieren ausgeliefert wären.

Nachdem Dakan-eh fertig war, brachte er die Frau zu den anderen zurück und ging weiter. Ghree war sofort bereit gewesen, sich für ihn zu öffnen, und hatte sofort vor Entzücken aufgeheult und geschrien, während er in ihren Körper eindrang und sich in ihr zu bewegen begann. Trotzdem war er ein wenig beunruhigt. Ghrees Worte klangen ihm noch in den Ohren nach und bereiteten ihm Sorgen.

»Wenn er nur sehen könnte, wie es mit uns ist!« hatte sie gesagt. »Ich will es so sehr mit dir, nicht mehr mit ihm. Mach mir neues Leben, Dakan-eh! Laß mich jetzt deine Frau sein!«

Die offensichtliche Leichtigkeit, mit der die Frau ihre Zuneigung von Ma-nuk abgewandt und sie ihm geschenkt hatte, war besorgniserregend. Waren alle Frauen dazu in der Lage, ihren Männern so sehr zu grollen und sich von einem Augenblick auf den anderen von ihnen abzuwenden und sie völlig zu vergessen?

Ma-nuks Frau hatte natürlich allen Grund, sich selbst glücklich zu schätzen, tröstete er sich. Er war doch der Mutige Mann! Er war der Tapfere Jäger, der den wirbelnden Wind jagt, um den Stamm zu retten! Gab es in dieser oder der nächsten Welt eine Frau, die ihn nicht jedem anderen Mann vorziehen würde?

Ta-maya. Sheela. Die Erinnerung an ihre Zurückweisungen beschämte ihn. Er fragte sich verbittert, wo diese zwei Frauen jetzt wohl sein mochten.

Hoffentlich sind sie tot! Nein! Sie sollen leben! Und die Vier Winde mögen mir das Glück gewähren, sie wiederzufinden, damit sie und alle anderen, die sich mit ihnen gegen mich gestellt haben, mit ihrem Leben für das Unglück büßen können, das ihre Untreue und ihr Undank über mich und meinen Stamm gebracht haben!

Ma-nuk stand verzweifelt auf der Prärie und sah blinzelnd zu, wie der Stamm verschwand, bis er sich grimmig entschloß, ihm zu folgen. Schon mit dem ersten Schritt überkam ihn der Verdacht, daß es ein Fehler war. Er war sich dessen sicher, als er in den sturmgeknickten Gräsern saß, die einen langen Hügelzug einhüllten, über das Land blickte und in haßerfülltem Schweigen zusah, wie sich seine Frau Dakan-eh hingab.

Er hörte sie aufheulen, als der Mutige Mann seinen Samen in sie pumpte. Knurrend erkannte Ma-nuk, daß es schon viele Monde zurücklag, seit Ghree das letzte Mal unter ihm solche Geräusche von sich gegeben hatte. Er durchdachte seine Möglichkeiten. Er konnte ihnen weiter folgen, um sich in der Nacht anzuschleichen und sie und den Mutigen Mann zu töten. Oder er konnte zu Shateh zurückkehren und noch einmal auf die Gnade des Oberhäuptlings hoffen.

»Nein – weder noch. Keins von beidem«, beschloß er. Er wollte sich nie wieder vor irgendeinem Mann erniedrigen müssen. Ma-nuk entschied sich für einen dritten Weg. Er würde das Beste aus der Situation machen, in die er geraten war.

Er beobachtete den Himmel. Der Winter würde früh über das Grasland einbrechen. Er stand auf, drehte sich um, bis ihm der Wind ins Gesicht wehte und ging nach Norden, auf einen fernen Gebirgszug zu, wo er jagen, eine schützende Höhle finden und allein überleben könnte. Wenn der Frühling kam, würde er von den Bergen herabsteigen und irgendeinen entfernten Stamm des Graslands suchen, der nicht mit Shateh verbündet war. Wenn seine Pelze und Handelsgüter in Form von Knochen und Perlen, Krallen und Zähnen und Sehnenschnüren gut genug waren, würde man ihn vielleicht willkommen heißen, wenn er sich eine gute Geschichte ausdachte, wer er war und woher er kam.

Er ging immer weiter, bis er den Fluß erreichte. Er war kein guter Schwimmer, ging jedoch bereitwillig das Risiko ein und überquerte den Fluß an einer weiten, steinigen Stelle, wo ein kräftiger Mann nicht von der Strömung umgerissen werden würde. Seine Stimmung wurde mit jedem Schritt besser, als er feststellte, daß die Situation für ihn doch gar nicht so schlecht war. Er hatte seine Speere bei sich, seine Werkzeuge und alles, was er zum Feuermachen brauchte. Er war klug, tapfer und nach Dakan-eh der beste Jäger der Roten Welt. Jetzt würde er der einzige Jäger in diesem Teil des Graslands sein. Mit dem Frühling würde er seine Belohnung erhalten. Er war sich völlig sicher.

Er lachte leise, während er weiterging. Shateh sollte sich nur mit schlechten Zeichen und dem Gezänk seiner unentschlossenen Häuptlinge und Schamanen herumschlagen! Dakan-eh sollte ruhig mit Ghree und ihren schwachköpfigen Kindern zum Leben der Eidechsenfresser zurückkehren! Er, Ma-nuk, würde ohne irgendwelche Hilfe ein ganz neues Leben beginnen. Vielleicht stieß er sogar auf Sheela, die einsam und verloren umherirrte und einen Mann gebrauchen konnte, der für sie jagte und sie im kommenden Winter warm hielt.

»Das wäre doch was!« rief er und blieb dann stehen, als er erkannte, daß er sehr schnell gelaufen war und sich schon weit vom Fluß entfernt hatte. Bald würde er die Hügel erreichen. Die Dämmerung setzte bereits ein, und die Luft wurde kälter. Seine Augen suchten nach einer Deckung, wo er während der Nacht Unterschlupf finden konnte. Vor ihm lagen ein paar Felsen, und hohe, sanftgrüne Inseln schienen einen Bach zu umgehen, der durch einen tiefen Spalt im gewellten Land floß.

Er marschierte, und dachte wieder an Sheela. »Ach, Tochter des Wachenden Sterns, hat mein Häuptling dich getötet und deinen leblosen Körper in den Fluß geworfen? Was für eine Verschwendung wäre das gewesen! Und was ist mit dem Narren Ela-nay passiert? Hat er sich von Raubtieren fressen lassen, während er allein und in Trauer herumirrte? Ich hätte in jener Nacht mit dir davonlaufen sollen! Wenn ich dich lebend wiederfinde, wirst du ganz allein mir gehören!«

Es war schon fast dunkel, als Ma-nuk die Bäume erreichte. Er trank gierig aus dem Bach, baute aus Steinen eine kleine

Fischreuse und stellte ein paar Fallen für die Tiere der Nacht auf. Dann legte er sich schlafen. In Anbetracht der Umstände schlief er gut und fest.

Ma-nuk stand vor der Dämmerung auf, sammelte seine Fallen zusammen mit einer Waldratte und einem Kaninchen ein und suchte sich den größten Fisch aus dem kleinen Teich aus, der sich hinter seiner Reuse gebildet hatte. Er hockte sich auf die Fersen und machte ein kleines Feuer, über dem er den Fisch und die Ratte briet.

Bald wurde es hell. Während er die letzten Fleischreste von seiner Jagdbeute abzupfte, beobachtete Ma-nuk den Sonnenaufgang.

Hinter den Bäumen war das Gras weiß vom Rauhreif. Er verrichtete seine Notdurft und beobachtete, wie sein Urin und sein Kot in der kühlen Morgenluft dampften. Nachdem er das Kaninchen ausgeweidet, an einem Riemen festgebunden und es sich als Vorrat über die Schulter gehängt hatte, nahm er seine Sachen und ging unter dem Licht einer kalten Sonne weiter. Die Hügel waren nicht mehr weit entfernt. Wenn er sein gegenwärtiges Tempo beibehielt, würde er sie bis Sonnenaufgang erreicht haben. Er ging in einen Dauerlauf über und rannte mühelos über das Land, bis er sich ausruhen und essen mußte. Er kniete sich hin und machte sich bereit, das Kaninchen abzuhäuten und zu essen. Doch dann starrte er auf den Boden, wo Grashalme abgebrochen und die Erde aufgewühlt war. Er bückte sich und schnupperte daran. Er war überzeugt, daß er die Spuren eines Mannes und einer Frau gefunden hatte. Sheela und Ela-nay! Sie waren zu den Bergen unterwegs!

Er stand auf, dachte nicht mehr ans Essen und folgte der Spur. Er hätte jubeln können, bis er ein Stück weiter Aasvögel kreisen und herunterstürzen sah. Er blieb stehen. Dort mußte totes Fleisch liegen, und was auch immer fleischfressende Vögel zum Festmahl anlocken mochte, würde auch andere Raubtiere anziehen. Stirnrunzelnd veränderte er seinen Kurs leicht in nördliche Richtung und ging weiter, bis die aufflatternden Vögel ihn auf eine Gefahr aufmerksam machten. Er ließ sich auf den Bauch fallen und versteckte sich im wehenden Gas, während eine kleine Gruppe Männer in Kriegsbemalung in der Nähe vorbeizog.

Atemlos vor Schrecken hätte er fast geschrien. Er erkannte diese Männer wieder, an ihrer Größe und Haltung, an ihrem langen Haar, ihrer Körperbemalung und ihren Tätowierungen und an den langen, tödlichen Speeren, die sie trugen.

»Krieger des Stammes des Wachenden Sterns ... Aber wie ist das möglich? Sie wurden alle im großen Krieg getötet!«

Er schluckte. Die Männer sahen überhaupt nicht wie Geister aus, ebensowenig wie die großen wolfsähnlichen Hunde, die ihnen folgten. An der Richtung ihrer langen Schritte und der Art und Weise, wie sie immer wieder am Boden nach Spuren suchten, erkannte er, daß sie Sheelas und Ela-nays Fährte zum zerstörten Dorf am Fluß folgten.

Doch was war mit Sheela und Ela-nay geschehen? Mit klopfendem Herzen erkannte Ma-nuk, daß er sich jetzt größere Sorgen um sich selbst machen mußte. Er überlegte angestrengt, was er tun sollte. Wenn er den Kriegern vor dem Wind vorauslief, konnte er rechtzeitig zu Shatehs Stamm zurückkehren, um Alarm zu schlagen. Dann würde sich der Oberhäuptling bestimmt verpflichtet fühlen, ihn wieder in den Stamm aufzunehmen, dachte er. Doch Ma-nuk dachte auch daran, daß im Heldenmut eines einzelnen eine große Gefahr lag. Vielleicht wäre es besser, wenn er Dakan-eh einzuholen versuchte, um ihn zu warnen. Der Mutige Mann war eventuell so befriedigt über einen feindlichen Angriff auf Shateh, daß er Ma-nuk vergeben würde. In der Hoffnung auf die Gelegenheit, Ban-ya und Shatehs Gunst zurückzugewinnen, mochte sich der Mutige Mann entscheiden, mit dem Stamm des Oberhäuptlings gegen diesen unerwarteten und vermutlich tödlichen Feind zu kämpfen.

Doch dann verkrampfte sich etwas in Ma-nuk. *Warum sollte ich für Dakan-eh mein Leben aufs Spiel setzen?* fragte er sich. *Sie wollen mich nicht bei sich haben. Und im Augenblick halten die Vier Winde jede Gefahr von mir ab.*

Er grinste, während er beschloß, sich weiterhin im Gras zu verstecken, bis der Tod vorbeigegangen war.

Plötzlich verschwand Ma-nuks Lächeln. Etwas bewegte sich hinter ihm im Gras. Nein! Vor ihm! Nein! Überall um ihn herum! Er wollte aufstehen, doch es war schon zu spät. Der Tod hatte ihn eingeholt. Und dann sprach der Tod durch den Mund einer Frau.

»Nein, Ston!« befahl sie. »Warte!«

Doch ihr Befehl wurde nicht beachtet. Die Spitze eines Speeres drang in seinen Rücken ein. Ma-nuk schrie auf. Sein Atem zischte, als ihm ein zweiter Speer in die Lunge drang. Ein dritter traf seine Hüfte. Er drehte den Kopf und sah, daß Sheela mit je einem Krieger an ihrer Seite über ihm stand. Ma-nuks Augen schienen hervortreten zu wollen.

Der Angreifer blickte voller Verachtung auf ihn herab. »Du hast gesagt, er sei einer von denen, die Schande über meine Rikiree gebracht haben«, sagte der Krieger zu Sheela. »Er wird langsam sterben.«

Der zweiter Krieger runzelte die Stirn. »Warum hat er sich so weit von den anderen entfernt?«

»Wir wollen ihn fragen.« Sheela kniete sich hin.

Ma-nuk keuchte, rang nach Atem und versuchte, bei Bewußtsein zu bleiben. Seine Sicht wurde verschwommen, und Blut sammelte sich in seinem Mund. »Sheela ... gefolgt ... wollte ...« Er erkannte kaum seine eigene Stimme wieder. Außerdem waren alle Dinge unnatürlich hell und zitterten leicht. Er versuchte, seinen Blick auf Sheela zu fixieren, und war entsetzt über den Anblick, den ihr Gesicht bot. Er wußte, daß Dakan-eh ihr das angetan hatte, und er wünschte sich, er könnte seinen Wunsch nach Dakan-ehs Tod formulieren.

Sheela beugte sich zu ihm herab und flüsterte wütend. »Willst du mir sagen, daß du mir gefolgt bist, Ma-nuk? Hast du nach einer Sklavin gesucht? Ja, ich erinnere mich: Du hast Dakan-eh angeboten, deine Frau und deine Tochter gegen mich zu tauschen. Aber ich erinnere mich auch daran, wie du die Gelegenheit hattest, bei mir zu liegen. Du hast dich nicht mitleidsvoll abgewendet und dieser Sklavin ihren Stolz gelassen. Du hast mich genauso wie alle anderen genommen, rücksichtslos und ohne Sorge um meine Ehre.« Sie sah ihn mit Augen an, in denen kein Mitleid stand, dann erhob sie sich und sagte kalt: »Erledige ihn, Tsana, so wie du Ela-nay erledigt hast!«

»Er ist bereits erledigt«, sagte der Mann namens Ston, als er vortrat.

Ma-nuk spürte, wie der Mann grob einen Fuß auf seinen Rücken knapp unterhalb der Schulterblätter setzte. Mit einem

Ruck riß der Krieger einen seiner Speere heraus. Die zweite Waffe ließ sich nicht so problemlos entfernen. Ston zerrte brutal daran, aber die Spitze steckte in Ma-nuks zerschmettertem Hüftknochen fest und kam nicht frei. Ma-nuks gurgelnde Schreie hielten den Mann nicht davon ab, es weiter zu versuchen. Mit einem angewiderten Knurren bückte er sich und zog einen Dolch aus einer Lederscheide, die an seinem Gürtel hing. Zuerst war Ma-nuk überzeugt, daß der Mann die Speerspitze aus seinem Unterleib schneiden würde. Doch dann schnitt Ston nur die Riemen durch, mit denen die Steinspitze am Schaft befestigt war. Kurz darauf konnte er den Schaft herausziehen. Er richtete sich auf und funkelte wütend auf Ma-nuk herab. »Der Tod dieses Eidechsenfressers hat mich eine gute Speerspitze gekostet. Aber sie hat sein Rückgrat durchtrennt, also betrachte ich diesen Verlust im Angedenken an Rikiree als einen guten Handel. Er wird hier solange liegen, ohne sich rühren zu können, bis er stirbt.«

»Laßt uns zu den anderen zurückkehren, bevor die Aasfresser über ihn herfallen«, sagte Sheela. »Ich möchte bei den ersten sein, wenn wir Shatehs Lager erreichen. Mit meinen eigenen Händen werde ich Dakan-eh das Leben nehmen, und bevor er stirbt, wird er wissen, daß wir seine Frau Ban-ya zu einer Sklavin gemacht haben.« Ihr Gesicht verzog sich vor Rachsucht. »Ich werde ihr die Haare abschneiden und ihre Seele töten. Und dann muß Dakan-eh hilflos zusehen, wie du dich an seiner Frau vergehst. Alle Krieger des Wachenden Sterns sollen sie besitzen! Ban-ya wird Jhadel gehören, so wie Rikiree dem alten Nachumalena gegeben wurde. Dann wird Dakan-eh sterben.« Jetzt lächelte sie mit verzogenem Mund. »Wir werden sehen, wie lange es dauert, bis Dakan-ehs Frau schreiend in die Nacht flieht.« Sie atmete tief ein und entließ die Luft wieder mit einer bösartigen Entschlossenheit. »Wir werden die Sklaven, geraubten Speere und die Hunde unserer Feinde zu unserem Lager bringen. Dann wird Jhadel wissen, daß Neeas Opfer nicht umsonst war und daß Himmelsdonner denen freundlich gesonnen ist, die der Tochter Sheehanals folgen.«

»Die vielen Stämme des Graslands haben sich getrennt und gehen ihre eigenen Wege.« Während des ganzen Vormittags war Shateh unruhig und gereizt gewesen. Das Frühstück, kleine Tiere, Vögel und Fische, die die Frauen im ersten Licht der Dämmerung gefangen hatten, konnte seine Stimmung nicht aufbessern. Jetzt lag Trostlosigkeit in seiner Stimme, als er über das noch vor kurzem vor Menschen wimmelnde Lager blickte. »Wir müssen uns bereit machen, den Bisons zu folgen, zu jagen und für den Winter Fleisch, Felle, Sehnen und Fett einzulagern, bevor der Große Weiße Winter uns ohne Nahrung und Hütten vorfindet.«

Der Oberhäuptling ging an Ban-ya vorbei zu den anderen Feuerstellen und drängte die Familien, sich zu beeilen. Shatehs Frauen und Kinder suchten die kärglichen Überreste ihres einstmals beträchtlichen Besitzes zusammen, doch Ban-ya stand reglos da und starrte nach Südosten, in die Richtung, in die Dakan-eh und ihr Stamm fortgegangen war. »Du! Eidechsenfresserin! Hilf mir!« befahl Wehakna.

Ban-ya hörte nicht auf sie. Ihre milchschweren Brüste schmerzten und sehnten sich nach einem Kind, aber dieser Schmerz war nur halb so schlimm, als sie an Dakan-eh und den Sohn dachte, den man ihr auf so grausame Weise aus den Armen gerissen hatte.

»Er wird zurückkommen und mich holen«, murmelte sie, ohne zu bemerken, daß sie laut gesprochen hatte. »Er muß zurückkommen!« Ihre Gedanken rasten, während sie zu verstehen versuchte, wie er sie zurücklassen konnte. »Er muß einen Grund gehabt haben . . . einen guten Grund.«

»Vergiß ihn«, schnappte Wehakna. »Dieser ›mutige‹ Mann hat dich weggegeben.«

»An einen besseren Mann, als du verdient hast«, sagte Senohnim.

»Mein Vater ist jetzt dein Mann!« bemerkte die neunjährige Oni. Sie saß neben ihren zwei jüngeren Cousinen Khat und Tinah. »Der Eidechsenfresser will dich nicht mehr! Und hier will dich auch niemand!«

Die Worte des Mädchens schmerzten. Ban-ya drehte sich um und blickte das Mädchen zornig an. »Dein Vater will mich!« sagte sie laut und war zufrieden, als Oni vor ihr zurückschrak.

»Hüte deine Zunge, wenn du zu meiner Tochter sprichst, Frau der Roten Welt, sonst wirst du bald feststellen, daß du gar keine Zunge mehr hast!« Wehakna funkelte Ban-ya mit unverhohlener Feindseligkeit an. »Du hast Feinde in diesem Stamm. Mein Atonashkeh hat recht, wenn er dich und deine Leute für den Tod meines Kalawak verantwortlich macht!«

»Und für alles andere, was diesem Stamm widerfahren ist!« fügte die schwangere Senohnim hinzu. Sie winkte ihren Töchtern zu und befahl ihnen ernst: »Khat und Tinah, seht nicht in die Augen dieser Eidechsenfresserin, damit ihre Seele eure Haut nicht in Schuppen verwandelt und ...«

»Hütet eure eigenen Zungen!« warnte Ban-ya. »Sonst erfährt euer Oberhäuptling, wie ihr zu mir sprecht und sein Urteil in Frage stellt, sobald er euch den Rücken zukehrt.«

Mit diesen Worten zog sie sich ihren Kojotenfellumhang enger um die Schultern. Sie hielt das Kleidungsstück unter ihrer Kehle geschlossen und machte sich auf den Weg zum Wald am Fluß. Bald war Ban-ya zwischen den Bäumen. Atemlos vor Hoffnung ging sie schnell weiter und war fest zur Flucht entschlossen.

»Halt, Frau der Roten Welt!«

Doch Ban-ya hielt nicht an. Als sie Shatehs Stimme erkannte, rannte sie los. Aber als sie über einen umgestürzten Baum zu springen versuchte, blieb sie mit dem linken Fuß hängen, und sie verlor das Gleichgewicht. Sie streckte die Arme aus, um den Sturz abzufangen. Doch ihre offenen Handflächen fuhren nur durch Zweige, so daß sie mit dem Gesicht nach unten aufprallte und dann ihr ganzes Gewicht auf ihre Brüste drückte. Sie lag reglos und benommen da, während sie ein Schluchzen zu unterdrücken versuchte.

Kurz darauf streckte Shateh ihr seine breite, langfingrige Hand entgegen. »Du wirst nicht fortlaufen. Steh auf!«

Ban-ya hob den Kopf und blickte den Oberhäuptling an. Es hatte keinen Sinn, sich gegen ihn zur Wehr zu setzen. Sie stand auf, ohne seine Hilfe anzunehmen. Als sie vor Schmerz zusammenzuckte, sah sie, wie sich eine seiner Augenbrauen hob. Er starrte auf ihre Brust. An seinem Ausdruck konnte sie erkennen, daß sein männliches Bedürfnis in ihm erwacht war.

Sie sah nach unten. Ihr Umhang war an einer Schulter heruntergefallen. Darunter trug sie noch ihr Stillkleid, dessen Riemen nicht verschnürt waren. Wütend griff sie nach ihrem Umhang und bedeckte damit ihren Oberkörper.

»Es ist der fünfte Tag«, sagte er heiser und versuchte ihre Hände zurückzuhalten. »Die Zeit der Trauer ist vorbei.«

Ihre Finger schlossen sich um das Fell zur Faust und ließen nicht zu, daß er den Umhang öffnete. Doch er riß den Umhang auf, so heftig, daß sie hörte, wie einige Nähte zerplatzten.

Er sprach nicht, als er sie nahm. Er beugte sich über sie, öffnete den Umhang und das Hemd und begann mit den Händen ihre großen, heißen, prall mit Milch gefüllten Brüste zu bearbeiten.

Sie erstarrte und hielt den Atem an, weil es ihr große Schmerzen bereitete. »Ich gehöre Dakan-eh, für immer und ewig.«

»Er hat dich mir gegeben.«

»Einem Mann, dem er wie einem Bruder vertraut hat ... und der sein Vertrauen mißbraucht hat, als er sein Geschenk annahm und ihn dafür aus dem Stamm verstieß.«

»Du sprichst genauso mutig wie dein letzter Mann, Ban-ya aus der Roten Welt. Wenn ich ihm erlaubt hätte zu bleiben, glaubst du, ich hätte dich mit ihm geteilt? Was mir gehört, behalte ich – so lange wie es mir gefällt.«

»Und glaubst du, daß ich auch nur versuchen würde, dich zu befriedigen, nachdem du mich vom Mann meines Herzens geraubt und meinen Sohn fortgeschickt hast?«

»Piku-neh hat sich schon viel zu lange von dir genährt, Frau. Es wurde Zeit, daß er dir fortgenommen wurde.« Seine Hände fuhren unter ihre Brüste, hoben sie an und kneteten sie, bis kleine Milchtropfen aus den Warzen austraten. Sie zuckte vor Schmerz zusammen. Tränen drangen zwischen ihren zusammengepreßten Augenlidern hervor. »Ich kann den Schmerz in deinem Herzen nicht lindern, aber ich kann die Hitze deiner Brüste kühlen, während ich mit dir neue Söhne mache«, sagte er, beugte sich herab und begann an ihren Brüsten zu saugen.

Vor Überraschung riß sie die Augen auf. Sie keuchte und wehrte sich gegen ihn, als er seine Worte wahrmachte. Doch während er ihre Milch aus den Brüsten saugte, wurden der Schmerz und die Hitze wirklich gelindert. In ihren Lenden entflammte ein Feuer. Die Heftigkeit ihrer Reaktion entsetzte sie, und sie strengte sich an, ihre Schenkel zusammenzupressen und ihre Hüften ruhig zu halten, während Shateh sich zurückbeugte, seinen Lendenschurz ablegte und auf sie herabblickte.

»Öffne dich mir, Frau der Roten Welt! In deiner Milch habe ich vielleicht das Blut meiner Jugend wiedergefunden. Seit die Frau namens Ta-maya sich für kurze Zeit in meinem Stamm aufgehalten hat, habe ich keine Frau gesehen, die mich mehr erregt hat. Ich werde einen Sohn mit dir machen. Jetzt!«

»Deine Frau Senohnim ist hochschwanger. Sie könnte dir Söhne gebären!«

»Aber nicht solche Söhne, wie du mir gebären wirst, Mutige Frau!«

Sie bäumte plötzlich ihre Hüften auf und versuchte ihn damit aus dem Gleichgewicht zu bringen und wegzustoßen. Zu ihrer Überraschung gelang es ihr. Als sie auf die Knie kam, verstand sie, daß er sich absichtlich nicht dagegen gewehrt hatte. Seine Reaktion kam schnell, kräftig und geschickt. Im nächsten Augenblick war sie wieder am Boden, diesmal jedoch mit dem Gesicht nach unten und dem Oberhäuptling hinter ihr, der ihre Hüften zu sich heranzog und dann ohne jede Vorbereitung tief in sie eindrang.

»Vater, der Stamm ist zum Aufbruch bereit.«

Es war Atonashkeh. Shateh hielt zornig inne. »Dann geht! Führe sie am Fluß entlang nach Süden, wo sich der Fluß gabelt. Dort werden die Bisons sein. Ich werde folgen, nachdem ich mit dieser neuen Frau neues Leben gemacht habe.«

»Der Stamm sagt, wir sollten dieser Herde nicht mehr folgen«, sagte Atonashkeh. »Außerdem gefällt es dem Stamm nicht, daß diese Frau hier ist. Befriedige dich an ihr und töte sie dann. Laß sie an diesem Ort des Todes zurück!«

8

Der erste Schrei eines Babys war im Tal hinter den blauen Bergen zu hören, wohin Cha-kwena seinen Stamm geführt hatte. Siwi-ni hatte es in der kleinen Hütte aus gebogenen Weidenzweigen geboren, die Kosar-eh für sie errichtet hatte. Cha-kwena horchte erstaunt auf die Schreie des Neugeborenen, denn trotz der Schwäche der alten Frau und der schlechten Vorzeichen waren Siwi-nis Wehen überhaupt nicht schlimm gewesen. U-wa und Ha-xa hatten sie in die Hütte begleitet, und plötzlich hatte das Baby geschrien.

Der Schamane seufzte vor Erleichterung. Alles war gutgegangen, und sogar das Wetter hatte sich gebessert.

Doch als er jetzt auf der Decke-die-die-Gunst-der-Geister-für-die-werdende-Mutter-anruft kniete, die er von seinem Großvater geerbt hatte, machte sich Cha-kwena trotzdem Sorgen. Er hatte überhaupt keine Zeit gehabt, für das Kind und seine Mutter irgendeinen Zauber heraufzubeschwören – keine Tänze, keine Rauchfeuer, keine Gesänge, damit die Mächte der Schöpfung Siwi-ni eine leichte Niederkunft und ein starkes, gesundes Kind gewährten.

Er hatte die heilige Decke gerade ausgelegt, als das Kind schon geschrien hatte. Offenbar brauchten Siwi-ni und die Mächte der Schöpfung heute keine Hilfe von ihm. Sie hatte ihren eigenen Zauber gemacht – den wunderbarsten Zauber der ganzen Welt – und aus ihrem Körper neues Leben hervorgebracht.

Und nun kam zur Überraschung aller Siwi-ni selbst aus der Geburtshütte. Sie war in einen Hirschfellumhang gehüllt und sah blaß aus. Unter ihren Augen lagen graue halbkreisförmige Schatten. Aber sie stand sicher auf den Beinen, und ihre Augen waren klar.

Während Ha-xa strahlend neben sie trat, hielt Siwi-ni ihre Neugeborenes hoch. »Die Frau Kosar-ehs zeigt dieses Neugeborene dem Stamm und ihrem Mann. Wird Kosar-eh es als sein Kind annehmen?«

Gemeinsam mit seinen Söhnen trat Kosar-eh vor sie. Er nahm das Kind und wiegte das winzige nackte Wesen in der Beuge seines gesunden Arms. Während er seinen jüngsten Familienzuwachs begutachtete, schlug das Baby mit seinen kleinen Armen um sich, und die krummen Beine traten kräftig gegen den leblosen Arm, den Kosar-eh unter seinem Umhang vor der Brust trug. Er zuckte zusammen und hielt dann den Atem an. Seine Augenbrauen hoben sich, dann legte sich seine Stirn in Falten. Er kniff die Lippen zusammen. Kurz darauf drehte er sich um, senkte seinen Arm und gestattete seinen Söhnen einen Blick auf...

»Ein Mädchen?« rief Gah-ti fassungslos.

Die Jungen waren sichtlich irritiert von der Vorstellung, ein weibliches Wesen, das nicht ihre Mutter war, in der Familie zu haben.

»Das Neugeborene ist kein Sohn«, gab Siwi-ni zu. Sie war sich jetzt nicht mehr sicher, ob ihr Mann das Kind annehmen würde.

Kosar-eh schüttelte lächelnd den Kopf. »Siwi-ni hat Kosar-eh fünf Söhne geboren. Es wurde allmählich Zeit für eine Tochter. Eine starke Tochter, die ihren Vater tritt und ihn...« Er verstummte und wirkte abgelenkt. »Kosar-eh nimmt dieses Kind an!« verkündete er schließlich. Dann erinnerte er sich an das altehrwürdige Ritual und rief die Jungen. »Jetzt sollen die Söhne Kosar-ehs dieses Mädchen als ihre Schwester annehmen!«

»Sie wird wohl nicht mit uns auf die Jagd gehen wollen, oder?« fragte Ka-neh mit einem besorgten Stirnrunzeln.

»Rede keinen Unsinn! Mädchen können nicht auf die Jagd gehen!« entgegnete Kiu-neh.

»Mah-ree hat gejagt, und sogar mit ihren eigenen Speeren!« gab Kho-neh zu bedenken.

»Nein, jetzt nicht mehr!« brachte Gah-ti seine Brüder zum Schweigen, dann sagte er offen: »In diesem neuen Land nimmt Gah-ti stolz dieses neue Kind als seine Schwester an! Gah-tis Brüder werden dasselbe tun. Jetzt!«

Die anderen Jungen wiederholten im Chor die Worte ihres Bruders. Cha-kwena warf unterdessen Mah-ree einen verstohlenen Blick zu. Das Mädchen starrte Gah-ti an, als wollte sie ihn mit der Macht ihres Blickes töten.

Kosar-eh wandte sich daraufhin an den Stamm und fragte die anderen Menschen, ob sie dieses jüngste Kind als Mitglied des Stammes aufnehmen wollten. Ohne Zögern antworteten alle begeistert. »Wir nehmen dieses Kind gerne an!«

»Baby sehen!« sagte Joh-nee.

»Ich will Baby sehen!« flötete Tla-nee.

Kosar-eh trug das Kind zu den zwei kleinen Mädchen und ging vor ihnen in die Knie. »Hier ist die neueste Schwester dieses Stammes, meine Kleinen«, sagte er.

Die Kinder machten große Augen, als sie ihre pummeligen Finger vorstreckten, um den Arm des Babys zu berühren. Da Kosar-eh wußte, daß sie Angst hatten, versicherte er ihnen, daß alles in Ordnung war. Sie tätschelten die Wangen des Babys, bis Kosar-eh aufstand und das Kind zu Mah-ree und Tamaya brachte, damit sie es ansehen konnten.

Die Schwestern waren genauso gebannt wie die kleinen Mädchen.

»Sie sieht wie Siwi-ni aus«, stellte Mah-ree nachdenklich fest.

Cha-kwena fragte sich, ob diese Bemerkung als Beleidigung oder als Kompliment gemeint war. Hoyeh-tay hatte ihm einmal erzählt, daß Siwi-ni früher ein hübsches Mädchen gewesen war, so leichtfüßig und zart gebaut wie die kleinen, braun gestreiften Vögel, die Pinientänzer genannt wurden. Cha-kwena fiel es schwer, seinem Großvater zu glauben, denn seiner Ansicht nach ähnelte sie eher dem aufdringlichen, aggressiven Wesen dieser kleinen Finken, nach denen sie benannt worden war, als ihrem Aussehen.

Er betrachtete Siwi-ni und versuchte, sie sich als hübsches junges Mädchen vorzustellen. Er schaffte es nicht. Warum sollte er sich außerdem eine alte Frau ansehen, wenn Ta-maya in der Nähe war? Er ließ seinen Blick weiterwandern und war fasziniert vom Lächeln dieser Schönheit, als sie zu Kosar-eh aufblickte und ihn ansprach.

»Ach, lieber Freund, eine Tochter wird dich aufheitern und

dich zum Lächeln bringen«, sagte Ta-maya voraus. »Wenn es die Mächte der Schöpfung erlauben, wird sie heranwachsen und die Arbeit deiner Frau erleichtern, und deine Söhne werden um ihretwillen mutig sein. Sie ist so winzig und so hübsch. Sieh nur, wie kräftig sie nach meinem Finger und gegen deine Brust tritt!«

Kosar-eh hatte einen seltsamen Ausdruck auf dem Gesicht. »Vielleicht ist sie wirklich etwas ganz Besonderes, mehr noch, als du ahnst«, sagte der Lustige Mann.

Er blickte Ta-maya an, und sie erwiderte seinen Blick. Ihr Lächeln wurde sanfter. In ihrem Blick lag unverhüllte und grenzenlose Liebe zu ihm.

Cha-kwena runzelte die Stirn. Sie hatte ihn, den Schamanen, noch nie auf diese Weise angesehen. Verärgert und eifersüchtig trat er vor und betrachtete das Neugeborene. Er mußte zugeben, daß es wirklich ein hübsches Baby war. Und in den feinen, vollkommenen Zügen lag tatsächlich eine verblüffende Ähnlichkeit zu Siwi-ni. Dann wurde er plötzlich traurig. Als er in das Gesicht des Babys blickte, erkannte er, daß selbst das hübscheste Lebewesen eines Tages alt und verdorrt sein würde, bis es nur noch ein Schatten seiner früheren Schönheit war, und dann verschwand sogar dieser Schatten, bis er nicht mehr als eine Erinnerung in den Träumen und Gedanken jener war, die es einst gekannt und geliebt hatte.

Erschüttert über seinen unerwarteten Stimmungswandel zwang Cha-kwena sich dazu, wieder an seine Pflichten als Schamane zu denken. Er räusperte sich, richtete sich auf und fragte: »Mit welchem Namen soll diese neue Tochter und Schwester des Stammes angerufen werden? Er soll jetzt gesprochen werden, damit die Nachricht der Geburt dieses Kindes von den Vier Winden zu den Mächten der Schöpfung, zum Ersten Mann und zur Ersten Frau und zu den Geistern aller Vorfahren getragen werden kann, die uns aus der Welt jenseits dieser Welt zusehen.«

»Die, die das neue Leben aus ihrem Körper hervorgebracht hat, soll den Namen wählen und aussprechen«, antwortete Kosar-eh mit einem respektvollen Nicken in Richtung seiner Frau.

Anders als bei männlichen Kindern, deren Geburtsnamen durch neue ersetzt wurden, wenn sie das Mannesalter erreichten, galt der Geburtsname einer Frau ihr ganzes Leben lang und war daher von besonderer Bedeutung. Aus diesem Grund war es nach der Tradition das Recht des Vaters, seiner Tochter einen Namen zu verleihen, der ihr die Gunst der Geister sicherte und sie für die Aufgaben einer Frau stärkte. Wenn ein Mann seiner Frau gestattete, diesen Namen zu wählen, war das ein Zeichen für größten Respekt und größtes Vertrauen in ihre Weisheit und Urteilskraft – Eigenschaften, die normalerweise nur den herausragendsten Frauen zuerkannt wurden.

Die alte Frau richtete sich, so gut es ging, zu ihrer vollen Größe auf und vertraute dann dem sanften Wind dieses sonnigen Tages den Namen ihres Kindes an. »Mögen die Vier Winde den Namen Doh-teyah zu den Vorfahren tragen! Möge der Geist der Mutter von Kosar-eh sich in der Welt jenseits dieser Welt über die Geburt dieser Tochter freuen, die ihren Namen tragen und damit ihren Geist in diesem Leben ehren soll!«

Cha-kwena sah, daß Kosar-eh tief gerührt war.

»So ist es gut!« rief der Lustige Mann seiner Frau zu. »Das ist der Name, den auch ich gewählt hätte! Die Seele der Mutter dieses Mannes wird in der Welt jenseits dieser Welt lächeln, so wie sie einst gelächelt hat, als sich viele vom Anblick ihres Sohnes angewidert abgewandt haben! Möge der weise und liebevolle Geist Doh-teyahs diese Kleine führen und beschützen, die jetzt für immer in diesem Leben und im Geisterleben danach ihren Namen tragen wird!«

»So soll es sein!« gab Cha-kwena die traditionelle Antwort, während er von der Rauhheit in seiner Kehle überrascht wurde, die seine Stimme brechen ließ.

Wie es an dieser Stelle nach dem traditionellen Ritual der Aufnahme eines Neugeborenen in den Stamm erwartet wurde, wiederholten die versammelten Menschen die Worte des Schamanen im Chor. »So soll es sein!«

Und als Kosar-eh jetzt vorsichtig sein neugeborenes Kind in die bereits ausgestreckten Arme seiner Frau zurückgab, drückte er Siwi-ni einen langen Kuß auf die Stirn. Dann rief er laut und erregt: »Möge die Frau Kosar-ehs lange leben! Möge dieser

Mann an ihrer Seite sein, wenn dieses Kind zu seiner Mutter und seinem Vater kommt und als Frau ihr Erstgeborenes in den Armen trägt! Und . . .« Er verstummte und schüttelte den Kopf, da er zu sehr von seinen Gefühlen überwältigt wurde, um weitersprechen zu können.

»Ay yah hay!« riefen die zwei Witwen U-wa und Ha-xa, die sich in die Arme fielen und vor Glück über ihre Stammesschwester weinten. Beide Frauen hatten ihre letzten Kinder ohne einen Mann zur Welt gebracht, der sich über ihre Geburt hätte freuen können.

Cha-kwena schniefte und blinzelte seine Tränen der Freude für dieses Paar fort. Doch in den Tränen lag auch Trauer, denn in seinem Herzen bezweifelte er, daß die alte Frau noch leben würde, wenn dieses Kind auch nur halb erwachsen war.

Kosar-eh richtete sich auf, wandte sich dem Stamm zu und zeigte seit vielen langen Monden zum ersten Mal ein breites Lächeln, in dem soviel Freude lag, daß er trotz seiner Narben gut aussah. »Dieser Mann freut sich! Komm jetzt, Cha-kwena! Kommt, meine Söhne! Während meine Siwi-ni sich zusammen mit unserer neuen Tochter ausruht, während die Frauen und Mädchen sich um sie kümmern, werden wir unsere Netze und Fallen auslegen, um das zu fangen, was die Mächte der Schöpfung uns gewähren! Heute nacht werden wir feiern, wie wir seit dem Aufbruch aus der Roten Welt nicht mehr gefeiert haben! Alle Geister in dieser und der nächsten Welt sollen wissen, wie dankbar wir für dieses Geschenk eines neuen Lebens sind, das sie diesem Mann heute gemacht haben!«

Der junge Schamane war verblüfft, als Kosar-eh dann plötzlich vortrat und seinen gesunden Arm um Cha-kwenas Schultern legte und ihn kräftig drückte. »Du hast die ganze Zeit recht gehabt, Enkel Hoyeh-tays! Du bist wahrlich ein großer Schamane, denn du hast uns alle in dieses gute Land gebracht, wo die Zeichen trotz des Regens und Windes und des schwarzen Mondes viel besser stehen, als du weißt!«

»Das Totem hat uns geführt!« wandte Gah-ti mürrisch ein.

»Nur weil Cha-kwena die Weisheit hatte, ihm zu folgen!« erwiderte Mah-ree.

Kosar-eh strahlte immer noch vor Freude. »Heute sollen

keine düsteren Worte mehr gesprochen werden. Wir werden jetzt in diesem Land, zu dem unser Schamane und unser Totem uns geführt haben, auf die Jagd gehen.«

Und so geschah es. Doch noch bevor die Jagd begann, hörte man einen Löwen in den Hügeln brüllen, und Cha-kwena fiel ein, daß er das Totem nicht mehr gesehen hatte, seit der Regen eingesetzt hatte.

Als es schließlich dunkel im Tal wurde, steckten Kaninchen, Hasen mit fetten Schenkeln und Erdhörnchen auf den Spießen. Dann wurde die Nacht von den Klängen hölzerner Flöten, Knochenpfeifen, dröhnender Trommeln und Rasseln aus Antilopenhoden und Schildkrötenpanzern erfüllt. Auf Kosar-ehs Drängen führte Cha-kwena den Tanz des Stammes an, während der Krüppel in voller Körperbemalung und dem federnbesetzten Gewand des Lustigen Mannes komische Pantomimen vorführte, über die die Frauen und Kinder herzhaft lachten.

Wölfe und Kojoten antworteten über das nächtliche Land hinweg den Gesängen des Stammes, und der einzelne Löwe, den sie schon früher gehört hatten, brüllte wieder in den Hügeln. Doch heute nacht hatte Cha-kwena vor nichts Angst. Mit dem heiligen Stein um den Hals tanzte er, wirbelte herum, hob die Arme und dankte mit lauter Stimme den Mächten der Schöpfung. Niemals zuvor war er überzeugter von seiner Berufung gewesen. Seit sie die Rote Welt verlassen hatten, war Cha-kwena niemals in einem glücklicheren Lager gewesen.

Und jetzt hörte er aus weiter Ferne das Trompeten von Mammuts. Sein Herz machte einen Sprung – irgendwo in der Dunkelheit graste das große weiße Mammut mit seinen Artgenossen. *Morgen werde ich nach ihnen suchen,* entschied er. Doch jetzt war er viel zu berauscht von der Gegenwart, um an morgen zu denken. Statt dessen fragte er sich, was Mah-ree und die Frauen in das rituelle Getränk gemischt hatten, denn je mehr er trank, desto besser fühlte er sich. Seine Augen waren voller Sternenlicht, und sein Körper war so leicht wie der Wind. Sein Geist sprang über helle Lichtblitze, während er tanzte, sich drehte und plötzlich den Kopf zurückwarf, um zu heulen. Die

Vier Winde umarmten ihn. Er breitete einladend die Arme aus, als Eule von den Sternen zu ihm herabschwebte und sich auf seinen Rücken setzte. Sie hatte ihre großen, blassen, raubvogelhaften Flügel ausgestreckt.

»Ay yah hay!« rief Cha-kwena ehrfürchtig, denn irgendwie waren der Vogel und er eins. Seine Arme waren zu Flügeln geworden und strichen durch die Luft. Der Geist seines Großvaters erschien in der Nacht, um mit ihm zu tanzen, seine komplizierten, halbvergessenen rituellen Schritte zu lenken und seine kunstvoll auf- und absteigende Stimme zu führen.

»Tanz, Cha-kwena! Sing, mein Enkel! Jetzt bist du wirklich ein Schamane!«

»Ja, so ist es!« antwortete Cha-kwena verzückt.

»Komm!« forderte die Eule ihn auf. »Worauf wartest du? Es ist Zeit, daß Cha-kwena auf dem Rücken der Vier Winde davonreitet!«

Wie konnte er das ablehnen? »Ja!« rief er und sprang mit einem lauten Freudenschrei in die Arme der Vier Winde. Auf den Flügeln von Eule wurde er fortgetragen, während er über die Welt und in die Nacht davonflog.

Kosar-eh setzte die Flöte aus einem Schwanenknochen ab und unterbrach seinen Tanz, um Cha-kwena zu bewundern. Der Junge war noch nie beeindruckender gewesen. Heute nacht schien der Schamane zum ersten Mal wirklich der Schamane zu sein, der die Macht des Totems besaß. Er war nicht länger ein hitzköpfiger Junge, der ständig von einem Lustigen Mann geführt und zurechtgewiesen werden mußte.

»Ist ... ist mein Schamane nicht ... nicht wundervoll?« fragte Mah-ree. »Er spricht mit ... mit den Geistern! Sie ... sie antworten mit ihren eigenen Stimmen durch seinen Mund!«

Er blickte verblüfft nach unten, als das Mädchen schwankend näher kam. Es hielt einen schlaffen Blasenschlauch in der Hand. Der Hund Freund war an Mah-rees Seite und Gah-ti ebenfalls. Kosar-eh runzelte die Stirn. Sein Sohn war fast genauso betrunken wie Mah-ree. »Was habt ihr in das Getränk getan, Mädchen?«

Mah-ree grinste. »Gute Sachen. Geheime Sachen! Hoyeh-tay hat sie mir... mir vor langer Zeit verraten: Wurzeln, Blätter und nach dem Regen magische Pilze! Es... es gibt alles in diesem neuen Land. Ist es nicht... nicht wunderbar von Cha-kwena, daß er uns in dieses gute Land gebracht hat?«

»Wie oft«, fragte Gah-ti ungeduldig, »hat man dir schon gesagt, daß er nur dem Mammut gefolgt ist. Das Mammut ist unser Totem! Cha-kwena ist...«

»Wunderbar!« Sie seufzte begeistert und hielt Kosar-eh den Schlauch mit dem Getränk hin. »Hier! Trink! Ich teile mit dir!«

»Nein, danke«, sagte er. »Ich bin in dieser Nacht schon so glücklich, daß ich meinen Gefühlen nicht nachhelfen muß. Außerdem muß ein Mann in diesem Lager einen klaren Kopf bewahren, währenden unser Schamane mit den Geistern in Verbindung tritt.«

»Ich bin ein Mann!« rief Gah-ti streitsüchtig in seiner Trunkenheit. »Mein Kopf ist klar! Fast.« Er blickte Mah-ree flehend an und fügte sanfter hinzu: »Warum siehst du nicht, daß ich ein Mann bin?«

Mah-ree musterte ihn von oben bis unten. »Ich sehe überhaupt nichts, wenn ich dich ansehe, Gah-ti. Überhaupt nichts!«

Kosar-eh war verärgert. »Dies ist eine Nacht, in der die Mächte der Schöpfung diesem Stamm freundlich gestimmt sind. Aus Respekt und Dankbarkeit müßt ihr mit eurem ewigen Gezänk aufhören und nett zueinander sein!«

Mah-ree, die die Weisheit in Kosar-ehs Worten unmöglich leugnen konnte, zwang sich dazu, ihre Mundwinkel zu einem verkniffenen Lächeln zu verziehen, das jedoch schon im nächsten Augenblick wieder verschwunden war.

Gah-ti dagegen zeigte ein breites und freudiges Grinsen. »Du wirst meine Frau sein!«

Kosar-eh verdrehte die Augen. Der Junge übertrieb seinen Eifer, das Mädchen für sich zu gewinnen. Wenn es überhaupt noch eine Chance gab, Mah-rees Zuneigung vom Schamanen abzulenken, würde Gah-ti sie zunichte machen, wenn er so weiterredete. *Wir müssen demnächst miteinander sprechen,* dachte Kosar-eh. *Von Vater zu Sohn, von Mann zu Junge.*

Er stutzte, als er seinen Sohn musterte. Wann war Gah-ti

plötzlich so groß geworden? Noch gestern waren die Augen des Jungen auf der Höhe des Bauches seines Vaters gewesen, doch jetzt mußte Kosar-eh seinen Kopf nur ein klein wenig neigen, um seinem Sohn in die Augen blicken zu können. Und obwohl Gah-ti immer noch so staksig wie ein Fohlen war, fragte Kosar-eh sich, wann sein Rücken und seine Schultern so breit geworden waren. War es möglich, daß der Junge gar kein Junge mehr war? War er, wie er behauptete, nicht nur fast erwachsen, sondern bereits ein Mann?

Mit aufgerissenen Augen sah er seinen ältesten Sohn lange und nachdenklich an. Ja, so war es! Gah-ti würde wirklich bald ein Mann sein. Der Junge hatte sich bereits als geschickter Steinarbeiter und Fallensteller erwiesen, und seine Speere flogen mit einer Leichtigkeit und Treffsicherheit, die ihn bald zu einem Jäger machen würden, auf den ein Vater stolz sein konnte. Doch sein besitzergreifendes und rücksichtsloses Verhalten gegenüber Mah-ree war unerträglich!

Kosar-eh schüttelte den Kopf und ärgerte sich über sich selbst. Seit sie das Land ihrer Vorfahren verlassen hatten, war er so intensiv mit der Reise beschäftigt gewesen, daß alle seine Jungen so gut wie ohne Aufsicht aufgewachsen waren. In der Roten Welt wären seine drei ältesten Söhne längst in die Jungenhütte umgezogen, um in der Jagd und der Waffenherstellung unterrichtet zu werden – und wie sie sich zu benehmen hatten, wenn sie um eine Frau warben.

Er musterte seine anderen Söhne. Bald würde sich einiges für sie ändern, dafür würde er sorgen. Sobald der Stamm einen geeigneten Lagerplatz für ein dauerhaftes Dorf gefunden hatte, würden sie auch eine Jungenhütte errichten! Und ein Mädchenhaus ebenfalls, in dem Siwi-ni als älteste Frau die Rolle der Lehrerin und weisen Frau übernehmen würde.

Dann wurde Kosar-eh von Gah-tis Angebereien aus seinen Träumen gerissen.

»Bring Mah-ree dazu, daß sie mir mit tanzt, Vater! Gah-ti wird für sie jagen und ihr Geschenke aus Fleisch, Fell, Federn und Perlen bringen!«

Der Junge stolzierte um Mah-ree herum und versuchte ihre Hand zu nehmen.

»Laß mich zufrieden, du dummer Junge!« Mah-ree warf sich gegen Kosar-eh, drückte ihn zur Überraschung des Lustigen Mannes fest an sich und küßte ihn wild auf seinen Umhang, wo seine leblose rechte Hand verborgen war. »Ich liebe meinen Lustigen Mann fast so sehr, wie ich meinen Schamanen liebe! Wenn Gah-ti seinem Vater ähnlicher wäre, würde ich ... ich auch ihn lieben. Nicht wie eine Frau einen Mann liebt natürlich, sondern wie einen Bruder!«

Gah-ti wurde zornig. »Du wirst meine Frau werden!«

»Nein, niemals!« Mah-ree reckte die Nase in die Luft und lief zu den anderen zurück.

Gah-ti war ihr dicht auf den Fersen. Er fluchte und trat nach Freund, als der Hund ihm folgte, nach seinen Fersen schnappte und mit den Zähnen den Riemen einer Sandale zu fassen bekam. Er ließ den Jungen nicht los, bis er stolperte und zu Boden stürzte.

Mah-ree blickte sich zu ihm um und lachte ihn aus. »Du wirst nie ein Jäger dieses Stammes werden, Gah-ti! Du wirst ein Lustiger Mann wie dein Vater sein!«

»Mah-ree!« wurde sie von Ha-xa ermahnt.

Doch Kosar-eh war nicht beleidigt. Er wußte, daß das Mädchen zu betrunken war, um genau darüber nachzudenken, was es sagte. Außerdem klopfte sein Herz wie wild, seine Zunge war wie gelähmt, und seine Gedanken rasten. Er starrte auf das Fell hinunter, das seine verkrüppelte Hand bedeckte.

Hatte er Mah-rees Kuß wirklich gespürt? Nachdem er sich ein halbes Leben lang danach gesehnt hatte, daß sein Arm und seine Hand wieder empfindungsfähig wurden, konnte er kaum noch glauben, daß es möglich sein sollte. Doch als seine neugeborene Tochter ihn mit den kleinen Füßen getreten hatte, hätte er schwören können, daß er ihre Fersen auf seinem Handrücken gespürt hatte. Doch zu dem Zeitpunkt hatte er es nicht gewagt, genauer darüber nachzudenken. Er konnte sich auch nicht dazu überwinden, seinen verkrüppelten Arm zu berühren, damit die Enttäuschung nicht zu schwer wurde. Doch den ganzen Tag lang hatte die Hoffnung ständig an seinen Gedanken genagt.

Während sein Herz heftig in seiner Brust klopfte, hob Kosar-eh jetzt langsam seinen gesunden Arm. Zitternd legte er ihn auf den Umhang und drückte auf das verkümmerte Fleisch, das darunter lag.

Ja? Ja!

Kosar-eh stockte der Atem. Er hatte es nicht einmal zu träumen gewagt, doch er spürte wirklich etwas in seiner Hand! Er drückte fester zu und dann noch fester. Die verkümmerten Muskeln und leblosen Knochen gaben nicht nach, aber er hatte eine Empfindung darin, als würden unsichtbare Ameisen unter seiner Haut entlanglaufen und sein Fleisch mit tausend winzigen Fühlern kitzeln.

Tränen traten in seine Augen, während er den Drang unterdrückte, die Neuigkeit hinauszuschreien. Es war noch zu früh. Eifersüchtige Geister könnten zuhören und den Heilungsprozeß rückgängig machen. Fürs erste mußte er abwarten und sich stumm fragen, warum die Mächte der Schöpfung ihn nach so vielen Jahren der Sehnsucht und der stillen, heimlichen Gebete erhört hatten.

Er blickte zu Cha-kwena auf. Hatte der junge Schamane die Mächte der Schöpfung dazu gebracht, Mitleid mit ihm zu haben und das Leben in seinen zerstörten Arm zurückkehren zu lassen, was kein anderer Schamane der Roten Welt geschafft hatte? Das war mehr, als er hoffen konnte! Doch Kosar-eh wünschte es sich trotzdem, während sich alles in seinem Kopf drehte und er sich von der Möglichkeit, wieder ein ganzer Mann sein zu können, berauschen ließ.

Er richtete sich auf, atmete tief durch, um sich zu beruhigen, und ging zwischen den herumwirbelnden Tänzern hindurch, um zu Ta-maya zu gelangen, die neben der schlafenden Siwi-ni stand. Seine Frau sollte ruhig schlafen! Sie war in dieser Nacht zu erschöpft, um zu tanzen. Mit einem Selbstvertrauen, das er seit seiner Jugend nicht mehr empfunden hatte, vergaß Kosar-eh sein vernarbtes Gesicht und packte Ta-mayas Handgelenk mit seiner starken, gesunden Hand.

»Komm!« sagte er und führte sie in den Kreis der Tänzer. »Heute nacht ruft unser Schamane die Mächte der Schöpfung an! Heute nacht schläft Siwi-ni mit einem neuen Leben an ihrer Brust! Heute nacht singen meine Kinder glücklich in einem neuen Land, und das große weiße Mammut grast zusammen mit seinen Artgenossen! Lächle, Tochter der Roten Welt! Es ist Zeit, daß wir die Trauer der Vergangenheit hinter uns lassen. Die Zeichen stehen besser, als du ahnst! Tanz mit mir, Ta-maya, denn nur die Vier Winde wissen, welche magischen Kräfte heute nacht in den Sternen erwachen!«

9

Shateh schreckte aus dem Schlaf hoch. Der Wind hatte aufgefrischt und kam aus dem Norden. Und etwas anderes bewegte sich mit dem Wind. Der Oberhäuptling setzte sich auf und lauschte. Die Männer, die am Rand des Lagers Wache hielten, hatten keinen Alarm gegeben. Auch die Hunde waren still. Mit einer unangenehmen Vorahnung starrte Shateh in die kühle Dunkelheit, konnte jedoch nur ein paar Schritte weit sehen. Wolken hatten sich auf die Erde gesenkt, die Sterne verhüllt und die Nacht in ein unheimliches Meer aus Nebel verwandelt. Irgendwo in der Ferne schrie ein Ziegenmelker – oder hatte er sich den Laut nur eingebildet? Shateh wußte es nicht. Einer der Hunde bellte einmal, dann war es wieder ruhig.

Der Oberhäuptling zog sich seinen schweren Reisemantel aus Bärenfell über den Kopf und hüllte sich darin ein. Ein Sturm zog auf, daran gab es keinen Zweifel. Der unverkennbare Geruch nach Eis lag im Wind. Er atmete ihn ein und erkannte die Anwesenheit dessen, was ihn aus seinem schweren, traumlosen Schlaf gerissen hatte: Der Große Weiße Winter war im Norden erwacht und begann sich nun über die Welt auszubreiten.

Viel zu früh, dachte er. *Mein Stamm muß vorher noch die Herde wiederfinden, jagen und Fleisch und Felle für neue Hütten gewinnen. Das ist nicht gut!*

Neben ihm stöhnte Ban-ya im Schlaf und erzitterte unter dem Bisonfell, das er ihr gegeben hatte. Er bedauerte es, daß er sie gezwungen hatte, sich von ihrem eigenen Umhang aus Kojotenfellen zu trennen, denn darüber war sie sehr betrübt gewesen.

Aber was sonst hätte er tun können, um die giftige Zunge Atonashkehs zum Schweigen zu bringen und die ebenso gehässigen Frauen seines Sohnes zu beruhigen? Sie alle waren überrascht und verärgert gewesen, als Ban-ya und er aus dem Wald zum Stamm zurückgekehrt waren. Atonashkeh hatte ihnen zweifellos erzählt, daß er dem Oberhäuptling geraten hatte, die neue Frau zu töten.

Sein Sohn beharrte auf seiner Überzeugung, daß Ban-yas Anwesenheit ihnen weiterhin Unglück bringen würde. Shateh hatte in den tief besorgten Blicken seines Stammes Mißtrauen, Neid und Haß gesehen. Der Oberhäuptling erkannte sofort, daß er Ban-ya nur behalten konnte, wenn er ihre Stellung innerhalb des Stammes verringerte. Also hatte er sie geschlagen und seinen zwei Frauen befohlen, ihr Stirnhaar zu schneiden. Sie hatte versucht zu fliehen, doch er hatte ihr die Arme auf den Rücken gedreht und sie festgehalten. Und als Nani, Atonashkehs schwangere zweite Frau, neidisch Ban-yas Umhang angestarrt und gesagt hatte, daß er viel zu gut für eine Sklavin sei, hatte er Ban-ya das Kleidungsstück weggenommen und es der anderen Frau gegeben.

Shateh knurrte, als er sich daran erinnerte. Die ständigen Herausforderungen seines Sohnes ärgerten ihn. Selbst wenn Ban-ya ihn nicht befriedigen konnte, würde er sie am Leben lassen, nur um Atonashkeh deutlich zu machen, daß kein Zweifel daran bestand, wer im Stamm das Sagen hatte – er oder sein Sohn. Doch die Frau hatte ihn außerordentlich befriedigt. Wenn er nur daran dachte, bei ihr zu liegen, wurde sein männliches Organ hart, und er fühlte sich wieder jung und mächtig.

Jetzt stöhnte Ban-ya erneut im Schlaf, und Shateh schämte sich. Er wußte, daß er die Frau mißbraucht hatte. Es war eigentlich nicht seine Art, und er würde es auch nicht wieder tun. Das hatte er sich bereits geschworen. Doch als Häuptling und Schamane konnte er sich nicht dadurch erniedrigen, daß er ihr seinen Schwur verriet – nicht einer Frau und schon gar nicht einer Eidechsenfresserin gegenüber.

Er hatte sie den ganzen Tag lang beobachtet, wie sie ihm schweigend gefolgt war, mehrere Schritt hinter Wehakna, Senohnim und ihren Töchtern. Ban-ya gehorchte ihm und seinen Frauen, wollte sich aber nicht auf Nanis Spott einlassen. »Schau dir meinen neuen Umhang an, Sklavin! Hättest du nicht auch gerne ein so schönes Kleidungsstück? Siehst du, wie hervorragend er mir paßt? Als wäre er eigens für mich gemacht worden!«

Als es dunkel geworden war und der Stamm vor Müdigkeit hatte lagern müssen, hatte Shateh sich, ohne auf die wütenden Blicke Atonashkehs zu achten, mit Ban-ya von seinen anderen Frauen entfernt und ihr gezeigt, wie es mit ihm sein konnte. Diesmal war er zärtlich zu ihr gewesen und hatte ihr wieder Milch aus den angeschwollenen Brüsten gesaugt, um den Schmerz zu lindern. Seine behutsamen tastenden Fingerspitzen hatten es bisher immer geschafft, auch die widerspenstigsten Frauen zu entflammen, doch Ban-ya hatte nicht darauf reagiert. Zum Schluß war sie nur ein leidenschaftsloses Gefäß für seine Leidenschaft gewesen.

Er war enttäuscht gewesen, aber der lange Tagesmarsch hatte sie erschöpft und mit ihrem gestutzten Haar war tatsächlich ein Teil ihrer Seele verlorengegangen. Er hatte sie ins Nachtlager zurückgebracht. Nach einer kargen Mahlzeit und einer weiteren Paarung war sie schließlich eingeschlafen, nackt und mit abgewandtem Gesicht unter einem schweren, vom Wind zerzausten Bisonfell.

Er runzelte die Stirn. Ihr Atem ging flach und unregelmäßig. Er hob das Fell an und legte sich neben sie, während er sie beide mit dem Fell bedeckte. Er zog sie zu sich heran, glitt mit der Hand über die Rundung ihrer Hüfte, dann über ihren Bauch und nach oben, um ihre Brüste zu liebkosen. Ihre Größe und Wärme entfachten sein männliches Bedürfnis, bis Ban-ya mit einem langen, qualvollen Seufzen auf seine Berührung reagierte.

»Dakan-eh . . . Piku-neh . . .«, stöhnte sie.

Shateh stieß ärgerlich den Atem aus. Sein Bedürfnis war erloschen. Er atmete noch einmal aus, schloß die Augen und versuchte zu schlafen. Gelegentlich hörte er ein leises Stöhnen von Wehakna, die hinter ihm schlief. Es schmerzte in seiner Seele, wenn er sie so hörte. Die Trauerzeit war vorbei, doch Wehakna litt immer noch unter dem Verlust von Kalawak, so wie Ban-ya sich nach Piku-neh sehnte.

Glaubten seine Frauen, daß er seine eigene Trauer im zerstörten Dorf am Fluß zurückgelassen hatte? Glaubten sie, daß er weniger unter dem Verlust eines Sohnes litt, weil er ein Mann, ein Häuptling und ein Schamane war? Daß er weniger unter dem Verlust all seiner Söhne litt?

Er versuchte sich selbst zu trösten, doch seine Gedanken waren schwermütig. Der Wind sprach vom kommenden Schnee. Wenn er kam, würde es vermutlich ein kurzer Sturm sein – ein leichter Schneefall, der lediglich die alles einhüllenden Schneestürme ankündigte. Sein Stamm konnte einen Herbststurm überstehen. Anschließend würde die Sonne das Land wieder erwärmen, und der Stamm konnte weiterziehen und die Bisons auf ihren bekannten Wanderwegen suchen. Bald würden sie die Herde finden, und das Leben würde wieder gut sein. Bald würden sie in Sicherheit und mit Fleisch und Fellen im Überfluß versorgt sein. Und wenn sich die Stämme schließlich zur großen Herbstjagd versammelten, würde er voller Selbstbewußtsein auftreten. All die Häuptlinge und Schamanen, die ihm aus Angst, er könnte Unglück über sie gebracht haben, den Rücken zugekehrt hatten, würden beschämt den Blick senken. Sie würden wissen, daß er ihnen Glück und Macht brachte, wie er es seit seiner Jugend getan hatte, als er sie dazu ermutigt hatte, sich gegen Ysuna und den Stamm des Wachenden Sterns zu stellen, in einem Land, wo es kaum noch Mammuts gab, das Leben als Mammutjäger aufzugeben und sich statt dessen auf Bisons als Hauptnahrungsquelle zu verlassen.

Endlich schlief er ein. Sein Schlaf war ungestört. Während er mit einem starken Arm seine neue Frau festhielt, träumte Shateh von seiner Jugend und von einem weißen Mammut, das in das brennende Gesicht der aufgehenden Sonne zog.

Die Angreifer kamen mit dem Schnee. In den Wolken waren sie unsichtbar. Sie verhielten sich völlig ruhig und waren in der Dunkelheit und im zunehmenden Wind nicht eher wahrzunehmen, bis der Schrei einer sterbenden Frau ihre Anwesenheit verriet. Alle Männer, Frauen, Hunde und Kinder in Shatehs Lager sprangen auf, um sich zu verteidigen, doch es war bereits zu spät. Mit dem Wind, den Wolken und dem Schnee als Verbündete verschwanden die Angreifer genauso schnell, wie sie gekommen waren.

Und jetzt jammerten und schrien die Frauen und Kinder in Shatehs Lager, während sich die Krieger sammelten und ihre Verluste feststellten. Zwei Männer waren tot, mehrere andere verletzt, und ein Kind wurde vermißt.

»Aiyee! Meine Wila! Hat jemand meine Wila gesehen?« rief eine der Frauen Nakantahkehs.

»Vielleicht hat sie sich versteckt!« sagte eine andere Frau.

»Ja! Kommt, wir wollen nach ihr suchen! Wir werden meine Wila wiederfinden und ...«

»Ihr bleibt, wo ihr seid!« befahl Shateh eindringlich. »Niemand wird dieses Lager verlassen, bis die Krieger dieses Stammes sicher sind, daß keine ›Wölfe‹ mehr in der Nähe lauern.«

»Oh, böse Geister ... böse Geister ...«, jammerte Wilas Mutter. Verzweifelt rief sie immer wieder den Namen ihrer jungen Tochter, bis Atonashkeh ihr sagte, sie sollte den Mund halten.

Shateh drehte sich um. In der Stimme seines Sohnes hatte er einen Unterton des Wahnsinns wahrgenommen. Er ging langsam durch den Wind und den Schneefall, bis er Atonashkeh deutlich sehen konnte. Sein Sohn kniete vor einem schneebedeckten Hügel aus Fell, in dem ein Speer steckte. Langsam und mit zitternder Hand zog Atonashkeh den Umhang aus Kojotenfell zurück, der seine zweite Frau bedeckte. Nani lag reglos da, hatte sich schützend um ihren hochschwangeren Bauch gerollt und starrte blicklos mit offenem Mund und aufgeschnittener Kehle.

Cha-kwena schwebte auf den Flügeln von Eule durch die Nacht herab, durch lange Wirbel aus Sternen, die seinen Namen zu flüstern schienen, während er zur Erde zurückkehrte. In seinem Kopf drehte es sich. Wo war er? Er konnte sich nicht erinnern, das Lager verlassen zu haben.

Er stellte fest, daß er auf der rauhen, flechtenbewachsenen

Oberfläche eines breiten Felsens lag. Ein Löwe brüllte irgendwo in den Hügeln. Der junge fast völlig nackte Schamane zitterte, war besorgt und fühlte sich verletzlich. Aus Angst, in die Dunkelheit unter ihm zu stürzen, suchte er mit seinen Sandalen einen festen Halt. In seinem Kopf begann es zu pulsieren. Er rieb sich die Augen und blickte sich um.

Am Nachthimmel erkannte er, daß er sehr lange aus dieser Welt fortgewesen war, während er die Reise durch die Sterne unternommen hatte. Wieder brüllte der Löwe. Cha-kwena betrachtete die nächtlichen Hügel. Dann fiel sein Blick auf seine zwei Lieblingsspeere und den Reisebeutel, in dem sich seine Feuersteinknollen und Steinwerkzeuge befanden. Daneben lag auch der schwere Köcher mit den magischen Speerspitzen. Er empfand eine große Erleichterung darüber, daß er diese Dinge mitgenommen hatte.

Er kniete sich hin und löste dann den Riemen, der den größeren Beutel verschlossen hielt. Darin lagen die drei Speerspitzen, die einzeln in Felle gewickelt waren. Er fragte sich, warum er sie aus dem Lager mitgenommen hatte. Er berührte das Amulett an seinem Hals und fragte die Nacht: »Wie bin ich an diesen Ort gelangt, mit den Dingen, die mir heilig sind? Und warum?«

Langsam und ohne daß ihm richtig bewußt wurde, was er tat, legte er die erste der drei Speerspitzen frei. Die blasse, vollendete und blattdünne Klinge aus Chalzedon war so breit wie seine Handfläche und fast so lang wie sein Schenkel. Er zitterte erneut.

»Nur mit diesen Klingen kann das Totem getötet werden.«

Wer hatte gesprochen? Über ihm flog eine geflügelte Gestalt vor den Sternen vorbei. »Eule? Bist du es, Eule?«

»Wer das Leben, das Blut und Fleisch des Totems nimmt, wird wie das Totem ... unsterblich!«

»Eule?« Er wickelte hastig die magische Speerspitze wieder ein, verschloß den Köcher, stand auf und blickte zum Himmel. »Wo bist du, Eule?«

»Bewahre sie sicher auf, Cha-kwena, Bruder der Tiere, Wächter des Totems. Bewahre sie sicher in der Macht des heiligen Steins und der Vorfahren, bis die Zeit gekommen ist, von der die Weissagung spricht!«

»Großvater? Bist du das, Großvater?«

»Cha-kwena!«

Atemlos und mit klopfendem Herzen blinzelte er nach unten und sah, daß Mah-ree ihn vom Fuß des großen Felsens aus rief.

Freund und mehrere andere Hunde waren bei ihr. Die Tiere ließen sich zu Boden fallen, doch sie kletterte zu ihm hinauf. Mit einem bewundernden Lächeln reichte sie ihm seinen Umhang aus Kaninchenfell und einen schlaffen Trinkschlauch.

»Oh, mein Schamane, du warst heute nacht wunderbar! Wie du getanzt hast! Wie du gesungen hast! Hoyeh-tay wäre so stolz auf dich gewesen!«

Die Worte trösteten ihn nicht so sehr wie die Wärme seines Umhangs und des Getränks. Er setzte sich hin und trank gierig aus dem Schlauch, ohne daran zu denken, ihr etwas abzugeben.

Sie erhob keinen Einwand. »Ich habe den Rest für dich aufgehoben«, gestand sie und glättete den kurzen Umhang aus Kaninchenfellen, den sie um ihren ansonsten nackten Rumpf trug.

»Wie hast du mich gefunden, Mah-ree? Und wo bin ich überhaupt?«

Sie zuckte die Schultern. »Ein Stück hinter dem Lager. Als du weggegangen bist, während die anderen einschliefen, dachte ich, dir könnte kalt werden, und habe dir deinen Umhang gebracht. Du bist nicht sehr weit gegangen – nicht so weit wie sonst. Warum mußt du dir immer solche schwer zu erreichenden Stellen aussuchen, um mit den Geistern zu reden, Cha-kwena?«

»Ich suche die Einsamkeit. Irgendwann werde ich mir einen Ort suchen, wohin du mir nicht folgen kannst!«

»Ha! Ich werde dir überallhin folgen. Gemeinsam können wir allein sein.«

Er verdrehte die Augen und beschloß, nicht mehr auf sie zu achten.

Doch sie lehnte sich an ihn und fragte ihn: »Bist du mir böse, daß ich dir gefolgt bin?«

»Ja.« Dann wurde Cha-kwena bewußt, daß er nicht die Wahrheit sagte. Er war dankbar für den Umhang, und er wußte, daß er ihr danken und sie dann fortschicken sollte, doch dann trompeteten plötzlich Mammuts in der Dunkelheit. Er lauschte gespannt und versuchte, die einzelnen Rufe zu unterscheiden.

»Ich höre Lebensspender« sagte Mah-ree mit einem ehrfürchtigen Flüstern. »Hör doch! Seine Artgenossen fordern ihn auf, mit ihnen über das neue Land zu ziehen, aus verborgenen Wasserlöchern zu trinken und auf den schönen, weiten Wiesen zu grasen, wo die Mammuts leben und ihre Jungen in Frieden und Sicherheit zur Welt bringen. Er antwortet ihnen, daß er sich auf ihre Gesellschaft freut, mehr als sie ahnen. Jetzt erzählen sie ihm von allem, was sie gesehen und gehört haben, während er auf dem Weg zu ihnen über das weite . . .«

»Du kannst nicht wissen, was sie sagen, Mah-ree!«

»Aber sicher! Die Sprache der Mammuts besteht nicht aus Worten, sondern aus seufzenden Lauten und schwankenden Berührungen . . . Aber es ist trotzdem eine Sprache, so wie auch Menschen sich mit Berührungen, Seufzern und mit Blicken verständigen können – etwa so.«

Er blickte sie an und war verblüfft und fasziniert, als sie näher heranrückte, seufzte und lächelte und ihm dann, ohne ein Wort zu sprechen, mit Augen voller Sternenlicht sagte, daß sie ihn liebte.

»Du liebst mich auch. Ich weiß es.«

Er wollte ihr widersprechen, doch dann verstummten die Rufe der Mammuts genauso plötzlich, wie sie begonnen hatten, und Mah-ree lauschte angestrengt mit sichtlicher Besorgnis.

»All-Großvater ist müde«, flüsterte sie. »Er sagt, daß er sich jetzt ausruhen wird. Was hast du für ihn und für uns in den Sternen gesehen, Cha-kwena?«

Er blickte nach oben. Seine Augen folgten den nebligen Flüssen aus Licht, in denen er in dieser Nacht gebadet hatte. Dann suchte er die hellen Lichtpunkte, die nicht wie die anderen zitterten. Hoyeh-tay hatte ihn gelehrt, daß dies die Wegweiser zu den Lagern der Vorfahren in der Welt jenseits dieser Welt waren. Er runzelte die Stirn. Was hatte er in dieser Nacht in den Sternen gesehen? Seltsam . . . er konnte sich überhaupt nicht mehr an seine Reise erinnern.

»Ah!« rief Mah-ree und zeigte nach oben.

Er hielt den Atem an. Er hatte es ebenfalls gesehen – einen fallenden Stern, der aus dem nördlichen Viertel des Nachthimmels kam, und dann noch einen zweiten. Beide strichen am einzigen Stern vorbei, der seine Stellung am Himmel kaum veränderte – dem Wachenden Stern.

»Was hat das zu bedeuten, Cha-kwena?«

Er blinzelte verwirrt. Als Schamane sollte er wissen, wie er dem Mädchen antworten mußte. Sternschnuppen waren am klaren Nachthimmel der Roten Welt eine recht häufige Erscheinung gewesen. Hohey-tay hatte ihn gelehrt, daß sie für den Stamm sowohl Leben als auch Tod bedeuteten. Sie waren entweder gute oder schlechte Zeichen, je nachdem, von welchen anderen Zeichen sie begleitet wurden. Doch heute nacht hatte er gesehen, wie zwei Sterne fast gleichzeitig gefallen waren. Da es am nördlichen Himmel geschehen war, mußte Cha-kwena an seine Feinde denken, den Stamm des Wachenden Sterns. Er war besorgt, obwohl er wußte, daß sie weit entfernt waren, in einer anderen Welt, von anderen Feinden bezwungen, von denen, die ihn einst Freund genannt hatten. Mit einem mürrischen Gesichtsausdruck gedachte er Dakan-eh.

»Was ist, Cha-kwena?«

Cha-kwena antwortete nicht. Er dachte weiter über die Bedeutung der zwei fallenden Sterne nach und fragte sich, ob sie vielleicht niemals ein friedliches Land finden würden, wo er hoffen konnte, für immer in Harmonie zu leben, ganz gleich, wohin er seinen Stamm führte. Vielleicht gab es für die Kinder des Ersten Mannes und der Ersten Frau nirgendwo einen solchen Ort.

Er erinnerte sich an die Schöpfungsgeschichte der Vorfahren, wie der Erste Mann und die Erste Frau aus dem Norden gekommen waren, aus dem Wachenden Stern, über ein Land aus Eis, durch ein schreckliches Tal der Stürme und in ein Verbotenes Land, wo sie Ungeheuer zur Welt gebracht hatten – die Zwillingsgötter des Krieges und der Zwietracht, die dazu verdammt waren, für immer unter den Menschen zu leben.

Vielleicht sahen die Kriegszwillinge des Himmels ständig auf den Stamm herab und warteten auf eine Gelegenheit, zur Erde zu steigen und Zwietracht unter den Menschen zu säen. Er zitterte und wollte nicht daran glauben – nicht heute nacht.

Mah-ree war ihren eigenen Gedanken gefolgt. »Hast du es gesehen, Cha-kwena? Die Sterne sind nach Südosten gefallen, Sicher ist es ein Zeichen der Vorfahren, daß der Weg richtig ist, auf dem ihr, du und das Totem, den Stamm geführt habt. Für uns wird jetzt alles gut werden. Ich bin mir ganz sicher!«

Und in diesem Augenblick war er so sehr von ihrer Begeisterung überwältigt und dankbar für ihren Optimismus, daß er etwas Seltsames tat. Er nahm ihr hübsches kleines Gesicht in seine Hände und küßte sie auf den Mund – mit dem Kuß eines Mannes.

Ohne das geringste Zögern schlang sie ihre Arme um seinen Hals und erwiderte den Kuß – leidenschaftlich und nach Art einer Frau. Dann zog sie sich mit einem glücklichen Seufzen zurück. »Ich werde dir eine gute Frau sein, Cha-kwena! Du wirst sehen!«

Er fühlte sich verwirrt. Der Schmerz in seinem Kopf war verschwunden, aber in Mah-rees Augen spiegelten sich immer noch die Sterne, und der Duft des Salbeiöls, das sie sich in die Haare gekämmt hatte, stieg ihm in die Nase. Hatte sie schon immer so süß gerochen und so schön ausgesehen? Sie wirkte überhaupt nicht mehr wie ein kleines Mädchen, sondern sah fast wie ihre Schwester aus, so daß er beinahe das Gefühl hatte, Ta-maya in den Armen zu halten. Er schüttelte den Kopf, um seine Benommenheit zu vertreiben, doch es gelang ihm nicht. Sein Körper reagierte auf ihren Anblick. »Du siehst heute nacht sehr wie deine Schwester aus – viel zu sehr. Du solltest lieber ins Lager zurückkehren, Moskito.«

»Du hast versprochen, mich nie wieder so zu nennen, Cha-kwena!«

»Ja, das habe ich. Vor langer Zeit.«

»Ich bin dir doch nicht lästig, oder? Du freust dich doch über die Wärme des Umhangs und des Getränks?«

»Ja . . . die Wärme des Umhangs und des Getränks.«

»Und du scheinst auch nicht unglücklich zu sein, mich zu sehen! O Cha-kwena, ich bin für dich bestimmt! Das weißt du!«

»Gah-ti ist anderer Meinung.«

»Gah-ti ist mir egal! Er ist ein unerfahrener Junge, der warten muß, bis Joh-nee und Tla-nee aufgewachsen sind. Warum sollte ich auch nur einen Gedanken an ihn verschwenden? Hast du vergessen, daß du einst versucht hast, um meinetwillen einen Löwen zu erlegen, und daß du dein Leben aufs Spiel gesetzt hast, um mich ...«

»Ich habe es nicht vergessen. Doch das war vor langer Zeit. Außerdem war der Löwe alt und bestand vielleicht gar nicht aus Fleisch und Blut.«

»Du warst tapfer und wundervoll!« widersprach sie, kuschelte sich an und küßte ihn erneut.

Er ließ den Kuß zu, während er sich sagte, daß er aufhören sollte. Doch ihr Mund war so süß wie ihr Haar und ihr Atem, so feucht, offen und einladend wie ...

Beide erschraken, als einer der Hunde bellte. Der Kuß war zu Ende. Mah-ree klammerte sich an Cha-kwena, während sie angespannt auf Raubtiere lauschten, die ihnen vielleicht in der Dunkelheit auflauerten. Als der Hund kein zweites Mal bellte, entspannte sich Cha-kwena und versicherte Mah-ree, daß sie auf dem Felsen in Sicherheit waren.

»Ich habe meine Speere.«

Sie nickte. Sie war immer noch beunruhigt und hatte die Augen weit aufgerissen. »Wird All-Großvater in diesem neuen Land sicher sein, Cha-kwena? Er klang heute nacht so müde. Werden Raubtiere, die nicht wissen, daß er unser Totem ist, auf sein Fleisch begierig sein?«

Die Frage strich wie ein Rauchfaden durch Cha-kwenas Geist. Er war irritiert und auf seltsame Weise von dem Mädchen fasziniert und antwortete nicht. Der Blick seiner Augen hatte sich schon wieder in ihren verloren. Ihre Ähnlichkeit zu Ta-maya verwirrte ihn. Vielleicht war sie Ta-maya! Er wußte, wie dumm dieser Gedanke war, aber er war viel zu berauscht davon. Eine Weile verging, und dann entspannte sie sich allmählich in seinen Armen. Sie waren von einem gemeinsamen Zauber umhüllt und küßten sich erneut, lagen nebeneinander auf dem Stein und wurden unter den Sternen bald eins.

Die Mammuts schwiegen. Der Löwe hatte schon lange nicht

mehr in den Hügeln gebrüllt. Die Hunde hielten am Fuß des Felsens Wache gegen Raubtiere...

Im Lager des Stammes schliefen die Frauen, Kinder und Siwini mit ihrer neuen Tochter. Kosar-eh, der seinem ältesten Sohn eine große Ehre erwiesen hatte, als er ihm erlaubte, allein Wache zu halten, überließ sich den hoffnungsvollsten Träumen, die er seit einem halben Lebensalter gehabt hatte...

Während Mah-ree in seinen Armen träumte, schlief auch Cha-kwena lächelnd ein. Der Nordwind kämmte sanft durch das Fell seines Umhangs. Obwohl er die Kälte kaum spürte, hüllte er sich und das Mädchen in den Umhang. Er war zuversichtlich, daß die Mächte der Schöpfung ihm heute nacht freundlich gesonnen waren, denn nach so vielen schweren Monden lebte er nun in einem guten Land und hielt die schöne Ta-maya in den Armen, während sie endlich sicher vor ihren Feinden waren.

In einem Gebüsch aus Sträuchern mit roter Rinde, nicht weit vom Fuß des Felsens entfernt, hielt sich Gah-ti neben den Hunden versteckt. Er hatte alles gesehen, was zwischen Mah-ree und Cha-kwena geschehen war. Seine Hand klammerte sich um den Schaft seines Speeres. Tränen der Verzweiflung, der Enttäuschung und der Wut standen ihm in den Augen. Er versuchte sie zurückzuhalten, während er aufstand, kehrtmachte und zum Lager zurückging.

Wenn es das ist, was sie will, dann soll sie es haben – und ihn! Wenn ich nur daran denke, daß ich mich in Gefahr begeben habe, um ihr zu folgen und sie vor Raubtieren zu beschützen! Nie wieder werde ich das tun! Nie wieder! Wenn der Löwe, der in den Hügeln gebrüllt hat, sie angreift, soll Cha-kwena ihn töten! In ihren Augen ist er auch der Löwentöter, wie es scheint, und nicht nur der Schamane!

Er blieb stehen, als seine Gedanken plötzlich rasten und er es sich anders überlegte. Er wirbelte herum, kehrte jedoch nicht zum Felsen zurück, sondern ging daran vorbei, auf die dunklen Hügel zu, in denen vor längerer Zeit der Löwe gebrüllt hatte. Er hatte die Quelle des Lautes längst genauer eingeschätzt.

Seine Verpflichtung als Wächter vernachlässigte er, weil er sich zu weit vom Stamm entfernt hatte. Für Gah-ti gab es eine viel wichtigere Verpflichtung, wie er meinte. Als er jetzt zum Himmel hinaufblickte, erinnerte er sich an die zwei fallenden Sterne. Er faßte neue Hoffnung, die seine Angst vertrieb.

»Und Mah-ree wird doch mir gehören!« schwor er den Sternen. »Nie wieder wird sie mich einen unerfahrenen Jungen nennen! Nie wieder wird sie sagen, daß Gah-ti kein Mann ist! Chakwena mag der Schamane sein, aber der erstgeborene Sohn Kosar-ehs wird der Löwentöter sein!«

In Wind, Dunkelheit und Schneetreiben wandte sich Sheela wütend ihren Kriegern zu. »Ich habe diese Frau Ban-ya mit eigenen Händen getötet«, sagte sie. »Aber das genügt mir nicht. Ich wollte sie gefangennehmen, aber ich konnte nicht zulassen, daß sie schreit und die anderen weckt. Ich verspreche euch, daß ich nicht eher zum Lager zurückkehren werde, bis Dakan-eh tot ist!«

Tsana schüttelte den Kopf. »Wir sind nicht angemessen gekleidet, um in diesem Sturm und bei dieser Kälte kämpfen zu können. Sei dankbar für den Erfolg dieses nächtlichen Überfalls. Ich zumindest bin zufrieden, daß es . . .«

»Erfolg?« tobte sie. »Ich werde erst zufrieden sein, wenn ich denjenigen getötet habe, der mich erniedrigt hat und an Rikirees Tod schuld ist. Daher würde ich diesen Überfall niemals als erfolgreich bezeichnen!«

Die anderen Männer blieben stumm. Ihre junge Gefangene stand zwischen ihnen. Sie hielt den Kopf gesenkt und zitterte vor Kälte, Erschöpfung und Furcht.

Tsana redete ruhig weiter. »Wir haben diesen Angriff ohne Verluste und Verletzungen überstanden. Jhadel wird sagen, daß die Mächte der Schöpfung mit der Tochter Sheehanals sind. Himmelsdonner hat seinen Stamm beschützt, wie diese Gefangene beweist. Wir haben in dieser Nacht wirklich großen Erfolg gehabt.«

Sheela blickte auf Wila herab, und ihr Haß auf das Mädchen verzerrte ihre mit Asche geschwärzten Gesichtszüge. »Warum bist du so still, Tochter Nakantahkehs? Du hast doch bisher keine Gelegenheit ausgelassen, mich zu verspotten und zu erniedrigen. Sprich? Ich will sehen, wie mutig zu jetzt bist, wo *du* als Sklavin unter Feinden leben wirst!«

Das Mädchen brach in Tränen aus. »Mein Vater ist ein großer Krieger! Er wird mich zurückholen. Und wenn er dich zu fassen kriegt, kannst du dich glücklich schätzen, wenn du dich nur über die Sklaverei beschweren mußt!«

»Ist das so?« höhnte Sheela und bückte sich, um dem Mädchen in die Augen blicken zu können. »Ich werde *dir* sagen, wie es sein wird, Tochter Nakantahkehs! Wenn dein Stamm in den nächsten Tagen den Wegen des Wildes folgt, werden wir ihnen folgen, um sie zu überfallen und zu jagen. Wir werden dort sein, wo sie uns am wenigsten erwarten. Sie werden bald in ständiger Angst vor uns leben, so wie wir in Angst vor ihnen gelebt haben. Sie werden zu unserem Vergnügen sterben – alle –, und du wirst ihren Tod erleben. Ja, Wila! Ich werde dafür sorgen, daß du zusiehst, wie sie sterben – deine Mutter, dein Vater, deine Schwester ... so wie ich zusehen mußte, wie meine Familie starb. Und wenn wir in diesem Land alle Feinde getötet haben, wird der Stamm des Wachenden Sterns nach Süden ziehen, um weitere Feinde zu suchen. Wir werden diejenigen finden, die unser Totem über den Rand der Welt hinaus entführt haben. Wir werden die Vision von Ysuna, der Tochter der Sonne, erfüllen. Wir werden das große weiße Mammut jagen und es töten, von seinem Fleisch essen und sein Blut trinken. Seine Macht wird uns gehören. Wir werden unsterblich und unbesiegbar sein. Und jeder, der sich uns entgegenstellt, wird sterben.«

Wila zitterte heftig, als Sheela sich aufrichtete und sich im Schleier aus Schneetreiben und Finsternis wieder den anderen Kriegern zuwandte.

»Hörst du es auch?« kam Tsanas tiefe Stimme durch den Wind.

Sheela erstarrte, und die Hunde an ihrer Seite begannen zu knurren. »Ja, ich höre es.«

Ston nickte grimmig. »Unsere Feinde suchen uns.«

Wila schrie auf. »Nakantahkeh! Ich bin hier. Hier bin ich!«

Ston hob das Kind mit einem Arm auf und warf es sich über seine harte, breite Schulter.

»Kommt! Schnell!« drängte Sheela.

Als die Jäger und Sheela losliefen, schrie Wila erneut. »Nakantahkeh. Ich bin hier! Bitte, hilf mir!«

Es dauerte eine Weile, bis der Angriffstrupp haltmachte. Sheela kam zu Wila, als das Mädchen von Stons Schulter gehoben und auf die Beine gestellt wurde. »Hast du dir überlegt«, fragte die Frau mit einem befriedigten Lächeln, »warum niemand versucht hat, deine Schreie zu unterdrücken? Nein? Dummes Mädchen! Wir benutzen deine Schreie als Köder, um die, die dich retten wollen, in eine Falle zu locken.«

»Atonashkeh! Warte!«

Doch der Sohn des Oberhäuptlings wartete nicht. Shateh war wütend, aber nicht überrascht. Atonashkeh mußte vom Wind und Schnee halb erblindet sein, und sein rasender Zorn machte ihn sichtlich unachtsam. Er schwenkte seine Speere, drängte Nakantahkeh und die anderen, mit den Hunden zu folgen, und lief durch den Sturm voraus. »Für jene, die gestorben sind! Für meine getötete Nani und für Wila lassen wir uns nicht von der Rache abhalten – nicht einmal durch die Macht des Großen Weißen Winters!«

Dreiste, gedankenlose Worte, dachte Shateh wutschnaubend. Er bezweifelte, daß selbst der Mutige Mann der Roten Welt so leichtsinnig gegenüber seinen Jagdkameraden und seinem eigenen Leben gehandelt hätte. Nur ein paar ältere Krieger blieben mit ihren Hunden an der Seit des Oberhäuptlings. Er kannte die Männer gut genug, um zu wissen, daß sie aus Respekt vor der Weisheit ihres Häuptlings zurückgeblieben waren und nicht aus Furcht. Sie waren entschlossen, blutige Rache zu nehmen.

»Ich höre die Schreie des Mädchens nicht mehr«, sagte Teikan, der älteste seiner wenigen Getreuen.

»Sie haben einen großen Vorsprung, alter Freund.« Shateh klammerte seine Hand um den Schaft seines Speeres. »Sie führen uns in die Irre. Sie laufen nach links, dann nach rechts, zurück und wieder vorwärts. Sie versuchen, uns im Sturm zu verwirren, damit wir nicht wissen, wohin sie uns führen. Ich kann durch den Sturm keinen der vertrauten Hügel erkennen, aber meine Füße kennen die Unregelmäßigkeiten in der Haut der Erde, die meine Mutter ist. Gleich werden unsere Feinde sich nach Westen wenden, in das öde Land mit den vielen Schluchten. In unserer Jugendzeit haben wir beide, Teikan, du und ich, dort oft Pferde und Antilopen zu Tode gehetzt, um unsere Schnelligkeit und unseren Mut zu beweisen!«

Teikan richtete sich auf. »Dann fordern jene, die ihnen folgen, den Tod heraus! Die Hügel sind die beste Stelle im ganzen Grasland, um einen Hinterhalt zu legen!« Er verstummte, schüttelte den Kopf und entließ mit einem ungläubigen Zischen seinen Atem durch die Zähne. »Dein Sohn führt die anderen wegen einer unreifen Frau in jene zerklüfteten Hügel, Shateh!«

»Mein Sohn ist ein eigensinniger, ungehorsamer Narr!« schnappte der Oberhäuptling, der insgeheim den Tag verfluchte, an dem Atonashkeh geboren worden war – dann verfluchte er sich selbst für solche Gedanken. »Aber er ist mein Sohn – mein einziger Sohn. Ich werde ihm folgen.«

»Dieser Mann hat keine Angst!« sagte Teikan, obwohl seine Haltung die mutig ausgesprochene Lüge verriet.

»Nein, ich werde allein gehen«, sagte Shateh zu ihm und den anderen. »Wenn ich nicht zurückkehre, führe den Stamm nach Norden und bitte um Unterschlupf in den Hütten Xiahehs. Sag ihm, er soll Boten zu allen anderen Häuptlingen schicken, damit sie wissen, daß der schwarze Mond wirklich ein Zeichen des Todes war, daß unsere Feinde irgendwie wiederauferstanden sind, um sich an uns zu rächen. Und sag ihm, daß er recht hatte – daß dieses Land sich gegen Shateh gewendet hat, einen Mann, der dann kein Häuptling und Schamane mehr sein wird.«

»Du wirst zurückkehren!« rief Teikan bestimmt.

»So möge es sein!« erwiderte Shateh.

Dann meldete sich Indeh, einer der anderen Krieger, zögernd zu Wort. »Und wenn es nicht so ist, Shateh, was ist dann mit der Eidechsenfresserin? Xiaheh wird deine Frauen und Töchter stolz aufnehmen, aber Ban-ya wird in den Stämmen des Nordens nicht willkommen sein.«

»Du hast recht. Man wird sie als Unglücksbringerin ansehen«, gab Shateh zu.

Erneut bereute er es, sie von ihrem Stamm getrennt zu haben. Ohne seinen Schutz würde sie sterben. Wenn er ihr nicht den Umhang weggenommen und ihn Nani gegeben hätte, wäre sie bereits tot gewesen. Er hob die Augenbrauen, worauf sich seine noch nicht verheilte Stirnwunde spannte. Doch er bemerkte den Schmerz gar nicht, weil ihm ein beunruhigender Gedanke gekommen war. Hatte Atonashkeh mit seiner Ansicht über sie und ihre Stammesgenossen recht? Waren die Eidechsenfresser Todesbringer? Zuerst waren die wirbelnden Winde, dann die Schneestürme und nun die mörderischen Feinde gekommen, um die Kinder seines Stammes zu rauben und Schrecken in ihren Herzen zu verbreiten.

»Shateh . . .?« Indeh drängte nach einer Antwort auf seine Frage.

Der Oberhäuptling erfüllte seinen Wunsch. »Wenn ich nicht zurückkehre, mußt du sie töten. Wenn ich zurückkehre, werde ich sie töten.«

»Dakan-eh . . .«, krächzte Kahm-rees Stimme in der Dunkelheit.

Der Mutige Mann rührte sich unter seinem Schlaffell, stemmte sich auf einem Ellbogen hoch und blickte an der alten Frau vorbei in die Nacht. Hohe, dünne Wolken verschleierten die Sterne, und ein gelegentlicher Blitz leuchtete eine massive Sturmfront. Er blinzelte im Wind, der kräftig aus dem Norden blies. Er mochte seinen Geruch überhaupt nicht, und es war viel zu kalt für diese Jahreszeit.

»Himmelsdonner sucht nach uns«, sagte Na-seis junge Witwe.

Er drehte sich verblüfft über diese Worte um und sah, daß Lehana ihn anstarrte. Sie saß in ihren Reisemantel gehüllt neben der schlafenden Mutter ihres toten Mannes. Er wußte, daß das Mädchen seine Familie vermißte und nicht das Verlangen hatte, bei seinem Stamm zu bleiben. Doch Lehanas fortgeschrittene Schwangerschaft hatte über ihr Schicksal entschieden. Da sie das Kind eines Eidechsenfressers in sich trug, hatte ihr Vater Nakantahkeh ihr den Rücken zugekehrt. Obwohl ihre Mutter geweint und ihre jüngere Schwester Wila sie umklammert hatte, als wollte sie sie nie wieder loslassen, hatte sich ihr Vater nicht umstimmen lassen.

Dakan-eh verzog das Gesicht. Nakantahkeh war ein harter und ehrgeiziger Mann. Durch die Verstoßung seiner ältesten Tochter, die sich mit dem Eidechsenfresser eingelassen hatte, war er in Atonashkehs Anerkennung gestiegen, der eines Tages Häuptling sein würde. Dakan-eh wünschte dem Mann einen frühen Tod – er wünschte ihnen allen einen frühen, schmerzvollen und gräßlichen Tod, als Strafe, daß sie den Stolz eines Mutigen Mannes zerstört hatten.

»Es ist noch nicht zu spät, um Ban-ya zurückzuholen«, flüsterte Kahm-ree.

Der Mutige Mann funkelte die alte Frau wütend an und befahl ihr, den Mund zu halten. Warum mußte sie ihn ständig an eine Frau erinnern, die er so angestrengt zu vergessen versuchte? Er stand, in sein Schlaffell gehüllt, auf, starrte in den Wind und schüttelte den Kopf. Er machte sich Sorgen wegen des bevorstehenden Sturms. »Wir können nicht auf dem offenen Land bleiben. Wenn wir jetzt schnell weiterziehen, können wir in den bewaldeten Hügeln vor den Bergen zwischen dem Grasland und der Roten Welt Schutz suchen. Dort wird es genug Wild geben, so daß wir den Wettereinbruch überstehen können, bis wir in eine wärmere Gegend weiterziehen.«

Sein Stamm regte sich. Er drängte sie dazu, schnellstmöglich aufzubrechen.

Die alte Kahm-ree ergab sich seufzend in ihr Schicksal. Dann wankte sie murmelnd davon. »Meine arme Enkelin ... werde ich meine Ban-ya jemals wiedersehen?«

Dakan-eh hatte kein Mitleid mit der alten Frau. Er runzelte verärgert die Stirn, als er sah, wie Pah-la zu Kahm-ree ging und ihr ein Bisonfell um die hängenden Schultern legte. Er wußte, daß seine Mutter das Fell von den Leichentüchern seines Vaters genommen haben mußte. Sein Stirnrunzeln ließ die selbst zugefügte Wunde wieder schmerzen. Welchem Zweck diente die Wunde jetzt noch? fragte er sich verbittert. In der Roten Welt verstümmelte sich ein Mann nicht zum Zeichen der Trauer. Im Land seiner Vorfahren würde die Narbe nur dazu dienen, ihn ständig daran zu erinnern, daß er es nicht geschafft hatte, ein Krieger und Häuptling im Grasland zu werden.

»Mein Sohn.« Pah-las Stimme war voller Zuneigung, als sie neben ihn trat. »Ich danke den Sturmgöttern, daß sie uns aus diesem Land vertreiben. Denk doch nur an die warmen, einladenden Täler der Roten Welt! Ich weiß, daß die Seelen deines Vaters und Na-seis sich über jeden Schritt freuen, der sie näher zu unserem Dorf am See der Vielen Singvögel bringt.«

»Ich freue mich nicht«, knurrte er.

In der Nähe half der junge Hah-ri, der Sohn Ma-nuks, seiner Mutter und seinen Geschwistern. Er blickte zu Dakan-eh und sagte: »Cha-kwena hat uns davor gewarnt, Verbündete der Stämme des Graslands zu werden. Er hat uns gesagt, daß es nicht unserer Sitte entspricht, Bisons oder Mammuts zu jagen und vom Fleisch unseres Totems zu essen. Vielleicht hättest du auf ihn hören sollen, Dakan-eh. Vielleicht hättest du dich nicht von den Traditionen der Vorfahren abwenden und ...«

Dakan-eh tobte. »Du wirst nie wieder solche Worte sprechen! Nie wieder wirst du den Namen Cha-kwenas aussprechen! Jeder weiß, daß deine Gedanken langsam sind, aber bist du wirklich so dumm, daß du nicht verstehst, daß der Fluch des Enkels von Hoyeh-tay die Vier Winde gegen mich verschworen hat?«

Hah-ri ließ beschämt den Kopf hängen.

Dakan-eh spürte, daß alle Stammesmitglieder ihn ansahen. Es war ihm egal. Sein Wutausbruch hatte ihm gutgetan. »Kommt!« befahl er dem Stamm ruhig. »Himmelsdonner kann sich Shateh holen und alle anderen, die nicht die Weisheit unserer Sitten einsehen. Wir werden in die Rote Welt gehen und uns nie wieder umblicken!«

»Aber was ist mit meiner Ban-ya?«

Er wirbelte bei Kahm-rees Frage herum. Wenn die alte Frau in Reichweite gewesen wäre, hätte er sie getötet. »Tröste dich mit dem Sohn, den sie mir geboren hat — einen Sohn, den dieser Mutige Mann tapfer aus dem Grasland gerettet hat! Ja! So ist es gewesen! Alle müssen es sehen! Shateh dachte, es wäre sein eigener Wille, daß Piku-neh in die Hände des Mutigen Mannes gelegt wurde. Doch in Wirklichkeit hat sich Shateh von der Weisheit und den klugen Worten des Mutigen Mannes hereinlegen lassen! Ja! Genau so ist es gewesen!«

Die alte Frau senkte ihr Kinn und blickte ihn an. »Wenn der Mutige Mann so ›weise‹ und ›klug‹ ist, wieso konnte er dann Shateh nicht überreden, ihm auch meine Ban-ya zu lassen?«

In diesem Augenblick beschloß Dakan-eh, daß die alte Kahm-ree nicht mehr bei seinem Stamm sein würde, wenn er in das Land seiner Vorfahren zurückkehrte. Er musterte sie voller Verachtung, während er kühl erwiderte: »Weil der Mutige Mann mit seiner Weisheit und Klugheit Shateh dazu gebracht hat, ihm neue Frauen zu geben, mehr Frauen, *bessere* Frauen! Für mich und für diesen Stamm ist Ban-ya tot, Kahm-ree. Sprich nie wieder ihren Namen aus!«

Damit drehte er sich um und ging los. Seine neuen Frauen würden ihm mit seinem Besitz folgen, genauso wie er es ihnen gesagt hatte. Doch in seinem Herzen wußte er, daß keine von ihnen Ban-ya ersetzen konnte... keine konnte den Schmerz und die Verzweiflung aus seiner Seele vertreiben. Als er daran dachte, daß seine tapfere, treue und großbrüstige Ban-ya jetzt bei Shateh war, fühlte er Zorn und Scham. Und trotz seiner Verkündung wußte er allzu genau, daß nicht er, sondern Shateh klug gewesen war, als dieser die Worte des Mutigen Mannes benutzt hatte, um Ban-ya einem Mann abzugewinnen, der zu ängstlich war, als daß er um sie hätte kämpfen können.

Dakan-eh atmete tief durch. *Nein!* redete er sich ein. *Wenn ich um sie gekämpft hätte, wäre ich ihretwegen gestorben, und sie ist schließlich nur eine Frau!* Er wollte nicht mehr an Ban-ya denken. Wie auch immer ihr Schicksal aussehen mochte, er würde jede Verantwortung dafür ablehnen.

Als er allein in den zerklüfteten Hügeln war, bedauerte Shateh nur eines: daß er keine Zeit mehr gehabt hatte, seinen Körper und seine Seele für seinen vielleicht letzten Kampf zu reinigen. Doch schließlich erkannte er, daß er den größten Kampf mit seiner eigenen Schande und der Trauer ausfechten mußte, die er nun gezwungen war zu ertragen, als Nakantahkeh und die anderen im Schneetreiben auftauchten. Die Männer trugen einen bewußtlosen und ernsthaft verwundeten Atonashkeh und sprachen von vier weiteren Kriegern – und genauso vielen Hunden – die an die Geister des Sturms verloren gegangen waren.

»Wir haben die Feinde überhaupt nicht gesehen. Plötzlich hörten wir von überall ihr Lachen und spürten den tödlichen Stich ihrer Speere und der Steine, die sie auf uns warfen.« Nakantahkeh verzog das Gesicht. »Sie haben auf uns gepißt! Sie haben uns beschämt! Sie haben geprahlt, daß der Himmelsgott sich über mein Kind freuen würde. Ich habe meine Wila gerufen, aber wenn sie noch bei ihnen war – oder noch am Leben war –, habe ich nichts von ihr gehört. Ich wäre weitergegangen, wäre ihnen gefolgt, hätte versucht, sie zurückzuholen, aber dann war die Schlucht zu Ende und . . .« Seine Stimme brach, und er ließ beschämt den Kopf hängen.

»Sie war vermutlich schon weit weg«, vermutete Shateh verbittert und blinzelte in Wind und Schnee. »Doch nur die Sturmgeister der Nacht können sagen, wohin sie sie gebracht haben. Wir können sie nicht verfolgen – nicht bei diesem Wetter.«

»Sie haben uns gesagt, daß wir sie wiedersehen würden, wenn wir sie am wenigstens erwarten, und bevor sie kommen, sollen wir unsere Frauen und Töchter mit gutem Fleisch und Öl nähren und versüßen, damit sie sie genießen können, wenn sie sie als Sklavinnen nehmen.«

»Es war eine Falle«, sagte Shateh betrübt. Er kniete sich nieder und untersuchte die Verletzungen seines Sohnes – eine tiefe, aber harmlose Schulterwunde und weiter unten noch eine, die die Hand des älteren Mannes zum Zittern brachte, als er die hastig angebrachte Bandage entfernte. Der Oberhäuptling schrie unwillkürlich auf, als sein Blick auf die entsetzliche Amputation fiel.

»Er ist stark und jung. Mit etwas Pflege wird er überleben«, sagte Nakantahkeh.

»Ich will nicht leben«, keuchte Atonashkeh.

»Du mußt!« ermutigte Nakantahkeh ihn. »Um den Tod jener zu genießen, die dir das angetan haben!«

Atonashkeh begann wie eine Frau zu schluchzen. »Meine Frau und ihr ungeborenes Kind sind tot«, jammerte er. »Mit meinen eigenen Händen habe ich den Gesetzen meines Stammes gehorcht und meinen erstgeborenen Sohn erwürgt, weil er während der Zeit der Trauer auf die Welt kam! Jetzt kann ich nie wieder mit einer Frau Söhne machen!«

Die Männer, die Atonashkeh gehört hatten, wandten den Blick ab, aus Schmerz über seinen Kummer und seine Erniedrigung. Shateh nahm seinen Sohn in die Arme und hielt ihn, als wäre er ein kleiner Junge, als könnte seine Umarmung irgendwie die schreckliche Verletzung rückgängig machen, die die Mächte der Schöpfung seinem einzigen Sohn zugefügt hatten. Atonashkehs Penis war sauber von seinen Lenden abgeschnitten worden. Nie wieder würde er ein Kind in den Bauch seiner Frauen pflanzen und damit seinem Vater Hoffnung auf die Wiedergeburt machen können, der nun ohne neugeborene Söhne, die seinen Namen übernehmen würden, alt wurde. Shateh konnte nicht mehr auf Enkelsöhne hoffen. Wenn er jetzt starb, würde er für immer sterben.

Shateh erzitterte in einer Verzweiflung, die so kalt und dunkel wie die Nacht war. Dann flackerte eine leichte Hoffnung auf, schwach, aber hell. Senohnim könnte ihm einen Sohn gebären. Sie mußte jetzt ein männliches Kind zur Welt bringen. Ihre Niederkunft stand kurz bevor. Vielleicht würde sie ihn diesmal nicht enttäuschen.

»Sie ist schuld an allem!« Atonashkehs Worte kamen in einem hellen, dünnen Wutschrei. »Sie muß sterben, Vater! Banya und alle anderen Eidechsenfresser müssen sterben! Es war die eigensinnige Überheblichkeit Dakan-ehs, die schuld an ... *dem* hier ist!« Unfähig, das Ausmaß seines Verlustes mit Worten zu beschreiben, drehte er den Kopf weg, verbarg sein Gesicht an Shatehs Brust und begann erneut zu schluchzen, als er sich seiner Qual hingab.

Der Oberhäuptling zog die Mundwinkel nach unten. Er erkannte, daß die Mächte der Schöpfung wußten, was sie taten, als sie Atonashkeh seiner Fortpflanzungsfähigkeit beraubten. Sein Verhalten war unentschuldbar, ganz gleich, wie groß der Verlust seines Sohnes sein mochte. Mit starken, erbarmungslosen Händen schob er seinen Sohn von sich fort und stand auf. Dann blickte er angewidert auf Atonashkeh herab. »Dein Mannknochen wurde dir abgeschnitten, weil du es wieder einmal gewagt hast, dich dem Befehl Shatehs zu widersetzen! Du hast deinen eigenen Willen durchgesetzt und andere in den Hinterhalt zwischen den Hügeln geführt, Atonashkeh! Durch deine Schuld sind Männer gestorben, deren tote Körper jetzt dem Wind und dem Sturm ausgesetzt sind! Du bist genauso überheblich wie der Mutige Mann! Und genauso eigensinnig. Bah! Wenn du zurückgeblieben wärst, als ich dir befahl, stehenzubleiben, wäre dein Körper jetzt noch vollständig! Auch wenn du verstümmelt bist, bist du immer noch ein Mann. Also benimm dich jetzt wie ein Mann. Oder bist du nicht mehr mein Sohn?«

Atonashkeh rieb sich die Tränen aus den Augen und blickte ernüchtert auf. Doch dann geriet er plötzlich in Panik. »*Du* wirst einen künftigen Sohn nach mir benennen, damit meine Seele nicht für immer verloren ist, wenn ich sterbe!«

Shateh verzog verbittert den Mund. Sogar jetzt noch maßte Atonashkeh sich an, seinem Oberhäuptling einen Befehl geben zu können! Er war zutiefst von seinem Sohn enttäuscht! Er empfand weder Zuneigung noch Mitleid, obwohl er erkannte, daß er und der jähzornige, allzu ehrgeizige Atonashkeh außer ihrem Blut zumindest eins gemeinsam hatten: Ohne Söhne waren beide dazu verdammt, für immer zu sterben.

Der Gedanke, die Ewigkeit an Atonashkehs Seite zu verbringen, war nicht erbaulich. Natürlich würden auch Kalawak und seine anderen Söhne bei ihm sein, all seine guten, starken und toten Söhne, die nie eigene Söhne gezeugt hatten. Und auch der tapferste von allen würde wieder an seiner Seite sein. »Maliwal, mein Wolf... Masau, Mystischer Krieger... wartet ihr darauf, daß ich euch im Wind Gesellschaft leiste? Werdet ihr in der Welt jenseits dieser Welt meine Feinde sein, wie ihr es in diesem Leben wart? Werdet ihr versuchen, meine Seele zu töten, so wie ihr versucht habt, mir das Leben zu nehmen? Werden wir in der Welt jenseits dieser Welt für immer Krieg gegeneinander führen?«

»Maliwal? Masau?« Atonashkeh verzog ungläubig das

Gesicht. »Du würdest doch sicher keine Söhne nach ihnen benennen, um die Seelen dieser Mörder und Schänder in die Welt der Lebenden zurückzuholen, während ich, Atonashkeh, jede Hoffnung verloren habe, jemals . . .«

Shateh brachte ihn mit einem Knurren und einer erhobenen Hand zum Schweigen. Er stand aufrecht da, aber er war tief erschüttert. Er hatte nicht die Absicht gehabt, seine Gedanken laut auszusprechen. Seine Gedanken waren abgeschweift, und er wußte es.

Atonashkeh reichte Nakantahkeh seine Hand und ließ sich von ihm auf die Beine helfen. Er stand gekrümmt da und kämpfte gegen die Schmerzen, während er verkündete: »Ich bin der Sohn Shatehs! Ich bin immer noch ein Mann, ein Krieger des Graslands! Sobald sich der Himmel aufklärt, werden wir die Angreifer suchen! Wir werden Wila wiederfinden! Doch zuerst werden wir die Eidechsenfresser verfolgen und sie töten, weil sie die Mächte der Schöpfung auf uns gehetzt haben! Und wenn wir ins Lager zurückgekehrt sind, werde ich dieser Frau Ban-ya die Kehle aufschneiden, die den Zorn der Vier Winde auf uns herabgerufen hat und . . .«

»Diese Frau gehört mir!« erinnerte Shateh ihn wütend. »Wegen deines Ungehorsams wurdest du in dieser Nacht auf eine Weise verstümmelt, die sicherstellt, daß du niemals ein Häuptling sein wirst, Atonashkeh! Also halt den Mund und vergiß nicht, wer du bist, sonst wirst du bald auch deine Zunge verlieren! Ich, Shateh, entscheide, was mit unseren Feinden geschieht und was nicht!«

Damit drehte er sich um und stapfte durch den Sturm davon, zurück zum Lager. Er brauchte weder Atonashkeh noch irgendeinen anderen Mann, um ihm zu sagen, daß Ban-ya sterben mußte. Sofort.

10

Seit Anbruch der Dämmerung hatte Gah-ti den Löwen gejagt. Und den ganzen Vormittag lang hatte der Löwe Gah-ti beobachtet.

»Ich weiß, daß du hier bist«, sagte der Junge zu dem unsichtbaren Raubtier. »Ich spüre deine Augen auf mir. Aber ich habe keine Angst!«

Die letzte Behauptung war zweifelhaft – so sehr, daß Gah-ti sie im stillen für sich während seines Weges hinauf in die Hügel ständig wiederholt hatte. Bald hatten die Worte seine Zweifel besiegt und seine Seele beruhigt. Er gab sich Mühe, wie ein Löwe zu denken, um zu ergründen, wo das Tier war. Er war in Schluchten hinein- und wieder hinausgelaufen, weil sie nicht weiterführten, und über schlackige Grate, bis er endlich auf ein vielversprechendes Bachbett gestoßen war, das durch dichtes Waldland und ein leicht ansteigendes Tal führte, das sich zu einem breiten Hang hin öffnete. Als er jetzt die erste Löwenfährte und einen leichten Weg hinauf zu den Höhlen gefunden hatte, glaubte er tatsächlich an seinen Mut. Sein Ziel lag vor ihm, und er hatte keine Angst! Der Schrei, der gerade aus seinem Mund gedrungen war, bestätigte seine Siegesgewißheit.

»Gah-ti wird dich jetzt holen, Löwe! Mah-ree wird es bereuen, daß sie sich Cha-kwena hingegeben hat, wo doch ein so tapferer und kluger Jäger wie der erstgeborene Sohn Kosar-ehs ihr erster Mann hätte werden können! Hörst du mir zu, Löwe?«

Von tief unten und aus beträchtlicher Entfernung rief eine besorgte Stimme nach Gah-ti. Der Junge grinste. Kosar-eh rief den Namen seines Sohnes schon seit der Dämmerung. Gah-ti hatte ihm nicht geantwortet.

Er soll sich doch Sorgen machen. Er soll sich fragen, wo ich bin. Er behandelt mich wie einen Säugling! Er beschämt mich! Bald werden Kosar-eh und Mah-ree staunen, wenn ich zurückkehre – mit dem Kadaver eines Löwen!

Ein leichter Krampf in Gah-tis Eingeweiden erinnerte ihn daran, daß sein Vorhaben nicht einfach zu verwirklichen wäre. Trotzdem würde er jetzt auf keinen Fall umkehren.

Die Wolkendecke wurde dünner und riß kurzfristig auf. Der Junge blinzelte nach oben zu den höhlengespickten Steilwänden aus blassem, geschichtetem Fels, der nackt in der Sonne lag. Seine Augen wurden geblendet. Wieder rief Kosar-eh, besorgter als zuvor, und diesmal stimmten Ka-neh und Kiu-neh in seinen Ruf ein. Gah-ti blickte sich um. Weder Kosar-eh noch seine zwei älteren Brüder waren zu sehen. *Gut*!

Er wandte sich wieder den Höhlen zu und reckte den Hals, damit er sie alle überblicken konnte. Einige waren nicht mehr als Risse oder flache Löcher in der Steilwand, mehrere waren weit und tief genug, um größeren Tieren Schutz zu bieten. Eine war ein riesiger waagerechter Spalt, der so groß schien, als ob darin eine Herde Mammuts Platz finden könnte. Die Höhlen kamen ihm wie starrende Augen im breiten, grauen Gesicht der gestreiften Klippen vor.

Gah-ti schluckte. *Der Löwe ist in einer dieser Höhlen.* Seine Kehle war ausgetrocknet, und sein Bauch drehte sich vor Angst, wie zum Hohn über seine frühere Prahlerei.

Er kniff die Augen zusammen, um weißliche Streifen in der Felswand zu fixieren. Sie sahen vielversprechend aus. Er würde Kosar-ehs geübtes Auge benötigen, um seine Einschätzung zu bestätigen, aber für Gah-ti schienen diese Einschlüsse eine Steinart zu sein, aus der sich Speerspitzen, Schaber und Klingen herstellen ließen.

»Ay yah!« rief er voller Begeisterung, denn die Entdeckung eines Steinvorkommens für die Werkzeugherstellung würde für den Stamm von größerem Wert sein als ein erlegter Löwe! »Heute wird Gah-ti von diesen Hügeln zwei Geschenke mitbringen!«

Bei diesem Gedanken fühlte er sich stark und mutig. Doch dann brüllte irgendwo über ihm der Löwe, und Gah-ti war im nächsten Augenblick ernüchtert.

Er hob seine Speere an, seine besten Waffen, und sah sie sich genau an. Unter der strengen Anweisung seines Vaters hatte er die Schäfte aus Hartholz vom zweiten Jahrestrieb hergestellt, das er während des vergangenen Winters geschnitten hatte, als die Triebe kaum noch Saft enthielten. Nachdem es lange und vorsichtig über einem ständigen Feuer geräuchert worden war, um alle holzfressenden Insekten auszutreiben, war das Holz bearbeitet worden. Dann hatte Gah-ti es mit Fett eingerieben, das er selbst zerstampft hatte, und dann die Schäfte mit seinem wertvollen Werkzeug aus Elchgeweih geglättet und begradigt. Erneut war das Holz über der Kohle eines sorgfältig geschürten Feuers geräuchert, erhitzt und gehärtet worden. Nachdem sie schließlich gewissenhaft mit rotem Sandstein poliert worden waren, den Kosar-eh von der anderen Seite der Sandberge mitgebracht hatte, waren die Schäfte so geschmeidig wie der Bauch einer Krötenechse.

Die Speerspitzen waren Gah-tis ganze Stolz, denn obwohl er gerne mit dem Gegenteil prahlte, machte ihm die Steinbearbeitung sehr zu schaffen. Er hatte viel gute Feuersteinknollen zertrümmert, bevor ihm die kannelierten Spitzen gelungen waren, die nun auf seinen Speerschäften saßen. Er fuhr mit dem linken Daumen über die Schneide einer Speerspitze. Selbst unter dem leichtesten Druck war sie so scharf, um ihm einen blutigen Schnitt zuzufügen. Er nickte zufrieden.

Er blickte an sich hinunter, um sich zu vergewissern, daß sein Speerwerfer – die einfache, aber tödliche Vorrichtung, die seinem Wurf größere Kraft und Reichweite verlieh – am Riemen um sein Handgelenk hing. Er würde innerhalb kürzester Zeit einsatzbereit sein. Gah-ti ließ seinen Werkzeugbeutel noch am Gürtel hängen. Darin befanden sich Ersatzspeerspitzen, ein Knäuel Sehnen zur Befestigung und eine Auswahl an Sticheln und Meißeln, die für die Reparatur der Speere gedacht waren. In einem weiteren Beutel waren Bohrer und Zunder zum Feuermachen und in einer Lederscheide, die Siwi-ni für ihn genäht hatte, sein Knochenmesser. In einem dritten Beutel befanden sich die Reste seiner Mahlzeit vom vorigen Abend.

Er griff in den Essensbeutel und zog ein verkohltes Erdhörnchenbein hervor, das er sich in den Mund steckte. Ihm gefiel es, wie die kleinen Knochen zwischen seinen Zähnen zerbrachen. Da er immer noch Hunger hatte, holte er auch noch einen kleinen Rest der Kaninchenrippen heraus und zog die Knochen einzeln durch die Zähne, um das Fleisch abzustreifen. Er war froh, daß er ins Lager zurückgekehrt war, nachdem er Mah-ree und Cha-kwena allein auf dem Felsen zurückgelassen hatte. Ein

Mann konnte nicht mit leerem Magen und nur einem Speer auf Löwenjagd gehen. Und er hatte die Feuerwerkzeuge mitgebracht, da er sie als seine wirkungsvollste Waffe gegen seine Beute einsetzen wollte. Mit Hilfe des Feuers konnte er den Löwen ausräuchern und aus seiner Höhle treiben, das Tier mit dem Speer erlegen und es töten, bevor es wußte, daß der große Jäger Gah-ti es verfolgte. Er war mit seinem Plan zufrieden.

Er rückte das Gewicht auf seinem Rücken zurecht – trockenes Gras und totes und grünes Holz, das er mit einem Lederriemen kreuzweise zusammengebunden hatte, so daß sich zwei Schulterschlaufen ergaben. Er würde ein gutes, heißes und rauchendes Feuer am Eingang der Löwenhöhle machen ... wenn er sie gefunden hatte.

Von tief unten zwischen den Bäumen drang Kosar-ehs Stimme zu ihm hinauf. »Gah-ti! Warte! Nicht einmal ein Mann kann allein einen Löwen jagen!«

Nicht einmal ein Mann. Verärgert sah Gah-ti sich in seinem Entschluß bestätigt. »Ich bin ein Mann! Du glaubt mir also immer noch nicht. Aber heute werde ich es dir beweisen!«

Er drehte sich wieder um und achtete nicht mehr auf die Rufe seines Vaters, seiner Brüder und zu seiner Überraschung einer Frau.

»Gah-ti! Bitte komm zurück zu uns!«

»Ta-maya?« sprach er ihren Namen und fragte sich, was sie bei den anderen machte. Er war enttäuscht. Warum war Mahree nicht gekommen? War sie immer noch bei Cha-kwena? Wieder wurde Gah-ti durch seinen Ärger in seinem Entschluß bestärkt. Der restliche Weg zu den Höhlen war nicht schwierig – noch ein paar lange Schritte, und er wäre dort. Sein Herz klopfte. In welcher Höhle würde er den Löwen finden?

Es gab nur eine Möglichkeit, um das festzustellen.

»Lebensspender! All-Großvater! Großes weißes Mammut, Totem meines Stammes seit Anbeginn der Zeiten, möge dein Geist jetzt mit mir sein!« betete Gah-ti, während er seinen Speer hob und losging, ohne sich noch einmal umzublicken.

Mit dem ersten Erröten des Himmels in der dunstigen Dämmerung wurde Cha-kwena vom fernen Trompeten eines Mammuts und dem hohen, wilden Kläffen von Kojoten geweckt. Er verzog das Gesicht. Sein Kopf schmerzte, als wäre eine Herde Mammuts darüber hinweggestapft.

Bruchstückhafte Erinnerungen an Träume verstärkten den pulsierenden Schmerz in seinem Kopf, als er sich aufsetzte und umblickte. Was machte er oben auf einem Felsblock mitten in unvertrautem Gelände? Und was machte Mah-ree hier, die bereits hellwach war und neben ihm kniete.

»Hör doch, Cha-kwena!« flüsterte sie eindringlich.

»Ich höre«, erwiderte er gereizt. »Mammuts und Kojoten.«

»Nein!« korrigierte sie ihn. »Es ist das, was du nicht hörst, das mir Sorgen macht.«

»Und was soll das sein, was ich nicht höre?«

»Lebensspender! Ich höre Kojoten und Mammuts – Kühe und Kälber und zwei junge Bullen, schätze ich – aber ich habe unser Totem nicht gehört, seit sein Trompeten mich vor der Dämmerung weckte. Er klang seltsam – zuerst überrascht und dann ängstlich.«

Bei ihrem letzten Wort zischte Cha-kwena durch die Zähne. »Was bist du für ein dummes Mädchen, Mah-ree! Er ist das Totem! Wovor sollte er Angst haben?«

»Ich weiß es nicht, aber vor wenigen Augenblicken ist Freund mit den meisten der Hunde fortgegangen, als wären sie gerufen worden. Ich habe ihnen befohlen zurückzukommen, aber sie gehorchten nicht. Und in der letzten Nacht klang Lebensspender so müde, als er zu seinen Artgenossen sprach. Glaubst du, daß es All-Großvater gutgeht, Cha-kwena? Er ist so alt, daß . . .« Sie verstummte besorgt und hatte offenbar Hemmungen, ihre Gedanken auszusprechen.

Cha-kwena war verärgert. »Lebensspender war schon zu Anbeginn der Zeiten alt. Er war alt, als der Erste Mann und die Erste Frau dem Wachenden Stern den Rücken zukehrten und vom Norden in eine neue Welt kamen. Er war alt, als ihre Kinder über die Berge in die Rote Welt kamen. Damals war er alt, und jetzt ist er alt. Belästige mich nicht mit solchen unsinnigen Worten! Mein Kopf schmerzt zu sehr, um ihnen zuhören zu können.«

Sie riß die Augen weit auf, als sie ihm mit gesenkter Stimme anvertraute: »Seit vielen langen Monden habe ich eine geheime Angst gehabt, Cha-kwena, und zwar um All-Großvater. Und ich habe gerade einen furchtbaren Traum geträumt, in dem das große Mammut uns nicht zu neuen und besseren Jagdgründen führte, sondern nach dem Ort suchte, von dem die Ahnen sprechen – dem Land, das die Mammuts zum Sterben aufsuchen. Unser Totem legt sich vielleicht nieder, um seine uralten Knochen auszuruhen und den ewigen Schlaf zu schlafen.«

Cha-kwena war empört. »Er ist unsterblich!«

»Der Erste Mann und die Erste Frau starben. Ihre Kinder, die zuerst über die Berge in die Rote Welt kamen, starben. Vielleicht müssen eines Tages alle Dinge sterben, Cha-kwena. Vielleicht ist es das, was die fallenden Sterne uns letzte Nacht sagen wollten. Vielleicht starben sie, so wie wir alle eines Tages sterben müssen – sogar unser Totem.«

»Sei still, dummes Mädchen! Der Nordwind könnte deine Worte zu den Mächten der Schöpfung tragen! Wenn sie All-Großvater irgendwie das Leben nehmen sollten, würden auch die Menschen für immer sterben!«

Das Mädchen ließ den Kopf hängen. »Es war nicht böse gemeint. Aber ich mache mir Sorgen, weil ich unser Totem nicht mehr gehört habe, seit . . .« Sie unterbrach sich, blickte ihn schüchtern an, senkte den Blick und sprach sanft weiter: »Seit wir vereinigt waren.«

»Seit wir *was*? Du und ich? Der Schamane und der Moskito? Ha!«

Sie starrte ihn an. »Wir waren wirklich vereinigt, Cha-kwena«, sagte sie. »Ich kann nicht glauben, daß du dich nicht mehr erinnerst, wie es war!«

Etwas verkrampfte sich in seinen Eingeweiden und seiner Seele. Erinnerungen an bruchstückhafte Träume der letzten Nacht lebten auf. Aber darin ging es um Ta-maya, die leidenschaftliche, warme und willige Ta-maya. Er riß die Augen auf. War es möglich, daß der Traum mehr als nur ein Traum gewesen war? Mit pochenden Schläfen und schmerzendem Kopf blickte er Mah-ree an. »Das kann nicht wahr sein. Auf keinen Fall mit *dir*!«

Sie sah verletzt aus. »Mit wem sonst?«

»Du bist zu weit gegangen mit deinen Versuchen, meine Zuneigung zu gewinnen, Mah-ree. Wie können wir uns vereinigt haben? Du bist noch nicht einmal eine Frau!«

»Na und?«

»*Na und?*« wiederholte er ungläubig. »Hat deine Mutter dir nichts über diese Dinge erzählt?«

Mah-ree sah ihn an, als wäre er ein Trottel. »Nach dem, was zwischen uns geschehen ist, dachte ich, daß du meiner Mutter gratulieren möchtest, weil sie mich so gut darin unterrichtet hat, wie man einen Mann befriedigt!«

»Ein Mann darf sich nicht mit einer Frau vereinigen, die noch kein Mondblut vergossen hat, Mah-ree! Ein Mädchen – *ein Kind* – ist einem Mann nach den Gesetzen der Vorfahren vorboten!«

Mah-ree neigte den Kopf zur Seite. »Ich kann mich nicht erinnern, daß Ha-xa mir etwas Ähnliches gesagt hat.« Sie dachte einen Augenblick nach, dann teilte sie ihm mit einem entschuldigenden Schulterzucken mit: »Wenn das so ist, fürchte ich, daß wir wirklich die Gesetze der Vorfahren gebrochen haben, Cha-kwena.«

Er starrte sie fassungslos an. »Ich würde so etwas niemals tun! Und bestimmt nicht mit dir! Als Schamane habe ich geschworen, die Traditionen der Vorfahren zu achten! Du solltest nicht hier sein, Mah-ree. Du mußt aufhören, mir ständig zu folgen! Ich will dich nicht bei mir haben!«

Sie ließ wieder den Kopf hängen. »Ich werde dir immer folgen. Ich bin jetzt deine Frau.«

Er war sprachlos. In der Stille bemerkte er, daß nun auch die Mammuts und Kojoten schwiegen. Doch irgendwo in den höhlenübersäten Hügeln auf der anderen Seite des Lagers brüllte ein Löwe. Und aus dem Lager hörte er, wie Kosar-eh den Namen seines ältesten Sohnes rief.

Mah-ree stand auf. »Da stimmt etwas nicht! Hör auf seine Stimme, Cha-kwena!«

Cha-kwena lauschte. Der Lustige Mann klang wütend. Und jetzt rief er Mah-rees Namen, und dann Cha-kwenas.

»Wir sind schon zu lange vom Lager fort«, sagte Mah-ree. »Wir müssen zurückkehren.«

»*Du* hättest das Lager gar nicht erst verlassen dürfen!« warf Cha-kwena gehässig ein. »Nimm deine Hunde und geh! Ich werde irgendwann nachkommen. Ich will dich nicht mehr sehen!«

Tränen traten in Mah-rees Augen. »Ich schwöre dir, Cha-kwena, wenn es verboten ist, daß wir uns vereinigen, dann hat Ha-xa es mir gegenüber nie erwähnt.«

»Uns vereinigen? Ha! Wenn irgend etwas in der Nacht mit uns geschehen ist, dann war es nur in deinen Träumen!«

»An meinen Schenkeln ist Blut, Cha-kwena«, sagte Mah-ree ernst. »Es ist das Blut des ersten Eindringens. Sieh! Du kannst . . .«

»Nein!« schrie er.

Doch sie zog bereits die knielangen, geflochtenen Schnüre ihres Rocks auseinander und zeigte ihm, daß ihre Worte der Wahrheit entsprachen.

Aber er wollte es nicht sehen, wollte es nicht glauben. »Geh mir aus den Augen!« tobte er.

Tränen überströmten Mah-rees Gesicht. Mit erhobenem Kopf gehorchte das Mädchen.

Cha-kwena sah ihr nach. Sie war so klein, so anmutig und leichtfüßig! Und so niedergeschlagen, daß sie ihm beinahe leid tat. Als sie den Fuß des Felsens erreichte und von Narbennase und Einohr begrüßt wurde, streichelte Mah-ree den schwanzwedelnden Hunden nicht einmal über den Kopf oder sprach ein Wort der Begrüßung. Mit gesenktem Kopf und hängenden Schultern verschwand sie zwischen den Bäumen und Sträuchern.

Cha-kwenas Stirn legte sich in Falten. Hatte er in der letzten Nacht bei ihr gelegen? Ja, so mußte es gewesen sein, überlegte er. Mah-ree würde ihn nicht anlügen. Er erinnerte sich nicht an ihre Vereinigung, aber in seinem Herzen wußte er, daß seine Träume mehr als nur Träume gewesen waren und daß er im Rausch mit den Gesetzen der Vorfahren gebrochen hatte.

»Es war nicht meine Absicht«, redete er sich ein, doch als er aufstand, wußte er, daß seine Absicht keine Rolle spielte. Was geschehen war, war geschehen.

Ihm war kalt. Er bückte sich, hob seinen Umhang auf und legte ihn um. Dann stand er im Wind, während er mit beiden Händen den Medizinbeutel umklammert hielt. Zwischen seinen Handflächen erwärmte sich der heilige Stein im Lederbeutel. Der junge Schamane stand gebannt da und erinnerte sich an die Nacht auf dem Berg, als das große weiße Mammut von der anderen Seite des Passes zu ihm gekommen war, um ihn mit seinem Rüssel zu umarmen und ihm den feuchten, heißen Gestank seines Atems ins Gesicht zu blasen. Sein Atem roch nicht nach Wolken und Nebel oder nach der mystischen Geisternahrung, von dem sich das Totem ernährte, wie es hieß. Er stank einfach nur nach den Atem eines alten, kranken Tieres – eines sterbenden Tieres? –, und Cha-kwena hätte fast seinen Mageninhalt verloren.

»Das Totem kann nicht sterben!« schrie er trotzig der aufgehenden Sonne, dem Wind und den Geistern zu, die ihm vielleicht zuhörten. Dann hielt er den Atem an, als ein einsamer Kojote langsam zwischen den Bäumen hervortrat und am Fuß des Felsens stehenblieb.

»Komm, Cha-kwena! Komm mit mir, und das Totem wird nicht sterben«, sagte der Kojote.

Bei diesen Lauten sträubten sich Cha-kwenas Nackenhaare. Er erstarrte, als er Blut auf der Schnauze des Kojoten und eine lange, klaffende Wunde an der Schulter sah. »Kleiner gelber Wolf, du sprichst am hellichten Tag zu mir?«

»Weißt du nicht, wer ich bin, Cha-kwena? Aber du wirst es bald wissen . . . wenn du mir folgst?« Dann hatte das Tier von einem Augenblick auf den andern kehrtgemacht und war verschwunden.

Kurz darauf blies der Nordwind plötzlich so heftig, daß Cha-kwena beinahe vom Felsen geweht worden wäre. Er warf sich hin, mit dem Bauch nach unten. Er lauschte im Wind nach dem Kläffen eines Kojoten, doch er hörte nur das Gebrüll eines Löwen und dann den hellen Wutschrei eines Jungen.

Cha-kwena stand wieder auf und lauschte angestrengt. Doch der Löwe brüllte nicht mehr, und auch der Junge schwieg. Er hörte nur, wie U-wa im Lager seinen Namen rief.

»Cha-kwena! Wo bist du, Cha-kwena! Wir brauchen dich! Beeile dich!«

»Das Totem braucht dich dringender, Schamane!«

Verblüfft blickte Cha-kwena nach unten und sah, daß der Kojote wieder am Fuß des Felsens stand.

»Komm!« drängte der kleine gelbe Wolf.

»Wohin?« fragte Cha-kwena, dem die Situation überhaupt nicht gefiel. »Mein Stamm ruft nach mir. Ich muß zu ihm.«

»Wenn der Stamm jemals wieder dem Totem folgen soll, darfst du das nicht tun! Du mußt mir folgen. Schnell!«

Cha-kwena folgte dem Kojoten durch die abwechselnde Helligkeit und Düsternis des Morgens und ins Gesicht der aufgehenden Sonne. Der Rabe und seine Gefährten kreisten oben am Himmel über einem niedrigen, bewaldeten Hügelzug, durch den der Kojote ihn führte. Als andere aasfressende Vögel hinzukamen, blieb Cha-kwena stehen und machte sich um das ferne Gebell von Hunden und das Trompeten von Mammuts Sorgen.

Der Kojote blickte sich über die Schulter zu ihm um. »Komm, Cha-kwena!«

»Wohin führst du mich, Geistbruder?«

»Du wirst schon sehen!« sagte der Kojote nur und lief weiter.

Cha-kwena rannte, während der Nordwind gegen seinen Rücken drückte. Er zitterte. Die Zeichen waren so düster! Kurz dachte er an Mah-ree und daß er nicht auf den dringenden Ruf seiner Mutter gehört hatte. Irgend etwas stimmte nicht im Lager. Er wußte es, spürte es und drängte danach, zurückzukehren und herauszufinden, was es war. Doch er konnte dem Kojoten jetzt nicht den Rücken zukehren. Er war der Schamane, und er mußte den Geistern folgen.

Er folgte dem Kojoten immer weiter, bis er schließlich durch eine kurze, enge Schlucht kam und auf der anderen Seite der Hügel war. Während der Nordwind an ihm zerrte, stand er auf einem Ausblick, der ihm den Atem raubte.

Der kleine gelbe Wolf sprang einen leicht geneigten Abhang hinunter und betrat einen Teil des Tals, den Cha-kwena noch nie zuvor gesehen hatte – und jetzt wünschte er sich, daß er ihn nie in seinem Leben zu Gesicht bekommen hätte. Unter der nebelverhangenen Sonne, unter dem Schatten der kreischenden

Raben, Geier und weißköpfigen Adler und in einer der schönsten Landschaften, die sich sogar der Geist eines Schamanen erträumen konnte, übersäten unzählige Mammutskelette die Erde in großen Anhäufungen aus weißen Knochen, Schädeln und Stoßzähnen.

Cha-kwena keuchte. Dies war der Ort, den Mah-ree in ihrem Traum gesehen hatte, das legendäre Land, von dem die Ahnen sprachen, der Ort, wohin die Mammuts zum Sterben kamen, das Land des Todes, zu dem das Totem sie den ganzen langen Weg geführt hatte!

»Das kann nicht sein!« schrie er.

»Aber so ist es!« flüsterte der Nordwind. »Einmal habe ich versucht, dich von diesem Weg abzuhalten, doch du wolltest dich nicht abhalten lassen. Du wolltest dem Totem folgen!«

»So wie es sein Auftrag ist!« bestätigte der Kojote, der sich über eine goldbraune Schulter hinweg zu ihm umblickte. Der kleine gelbe Wolf lief den Hügel hinunter, sprang über Knochenhaufen und näherte sich dem breiten, sumpfigen Arm des Sees, der diesen fernen Winkel des Tals fast vollständig ausfüllte.

Und nun erlebte Cha-kwena einen Schrecken, der so furchtbar war, daß sein Geist ihn nicht zu fassen vermochte. Das große weiße Mammut war mitten im See halb versunken. Von Raubtieren zerrissen und blutig lag das Totem auf der Seite und war von einer Herde aus weiblichen und jungen Artgenossen umgeben.

Eine schreckliche Verzweiflung durchströmte den Schamanen, während die Rufe der Mammuts aus dem Tal zu ihm heraufdrangen. Er konnte die Sprache der Tiere verstehen. »Wir werden dich nicht allein lassen, Großer!«

»Wir haben die Raubtiere vertrieben, die dir das hier angetan haben.«

»Ruh dich aus . . . wir werden sie nicht mehr in deine Nähe lassen.«

»Hier im seichten Wasser in der Mitte des Sees wird deine Seele in Frieden von dieser Welt in die nächste Welt übergehen, denn du bist sicher vor den Klauen und Zähnen der Raubtiere. Sie werden nicht hinausschwimmen, solange wir bei dir sind.«

»Und wir werden bei dir bleiben, Großer ... bis zum Ende.«

»Nein!« kreischte Cha-kwena. »Das kann nicht sein! Solange ich den heiligen Stein und die Speerspitze habe, kann das Totem nicht sterben!«

Er blinzelte in die Ferne, wo der Kojote am Ufer zwischen den zertrampelten Kadavern mehrerer Raubtiere herumtänzelte. Von hier aus konnte Cha-kwena nicht erkennen, ob es Kojoten, Wölfe oder Hunde waren. Es war ihm auch egal, bis er sich erinnerte, daß Mah-ree ihm erzählt hatte, Freund und einige andere Hunde wären vor der Dämmerung ins Tal davongelaufen. *Nein*, dachte er, *sie können nichts damit zu tun haben, denn sie gehören zum Stamm. Aber wir haben sie von unseren Feinden erhalten, von denen, die das große weiße Mammut jagen und töten wollten, um sein Blut und Fleisch zu verzehren und seine Macht in sich aufzunehmen.*

Sein Schrecken wurde immer größer, bis er schreiend zum See rannte. Es sprang wie besessen über Knochen, Stoßzähne und Schädel von Mammuts und vertrieb eine Versammlung von Geiern, die sich auf den langen Stoßzähnen eines Mammutskeletts niedergelassen hatte, das halb im Schlamm des Ufers steckte. Ohne auf seine eigene Sicherheit zu achten, warf Cha-kwena seine Speere und den Köcher fort, machte sich auf die Kälte gefaßt und sprang ins Wasser.

Doch das Wasser war überraschend warm, beinahe heiß, während er zur Herde und dem Totem hinüberschwamm. Er schwamm wie ein Wahnsinniger, rücksichtslos mit sich selbst, und dachte nicht daran, daß er eigentlich gar nicht schwimmen konnte. Seine Arme hoben und senkten sich, platschten ins Wasser, tauchten ein und stießen nach hinten, immer wieder, während seine Beine strampelten. Mit dem Kopf unter Wasser hielt er den Atem an, bis er nach Luft schnappend aufblickte und sah, daß die größte der Kühe sich umgedreht hatte. Sie blickte ihm entgegen. Sie hob ihren riesigen braunen, gescheckten Schädel und drohte ihm, nicht näher zu kommen.

Doch Cha-kwena schwamm weiter. Irgendwann tauchte er, den Kopf nach unten, den Hintern an der Oberfläche, wie eine Ente auf Nahrungssuche. Während er sich nach unten stieß, dankte er dafür, daß das Wasser tief genug war, um ihm zu erlauben, sich zwischen den massiven Beinen der Mammuts hindurchzuschieben. Er tastete sich seinen Weg, denn das Wasser war zu aufgewühlt und schlammig, als daß er noch seine Hand vor Augen hätte sehen können.

Hoyeh-tay... Großvater... ich weiß, daß dein helfender Tiergeist eine Eule war und kein Frosch oder Fisch, aber bitte hilf mir trotzdem!

Er schwamm mit brennenden Lungen weiter, während die Mammuts um ihn herum das Wasser aufwühlten. Falls der Geist seines Großvaters in der Nähe war, zeigte Hoyeh-tay sich nicht, bis Cha-kwena sich hoffnungslos in der wirbelnden Tiefe verloren hatte. Dann hätte der Schamane schwören können, daß die Gestalt des alten Mannes aus dem Nichts erschien und ihm vorausschwamm, um ihm den Weg durch die schwankenden, stampfenden Säulenbeine und das kochende, schäumende Wasser zu zeigen. Cha-kwena folgte ihm. Er kam erst dann an die Oberfläche, als er nicht einen Augenblick länger tauchen konnte.

Keuchend und nach Luft schnappend blickte er auf. Ein Kreis aus Mammuts starrte auf ihn herab. Er war von ihnen umzingelt und zu erschrocken, um schreien zu können. Er tauchte wieder unter und suchte nach freiem Wasser, durch das er bis zur Mitte des Sees gelangen konnte. Doch die Mammuts standen dicht gedrängt, und im braunen, schlammigen Wasser konnte Cha-kwena keinen Weg erkennen, der zwischen ihnen hindurchführte.

»Hoyeh-tay, hilf mir!« schrie er. Als er daraufhin instinktiv Luft holte, füllten sich seine Lungen und Nasenhöhlen mit brennender Flüssigkeit. Ein greller Schmerz flammte in seinem Kopf auf. Er atmete wieder aus. Der Schmerz verging, aber es war trotzdem ein Fehler, denn seine letzten Luftreserven waren an die Oberfläche geblubbert. Sein Körper schien um seine Lungen herum zusammengequetscht zu werden, während sein Kopf zu platzen drohte. Aus Angst vor dem Ertrinken kämpfte er sich verzweifelt nach oben und hielt seinen Kopf gerade lange genug über Wasser, um seine Lungen füllen zu können. Dann tauchte er wieder unter, um den suchenden Rüsseln und seitwärts schwingenden Stoßzähnen auszuweichen.

Rüssel und Stoßzähne tauchten ins Wasser und suchten nach ihm. Cha-kwena kämpfte um sein Leben und wollte sich tief unten einen Weg an den Mammuts vorbeitasten. Doch er schaffte es nicht. Es war, als würde er durch einen Wald aus wandernden Bäumen irren, die ihre Wurzeln aus der Erde zogen und ihn unter sich zerquetschen wollten. Blind und verzweifelt schwamm er in eine Richtung, dann in eine andere, er drehte und wand seinen Körper, bis er wußte, wie sich ein Otter fühlen mußte, der von Jägern mit Fischspeeren verfolgt wurde.

Plötzlich kam unter ihm etwas Hartes hoch. Es stieß gegen seinen Bauch und drückte ihm den letzten Rest Luft aus den Lungen. Er sackte zusammen und schnappte unbewußt nach Luft, doch nur Wasser drang in seine Lungen. Ertrinkend und schockiert erkannte er, daß der Seelenfänger ihn gefunden hatte. Als die Schwäche und die Dunkelheit ihn zu überwältigen drohten, tastete er mit den Händen und berührte etwas an seiner Seite. Es war glatt und hart, lang und gekrümmt und setzte sich vor und hinter ihm ins Nichts fort. War dies die Gestalt des Todes? Oder war es der Stoßzahn eines Mammuts? Spielte es noch eine Rolle. Er war so oder so ein toter Mann.

»Dort ist Gah-ti«, sagte Ka-neh und zeigte auf eine dunkle Figur, die sich an der Steilwand bewegte.

Kosar-eh blickte nach oben, als Gah-ti aus einer Höhle hervorkam und sofort in einer anderen verschwand. »Wir müssen ihm folgen.« Er wandte sich an Ta-maya. »Geh zurück zum Lager! Kiu-neh wird dich begleiten. Du hättest nicht mitkommen dürfen.«

»Ein Junge dieses Stammes ist davongelaufen, um allein auf Löwenjagd zu gehen, und der Schamane dieses Stammes ist verschwunden«, erinnerte Ta-maya ihn gelassen. »Ein Mann dieses Stammes, dem die Benutzung von Speeren verboten ist, hat sich auf die Suche nach ihnen gemacht. Die zwei Jungen, die ihn begleiten, tragen die kurzen Speere der Jugend. Wenn sie ihre Waffen benutzen müssen, weiß ich, daß diese Jungen sich tapfer verhalten werden. Aber sie sind keine erfahrenen Jäger. Also habe ich mein Messer, meinen Schlagstock und meine

Schlingen mitgebracht, dazu genügend Steine, um sie mehrmals bestücken zu können. Ich habe keine Kinder, die leiden werden, wenn ich heute dem Seelenfänger begegne, und ich habe keinen Mann, der es mir verbieten könnte. Ich werde mit Kosar-eh gehen.«

Die zwei Jungen sahen verblüfft aus.

»*Ich* werde es dir verbieten, Ta-maya!« sagte Kosar-eh entschieden.

»Du bist nicht mein Mann!« erwiderte sie mit dem gleichen Nachdruck.

»Wenn kein Mann für dich sprechen kann, muß jemand anderer einschreiten!« beharrte er auf seiner Meinung.

Doch sie ließ sich nicht umstimmen. »Mein Mann zieht mit den Geistern durch die Welt jenseits dieser Welt, Kosar-eh. Mein Geist wurde am Tag, als er starb, mit ihm vom Wind davongeweht. Mein Fleisch und Blut mögen noch am Leben sein, aber meine Seele sehnt sich danach, sich zu befreien, um mit ihm im Wind vereint zu sein. Mein Leben bedeutet mir nichts. Nichts!«

»Ich werde es nicht zulassen, daß du dich in Gefahr begibst, Ta-maya.« Kosar-eh war noch hartnäckiger als zuvor.

»Und ich werde nicht zulassen, daß der Bruder meines Herzens unbewaffnet die Höhle eines Löwen betritt.«

»Ich bin nicht unbewaffnet. Ich habe meinen Dolch und meinen eigenen Schlagstock, den ich hier am Gürtel trage. Ich muß Gah-ti finden und ihn sicher zum Stamm zurückbringen. Du kannst mich nicht aufhalten.«

»Und du kannst mich nicht aufhalten, wenn ich an der Seite meines lieben Freundes gehe, der einst sein Leben riskierte, um meines zu retten. Ich werde dem Mann, der seinen Feinden ins Gesicht spuckt, helfen, wo ich kann.«

»Dann hilf mir, indem du mit Kiu-neh ins Lager zurückkehrst.«

»Wenn Gah-ti diesen Löwen aus seiner Höhle lockt, Kosar-eh, brauchst du die Speere von Kiu-neh und Ka-neh genauso wie das Messer, die Schlinge und die vielen Steine dieser Frau, wenn du oder er – oder irgend jemand von uns – überleben soll.«

»Wir werden es schon schaffen, Vater«, versicherte Ka-neh ungeduldig. Er wollte sich endlich beweisen.

»Wo ist der Schamane?« fragte Kiu-neh, sein jüngerer Bruder. »Wir könnten seinen Speerarm jetzt gebrauchen!«

Kosar-eh verengte nachdenklich die Augen. »Er geht oft allein fort. Vielleicht spricht er gerade mit dem Totem. Vielleicht . . .«

Ein Löwe brüllte laut und gefährlich. Das Geräusch schien aus allen Höhlen gleichzeitig zu kommen. Und dann drang aus dem riesigen, klaffenden Maul der größten Höhle der Schrei eines Jungen.

Kosar-eh erstarrte. »Wir müssen jetzt weiter! Gah-ti ist in Gefahr! Ta-maya, blieb an meiner Seite und tritt hinter mich, wenn ich es dir befehle.«

»Ich werde gehorchen.«

»Solange der Schamane über die Macht des Totems verfügt, werden wir es schaffen, Vater!« Ka-nehs Worte klangen tapfer, aber seine Augen waren ein wenig zu groß, und seine Lippen waren merklich erblaßt.

Kosar-eh legte seinem Sohn eine starke Hand auf die Schulter und sagte dem Jungen, was er hören wollte. »Und solange das große weiße Mammut lebt, werden wir alle in seiner Macht stark sein! Kommt jetzt, alle drei! Gah-ti und der Löwe haben gerufen!«

In einem Augenblick war Cha-kwena daran zu ertrinken, im nächsten wurde er aus dem See gehoben und hing hoch über dem Wasser. Er tauchte hustend und keuchend, blinzelnd und tropfend aus dem schwarzen Abgrund der Bewußtlosigkeit auf. Mit nach hinten hängendem Kopf und Armen und Beinen lag er über dem gebogenen Ende eines Mammutstoßzahns. Er öffnete die Augen und erkannte die große gescheckte Kuh unter sich und verstand sofort, daß sie unter ihren Artgenossen das ranghöchste Weibchen war, die Anführerin dieser Herde, die Beschützerin der übrigen Weibchen und die Wächterin der Jungen und Alten.

Obwohl Cha-kwena ruhig bleiben wollte, erlaubte es ihm die

Situation nicht. Die Mammutkuh hatte ihn so hoch hinaufgehoben, daß die anderen Mammuts und der verletzte Lebensspender klein wirkten. Und jetzt schüttelte sie ihn, schwang ihn so heftig hin und her, daß er bald herunterfallen und in den sicheren Tod stürzen mußte. Nachdem er an diesem Vormittag schon einmal dem Seelenfänger begegnet war, klammerte Cha-kwena sich an sein Leben, und schrie in plötzlicher Verzweiflung einen gurgelnden Befehl.

»Wirf mich nicht in den Himmel, Mutter der Mammuts! Ich will weder dir noch deinen Artgenossen oder dem Großen, der mein Totem ist, Schaden zufügen! Laß mich jetzt herunter – aber vorsichtig!«

Noch während er sprach, erkannte Cha-kwena, daß sein Befehl nicht nur dreist, sondern lächerlich war. Doch wie es schon einmal geschehen war, als er es gewagt hatte, der Sonne zu befehlen, so beugten sich auch jetzt die Mächte der Schöpfung seinem Willen. Langsam senkte die große Kuh den Kopf. Sie drehte sich und stellte den halb ertrunkenen Schamanen genau dort ab, wohin er wollte – auf die Schulter seines Totems.

Das große weiße Mammut grunzte und zuckte vor Schmerz, als Cha-kwena sich hinkniete und beide Hände auf seine blutige, entzündete Haut legte. »All-Großvater«, sagte er sanft und sicher, »du darfst nicht sterben. Du mußt stark sein. Du bist unsterblich! Steh auf! Ich werde mit dir zum Lager meines Stammes gehen. Die Geister der Vorfahren werden uns beide vor Raubtieren beschützen. Mah-ree wird deine Wunden mit Salbe und guter Medizin pflegen! Sie wird dir helfen, wieder gesund zu werden!«

Das Mammut schnaufte, hob den riesigen Kopf und den zerschundenen Rüssel und versuchte aufzustehen. Doch es verlagerte nur ein wenig sein Gewicht und hob den Rumpf nur soweit aus dem Wasser, daß Cha-kwena weitere Wunden entdeckte, die vorher nicht zu sehen gewesen waren.

Er riß ungläubig die Augen auf und fiel beinahe in Ohnmacht. Mah-ree hatte keine Medizin, um das zu heilen, was er jetzt sah. Das große weiße Mammut war teilweise ausgeweidet worden, die Innereien lagen frei, und die riesigen, rosafarbenen

Windungen seiner Gedärme schwammen auf dem fauligen Wasser.

»Nein!« kreischte Cha-kwena, als er wieder in den See fiel. Er suchte hektisch die Organe des Tieres zusammen, drückte sie an Ort und Stelle zurück und wollte die Wunden mit seinen bloßen Händen verschließen. Er beschwor irgendeinen Zauber herauf, der das ungeschehen machen konnte, was die Raubtiere seinem Totem angetan hatten. Doch er fand keinen Zauber, nicht für diese Aufgabe.

Schließlich forderte seine Erschöpfung ihren Tribut. Er zog sich auf die Flanke des sterbenden Tieres. Er lag zitternd und schluchzend auf der Schulter des großen weißen Mammuts. Cha-kwenas linker Arm streckte sich nach oben, an den Hals des Tieres, seine rechte Hand klammerte sich um den Medizinbeutel, während er die Mächte der Schöpfung, die Geister der Vorfahren und alle Kräfte dieser und der nächsten Welt anflehte, seinem Totem das Leben zurückzugeben.

»Hör auf mich, All-Großvater!« flehte er das Totem an. »Du bist mehr als ein Mammut, mehr als Fleisch, Knochen und Blut! Du bist Lebensspender, der Große Geist und die Quelle, aus der die Menschen geboren wurden! Lebe! Du mußt für immer leben! Wenn du stirbst, werden die Menschen mit dir sterben!«

Doch das Mammut lag immer noch im Sterben. Cha-kwena spürte, wie seine Lebenskraft schwand. Während er immer noch den heiligen Stein umklammerte, schloß er plötzlich die Augen, und eine schreckliche Ruhe kehrte in seine Seele ein. Er erinnerte sich an fallende Sterne und ein junges Mädchen, das sanft und willig in seinen Armen lag.

Als er bei Mah-ree gelegen hatte, bevor sie durch ihr Mondblut zur Frau geworden war, hatte er die Gesetze der Vorfahren gebrochen.

»Ich bin der Schamane. Ich habe geschworen, die Gesetze einzuhalten«, wiederholte er seufzend seine Worte. »Wenn ich es nicht tue, ist die Macht des Steins dahin, dann ist die Macht des Totems . . .« Er verstummte, öffnete die Augen, starrte zur Sonne hinauf und flehte: »Nimm mich! Ich bin Schamane! Aus meinem Fleisch und Blut sollst du neues Fleisch und Blut für das Totem machen! Für den Stamm. Für alle, die mir vertraut haben und mir gefolgt sind! Nimm mich an seiner Stelle!«

Gah-ti hatte nicht die Absicht zu schreien, aber er hatte auch nicht die Absicht gehabt, unerwartet auf den Löwen zu treffen. Doch da war er: riesig, in tödlicher Angriffshaltung, die Augen genau auf ihn gerichtet, den Kopf vorgestreckt und die Ohren zurückgelegt. Er kauerte im trüben Schatten im Hintergrund der Höhle und war doppelt so groß wie ein Puma oder eine Säbelzahnkatze und größer als irgendein Löwe, den Gah-ti jemals zuvor gesehen hatte.

Während sein Herz klopfte und die Angst durch seine Adern pulsierte, nahm der Junge schnell zwei seiner Speere in die linke Hand und warf den dritten Speer mit der rechten. Es war keine Zeit mehr, den Speerwerfer zu benutzen, der den Speer mit tödlicher Kraft und Schnelligkeit vorwärtsgeschleudert hätte.

Selbst ohne die Unterstützung durch den Speerwerfer flog Gah-tis Waffe genau auf sein Ziel zu. Der Junge stieß einen kleinen Jubelschrei aus, in dem Stolz und Erleichterung lagen, als er einen weiteren Speer hob und warf.

Der Löwe rührte sich nicht von der Stelle. Der erste Speer traf mit einem lauten, klirrenden Geräusch, als die Speerspitze ihr Ziel fand und zerbrach, als gerade der zweite Speer einschlug. Gah-ti zuckte überrascht zusammen, als dieser Speer von der Schulter des Löwen abprallte. Die Speerspitze zersplitterte, als die Waffe zu Boden fiel, und der Schaft zerbrach.

Der Junge erstarrte und zögerte, seine letzte Waffe zu schleudern. Was für ein Löwe war das? Eigentlich hätten beide Speere eine tödliche Wunde verursachen und sich durch den Körper genau in das Herz bohren müssen. Waren die Speere nichts wert? *Unmöglich!*

Gah-ti starrte durch die Schatten in den Hintergrund der Höhle und erkannte, daß der reglose Löwe in Wirklichkeit gar kein Löwe war, sondern eine Täuschung des Lichts – oder der Dunkelheit – auf einem Haufen Steine.

Gah-ti lachte über sich selbst, als er seinen Speerarm senkte. »Zwei Speere zerstört, nur um einen Steinlöwen zu töten!«

Er schüttelte über sich selbst den Kopf und trat vor, um seine Waffen zurückzuholen. Als er dem Steinhaufen näher gekommen war, sah er, daß er überhaupt nicht wie ein Löwe aussah. Er kam sich sehr dumm vor, weil die Unerfahrenheit seiner Jugend ihn in Panik hatte reagieren lassen, und er war froh, daß niemand es jemals erfahren würde. »Es wird nie wieder geschehen«, versicherte er sich selbst.

Er kniete sich hin und untersuchte die Speere. Beide ließen sich nicht mehr reparieren.

»Ach«, tröstete er sich. »Ich war schlau und habe Ersatzspeerspitzen und Werkzeuge mitgebracht, um die gebrochenen Schäfte zu kürzen und zu flicken.«

Als er aufstand, lenkte ihn ein Geräusch ab. Es war vorbei, bevor er es orten oder deuten konnte. Seine Nackenhaare sträubten sich. Lauerte der Löwe irgendwo im Schatten?

Der Junge ließ seine zerbrochenen Speere fallen und hob den letzten, der noch tauglich war. Er hielt den Atem an, wartete, lauschte, drehte sich immer wieder um und machte sich auf alles gefaßt, was geschehen würde.

Aber es geschah nichts. Allmählich ließ seine Furcht nach. Gah-ti kam sich schon wieder sehr dumm vor und rief sich ins Gedächtnis zurück, daß er gerade geschworen hatte, sich nicht mehr von seiner Panik leiten zu lassen. Er atmete tief durch. Als er sich umsah, war er von der Schönheit der riesigen Höhle fasziniert, in der er sich befand. Seltsame Felsformationen hingen von der Decke und erinnerten den Jungen an riesige Zähne. Nachdem er kurz die Luft geschnuppert und den Boden überblickt hatte, war er überzeugt, daß sich in der Nähe kein Löwe aufhielt – zumindest nicht in der Nähe des Eingangs dieser Höhle. Allerdings hatte er Löwenspuren in zwei der drei kleineren Höhlen gefunden, die er bislang hatte untersuchen können.

Gah-ti fühlte sich jetzt etwas sicherer, aber auch erschöpft, so daß er den Speer niederlegte, sein Bündel mit Zweigen und Gras abnahm und seinen Rücken streckte. Als seine Blicke herumwanderten, erkannte er, wie gut die Höhle dazu geeignet war, seinem Stamm als dauerhafte Behausung zu dienen. Sie war groß, trocken und tief und öffnete sich nach Südwesten. Sie würde die tiefen Strahlen der Wintersonne hereinlassen, während sie im Sommer kühlen Schatten bot. Und war das vielleicht Wasser gewesen, was er in der Dunkelheit im Hintergrund der Höhle hatte tropfen hören? *Ja!* Er konnte hören, wie die Tropfen auf den Boden platschten.

»Eine Quelle!« rief er. Er erkannte, daß er es versäumt hatte, einen Wasserschlauch mitzubringen. Er hatte großen Durst. »Dieser Sohn Kosar-ehs dankt dem Löwen und den Geistern der Vorfahren, weil sie mir den Weg zu solch einer Höhle gezeigt haben! Cha-kwena sollte sich schämen, daß er sie nicht zuerst gefunden hat! Er ist nicht der einzige, der von der Macht des Totems begünstigt wird! Wenn das Wasser, das ich höre, trinkbar ist, dann ist diese Höhle noch vollkommener, als sie aussieht!«

Gah-ti fühlte sich sowohl vom Durst als auch von der Neugier ermutigt, sich über den steinigen Boden tiefer in die Höhle zu wagen. Den Speer in der Hand, erreichte er die Rückwand der ersten von mehreren Kammern. Dort waren mehrere zugige Öffnungen, die in lange, gewölbte Tunnel in das Herz des Hügels führten, in eine so dichte und schwere Dunkelheit, daß er sich nicht weiter vorwagte.

Gah-ti neigte den Kopf zur Seite. Kosar-eh rief nach ihm, aber der Junge antwortete nicht. Er mußte eine Wasserquelle entdecken und einen Löwen töten, bevor er seinem Vater wieder gegenübertreten konnte.

Er ging in die Knie, kroch vorsichtig weiter und lauschte auf das Wasser, zuerst vor einer Tunnelöffnung, dann vor einer zweiten, bis er von einem Knurren überrascht wurde. Er drehte sich um.

»Löwe!« kreischte er und starrte mit vor Schreck aufgerissenen Augen.

Das Tier machte einen Satz und fuhr mit einer großen Tatze über Gah-tis Kopf, Schulter und Arm. Der Junge rollte sich zusammen und schaffte es irgendwie, in der Dunkelheit wegzukriechen, tiefer in die Höhle hinein.

Während ihm das Blut heiß in die Augen tropfte, während sein Herz wild klopfte und sein rechter Arm nicht mehr reagierte, grub Gah-ti sich wie ein Maulwurf immer tiefer in eine kleine Öffnung, in die ihm kein Löwe folgen konnte.

»Alles wird gut ... Alles wird gut ...« Er schluchzte und sprach laut, um seine Angst zu beschwichtigen. Hinter ihm brüllte die große Katze enttäuscht. »Solange der Stamm in der Macht des Totems steht, wird alles gut werden. So muß es sein!«

Es war nichts von dem Löwen zu sehen, als Kosar-eh, Ta-maya und die Jungen zur Höhle hinaufstiegen und hineinblickten.

»Bleibt hinter mir, alle drei!« sagte Kosar-eh zu ihnen. Dann rief er nach Gah-ti.

Es gab keine Antwort.

»Sieh mal, Vater, da drüben! Ein Bündel aus Zweigen und Gras und ...«

»Diese Sachen gehören Gah-ti!« unterbrach Ka-neh seinen jüngeren Bruder und wollte in die Höhle rennen. Doch Kosar-ehs ausgestreckter gesunder Arm hielt ihn zurück.

»Du wirst mir gehorchen, oder du wirst ins Lager zurückgehen! Du hast die Wahl – überleg es dir schnell! Wenn du noch einmal meinen Befehl mißachtest, könnte dein Ungehorsam den Zorn der Mächte der Schöpfung über uns alle bringen! Hast du das verstanden?«

Beide Jungen nickten.

»Sie werden gehorchen«, versicherte Ta-maya.

Kosar-eh musterte sie unzufrieden. »Wenn du nur dasselbe tun würdest! Du sollte zurück zum ...«

Gah-tis leises Stöhnen brachte Kosar-eh unvermittelt zum Schweigen. Mit dem keulenförmigen Schlagstock aus Eisenholz in seiner guten Hand wagte er sich vorsichtig in die Höhle und folgte Gah-tis Stöhnen bis zum Rand der Dunkelheit. In der Luft lag ein schwerer Blutgeruch, und die dunklen Steine in der Nähe der Öffnung, in die der Junge gekrochen war, waren mit Blut bespritzt.

»Gah-ti ... komm aus deinem Versteck, Junge!« sagte Kosar-eh. »Und sag mir, daß dies hier Löwenblut ist und nicht dein eigenes!«

»Kein Junge ... ein Mann«, kam die schwache Antwort. »Kann mich nicht bewegen ... blute ... Schmerzen ... schlimm!«

Kosar-eh befahl Ka-neh und Kiu-neh, ihm den Rücken zu decken, während er Gah-ti hinterherkroch, doch es war unmöglich. Er war viel zu groß, um sich durch die Öffnung zwängen zu können. Er streckte seinen gesunden Arm hinein und versuchte Gah-ti zu erreichen. Er bat ihn zu versuchen, ihm aus eigener Kraft entgegenzukommen. »Wenn ich dein Bein zu fassen bekomme, kann ich dich herausziehen!«

Ka-neh trat neben seinen Vater und war begierig darauf, sich zu beweisen. »Laß es mich versuchen, Vater!«

»Nein, ich werde gehen!« sagte Kiu-neh.

»Jemand muß hineingehen, und zwar schnell«, warf Ta-maya ernst ein. »Hier ist sehr viel Blut. Gah-tis Wunden müssen sofort versorgt werden.«

Kosar-eh setzte sich auf. Er bedachte Cha-kwena wegen seiner Abwesenheit mit einem kurzen Fluch. Mit seinem schlanken starken, jungen Körper hätte der Schamane keine Schwierigkeiten gehabt, Gah-ti aus dem Innern des Hügels herauszuholen. Doch statt eines fähigen Jägers, der ihm dabei half, seinen Sohn zu retten und sich gegen ein räuberischen Löwen zu verteidigen, hatte Kosar-eh nur einen Elfjährigen, einen Achtjährigen und eine Frau bei sich!

Er traf eine Entscheidung. »Ka-neh, du bist der Stärkste. Hol deinen Bruder heraus!«

Ohne zu zögern, legte Ka-neh seine Speere nieder und gehorchte.

Kosar-eh stand auf.

»Eines Tages wirst du mich zuerst gehen lassen?« fragte Kiu-neh ernst.

Kosar-eh hatte genug von seinem dünnhäutigen, ruhmsüchtigen kleinen Jungen. »Eines Tages«, fuhr er Kiu-neh an. »Wenn dann noch jemand von uns am Leben ist!«

»Kosar-eh! Dort!« Ta-mayas Stimme war kaum mehr als ein Flüstern gewesen. Dennoch hatte sie wie ein Schrei geklungen.

Kosar-eh drehte den Kopf. Der Löwe war aus einem der Nebentunnel gekommen und stand jetzt zwischen ihnen und dem Höhleneingang.

Kosar-eh wurde es eiskalt, als der Löwe knurrte und drohend den Kopf senkte. Das Tier war gewaltig. Es hatte eine schwarze

Mähne, war so goldbraun wie das Grasland im Herbst und starrte ihn aus milchfarbenen Augen an. Der Mann hob die Augenbrauen. Ein Tier mit milchigen Augen war ein blindes Tier, oder ein fast blindes! Er sah genauer hin. *Ja!* Dieser Löwe war alt, hatte einen Hängebauch und war fast blind! Er faßte Hoffnung, die jedoch wieder schwand, als das Tier den Kopf hob, die großen Kiefer öffnete, brüllte und seine Zähne zeigte. Sie waren scharf genug, um den Schädel eines Mannes zu durchdringen und ihn von der Kehle bis zum Unterleib aufzureißen. Wenn dies das Tier war, das seinen Sohn angegriffen hatte, konnte Gah-ti sich glücklich schätzen, daß er noch am Leben war. »Ta-maya und Kiu-neh... bewegt euch langsam. Geht hinter mich!« drängte er leise, während er sehr langsam seinen Schlagstock auf den Boden legte und nach Ka-nehs kurzen Speeren griff und nach dem langen, den Gah-ti liegengelassen hatte.

»Vater, sie sind dir von den Mächten der Schöpfung verboten worden«, wandte Kiu-neh ein.

»Nicht im Krieg gegen unsere Feinde«, erwiderte Kosar-eh. »Und jetzt steht ein Feind vor uns, Kiu-neh. Ich kann nicht gegen ihn gewinnen, wenn ich keinen Speer benutze. Die Mächte der Schöpfung werden es verstehen.«

Während er sich Ka-nehs leichte Speere unter den verkrüppelten Arm klemmte, hielt er Gah-tis Waffe in der gesunden Hand und lenkte damit die Aufmerksamkeit des Löwen auf sich selbst. Er bewegte sich langsam und machte eine Finte nach links. Währenddessen sprach er leise und ruhig und sagte Ta-maya, was sie tun sollte, denn er hatte die Absicht, das Tier in eine Position zu bringen, durch die sich für sie und Kiu-neh ein Fluchtweg in die Sicherheit öffnete. Er hoffte, daß er dieses Spiel überleben würde, obwohl er wußte, daß seine Chancen sehr gering standen.

»Tu, was ich dir sage, Ta-maya. Wenn der Löwe dir den Rücken zukehrt, läufst du mit Kiu-neh zum Lager. Hole Chakwena und die Frauen, und wenn ich nicht mehr helfen kann, rette Ka-neh und Gah-ti, wenn du es vermagst.«

Ta-maya antwortete nicht. Mit zusammengekniffenen Augen beobachtete sie Kosar-eh, wie er mit der großen Katze sprach, sie zu sich heranlockte und von ihr fort. Mit einer Entschlossenheit, die Kiu-neh verblüffte, entriß sie ihm plötzlich die Speere, stieß den Jungen zu Boden und befahl ihm in die Höhlenöffnung zu seinen Brüdern zu kriechen. »Bleib dort, bis es wieder sicher ist! Wenn dein Vater und ich diesen Krieg nicht gewinnen, benutzt diese Speere, um euch selbst zu retten, wenn ihr könnt!«

Zwei der Speere fielen klappernd zu Boden, den dritten klemmte sie sich unter den linken Arm, während sie ihre Wurfschlinge vom Gürtel löste.

»Ta-maya, was tust du da?« Kosar-eh war verzweifelt. Während sich der Löwe näherte und nach seinem Speer schlug, sah er nur aus dem Augenwinkel, wie sie sich ohne Rücksicht auf ihr eigenes Leben in Stellung brachte und in aller Ruhe ihre Schleuder mit drei Steinen bestückte. Kiu-neh hatte sich nicht von der Stelle gerührt.

Ta-maya hob die Waffe und ließ sie geschickt über dem Kopf kreisen. Er hörte, wie die Riemen durch die Luft zischten, und schrak zusammen, als sie das Tier anrief.

»Heh! Schau hierher, Löwe!

Das Geschöpf drehte sich.

»Schau, was die Frau für dich hat!« höhnte Ta-maya, als sie ihr Handgelenk umknickte und die Steine aus ihrer Schlinge entließ.

Zwei der Steine schlugen gegen die große Brücke seiner Schnauze, rissen die Haut auf und zerbrachen den Knochen, während sich der dritte ins rechte Auge des Tieres bohrte. Der Löwe brüllte, erhob sich auf die Hinterbeine und wischte sich mit den Vordertatzen über das Gesicht.

Kosar-eh sah in atemlosem Entsetzen zu, wie der Löwe sich wild im Kreis drehte. Er kippte um und stand brüllend wieder auf. Sein Zorn und sein Schmerz sammelten sich in dem übriggebliebenen milchigen Auge. Dann stürmte er direkt auf Ta-maya los. Kosar-eh setzte ihm nach, warf einen Speer, dann noch einen und noch einen, bevor er seinen Dolch zog. Der Löwe ging kurz vor Ta-maya und Kiu-neh zu Boden. Da die Frau keine Zeit gehabt hatte, ihre Schleuder erneut zu bestücken, hatte sie sich auf den Angriff des Tieres vorbereitet.

Sie hielt Kiu-nehs kurzen Speer mit beiden Händen bereit, ohne zu zittern. Doch Kosar-eh wußte, daß Ta-mayas tapfere Absicht nichts nützte, wenn der Löwe aufstand und wieder angriff, sondern daß sie und der Junge sterben würden. Schreiend sprang Kosar-eh dem Tier auf den Rücken und stieß ihm seinen Dolch tief zwischen die Rippen, zog ihn wieder heraus und stieß erneut zu und immer wieder, bis . . .

»Kosar-eh!« rief Ta-maya.

»Vater!« rief Kiu-neh.

Er blickte benommen, erschüttert und verwirrt auf und sah, wie sein Sohn und die Frau seines Herzens neben ihm standen, während er auf dem reglosen Tier hockte. Sie waren viel zu nahe. »Geht weg!« schrie er. Jeden Augenblick konnte sich der Löwe wieder erheben und sie angreifen. Mit einer Hand zog er einen von Kiu-nehs kurzen Speeren aus dem Körper des Tieres und stützte sich auf den anderen.

Sie rührten sich nicht.

»Lauft!« befahl er, richtete seinen Blick auf den Löwen und machte sich auf den Moment gefaßt, wo er aus seiner vorübergehenden Betäubung erwachen würde. Er stellte sich zwischen sie und die Gefahr, den Speer in der einen Hand, den Dolch in der anderen.

Sie liefen immer noch nicht.

»Was ist los mit euch? Lauft, sage ich!«

»Der Löwe ist tot, Kosar-eh!« sagte Ta-maya. Sie ließ die Waffen fallen, erzitterte und stieß einen leisen Schrei aus, als sie die Hände vor ihr Gesicht hob.

»Du hast ihn getötet, Vater!« rief Kiu-neh.

Kosar-eh starrte nach unten. Mit zunehmender Verwunderung sah er, daß sie die Wahrheit gesprochen hatten. Der Löwe lag schlaff da, mit ausgestrecktem Kopf und hängender Zunge, die Vorderbeine unter dem Brustkorb, während seine Wunden und die Blase Blut und Flüssigkeit entließen. Es war kaum zu fassen, daß ein einarmiger Lustiger Mann ihn getötet hatte! Er wurde fast von Erleichterung und Stolz überwältigt.

Ta-maya lachte und weinte gleichzeitig, und Kiu-neh starrte seinen Vater mit offenem Mund an.

»Was ist los?« fragte Kosar-eh plötzlich beleidigt. »Was habt ihr? Dieser Mann war einmal ein Jäger – der beste Jäger! Warum seid ihr so erstaunt, daß es immer noch so ist?«

»Das ist es nicht, lieber Freund!« sagte Ta-maya unter Freudentränen.

»Was denn?« erwiderte Kosar-eh verärgert, der sich von ihrem Hohn tief getroffen fühlte. »Ich habe gerade einen Löwen erlegt! Bin ich in deinen Augen sogar jetzt noch nur ein Lustiger Mann?«

Als sie seinen Schmerz sah, eilte sie zu ihm, umarmte ihn, küßte ihn auf den Mund und trat dann zurück. Sie ließ ihre Hand über seine Arme gleiten. »Kosar-eh, ich lache nicht über dich! Ich lache, weil ich mich für dich freue!«

Er verstand nichts. Er blickte auf sie herab, konnte weder sprechen noch denken oder atmen. Ihr Kuß, ihre Nähe und ihre Berührung hatten ihn schwach gemacht.

»Vater ...«, flüsterte Kiu-neh. »Du hältst zwei Waffen – einen Speer in deiner rechten Hand und einen Dolch in deiner linken! Du hast *beide* Arme benutzt, um diesen Löwen zu töten!«

Kosar-eh blickte an sich hinunter und war über den Anblick so verblüfft, daß er beide Waffen fallen ließ. Es stimmte! Zum ersten Mal seit dem Jagdunfall, der ihn verstümmelt hatte, war sein rechter Arm ausgestreckt. Die bleichen, verkümmerten Muskeln spannten sich unter der Berührung durch Ta-mayas Hand. Er konnte ihre Berührung spüren! Daran gab es keinen Zweifel! Obwohl er Angst davor hatte, befahl er seinem Arm, sich zu heben, seiner Hand, sich zu bewegen, seinen Fingern, sich zu strecken ... und sie gehorchten – steif und unsicher, aber sie gehorchten. »Ist das möglich?« keuchte er.

»Es ist möglich!« bestätigte Ta-maya und rief in begeisterter Freude: »Cha-kwena hat die ganze Zeit recht gehabt! Die Mächte der Schöpfung sind diesem Stamm wirklich wohlgesonnen, und wir stehen in der Macht des Totems!«

Kosar-eh vergaß plötzlich alles um sich herum und nahm Tamaya mit einem lauten Jubelschrei in die Arme. Er wirbelte sie herum und hatte dabei seinen Mund auf ihren gedrückt. Er küßte sie, wie er sie schon so oft in seinen Träumen geküßt hatte oder während er auf seiner gealterten Siwi-ni gelegen und sich dabei gewünscht hatte, Ta-maya das Geschenk seiner Liebe und seines Lebens zu machen. Er küßte sie wild und leidenschaftlich, nahm die Kraft ihres Atems und ihres Herzschlags in sich auf und gab ihr beides mit einer Macht zurück, die sie in seinen Armen nach Luft schnappen ließ. Sie nahm seinen Kuß mit einer Leidenschaft an, die ihn mit fast unerträglicher Freude erfüllte.

Die Mächte der Schöpfung sind mir wahrlich wohlgesonnen, dachte er. Seine Tage als Krüppel waren vorbei! Er konnte wieder jagen! Er konnte in den Augen seines Stammes wieder ein Mann sein und durfte auf den Tag hoffen, an dem er Ta-maya zur Frau nehmen würde! *Bald! Es soll schon bald geschehen!* flehte er. *Meine Siwi-ni kann nicht ewig leben!*

Der letzte Gedanke zerstörte den glücklichen Augenblick. Gleichzeitig brachte ihn Ka-nehs Stimme wieder zur Vernunft.

»Kann mir jemand mit Gah-ti helfen?« fragte der Junge. Er kam blutig und schweißtriefend aus dem Loch in der Höhlenwand.

Kurz darauf lag Kosar-eh auf der Seite, griff in die Öffnung, bekam Gah-tis Fuß zu fassen und zog den bewußtlosen Jungen aus der Dunkelheit in das Zwielicht der Höhle. Was er sah, erschütterte ihn so schwer, daß er fast in Ohnmacht fiel, während Ta-maya den Atem anhielt und Kiu-neh sich übergab.

»Nur die Mächte der Schöpfung können diese Wunden heilen!« sagte Ka-neh angewidert.

Kosar-eh schüttelte fassungslos den Kopf. »Nein ... nein ...«

Ta-maya atmete tief durch und übernahm es, zu handeln. »Ka-neh, nimm deine Waffen und geh zurück zum Lager. Erzähl Mah-ree und meiner Mutter, was hier geschehen ist. Sie sollen so viel Medizin mitbringen, wie sie können, so schnell wie möglich! Kiu-neh, hör auf zu würgen! Nimm das Feuerwerkzeug deines Bruders und mache mit den Zweigen und dem Gras ein Feuer! Seine Wunden müssen ausgebrannt werden. Geht schon! Tut, was ich sage! Kosar-eh, hilf mir, die Blutungen deines Sohnes zu stillen, bevor der Seelenfänger ihm die Lebenskraft aussaugen kann!«

Kosar-eh blickte zu ihr auf. Seine Hoffnung war erstorben. Die Mächte der Schöpfung hatten in einer grausamen Farce wieder einen Lustigen Mann aus ihm gemacht. Sie hatten ihm die Verfügung über seinen Arm und seine Hand zurückgegeben, aber es war kein Geschenk gewesen – sie hatten einen grotesken und schrecklichen Handel mit ihm abgeschlossen. Während die Verzweiflung ihn zu überwältigen drohte, nahm er den übel zugerichteten, fast skalpierten Gah-ti in seine Arme und hielt mit seiner rechten Hand den aufgerissenen Stumpf, der noch vom rechten Arm seines Sohnes übrig war, und versuchte, die Blutung aufzuhalten. »Das ist kein fairer Handel«, schluchzte er. »Kein Vater würde sich einen solchen Handel wünschen . . .«

Gah-tis Augenlider öffneten sich flatternd. »Hat . . . der Löwe . . . mich getötet?«

Kosar-eh zitterte, während er sprach. »Gah-tis Speer hat den Löwen getötet!«

»Wirklich?« Die Lippen des Jungen verzogen sich zu einem schwachen und zitternden Lächeln.

»Wirklich!« bestätigte Ta-maya. »Ein Löwe allein kann es nicht schaffen. dem erstgeborenen Sohn Kosar-ehs die Seele zu rauben!«

»Wird Mah-ree jetzt sagen, daß ich ein Mann bin?«

»Das wird sie!« sagte Ta-maya und versuchte, ihre Tränen zu unterdrücken.

»Dann werde ich nicht gegen sie und Cha-kwena sprechen.« Gah-ti seufzte. »Ich werde . . . ihr Geheimnis . . . bewahren.« Der Junge schloß die Augen. Er zitterte heftig vor Schmerzen und verlor erneut das Bewußtsein.

Kosar-eh und Ta-maya sahen sich an, als Gah-ti in den Armen seines Vaters erschlaffte.

Ta-mayas Gesicht war voller Sorge. »Der Schlaf frißt die Schmerzen. Das ist zumindest etwas Gutes. Vielleicht kommt Cha-kwena bald. Wir könnten seinen Zauber gebrauchen. Er wird beim Totem sein. Solange das große weiße Mammut in diesem guten Land . . .«

»Zauber?« unterbrach Kosar-eh sie verbittert. »Ach ja! Es ist wirklich Zauber nötig, um diesen erstgeborenen Sohn Kosarehs wieder ganz und gesund zu machen, in diesem ›guten‹ Land, in das uns der Schamane und unser Totem geführt haben.

Die Mächte der Schöpfung haben uns endlich ihr freundliches Gesicht in Gestalt des Mauls eines menschenfressenden Löwen unter dem Licht des schwarzen Mondes gezeigt! Sag mir, Tamaya, wenn unser Totem uns führt und Cha-kwena die Zeichen deutet, welche weiteren guten Dinge werden uns noch erwarten?«

Ihr Gesicht war voller Schmerz, und in ihren Augen stand wieder die Trauer. »Nur die Vier Winde und die Mächte der Schöpfung können es dir verraten, Bruder meines Herzens«, sagte sie sanft und wandte sich dann ab.

Doch vorher sah er noch ihre Tränen.

11

Den ganzen Vormittag lang floh Ban-ya über das schneebedeckte Land, in der Hoffnung, Dakan-eh wiederzufinden. Erschöpft lief sie immer weiter. Der Schnee verwandelte sich in Regen, dann in Schneeregen und schließlich wieder in Schnee. Der Wind, der immer noch heftig aus Norden blies, zerriß die Wolkendecke und erlaubte ihr verlockende Blicke auf die Sonne. An deren Stellung erkannte sie, daß es fast Mittag war. Die Landschaft jedoch gab ihr den Eindruck, daß sie seit ihrer Flucht aus dem Lager nach dem Überfall vermutlich immer wieder im Kreis gelaufen war. Und jetzt erkannte sie außerdem, daß sie nicht allein war. Shateh und einige Männer mit Hunden folgten ihr. Sie hätte wissen müssen, daß man nach ihr suchen würde, sobald ihre Abwesenheit entdeckt worden war. Sie lief wieder schneller. Sie stolperte mit frosttauben Füßen voran und war überzeugt, daß der Oberhäuptling ihr die Schuld am Angriff auf seinen Stamm geben würde – Atonashkeh würde schon dafür sorgen.

Das Land wellte sich vor ihr. Sie lief weiter, schleppte sich schlitternd durch hohes Gras, bis der Saum ihres Kleides und ihre Mokassins klitschnaß waren. Nur ihr Umhang aus Kojotenfell, den sie sich von Nanis Leiche geholt hatte, als niemand zusah, hielt das Wasser ab und ihren Oberkörper warm. Sie knotete die Vorderpfoten straff um ihre Kehle und zwang sich, an den Mann zu denken, der ihr die Pelze geschenkt hatte. Sie sehnte sich so sehr nach ihm!

»Dakan-eh!« rief Ban-ya und bat den Wind, den Namen zu ihrem Mann weiterzutragen. Vielleicht tat er es wirklich. Sie hatte nichts zu verlieren. Er war irgendwo dort draußen und zog mit ihrem kleinen Piku-neh und ihrer geliebten alten Großmutter durch das Land. Sicher trauerte man um sie. Sicher schrie ihr Baby nach ihr. Der Junge war alt genug, um unter ihrem Verlust zu leiden, aber zu jung, um zu verstehen, warum sie ihn verlassen hatte. Bestimmt dachte sich Dakan-eh gerade einen Plan aus, wie er sie retten konnte.

»Frau der Roten Welt! Halt an!«

Ban-ya erkannte Shatehs Stimme, aber sie gehorchte nicht. Sie lief immer schneller, bis sie unvermittelt eine kleine Gruppe aus Männern und Hunden sah, die auf dem Hügel genau vor ihr erschienen. Ihr Herz machte einen Satz. »Mutiger Mann!« schrie sie ihre Hoffnung mit aller Lautstärke hinaus. Doch sie schwand sofort wieder, als sie sich erinnerte, daß Dakan-eh keine Hunde aus dem Lager mitgenommen hatte. Die Männer gehörten zu Shatehs Jägern, und sie kamen auf sie zu.

Sie blieb stehen und drehte sich um. Ihre Flucht in die Freiheit war vorbei. Jetzt war alles gleichgültig. Mit einem tiefen, keuchenden Atemzug lief sie im rechten Winkel zu den sich nähernden Gruppen weiter, bis die Hunde hinter ihr waren und nach ihren Mokassins schnappten. Sie hörte das Schnaufen eines Mannes, der hinter ihrem Rücken atmete, und eine Sekunde später wurde sie gepackt und so heftig zurückgerissen, daß sie zu Boden stürzte.

»Töte sie!«

Es war Nakantahkehs Stimme... Ban-ya wollte sich umblicken, aber der Mann hielt die Kapuze ihres Umhangs so fest gepackt, daß sie zu ersticken drohte. Sie strengte sich an, nicht das Bewußtsein zu verlieren, und ließ einfach den Kopf hängen und zwang sich dazu, nicht zu würgen. Wenn sie sterben sollte, würde sie als die Frau des Mutigen Mannes sterben, nicht wie eine geschorene Sklavin! Endlich ließ der Mann sie los. Ban-ya rieb sich die Kehle und versuchte, die zitternden Muskeln zu beruhigen.

Ein Mann sprach. »Wir haben Spuren gefunden, daß die Eidechsenfresser vor kurzem hinter diesem Hügel gerastet haben. Keine Spur deutete darauf hin, daß die Angreifer ihren Weg gekreuzt haben. Hinter dem Lagerplatz hat das Wetter alles Spuren verwischt, so daß wir nicht wissen, wohin die Eidechsenfresser gegangen sind.«

Jetzt blickte Ban-ya auf. Teikan hatte gesprochen, und seine Worte verrieten, daß er und die anderen Männer nicht nach ihr gesucht hatten, sondern nach Dakan-eh. Sie musterte ihn im dichter werdenden Schneetreiben und drehte sich dann um, bis sie sah, wie Shateh im Kreis der anderen Männer, die sie umstanden, wütend auf sie herabblickte. Ihr Haß auf den Oberhäuptling war sogar noch größer als ihre Angst vor ihm. Er war schuld, daß sie ihr Baby nie wiedersehen oder nicht mehr stolz an Dakan-ehs Seite stehen würde. Er war schuld, daß sie bald tot war, dazu verdammt, die Geisterwelt in einem Land zu durchstreifen, das fern vom Land ihrer Vorfahren lag und für immer für ihre Lieben verloren war.

Sie war überzeugt, daß es für sie nun keine Hoffnung mehr gab, und bot dem Oberhäuptling verächtlich die Stirn. »Die Angreifer werden meinen Dakan-eh nicht anrühren, und du wirst ihn mit deinen Männern und Hunden niemals finden. Er steht in der Gunst der Vier Winde, genauso wie er es dir gesagt hat. Du hättest ihm glauben sollen. Jetzt leidet dein Stamm und nicht seiner unter Schmerzen und Tod. Ist das der Grund, warum du ihn verfolgst und und nicht deine wahren Feinde? Damit du ihm seine Kraft und die Gunst der Geister rauben kannst, so wie du ihm seine Frau geraubt hast?«

»Bring sie zum Schweigen, Shateh!« Nakantahkehs Gesicht unter der Fellkapuze war vor Verachtung verzerrt. »Sie ist diejenige, die die Angreifer zu uns gerufen hat!«

Ban-ya erwiderte seinen Blick mit ebenbürtiger Verachtung. Von ihrem baldigen Tod überzeugt fürchtete sie nichts mehr außer dem Verlust ihres Stolzes. »Seit wann bist du ein blinder Mann, Nakantahkeh? Und seit wann hören deine Ohren nichts mehr? Die Speere, die die Angreifer zurückließen, trugen die deutlichen Zeichen ihres Stammes, und nach dem Angriff wurde im Lager davon geredet, daß die Feinde die Bemalung des Stammes des Wachenden Sterns trugen. Es waren *Sheelas* Leute, nicht meine.«

»Sheela war die Sklavin deines Mannes, Frau der Roten Welt«, wandte Shateh ruhig ein. »Wenn sie entkommen ist, um ihre Stammesmitglieder gegen uns zu führen, so ist es sein Fehler.«

»Und wenn wir deinen eidechsenfressenden Mann finden, wird er mit seinem Leben und dem seines ganzen Stammes dafür bezahlen!« versprach Nakantahkeh.

Teikan machte ein nachdenkliches Gesicht. »Wenn der Sturm vorbei ist, könnte diese Frau uns den Weg zeigen, auf dem ihr Stamm in das Grasland gekommen ist. Wir könnten ihnen folgen, ohne daß wir uns damit aufhalten müßten, nach Spuren zu suchen.«

Ban-ya kniff die Augen zusammen. »Ihr Narren! Glaubt ihr wirklich, ich würde euch zu meinem Stamm führen, damit ihr ihn abschlachten könnt? Könnt ihr nicht sehen, was geschehen ist? Seht ihr nicht, daß das Glück auf meiner Seite und der meines Stammes war? Sheelas Haß richtet sich nicht nur gegen euch, sondern hauptsächlich gegen den Mutigen Mann. Sie hat Krieger zu eurem Lager geschickt, um sich an jenen zu rächen, die sie versklavt haben. Sie haben sie aber nicht gefunden, weil Shateh meinen Stamm fortgeschickt hat. Die Frauen haben gesagt, daß ein Angreifer meinen Namen rief, als er seinen Speer in Nani stieß. Diese Frau würde jetzt noch leben, und ich wäre tot, wenn Shateh ihr nicht meinen Umhang gegeben hätte. Selbst in diesem Augenblick steht mein Dakan-eh in der Gunst der Vier Winde. Die Sturmgeister verwischen seine Spuren, damit jene, die ihm folgen wollten, ihm keinen Schaden antun können. Wenn du die Gunst der Mächte der Schöpfung zurückgewinnen willst, Shateh, mußt du nur mit Dakan-eh als Bruder an deiner Seite und nicht als Feind in die aufgehende Sonne gehen.«

Nakantahkeh wurde nervös vor Fassungslosigkeit und Ungeduld. »Erledige sie, Shateh, bevor ihre Worte unseren Geist verwirren und wir vergessen, welches Ziel wir uns gesetzt haben!«

In Ban-yas Stimme lag Überraschung, als sie antwortete. »Gut gesprochen, Nakantahkeh! Und ich hatte schon fast geglaubt, daß du in deinem Kopf überhaupt keine eigenen Gedanken hast und in deinem Mund keine eigenen Worte, die nicht Atonashkeh zuerst ausgesprochen hat, damit du sie nachplappern kannst.«

Die Reaktion auf diese Beleidigung folgte sofort, aber sie kam nicht von Nakantahkeh. Shateh bewegte sich so schnell, daß Ban-ya im nächsten Augenblick am Kragen gepackt und auf die Beine gestellt wurde. Dann wurde sie weiter hochgehoben, bis sie in Augenhöhe vor dem Oberhäuptling hing.

»Mein einziger überlebender Sohn wurde heute schwer verwundet, weil er tapfer unsere Feinde verfolgt hat, Frau der Roten Welt! Du wirst seinen Namen nicht in den Mund nehmen! Du wirst dich nicht über ihn lustig machen!«

Ban-ya hing hilflos im Griff des Oberhäuptlings. Seine Hand drückte sich so fest gegen ihre Kehle, daß sie weder atmen noch gegen den Schmerz protestieren konnte, während seine Faust ihre Halsmuskeln gegen den Kehlkopf drückte.

»Der Wind wird stärker, Shateh«, sagte Teikan und blickte zum dunklen Himmel hinauf. »Es wird noch viel Schnee fallen, bevor dieser Sturm sich selbst ober die Welt davongeweht hat. Wenn wir jetzt nicht zum Lager zurückkehren, finden wir den Rückweg vielleicht nie wieder.«

»Dann laßt uns umkehren«, knurrte Nakantahkeh, »und diese Frau hier als totes Fleisch für die Aasfresser zurücklassen, die dem Sturm folgen werden.«

Ban-ya, die immer noch genau in die Augen Shatehs blickte, wurde schwach, und ihr Sichtfeld verschwamm. Doch was war es, was sie in seinen Augen sah? Haß? Ja. Mißtrauen? Ja. Aber waren da nicht auch Mitleid und Bedauern und eine tiefe, verzerrte Bewunderung? *Ja!* dachte sie, als sie erkannte, daß dieser Mann sie nicht töten wollte.

»Erledige sie, sage ich!« drängte Nakantahkeh erneut. »Laßt uns zum Stamm zurückkehren, bevor der Sturm ein Weiterkommen unmöglich macht!«

»Du plapperst wirklich nur die Worte Atonashkehs nach, Nakantahkeh!« brüllte der Oberhäuptling. »Willst du dir anmaßen, mir einen Befehl zu geben? Hast du heute nicht schon genug Tod erlebt?« Mit einem Knurren ließ Shateh plötzlich Ban-yas Umhang los.

Sie schnappte keuchend nach Luft, als sie plötzlich wieder atmen konnte. Obwohl sie sich anstrengte, knickten ihre Knie ein, und sie brach vor dem Oberhäuptling zusammen. Ein starker Arm hob sie wieder auf und stützte sie.

»Teikan hat recht!« verkündete Shateh. »Es wäre nicht gut, diese Frau zu töten. Sie kann uns den Bergpaß zeigen, durch den die Eidechsenfresser zurückgekehrt sind. Vielleicht stehen der Mutige Mann und sein Stamm wirklich in der Gunst der Vier Winde! Vielleicht hat Dakan-eh die Wahrheit gesprochen, als er sagte, daß sich unser Feind nicht in diesem Land aufhält. Vielleicht ist es wirklich an der Zeit, daß wir die Bisonjagd aufgeben und das große weiße Mammut suchen, das Totem unserer Vorfahren, damit wir durch seine Macht gestärkt gegen jene kämpfen können, die sich mit ihm gegen uns verschworen haben.«

Nakantahkeh war wütend. »Unser Feind liegt dort in deinen Armen, Shateh, und die anderen verstecken sich in den Hügeln. Hör nicht auf diese Frau! Sie bringt nur Unglück! Die Angreifer können nicht zahlreich sein. Nachdem wir jetzt wissen, daß sie immer noch eine Bedrohung sind, werden wir gegen sie stark sein! Wir können zu Xiaheh und den anderen Häuptlingen gehen und gemeinsam den Stamm des Wachenden Sterns jagen. Gemeinsam können wir dafür sorgen, daß unsere Feinde ihre Entscheidung bedauern werden, uns angegriffen zu haben! Die Tage der Mammutjäger sind vorbei. Wir sind Krieger und Bisonjäger in diesem Grasland, in dem es nicht mehr genügend Mammuts gibt, um die Menschen zu ernähren! Shateh selbst war der erste, der die hungrigen Stämme einte und zu einem starken Leben als Bisonjäger führte! Die Bisons sind jetzt unser Totem! Aus diesem Grund ist das große weiße Mammut über die Sandberge und den Rand der Welt hinaus gezogen! Menschen können ihm dorthin nicht folgen!«

»Cha-kwena und sein Stamm sind ihm gefolgt«, sagte Banya. Als sie in Shatehs Gesicht hinaufblickte, sah sie sein Alter und seine Erschöpfung. Ihr kam eine Erkenntnis, die ihr neue

Hoffnung gab, und sie fügte sanft hinzu: »Cha-kwena ist der wahre Feind der Stämme des Graslandes. Mit dem Mutigen Mann und Shateh an ihrer Seite wird diese Frau und der Sohn, den sie jetzt in ihrem Bauch trägt, keine Angst haben, das Totem hinter dem Rand der Welt zu suchen und sich an denen zu rächen, die . . .«

Shateh zuckte zusammen und starrte ungläubig auf sie herab.»Was hast du gesagt? Es ist noch viel zu früh! Du kannst doch noch gar nicht wissen, ob oder was du in dir trägst!«

»Eine Frau weiß so etwas immer vom ersten Augenblick an«, sagte sie ruhig und so überzeugend, als würde sie selbst daran glauben.

Nakantahkeh lachte mit einem verächtlichen Schnaufen. »Sie lügt! Ihre Worte sind ein Trick, mit dem sie ihr Leben zu retten versucht!«

»Dann töte mich und schneide mich auf, Nakantahkeh«, forderte Ban-ya ihn auf. »Dann wirst du die Wahrheit meiner Worte erkennen, während Shateh zusieht, wie ein weiterer Sohn von ihm stirbt – diesmal von deiner Hand!«

Nakantahkehs Hand klammerte sich fester um seinen Speer. Er sah Shateh an und wartete hoffnungsvoll darauf, daß der Oberhäuptling ihm befahl, Ban-yas Aufforderung nachzukommen.

Doch Shahteh schüttelte seinen schneebedeckten Kopf. »Wir müssen zum Lager zurückkehren und die Wache übernehmen. Wieder einmal haben wir Tote zu betrauern und Verwundete zu pflegen. Diese Frau wird mit uns kommen. Die Zeit wird die Wahrheit ihrer Worte offenbaren.«

Ban-ya zitterte vor Erleichterung. Sie würde heute noch nicht sterben! Die Freude überwältigte sie. Vielleicht konnte sie Shateh doch noch überzeugen, daß sein Glück bei Dakan-eh lag. Wenn sie das schaffte, würde sie vielleicht ihren Mann und Piku-neh wiedersehen. Bis dahin war Shateh ihrer vielleicht überdrüssig geworden und würde sie gehen lassen. Der Gedanke war verlockend, wurde jedoch unweigerlich von Verbitterung gefolgt. Wenn sie es schaffte, schwanger zu werden und Shateh einen Sohn zu schenken, würde er mehr von ihr wollen und nicht weniger. Und wie lange würde sie am Leben bleiben, wenn sich in Shatehs Lager Feinde wie Nakantahkeh und Atonashkeh befanden?

Ban-ya verfolgte ihre besorgten Gedanken weiter, während sie fest im Griff von Shatehs Armen weiterging. Wie stark er war! Wie lang und sicher seine Schritte waren! War es dumm von ihr, wenn sie glaubte, sie könne ihn beeinflussen? Nicht einmal der entschlossene Nakantahkeh mit dem ernsten Blick konnte den Entschluß des Oberhäuptlings zum Wanken bringen. Und was geschah, wenn eine seiner Frauen ihm erzählte, daß es unmöglich für eine stillende Frau war, ein Kind zu empfangen?

Ihr Mut sank. Sie hätte nicht das Risiko einer solchen Lüge eingehen dürfen. Um ihren Milchfluß zum Versiegen zu bringen, mußte sie sich überlegen, wie sie Shateh davon abhalten konnte, an ihren Brüsten zu saugen. Ihre Blutzeit mußte schnell wieder einsetzen, obwohl sie dann dafür sorgen mußte, daß niemand davon erfuhr. Nachdem sie gereinigt und für neues Leben bereit war, mußte sie schnellstmöglich wieder schwanger werden!

Sie ballte ihre Hände zu Fäusten, während sie weiterging. *Dakan-eh, mein Mutiger Mann, warum bist du nicht gekommen, um mich zu retten? Ach, was bin ich nur für eine selbstsüchtige Frau! Ich weiß, daß du es nicht kannst aus Rücksicht auf den Stamm und auf meinen kleinen Piku-neh. Du mußt unseren Stamm nach Hause führen. Dann wirst du zurückkommen. Ja! Mit kämpfenden Männern aus der Roten Welt wirst du dann kommen und mich retten!* Heimlich erinnerte sich Ban-ya an einen unverschämten Heranwachsenden, in den sie sich trotz seines egoistischen Wesens unsterblich verliebt hatte. Aber sie konnte ihm deswegen unmöglich einen Vorwurf machen. Wer wollte es Dakan-eh übelnehmen, daß er alles tat, um seine eigenen Wünsche zu befriedigen? Durch seine Überlegenheit über andere hatte er das Recht dazu. Es war eine große Freude gewesen, als sie endlich sein Lächeln gewonnen und er ihr Essensgeschenk angenommen hatte, obwohl er bereits um die Tochter des Stammeshäuptlings geworben hatte. Ta-maya war nicht die Richtige für ihn gewesen. Ban-ya hatte es gewußt und ihn davon überzeugt, indem sie ihm ihren Körper zeigte, ihm gestattete, sie zu berühren und als erster bei ihr zu liegen, als sie ihre Beine für sein Vergnügen gespreizt hatte. Er hatte sie nicht abgewiesen, er hatte ihr Liebesangebot genauso begierig angenommen, wie sie es ihm gemacht hatte. Da hatte sie gewußt, daß sie nur für ihn leben würde – und für ihn sterben würde, wenn es sein mußte. Aber ohne ihn zu leben? Dieser Gedanke war unerträglich.

Irgendwo fern im Südosten zog das große weiße Mammut mit denen, die sie verlassen hatte, als sie sich entschied, Dakan-eh in das Grasland zu folgen. Vielleicht hatte der Mutige Mann recht, wenn er behauptete, daß Cha-kwena seinem Stamm das Glück geraubt hatte. Aber das Mammut war immer noch das Totem von Ban-yas Stamm, und es bedeutete eine große Macht für sie.

Sie formulierte ein stummes Gebet. *Nordwind, trage dieses Gebet über den Himmel, damit All-Großvater von den Gedanken und Wünschen dieser Frau der Roten Welt erfährt! Sei mächtig, Lebensspender, wo immer du bist und was immer du gerade tust, und gib mir die Kraft, neues Leben zu machen! Möge ich lange genug leben, um noch hier zu sein, wenn mein Mutiger Mann endlich nach mir sucht!*

Der Rabe und seine Gefährten versammelten sich am Ufer. Das große weiße Mammut hob den Kopf und die Stoßzähne zum Himmel und trompetete wie zur Antwort auf einen fernen Ruf.

Cha-kwena, der immer noch auf der Schulter des Totems lag, wachte aus seinem Erschöpfungsschlaf auf. Die Herde der wachenden Mammuts hatte den Kreis geöffnet und sich in zwei kleinere Gruppen geteilt, so daß der junge Schamane über das offene Wasser zu den Raben am Ufer blickten konnte. Dann sah er oben zwei kreisende Adler. Seine Mundwinkel verzogen sich verbittert. Er war sich so sicher gewesen, daß die Fischadler ihn zu einem neuen und besseren Leben gerufen hatten. Doch die düsteren Zeichen, die er nicht hatte wahrhaben wollen, waren schließlich doch die bedeutsameren Zeichen gewesen, und die Adler hatten ihn nicht zu den ersehnten Jagdgründen geführt – sie hatten ihn zum ... Tod seines Totems geführt.

Unter ihm erzitterte das große Mammut, als es den Kopf senkte und vor Erschöpfung und Schmerz ausatmete. Cha-kwena bereitete es Schmerzen, als er die Todesqualen des Tieres hörte und spürte. Der heilige Stein hing immer noch um seinen Hals, und er hatte singend und murmelnd Gebete an die Vier Winde und die Mächte der Schöpfung gerichtet, seit er auf die Schulter des Totems geklettert war. Aber sie erhörten ihn nicht. Das Mammut starb, und er konnte nichts dagegen unternehmen. Er hatte sein Leben angeboten, aber was war es schon wert? Sicher, er war Cha-kwena, der Enkel Hoyeh-tays und der letzte einer Linie Heiliger Männer, die bis zum Anbeginn der Zeiten und zu den Kindern des Ersten Mannes und der Ersten Frau zurückführte. Aber er war auch ein unerfahrener Junge, der niemals ein Schamane hatte werden wollen, und nachdem er es jetzt doch war, war er bestenfalls untauglich und schlimmstenfalls eine Beleidigung der Vorfahren.

Er schloß die Augen. *Dakan-eh! Mutiger Mann der Roten Welt, du hast mich ermahnt, mich von den alten Sitten abzuwenden und neue anzunehmen. Wenn du sehen könntest, was mir jetzt widerfahren ist, würdest sogar du um mich weinen.*

Die Schatten der kreisenden Vögel lenkten seinen Blick wieder nach oben. Er runzelte die Stirn. Bald würde es Mittag sein. Der alte Hoyeh-tay hatte ihm gesagt, daß der Mittag eine mystische Zeit sei, wenn der Morgen gestorben und der Nachmittag noch nicht geboren war. Und jenseits des Randes der Welt wartete die Nacht darauf, die Sonne zu verschlingen, um sie erneut gebären zu können, wenn die Dämmerung anbrach. Dann konnte der Zyklus des Lichts und des Lebens von neuem beginnen.

Cha-kwena starrte durch zusammengekniffene Augenlider und durch seine dichten Wimpern zur Sonne hinauf. Hoyeh-tay hatte ihm außerdem gesagt, die Sonne wäre das wachende Auge von Vater Himmel.

»Bist du dort oben zwischen den Wolken blind geworden? Hast du keine Ohren, um die Gesänge jener zu hören, die dich Vater nennen? Ich gebe mir Mühe, ein guter Schamane zu sein! Vielleicht reicht die Mühe nicht aus! Vielleicht habe ich ein paar Fehler gemacht! Manchmal handle ich, bevor ich nachdenke. Es ist nicht meine Schuld, daß der Seelenfänger Hoyehtay aus dieser Welt holte, bevor ich alles von ihm lernen konnte, was er mir beizubringen hatte! Also mußt du mir jetzt helfen! Die großen Schamanen haben gesagt, solange ich der Wächter des heiligen Steins bin, können nur die magischen Speerspitzen das Leben des Totems beenden. Aber schau ihn dir an! Kannst du nicht sehen, daß er stirbt? Wenn du wirklich eine der Mächte der Schöpfung bist, wenn du wirklich ein großer und mächtiger Geist bist, dann gib dem großen weißen Mammut das Leben zurück! Er ist das Totem! Er kann nicht sterben!«

Lange, stumme Augenblicke vergingen. Das Auge der Sonne starrte, ohne zu zwinkern und ohne Mitleid herab. Es war blind für die Not des jungen Schamanen und des Mammuts.

Dann traten überall am sonnenbeschienenen Ufer hinter den Skeletten der vielen Mammuts, die zum Sterben an diesen Ort gekommen waren, die Gestalten anderer Raubtiere hervor. Überrascht fragte Cha-kwena sich, ob seine Augen ihm einen Streich spielten. *Bär? Puma? Wolf? Säbelzahnkatze? Löwe?* Dies waren die Geistertiere gewesen, denen er auf dem Berg begegnet war. Die Raubtiere kamen jetzt in völliger Stille zusammen, wie in der Nacht, als er gespürt hatte, wie sie sich als Schatten in der Dunkelheit bewegten und ihn mit Augen beobachteten, die sein Bewußtsein verbrannten.

Sie können nicht wirklich sein, sagte er sich und schloß die Augen. Farben flammten auf und schwammen unter seinen Lidern – die Farben der Sonnenblindheit, pulsierendes Rot, Gelb und Weiß, mit grellen Ausbrüchen in Blau und Purpur, die Gestalt annehmen und wie ein Puma auf der Jagd nach einem Hirsch sprangen. Er drückte gegen seine Augen, und die Lichtspiele verzerrten sich, bis aus den Pumas Löwen wurden, dann Säbelzahnkatzen, dann Bären und Wölfe. Schließlich explodierten sie in tausend Bruchstücke und verschwanden.

Cha-kwena zitterte und hatte Angst, die Augen zu öffnen. Waren diese Farben die Vision eines Schamanen gewesen oder der Fluch von Vater Himmel, der ihn bestrafen wollte, weil er so unbesonnen gesprochen und zu lange in sein wachendes Auge gestarrt hatte? Wenn er es wagte, die Lider zu heben, würde er dann den See und diesen schmalen, schrecklichen Ausläufer des Tals sehen, oder wäre er ein blinder Mann?

Er mußte mehrere Male tief einatmen, bevor er den Mut hatte, es festzustellen. Langsam öffnete er die Augen. Licht drang hinein. Er atmete erleichtert auf. Er konnte immer noch so deutlich wie zuvor sehen, obwohl im Zentrum jedes Auges ein seltsamer kleiner Kreis aus schwarzem Licht zurückgeblieben war, wie ein dunkler Vogel, der vor dem Gesicht der Sonne schwebte.

Die lauernden Raubtiere, die er am Ufer gesehen hatte, waren verschwunden. Er runzelte die Stirn. Jetzt war dort nur noch ein einsamer Kojote. Der kleine gelbe Wolf hockte neben einem großen Mammutschädel und starrte ihn über das Wasser hinweg an. Ein einzelner Rabe saß ganz oben auf dem Schädel und pickte hektisch an etwas, das er mit den Krallen festhielt.

Cha-kwena schrak zusammen. War das der Köcher, in dem sich die magischen Speerspitzen befanden. *Ja!* Er hatte ihn völlig vergessen. Und seine Speere . . . wo waren seine Speere? Sie lagen dort am Ufer, wo er sie weggeworfen hatte.

Das große Mammut verlagerte plötzlich sein Gewicht und stöhnte, als es aufzustehen versuchte. Doch es gelang ihm nicht, und es fiel wieder auf die Seite. Seine Haut und die Muskeln zitterten vor Schmerz und ließen Cha-kwena in den See zurückrutschen. Er tauchte keuchend unter, schluckte Wasser, kam prustend hoch und spuckte nicht nur Wasser aus, als er im See schwamm, der unnatürlich warm, rot und vom Mammut verunreinigt war. Dann geriet er wieder in Panik. Das war kein Wasser! Er schwamm in einem See aus Blut und Exkrementen. Er hatte das Fleisch und Blut seines Totems in den Mund genommen.

Entsetzt und angewidert schrie er auf, als er einen Satz nach vorne machte und verzweifelt an dem Mammut nach Halt suchte, bis er benommen dalag, während das Totem unter ihm atmete und stöhnte.

Cha-kwena war von zwei erschreckenden Erkenntnissen bis in die Tiefen seiner Seele erschüttert: Das große weiße Mammut war schließlich doch nur ein Mammut, und er, der Enkel Hoyeh-tays, hatte als Schamane versagt. Nicht weil die Geister taub für seine Gebete waren, sondern weil es keine Geister gab. Die Trostlosigkeit übermannte ihn. »Es waren nur Lügen«, murmelte er und fühlte sich betrogen. »In dieser ganzen Welt und der nächsten Welt gibt es keinen Zauber. Für alle lebenden Wesen gibt es nur Fleisch und Blut und Tod!«

Das Mammut erzitterte, holte Luft, sabberte und zuckte. Als Cha-kwena die Schmerzen des Tieres wahrnahm, blickte er zum Ufer. Der Kojote war verschwunden. Sogar der Rabe und seine Gefährten waren aufgeflogen, um am Himmel mit den Adlern zu kreisen. Die Stirn des jungen Mannes legte sich in Falten, als er auf seinen Köcher starrte und wußte, was er tun mußte. Lebensspender war nur ein Tier aus Fleisch und Blut, aber es hatte seinem Stamm Hoffnung und Mut gegeben. Cha-kwena konnte nicht zulassen, daß das Tier noch länger litt.

Wie in Trance schwamm er zum Ufer. Die Mammutwächter ließen ihn gewähren. Er stieg auf das trockene Land und blieb vor dem Mammutschädel stehen, auf dem der Rabe gesessen hatte. Er blickte sich um und sah die zerfleischten Kadaver von mehreren Kojoten und zwei Hunden Mah-rees. Er erinnerte sich an die blutige Schnauze des Kojoten, der ihn an diesen Ort geführt hatte, und wußte, daß die Tiere das Totem angegriffen hatten, als es schwach, krank und halb versunken am Ufer gelegen hatte. Sie hatten ihm die Bauchhöhle geöffnet, bevor es die Kraft gefunden hatte, aufzustehen und sie im Schlamm zu zertreten. Erst dann war es in den See gewandert, um dort zusammenzubrechen und in den Todeskampf zu fallen.

Verzweifelt öffnete Cha-kwena den Überrest des zerfetzten Köchers. Während die Sonne wie zum Hohn über seine düstere Stimmung strahlte, knotete er die Lederriemen auf, die die Speerspitzen umschlossen. Er starrte sie an. Sie waren so wunderschön! Cha-kwena schüttelte den Kopf über diese Ironie. Jetzt würde Lebensspender wirklich durch die legendären Klingen sterben, aber nicht durch die Hand eines Menschen, der ihm seine Macht rauben wollte. Er würde von der Hand eines Menschen sterben, der geschworen hatte, sein Wächter zu sein.

Er hob eine der drei Speerspitzen auf. Sie lag schwer in seiner Hand und drückte die scharfe Schneide in seine Haut, während er zum Mammut zurückkehrte und noch einmal seine Schulter hinaufkletterte. »Jetzt werde ich dich beschützen, alter Freund, vor den Schmerzen und den Aasfressern, die dich in Stücke reißen möchten, während du noch lebst.«

Das Mammut hob den Rüssel und seufzte, so daß Cha-kwena sich frage, ob es verstand, was er gesagt hatte.

»Vergib mir, alter Freund«, flüsterte er.

Ohne auf die unruhigen Bewegungen der Mammutwächter zu achten, hob er die lange, schwere Speerspitze mit beiden Händen hoch und tat, was getan werden mußte. Cha-kwena trieb die messerscharfe Klinge aus Chalzedon tief hinein.

Das Mammut gab ein kurzes, helles Keuchen von sich, als die Klinge seine Halsschlagader fand. Blut quoll hervor. Die Klinge fiel dem Schamanen aus den Händen. Als die Sonne den Mittagspunkt überschritt, entspannte Lebensspender sich im Tod und stieß mit einem dankbaren Seufzen seinen letzten Atemzug aus. »Es ist getan«, sagte Cha-kwena mit gesenktem Kopf und wünschte sich, er wäre mit dem Totem gestorben.

Es gab einen Augenblick absoluter, ohrenbetäubender Stille. Dann trompeteten die Mammutwächter, der Kojote heulte, und Wolken wurden vom Nordwind herangetrieben, um das Licht der Sonne zu dämpfen.

Vom Blut seines Totems überströmt, blickte Cha-kwena auf. Er hatte keine Tränen mehr und war von Schuld und Bedauern niedergeschmettert, während die Geister der Ahnen in seinem Geist auferstanden und ihm ein Versprechen gaben, an das er nicht mehr glaubte: *Am Tag, an dem Lebensspender stirbt, werden auch die Menschen sterben – außer dem Mann, der ihn tötet. Der Mann, der sein Fleisch ißt und sein Blut trinkt, wird damit seine Weisheit und Macht übernehmen und die Unsterblichkeit erlangen.*

»Nein.« Cha-kwena schüttelte den Kopf. »Ich glaube euch nicht.« Er fühlte sich plötzlich so schwach wie ein neugeborenes Kind, als er auf die Knie fiel und zum Wind und zur wolkenverhangenen Sonne sprach. »Nichts lebt ewig! Nichts! Ich, Cha-kwena, der Enkel Hoyeh-tays, habe das weiße Mammut getötet. Der Große Geist, All Großvater, das Totem meiner Vorfahren, ist tot, und ich habe sein Fleisch und Blut in meinen Körper aufgenommen!« Er zitterte. Sein Schluchzen erschüt-

terte seine Seele bis in die Grundfesten. »Ich bin keine Schamane! Ich will nicht für immer leben! Ich will überhaupt nicht mehr leben!«

Cha-kwena wußte nicht, wie lange er auf dem reglosen Körper des Totems kniete oder wann die Mammutwächter wieder einen Kreis um den gestürzten Riesen bildeten. Als er in die Augen der gescheckten Kuh blickte, war er überzeugt, daß sie und ihre Artgenossen ihn töten würden. Und in diesem Augenblick sprang er in den See und schwamm unter Wasser um sein Leben. Die Mammuts versuchten nicht, ihn aufzuhalten, und er war zu erleichtert, um sich nach dem Grund zu fragen.

Als er das Ufer erreichte, sah er, daß der einsame Kojote sich wieder neben den Mammutschädel gelegt hatte. Als der kleine gelbe Wolf aufstand und ihn ansah, wußte Cha-kwena nicht, was plötzlich in ihn gefahren war, denn es war nicht das Tier, sondern der Mensch, der knurrte.

»Verschwinde!« befahl er, dann zeigte er auf die toten Kojoten und Hunde. »Du bist von ihrem Blut, nicht von meinem! Ihr habt mein Totem gejagt, und ich sage dir jetzt, daß ihr heute mehr als nur ein Mammut getötet habt. Ihr habt auch einen Schamanen getötet!«

Nach diesen Worten sprang er am Kojoten vorbei, griff sich eine der Speerspitzen aus dem Köcher und warf sie auf den kleinen gelben Wolf.

Die Speerspitze streifte ihn, prallte ab und flog in den See. Der Kojote heulte auf, wirbelte herum und rannte fort.

Zitternd sah Cha-kwena ihm nach. »Wir sind keine Geistbrüder mehr, du und ich!« Mit grimmiger Entschlossenheit hob er den Köcher mit der letzten Speerspitze auf und schleuderte ihn ins Wasser. »Es ist zu Ende«, verkündete er und hob seine Hand, um sich den Medizinbeutel und den heiligen Stein vom Hals zu reißen. Doch in diesem Augenblick hielt der Wind seine Hand zurück, und lenkte seinen Blick zur bewölkten Sonne. Der Große Weiße Winter erwachte im Norden. Cha-kwena wußte, daß er und sein Stamm dieses verfluchte Land verlassen mußten, bevor es zu spät war.

Es war klar, daß die Menschen des Stammes in den Tagen und Nächten, die vor ihnen lagen, Vertrauen in die Zauberkräfte und die Geister haben mußten, wenn sie die Reise durch das unbekannte Land überstehen wollten. Er konnte ihnen nicht sagen, was er getan hatte oder daß der Teil von ihm, in dem sie ihren Schamanen sahen, gestorben war, als er das Leben des großen weißen Mammuts genommen hatte.

Mutlos nahm Cha-kwena seine Speere auf und kehrte zu seinem Stamm zurück. Es war bereits fast völlig dunkel geworden. Er fand nur noch ein leeres Lager vor und war verblüfft, bis er ein flackerndes Signalfeuer in den Hügeln brennen sah und ihm bis zur Höhle folgte.

Es regnete, als er den breiten Geröllabhang hinaufstieg. Der junge Schamane war entschlossen, seinem Stamm nichts vom Tod des Totems zu erzählen, sondern zu sagen, daß seine ersten Ahnungen über dieses neue Land richtig gewesen waren und daß sie es bald verlassen mußten. Er wurde von einer tränenüberströmten Mah-ree begrüßt.

»Oh, Cha-kwena!« rief sie, als sie ihm entgegenlief, ihre Arme um seine Taille schlang und ihn an sich drückte. »Wo bist du gewesen? Gah-ti ist verletzt worden! Und auf dem Weg zur Höhle begann Siwi-ni zu bluten und... und ..« Sie verstummte, atmete tief durch, um sich zu beruhigen, und erzählte dann alles, was sich zugetragen hatte, seit er fortgegangen war. »Aber jetzt, wo du zurück bist, wird alles wieder gut werden! Der Zauber meines Schamanen wird das heilen, was meine Medizin nicht kann! Oh, Cha-kwena, sag mir, daß du das Totem gefunden hast und daß es All-Großvater gutgeht!«

»Ja, ich habe das Totem gefunden«, antwortete er ausweichend und folgte ihr in die Höhle. Entsetzt über das, was noch von Gah-ti übrig war, und über die Totenbleiche auf dem Gesicht der alten Siwi-ni wußte Cha-kwena, daß es noch viele Monde dauern würde, bevor sein Stamm in der Lage war, dieses verfluchte Land zu verlassen, in das er ihn geführt hatte und in dem das Mammut und das Totem gestorben waren.

TEIL 3

DAS HEULEN DER VIER WINDE

1

Im Grasland lauschte Shateh auf die Wölfe, die in der frühen Morgenkälte heulten. Er stand auf und blickte der aufgehenden Sonne entgegen. Sein Haar und sein Fellumhang wurden von seltsamen, unruhigen Winden zerzaust, die erst aus der einen, dann aus einer anderen Richtung wehten.

Er kniff die Augen zu schmalen Schlitzen zusammen. Als Schamane wußte er, daß die Zeichen schlecht standen. Als Häuptling wußte er, daß es an Wahnsinn grenzte, noch länger in diesem offenen, ungeschützten Lager zu bleiben. Das Wetter war gefährlich, es gab nichts zu essen, und die Wahrscheinlichkeit eines neuen Überfalls war hoch. Aber sie mußten auf die Verwundeten Rücksicht nehmen, und die Zeit der Trauer für die neuen Toten war noch nicht vorbei. Wenn sie jetzt weiterzogen, erregten sie vielleicht den Zorn der Mächte der Schöpfung. Aber was würde geschehen, wenn sein Stamm an diesem Ort blieb?

Shateh biß die Zähne zusammen. Er hatte die Gesetze der Vorfahren befolgt: Er hatte die Toten geehrt, und er hatte alle Eidechsenfresser bis auf eine Frau ausgestoßen. Doch der Seelenfänger holte sich immer noch neue Opfer in seinem Stamm. Vielleicht hatte Atonashkeh recht mit seiner Meinung über die Frau. Er stieß verzweifelt den Atem aus. *Nein!* Das wollte er nicht eingestehen, noch nicht! Ein oder zwei Tagesmärsche nach Süden würden sie zu einem besser zu schützenden Lagerplatz am Fluß bringen, wo sich sein Stamm schon oft aufgehalten hatte.

»Dorthin werden wir gehen!« erklärte er dem Wind.

Obwohl die Hunde aufblickten und die paar Frauen, die in der Nähe nach Brennmaterial und Zutaten für das Frühstück suchten, ihn anstarrten, wurde Shateh nicht bewußt, daß er laut gesprochen hatte.

Ban-ya hielt den Kopf gesenkt und den Rücken unter ihrem Reisegepäck gebückt, während sie zusammen mit den anderen Frauen vorwärtsstapfte.

Nachdem sie die morgendliche Übelkeit einer frühen Schwangerschaft vorgetäuscht hatte, mußte sie weniger Last tragen als die anderen Frauen – mit Ausnahme der hochschwangeren Frauen. Aber ansonsten war nichts leicht für sie. Sie sah, wie der Schnee fiel und fiel und fragte sich, ob dies jemals aufhören würde. Niemand außer Shatehs Frauen und Töchtern sprach mit ihr, und das auch nur in beleidigendem Ton. Der Oberhäuptling achtete darauf, daß sie nicht getreten oder geschlagen wurde. Er sorgte dafür, daß sie es genauso warm und gut hatte wie seine anderen Frauen. Da Umhänge und Felle knapp waren, erlaubte er ihr, den Kojotenfellumhang zu behalten, auch wenn das den Neid der anderen Frauen erregte.

Manchmal wünschte sich Ban-ya, daß er sich nicht so große Sorgen um sie machen würde. Es war nicht einfach, einen so treusorgenden Herrn zu hassen. Um sich nicht erweichen zu lassen, erinnerte sie sich daran, daß Dakan-eh nur selten so rücksichtsvoll gewesen war und ärgerte sich über den Vergleich. Dann verachtete sie Shateh, weil er sie dazu gebracht hatte, diesen Vergleich anzustellen. Wenn er den anderen Frauen erlauben würde, sie zu schlagen, hätte sie außerdem eine Entschuldigung, die Schläge bei Gelegenheit zu erwidern.

Als sie jetzt den Männern auf den neuen Lagerplatz folgten, die Stirnbänder abstreiften, die ihnen halfen, das Gewicht auf ihrem Rücken besser zu verteilen, und das Gepäck abwarfen, sah Ban-ya, daß Senohnim auf sie zukam.

»Das Baby in meinem Bauch ist jetzt ruhig«, flüsterte Senohnim. »Es hat sich in die Geburtsstellung bewegt. Bald werde ich dem Häuptling einen Sohn gebären, und dann wird es in diesem Lager keinen Platz mehr für eine Unglücksbringerin geben. Shateh wird nichts mehr von dir wissen wollen. Er wird dich aus dem Stamm verstoßen, und du wirst einsam sterben!«

Ban-ya ließ sich von dieser Drohung nicht einschüchtern. »Wenn du einen Sohn zur Welt bringst, kann meine Anwesenheit kein Unglück bringen! Du hast bislang nur Töchter geboren. Ich bin noch nicht lange genug hier, um die Schuld daran auf mich zu nehmen, Senohnim. Wenn du es noch nicht geschafft hast, deinen Mann zu befriedigen, indem du ihm einen Sohn schenkst, kann ich nichts dafür!«

Senohnims hübsches Gesicht verzog sich vor Gehässigkeit. »Möge das ›Ding‹ in deinem Bauch schrumpfen und absterben, Frau der Roten Welt!«

Atli, Atonashkehs einzige überlebende Frau, war gerade herbeigekommen, um den anderen Frauen zu helfen, nachdem sie ihren Mann, der vor Schmerzen stöhnte, auf dem Schlitten aus drei Stangen allein gelassen hatte, der von Nakantahkeh auf dem langen Weg gezogen worden war. Atli hatte einen Teil von Senohnims Bemerkungen mitgehört und zeigte Ban-ya nun ein gefährliches Grinsen. »Du warst es, die die Angreifer töten wollten, als sie Nani abschlachteten. Du warst es, die hätte sterben sollen. Wenn die Angreifer noch einmal kommen, werde ich ihnen sagen, wo du bist!«

Wehakna brachte Atli mit dem Schnalzen ihrer Zunge zum Schweigen. »Macht euch keine Sorgen, Schwestern. Selbst wenn sie Shateh einen Sohn gebärt, wird er eine halbe Eidechse sein und niemals vom Stamm des Graslandes angenommen werden. Mit der Zeit wird sich Shateh von dem Ding abwenden und von ihr auch, und dann wird er beide verstoßen, damit sie zu Fleisch für die Raubtiere werden!«

Ban-ya zitterte, aber sie stand aufrecht im dicken Fell ihres Umhangs da, so daß die anderen kein Zeichen der Schwäche an ihr entdecken konnten. »Soll ich Shateh fragen, ob das geschehen wird? Und soll ich ihm alles erzählen, was ihr mir gerade gesagt habt und wie sehnlich ihr euch den Tod eines Kindes des Oberhäuptlings wünscht?«

Senohnim funkelte sie wütend an. »Auch ich trage sein Kind!«

»Ich würde jedes Wort abstreiten, das du gegen mich sprichst!« gab Atli erschüttert zurück.

Wehakna, die älter und weiser war, erkannte, daß sie zuviel gesagt hatte. Sie sah Ban-ya nachdenklich an. »Shateh würde niemals glauben, daß ich so etwas gesagt haben soll.«

»Dann soll er es nie zu hören bekommen«, erwiderte Ban-ya.

Wenn sie ihren Mund hielt und den Frauen Anlaß zur Dankbarkeit für ihre Großzügigkeit gab, hätte sie zumindest drei Feindinnen weniger im Lager.

Doch es kam anders. Die Tage vergingen. Niemand außer Shateh sprach mit Ban-ya. Sie hielt sich abseits, was nicht schwierig war. Sie mußte nur Übelkeit und Sorge um das nichtvorhandene Kind vortäuschen, und Shateh suchte Ruhe und Erleichterung bei Wehakna. Während ihre schmerzenden Brüste fest mit Lederstreifen verschnürt waren, um den Fluß der ungewollten Milch zurückzudrängen, vermißte Ban-ya die Berührungen des Häuptlings. In der Nacht lag sie oft wach und sehnte sich nach ihrem verlorenen Mutigen Mann und Pikuneh und hoffte, daß es ihnen besser ging als den Menschen, bei denen sie jetzt lebte.

»Sieh dich um, Dakan-eh!« drängte Pah-la. »Der Sturm ist im Grasland und in den fernen Bergen geblieben. Er ist uns nicht in die Berge gefolgt, die zwischen uns und der Heimat liegen. Siehst du, mein Sohn, nachdem wir jetzt zur Roten Welt zurückkehren, sind uns die Mächte der Schöpfung wieder freundlich gesonnen. Und sieh dort, der junge Hah-ri hat unsere Kahm-ree wiedergefunden! Sie ist doch nicht im Wind der Dämmerung verlorengegangen! Ich wußte, daß Hah-ri sie zu uns zurückbringen würde!«

Dakan-eh starrte die alte Frau an und bemühte sich, nicht seine Enttäuschung und seinen Widerwillen zu zeigen. Er hatte gesehen, wie sie allein davongegangen war und in ihrer Verwirrung davon gesprochen hatte, daß sie zu ihrer Enkelin zurückkehren wollte. Er hatte sie gehen lassen, bis sie außer Sichtweite war. Dann war er aufgestanden, um ihre Spuren zu verwischen. Danach hatte er den Stamm geweckt und gesagt, daß Feinde ihnen im Wind folgten. Er hatte sie schnell aufgescheucht und auf den Weg gebracht, in der Hoffnung, niemand würde die Abwesenheit der alten Frau bemerken. Er hätte es besser wissen müssen. Pah-la würde niemals eine Freundin im Stich lassen. »Ach, Kahm-ree! Da bist du ja!«

»Hast du meine Ban-ya gesehen!« fragte sie Dakan-eh.

»Nein, alte Frau. Ich rechne auch nicht damit, sie jemals wiederzusehen.«

»Du bist zu streng, mein Sohn«, sagte Pah-la traurig.

»Ich bin bereit, zurückzugehen und nach ihr zu suchen!« sagte der junge Hah-ri mit der Begeisterung eines dummen Welpen, der sich freiwillig in Gefahr begeben würde, um damit Anerkennung zu gewinnen.

»Mein Sohn ist sehr tapfer!« rief Ghree stolz.

»Dein Sohn ist ein Dummkopf!« sagte Dakan-eh zu ihr. Es war ihm gleichgültig, daß die Frau und der Junge in seinem Schatten zusammenzuckten. »Seht!« sagte er und zeigte wütend auf den Weg, den sie gekommen waren. »Wir müssen sofort weitergehen und diese Wetteränderung nutzen. Der Sturm könnte wieder aufleben und uns folgen!«

Das Leben war schwer und kalt in einem Lager ohne Hütten. Shatehs Stamm gab dem verbannten Eidechsenfresser und seiner Frau die Schuld am Unglück, aber die Menschen sprachen diese Anschuldigungen nicht laut vor ihrem Häuptling aus. Sie schnitten Bäume und Äste und stützten sie oberhalb der Wasserlinie gegen das Ufer des Flusses. Nachdem sie sie mit den paar Fellen, die sie vor dem wirbelnden Wind hatten retten können, bedeckt hatten und die Innenwände mit Schlamm abdichteten, lebten sie wie Waldratten in diesen Zweignestern. Ihr einziges Glück war, daß sie auf eine kleine Herde Zwergantilopen stießen und sie über einen vereisten Abhang treiben konnten, um sie zu schlachten, zu häuten und ein Festmahl abzuhalten. Die Mutter von Wila jammerte nach ihrer vermißten Tochter, als ein weiterer Suchtrupp ohne Erfolg zurückkehrte.

»Wir werden dieses Mädchen niemals wiedersehen«, murmelten die Frauen des Stammes.

Ban-yas besorgte Blicke waren nicht die einzigen, die sich ängstlich den weiten, wolkenverhangenen Bergen zuwandten, in denen die Angreifer aus dem Stamm des Wachenden Sterns verschwunden waren.

Shateh bestimmte für jede Tages- und Nachtzeit Wächter,

und die Hunde wurden nur spärlich gefüttert, damit sie gereizt und wachsam für den leisesten Laut oder Geruch einer möglichen Gefahr blieben.

»Wenn sie kommen, hast du sie zu uns gerufen!« klagte Wehakna sie an, als Shateh nicht in der Nähe seiner Frauen war. Es war das erste Mal seit vielen Tagen, daß sie Ban-ya angesprochen hatte.

»Und ich würde sie zu mir selbst rufen?« protestierte Ban-ya.

»Wir hätten deinen Stamm nicht verbannen dürfen«, warf Senohnim ein. »Wir hätten sie alle töten sollen. Wenn wir noch einmal die Gelegenheit dazu haben, sollten wir es schnellstens nachholen! Wir waren ein großer Stamm, bevor die Eidechsenfresser aus der Roten Welt kamen und ihr Unglück und die Stürme des zornigen Himmels über uns brachten!«

»Der Stamm des Wachenden Sterns war schon euer Feind, als ihr noch gar nicht wußtet, daß es eine Rote Welt gibt! Und die Stürme haben euch gerettet, dumme Frau!« erwiderte Ban-ya. »Das schlechte Wetter hat die Angreifer in die Berge zurückgetrieben und sie dort festgehalten, so daß wir zu einem neuen Lagerplatz weiterziehen konnten. Unsere Spuren wurden vom Schnee verdeckt, so daß unsere Feinde nur raten können, in welche Richtung wir gegangen sind!«

Sie sah den Haß, die Eifersucht und den Unglauben in den Augen der anderen und wußte, daß ihre tödlichsten Feinde in ihrer eigenen Zweighütte wohnten. Ihr Leben war so lange in Gefahr, wie die Frauen ihre Feindseligkeit gegen sie richteten. Sie wußte, daß sie etwas tun mußte, um ihre Haltung zu ändern, bevor sie es schafften, auch Shateh gegen sie aufzubringen. Verzweifelt erinnerte sie sich an die Worte, die sie zu Dakan-ehs Verteidigung gesprochen hatte, und sprach sie jetzt zu ihrer eigenen Rechtfertigung. »Als Shateh beschloß, mich als seine Frau zu behalten, hat er damit seinen Stamm gerettet, genauso wie mein Mutiger Mann euch rettete, als er sein Leben riskierte, indem er den wirbelnden Wind jagte. Die Mächte der Schöpfung sind meinem Stamm freundlich gesonnen. Ich bringe euch Glück, denn wenn ich nicht im Lager gewesen wäre, als die Angreifer kamen, wären alle Menschen dieses Stammes gestorben. Ich bringe euch Glück!«

Sie selbst wurde von der Unverschämtheit ihrer Behauptung erschüttert, und sie wartete darauf, daß eine der anderen Frauen ihr widersprach. Doch in diesem Augenblick stieß Tcikan einen Schrei aus. Eine kleine Bisonherde war gesichtet worden. Der Aufruf zur Jagd erging an die Männer von Shatehs Stamm.

Ban-ya atmete tief ein und wagte dreist zu behaupten: »Wenn der Stamm heute abend ein Festmahl abhält, liegt es daran, daß Ban-ya diese Bisons gerufen hat, um ihrem neuen Stamm ihren guten Willen zu beweisen!«

»Und was ist, wenn wir kein Festmahl abhalten oder wenn Männer auf der Jagd verletzt werden?« wollte Wehakna wissen.

Ban-ya sog heftig den Atem ein, und da sie wußte, daß sie nur wenig zu verlieren hatte, sagte sie drohend: »Wenn schlimme Dinge geschehen, liegt es daran, daß die Frauen dieses Stammes mich beleidigt haben!« Doch während sie noch sprach, ballte sie ihre Hände hinter dem Rücken zu Fäusten und flehte stumm die Mächte der Schöpfung an: *Bitte! Es geht um das Leben dieser Frau! Macht, daß die Jagd an diesem Tag erfolgreich ist!*

Und so war es.

Die Frauen sprachen immer noch mißtrauisch über Ban-ya, aber zum ersten Mal, seit das harte und unberechenbare Herbstwetter eingesetzt hatte, fanden die Männer wieder einen Grund, den Sturmgeistern zu danken. Trotz der Anwesenheit der Eidechsenfrau im Stamm war die Jagd besser verlaufen, als sie zu hoffen gewagt hatten. Schnee und Wind hatten sich mit den Jägern verbündet und ihnen ermöglicht, sich der Herde fast unentdeckt zu nähern. Mit Hilfe von Schneeschuhen – von denen einige aus dem sturmverwüsteten Lager gerettet und andere neu aus geflochtenen und mit Sehnen verstärkten Weidenzweigen hergestellt worden waren – führte Shateh seine Männer relativ mühelos über tiefe, weiche Schneewehen. Die Jäger näherten sich der Herde gegen den Wind und trieben die Tiere in eine verschneite Schlucht ohne Ausgang, in der die Bisons bald erschöpft gefangen waren. Bis zu den Schultern im

Schnee versunken, konnten sich die Tiere nicht gegen die Jäger verteidigen, die heulend von den Schneewehen auf sie hinunterstürzten und ihre Speere tief in die Herzen, Lungen und Bauchhöhlen trieben, bis die gesamte Herde getötet war.

Die Frauen und Kinder folgten den Jägern mit den Schlachtwerkzeugen. Die Bisons wurden an Ort und Stelle abgehäutet und zerlegt. Bevor die besten Fleischstücke und Felle auf hastig zusammengebauten Schlitten aus Knochen und Fellen von Bisons zurück zum Flußlager gezogen wurden, genossen die Menschen von Shatehs Stamm rohe, fette Buckelsteaks und süße, weiche Leber und Zunge. Sie brachen die Knochen auf und holten das Mark heraus, und die Kinder durften die Augäpfel lutschen. Die ›guten Drüsen‹ der Kühe wurden an die Frauen verteilt, während die Gedärme aufgeschlitzt wurden, so daß jeder seine Finger in den würzigen, schleimigen, grünen Pudding tauchen konnte.

Jetzt waren sich alle einig, daß der Stamm ohne das anhaltende schlechte Wetter immer noch hungrig und ohne Bisonfelle sein würde. Nakantahkeh hatte nun genügend Fleisch im Bauch, um darauf zu bestehen, nach Norden zu gehen. Er hoffte, Xiaheh einzuholen und ihn zu überzeugen, seine Krieger nach Süden zu führen, bevor sich das Wetter besserte und die Feinde in den Bergen es wieder wagen konnten, die vereisten Höhen zu verlassen und mit neuen Überfällen zu beginnen.

»Wenn Nakantahkeh zurückkehrt, wird er die Häuptlinge und Krieger der Stämme aus dem Norden und Westen mitbringen«, versicherte Teikan. Er und mehrere andere Männer des Stammes hatten sich mit Shateh in der Zweighütte Atonashkehs versammelt, um den verwundeten Mann mit ihrer Anwesenheit aufzumuntern. »Sie werden mitkommen, wenn sie hören, daß die Jagd in diesem Land wieder gut ist.«

»Gemeinsam werden wir in die Berge gehen und nach unseren Feinden suchen, sobald sich das Wetter gebessert hat«, fügte Indeh hinzu. »Bis dahin wirst du wieder kräftig und gesund sein, Atonashkeh!«

»*Wenn* sich das Wetter bessert«, entgegnete Atonashkeh mißmutig. Vor Fieber und Schmerzen sog er wütend und ungeduldig den Atem ein und verschluckte sich an dem Stück Fleisch, das Atli ihm gerade auf einem Teller aus Bisonknochen gereicht hatte. Er hustete die Masse in seine Hand und warf sie auf die Frau, die neben ihm kniete. »Leide ich nicht schon genug?« tobte er so laut, daß das ganze Lager es hören konnte. »Mußt du mich auch noch mit deinem schlecht gekochten Fleisch quälen? Ist es ein Wunder, daß meine Verletzung nicht heilen will? Geh weg! Geh mir aus den Augen! Eines Tages wirst du mich mit deinen Mahlzeiten umbringen!«

Atli kroch beschämt auf den Knien davon. Alle Männer außer Shateh senkten peinlich berührt über Atonashkehs Wutausbruch den Blick.

»Ein Mann des Graslandes sollte sein Essen nicht ungekaut hinunterschlingen oder sprechen, bevor er es geschluckt hat«, sagte der Oberhäuptling ruhig, aber mit sichtlicher Verärgerung. »Du hast die Eßgewohnheiten eines Eidechsenfressers angenommen, Atonashkeh ... obwohl nach einiger Zeit nicht einmal der Mutige Mann der Roten Welt sein Fleisch wie ein Hund hinuntergeschlungen hat.«

Niemand rührte sich. Niemand wagte zu atmen.

Durch den Tadel erniedrigt, starrte Atonashkeh seinen Vater einen Augenblick an, dann ließ er sich auf seine Schlaffelle zurückfallen. »Wie kannst du nur so zu mir sprechen? Es ist nicht angemessen! Es ist nicht gut! Es ist nicht richtig!«

Shatehs Gesicht spannte sich an, während er seinen Sohn betrachtete und dachte, daß der Mann es verdient hatte, am Fleisch zu ersticken. Trotzdem war der Oberhäuptling irritiert, weil er sich nicht daran erinnern konnte, was er gerade gesagt hatte. Er wußte nicht einmal, daß er überhaupt etwas gesagt hatte. Verwirrt und beschämt stand er unvermittelt auf und ging in das Schneetreiben hinaus, um die jüngeren Männer mit ihren Sorgen alleinzulassen.

Atonashkeh blickte ihm zornig nach. »Ich sage euch, er spricht in letzter Zeit seine Gedanken wie eine alte Frau laut aus. Die Eidechsenfresserin ruft böse Geister über ihn und uns alle.«

Teikan zuckte die Schultern. »Meine Frau hat gesagt, sie hätte gehört, daß die Eidechsenfrau behauptet, sie hätte die Bisons und den Schnee gerufen und die Angreifer damit gezwungen, sich vom Lager fernzuhalten.«

Atonashkeh wollte nichts davon hören. »Dann soll die Eidechsenfrau die Geister dazu zwingen, das Mädchen Wila sicher zu ihrem Stamm zurückzubringen. Sie soll den Geistern befehlen, das rückgängig zu machen, was die Krieger des Wachenden Sterns mir angetan haben!«

Wieder zuckte Teikan die Schultern. »In jener Nacht im Schnee ... wir haben nur ihren Spott gehört und den Stich ihrer Speere gespürt, aber wir haben sie nie gesehen.«

»Und?« knurrte Atonashkeh ungeduldig.

Teikan senkte die Stimme. »Vielleicht waren es Geister und keine lebenden Menschen, die uns überfallen haben, Atonashkeh. Vielleicht war es gar nicht die Eidechsenfrau, die die bösen Geister zu uns gerufen hat. Vielleicht ist die Sklavin Sheela, als sie fortlief, draußen in der Nacht gestorben. Im Tod könnte sie sich mit den Geistern der vielen getöteten Krieger ihres Stammes vereinigt haben. Vielleicht hat sie sie zurück in die Welt der Lebenden geholt. Vielleicht wurde durch sie ... die Tochter der Sonne wiedergeboren.«

Es herrschte Totenstille unter den versammelten Jägern. Sie tauschten verstohlene, ängstliche Blicke aus. Und dann erhoben sie gleichzeitig die flachen Hände, als Zeichen gegen bösartige Geister.

Indeh schüttelte den Kopf und flüsterte: »Um Nakantahkehs trauernder Frau nicht zu schaden, dürfen wir nicht einmal daran denken, Teikan.«

»Ich denke daran, *weil* es mir um Nakantahkehs trauernde Frau geht!« erwiderte Teikan. »Warum sollten sie sonst ihre Tochter und keine anderen Sklaven genommen haben? Wila war jung und stand noch vor ihrer Blutzeit, und kein Mann hat bisher bei ihr gelegen!«

Atonashkeh blickte finster drein. »Der Gestank ihrer Pisse wirkte ziemlich echt! Es waren keine Geister. Und wenn die Frau Sheela bei den Angreifern war, wird sie dieses Mädchen quälen. Das Kind hat die Sklavin oft verhöhnt. Doch trotz ihrer Unausstehlichkeit wäre Wila für einen Mann eine hervorragende Sklavin!«

»Oder sie wird dem Himmelsgott des Stammes des Wachenden Sterns geopfert. Das paßt zu ihnen«, gab Teikan mit besorgter Miene zu bedenken. »Durch betrügerischen Handel oder zahlreiche Überfälle haben sie sich junge Mädchen aus anderen Stämmen geholt. Sie haben ihr Vertrauen gewonnen und sie dann mit ihrem Gott, mit Himmelsdonner vermählt – durch den Opferdolch. Die Frau Ysuna, die Tochter der Sonne, tanzte in der Haut ihrer Opfer und schwor, daß sie und ihr Stamm nur durch solches Blut – und irgendwann durch das Blut des großen weißen Mammuttotems – für immer leben würden!«

»Ysuna ist tot!« sagte Atonashkeh mürrisch. »Und die meisten Menschen ihres Stammes ebenfalls. Der Rest sind nur noch verstreute Gruppen von Abtrünnigen. Wenn Nakantahkeh mit den Kriegern Xiahehs zurückkehrt, werden wir diese Bedrohung schnell aus der Welt schaffen und Wila von dem Mann, der sich gerade mit ihr vergnügt, zurückholen!«

Teikan starrte auf das bemalte Bisonfell, das als Wetterschutz vor dem Eingang zu Atonashkehs Zweighütte gehängt worden war. Die Zeichnungen auf dem Fell erzählten von vielen vergangenen Schlachten im großen Krieg gegen die blutrünstige Ysuna und ihren Stamm des Wachenden Sterns. »Ja«, sagte Teikan nickend. »Du hast recht. Ysuna ist tot, und das ist gut so. Ich möchte diese Tage des Krieges nicht noch einmal erleben.«

In der Bergfestung des Stammes des Wachenden Sterns zitterte Jhadel in seinem Winterumhang aus braunem Bärenfell. Er kniff die Augen zusammen, als er in das Schneetreiben und den heulenden Wind hinausstarrte. Das Wüten des Sturmes machte ihm Sorgen. Seit vielen langen und klaren Tagen und Nächten hatte er eine Veränderung im Wind gespürt. Sein Instinkt sagte ihm, daß etwas Furchtbares geschehen war, aber er wußte nicht, was. Mißmutig und zu keinem klaren Gedanken fähig, wandte er sich vom Zorn der Elemente ab und dem Zorn Sheelas zu, die auf und ab ging und laut das Wetter verfluchte.

»Die Wahl dieses hoch gelegenen Ortes für das Lager war eine schlechte Entscheidung!« erklärte sie und lief zwischen den sitzenden oder liegenden Gestalten ihres Stammes hindurch. Sie hatten sich in kleinen Gruppen versammelt und beobachteten sie schweigend.

»Er wurde von Ysuna selbst ausgewählt!« gab Tsana zu bedenken, der ihr wie ein in Felle gehüllter Schatten folgte.

»Welchen Sinn hat dieses Lager, wenn es die Krieger des Wachenden Sterns bei solchem Wetter davon abhält, weitere Überfälle durchzuführen?« fragte sie, während sie weiter auf und ab ging und ihr Gesicht angespannt war.

»Es erlaubt uns, in Sicherheit zusammenzukommen, uns auszuruhen und unsere Kräfte zu erneuern«, sagte Jhadel, der die Arme über der Brust verschränkte und Sheela nachdenklich beobachtete.

In ihrer neuen Rolle als Nachfolgerin Ysunas war sie völlig verändert, nicht einmal entfernt dem geprügelten Geschöpf ähnlich, mit dem Tsana zur Höhle zurückgekehrt war. Ihr Gesicht war nicht mehr geschwollen und blau angelaufen, aber ihr Mund und ihre Augenbrauen würden für den Rest ihres Lebens Narben tragen, und ihr einstmals hoher und gerader Nasenrücken war gebrochen. Er war jetzt breiter und in der Mitte eingedrückt, so daß ihre Nase platt und gekrümmt aussah. Kein Mann würde je wieder eine Bemerkung über ihre vollkommene Schönheit machen, doch zumindest in Jhadels Augen verliehen die leichten Verformungen ihr ein interessanteres Gesicht. Sie trug die Narben einer Überlebenden.

»Ich war mir nicht bewußt, daß wir unsere Kräfte verloren haben!« erwiderte sie. Während sie ging, klapperten die mit Steinperlen besetzten Fransen des abgenutzten Kleides aus Elchfell, das eine der Frauen ihr gegeben hatte, wie die Zähne im Schädel eines frierenden Mannes.

»Es gibt viele Arten von Kräften, Tochter Sheehanals«, entgegnete Jhadel. »Die geringste davon ist die Muskelkraft des Körpers.«

Sie blieb stehen und funkelte ihn wütend an. »Sprich mit gerader Zunge, Jhadel! Wenn du etwas sagen willst, dann sag es unverblümt!«

»Alle Dinge, auch die Sprache, müssen geformt werden, um dem heiligen Kreis zu entsprechen, Tochter Sheehanals. Jenseits dieses Kreises liegt die Welt der Geister ... der Toten ... des Großen Mammuts, das zu Anbeginn der Zeiten die Welt gemacht hat.« Er hob seinen tätowierten Kopf. Jetzt hatte er nicht nur Sheelas Aufmerksamkeit erregt. Der ganze Stamm hörte ihm zu.

Er nickte zufrieden. Selbst nach dem Überfall und dem von Sheela durchgeführten Opfer hörten sie noch auf ihn. Sie hatten Angst vor der Frau, doch ihm vertrauten sie. Er lächelte, denn genau das hatte er beabsichtigt. Eines Tages würde sie die Anführerin dieses Stammes sein, doch er war – jetzt und in Zukunft – der Schamane. Damit würde er über große Macht verfügen, wenn nicht gar über größere als sie. Während sich das Alter in seine Haut und seine Knochen fraß, würde seine Stellung innerhalb des Stammes gesichert sein, solange die Menschen noch Zauber nötig hatten. In diesem flüchtigen und rätselhaften Zustand, den man Leben nannte, gab es für seinen Stamm viele Gründe, Angst vor der Zukunft zu haben. Er hatte schon vor langer Zeit gelernt, daß ängstliche Menschen Zauber genauso dringend benötigten wie Fleisch.

Er nickte. »Ja, Tochter Sheehanals, von der Geburt bis zum Tod treiben alle lebenden Dinge im Netz der ewigen Sternenspinne, immer wieder im Kreis, bis das Netz geschlossen ist, bis das Junge alt geworden ist und das Tote wiedergeboren ...«

»Was willst du sagen, Jhadel?« fragte sie sichtlich gereizt.

»Ich will sagen, daß du nicht so begierig sein sollst, einen neuen Überfall durchzuführen. Danke den Geistern für den Erfolg des ersten Angriffs. Sei nicht so begierig, dich in Todesgefahr zu bringen. Der Tod wird mit der Zeit zu uns allen kommen – auch zu dir, Tochter Sheehanals. Und wer von uns kann sagen, was sein wird, wenn der Kreis unseres Lebens geschlossen ist und ...«

»Ich spreche nicht vom Tod!« unterbrach sie ihn erregt. »Ich spreche vom Leben! Ich spreche vom Blut! Vom Leben des Stammes des Wachenden Sterns und vom Blut unserer Feinde! Daraus werden wir neue Kräfte gewinnen! Mit eigener Hand habe ich die Frau Ban-ya getötet, aber ihr Mann Dakan-eh, der Mann, der meinem Gesicht das hier angetan hat, ist noch am Leben.«

Jhadel hob eine Hand, um sie zum Schweigen zu bringen. Seine kleinen, schwarzen Augen blickten in einen fernen Winkel der Höhle. Dort hockte in einem Haufen aus alten, stinkenden Fellen, die einst dem dargebrachten Opfer gehört hatten, die Gefangene und blickte bei Erwähnung von Dakan-ehs Namen interessiert auf. Jhadel lächelte gutmütig in Wilas Richtung und streckte dann Sheela seinen Arm entgegen. »Wir beide müssen miteinander reden, Tochter Sheehanals«, sagte er, und obwohl ihr Gesichtsausdruck nicht darauf hindeutete, daß sie freiwillig mit ihm kam, folgte sie ihm in den Teil der Höhle, der ihm gehörte und den er mit hohen Holzrahmen, die mit geflochteten Fellstreifen und langen Federschnüren besetzt waren, abgetrennt hatte.

»Wenn du zuläßt, daß ich das Mädchen opfere, hören die Stürme vielleicht auf«, sagte sie mit gesenkter Stimme, während sie die zeremoniellen Gegenstände betrachtete, die er hinter dieser Abschirmung versteckt hielt. Unter der Decke aus Rabenhäuten lag der Medizinbeutel aus dem menschlichen Arm und die Haut des letzten Opfers.

Er schnalzte mit der Zunge. »Du mußt lernen, geduldig zu sein. Bald wirst du all das erreichen, was du erreichen willst, doch du weißt genausogut wie ich, daß vor dem Sturm Läufer losgeschickt wurden, um die Überlebenden unseres Stammes zu suchen, die sich noch nicht zu ihren Brüdern und Schwestern an diesem heiligen Ort gesellt haben. Bald werden aus diesen wenigen Menschen viele geworden sein. Du mußt noch viel lernen, bevor du bereit bist, ihnen zu befehlen.«

»Du hast selbst gesagt, daß in meinen Adern das Blut Ysunas fließt! Ich bin die einzige, die in die Fußstapfen der Tochter der Sonne treten kann!«

Er kicherte nachsichtig. »Du bist so ungeduldig! Hast du den Angriff und das Fleisch und Blut des Opfers und das Gefühl der Haut des toten Mädchens auf deiner Haut so sehr genossen? Bist du deshalb so ungeduldig, erneut deinen Hunger zu befriedigen?«

Ihr Gesicht war argwöhnisch. »Ich will mich an den Mördern meiner Schwester und an dem Mann rächen, der meinem Gesicht dies angetan hat. Ich kann mein Verlangen nach seinem

Tod nicht länger zügeln. Wenn der Tod dieses Mädchens ihn beschleunigen kann, dann soll es so sein. Es wird mir eine große Befriedigung sein, ihr den Tod zu schenken.«

»Du sprichst nur von deinem eigenen Bedürfnis und deiner eigenen Befriedigung. Das ist nicht gut. Ysuna war nicht so. Wenn du in die Fußstapfen der Tochter der Sonne treten willst, mußt du dich daran erinnern, daß sie auch die Lebensbringerin des Stammes genannt wurde. Wo Ysuna ging, dort gingen auch viele Mammuts, und aus dem Fleisch unseres Totemtiers bezog unser Stamm seine Kraft. Erst als die Mammuts dieses Land zu verlassen begannen, haben unsere Feinde uns überfallen. Erst dann wurden die Opfer vollzogen, damit Himmelsdonner seinem Stamm wieder freundlich gesonnen war und ihm den Sieg über die Feinde und für alle Zeiten Fleisch bescherte, als Dank für das Fleisch, das ihm geopfert wurde.«

»Ich weiß das alles, Jhadel.«

»Aber du scheinst vergessen zu haben, daß die Opfer freiwillig zum Gott gehen müssen, damit ihr Zögern, sich seiner Macht anzuvertrauen, ihn nicht beleidigt und sein Zorn nicht auf jene gelenkt wird, die ihn den Großen Geist nennen.«

»Das habe ich nicht vergessen.«

»Dann höre auf die Stimme des Windes und des Sturmes, denn darin spricht das Große Mammut. Jetzt verstehe ich, was es uns sagt. Wir müssen warten, bis der Überfall auf unsere Feinde ihnen wie ein lange vergessener Traum vorkommt ... bis sie uns nicht mehr fürchten und nicht mehr nach uns suchen. Dann, wenn sie uns am wenigsten erwarten, werden wir den Seelenfänger in ihr Lager führen und ihnen Anlaß geben, um ihre Toten zu trauern – hier eine Frau, dort ein Kind ... zuerst eine Greisin, dann einen Wächter. Im Verlauf vieler Monde werden wir immer wieder zuschlagen, bis der Mut langsam aus den Herzen unserer Feinde blutet. Einer nach dem anderen werden sie sterben. Dann, wenn sie genauso verzweifelt sind, wie wir einst waren, wenn sie die Dämmerung jedes neuen Tages fürchten, wie wir sie gefürchtet haben, erst dann werden wir uns auf das Opfer vorbereiten. Wenn das Blut der Gefangenen vergossen wurde, wird der große Angriff beginnen. Shateh und Dakan-eh sollen ganz zuletzt sterben, denn dann wird deine Rache am süßesten sein, Tochter Sheehanals.«

»Ja. In deinen Worten liegt große Weisheit, Jhadel!«

Obwohl er ihre Worte hörte, verrieten ihm ihre Augen, daß sie weiterhin von Blutdurst und Ungeduld getrieben wurde. Er versuchte es erneut, in der Hoffnung, daß einige seiner Worte Eindruck bei ihr hinterließen. »Und vor der Gefangenen soll über diese Dinge nicht gesprochen werden. Sie soll wie eine unserer Töchter behandelt werden und jedes Mißtrauen verlieren, bis der Tag kommt, an dem sie arglos und freiwillig in den Tod gehen wird, ohne ihr Schicksal zu ahnen.«

Sheela runzelte die Stirn. »Was ist mit dem Jungen? Was ist, wenn er ihr etwas verrät?«

»Warakan? Der Bruder des letzten Opfers? Ach, er ist so jung! Er wird bereits von Oan bemuttert. Er wird verstehen, daß das, was mit seiner Schwester geschehen ist, kein Tod war, sondern eine Ehre. Er wird der Gefangenen nichts davon verraten. Seit dem Opfer hat er überhaupt nicht mehr gesprochen. Aber er gehört zum Stamm. Mit der Zeit wird aus ihm ein großer Krieger werden, wenn Jhadel und die Tochter Sheehanals ihn führen.«

»Wenn der Schnee jemals aufhört und neue Angriffe durchgeführt werden können«, sagte Sheela.

»Er wird aufhören. Alles muß einmal enden, Tochter Sheehanals, damit es für uns alle einen neuen Anfang gibt.«

2

Weit entfernt stand ein viel jüngerer Schamane in einer anderen Höhle und dachte über die Zukunft seines Stammes nach. Am Eingang der großen Höhle in den Hügeln blickte Cha-kwena mißmutig und besorgt über das ›wunderbare‹ Tal. Der Regen hatte schon vor Tagen aufgehört, und nun war auch der Himmel wieder klar. Gerade ging die Sonne über den Bergen im Osten auf und tauchte die Wälder, das Grasland und den großen, weiten blauen See in die sanften Farben eines neuen, vollkommenen Morgens. Rings um das Tal setzten sich die hohen, eisbedeckten Gebirgszüge in die Ferne fort, fingen das Licht auf und warfen es in strahlenden Farbtönen zurück, die ihm den Atem hätten rauben müssen.

Doch die Farben des neuen Tages schafften es nicht, ihn zu berühren. Sein Geist blieb in Dunkelheit. Das Totem war tot. Er hatte es getötet. Und während Siwi-ni matt und krank war und Gah-ti unter seinen schweren Wunden litt, die viele Monde brauchen würden, um zu heilen, konnte er sich nicht überwinden, seinem Stamm zu sagen, daß sie dieses Land verlassen mußten, bevor es zu spät war. Doch wozu war es zu spät? Erinnerungen an düstere Zeichen verfolgten ihn, aber er wußte nicht, was sie zu bedeuten hatten. Nachdem das Totem gestorben war, waren sie alle verdammt, ganz gleich, was sie unternahmen. Sie konnten genausogut bleiben, dachte er, und sich hier dem Unglück stellen.

Nicht zum ersten Mal, seit er zur Höhle zurückgekehrt war, bedrängten ihn seltsame Gedanken. Wenn das große weiße Mammut wirklich nur ein Mammut gewesen war und kein übernatürliches Wesen, das von den Mächten der Schöpfung geboren worden war, um jene zu beschützen, die es sein Totem nannten, und wenn es keine Geister gab, die sich im Wind und in den Wolken bewegten, um das Schicksal der Menschen zu bestimmen, dann spielte es vielleicht gar keine Rolle, wie sich der Stamm verhielt, wohin er ging oder wo er sich niederließ. Sie würden leben und irgendwann wie alle atmenden Geschöpfe sterben. Es konnte genausogut hier geschehen, wo das Mammut und Totem gestorben war.

»Alles wird wieder gut werden!«

U-was Worte überraschten ihn. Er drehte sich um. Seine Mutter war aufgestanden und schüttelte ihre Schlaffelle aus. »Du mußt mit dem Grübeln aufhören, mein Sohn. Jetzt, wo der Löwe tot ist, hat sich diese Höhle als trockener und gemütlicher Ort erwiesen. Siwi-ni kann hier wieder zu Kräften kommen, und Gah-ti kann wieder gesund werden. Frauen bluten immer, nachdem sie Kinder auf die Welt gebracht haben, und mit guter Pflege wird Gah-tis Arm wieder nachwachsen!«

»Das ist sehr unwahrscheinlich«, sagte er zu ihr. »Ich weiß nicht, wie ihr, du und die anderen, auf eine solche Idee gekommen seid!«

Sie zeigte ehrliches Erstaunen über seinen Zweifel, legte das Schaffell über ihren Unterarm und trat neben ihn. Sie atmete tief und zufrieden die frische Morgenluft ein und lächelte glücklich, während sie über das Tal hinausblickte. »Die Hügel und das Tal sind gute Jagdgründe, und im See gibt es viele Fische. In dieser guten Höhle ist der Stamm vor dem Wetter und vor Raubtieren geschützt. Trotz allem, was geschehen ist, haben unser Totem und unser Schamane uns gut geführt! Mein Sohn hat in diesem Lager großen Zauber bewirkt. In den Arm von Gah-tis Vater ist das Leben zurückgekehrt. Wenn mein Cha-kwena Schamane ist, warum sollte es dann nicht auch mit Gah-ti geschehen, was seinem Vater widerfuhr?«

Cha-kwena musterte seine Mutter. *Wenn sie nur die Wahrheit wüßte,* dachte er. Ihr Stolz auf ihn war für ihn nun ein Grund zur Scham. Er blickte sich in ihrer Unterkunft um. Er hatte Höhlen noch nie gemocht, vermutlich weil er gewaltsam aus der Jungenhütte seines Dorfes geholt worden war, nachdem er durch den Tod seines Vaters der einzige lebende männliche Nachkomme des Dorfschamanen gewesen war. Die Erinnerung war bitter. Es war Cha-kwenas Pflicht gewesen, der Lehrling seines Großvaters zu werden und die hoch oben in einer Steilwand gelegene Höhle mit dem alten Hoyeh-tay zu teilen. Er war sich darin wie ein Gefangener vorgekommen, von seinen Freunden isoliert und ohne Hoffnung, eines Tages ein so großer und furchtloser Jäger wie Dakan-eh zu werden.

Und als er bei seinem Versuch, das Totem zu retten, Hilfe gebraucht hatte, wo war da der Geist Hoyeh-tays gewesen? War er wieder abwesend? Oder auf einem Traumflug mit Eule unterwegs? Oder existierte er gar nicht, sondern war nur ein Teil der lebhaften Phantasie seines Enkels?

Er blickte nach unten und betrachtete seinen Medizinbeutel. Cha-kwenas Hand griff nach dem heiligen Stein und ließ ihn sofort wieder los, als hätte er seine Haut verbrannt. Was war das wieder für eine Verrücktheit? Der Stein besaß keinerlei Zauberkraft! Er tröstete ihn nicht mehr, und Cha-kwena suchte nicht mehr nach Visionen, wenn er ihn berührte. Er war überzeugt, daß die Macht, die er ihm einst verliehen haben mochte, nur derselben Phantasie entsprang, die auch die Geister von Hoyeh-tay und Eule heraufbeschworen hatte.

Er überblickte das Innere der Höhle und fühlte sich darin gefangen, genauso wie in Hoyeh-tays Höhle während der Tage seiner Kindheit, als der alte Schamane ihm Unterricht erteilt und ihm stundenlang Geschichten erzählt hatte. Dennoch hatte U-wa recht, daß die Höhle hervorragend als dauerhafte Wohnung geeignet war, obwohl sie dafür eigentlich Gah-ti danken mußte – oder, wie er ironisch dachte, vielleicht lieber dem Löwen, dessen Gebrüll den Jungen dazu gebracht hatte, seine Tapferkeit zu beweisen. Nachdem der Löwe jetzt tot und abgehäutet war, schuldete ihm der Stamm erneut Dank, denn sein Fell war bearbeitet und auf dem Höhlenboden gestreckt worden, und sie hatten viel von seinem Fleisch verzehrt. Der Rest war in dünne Streifen geschnitten worden, um auf Trockenrahmen geräuchert zu werden, die die Frauen aus den eigenen Knochen des Löwen hergestellt hatten, nachdem man sie aufgebrochen und das wertvolle Mark herausgekratzt hatte.

Löwenfleisch war nicht die einzige Nahrung, die in der Höhle haltbar gemacht wurde. Seit dem Ende des Regens hatte der Stamm mehrere Jagdzüge und Sammelausflüge unternommen. Kaninchen und Hasen und viel Fische und Wasservögel waren erlegt worden. Die Frauen hatten große Mengen graublättrigen und goldbraunblütigen Salbeis geerntet, mit dem das Fleisch geräuchert wurde. Aus dem Salbei ließ sich außerdem viel gute Medizin herstellen. Mah-ree war entzückt gewesen, als sie entdeckte, daß der Regen nicht sämtliche Gras- und Sonnenblumensamen zerstört hatte und daß es immer noch Hagebutten und ein paar Apfelbeeren zu pflücken und einzulagern gab. Die Frauen gruben eßbare Wurzeln aus und wateten in die Schilfsümpfe am Seeufer, um reife Rohrkolben und saftiges Schilf zu ernten, das jetzt zu ordentlichen Haufen aufgeschichtet wurde, um später geflochten werden zu können.

»Ich grüße den Schamanen an diesem neuen Tag!« sagte Mah-ree, als sie von ihrer Schlafstelle aufstand. In ihr Schlaffell gehüllt, errötete sie mit ungewohnter Schüchternheit, als U-wa sie heranwinkte. Sie blieb vor Cha-kwena stehen. »Bist du an diesem guten Ort immer noch unglücklich?« fragte sie ihn, als sie seinen grimmigen Gesichtsausdruck bemerkte. »Bald wird Gah-ti geheilt und Siwi-ni wieder gestärkt sein! Du wirst sehen, Cha-kwena! Nicht wahr, U-wa?«

Cha-kwena verzog mürrisch das Gesicht. Das Mädchen hatte seine Worte mit dem Nachdruck eines Menschen ausgesprochen, der sich selbst von etwas zu überzeugen versucht, an das er nicht ganz glauben konnte.

»Bald. Ja! So wird es sein!« antwortete U-wa. Dann drehte sie sich um und ließ die beiden allein.

Mah-ree blickte zu Cha-kwena auf. Ihre Augen waren sanft und erwartungsvoll. »Willst du mir keinen guten Morgen wünschen, Cha-kwena?«

Er kam ihrer Aufforderung nicht nach. Zwischen ihnen war es seit der Nacht auf dem Felsen anders geworden. Er spürte eine Spannung zwischen ihnen, die vorher nicht dagewesen war. Eine deutliche Zurückhaltung und Scheu in ihrer Art machte ihn verlegen. Damit schien sie jedem, der sie beobachtete, zu signalisieren: Dieser Mann und ich sind miteinander vereint gewesen!

Und wir haben die Gesetze der Vorfahren gebrochen, dachte er unglücklich. *Und wir haben den Zorn der Mächte der Schöpfung auf den Stamm herabbeschworen. Und wir sind schuld, daß das Totem schwach wurde und starb.*

Er biß die Zähne zusammen. *Nein!* Er glaubte nicht mehr daran – weder an die Gesetze der Vorfahren noch an die Mächte der Schöpfung, noch an die Macht des Totems, das er mit eigenen Händen hatte töten können. Wenn er sich tatsächlich als Mann mit diesem unreifen Mädchen vereinigt hatte, dann spielte das für nichts und niemanden eine Rolle – außer für Mah-ree.

Sie holte einen Korb und brachte ihn zu ihm. Der Inhalt roch intensiv nach Pinien. Sie hatte die Abende damit verbracht, frische Rinde von Jungbäumen verschiedener Pinienarten zu zerstampfen und dann die Paste mit Streifen aus Hirschleder in einem Kochbeutel zu erhitzen. Dann hatte sie die medizingetränkten Streifen benutzt, um Gah-tis Wunden zu reinigen.

Und während der Junge in den Fieberpausen matt und bewundernd gelächelt hatte, erzählte sie ihm, wie schnell er heilte und daß er zuversichtlich in die Zukunft sehen sollte. Wenn sein Vater wieder Gefühl in seinem Arm hatte, sagte sie überzeugt, dann hatte auch Gah-ti jeden Grund zur Hoffnung, daß ihm bald sein eigener Arm nachwachsen würde.

Cha-kwena zuckte bei diesen Erinnerungen zusammen. Er hatte beabsichtigt, mit ihr unter vier Augen darüber zu reden. Jetzt war eine günstige Gelegenheit dazu. Er deutete mit einem Kopfnicken auf ihren Medizinkorb und sagte: »Du darfst nicht zuviel von deinen Heilkünsten erwarten, Mah-ree. Gah-ti wird durch deine Medizin vielleicht wieder gesund werden, aber sein Arm wird ihm nicht nachwachsen.«

»Warum nicht? Ich habe gesehen, wie Eidechsen der Schwanz nachgewachsen ist, nachdem er ihnen von Falken abgerissen wurde.«

»Gah-ti ist keine Eidechse.«

Ihr Kinn zitterte. »Er hat uns zusammen gesehen, Cha-kwena.«

Er antwortete nicht. Die Offenbarung war nicht so erschütternd, wie sie vielleicht hätte sein sollen. Irgendwie hatte Cha-kwena so etwas erwartet.

»Er hat den Löwen gejagt, um mich zu beeindrucken. Er war so tapfer! Und ich habe . . . mir überhaupt nichts aus seinen Gefühlen gemacht.«

Genauso wie ich mir nichts aus deinen, dachte er. Er war so überrascht über diese Erkenntnis, daß er zusammenschrak.

»Er hat es verdient, daß er seinen Arm zurückbekommt, Cha-kwena. Beschwöre einen besonderen Zauber für ihn! Du hast die Macht des Totems! Du kannst doch sicher . . .«

»Ich kann gar nichts tun, Mah-ree!«

»Das verstehe ich nicht.«

»Das erwarte ich auch nicht von dir. Geh jetzt. Dein Platz ist nicht an meiner Seite. Du bist das Medizinmädchen. Bring deine Medizin zu Gah-ti und dann zu Siwi-ni. Sie brauchen dich. Ich nicht.«

Sie sackte in sich zusammen. »Du hast dich verändert, seit du zur Höhle zurückgekommen bist, Cha-kwena!«

»Alles hat sich verändert!« schrie er.

Jetzt wachten auch die anderen auf. Die Hunde streckten sich und gähnten. An der Brust der schlafenden Siwi-ni begann die kleine Doh-teyah zu quengeln und zu schreien.

Mah-ree wandte sich niedergeschlagen ab, drehte sich jedoch schon nach wenigen Schritten wieder um. Flehend sagte sie: »Alles wird für uns wieder gut werden, Cha-kwena. Ich weiß es. Und Freund und die anderen Hunde werden zurückkommen, nicht wahr, mein Schamane?«

Cha-kwena erstarrte. Er hatte versucht, nicht an die Hunde zu denken, weil sie ihn an das Geschehen erinnerten. Die Tiere waren von seinem Stamm aufgezogen worden, doch sie waren mit Kojoten davongelaufen, um das Totem anzufallen und damit alles zu töten, woran er jemals geglaubt und was er für heilig gehalten hatte. Doch wie konnte er ihr das sagen? Oder daß die Hunde im Schlamm eines fernen Arms des Sees zerquetscht worden waren? »Vergiß sie«, sagte er trostlos.

Sie war genauso schockiert wie die anderen, die seine Worte gehört hatten. »Wie kannst du so etwas sagen, Cha-kwena?«

Er lachte spöttisch, während die Verbitterung in seinem Herzen so groß war, daß er fast geweint hätte. »Weiß ich nicht alles? Kann ich nicht alle Wunden heilen? Bin ich nicht der Schamane?«

3

Die Wachen umstreiften nervös das Flußufer von Shatehs Stamm, während die Geburtsschreie Senohnims durch die Nacht gellten.

Ban-ya hatte sich im Hintergrund der Zweighütte des Oberhäuptlings zusammengekauert. Sie war allein. Shateh war nach draußen gegangen, um Geburtswache zu halten. Wehakna betätigte sich in der Geburtshütte als eine von mehreren Hebammen für Senohnim, während die Töchter des Häuptlings in die Hütte von Senohnims Vater und jüngeren Schwestern geschickt worden waren, um dort die Nacht zu verbringen. Ban-ya lauschte mit wachsender Furcht auf die immer wieder einsetzenden Schreie Senohnims und die tiefen, gleichmäßigen Trommelschläge, die den Herzschlag von Mutter Erde darstellen sollten, der großen, allwissenden weiblichen Macht, deren Kraft und Gunst in das Herz der werdenden Mutter eingehen mußte, um ihr in den Wehen Kraft und Mut zu geben.

Um ihr Zittern zu unterdrücken, zog Ban-ya ihre Knie unter das Kinn, schlang die Arme um die Beine, senkte den Kopf und zwang sich dazu, nicht ihrer Verzweiflung nachzugeben. Sie schaffte es nicht. Sie war verdammt, was auch geschah. Tränen sammelten sich unter ihren geschlossenen Lidern. Wenn Senohnim eine Tochter zur Welt brachte, würden die Frauen des Stammes behaupten, daß der böse Einfluß der Eidechsenfrau schuld daran sei, daß Shateh wieder keinen Sohn bekam. Wenn Senohnim ein männliches Kind gebar, war eine Frau der Roten Welt für den Oberhäuptling wertlos geworden, weil er sie nicht mehr für die Söhne brauchte, nach denen er sich in seinem hohen Alter so verzweifelte sehnte.

Und wenn Senohnim ein totes Kind bekam oder selbst während der Niederkunft starb, würden sich die Augen aller anklagend auf Ban-ya richten. Nicht einmal Shateh konnte sich dann noch gegen die vielen durchsetzen, die dann die Verstoßung und den Tod der Eidechsenfrau fordern würden. Sie würde natürlich zu ihrer Verteidigung sprechen, wie sie es schon so oft getan hatte. Der Stamm hatte sich am Fleisch der Bisons sattgegessen, die sie zu den Jägern gerufen hatte, wie sie behauptete. Doch Wehakna würde zweifellos darauf hinweisen, daß die Eidechsenfrau auch behauptet hatte, die frühen Winterstürme gerufen zu haben, und alle wußten, wie schwierig es war, in den kalten Tagen mit Fellen, Sehnen und Fett zu arbeiten. Die Finger der Frauen wurden steif und konnten nicht mehr die Nadeln, die Messer oder Schaber halten, ohne sich zu schneiden. Wehakna würde ihre blutigen Finger hochhalten und all das aufzählen, was geschehen war – die wirbelnden Winde, der Tod von Kalawak und vielen anderen, der Überfall und das vermißte Mädchen.

Ban-ya stöhnte in tiefer Verzweiflung. *Mein geliebter Mann!*

Warum hast du mich nicht zurückgeholt? Wäre ich an deiner Stelle gewesen, wäre ich in Schnee und Wind gekommen und hätte dich fortgebracht, bevor mich jemand hätte aufhalten können!

Sie zwang sich, solche Gedanken zu unterdrücken, weil sie dem Mutigen Mann damit unrecht tat. Doch das schlimmste war, daß sie sich dadurch selbst zu einer schwachen, jammernden Frau voller Selbstmitleid erniedrigte, die sich nicht in den Wechselfällen des Lebens behaupten konnte. Wenn sie jetzt schwach wurde, würde sie sterben. Ihre Seele wäre für immer verloren, und sie würde ihren kleinen Piku-neh niemals wiedersehen, weder in diesem Leben noch im nächsten.

Plötzlich verstummten die Trommeln. Ban-ya blickte auf und lauschte angestrengt. Senohnim schrie nicht mehr. Atemlos wartete Ban-ya ab und fragte sich, was als nächstes geschehen und wann sie davon erfahren würde.

»Ai yah hay!«

Der Jubelschrei eines Mannes ... auf den eine lange und schwere Stille folgte.

»Yah nah!«

Der Ruf einer Frau – ebenfalls ein Jubelschrei. »Shateh wurde ein Sohn geboren!«

»Shateh nimmt seinen Sohn an!« Die Stimme des Oberhäuptlings war laut und stark. Doch gleichzeitig wirkte sie so trostlos und kalt wie der Wind.

Die Trommeln setzten wieder ein. Pfeifen wurden geblasen. Die Menschen sangen und klatschten. Ban-ya wußte, daß sie jetzt die ganze Nacht durchtanzen würden. Sie schluckte. Ihr Mund war ausgetrocknet. Sie schluckte erneut. Der laute Jubel aus dem Flußlager drang mühelos durch die Felle und Zweige, aus denen die Wände der Hütte des Oberhäuptlings bestanden. Sie legte den Kopf auf ihre Knie, und eine seltsame Ruhe nahm von ihr Besitz, während sie die Augen schloß. Senohnim hatte ein männliches Kind zur Welt gebracht. Shateh hatte einen Sohn. Er würde sie jetzt nicht mehr brauchen. Morgen oder vielleicht schon früher würde man sie aus dem Stamm verstoßen. Sie fragte sich, ob sie schnell warme Kleidung in der Hütte zusammensuchen und sofort fliehen sollte.

»Nein.« Sie seufzte leise und resigniert. Dakan-eh war weit weg. Sie würde es vermutlich niemals schaffen, ihn einzuholen. Die Nacht war so kalt. Sie hatte das Heulen von Wölfen gehört, bevor die Trommeln eingesetzt hatten. Und Sheela und die Krieger des Stammes des Wachenden Sterns waren irgendwo dort draußen in der Dunkelheit. »Ich werde mich nicht selbst an die Wölfe verfüttern oder mich dem Stamm des Wachenden Sterns in den Weg stellen! Ich bin Dakan-ehs Frau. Ich werde keine Angst haben. Vielleicht ist mein Mutiger Mann gerade unterwegs, um mich zu holen. Ich werde warten. Ich werde leben – für ihn!«

Dakan-eh saß in der Dunkelheit auf der anderen Seite des großen Passes, der das Grasland von der Roten Welt trennte. Er dachte nicht an Ban-ya. Statt dessen überlegte er, daß er mit seinem Stamm schon einen weiten Weg zurückgelegt hatte. Jetzt schliefen die Menschen mit Bäuchen voller gebratener Kaninchen, Erdhörnchen und Blauhähne um ein schwelendes Feuer in einem schützenden Wäldchen aus uralten Wacholdern hoch auf den Blauen Tafelbergen. Dieser massive Gebirgszug aus abgeflachten, von tiefen Schluchten durchzogenen Felskuppen war das letzte Hindernis zwischen ihnen und der Heimat. Morgen würden sie ihre Wasserbehälter an den kalten, schmelzwassergespeisten Bächen auffüllen, ihr Gepäck schultern und den letzten Abschnitt ihrer Wanderung in Angriff nehmen – die lange Reise vom Hochland hinunter und quer durch das große rote Tal zum verlassenen Dorf ihrer Vorfahren am See der Vielen Singvögel. Er fragte sich, was sie dort erwarten würde.

Als Dakan-eh jetzt auf einem kahlen und windigen Ausblick saß, blickte er düster auf das ausgetrocknete, uralte Land seiner Vorfahren. Seine Augen hatten sich an die Dunkelheit gewöhnt. Er konnte das Gelände unter sich erkennen – die weiten, weißen Salzebenen, die kleinen Reste des Sees, die hier und dort funkelnd das Sternenlicht reflektierten, die aufragenden Felskuppen und Aschenkegel und langen vulkanischen Hügel, die rot und schwarz leuchten würden, wenn sie im vollen Tageslicht lagen. Stirnrunzelnd suchte er nach der Wasserfläche des Großen Sees. Doch er entdeckte nur eine große, scharf abgegrenzte Fläche aus durchgängigem Grau. Der Große See war wieder vollständig ausgetrocknet, erkannte er. Im Land herrschte immer noch Trockenheit. Er fluchte, dann blickte er auf, als er überrascht feststellte, daß K-wok und die anderen Jäger seines Stammes zu ihm getreten waren.

»Der Mutige Mann muß sich nicht schämen, daß er aus dem Grasland verbannt wurde«, sagte K-wok. »Der Mutige Mann ist nicht allein. Wir werden in den folgenden Tagen an der Seite unseres Häuptlings stehen, und so schlimm wird es für uns nicht werden.«

»Zumindest wird der wirbelnde Wind nicht hierherkommen, um sich Nahrung in unserem Stamm zu suchen, nicht wahr?« fügte Xet mit seinem gewohnten Optimismus hinzu.

K-wok nickte düster. »Vielleicht ist es nach allem, was gesagt und getan wurde, das beste, in das Land unserer Vorfahren zurückzukehren. Die Traditionen der Roten Welt sind uns vertraut.« Er seufzte. »Doch ich werde die großen Jagden vermissen und wie die Bisons vor den Hunden und Jägern flohen und wie unsere Frauen uns bewunderten, als wir zu den Dörfern zurückkehrten, mit reichlich ...«

»Wenn wir in die Rote Welt zurückkehren, wird nichts mehr sein wie zuvor!« unterbrach Dakan-eh ihn verbittert. »Und kein Mann soll sagen, daß wir verbannt wurden! Es war mein eigener freier Wille, dem Unglückslager Shatehs den Rücken zuzukehren. Wir haben zu lange nach der Sitte der Menschen des Graslandes gejagt. Wir kehren in das Land der Vorfahren zurück, aber wir werden nie mehr als Eidechsenfresser leben!«

»Wie sollen wir sonst in der Roten Welt leben?« fragte K-wok. »Es ist schon lange her, seit die großen Herden ...«

»Wir werden als Krieger leben!« schwor Dakan-eh und sprach damit einen Entschluß aus, mit dem er sich seit Tagen beschäftigt hatte. Die Jäger tauschten zweifelnde Blicke aus.

»Gegen wen sollen wir Krieg führen, Mutiger Mann?« wollte Atli wissen.

»Gegen alle, die unsere Feinde sind!« erwiderte Dakan-eh. Wieder blickten sich die Jäger an.

»Der große Krieg zwischen den Stämmen des Nordens und Südens ist vorbei«, gab K-wok zu bedenken. »Und die Stämme der Roten Welt sind immer friedliebend gewesen, Dakan-eh.«

Dakan-eh zuckte zusammen. »Dann ist es Zeit für sie, einen neuen Weg zu gehen«, knurrte er.

»Aber wir haben unsere Feinde im großen Krieg getötet, Mutiger Mann. Es gibt niemanden mehr, gegen den wir kämpfen können!«

Dakan-eh war aufgesprungen, funkelte die Jäger wütend an und knurrte durch die Zähne. »Es wird immer Feinde geben, K-wok! Denk nur an die Trockenheit ... an die Stürme ... an die veränderte Welt, die das Wild aus dem Land vertrieben hat! Shateh hat meine Frau gestohlen, doch durch ihn habe ich erkannt, daß ich zwar kein Häuptling in seinem Land sein kann, aber in meinem einer sein werde! Ein großer Häuptling! Mit den Sitten und Waffen der Bison- und Mammutjäger des Graslandes werde ich bald der Häuptling über alle Häuptlinge sein.«

»Aber gegen wen sollen wir kämpfen, Mutiger Mann?«

Nun lächelte Dakan-eh zum ersten Mal seit längerer Zeit, als er sich erinnern konnte. Er hob den Arm und versetzte K-wok einen freundschaftlichen Stoß. »Du verstehst immer noch nicht, K-wok. Die Frage ist: Wer wird im Land der Eidechsenfresser gegen uns kämpfen?«

Wieder warfen sich die Jäger irritierte Blicke zu.

Dakan-eh schnalzte mit der Zunge, als er ihre Phantasielosigkeit bemerkte. »Unsere Speere werden unserem Willen Nachdruck verleihen, wenn wir die besten Jagdgründe, die besten Wasserstellen und die besten Frauen für uns beanspruchen. Die Häuptlinge und Schamanen werden wie Hunde vor uns kriechen und uns jeden Wunsch erfüllen. Weil die Männer der Roten Welt Angst vor dem Kampf haben, werden wir alles bekommen, was wir wollen und was immer wir brauchen.«

K-woks Stirn legte sich in Falten. Es war unübersehbar, daß ihm nicht gefiel, was er hörte. »Sie werden uns ihren Feind nennen. Sie werden uns hassen. Die Frauen werden weinen, wenn wir sie nehmen. Die Wasserstellen werden austrocknen, und das Wild wird ausbleiben.«

Dakan-eh schüttelte den Kopf. »Die Wasserstellen trocknen bereits aus, und das Wild ist schon seit langem nicht mehr zahlreich in der Roten Welt. Weit entfernt hinter den Sandbergen hetzt ein Schamane die bösen Kräfte der Mächte der Schöpfung gegen unseren Stamm! Cha-kwena ist der Feind. Cha-kwena hat unserem Stamm den heiligen Stein geraubt und unser Totem entführt. Jeder weiß das. Und wir werden jeden davon überzeugen, während wir Männer versammeln und sie lehren, starke Krieger gegen Cha-kwena zu sein. Vielleicht werden wir ihn eines Tages finden und töten. Bis dahin werden wir als Häuptlinge und Krieger im Land unserer Vorfahren leben und ...«

»Und vielleicht haben wir eines Tages genügend Krieger, um ins Grasland zurückzugehen und uns an Shateh zu rächen, weil er uns entehrt hat!« unterbrach ihn ein aufgeregter Xet. »Und dann wirst du deine Ban-ya wiederbekommen und ...«

»Ja! So soll es sein!« schnitt Dakan-eh die Begeisterung des Mannes ab, doch er teilte sie nicht. Als Xet Ban-ya erwähnt hatte, war er daran erinnert worden, daß er trotz seiner heldenhaften Reden von seiner baldigen Oberherrschaft doch nur ein Mann auf dem Rückzug war, ein Mutiger Mann, der Angst gehabt hatte, von Shateh seine Frau zurückzufordern.

Dakan-eh hockte sich hin, balancierte sein Gewicht auf den Fußballen in seinen Mokassins, legte seine Unterarme auf die Schenkel und starrte über das riesige, unangenehm vertraute Land, das unter ihm lag. Donner grollte in den Sturmwolken, die immer noch hoch aufgetürmt am nördlichen Horizont standen, aber er achtete kaum darauf. Er hatte keine Zweifel, daß er seine Ziele erreichen würde. Morgen würden die Schamanen und kleineren Häuptlinge der Roten Welt einen Blick auf seine Speere werfen, wie Blätter im Sturm seiner Überheblichkeit zittern und ihm jeden Wunsch erfüllen. Bald würde er ein großer Häuptling sein, ein gefürchteter und respektierter Anführer seines Stammes! Doch die Eidechsenfresser der Roten Welt waren nicht jene, über die er gerne befehlen würde.

Er kniff die Augen zu schmalen Schlitzen zusammen, während er über die Welt seiner Jugend blickte. Ohne Ban-ya wirkte sie leer. Plötzlich haßte er die Frau. Wenn er an sie dachte, erinnerte er sich an zu viele beschämende Vorfälle. Obwohl er bald als Mutiger Mann der Roten Welt und als Tapferer Jäger, der den Wind jagt, um den Stamm zu retten, zu anderen Menschen seines Stammes zurückkehren wollte, waren ihm im Grasland auch andere Namen verliehen worden: ›Der sich selbst besudelt‹ und ›Mann, der seinen Vater tritt und ihn sterben läßt‹ und ›Furchtsamer Mann, der seine beste Frau weggibt‹!

Dakan-eh wollte Ban-ya weder wiedersehen noch auch nur an sie danken. Der kleine Piku-neh hatte seine Zuneigung bereits auf Rayela übertragen und nannte sie Mutter. Dakan-eh hatte jetzt andere Frauen. Und bald würde er noch mehr haben. Ban-ya bedeutete ihm nichts mehr. Nichts! Er wünschte sich ihren Tod im fernen Land, das er unfreiwillig hinter sich lassen mußte. Er wünschte ihnen allen den Tod! Shateh, Atonashkeh, Nakantahkeh und all jenen tapferen Männern, die das waren, worauf er selbst nun nicht mehr hoffen konnte – Jäger und Krieger des Graslandes.

Ban-ya schlief und wurde dann unvermittelt wach. Sie war nicht mehr allein in der Hütte. Sie fragte sich, wie lange Shateh sich schon hier aufgehalten hatte, wie lange er schon mit untergeschlagenen Beinen auf seinen Schlaffellen hockte und ernst in die Dunkelheit blickte. Er fuhr geistesabwesend mit seinen starken Fingern durch die windzerzausten Strähnen seines hüftlangen Haars. Sogar in der Dunkelheit konnte sie die Erschöpfung in seinem Gesicht und die gebeugten Schultern erkennen.

Immer noch waren Trommeln und der Gesang des Stammes zu hören – dieser tiefe, nasale Singsang ohne Melodie, der ihrem eigenen Stamm fremd war. Dakan-eh hatte sich insgeheim darüber lustig gemacht und ihn spöttisch nachgeahmt. Doch sie hatte gehört, wie die Menschen aus Shatehs Stamm sagten, die Trommeln wären der Herzschlag der Welt, und als sie jetzt allein mit dem Oberhäuptling in der Dunkelheit der Hütte saß, sprach ihr eigenes Herz auf die Erschöpfung des Mannes an – und auch auf etwas anderes, eine Art Trauer, eine fast verzweifelte Sehnsucht nach Trost. Über dem Gesang und Trommelschlag heulten erneut die Wölfe. Ban-ya sah, wie Shateh erstarrte und seine Augen sich bei diesem Laut verengten.

Ein ängstliches Zittern durchfuhr sie. Wovon fraßen die Wölfe in dieser Nacht? Würde es ihr eigenes Fleisch sein, mit dem sie morgen ihren Hunger befriedigten? Sie hielt vor Schreck den Atem an, als sie sich vorstellte, wie ihr Fleisch zerrissen wurde, und hörte ihre eigenen Schreie – auf die kein Mann achten würde, sondern über die sich Shatehs Frauen freuen würden. Sie stieß heftig den Atem aus, erzitterte und versuchte vergeblich, die Gedanken an ihren Tod zu verdrängen. Dann spürte sie, daß der Oberhäuptling sie ansah. Ihr Atem hatte ihn auf sie aufmerksam gemacht.

Während der Herzschlag der Trommeln unablässig weiterdröhnte, hatte Ban-ya das Gefühl, ihr eigenes Herz wäre stehengeblieben. Dieser Mann war alles, was zwischen ihr und den Wölfen stand, aber seit sie bei ihm lebte, hatte sie nichts getan, um seine Zuneigung zu gewinnen. Nichts! Das Wort drang wie ein Speer durch ihre Seele. Sie mußte noch beweisen, daß sie mehr als eine verdrießliche, aufsässige Sklavin war, und hatte ihren Körper noch nie mit einem Anzeichen von Vergnügen hingegeben. Selbst während ihrer vorgetäuschten Schwangerschaft blieb sie feindselig und unnahbar. *Dumme Frau!* tadelte sie sich selbst.

Sie hob den Kopf und sprach langsam und sanft, so daß ihre Worte wie Medizinrauch waren, in denen ihr Wunsch duftete, die Wunden zwischen ihnen zu heilen. »Shateh hat einen Sohn. Ist die Geburt gut verlaufen?«

»Alles ist gut verlaufen.«

»Das ist gut. Diese Frau freut sich darüber.«

Er studierte ihr Gesicht. »Weil du jetzt glaubst, daß ich dich zu deinem Eidechsenfresser zurückkehren lasse?«

»Er ist Vergangenheit und von den Stürmen dieses frühen Winters fortgeweht. Ich gehöre jetzt Shateh.«

»Hmm.« Sein Gesichtsausdruck veränderte sich nicht, als er sich abwandte. Seine Gedanken behielt er für sich.

Sie spürte, daß es etwas gab, das er ihr nicht gesagt hatte. Es spielte keine Rolle – er war ihr Häuptling und sie seine Sklavin. Es gab keinen Grund, warum er seinen Frauen seine Gedanken anvertrauen sollte. Es gab andere Dinge, die er mit ihnen teilen konnte – viel wichtigere Dinge, die sich nicht mit Kriegern oder anderen Jägern teilen ließen.

Als Ban-ya ihn jetzt ansah, wußte sie, daß es durchaus Vergnügen bereiten könnte, mit ihm zu teilen, was nur Frauen mit ihm teilen konnten. Trotz ihrer anfänglichen Entschlossenheit, ihn zu hassen, war sie durch seine Fähigkeit zur Trauer für seinen Stamm und seine Bereitschaft, die volle Verantwortung für alles zu übernehmen, was seinem Stamm zugestoßen war, bewegt worden. Dakan-eh war weder zum einen noch zum anderen fähig gewesen.

Während sie ihr Zittern unterdrückte, griff Ban-ya langsam unter ihren Umhang und löste einen der Schulterriemen ihres Kleides. Dann wickelte sie schnell die breite Lederbinde ab, die ihre Brüste zusammendrückte, und stopfte sie unter die Schlaffelle.

Während ihr Herz pochte und ihr Atem flach durch ihre Kehle ging, warf sie den Umhang ab und näherte sich ihm auf Knien. Sie schob sich hinter ihn und entfernte sachte den Umhang, den er sich um die Schultern gelegt hatte.

»Erlaube dieser Sklavin, dich zu entspannen«, flüsterte sie heiser, und bevor er protestieren konnte, begann sie seinen breiten, harten Rücken und die Schultern zu massieren. Sie nahm sich vor, ihn jetzt zu befriedigen, wie es noch keine Frau getan hatte, um sich für ihn in jeder Hinsicht unentbehrlich zu machen, so daß er ihre Nähe und Fügsamkeit genoß und sich danach sehnte, damit er nicht mehr darauf hörte, wenn andere Schlechtes über sie sagten. Ihre Hände arbeiteten langsam und geschickt, ihre Handflächen und Finger drückten und kneteten sich in seine Muskeln, regten seinen Blutstrom an und wärmten ihn, bis sie spürte, wie er sich entspannte und vor Vergnügen seufzte.

»Ist es gut?« flüsterte sie, beugte sich vor und preßte ihre Brüste gegen seinen Rücken, während sie ihre Hände über seine Brust und dann seinen Bauch fahren ließ. Während sie ihn streichelte, ihre Hände auf und ab bewegte und jedesmal etwas tiefer glitt, lehnte sie sich gegen ihn und ließ ihn den sanften, drängenden Druck ihres Körpers gegen seinen Rücken spüren. Ihre Finger drangen unter seinen Lendenschurz und spielten mit seiner warmen Männlichkeit, bis sie wuchs, pulsierte und heiß und hart wurde. Mit einem unerwarteten Knurren packte er sie plötzlich an einem Arm und riß sie nach vorne. Sie landete auf dem Boden.

»Laß mich in Ruhe, Frau! Du trägst Leben in dir, also kann ich mich nicht mit dir vereinigen.«

Sie nahm schnell eine unterwürfige Haltung vor ihm an. »Ban-ya ist Shatehs Sklavin, nicht seine Frau. Sieh! Mein Haar ist geschoren. Meine Seele ist schwach. In dieser Nacht hat Shatehs Frau Senohnim ihm einen Sohn geschenkt. Das Leben, das eine Sklavin in sich trägt, bedeutet im Vergleich dazu nichts. Doch die Freude, die diese Sklavin für ihren Oberhäuptling empfindet, ist groß. Sie wünscht sich nur, seine Freude vollkommen zu machen.«

Bevor er ihr erneut befehlen konnte, sich zu entfernen, griff sie nach dem Knoten, der ihr Kleid an einem kurzen Riemen hielt. Sie zog einmal am Knoten und hatte ihn gelöst. Als das Kleidungsstück um ihre Hüften fiel, richtete sie sich auf, bog die Schultern zurück und streckte ihren Brustkorb vor, während sie sich langsam zu bewegen begann. Sie nahm ihre großen Brüste in die Hände und hielt sie ihm hin. »Diese hier sind in der Nacht der Freude für Shateh. Warum sollte der Oberhäuptling sich die Befriedigung in dieser willigen Sklavin verweigern?«

Sie sah, wie sich sein Gesicht anspannte. Er sog scharf den Atem ein. Seine Augen verschlangen, was sie ihm anbot. Sie lehnte sich zurück, öffnete ihre Knie, und während sie sich langsam auf den Rücken legte, folgte der Mann ihr und legte sich über sie. Als er in sie eindrang, wußte sie, daß er ihr gehörte... und daß sie ihn lieben mußte, als wäre er Dakaneh... als wäre es der letzte Liebesakt, den sie jemals mit einem Mann erleben würde... damit der ruhelose Blick aus den Augen des Häuptlings verschwand und er sich wieder jung fühlte.

Er nahm sie. Er hielt sie an den Handgelenken fest und blickte ihr ins Gesicht, während er tief hineinstieß. Shateh arbeitete sich auf der Frau dem Höhepunkt entgegen und zog sich dann zurück. Er hielt reglos inne, um die Lust hinauszuzögern. Er sah die Verzweiflung in Ban-yas Augen und wußte, daß sie sich ihm nicht seinetwegen hingab, sondern nur ihretwegen. Es war ein wahnsinniger, verzweifelter und gieriger Kampf um ihr Leben. Konnte er es ihr übelnehmen? Nur eine dumme Frau würde nicht erkennen, welche Gefahr die Geburt von Senohnims Sohn für sie darstellte. Ganz gleich, was Ban-ya tat oder sagte, das Weiterleben der Eidechsenfrau in diesem Stamm war in ständiger Gefahr.

Doch er konnte nicht zulassen, daß ihr jetzt etwas zustieß. Senohnims neugeborener Sohn war so winzig und blaß, daß er vielleicht nicht bis zur Dämmerung überlebte. Aus diesem Grund wurden immer noch die Trommeln geschlagen, während sein Stamm mit scheinbar lautem Jubel tanzte, sang und in die Hände klatschte. Der Seelenfänger sollte glauben, daß das Kind stark und lebensfähig war. Dann würde der Tod heute nacht weiterziehen und auf der Spur der Wölfe nach Opfern suchen. Wenn der Seelenfänger sich nicht täuschen ließ, würde das Kind sterben, und der Stamm würde Ban-ya die Schuld daran geben. Er zweifelte nicht, daß Wehakna schon dafür sorgen würde – genauso wie Atonashkeh.

Und Shateh zweifelte auch nicht daran, daß eine Frau der Roten Welt sich ihrem Haß und ihren Anschuldigungen genauso mutig stellen würde, wie sie es schon zuvor getan hatte, und in verzweifelter Dreistigkeit Lügen heraufbeschwören würde, mit denen sie sich vor dem Wunsch der anderen nach ihrem Tod schützte. Sie war wirklich eine tapfer und großartige Frau! Sie würde ihm starke Söhne schenken!

Sein Mund spannte sich an. Doch wie konnte er sie behalten? Sie war ein ständiger Anlaß zu Meinungsverschiedenheiten zwischen ihm und dem Stamm. Schuldgefühle ließen seine Erregung abklingen . . . doch nur ein wenig, bis er sich wieder zu bewegen begann. Er wußte, daß er sie nicht von ihrem Mann und ihrem Sohn hätte trennen dürfen. Er hätte vorhersehen müssen, was sie von den Frauen seines Stammes zu erwarten hatte. Sie würden sie niemals akzeptieren. Selbst wenn Ban-ya ihm einen Sohn schenkte, der ihrem mutigen Wesen gleichkam, würde sie dafür gehaßt werden. Und das Kind würde niemals anerkannt werden, bis man es ihr von der Brust genommen hatte, damit es bei einer anderen Frau aufwuchs. Die Ungeduld nagte an ihm. Jetzt war nicht die Zeit zum Nachdenken, sondern zum Handeln. Seine Hände umfaßten ihre Hinterbacken, um sie weiter zu öffnen, während er ihre Hüften anhob, damit er im Augenblick des Ergusses tief genug in ihr war, um den magischen Ort in einer Frau zu berühren, von dem alles Leben und alle Freude kam.

Ihr Körper öffnete sich daraufhin wie eine Blume in der Sonne, nahm ihn tief in sich auf, schloß sich dann und spannte sich, wodurch sie so entzückende Empfindungen erregte, daß sie fast an Schmerz grenzten, während sie ihn durch einen Tanz führte, den noch keine Frau mit solcher Vollkommenheit für ihn vollführt hatte.

Die Erfüllung kam mit einer Heftigkeit, die ihn benommen machte. Mit einem keuchenden Schrei brachte sie ihn zum Höhepunkt, dann stürzte sie schluchzend mit ihm zurück, während er auf ihr zusammenbrach – nicht wie ein erschöpfter alter Mann, sondern wie ein Junge, der gerade die Fähigkeit entdeckt hat, mehr aus dem zu gewinnen, das ihm gleichzeitig das Feuer des Lebens ausgesaugt hat. Er rollte sich auf die Seite und blickte sie an, während sie neben ihm in der Dunkelheit lag. Er zeichnete die Umrisse ihres Gesichts und ihres Körpers mit seiner Hand nach und runzelte die Stirn, als seine Finger die Feuchtigkeit von Tränen auf ihren Wangen und die warme Nässe der Milch auf ihren Brüsten spürten. Die Tränen konnte er verstehen, aber die Milch irritierte ihn. Wenn in ihr neues Leben heranwuchs, hätte ihre Milch zu fließen aufhören müssen.

»Immer noch? Sogar jetzt?« Er beugte seinen Kopf vor, um ihre Brüste in den Mund zu nehmen, und flüsterte sanft: »Ich weiß, daß es grausam von mir war, dir deinen Sohn wegzunehmen, aber eine Frau mit einem Säugling an den Brüsten empfängt kein neues Leben in ihrem Bauch. Und es ist neues Leben, das ich von dir will – einen Sohn, der so stark und mutig ist wie seine Mutter. Ein Sohn, auf den Shateh stolz sein kann! Ein Sohn, der . . .« Er unterbrach sich, als er sich nicht nur über die plötzliche Leidenschaft in seiner Stimme, sondern über die Tatsache wunderte, daß er einer Frau überhaupt seine Gedanken anvertraut hatte. Hatte sie in sein Herz geblickt? Hatte sie erraten, daß der jüngste Sprößling Senohnims eine schwere Enttäuschung für seinen Erzeuger war?

Sie zitterte heftig. Er wußte nicht, ob aus Angst vor ihm oder vor Kälte. Aber es war wirklich kalt in der Hütte. Er setzte sich auf, griff nach seinem Umhang, und in einem plötzlichen Bedürfnis, ihr etwas Gutes zu tun, holte er auch ihren Umhang aus Kojotenfell und legte ihn über sie, während er sich neben ihr ausstreckte. Als er zusah, wie Ban-ya sich in den Umhang hüllte, runzelte er wieder die Stirn.

»Dieser Umhang . . . warum bedeutet er dir so viel?«

Es dauerte eine Weile, bis sie flüsternd sagte: »Er gehört mir, er ist etwas aus meinem eigenen Stamm. Ich habe ihn aus den besten Fellen genäht, die Dakan-eh mir gebracht hat – Felle vom Körper der Tiere, die einem Mann heilig waren, der unser Feind ist. Solange ich diesen Umhang trage, kann seine Macht mich nicht erreichen.«

»Wessen Macht, Frau?«

Sie setzte sich auf und zog sich den Umhang eng um die Schultern. Als sie ihn ansah, blitzten ihre Augen sogar in der Dunkelheit auf.

»Cha-kwenas!«

Er schüttelte den Kopf. »Glaubst du wirklich daran, Ban-ya? Ich erinnere mich an Cha-kwena aus der Zeit, als unsere Stämme kurz gemeinsam im Land deiner Vorfahren lagerten. Er war ein Junge mit einem tapferen Herzen. Als die Kämpfe vorbei waren und die Stämme wieder ihre eigenen Wege gingen, muß es großen Mut von ihm erfordert haben, sich von Dakan-eh zu trennen und seinem Totem bis hinter den Rand der Welt zu folgen.«

»Nachdem er den heiligen Stein unserer Vorfahren gestohlen hatte, brauchte er doch gar keinen Mut mehr!« sagte sie verbittert. »Er war Schamane! Mit seinem bösen Zauber trieb er unser Totem fort und ließ meinen Stamm allein zurück!« Ihr Gesicht verzog sich vor Verachtung und noch etwas anderem, das Shateh in der Dunkelheit nicht erkennen konnte. »Wenn Shateh von Mut sprechen möchte, soll er von Dakan-eh sprechen, der es wagte, seinen Stamm nach Norden zu führen, während er ohne Totem, ohne heiliges Amulett und ohne Schamane war! Nur ein Mann mit einem starken Herzen hätte den Mut für seinen Stamm aufgebracht, es zu wagen, die Gesellschaft von Shateh und seinem Kriegerstamm aufzusuchen.«

»Ich bin heute nacht nicht in meine Hütte gekommen, um über Dakan-eh zu sprechen, Ban-ya. Es geht mir nur um das Leben – um einen Sohn, bevor ich für immer sterbe! Ein starkes, würdiges Kind, durch das ich in dieses Leben wiedergeboren werden kann. Gib mir einen solchen Sohn, und ich schwöre dir bei den Vier Winden, daß ich dich zu deinem Stamm zurückbringen werde. Mit meinen eigenen Händen werde ich deinen erstgeborenen Sohn wieder an deine Brust legen und dich freigeben, damit du wieder bei deinem mutigen, eidechsenfressenden ersten Mann liegen kannst. Gib mir einen Sohn, Ban-ya, und dieser Mann wird nie wieder etwas von dir verlangen ... und alles, worum du mich in den folgenden Tagen und Nächten bittest, werde ich dir erfüllen.«

»Dann bitte ich darum, daß du dich mit Dakan-eh verbündest, um gegen unsere wahren Feinde hinter dem Rand der Welt zu ziehen. Bring Cha-kwena und all denen, die ihm folgen, den Tod!«

»So wird es sein«, versprach Shateh. »Gib mir nur einen Sohn, und so wird es sein.«

4

Cha-kwena war verwirrt, weil es seinem Stamm verhältnismäßig gut ging. Aber das Totem war tot. Der Schamane hatte jedes Vertrauen in Zauberkräfte verloren. Er suchte nicht mehr mit Hilfe des heiligen Steins nach Visionen. Wenn er sang und magischen Rauch aufsteigen ließ, mit dem er den Mächten der Schöpfung seine Schamanengebete für die Gesundheit Gah-tis schickte, tat er es nur, weil es von ihm erwartet wurde. In seinen Worten war kein Glaube, denn er war völlig davon überzeugt, daß es jenseits dieser Welt nichts oder niemanden gab, der seine Gebete hören oder gar erhören konnte.

Dennoch heilten Gah-tis Wunden – zwar langsam, aber sie heilten – und Mah-ree bestand immer noch darauf, daß ihm bei richtiger Pflege sein Arm nachwachsen würde. Siwi-ni versicherte ihrem Sohn ebenfalls, daß es so sein würde. Die kleine Frau Kosar-ehs blieb matt und erschöpft, aber sie hatte genügend Milch für ihren quengeligen Säugling. Joh-nee und Tlanee waren über die jüngste Vergrößerung ihres Stammes begeistert. Die zwei Mädchen sahen stundenlang zu, wie Siwi-ni die Windeln wechselte und den Hintern des Kindes mit einer Lauge wusch, die von Ha-xa und U-wa nach einer Rezeptur angesetzt worden war, die von den Müttern des Stammes über die Generationen weitergegeben wurde und der ›Hinternröte‹ bei Babys vorbeugte. Ta-maya wiegte das Baby, während Siwi-ni schlief, küßte es, wenn es unruhig wurde, und verscheuchte die Hunde, wenn sie sich zu nahe heranwagten.

Obwohl Mah-ree oft nach ihrem verlorenen Freund und den anderen vermißten Hunden gerufen hatte, kehrte keiner von ihnen zurück. Narbennase jedoch hatte dreizehn Welpen geworfen. Im Wurf waren vier Totgeburten, und die übrigen litten unter entzündeten Augen und Durchfall. Keine dieser Krankheiten war ungewöhnlich für Welpen, und Mah-ree machte besondere Umschläge für ihre Augen und kümmerte sich genauso liebevoll und sorgsam um sie wie um die Kranken und Verwundeten des Stammes.

In der Höhle befanden sich bereits fast genügend Vorräte, um das Überleben auch während eines sehr harten Winters zu garantieren ... doch das Wetter war wieder beständiger geworden, so daß der Stamm die warmen, duftenden Tage und kühlen, trockenen Nächte des Herbstes genoß. Die Harthölzer flammten rot, gelb und orange zwischen dem Immergrün. Die Goldrute leuchtete auf den feuchten Wiesen, und die Goldaster explodierte gelb auf den Salbeiebenen. Trockenes Gras knisterte im Wind. Große Keilformationen aus Vögeln flogen aus dem Norden heran, um sich an den reifen Samen zu mästen und sich in schreienden, gackernden und zwitschernden Scharen auf dem See niederzulassen. Im seichten Wasser wateten Reiher und große, langhälsige Kraniche mit hohem Federschmuck. Zu jeder Tages- und Nachtzeit drang der Lärm der Wasservögel zur Höhle hinauf.

Seit dem Tag von Gah-tis Unglück war Kosar-eh ernst und nachdenklich gewesen. Er sprach kaum ein beiläufiges Wort und vermied jedes Gespräch mit Ta-maya. Doch er übte ständig mit seinem rechten Arm, bis er langsam und unter Schmerzen viele Aufgaben damit ausführen konnte, für die er vorher nur den linken Arm gebraucht hatte. Er unterrichtete seine jüngeren Söhne darin, Vogelköder aus Holz und Schilf herzustellen – eine Kunst, die nutzlos gewesen war, nachdem sie über die Sandberge gewandert waren und die vielen Salzseen der Roten Welt hinter sich gelassen hatten. Wenn sie geeignet plaziert und von seinen geschickten Nachahmungen der Vogelrufe begleitet wurden, lockten die kleinen Köder mit dem Kopf aus Holz und dem Körper aus Schilf viele leichtgläubige Wasservögel in die seichten Stellen, wo U-wa, Ha-xa und Ta-maya mit ihren Vogelschlingen auf sie warteten.

Auf Siwi-nis Drängen brachte Kosar-eh den Jungen auch bei, schultertief in den See zu waten und das uralte Spiel des ›Wasserhuhnfangs‹ zu spielen. Mit hohen Hüten aus Schilf als treibende Pflanzeninseln getarnt, überwanden sie ihre Furcht vor dem Wasser und lernten schwimmen, während sie ihrem Vater weit in den See hinaus folgten und sich in große, schnatternde Flotten aus schwarzen, rotäugigen Wasserhühnern einschlichen. Es dauerte ein paar Tage, bis sie das Spiel beherrschten, doch bald war jeder Junge – mit Ausnahme Klah-nehs, des jüngsten – in der Lage, zwischen den ahnungslosen Wasserhühnern zu treiben, um im richtigen Moment die Füße eines Vogels mit einer Hand zu packen, ihn unter Wasser zu ziehen und ihm mit der anderen Hand das Genick zu brechen. Auf diese Weise konnte ein Junge bis zu sechs Wasserhühner mit einem Riemen an der Hüfte befestigen, bevor er mit froschgleichen Schwimmstößen zum Ufer zurückkehrte. In der Höhle würden die Frauen die sehnigen, rotfleischigen kleinen Wasservögel schnell ausnehmen, dann aufspießen, kochen oder braten, und die Jungen konnten sicher sein, daß Siwi-ni begeistert über ihr Jagdgeschick prahlen würde, wie sie es auch mit ihrem löwenjagenden älteren Bruder tat.

Wasservögel waren nicht das einzige Geflügel, das für die Wintervorräte geräuchert oder geröstet wurde. Jeden Tag stellten die Frauen Fallen und Netze für kleine Samen- und Insektenfresser auf. Nachdem man den kleinen Vögeln die Federn abgesengt hatte, ergaben sie gekocht eine knusprige Mahlzeit für die Kinder. U-wa unterwies die Frauen im Weben von Körben für den Wachtelfang – lange, schmale, röhrenförmige Vorrichtungen, die an einem Ende verschlossen und mit Samen und Beeren als Köder ausgelegt waren. Wenn eine dumme Wachtel sich gierig nach einer leichten Mahlzeit hineinstreckte, mußte sie feststellen, daß sie sich nicht mehr aufrichten oder umdrehen konnte. Löcher in der Oberseite des Korbes verlockten die neugierigen Wachteln dazu, ihre Köpfe hindurchzustecken, um sich umzublicken. Obwohl die Flucht aus der Zwangslage nur erfordert hätte, den Kopf herunterzunehmen und rückwärts zu gehen, hielt die Unfähigkeit der Vögel zur Überlegung sie gefangen. U-wa, Ha-xa und Ta-maya brachten die mit dummen Wachteln beladenen Körbe in die Höhle zurück. Während die glücklosen Vögel durch die Löcher blickten, benutzten die Frauen sie als Beispiel für die Erziehung.

»Seid nicht wie eine Wachtel!« warnte Ha-xa. »Seid immer mißtrauisch, wenn etwas im Leben einfach erscheint!«

»Und bevor ihr eure Brüder gedankenlos in Schwierigkeiten bringt, seht euch genau um, damit ihr Gefahren vermeiden könnt, die ihr nicht gleich seht!« fügte U-wa hinzu. Dann blickte sie sich über die Schulter zu Gah-ti um und hoffte, daß er nicht mitgehört hatte.

»Und wenn ihr in Schwierigkeiten steckt, solltet ihr euch sehr genau umsehen, denn es könnte einen Ausweg geben, wenn ihr euren Kopf benutzt!« führte Ta-maya aus.

Die Wachteln jedenfalls verloren ihre Köpfe. Ihre zart befederte Haut und ihre gekräuselten Kopffedern wurden aufbewahrt, um später in Kinderkleidung eingearbeitet werden zu können, und ihr saftiges Fleisch wurde zum sofortigen Verzehr aufgespießt oder langsam geröstet und mit Salbei unter kleinen Lederhauben geräuchert, damit es haltbar wurde und später genossen werden konnte.

An vielen Tagen waren Cha-kwena, Kosar-eh und die Jungen auf der Jagd nach Hirschen und Antilopen. Nach Art ihrer Vorfahren stellten die Jäger Wildfallen für Kaninchen, Erdhörnchen und anderes Getier auf, das in die tödlichen Fallen geraten mochte. Die Sonne ging niemals unter, bevor sie nicht die eßbaren Teile ihrer Beute nach Hause brachten. Am Abend fertigten die Männer und Jungen beim Feuerschein Steinwerkzeuge, während die Frauen Häute bearbeiteten, Fäden aus Fasern herstellten und nähten. Sie redeten viel, und alle schienen überzeugt zu sein, daß Cha-kwena und ihr Totem sie in ein sehr gutes Land geführt hatte – alle außer Cha-kwena natürlich.

Während die Frauen und Kinder lachten und scherzten – sogar Gah-ti und der launische Kosar-eh stimmten manchmal in die ausgelassenen Lieder ein –, blieb Cha-kwena betrübt, fand keinen Schlaf und wurde von Geheimnissen gequält. Er versuchte zu verstehen, warum er sich so rastlos fühlte, während alles so gut lief. Er hatte zwar das Totem getötet, aber Lebensspender war doch schließlich nur ein Mammut gewesen. Obwohl es tot im verborgenen, blutigen Ausläufer des Sees hinter den Hügeln lag, ging es dem Stamm gut. Ganz offensichtlich hatte sein Tod nichts zu bedeuten. All-Großvater war lediglich ein Mammut weniger in einer Welt, in der Mammuts ohnehin selten geworden waren.

Warum verspürte er ständig das Bedürfnis, schnellstens aufzubrechen, seinen Stamm aufzurütteln und ihm zu sagen, daß sie dieses ›wunderbare‹ Tal verlassen mußten? Wie konnte er so etwas sagen, solange Gah-ti und Siwi-ni eine Reise nicht überstehen würden? Und wie würden sie reagieren, wenn er ihnen sagte, daß er das große weiße Mammut getötet hatte und daß ihr Schamane gar kein Schamane mehr war? Würden sie ihm glauben? Und was viel wichtiger war: Würden sie ihm jemals verzeihen? Er verhielt sich abwesend zu Mah-ree, wenn sie scheu zu ihm kam und ihn fragte, was ihn so sehr besorgte. Und wenn sie wissen wollte, ob er das Totem gesehen oder gehört hatte, versicherte er ihr mit einem gehässigen Knurren, daß er Lebensspender ständig sah und hörte – wenn auch nur in seinen Träumen. Bald vermied sogar U-wa, die an seine Launen gewöhnt war, jedes Gespräch mit ihm. Oft bemerkte er, wie Kosar-eh ihn unter nachdenklich gesenkten Augenbrauen beobachtete, und nicht einmal die sanften Worte der schönen Tamaya konnten Cha-kwenas Gesicht zum Lächeln bringen.

Auf der Jagd schwieg er oft. Selbst als er mit den anderen zusammenarbeitete, um das Geröll eines alten Erdrutsches zu beseitigen und dadurch den Zugang zur Quelle zu erweitern, die Gah-ti entdeckt hatte, empfand er keine Freude bei dieser Beschäftigung. Wenn die Hunde in seine Nähe kamen, vertrieb er sie. Immer wenn der Kojote sich in der Nacht leise unter die Höhle setzte und Cha-kwena seine Anwesenheit bemerkte, warf er Steine nach ihm, bis er die Flucht ergriff.

In der Nacht, wenn die anderen schliefen und er keine Ruhe fand, verbrachte er oft seine Zeit damit, im Licht einer steinernen Talglampe, die er sich von U-wa geborgt hatte, die tiefsten Winkel der Höhle zu erkunden. Mit fettgetränkten Ersatzdochten, Öl und Feuersteinen wagte er sich in die verschiedenen Tunnel, Sackgassen und die Gänge, die wieder aus der Höhle heraus und in das Sternenlicht auf der anderen Seite des Hügels führten. Einen dieser Tunnel hatte der Löwe benutzt. Als er eines Nachts einem schmalen, nicht sehr vielversprechenden Spalt folgte, den er bisher übersehen hatte, gelangte er in eine weite Höhle mit niedriger Decke, die ihm den Atem raubte. Dort, auf der mattschwarzen Wand kaum zu erkennen, war die Gestalt eines Mammuts – groß, mit erhobenem Kopf und Stoßzähnen, die in die Dunkelheit hinausgriffen. Cha-kwena keuchte und starrte es ungläubig an. Er war zur Flucht bereit, sollte das Tier sich aus dem Stein lösen und ihm nachsetzen. Mit einem erleichterten Seufzen erkannte er, daß das Mammut nur ein Schatten seiner Lampe war, der über die unebenen Konturen des Stein flackerte.

Cha-kwena trat näher heran, hielt die Lampe hoch und strich langsam mit seiner Hand über die Felswand. Erinnerungen bedrängten ihn – doch diesmal waren es gute, beruhigende Erinnerungen an die vergangenen Nächte seiner Kindheit, als er mit Hoyeh-tay vor der Rückwand der heiligen Höhle seines Großvaters gestanden und dem alten Mann dabei zugesehen hatte, wie er Bilder aus der Geschichte, den Legenden und dem alltäglichen Leben des Stammes auf die Wand zeichnete. Nach Hoyeh-tays Tod, als Cha-kwena zum Schamanen geworden war und er die Höhle mit rituellem Feuer gereinigt und erneuert hatte, hatte er eigene Pinsel aus Holz, Rohrkolben und Tierhaar hergestellt und Hoyeh-tays Bilder mit frischen Farben aus zerriebenen Mineralien und Tierfett und mit weißen, rotem und grünem Lehm vom Ufer des Sees der Vielen Singvögel wiederbelebt. Er hatte auch ganz neue Bilder gemalt und damit seine Seele von dem Schmerz befreit, den er nach dem Tod des alten Mannes empfunden hatte.

Er überlegte, ob es wieder so sein könnte.

Und so kam es, daß Cha-kwena mit neuer Entschlossenheit in die Haupthöhle zurückkehrte. Als es dämmerte, war er bereits im Tal unterwegs, um alles zu besorgen, was er für die Herstellung von Pinseln und Lampen benötigte, damit die Höhle für die Arbeit, an die er sich nun machen wollte, ausreichend beleuchtet war. Er suchte sorgfältig die richtigen Pflanzen und Steine aus, die feuchte, reiche Farben ergeben würden, wenn sie zerrieben und mit Fett vermischt wurden. So konnten sie mühelos aufgetragen werden und würden nicht rissig werden oder abblättern, wenn die Farbe auf dem Stein trocknete. Am Seeufer sammelte er Entendung und ließ ihn auf einem großen Stück Leder trocknen, das er vor der Höhle in die Sonne legte. Später würde er ihn mit Wasser vermischen, und dann ergab sich daraus ein schönes Himmelblau. Er sammelte Zunder und kleine Stücke Holz, die er in die Höhle tragen konnte, so daß er es in den langen Tagen und Nächten warm hatte, die er im Innern des Hügels verbringen wollte. Außerdem konnte er die Asche und die zerriebene Holzkohle als schwarze Farbe für seine Malereien benutzen.

Sein Stamm beobachtete ihn. Sie wußten, was er vorhatte, und boten ihm begeistert ihre Hilfe an. Doch obwohl er Öl und Dochte als Geschenk von seiner Mutter annahm, wies er alle anderen Hilfsangebote zurück und sagte dem Stamm, daß die Malereien nicht für ihre Augen waren.

»Sie sind nur für die Augen von Hoyeh-tays Enkel bestimmt«, sagte er.

Mah-ree nickte wissend. »Es wird ein Zeichen für die Geister dieses Landes und die Mächte der Schöpfung sein, daß unser Schamane einen Ort gefunden hat, der ihm heilig ist, und es wird sein Opfer an die Geister der Vorfahren zu Ehren des Ersten Mannes und der Ersten Frau und an den Lebensspender sein!«

Cha-kwena musterte sie nachdenklich. Sie hatte immer noch so großes Vertrauen in ihn und alles, was nach der Tradition heilig war und nicht in Frage gestellt wurde! Doch welchen Grund hätte sie gehabt, ihn in Frage zu stellen? In ihren Augen war er immer noch Schamane!

Als Cha-kwena alles, was er benötigte, zusammengestellt hatte, betrat er die ewige Finsternis der Höhle. Er hatte bereits seine persönlichen Sachen hergebracht, und U-wa hatte ihm für mehrere Tage genügend zu essen vorbereitet. Er stand lange Zeit im schwachen Schein der Lampe da, die seinen Weg beleuchtet hatte, und starrte auf die Wand und die seltsame Form im Stein.

Das Mammut war immer noch dort. Als Cha-kwena die Lampe hin und her bewegte, schien die Steinformation dem Licht zu folgen, die schweren Beine und Stoßzähne zu heben und sich seufzend gegen den Stein zu stemmen, als ob . . .

Cha-kwena sog plötzlich heftig den Atem ein und faßte neue Hoffnung. Er berührte seinen Medizinbeutel. Wieder fühlte sich der heilige Stein warm in seiner Hand an, wie es schon seit langer Zeit nicht mehr geschehen war. Er schloß die Augen. War es möglich? War das Totem auf irgendeine Weise immer noch am Leben? Befand es sich hier in der Höhle und war in der Steinwand gefangen? War er irgendwie immer noch Schamane? Und gab es doch noch Hoffnung, die Macht des Totems zu befreien, damit sie seinem Stamm diente? Zitternd stellte er die Lampe auf den Boden und machte sich bereit, es herauszufinden.

Cha-kwena wußte nicht, wie lange er arbeitete. Mehrere Tage lang nahm er sich nicht einmal die Zeit zum Essen. Er bemerkte gar nicht, daß er ein Feuer machte und es unterhielt, bis sein Vorrat an Brennholz erschöpft war. Er füllte das Öl in seinen Lampen viele Male nach, obwohl er sich später nicht mehr daran erinnerte. Er wußte nur, daß er seine Arbeit mit einem einzigen Farbauftrag begann – mit dem Abdruck seiner rechten Hand auf dem Stein, zuerst in Weiß als Zeichen des Schamanen, dann darüber in wertvollem rotem Ocker, um die Menschlichkeit des Künstlers zu bestätigen, der das Zeichen hinterlassen hatte. Danach ging seine Seele in der Arbeit auf, und er vergaß alles andere, bis er erschöpft, stumm und benommen vor dem stand, was vorher eine leere Wand gewesen war und das sich nun gewandelt hatte.

Die Wand lebte mit Farben und Mustern und erzählte in einer kunstvollen Zeichnung die Geschichte des Stammes. Es war alles dort, alles, was er jemals über seine Vorfahren gehört hatte, und noch mehr. Im Zentrum der Wand befand sich als Relief und in Lebensgröße das große weiße Mammut, die Steinformation, deren Umrisse in Weiß nachgezeichnet waren. Im Körper des Totems wurde die Geschichte erzählt. Cha-kwena erkannte den Ersten Mann und die Erste Frau, die ihre Kinder auf ihrer wundersamen Reise aus dem Norden führten. Die vielen Kinder des Ersten Mannes und der Ersten Frau waren dargestellt, wie sie über die Berge in die Rote Welt kamen, und dann begann die Geschichte von Cha-kwenas Stamm, die mit der Ankunft der Stämme des Graslands und der Trennung der vielen Stämme ihren Höhepunkt fand. Er runzelte die Stirn, als er die blutige Geschichte des großen Krieges und des Sterbens vieler Mammuts und Menschen erkannte. Er sah Dakan-eh, wie er fortging, um einen Platz zwischen vielen fremden Stämmen zu finden, dann blickte er auf die Legende seiner eigenen Flucht über die Sandberge und den Rand der Welt hinaus und ins wunderbare Tal.

Sein Atem ging jetzt schnell und flach. Dort waren die gezeichneten Darstellungen des schwarzen Mondes, des frühen Regens, des Nordwindes, der kreisenden Adler und der Versammlung der Raben. Er sah die Geburt von Doh-teyah und Gah-tis Löwenjagd und Kosar-ehs wunderbare Begegnung mit dem Tier, die mit dessen Tod endete. Er sah sich selbst mit Mahree auf dem Felsen vereinigt, unter den Feuerstreifen der Sternschnuppen. Er sah den Kojoten, der die Hunde zum Mammut führte, um es anzufallen, und er sah sich selbst, wie er das Totem im See tötete.

Plötzlich fühlte er sich auf unerklärliche Weise erschüttert, benommen und dann von der Inspiration angeregt. Wenn alles, was bisher geschehen war, sich auf der Wand befand, könnte er dann nicht auch das zeichnen, was noch geschehen mochte? Die Vergangenheit ließ sich nicht mehr ungeschehen machen, aber wie stand es um die Zukunft? Konnte er sie beeinflussen?

Mit den wenigen Farben, die er noch übrig hatte, arbeitete er wie ein Besessener. Er zeichnete Gah-ti mit seinem wiederhergestellten Arm. Er zeichnete die tanzende Siwi-ni. Er zeichnete, wie das große weiße Mammut wiedergeboren wurde und sich aus dem See erhob. Er zeichnete das Totem in seiner unversehrten Macht. Und als er mit den Zeichnungen fertig war, fiel er auf die Knie und griff nach dem heiligen Stein, um den Mächten der Schöpfung zuzuflüstern. »Laßt es so geschehen!« betete er inbrünstig. »Gebt mir die Kraft, wieder Schamane zu sein!«

Als er aus der Höhle kam, fand er seinen Stamm schlafend vor. Die Wohnhöhle lag im Mondlicht. Seine Augen wanderten zu Siwi-ni, die an ihre Rückenstütze gelehnt döste, während ihre treue Dienerin Ta-maya neben ihr schlief. Die alte Frau schien leichter als gewöhnlich zu atmen. Cha-kwena faßte Hoffnung, als er seinen Blick Gah-ti zuwandte. Doch der Schamane konnte nicht erkennen, ob dem Jungen bereits ein neuer Arm zu wachsen begonnen hatte. *Vielleicht!* dachte er. *Vielleicht beginnt er gerade in diesem Augenblick nachzuwachsen!*

Als er dann in weiter Ferne das Trompeten von Mammuts hörte, machte sein Herz einen Sprung. Die Hunde hoben ihre Köpfe, als er in völliger Lautlosigkeit einen Speer aufnahm und sich auf eine nächtliche Pilgerreise zum Ort machte, den die Mammuts zum Sterben aufsuchten.

Ta-maya stützte sich auf einen Ellbogen und sah zu, wie er fortging. Der Mond war hell und so schön. Sie seufzte, als ihre Freude, die der verblassende Traum ihr gebracht hatte, durch Enttäuschung ersetzt wurde. Ihre einzige große Liebe war wieder bei ihr gewesen.

»Masau . . .«, flüsterte sie seinen Namen mit Sehnsucht und unermeßlicher Trauer. Sie hatte nur gespürt, wie Cha-kwena durch die Höhle gegangen war, und nicht die ersehnte Wiederkehr der geisterhaften Gestalt Masaus. Während des Tages spürte sie oft die Anwesenheit des Mystischen Kriegers, und sein häufiges Erscheinen in ihren Träumen gab ihr die Kraft, sich über jeden neuen Morgen zu freuen. Sie schloß die Augen. Seit ihrer heißen Erwiderung von Kosar-ehs Kuß waren ihre Träume unruhig geworden. Seitdem kam der Geist Masaus nicht mehr zu ihr, um sie in den Arm zu nehmen, ihr seine Liebe zu zeigen und seinen Atem mit dem Wind über sie streichen zu lassen, damit sie wußte, daß er in ihrer Nähe war und auf den Augenblick wartete, wenn sie zu ihm kommen würde. Sie wußte, daß sie ihn gekränkt hatte. Jetzt hielt er sich am Rand ihrer Träume auf. Seine langen, kräftigen Arme waren ausgestreckt, und sein Gesicht war vor Schmerz verzogen, wenn er über den nebligen Abgrund zwischen den Welten der Lebenden und der Toten nach ihr rief und sie anflehte, ihn nicht zu vergessen.

»Masau ... Masau ... du mußt doch wissen, daß ich zu dir kommen würde, wenn ich könnte.« Sie seufzte, als sie sich wieder hinlegte und einzuschlafen versuchte. Sie hoffte, ihn in ihren Träumen wiederzufinden und irgendwie eine Brücke zu entdecken, die das Gewicht ihrer Seele trug und ihr ermöglichte, die Hülle ihres Körpers zu verlassen und sich in der Welt der Geister mit ihm zu vereinigen.

Als sie einen heftigen Stoß im Rücken spürte, richtete sie sich wieder auf. »Was ist, Siwi-ni?« flüsterte Ta-maya. »Willst du Wasser oder ...«

»Ich will dich nur daran hindern, in der Nacht den Namen des Toten zu sprechen!« gab die alte Frau flüsternd zurück. Im Mondlicht sah sie bleich und verhärmt aus. Ihre Lippen waren blau und ihre Augen eingesunken.

»Aber sein Geist ist bei mir.«

Siwi-ni schüttelte den Kopf, dann blickte sie nach oben und sprach Worte, die Ta-maya erschreckten. »Wenn du mich hören kannst, Masau, Mystischer Krieger, Sohn Shatehs und Kriegspriester des Stammes des Wachenden Sterns, dann vergiß nicht, daß du Ta-maya einmal so sehr geliebt hast, daß du dein Leben für sie hingeben wolltest! Wenn du sie immer noch liebst, nachdem du jetzt tot bist, solltest du ihre Seele in Frieden lassen! Sie soll sich wieder daran erinnern, daß das Leben schön und viel zu kurz ist, daß es viele gibt, die sie hier brauchen, und daß es einen anderen Mann gibt, der ihre Tage und ihre Nächte mit seiner Liebe erfüllen möchte.«

»Hör auf, Siwi-ni!« Ta-mayas Befehl war leise, aber trotzdem mit Nachdruck gesprochen. »Ich bin Masaus Frau! Ich bin in Trauer. Ich werde niemals einen anderen Mann nehmen.«

»Hmm.« Siwi-ni zeigte mit einer flüchtigen Geste zu Kosar-eh, der neben Gah-ti schlief. »Es gibt einen Mann, der dich will. Und hier ist eine Frau, die nicht mehr für den besten und tapfersten aller Männer dasein kann.«

Ta-mayas Gesicht entflammte im Mondschein. »Nein, Siwi-ni! Du bist Kosar-ehs Frau, für immer und ewig. Bald wirst du wieder gesund und stark für deinen Mann sein. Ja, das wirst du!«

»Irgend jemand muß für ihn stark sein! Er leidet sehr mit dem armen Gah-ti. Kosar-eh gibt sich große Mühe, so zu tun, als würde er für mich die Liebe eines Mannes zu einer Frau empfinden, aber ich weiß, daß es niemals so gewesen ist. Ich war die einzige Frau, auf die ein einarmiger Lustiger Mann jemals hoffen konnte, und er hat mich genügend geliebt, um mir viele Kinder zu machen und mein Freund zu sein.«

»Siwi-ni, so darfst du nicht sprechen! Du . . .«

»Wer wird sich so rührend um die Bedürfnisse meines Mannes kümmern, wie du dich um meine kümmerst, meine Liebe? Masau ist tot. Eines Tages in einer anderen Welt werden eure Seelen gemeinsam im Wind wehen. Doch jetzt bist du jung und lebendig. Wenn dir etwas an dieser alten Frau liegt, muß du versprechen, dich um ihren Mann zu kümmern, wenn der Seelenfänger sie geholt hat.«

»Leg dich wieder schlafen, Siwi-ni!«

»Ich werde nicht eher schlafen, bis du es mir versprochen hast!«

Ta-maya küßte die Frau auf die Stirn. Siwi-nis gebieterisches Verhalten schien darauf hinzudeuten, daß sie auf dem Wege der Besserung war. »Dann schlaf. Ich verspreche, daß ich mich um deinen Mann kümmern werde. Aber ich sagte dir, Frau Kosar-ehs, du bist so stur, daß der Seelenfänger schwer an dir zu schlucken hat. Wenn er dich jemals holen sollte, wird er dich wie einen störenden Knochen wieder ausspucken, und du wirst für immer leben!«

»Du bist mir eine gute Freundin gewesen, Ta-maya«, sagte die ältere Frau. Zufrieden kuschelte sie sich in ihre Felle, küßte ihre neue Tochter auf den Kopf, schloß die Augen und sagte nichts mehr.

Cha-kwena lief leicht und leise über das Land. Unter seiner Hand lag der heilige Stein warm im Medizinbeutel. Sein Geist war erwartungsvoll und gleichzeitig besorgt. Gelegentlich dachte er, daß er vor sich den Schatten eines in Felle gekleideten alten Mannes und eines Kojoten sah, aber er war sich nicht sicher. Schließlich durchquerte er die fernen Hügel und ging zwischen den mondbeschienenen Skeletten zahlloser Mammuts hindurch. Als er das Ufer des Sees erreichte, in dem er Lebensspender getötet hatte, hockte Cha-kwena sich enttäuscht nieder, weil die Leiche seines Totems immer noch im See lag.

Die Mammutherde weidete in der Nähe am Ufer und setzte ihre Totenwache fort. Die große gescheckte Kuh sah ihn, hob den Rüssel und zuckte mit den Ohren, während sie den Kopf schüttelte und eine Warnung trompete ... oder einen Willkommensgruß.

Cha-kwena fühlte sich leer. Unter dem kalten, mitleidslosen Gesicht des vollen Mondes war seine Hoffnung jetzt genauso gestorben wie das Totem. Er stand langsam auf und fühlte sich ausgelaugt, als er den heiligen Stein vom Hals nahm. Wie im Traum bestätigte er mit seiner Handlung die äußerste Sinnlosigkeit und warf das Amulett in hohem Bogen über den See.

»Es gibt keinen Zauber!« schrie er. »Hier gibt es überhaupt nichts für mich – oder meinen Stamm! Nichts!«

Das Amulett näherte sich dem Wasser und würde jeden Augenblick versinken. Doch plötzlich kam im Licht des wachenden Mondes eine Eule aus dem Nichts herangeflogen, um es aufzufangen und damit davonzufliegen.

»Folge mir, Cha-kwena!« rief der Vogel. »Folge mir mit dem Stamm! Folge mir schnell ins Gesicht der aufgehenden Sonne! Es ist noch nicht zu spät!«

»Der Winter kommt«, rief Cha-kwena zurück. »Mein Stamm ist krank. Ich kann ihn nicht auffordern, diesen Ort zu verlassen. Und selbst wenn ich es könnte – wohin würde ich sie führen?« Er verfluchte sich selbst für seine Dummheit. »Du bist nicht wirklich, Vogel! Nichts von dem, an das ich bisher geglaubt habe, ist wirklich!«

»Lebensspender wird dir den Weg zeigen, Schamane!«

»Ich bin kein Schamane! Es gibt keinen Zauber. Es gibt keine Geister. Lebensspender ist tot! Ich habe ihn getötet, und er wird nicht wieder auferstehen!«

Plötzlich wurde die Nacht unerträglich kalt. Der Wind wehte in heftigen Böen aus dem Norden, und während eines Lidschlags verschwand die Eule im Gesicht des Mondes. Cha-kwena blickte dem Vogel hinterher.

»Du bist nicht wirklich!« rief er und fühlte sich noch mutloser als zuvor. »Geh! Flieg dorthin, wo du mich nie wieder belästigen wirst!« Er drehte sich um und lief zur Höhle zurück.

Der Seelenfänger erreichte die Höhle vor Cha-kwena. Während seiner Abwesenheit war der Tod gekommen, um die Seele Siwinis in die Welt jenseits dieser Welt zu holen. Vier Tage und Nächte trauerte der Stamm um den Verlust der kleinen Frau. Cha-kwena fastete und betete, wie es vom Schamanen erwartet wurde. Obwohl er sich zunächst ohne innere Anteilnahme dem pflichtgemäßen Ritual hingab, wurde er bald wild vor Wut, Verbitterung und Enttäuschung. Seine Zuschauer waren verwirrt über seine heftigen Gefühle, bis U-wa den Kopf schüttelte und sagte, sie hätte nicht geahnt, daß ihr Sohn Siwi-ni so sehr geliebt hatte.

Nach der Sitte der Vorfahren aus der Roten Welt reinigten die Frauen die Leiche und salbten sie mit Öl, das mit wertvollem Ocker gefärbt worden war, damit das Blut der lebenden Erde in der Geisterwelt bei Siwi-ni war. Sie kämmten ihr ergrautes Haar und schmückten es mit Federn, die ihre Seele hoch hinauf in die Welt jenseits dieser Welt tragen sollten. Sie legten ihr ihren Lieblingsschmuck an, die Halskette, den Nasenring und die dazu passenden Armbänder und Fußreifen aus winzigen

Süßwassermuscheln und hellblau gefärbten Knochenperlen. Sie zogen ihr ihre Lieblingskleidung an, die Sandalen und den Rock aus verknüpften Fasern, dann legten sie ihr den Umhang aus Kaninchenfell um die Schultern, damit sie es warm hatte und sie gut aussah, wenn sie vor die Vorfahren trat. Schließlich hüllten sie ihren Körper in ein aus Schilf geflochtenes Leichentuch und trugen ihn zum Scheiterhaufen, den die Männer und Jungen am Eingang der Höhle errichtet hatten.

Es war mühsam gewesen, das trockene Holz vom Wald heraufzuholen, doch sogar der kleine Klah-neh hatte seine Last getragen, ohne sich zu beklagen. Jeder wollte, daß Siwi-ni von einem großen Feuer verzehrt wurde, damit die Essenz ihres Körpers schnell aufstieg, um sich mit ihrer Seele in der jenseitigen Welt zu vereinigen.

Beim ersten Licht des vierten Tages schließlich wurde der tote Leib in sitzender Position auf dem Scheiterhaufen zurechtgemacht, so daß sie gegen die schöne Rückenstütze lehnte, die Kosar-eh für sie gemacht hatte. Neben sie wurde ihr Besitz gelegt, und Essensgeschenke wurden in kleinen Bestattungskörben gebracht und zu ihr gestellt, zusammen mit Bändern aus Federn und Perlen, einem Bündel aus hervorragend bearbeiteten Kaninchenfellen, Rollen mit feinem Fasergarn und einem Federetui, das mit schönen Knochennadeln bestückt war, damit sie sich in der Geisterwelt gute neue Kleidung nähen konnte. Mit jeder Opfergabe wurde ein Abschied und eine Bitte gesprochen, daß die Frau Kosar-ehs von der Geisterwelt aus über die Bittsteller wachen möge, denn sie würden sie nie vergessen, bis der Seelenfänger sie holte, um sich in der Welt jenseits dieser Welt mit ihr zu vereinigen.

Als schließlich alles gesagt und getan war, kniete Cha-kwena sich vor den Scheiterhaufen und drehte seinen Feuerbogen zwischen den Händen, bis der trockene Graszunder Feuer gefangen hatte. Kurz darauf stand der Scheiterhaufen in Flammen. Der Stamm stand im Halbkreis davor und hatte sich der aufgehenden Sonne zugewandt, während der Schamane seine Arme hob, den Kopf zurückwarf und das traditionelle Lied sang, mit dem die Vier Winde aufgerufen wurden, den Geist ihrer Schwester Siwi-ni zu den Vorfahren zu bringen.

Nachdem das Lied vorbei war und der Stamm in trübsinnigem Schweigen in der Höhle saß, kam Mah-ree zu Cha-kwena, berührte ihn sanft und fragte ihn, warum er nicht seinen Medizinbeutel trug.

Er funkelte sie an. »Der Stein ist dort, wo er hingehört!«

»Wo, Cha-kwena?« Ihr Gesichtsausdruck sagte ihm, daß sie sich mit dieser Erklärung nicht zufriedengeben wollte.

Er runzelte die Stirn. Er konnte ihr unmöglich die Wahrheit sagen, doch er mußte ihr etwas erzählen, das ihren fragenden Blick befriedigen würde. »In der Roten Welt bewahrte Hoyeh-tay den heiligen Stein tief in seiner Höhle auf, nicht wahr? Nachdem ich jetzt meinen Stamm in dieses ›wunderbare‹ Tal gebracht habe, sollte ich da nicht dasselbe tun?«

»Aber wie sollen die Geister der Vorfahren deinen Gesang für Siwi-nis Seele erkennen, wenn du den heiligen Stein nicht zur Sonne erhebst und seine Macht in dein Lied einfließen läßt?«

»Will das Medizinmädchen dem Schamanen sagen, wann er den heiligen Stein tragen soll, während sie keine Medizin machen kann, um eine alte kranke Frau zu heilen?«

Mah-ree hielt den Atem an, ließ den Kopf hängen und wandte sich beschämt ab.

Nachdem die Asche von Siwi-nis Scheiterhaufen kalt geworden und der Stamm eingeschlafen war, hockte sich Kosar-eh vor die verbrannten Überreste seiner Frau. Am folgenden Tag zum Sonnenaufgang würde der Stamm die Asche im Wind zerstreuen. Jeder sichtbare Beweis von Siwi-nis Leben würde dann ausgelöscht sein.

»Sie wird in ihren Söhnen und ihrer Tochter weiterleben, Kosar-eh«, sagte Ta-maya leise und kniete sich neben ihn. »Komm jetzt zurück an deine Feuerstelle. Klah-neh kann nicht schlafen und möchte gerne von seinem Vater getröstet werden.«

»Du mußt dich nicht um meine Söhne kümmern, Ta-maya. Ka-neh wird seinen Bruder trösten, bis ich ...«

»Ich bin jetzt die Frau an deiner Feuerstelle, Kosar-eh. Für mich ist es keine Last, mich um deine Söhne und deine Tochter zu kümmern. Bevor Siwi-nis Seele vom Wind davongetragen wurde, hat sie mich gebeten, ihren Platz an deinem Feuer einzunehmen. Um ihr Herz zu trösten, habe ich geschworen, ihren Wunsch zu erfüllen. Jetzt ehre ich diesen Schwur. Ich werde mich um dich und deine Kinder kümmern, als wären sie meine eigenen.«

Kosar-eh war so verblüfft, daß er sie sprachlos anstarrte.

Sie sah in seinem fassungslosen Schweigen Ablehnung, senkte den Blick und vertraute ihm flüsternd an: »Ich weiß, daß ich für dich niemals das sein kann, was Siwi-ni in all den Jahren für dich war. Ich weiß, daß deine Liebe für sie unendlich ist. Ich weiß, daß du dich jetzt, wo du ihren Tod betrauerst, danach sehnst, mit ihr in der Geisterwelt zusammenzusein, so wie auch ich mich nach meiner verlorenen Liebe sehne. Doch bis unsere Seelen vom Wind davongetragen werden und wir wieder mit unseren Geliebten vereinigt sind, Kosar-eh, muß irgend jemand eine Frau für dich und eine Mutter für deine Kinder sein. Ich werde dein Feuer unterhalten und deine Nahrung zubereiten. Ich werde deine Kleidung nähen und deine Kinder behüten. Ich werde mich für dich öffnen, wenn du ein männliches Bedürfnis hast, und wenn uns Kinder geboren werden, werden sie mein Herz glücklich machen. Ich werde jedem deiner Befehle gehorchen, Bruder meines Herzens. Ich werde den Schwur nicht brechen, den ich einer sterbenden Frau gegeben habe. Ich bin Siwinis letztes Geschenk an Kosar-eh. Lieber Freund, ich werde deine Frau sein.«

Bruder. Lieber Freund. Die Worte verletzten Kosar-ehs Stolz. Er blieb stumm und war von seinen Gefühlen erschüttert. Hatte es jemals eine Zeit gegeben, in der er Ta-maya nicht gewollt hatte, in der er sich nicht so sehr nach ihr gesehnt hatte, daß er sich sogar den Tod seiner eigenen Frau wünschte? Und jetzt, wo der Gestank des Scheiterhaufens für seine Frau in seine Nase drang, wurde Kosar-eh dieser Wunsch erfüllt. Siwi-ni war tot, und Ta-maya gehörte ihm. Aber sie wollte ihn nicht als Mann. Für sie war er ein Bruder und ein lieber Freund. Er mußte nur seine Hand ausstrecken, und sie würde den Schwur an die Frau, deren Tod er sich gewünscht hatte, erfüllen und ihn nehmen!

Er fühlte sich bis in die Tiefen seiner Seele erschüttert. In einem Aufruhr aus Schuldgefühlen und Verwirrung wandte er sich von der Frau ab, die er immer gewollt hatte und immer noch liebte. »Dann sei mir gehorsam«, sagte er. »Laß mich allein! Ich kann deinen Anblick jetzt nicht ertragen.«

5

Dreimal hatte Shateh sein Lager am Fluß weiter nach Süden verlegt. Die Angreifer waren nicht zurückgekehrt . . . bis heute.

Der Oberhäuptling wurde vom lauten Grollen fernen Donners und den Schreien des Stammes geweckt und lief aus seiner Hütte. Teikan teilte ihm mit, daß eine Frau in der Nacht von Wölfen angegriffen und getötet worden war.

»Von Wölfen, die auf zwei Beinen gehen«, fügte Indeh düster hinzu, während sich die anderen in verbittertem Schweigen um die verstümmelte Leiche versammelten. »Es war das Knurren fressender Tiere, das mich aufmerksam machte, aber ich glaube, daß die Frau Nakantahkehs schon tot war, als die Wölfe sie fanden. Obwohl ich sie vertrieben habe, ist nicht mehr viel von ihr übrig. Doch du kannst sehen, daß die Wunde in ihrer Kehle zu sauber ist, als daß sie von Wölfen verursacht worden sein kann. Sie scheint vom Messer eines Menschen zu stammen.«

Shateh musterte die zerfleischten Überreste der Frau, dann schüttelte er den Kopf. »Zu oft ist die Mutter Wilas in der Nacht allein von ihren Schlaffellen fortgegangen, um am Rand des Lagers umherzustreifen und um ihre Kinder zu trauern. Du sagtest, ihr blutiges Schlachtmesser lag neben ihr, als du sie gefunden hast. Vielleicht hat sie sich in ihrer Trauer selbst die Kehle durchgeschnitten. Dies ist schon manchmal im Stamm geschehen. In Zeiten der Trauer, des Krieges und des Todes wird der Lebensgeist von Frauen geschwächt.«

»Ich sage dir, daß Männer dies getan haben, Shateh. Männer mit Messern«, sagte Teikan mit mühsam beherrschtem Zorn. »Nakantahkeh wird mehr Grund als je zuvor haben, die anderen zu überzeugen, gegen unsere Feinde zu ziehen! Wenn er mit Xiaheh und den anderen Häuptlingen und Kriegern zurückkehrt, wird er wieder trauern.«

Shateh ging in die Knie, untersuchte die Wunden und nickte zustimmend. Er befahl Teikan, mit einer kleinen Gruppe Männer zu versuchen, der Spur der Angreifer zu folgen. »Ich möchte wissen, aus welcher Richtung sie gekommen sind. Wenn ihr es festgestellt habt, kehrt ihr zurück. Wenn Nakantahkeh mit Xiaheh und den anderen aus dem Norden zurückkommt, werden wir dafür sorgen, daß diese Überfälle aufhören!«

»*Wenn* Nakantahkeh zurückkehrt«, knurrte Atonashkeh giftig und blickte mit fiebrigen Augen auf Ban-ya. »Wenn doch nur alle unsere Frauen einen so starken Lebensgeist wie Shatehs Sklavin hätten – so daß sie ihren Haß auf jene richten könnten, die Nakantahkehs Frau das angetan haben! Bestimmt sorgt der Eidechsenfresser dafür, daß ihr Haß den Tod über die Stämme des Graslandes bringt!«

Feindselige Blicke richteten sich auf Ban-ya, als sie neben Shateh trat und darauf wartete, daß er etwas zu ihrer Verteidigung sagte.

Er ließ sie nicht im Stich. »Diese Sklavin trägt einen Sohn Shatehs in sich!« ermahnte er die anderen mit einem Wutschnauben.

»Vielleicht ... vielleicht aber auch nicht«, sagte Atonashkeh mit einer Verachtung, die seine unnatürlich blassen Gesichtszüge anspannte. Er schlug sich auf die Brust. »Hier ist Shatehs Sohn! Und dort in den Armen der Frau Senohnim ist noch ein Sohn Shatehs. Was kümmert es Shateh, was im Bauch einer Eidechsenfresserin heranwächst?«

Der Oberhäuptling verzog das Gesicht. »Der Sohn Senohnims ist schwach und winzig! Die Seele Shatehs kann nicht durch ein solches Kind in die Welt wiedergeboren werden. Ich habe diesem Sohn nicht meinen Namen gegeben! Ich habe ihm statt dessen deinen Namen gegeben, Atonashkeh, als Geschenk an einen Mann, der seinen Häuptling allzu oft herausgefordert hat und deshalb die Gunst der Mächte der Schöpfung verloren hat und nun gar keine Söhne mehr machen kann!«

Senohnim ließ beschämt den Kopf hängen.

Atonashkeh, der sich auf einen Stab aus Hartholz stützte, damit er ohne allzu große Schmerzen gehen konnte, schwankte, als hätte ihn ein Windstoß getroffen. »Allzu oft hast du mich ohne Grund beschämt, Vater!«

»Ohne Grund?« Shateh hob wütend den Kopf. »Wagst du es immer noch, mir zu drohen, Atonashkeh? Das ist gut. Ich hatte schon gedacht, daß dein Mut nur noch dazu ausreicht, gegen Sklaven zu sprechen, die sich nicht verteidigen können. Ich habe genug von deinen bösen Worten über mich und meine Frauen. Diese Sklavin Ban-ya hat die Bisons gerufen, damit sie zu diesem Stamm kommen! Diese Sklavin ist Shatehs Sklavin! Du wirst nie wieder etwas Schlechtes über sie sagen! Niemand von euch! Jetzt werden die Spurensucher das Lager verlassen! Jetzt wird sich mein Stamm darauf vorbereiten, nach der Sitte der Vorfahren zu trauern – wieder einmal!«

Shateh war verzweifelt. Nachdem er die pflichtgemäßen Rituale als Schamane und Häuptling durchgeführt hatte, grübelte er den ganzen Tag lang allein, während sein Stamm um Nakantahkehs Frau trauerte. Ban-ya beobachtete ihn. Sie brauchte keine übernatürlichen Gaben, um zu erkennen, was in seinem Kopf vor sich ging. Bis heute hatte es ausgesehen, als würde es seinem Stamm immer besser gehen. Doch die Angreifer hatten erneut zugeschlagen, und Atonashkeh hatte, wie zu erwarten, sie dafür verantwortlich gemacht. Shatehs Stamm war unruhig, und der Tod einer Sklavin konnte vielleicht die Furcht besänftigen, auch wenn der Oberhäuptling nicht mehr daran glaubte, daß sie die Ursache ihres Unglücks war. Als Ban-ya zu ihm ging, wußte sie sehr gut, daß ihr Leben immer noch in Gefahr war. Wenn sie nicht die Schwangerschaft vortäuschen würde, hätte der Häuptling sie zum Wohl des Stammes mit eigenen Händen getötet oder sie aus dem Stamm verstoßen, damit sie in den Stürmen des Winters umkam oder Raubtieren zum Opfer fiel.

»Shatehs Sohn ist hier«, sagte sie, nahm seine Hand und legte sie auf ihren Unterleib. »Ich spüre ihn. Er ist stark. Bald wird er so kräftig in meinem Bauch herumspringen, daß Shateh seine Bewegungen mit der Hand spüren kann. Mein Häuptling darf nur daran denken und seinen Geist nicht mit Sorgen schwächen.«

Shateh sah sie mit müden Augen an. »Ich habe genug vom Tod, Ban-ya. In diesen Tagen des frühen Schnees und der Trauer sehne ich mich nach der Sonne.«

Ihr Herzschlag beschleunigte sich. »Dann führe deinen Stamm weiter nach Süden! Er soll in der Roten Welt überwintern! Das hast du auch in den vergangenen zwei Wintern getan. Dakan-eh hat dich willkommen geheißen und wird es trotz der harten Worte, die zwischen euch gesprochen wurden, wieder tun. Dein Stamm wird sich in der winterlichen Wärme des Landes meiner Vorfahren sonnen und erholen, und der Stamm der Roten Welt wird vor Freude singen, wenn er die guten Buckelsteaks und Felle sieht, die Shateh ihnen aus dem Norden mitbringt.«

»Und Ban-ya würde sich freuen, wieder mit ihrem Mutigen Mann und ihrem erstgeborenen Sohn vereint zu sein.« Er schüttelte den Kopf. »Nein. Nicht bevor du mir das gegeben hast, was ich von dir verlange. Nicht bevor ich einen Sohn habe – einen starken und tapferen Sohn, einen Jungen, in dem die Seele und der Name eines Mannes stolz und ehrenvoll nach seinem Tod weiterleben kann.«

Wie sehr er sich nach diesem Kind sehnte! Und wie gut er sie kannte – zumindest einen Teil von ihr, der sich nach Piku-neh und ihrer Heimat sehnte. Doch Ban-ya fragte sich, wie gut sie sich eigentlich selbst kannte. Denn als sie jetzt den Oberhäuptling betrachtete, spürte sie eine starke und seltsame Zärtlichkeit für ihn in ihrem Herzen. Seine vernarbten, wettergegerbten Züge waren wie das Land, in dem er geboren worden war, weit, erhaben und schön, vom Wind und den Elementen gezeichnet und oftmals hart und gnadenlos. Doch manchmal – wie auch jetzt – war sein Gesicht für sie ein tröstender Anblick, so wie ein sanft gewellter Hügelzug. Er war alt, aber er sah gut aus, und sie wußte, daß er erbarmungslos sein konnte, wenn er erbittert den kalten Winden und seiner Verantwortung als Schamane und Häuptling ausgesetzt war, als würde er die ganze Welt auf seinen Schultern tragen. Das war nicht so, weil er das Verlangen hatte, grausam zu sein, sondern weil er wußte, daß er allein stark genug war, um diese Last zum Wohl aller zu tragen.

Doch wie lange noch? Die Frage beunruhigte sie. Was würde mit ihr geschehen, wenn Atonashkeh es schaffte, Shatehs Autorität zu untergraben? Die Antwort war eindeutig: Nur Shateh stand zwischen ihr und der Feindschaft seines Stammes. Es lief ihr kalt den Rücken herunter. Während der letzten Tage, seit der Jagd und der Geburt von Senohnims Jungen, hatte sich der Haß des Stammes weniger stark auf sie konzentriert. Sie hatte sich Mühe gegeben, sich nützlich zu machen, allen anderen und sogar Atonashkeh gegenüber gehorsam und freundlich zu sein. Dadurch hatte sie von vielen ein gelegentliches Nicken oder anerkennendes Grunzen gewonnen, doch ganz gleich, wie unterwürfig sie sich verhielt, aus den Augen des Häuptlingssohnes war der Haß nicht verschwunden, und keine freundlichen Worte oder Aufmerksamkeiten hatten es geschafft, Senohnims eifersüchtige Verachtung zu mindern. Senohnims Haß auf sie – und auf den Oberhäuptling – war offensichtlich, seit Shateh das neugeborene Kind für unwürdig erachtet und mit einer großzügigen Geste, die seine Geringschätzigkeit nicht hatte verbergen können, das schwächliche Kind nach Atonashkeh benannt hatte. Genauso offensichtlich war Shatehs wachsende Zuneigung für seine Sklavin.

Ban-ya zitterte. Der Oberhäuptling war in den vergangenen Tagen und Nächten so gut zu ihr gewesen, daß es immer schwieriger wurde, ihn zu hassen. Trotzdem haßte sie ihn, denn trotz seines gegenwärtigen Wohlwollens hatte er sie dem Mann, den sie liebte, und dem Sohn, den sie verehrte, entrissen und sie vergewaltigt, als sie sich ihm nicht hatte hingeben wollen. Selbst jetzt mußte ihr geliebter Dakan-eh krank vor Sehnsucht sein, und der arme Piku-neh wurde sicherlich quengelig und bekam Durchfall von der Milch einer Fremden. Wenn sie es nicht schaffte, in Shatehs Gunst zu bleiben, würde sie keinen von beiden wiedersehen, und wenn sich die Situation dieses Stammes nicht besserte, konnte Atonashkeh Shateh vielleicht doch noch davon überzeugen, daß sie die Ursache ihres Unglücks war. Was würde dann mit ihr geschehen?

Ban-ya fühlte sich plötzlich benommen. Was war, wenn sie ausgestoßen wurde und den Kriegern des Stammes des Wachenden Sterns zum Opfer fiel? Sheela war bei ihnen! Als sie sich daran erinnerte, was sie Nani und Nakantahkehs Frau angetan hatten, wurden ihre Knie weich. Ihre Hände schoben sich über das weiche Fell ihres Kojotenumhangs nach oben. Solange die Angreifer eine Gefahr darstellten, mußte sie es in ihrem Reisegepäck versteckt halten. Sheela würde den Umhang wiedererkennen und nach der Frau suchen, die ihn trug, und Ban-ya wußte sehr gut, wie ihr Schicksal aussehen würde, wenn sie jemals ihrer ehemaligen Sklavin in die Hände fiel! Sie bedauerte kurz, aber nur aus Sorge um ihr eigenes Wohlergehen, ihre vielen Unfreundlichkeiten gegenüber Sheela und wünschte ihr dann den Tod.

Erschrocken und mit grimmiger Entschlossenheit schlang Ban-ya ihre Arme um Shatehs Taille und kam näher, um ihren Kopf gegen seine Brust zu legen. Wenn sie nicht bald ein Kind von diesem Mann empfing, mußte er irgendwann ihre Täuschung erkennen. Dann würde sie durch seine Hände oder durch die Messer ihrer Feinde sterben, bevor er sie zu ihren Lieben zurückschickte ... wenn sie ihm einen Sohn schenkte. *Dieser Sohn ist wichtiger als die Frau, wichtiger als der ganze Stamm. Der starke, tapfere Sohn, den du für diesen Mann machen mußt, der sich am meisten davor fürchtet, für immer sterben zu müssen, wenn er stirbt.*

Sie begann, ein Sicherheitsnetz für sich selbst und eine Schnur aus Worten zu spinnen, an dem sich Shatehs erschöpfter Geist vielleicht entlanggleiten ließ, so daß ihnen beiden geholfen wurde. »Ich bin froh, daß du mich immer noch Sklavin und nicht Frau nennst«, flüsterte sie. »Sei kurzem ist es so kalt im Grasland geworden, und ich möchte die Nächte nicht allein mit nur einem ungeborenen Jungen unter meinen Schlaffellen verbringen, wenn Shateh in der Nähe ist ... dem es verboten ist, bei einer schwangeren Frau zu liegen, der jedoch willkommen ist, tief zwischen die Schenkel einer Sklavin zu dringen.«

Er legte seine Hände auf ihre Schultern, dann schob er sie von sich fort, damit er ihr ins Gesicht sehen konnte. »Es ist während der Trauerzeit verboten, und nachher will ich den Sohn nicht in Gefahr bringen, den du mir gebären wirst.«

»Er heißt dich in der ›Hütte‹, die er bewohnt, willkommen, und auch diese Sklavin lädt dich bereitwillig ein.«

Ihre Worte ließen ihn erzittern. »Du machst, daß ich mich wieder jung fühle, Ban-ya aus der Roten Welt.«

»Shateh ist jung!« sagte sie zu ihm, schmeichelte seinem Stolz und hoffte damit gleichzeitig, ihre Überlebenschancen zu verbessern. »Wenn ich in deinen Armen liege, frage ich mich manchmal, ob Shateh nicht in seinen Träumen über die Sandberge und über den Rand der Welt hinaus gezogen ist, um das große weiße Mammut zu suchen ... um es zu jagen, von seinem Fleisch zu essen und von seinem Blut zu trinken, um die Legende unserer Feinde zu erfüllen, die besagt, daß der Mann, der dies tut, für immer leben wird.«

Er lächelte. »Dann würde ich keine Söhne oder eine Sklavin brauchen, um sie für mich zu machen.« Er nahm sie in die Arme und fügte leise hinzu: »Ich habe oft vom ewigen Leben und ewiger Jugend geträumt, Ban-ya. Wenn Ban-ya meine Frau ist, wäre es eine gute Vorstellung – sogar besser als ein Sohn, der meinen Namen übernimmt, wenn meine Seele vom Wind davongetragen wird – für immer mit einer mutigen Frau an meiner Seite zu leben.«

Ihr wurde kalt. Sie war in ihrem Bemühen, seine Gunst zu gewinnen, zu weit gegangen! Er wollte sie gar nicht aufgeben! Vor Schreck sprach sie, ohne nachzudenken. »Shateh hat versprochen, mich zu meinem Stamm zurückzubringen, als Belohnung für den Sohn, den ich ihm schenken werde!«

Seine Augenbrauen hoben sich. »Ist es jetzt zwischen uns nicht gut, Ban-ya?« fragte er leise.

»Doch!« bestätigte sie, während die Panik wie ein verängstigter Vogel in ihrer Brust flatterte. Sie erkannte, daß sie diesem Mann nicht nur einen Sohn schenken, sondern daß sie sofort sein Leben in sich aufnehmen mußte, wenn die Zeit der Geburt sie nicht als Betrügerin entlarven sollte. Ein solcher Betrug würde ihm die Entschuldigung liefern, seinen Ehrenschwur zu brechen und sie für immer im Grasland als Sklavin zu halten. »Es ist gut!« versicherte sie ihm, drückte sich aufreizend gegen ihn und rieb langsam ihre Brüste und Hüften an ihm, als unmißverständliche Aufforderung zur Vereinigung. »Mögen die Tage und Nächte der Trauer schnell vergehen, damit sich diese Sklavin unter ihren Mann legen und sich ihm wieder öffnen kann!«

»So möge es sein«, sagte er.

Doch die Tage und Nächte vergingen für sie beide langsam. Das Wetter wurde schlechter, bis es sich kurz aufklarte, um dann noch schlechter zu werden. Der Schnee verwandelte sich in Regen, und als der Suchtrupp am späten Vormittag des zweiten Tages zurückkehrte, waren die Männer durchnäßt, erschöpft und frustriert. Sie hatten keine Spur der Angreifer gefunden. Der Regen fiel unaufhörlich aus einer geschlossenen Wolkendecke, bis der sechste Tag dämmerte. Der östliche Horizont leuchtete mit dem Versprechen eines aufklarenden Himmels.

Im feuchten Nebel eines kühlen Morgens kam Shateh zu Ban-ya, und sie lag unter ihm, um ihn tief in sich aufzunehmen.

»Es ist gut zwischen uns«, flüsterte er.

»Ja, es ist gut«, sagte sie, während ihr Körper unter seinen Berührungen entflammte. Doch ihr Geist war vom Haß auf einen jungen Schamanen erfüllt. Er hatte seinen Stamm im Stich gelassen, so daß die Menschen nun hilflos der Gewalt der Vier Winde ausgesetzt waren.

An jenem sechsten Tag führte Shateh unter einem Himmel, der zum ersten Mal seit Wochen völlig klar war, eine Gruppe Männer auf die Jagd. Ban-ya wurde nach draußen zu den anderen Frauen gerufen, die mit der Bearbeitung von Sehnen und dem Zerstampfen von Fett aus der letzten Jagdbeute beschäftigt waren. Sie genoß die angenehme Wärme der Sonne, wenn auch nicht die zu erledigende Arbeit. Da sie mit der Arbeitsweise der Frauen des Nordens nicht vertraut war, wurde sie als letzte mit ihren Aufgaben fertig. Aus den Lüftungsklappen der Zelte stieg bereits Rauch auf, und Wehakna rief ungeduldig ihren Namen quer durch das Lager. Sie befahl ihr, zu kommen und mitzuhelfen, den Bisonpansen anzuheben, in dem die Abendmahlzeit für den Oberhäuptling gekocht werden sollte.

Ban-ya seufzte, denn es gab keinen Grund, warum Wehakna und Senohnim den Pansen nicht selbst mit Hilfe der Mädchen heben konnten. Doch wenn sie eine Sklavin zur Verfügung hatten – selbst wenn sie vom Häuptling begünstigt wurde –, erledigten sie ihre Arbeit niemals allein, solange Shateh nicht in der Nähe war.

Ban-ya stand auf, suchte ihre Tagesarbeit zusammen, und ohne auf Wehakna zu hören, ging sie dann, um sich zu erleichtern. Nicht einmal eine eifersüchtige erste Frau konnte der Sklavin ihres Mannes verbieten, sich ihres Darminhaltes zu entleeren. Mit Ausnahme der kleinsten Kinder, von denen man nicht die Kontrolle über solche Dinge erwarten konnte, war es unvorstellbar für einen gesunden Menschen, an solchen Orten ›Wasser fließen zu lassen‹ oder ›warme Haufen zu hinterlassen‹, wo andere vielleicht hineintreten könnten.

So erleichterte sich Ban-ya in der Abgeschiedenheit des Ortes für die Frauen, und als sie sicher war, daß sich niemand in der Nähe aufhielt, untersuchte sie das weiche Stück Leder, das sie zwischen ihren Schenkeln trug. Sie lebte in ständigem Schrecken vor dem Beginn des Mondbluts und gleichzeitig vor seinem Ausbleiben. Das Mondblut würde sie als Betrügerin entlarven. Doch ohne konnte sie kein Kind empfangen. Auf jeden Fall war das Hirschleder jetzt sauber. Enttäuscht legte sie es vorsichtig zurück und glättete ihren Rock. Trotz ihrer häufigen Vereinigungen mit dem Häuptling gab es kein Anzeichen für eine Schwangerschaft. Ihre Brüste waren immer noch entzündet, und ihre Milch wurde weniger, aber sie war sich nicht sicher, was sie davon halten sollte. Der Häuptling lag so oft auf ihr und empfand große Freude daran, ihre Brüste zu bearbeiten – oft sehr heftig, wenn seine Leidenschaft erregt war –, so daß die Haut natürlich weich wurde. Und wenn sie wieder schwanger war, würde doch auch ihre Milch wieder fließen. Wenn sie es doch nur genau wüßte! Wenn doch nur ihre Großmutter bei ihr wäre! Kahm-ree würde Bescheid wissen.

»*Eidechsenfrau!*«

Ban-ya erstarrte, als sie Wehaknas lauten Ruf hörte. Die

Beleidigung verriet ihr, daß Shateh noch nicht von der Jagd zurückgekehrt war. Sie hob das Lederstück an, auf dem ihre Arbeit lag, und ging zur Hütte des Häuptlings, die mit neuen, schnell bearbeiteten Bisonfellen bedeckt war. Auf halbem Weg wurde sie von Atonashkehs boshaften Worten aufgehalten.

»Eines Tages wird mein Vater vielleicht nicht zurückkehren. Dann werde ich Häuptling sein, und die Eidechsenfrau wird zu Fleisch für die Wölfe und Löwen werden!«

»Du wirst niemals Häuptling werden, Atonashkeh!« gab sie erregt, aber ruhig zurück. Es war ein langer Tag gewesen, und sie war müde. Und sie fühlte sich plötzlich unendlich erschöpft von ihren ständigen, erfolglosen Versuchen, seine Feindseligkeit zu besänftigen. Sie und der Sohn des Häuptlings standen ein Stück von den anderen entfernt. Niemand würde ihre Worte hören, wenn sie nicht laut wurden, also sagte sie mit unverhohlener Verachtung: »Deine Zunge spuckt Gift wie jemand, der den Namen Schlange verdient hätte! Als Shateh Dakan-eh und meinen Stamm willkommen hieß, hast du sofort die Macht meines Mannes erkannt. Du wußtest, Shateh würde sehen, daß Dakan-eh ein besserer Mann war, als du jemals zu werden hoffen wagen konntest. Also hast du deine Zunge gespalten und meinen Mann mit Lügen verleumdet! Und jetzt, wo mein Mutiger Mann weit fort ist, hast du Angst vor mir – vor einer Frau – und vor dem Kind, das ich deinem Vater gebären werde. Mein Kind wird für ihn der Sohn sein, der du für ihn nicht sein kannst . . .«

Sie verstummte. Selbst in ihrer Erschöpfung und ihrem Verlangen, ihm ihren Haß entgegenzuschleudern, erkannte sie an seinem Gesichtsausdruck, daß sie einen Fehler gemacht hatte.

»Du trägst überhaupt kein Kind«, beschuldigte er sie. »Meine Atli hat mir gesagt, daß du nicht wieder in der Hütte des Mondbluts warst, seit du dich für meinen Vater öffnest. Und sieh dir nur die Flecken auf deinem Kleid an! Wie kann eine Frau, deren Zitzen noch Milch geben, neues Leben in ihrem Bauch aufnehmen, der sich noch gar nicht wieder darauf vorbereitet hat?«

»Dennoch ist es so!«

»Shateh mag es glauben, aber er ist alt. Er sieht nur das, was ein alter Mann sehen möchte. Doch die Zeit wird deine Täuschung ans Licht bringen, Eidechsenfrau. Bis dahin solltest du acht geben, wohin du gehst, denn ich werde deine Schlange sein. Und ich werde dich angreifen. Sei dir dessen gewiß! Und du sollst auch wissen, daß du auf jeden Fall durch meine Hand oder durch meine Anstiftung sterben wirst!«

Entsetzt sah sie zu, wie er sich umdrehte und zu seinem Zelt zurückkehrte. Dann waren auf dem gewellten, sturmnassen Land die Flöten und Pfeifen der zurückkehrenden Jagdgruppe zu hören. Hunde bellten. Frauen und Kinder kamen aus ihren Zelten, um ihre Männer, Väter und Brüder zu begrüßen. Die Männer des Stammes gingen ihnen entgegen, um den Jägern mit den fleischbeladenen Schlitten zu helfen, die sie triumphierend zum Lager schleppten.

»Heute abend werden wir das köstliche rote Fleisch von Pferden essen!« rief Shateh so begeistert, wie Ban-ya ihn schon lange nicht mehr erlebt hatte. »Viele Pferde! Und das Fleisch von Stuten und zarten Fohlen! Heute nacht werden wir den Mächten der Schöpfung danken! Es war eine gute Jagd!«

Ban-ya spürte, wie sie zu zittern begann, als ihr eine Idee kam. Sie starrte mit zusammengekniffenen Augen auf den Haufen Fleisch, Hufe und Eingeweide, während sie kaum hörbar flüsterte: »Jetzt werde ich dich mit dem Fleisch meines Hasses füttern, Atonashkeh. Bald wirst du daran sterben – nicht wie eine Schlange, sondern wie ein gieriger Wolf, wenn der Tod dich holt und du nicht einmal wissen wirst, von wessen Hand es kam!« Sie eilte davon, um alles vorzubereiten.

Nach so vielen Tagen und Nächten mit Schnee und Regen gab es kaum noch trockenes Holz für ein großes Feuer in Shatehs Lager. Das meiste Fleisch wurde roh gegessen, doch zuvor teilten die Frauen es und schnitten es in handliche Portionen, die sie auf Knochentellern anboten.

Unter einem klaren Nachthimmel versammelten sich die Jäger im Kreis zum Festmahl, um sich die Geschichte der Jagd zu erzählen, während ihre Frauen ihnen auftrugen. Gut bewaffnete und satte Männer hielten mit ihren Hunden Wache. Wenn die Krieger des Wachenden Sterns heute nacht kamen, würde der Stamm des Graslands bereit sein.

Niemand sah, wie Ban-ya schnell und heimlich drei weitere Fleischstücke auf den Teller legte, den Atli vorbereitet hatte und nun vor Atonashkeh stellte. Die Männer aßen und redeten über die Jagd. Die Frauen und Kinder hörten voller Bewunderung zu. Wie immer schlang Atonashkeh sein Fleisch hinunter und leckte den Knochenteller sauber, nachdem er ihn an die Lippen gehoben und geräuschvoll die Saftreste aufgesaugt hatte. Er war nicht der einzige Mann, der satt und zufrieden rülpste. Doch niemand in der Versammlung freute sich mehr darüber als Ban-ya.

Niemand würde sie verdächtigen, daß sie sein Fleisch mit dem Tod getränkt hatte. Einige würden ihr vielleicht die Schuld am anhaltenden Unglück geben, doch sie mußte sie nur an den aufgeklarten Himmel und den jüngsten Jagderfolg erinnern. Und wenn die Krieger sie wieder angriffen, würde sie hinzufügen, daß es alte Feinde aus den vergangenen Tagen des Krieges waren, die nichts mit ihr zu tun hatten. Außerdem hatte jeder gehört, wie der Oberhäuptling Atonashkeh immer wieder gewarnt hatte, sein Essen nicht so gierig hinunterzuschlingen.

Sie hockte sich ein Stück von den anderen Frauen entfernt hin, als die Mahlzeit vorbei war, und aß ihren Anteil mit einem Genuß, den sie nicht mehr erlebt hatte, seit sie von ihrem Stamm getrennt worden war.

In der Hütte des Oberhäuptlings schenkte sie Shateh später mit besonderer Aufmerksamkeit ihren Körper. Nachdem sie sich geliebt hatten, massierte sie ihn in den Schlaf, denn sie wollte, daß er ausgeruht war, wenn die Qualen der Trauer auf ihn zukamen, nachdem sein Sohn auf ihr Todesgeschenk reagieren würde. Es waren drei winzige in Galle getränkte und aufgerollte Knochensplitter, die sie in die knorpeligen Stellen des Fleisches auf seinem Teller eingearbeitet hatte. Diese Knochenspiralen, die gewöhnlich dazu benutzt wurden, um Wölfe oder andere große Fleischfresser zu töten, die sich zu nahe an ein Lager heranwagten, waren sowohl in der Roten Welt als auch im Grasland bekannt. Aufgeweichte Knochensplitter wurden zusammengedreht und mit Sehnen zusammengebunden. Sie behielten ihre Form, nachdem sie getrocknet waren und die Sehnen entfernt wurden. Sie wurden vor Feuchtigkeit geschützt aufbewahrt und konnten jederzeit in Fleischstücke gebettet werden, die als Köder benutzt werden sollten. Wenn sie sich einige Stunden im Bauch eines Tieres befanden, wurden die Knochensplitter durch die Verdauungssäfte aufgeweicht, bis sie sich wie Sprungfedern öffneten und die Innereien jedes Lebewesens durchbohrten, das sie geschluckt hatte.

In dieser Nacht träumte Ban-ya von einem Mann mit verletzten Eingeweiden, der wie ein Wolf heulte, während er mehrere Tage lang im Sterben lag. Sie träumte von Atonashkeh und davon, daß sie bald einen Feind weniger im Grasland haben würde.

Sie wachte vor der Dämmerung auf. Shateh seufzte im Schlaf und zog sie an sich, nahm sie in seine starken Arme und legte ihr schützend eine Hand auf den Bauch – und den Sohn, den er darin wähnte.

Narr, dachte sie. *Du glaubst, daß du mich beschützt, während ich es bin, die dich vor einer geschlechtslosen Schlange beschützt, die dir auflauert und uns beide in Gefahr bringt, indem sie dir in aller Offenheit ins Gesicht springt!*

Sie schloß die Augen und seufzte. Sie fragte sich, wie schwer Shateh um seinen mehr als unwürdigen Sohn trauern würde, bis sie feststellte, daß es ihr gleichgültig war. Was geschehen war, war geschehen, und sie war froh darüber. Ban-ya lag in der warmen Umarmung des Oberhäuptlings und lächelte, während sie darauf wartete, daß sein Sohn zu schreien anfing. Sie hoffte, daß es nicht mehr lange dauern würde und daß Atonashkeh langsam sterben würde. Und sie wünschte sich, Dakan-eh wäre bei ihr, um zu bewundern, wie seine Frau einem seiner größten Feinde den Tod brachte.

Drei Tage lang schien die Sonne. Sie schien immer noch am Tag, als Atonashkeh starb. Als Shateh zur goldenen Scheibe hinaufblickte, sah er nicht das wohlwollende Auge von Vater Himmel, sondern das spöttische Auge eines böswilligen, menschenfressenden Geistes, der ihn unter dem blauen Mantel des

Tages auslachte. Die Mächte der Schöpfung machten sich über ihn lustig. Er hatte nach Licht und Wärme gefleht, und endlich war ihm sein Wunsch erfüllt. Doch der Seelenfänger ritt immer noch auf dem Wind, und wieder war ein Sohn Shatehs tot. Wieder war es Zeit zum Trauern. Der Oberhäuptling konnte es nicht mehr ertragen und ging in sein Zelt, um allein zu sein. Er ließ Atli und Wehakna am Körper Atonashkehs jammern und schreien, während seine Töchter abseits standen und sein Stamm ihm nachblickte.

Im düsteren Innern starrte er blicklos geradeaus. *Ich muß darüber nachdenken*, sagte er sich. Aber er konnte nicht denken und wollte es auch gar nicht. Doch er wußte, daß er nachdenken mußte, denn er hatte noch nie einen Mann auf die Weise sterben sehen, wie sein Sohn gerade gestorben war. Zuerst war Atonashkeh schmerzgequält und schwitzend im Lager auf und ab gegangen, wie es Männer taten, die unter den Bauchschmerzen einer schlecht verdauten Mahlzeit litten. Eine Weile hatte er das Gespött der anderen ertragen müssen, die sich über seine gierigen Eßgewohnheiten amüsierten. Doch bald wurde er blaß, begann zu keuchen und schrie schließlich vor Schmerzen. Um die Geister von Atonashkehs Krankheit zu vertreiben, hatte der Oberhäuptling in seiner Rolle als Schamane den Frauen befohlen, medizinische Getränke und Umschläge zu machen. Er hatte jede Heilmethode ausprobiert, die ihm beigebracht worden war, und sogar den gefährlichsten Medizinzauber überhaupt, indem er versucht hatte, den bösen Geist mit Hilfe eines hohlen Adlerknochens durch Atonashkehs Nabel in seinen eigenen Körper zu saugen. Es war eine heldenhafte Tat, die leicht mit seinem eigenen Tod hätte enden können, wenn sie erfolgreich gewesen wäre. Aber es hatte nicht genützt. Nichts hatte geholfen. Schließlich waren Atonashkehs Schreie in Zuckungen übergegangen. Er blutete aus Mund und After und hatte darum gefleht, daß man seinen Qualen ein Ende machte. Der Oberhäuptling erzitterte. Was hätte er sonst noch tun können?

Außer bei geköderten Wölfen hatte er diese Todesart gelegentlich bei den Hunden des Stammes erlebt, wenn die Tiere unabsichtlich Knochensplitter verschluckt hatten. Wenn die

Eingeweide des Tieres einmal verletzt waren, blieb nur noch die Möglichkeit, dem leidenden Geschöpf die Kehle durchzuschneiden. Doch Atonashkeh war kein Tier! Er war weder ein Hund noch ein Wolf, obwohl er oft wie ein Wolf aß! Doch nach drei Tagen war Shateh gezwungen gewesen, für seinen Sohn das zu tun, was er auch für einen Hund oder einen leidenden Wolf getan hätte. Hätte er etwas anderes tun können, um seinem Sohn weitere Schmerzen zu ersparen?

Seine Stirn legte sich in Falten. Atonashkeh hatte ihn schwer enttäuscht, aber er hatte sich niemals seinen Tod gewünscht. *Was muß ich tun, um die Furcht meines Stammes zu mindern, nachdem der Seelenfänger uns erneut heimgesucht hat?* Er stöhnte verzweifelt. Es gab nichts zu tun, außer um den Toten zu trauern und die Eidechsenfrau zu verstoßen. Diese Erkenntnis erschütterte ihn so sehr, daß er zusammenzuckte. »Nein! Das kann ich nicht! Ich werde es nicht tun! Sie befriedigt mich! Bei ihr bin ich wieder jung und stark! Und sie trägt mein Kind... vielleicht den Sohn, nach dem ich mich sehne!«

»Ich habe Angst.«

Von Ban-yas Stimme überrascht, blinzelte Shateh im Zwielicht und sah, daß sie im Schatten im hintersten Winkel der Hütte kniete. Er hatte vergessen, daß sie sich hierher zurückgezogen hatte, als es offensichtlich geworden war, daß Atonashkehs Zustand lebensbedrohend war. Er hatte gehört, wie sie die Mächte der Schöpfung mit einem grellen Jammern, das sogar einen Stein erweicht hätte, um Gnade für seinen Sohn angefleht hatte. Jeder hatte sie gehört – außer den Mächten der Schöpfung.

»Dein Stamm wird mir die Schuld geben«, sagte Ban-ya zu ihm.

»Sie haben keinen Grund, dir die Schuld zu geben«, beruhigte Shateh sie.

»Sie brauchen keinen Grund. Sie werden sagen, daß der Seelenfänger dem Ruf der Eidechsenfrau gefolgt ist. Ich habe Angst, nicht um mich selbst, sondern um unseren Sohn.«

Er kniff die Augen zusammen. Sein Kummer war so kalt und schwer wie Gletschereis, das auf den Schultern eines großen Berges lag. Er sah seine vielen Söhne darin eingeschlossen und dann mit einem entsetzten Keuchen sich selbst.

Ban-ya stand auf und lief mit nackten Füßen über den fellbedeckten Boden. Sie schlang ihre Arme um seinen Rücken und drückte sich fest an ihn, während sie leise sagte: »Du hättest Atonashkeh nicht retten können. Shateh ist ein mächtiger Häuptling und ein großer Schamane, aber Shateh verfügt nicht mehr über die Macht der heiligen Steine und des weißen Mammuts. Wenn der Häuptling sich von den Überfällen der Krieger des Stammes des Wachenden Sterns und vom Seelenfänger befreien will, muß er zuerst den Fluch Cha-kwenas brechen. Cha-kwena hat den Stein und den Schutz des Totems.«

Er schob sie ein Stück fort. »Meine Seele blutet, Ban-ya. Jetzt ist nicht die Zeit, um mit deinen Worten zu versuchen, mich zu ...«

»Wird deine Seele auch für mich und unseren Sohn bluten, wenn dein Stamm über uns urteilt und uns verstößt?« Ihre Augen waren groß, traurig und arglos. »Die Geister waren deinem Stamm freundlich gesonnen, als du entschieden hast, daß ich an deiner Seite lebe, aber niemand wird das erkennen. Ich habe nicht darum gebeten, in diesem Stamm zu leben. Ich habe sogar versucht fortzulaufen. Weil ich nicht zu meinem eigenen Stamm zurückkehren konnte, bin ich gehorsam gewesen und habe versucht, den Menschen, mit denen ich jetzt zusammenlebe, gute Dinge zu bringen – Schnee, um die Krieger zu verwirren, die Jagd auf uns machen, die Wärme der Sonne, als wir der Kälte überdrüssig waren, das gute rote Fleisch der Bisons und Pferde, als wir Hunger hatten, und einen Sohn, der Senohnim und Shateh geboren wurde! Doch in den Augen deines Stammes habe ich jetzt meinen Tod und den Tod meines Sohnes gesehen. Sie werden sagen, daß die Eidechsenfrau die bösen Geister in Atonashkehs Bauch gerufen hat, weil er kein Mitleid mit einer Sklavin hatte, die nicht zu ihnen gehört. Es wird keine Rolle spielen, daß es Atli war, die Atonashkeh beim Festmahl das Fleisch gebracht hat. Niemand wird daran denken, daß Atli ihren Mann heimlich mit Haß in den Augen angesehen hat, seit Atonashkeh ihren neugeborenen Sohn unter dem Mond der Trauer erdrosselt hat. Atli ist keine Eidechsenfresserin. Niemand wird dieser Frau glauben, wenn sie erzählt, daß sie in der Nacht, als das Pferdefleisch verzehrt wurde, das hier neben

Atlis Sachen gefunden hat.« Ban-ya hob die rechte Hand und öffnete die Finger, um ihre Handfläche zu zeigen. »In der Roten Welt werden solche Knochenspiralen benutzt, um Wölfe mit Ködern anzulocken und zu töten. Kann es sein, daß Atli sie im Grasland für einen anderen Zweck eingesetzt hat?«

Shateh packte ihr Handgelenk und drückte die Handfläche zurück, so daß er eine Weile auf den Wolfsköder starren konnte, bevor er ihn selbst in die Hand nahm und sie zur Faust ballte. »Du hast das in der Nähe der Stelle gefunden, wo Atli das Festmahl zubereitet hat?«

Ban-ya senkte den Blick und gab keine Antwort.

Der Oberhäuptling schnaubte in mühsam unterdrücktem Zorn, legte seinen Daumen unter ihr Kinn und zwang sie dazu, ihn anzusehen. »Bei den Vier Winden, Ban-ya, der Stamm wird jetzt keinen Grund mehr haben, schlecht über dich zu sprechen!«

Sie blickte ihn unter demütig gesenkten Augenwimpern an. »Ich möchte nicht, daß es heißt, ich hätte einen von ihnen beschuldigt, Shateh.«

»Ich werde deinen Namen in dieser Angelegenheit nicht erwähnen! *Ich* werde sprechen. Atli soll sich für das rechtfertigen, was *Shateh* gefunden hat!«

Alti konnte sich nicht rechtfertigen. Sie konnte es weder erklären noch sich gegen Wehakna verteidigen, als die verzweifelte Frau sich auf sie stürzte, kreischte und wie ein angreifender Rabe an ihr zerrte. Entsetzt, verwirrt und fassungsloser als sonst jemand über Shatehs Anschuldigung schaffte Atli es nicht, den Stamm davon zu überzeugen, daß sie Atonashkehs Fleisch nicht als Todesköder benutzt hatte. Als Witwe ohne Mann, der sie verteidigte, konnte sie sich nur noch an den Oberhäuptling wenden. Als er ihr den Rücken zukehrte, war ihr Schicksal besiegelt. Einer nach dem anderen taten alle Männer des Stammes dasselbe, bis Atli verzweifelt schluchzte und sich vor die Füße Lahontays, des ältesten Jägers, warf.

»Alter Vater, sprich jetzt weise Worte und habe Mitleid, denn ich habe kein Unrecht getan. Sag Shateh, daß nicht sein kann, was er gefunden hat! Ich habe niemals ... ich könnte niemals ...«

Lahontay runzelte die Stirn, bis sie wie ein Stück rissiger Pinienrinde über seinem Schädel lag. »Lahontay wird für keinen Mann gegen Shateh sprechen. Er wird es erst recht nicht für eine Frau tun.«

Atli brach zusammen.

»Die Kinder Atlis werden in der Hütte Shatehs wohnen«, verkündete der Oberhäuptling. »Sie werden den Namen ihres Vaters mit Stolz aussprechen. Der Name Atlis soll nie wieder ausgesprochen werden.«

»Hört ihr? Sie singen schon wieder Klagelieder!« Sheela lauschte gebannt auf das Heulen im Wind. »Ich habe keinen Angriff befohlen!« sagte sie wütend. »Wer von uns ist wieder zu unseren Feinden gegangen, um den Seelenfänger als Verbündeten zu ihnen zu führen?«

Jhadel war ebenfalls wütend. Er wandte sich an Tsana. »Seit dem letzten Überfall ist noch nicht genügend Zeit verstrichen. Und nach diesen vielen Tagen mit Regen und Sonne habt ihr keine Möglichkeit, eure Fußspuren im Schlamm zu verwischen! Wollt ihr unseren Feinden den Tod bringen oder uns selbst? Könnt ihr nicht warten? Sehr euch den Himmel an! Die hohen, dünnen Wolken künden einen neuen Sturm an. Bald wird es wieder schneien!«

Auf den Wutausbruch des alten Mannes folgte Schweigen, während der Stamm des Wachenden Sterns besorgte Blicke austauschte. Wila war über das wutverzerrte Gesicht des Schamanen so erschrocken, daß sie sich in den Hintergrund zurückzog.

Tsana antwortete. »Wir besitzen nicht die Weisheit eines Schamanen, Jhadel, aber wir Krieger des Wachenden Sterns sind keine Dummköpfe. Wir sind umhergestreift, um die vielen verstreuten Menschen unseres Stammes zusammenzubringen, aber wir haben keine neuen Überfälle auf Shateh durchgeführt. Wenn es dort einen Toten gibt, so ist allein der Seelenfänger dafür verantwortlich ... obwohl ich dem Tod gerne mit meinen Speeren nachgeholfen hätte.«

Jhadel entging nicht der Sarkasmus in Tsanas gelassener Erwiderung. »Warte, bis es schneit, Tsana. Dann kannst du meinetwegen gerne hinausgehen. Überlaß dein Leben dem kommenden Sturm oder unseren Feinden – du bist für mich kein Verlust!« Er schnaufte, machte kehrt und verschwand ohne ein weiteres Wort hinter seiner federngeschmückten Abschirmung.

Wila war erleichtert, daß der alte Mann ging. Der knochige Schamane mit den stechenden Augen und dem schwarzen Kopf war immer freundlich zu ihr, aber sein Aussehen war erschreckend. Sie hatte sich noch nie in der Gegenwart von Jhadel oder alten Leuten überhaupt wohl gefühlt. Sie war froh, daß es unter der wachsenden Bevölkerung kaum eine Handvoll ›Grauhaare‹ gab. Trotz der einschneidenden Wetterveränderung trafen aus dem gesamten Grasland und den Bergen der Umgebung immer noch neue Frauen, Männer und Kinder in dem Lager ein.

Als Wila jetzt in ihrem eigenen Teil der großen Höhle hockte, blickte sie sich um und wußte, wer diese Menschen waren. Sie waren der Feind. Doch keiner von ihnen behandelte sie feindselig. Alle waren freundlich zu ihr und manchmal sogar sehr nett. Sie wußte, daß sie sie hassen sollte. Wenn sie nicht auf der Jagd oder auf Streifzügen waren, um nach den Überlebenden ihres Stammes zu suchen, machten sie kein Geheimnis aus ihren Tätigkeiten. Sie gaben zu, Wilas Stamm anzugreifen, ihn einzuschüchtern und zur Strafe für Grausamkeiten, die während des großen Krieges begangen worden waren, zu demütigen. Aufgrund ihrer Jugend konnte sie sich weder an diese Ereignisse erinnern noch sie verstehen, und Wila empfand Scham angesichts des Schmerzes und des Leids, die ihr Stamm verursacht hatten. Der Schamane hatte erzählt, daß sie geraubt worden war, damit ihr Stamm genauso unter ihrem Verlust litt, wie sein eigener Stamm um die vielen Töchter getrauert hatte, die ihr Stamm geraubt hatte. Wila wußte jedoch, daß sie viel besser – fast schon ehrfürchtig – behandelt wurde als die Sklavinnen in Shatehs und Dakan-ehs Stamm.

Wila war nicht vergewaltigt worden. Man hatte sie nicht geschlagen. Ihr Haar war nicht abgeschnitten worden, um ihre

Seele zu schwächen. Allerdings hatten ihre Herren sie ausgelacht, als sie sie angefleht hatte, das Lager ihres Stammes nicht mehr zu überfallen. Doch Sheela war zu ihr gekommen und hatte ihr zu Wilas Erstaunen den Kopf gestreichelt, als wäre sie ihre Lieblingsschwester. Sheela hatte Wila besorgt gebeten, die Menschen ihres Stammes zu beschreiben, die sie am meisten liebte, damit die Krieger des Wachenden Sterns sie bei künftigen Überfällen wiedererkennen und besondere Rücksicht auf sie nehmen konnten. Wila hatte vor Dankbarkeit geweint. Sie hatte zuerst ihre Mutter erwähnt, dann ihren Vater und fast jeden anderen – außer dem alten Lahontay, der Wila oft wegen ihrer bösen Zunge getadelt hatte, und Wehakna und einigen älteren Frauen, die ihr immer gesagt hatten, was sie tun sollte. Wenn der Stamm des Wachenden Sterns sie töten wollte, war es Wila egal. Außerdem konnte sie ohnehin nichts dagegen unternehmen. Wila war froh, Sheela niemals verraten zu haben, daß sie nicht Ban-ya getötet hatte, als sie die Frau im Kojotenfellumhang ermordet hatte. Das hätte die Tochter der Sonne sehr unglücklich gemacht. Wila hatte auch nichts davon gesagt, daß Sheela und ihre Krieger das falsche Lager angriffen, wenn sie Dakan-eh das Leben nehmen wollten, weil der Mutige Mann und sein kleiner Stamm aus dem Grasland verbannt worden waren. Denn Lehana war bei ihnen! Das Herz des Mädchens schlug schnell, als sie sich für ihre Schwester freute, die mit ihrem neuen Stamm bestimmt weit genug im Süden war, wo ihr nichts zustoßen konnte. Vielleicht hatte Lehana bereits ihr Baby zur Welt gebracht.

Wila blickte auf. Sheela hatte ihren Namen gerufen. Die Frau kam mit einem Horn voller Brühe auf sie zu. Wila konnte den starken Duft nach Salbei und Mark riechen. Als Sheela vor ihr in die Knie ging und ihr das Horn reichte, nahm Wila es gierig an.

»Du solltest uns dankbar sein, daß wir dich von denen geraubt haben, die dem Zorn der Mächte der Schöpfung ausgesetzt sind. Shateh ist ein großes Risiko eingegangen, als er sich mit mörderischen und betrügerischen Eidechsenfressern aus der Roten Welt verbündet hat. Hier in meinem Stamm bist du beschützt und bis zum Ende deiner Tage unter der Obhut der

Geister der Vorfahren. Du siehst gut aus, Wila. Deine Haut wird immer geschmeidiger.«

Wila schluckte den Rest der Brühe hinunter, wischte sich mit dem Handrücken über die Lippen und gab Sheela das Horn zurück. »Warum bist du so nett zu mir, Sheela? Ich war nicht nett zu dir, als du eine Sklavin meines Stammes warst.«

»Du darfst nicht zurückblicken, Wila«, antwortete Sheela. »Nichts wird wieder so sein, wie es einmal war.«

»Mein Vater wird mich eines Tages ganz bestimmt zurückholen. Meine Mutter wird nicht zulassen, daß er mich vergißt. Er wird mit vielen Kriegern kommen und mich zu seinem Stamm zurückholen.«

Ein seltsamer, leerer Ausdruck erschien auf Sheelas Gesicht, als sie die Höhle überblickte und dann auf die vielen Krieger und Frauen zeigte, die alle an Werkzeugen oder Fellen arbeiteten. »Möchtest du, daß dein Vater jetzt kommt, Mädchen? Wir sind viele, und bald werden die verstreuten Gruppen unseres Stammes vereint sein – so!« Sie hielt ihre offene Hand hoch und krümmte ihre langen Finger zu einer Faust, um damit Stärke anzudeuten. »Bald werde ich Dakan-eh und Shateh das Leben nehmen. Dann werden wir diese Höhle verlassen und nach dem Totem suchen. Sind wir jetzt nicht dein Stamm, Wila? Kannst du nicht bei uns zufrieden sein?«

Wila seufzte schuldbewußt, als Sheela aufstand und fortging. Das Mädchen erkannte, daß es wirklich zufrieden war. Während die Tage und Nächte vergingen, vermißte es seine Familie immer weniger. Wila könnte völlig beruhigt sein, wenn nur Warakan, der ernste und stumme Junge, der so oft schreiend in der Nacht aufwachte, sie nicht die ganze Zeit anstarren würde. Sie drehte den Kopf. Dort hockte er auf einem Felssims auf halber Höhe der Höhlenwand und hatte seinen Blick auf sie gerichtet. Sie streckte ihm die Zunge aus. »Hast du noch niemals ein Mädchen gesehen?«

Ein stämmiger Mann namens Ston, der in Hörweite stand, musterte Wila nachdenklich. »Ich glaube, du erinnerst ihn an seine Schwester.«

Wila runzelte die Stirn. »So? Dann soll er sie anstarren und nicht mich!«

»Sie ist tot«, erwiderte Ston.

Wilas Stirnrunzeln vertiefte sich, als sie plötzlich Mitleid für den Jungen empfand. »Im Krieg? War es ein schrecklicher Tod?«

Stons Gesicht blieb ausdruckslos, als er sagte: »Nein. Es war nicht im Krieg. Aber ihr Tod war schrecklich.«

Der Stamm begann mit der fünftägigen Trauer um Atonashkeh. Am ersten Tag drehte der Wind. Am zweiten Tag verhüllten Sturmwolken die Sonne. Am Spätnachmittag des dritten Tages kehrte Nakantahkeh allein und erschüttert zurück. Xiaheh und die anderen Häuptlinge hatten sich geweigert, ihm in den Süden zu folgen. Auf seinem Rückweg zum Fluß hatten Angreifer Nakantahkeh aufgelauert, doch er war ihnen knapp mit dem Leben entkommen. Shateh hörte diesem enttäuschenden Bericht ohne Regung zu, dann teilte er Nakantahkeh die traurigen Neuigkeiten aus dem Lager mit. Der Mann brach erschüttert zusammen und gesellte sich am vierten Tag zu den anderen Trauernden. Nakantahkeh trauerte nicht nur um zwei verlorene Töchter, sondern um eine getötete Frau und einen ermordeten Jagdbruder.

Am fünften Tag schrie Atli immer noch, obwohl ihre Stimme schwächer geworden war. Nachdem sie fast fünf Tage lang darum gebettelt hatte, jemand möge ihr Leben beenden, war sie wahnsinnig geworden.

»Hört nicht auf das Heulen des geköderten Wolfes, meine Kleinen«, sagte Wehakna und setzte sich in der Hütte des Oberhäuptlings zu ihren Enkelkindern, als die Trauerzeit vorbei war. »Als Atli sich entschied, eurem Vater den Tod zu bringen, hat sie sich damit auch entschieden, auf welche Weise sie selbst sterben muß.«

Atlis Töchter vergruben ihre Köpfe am Busen ihrer Großmutter. Senohnim saß auf ihren Schlaffellen und stillte ihren winzigen Jungen. Die anhaltende Klage des Häuptlings wurde von kalten, tosenden Winden und dem wiederkehrenden Schneegestöber fortgetragen. Ban-ya saß allein im tiefen Schatten von Shatehs Hütte und erinnerte sich an den Tag, als Atli ihr den Tod gewünscht und damit gedroht hatte, sie an die Angreifer zu verraten, wenn sie zurückkamen.

Jetzt wirst du niemanden mehr verraten, dachte Ban-ya zufrieden und mußte ein Lächeln unterdrücken, als sie sich an die Warnung der Ahnen erinnerte, die die Ältesten des Stammes den Söhnen und Töchtern der Roten Welt oft genug wiederholt hatten: *Sprecht niemals schlecht über jemanden, damit die helfenden Geister dieses Menschen nicht eure Worte hören und sie statt dessen gegen euch wenden!*

Hoch oben, wo die neu zugeschnittenen Pfosten der fellbedeckten Hütte des Oberhäuptlings sich kreuzten und durch den Rauchabzug drangen, fuhr der Wind in Böen durch die federngeschmückten Enden der Verschnürungen.

»Die Geister sind unruhig«, stellte Senohnim ängstlich fest und drückte ihr Baby an sich.

»Mach dir keine Sorge, Schwester meiner Feuerstelle.« Wehaknas Stimme war so voller Kummer, daß sie gar keinen Tonfall mehr hatte. Stockend versicherte sie: »Es ist nur der Geist meines Atonashkeh, der aus der Welt jenseits dieser Welt kommt, um zu sehen, ob es dem neuen Leben, das seinen Namen angenommen hat, gutgeht.«

»Und um Schmerzen und Qualen über die zu bringen, die ihn getötet hat!« fügte die kleine Oni mit verbittertem Gesicht hinzu.

Ban-ya riß erschrocken die Augen auf und fragte sich, ob Atonashkehs Geist nun zu ihr kommen würde. Und was war mit Atli? Sie war noch nicht tot, aber sie würde es bald sein! *Nach den Worten der Ahnen meines Stammes hat Atli die Geister gegen sich selbst gewandt, als sie schlecht über mich sprach!* redete Ban-ya sich ein. *Mit Atonashkeh war es genauso. Ich wollte ihn nicht töten, nicht wirklich. Seine Drohungen haben mich gezwungen, dem Willen der Geister zu gehorchen. Was sonst hätte ich tun sollen, um mich selbst zu schützen?*

Es dauerte eine Weile, bis sie wieder zu atmen wagte und sich sicher war, daß sie keine Angst mehr haben mußte. Atonashkehs Seele mochte zwar in Senohnims armseligem Sohn weiterleben, aber fürs erste war es ein Kind, das weder sprechen noch Drohungen wahrmachen konnte. Und Atli würde für lange Zeit gestorben sein, denn Ban-ya war überzeugt, daß viele Monde vergehen würde, bevor eine Frau dieses Stammes ihr Kind nach ihr benennen würde. Bevor Atli wiedergeboren wurde, hatte Shateh längst sein Versprechen erfüllt und Ban-ya in die Rote Welt zurückgebracht.

Der Wind strich immer noch um die Pfosten der Hütte. Weit entfernt heulte ein Kojote im nachlassenden Licht des Tages, und Ban-ya zuckte zusammen. Der Geist Atonashkehs war vielleicht nicht das einzige Phantom, das vom Wind herumgeweht wurde. Sie erstarrte vor Kälte, als sie sich an die vielen Gelegenheiten erinnerte, als sie schlecht über Cha-kwena gesprochen hatte. War er jetzt dort draußen, wie es Dakan-eh so oft behauptet hatte, eine unsichtbare Kraft, die auf dem Rücken der vier Winde ritt . . . ein Rachegeist, der denen Böses wollte, die ihm nicht über den Rand der Welt hinaus gefolgt waren? Brachte er ihnen Unheil, und spionierte er eine Frau aus, die ihn einmal ihren Schamanen genannt hatte? Verhinderte er, daß sie ein Kind von Shateh empfing und daß sie jemals zu ihrem Mann und ihrem geliebten kleinen Piku-neh zurückkehren konnte?

Atemlos setzte Ban-ya sich auf die Knie, griff unter die Schlaffelle des Häuptlings und hob ihren Umhang aus Kojotenfellen hervor, den sie dort versteckt hatte. Sie schüttelte ihn aus und legte ihn um. Ohne auf die tadelnden Blick von Wehakna, Senohnim und die Mädchen zu achten, wußte sie, daß sie ihn zumindest für einige Zeit gefahrlos tragen konnte. Die Krieger würden nicht zu Shatehs Lager kommen, während so viele Männer und Hunde Wache hielten. Nur Geister konnten bei so gutem, klaren Wetter unsichtbar über das Land reisen. Und in diesem Umhang aus den Fellen und Schwänzen von Chakwenas helfendem Tiergeist konnte die Macht des Schamanen und des kleinen gelben Wolfes ihr nichts anhaben.

In diesem Augenblick kam Shateh in die Hütte. Seine Augen suchten im Zwielicht nach Ban-ya. »Hast du die Stimme des kleinen gelben Wolfes gehört?«

»Ich habe sie gehört.«

»Er ruft bei Tag!« sagte Shateh. Wehakna bedachte seinen gespannten Gesichtsausdruck mit einem finsteren Blick. »Es ist spät«, entgegnete sie. »Bald wird die Sonne untergehen und die Dunkelheit anbrechen. Es ist nicht ungewöhnlich, daß die Trauergesänge von Menschen und die Schreie einer Frau Kojoten und andere Aasfresser anlocken. Es hat seit Tagen gestürmt, und die Tiere sind sicher hungrig.«

Ban-yas innere Kälte verwandelte sich in festes Eis, aber es war nicht das Eis der Furcht, sondern das Eis großer Hoffnung. Es ließ sie auf der Stelle erstarren. Mit klopfendem Herzen und fliegender Seele ignorierte sie Wehaknas Überlegungen und wagte es erneut, den Oberhäuptling mit Worten zu beeinflussen. »Der kleine gelbe Wolf ist gekommen, um Shateh wegen des Todes seines Sohnes zu verspotten – wegen des Todes all seiner Söhne. Sieh dir den Umhang an, den diese Frau trägt. Er wurde aus Fellen gemacht, die Dakan-eh in einem fernen Land gejagt hat, und mit jedem Fell des helfenden Tiergeists von Cha-kwena wurde die Macht des Schamanen ein Stück geschwächt. Dakan-eh hat Cha-kwena über die Sandberge und über den Rand der Welt hinaus verfolgt, aber wie sollte der Mutige Mann jemals Erfolg haben? Er war in jenen Tagen kein Mann des Graslandes, und die Männer bei ihm waren Eidechsenfresser. Wenn Shateh und die Krieger des Graslandes an Dakan-ehs Seite gewesen wären, würde Cha-kwena jetzt tot sein und der heilige Stein würde um Shatehs Hals hängen. Das Totem würde wieder durch das Land der Menschen ziehen, und die vielen Häuptlinge und Schamanen der Graslandes hätten Shateh niemals im Stich gelassen!«

Ihre Worte wirkten. Shateh blickte Ban-ya sehr nachdenklich an. Nach einer Weile sprach er leise, aber mit großem Nachdruck. »Wir werden die Sonne in der Roten Welt suchen. Wir werden den Winter wieder bei den Eidechsenfressern verbringen. Am Tag, als ich Dakan-eh in das Land seiner Vorfahren zurückschickte, habe ich gesagt, daß sich zeigen würde, wem der Seelenfänger folgt, und daß wir daran erkennen würden, wer von uns in der Gunst der Vier Winde steht. So viel ist mir jetzt klar: Der Seelenfänger folgt meinem Stamm. Ich werde nicht länger in diesem Land bleiben.«

6

Dakan-eh ließ sich Zeit mit der Durchquerung der Roten Welt, während er zum Dorf seiner Vorfahren am See der Vielen Singvögel unterwegs war. Überall war es dasselbe: verlassene Dörfer aus armseligen Zweighütten, trockene Seen, Inseln mit verstaubter und sterbender Vegetation, kleine Menschengruppen, die hinter Felsen hervorkamen, und brackige Tümpel, die früher einmal große, von Quellen gespeiste Teiche gewesen waren, als er sie das letzte Mal gesehen hatte.

Er sah all dies voller Verachtung. Die Menschen sahen sogar noch schlimmer aus als zu der Zeit, als er sie verlassen hatte. Nachdem er Mammuts und langhornige Bisons auf den großen Prärien des Nordens gejagt hatte, kam er sich wie ein Fremder vor. Und als die Menschen seine großen Speere sahen, die seltsame Kleidung, die Narben und die Gesichtsbemalung, mit der er sich und seine Mitreisenden als Männer aus dem Grasland kennzeichnete, starrten sie ihn mit den mißtrauischen Augen eines Beutetieres an, das unerwartet in den Schatten eines Raubtiers geraten war. Hochmütig und voller Spott starrte Dakan-eh zurück und fühlte sich grenzenlos überlegen. Pah-la ging zu den eingeschüchterten Zuschauern hinüber und rief sie mit Namen an. Dann fragte sie sie, ob sie ihre alten Freunde nicht mehr kannten.

»Ach, Frau von Owa-neh! Ich habe dich ohne deinen goldenen Nasenring nicht wiedererkannt!« war die übliche Erwiderung, und dann gab es viele Umarmungen mit Tränen der Trauer und der Freude. Fast jeder kannte die Frau Owa-nehs von den Versammlungen der Stämme, und ihre freundliche und großzügige Art hatte sie zu einer der beliebtesten Frauen gemacht. Der Ruf ihres mutigen Sohns hatte ihr Ansehen zusätzlich gesteigert. Als sie jetzt Dakan-eh und seinem Gefolge heimwärts folgte, lud Pah-la die Menschen, die sie unterwegs trafen, ein, mit ihr und dem Mutigen Mann zu gehen und im verlassenen Dorf ihres Stammes ein großes Trauerritual abzuhalten.

»Owa-neh und Na-sei haben ihr Leben unter Fremden verloren, doch wir bringen ihre Körper nach Hause, damit ihre Seelen für immer unter Freunden leben können!« sagte Pah-la zu ihnen.

Die Neuigkeit verbreitete sich schnell. In jedem Dorf wurden die Reisenden willkommen geheißen. In jedem Dorf wurde die Gruppe größer, während sich immer mehr Trauergäste Dakan-ehs Stamm anschlossen. Zuerst machte er sich Sorgen, wie er all diese Menschen ernähren sollte, wenn sie sein Dorf erreicht hatten, doch nach einer Weile beruhigte er sich wieder. Er rief sich in Erinnerung, daß er sich wieder im Land der Eidechsenfresser befand. Diese Menschen würden alles essen.

Unter aufziehenden Wolken und gelegentlichen Regenschauern führte Dakan-ehs Weg von einer freundlichen Gruppe zur nächsten.

»Dakan-eh kehrt zurück!« riefen die alten Männer, Jäger und kleine Jungen und rannten los, um ihn zu begrüßen.

»Seht! Er bringt uns Regen!« riefen die Frauen und Mädchen, warfen ihm bewundernde Blicke zu, wie sie es schon immer getan hatten, und schoben ihre Töchter im heiratsfähigen Alter weiter nach vorn.

»Ja, so ist es!« bestätigte Dakan-eh und musterte die Mädchen interessiert. Da er niemals eine Gelegenheit verstreichen ließ, sich selbst in noch günstigerem Licht darzustellen, fügte er würdevoll hinzu: »Seht den Mutigen Mann der Roten Welt, der zu seinem Stamm zurückkehrt! Seht den Tapferen Jäger, der viele Bisons und viele Feinde im Grasland getötet hat! Seht den Mann, der es wagte, den wirbelnden Wind zu jagen, um den Stamm zu retten! Seht Dakan-eh! Er kommt mit einem großen Geschenk! Nennt ihn den Mann, der den Regen bringt!«

Überall war es dasselbe: spärliches Essen, aber großzügige Gastfreundschaft und viel Neugier auf die Rückkehrer. Da Naseis Witwe Lehana auf dem Weg in die Rote Welt einen Jungen geboren hatte, wollten die Frauen das Baby sehen. Sie waren immer wieder erstaunt, daß die Verbindung des Mannes der Roten Welt und einer Frau des Graslands ein Kind hervorbringen konnte, das genauso wie jedes andere Baby aussah. Und nachdem das Kind von allen bewundert worden war, mußten Lehana und die anderen Frauen des Graslandes sich zwischen ihren Geschlechtsgenossinen niederlassen, während man ihnen endlose Fragen über ihre Kleidung, die Länge ihrer Haare, ihre Lieblingsrezepte für den Kochbeutel oder den Spieß, über die Verführung eines Mannes, nach zahnenden Kindern oder den Geburtswehen oder dem Mondblut stellten. Die alte Kahm-ree murmelte über ihre verlorene Enkeltochter, aber niemand wollte ihr zuhören. Nach der Meinung der meisten Frauen aus der Roten Welt war Ban-ya ein dreistes, kräftiges und selbstsüchtiges Mädchen, und weil alle sie um ihre außergewöhnliche Figur und ihren großartigen Mann beneidet hatten, war niemand traurig über die Neuigkeit, daß Dakan-eh den Sohn, den sie ihm geboren hatte, behalten und sie bei einem anderen Mann gegen zwei neue Frauen eingetauscht hatte.

»Also hat er jetzt *vier* Frauen!«

»Stellt euch nur vor! Vier Frauen!«

»Sagt uns, Cheelapat, Ghree, Ili-na und Rayela, ist er Manns genug für euch alle?«

»Er ist Manns genug!« rief Ghree voller Stolz, denn sie hatte die Rote Welt als Frau eines gewöhnlichen Jägers verlassen und war als Frau eines Häuptlings zurückgekehrt.

Ili-na blickte ihre Mutter unter halb gesenkten Lidern an. »Er ist widerlich. Er ist ständig bereit.«

Ghree bedachte ihre Tochter mit einem Kopfschütteln und sagte: »Sie ist noch jung. Sie weiß noch nicht, wie glücklich sie ist, solch einen Mann zu haben!«

Rayela hob vielsagend die Augenbraue. »Er mag die jüngsten am liebsten. Das ist unser Glück, sonst würden wir niemals Schlaf finden!«

Unter den Männern war es ähnlich. Sie sprachen von besseren Tagen, von der Hoffnung auf die Zukunft, über den benötigten Regen, von der Jagd, von Frauen, und sie prahlten mit ihrer Potenz.

»Dakan-eh hat es schon immer geschafft, daß die Mädchen sich freiwillig für ihn öffneten! Aber du hast niemals diese Hübsche gefunden – die alle Männer wollten, nicht wahr. Tlana-quahs älteste Tochter. Ta-maya hieß sie, stimmt's? Die von den Kriegern entführt und von Kosar-eh gerettet wurde.«

Dakan-eh wurde von dieser Frage überrascht. Der Klang von

Ta-mayas Namen versetzte seinem Herzen einen Stich. Er erinnerte sich, wie er früher die alten Männer verspottet hatte, wenn sie sagten, daß ein Mann niemals seine erste Liebe vergaß. Jetzt schien es, als hätten sie recht gehabt.

»Sie war dir doch versprochen, nicht wahr? Bevor sie mit diesem Schamanen davongelaufen ist, meine ich. Ein solches Mädchen ... hmm! ... es kann selbst einem alten Mann noch heiße Träume machen!«

Dakan-ehs Stimmung verdüsterte sich. »Sie hat mir nichts bedeutet. Ich habe sie fortlaufen lassen, aber erst, nachdem ich sie mehrere Male genommen habe«, log er. »Glaubt mir, sie ist nichts Besonderes. Ich hatte nach ihr noch viel bessere Frauen.«

Dann drehte sich das Gespräch um andere Frauen und andere Beweise der Männlichkeit, aber in jedem Dorf erinnerten sich die Männer an die schöne Ta-maya, die älteste Tochter des Häuptlings des Dorfes am See der Vielen Singvögel. Niemand hatte vergessen, wie sie den legendären Mutigen Mann verschmäht hatte und dann mit einem jungen Schamanen davongelaufen war, der seinen Stamm in den Tagen nach dem großen Krieg im Stich gelassen hatte.

»Glaubst du, daß sie noch lebt?«

»Ja«, antwortete Dakan-eh dann. »Sie ist bei ihm, bei Cha-kwena. Der Schamane hat die Regenwolken, das Wild und das Totem über den Rand der Welt getrieben. Cha-kwena hat die Mächte der Schöpfung gegen die Stämme der Roten Welt aufgebracht. Obwohl Dakan-ehs Stamm ohne Schamane ist, ist der Mutige Mann aus dem Grasland zurückgekehrt, nach vielen großen Jagden und vielen großen Schlachten, um sich wieder mit seinem Stamm zu vereinigen. Dakan-eh hat den Regen von jenem zurückgestohlen, der unser Feind ist!«

Fern im Süden, jenseits der Sandberge und hinter dem Rand der Welt, trompeteten Mammuts im wunderbaren Tal. In der Dunkelheit der Höhle folgte eine besorgte Mah-ree Cha-kwenas Schritten, als er sich darauf vorbereitete, tiefer in die Höhle vorzustoßen.

»Wohin willst du gehen?« fragte er mit einem beunruhigten

Flüstern, weil er die anderen Stammesmitglieder nicht wecken wollte.

»Ich will mit dir gehen. Jede Nacht stehst du auf und gehst in den Hügel. Jede Nacht bis du allein da drinnen. Es ist nicht gut, so viel allein zu sein, Cha-kwena. Es ist . . .«

»Wie oft muß ich dir noch sagen, daß das Innere der Höhle heilig ist. Nur Schamanen dürfen sie betreten!«

Sie blieb reglos stehen und runzelte die Stirn, als sie den Mammuts zuhörte. »Sie sind traurig. Sie schreien genauso, wie Siwi-nis Baby nach seiner verlorenen Mutter geschrien hat. Die Mammuts sind traurig, seit Siwi-nis Seele vom Wind davongetragen wurde. Ich glaube, sie wollen uns sagen, daß wir diesen Ort verlassen sollen, Cha-kwena.«

»Bald wird es in diesem Land Winter sein. Gah-ti kann jetzt nicht reisen. Doh-teyahs Augen sind fiebrig und tränen wie die Augen der wenigen Welpen, die überlebt haben. In der Höhle sind viele Vorräte gelagert. Warum sollten wir sie jetzt verlassen? Wir müssen uns ausruhen und wieder zu Kräften kommen. Im Frühling wird Gah-ti wieder gesund sein, und mit Hilfe der Mächte der Schöpfung und deiner Medizin wird es auch dem Baby wieder gutgehen.«

Mah-ree blickte sich um, um sich zu überzeugen, daß niemand zuhörte. »Ich habe immer wieder gehorcht, aber ich habe Lebensspender seit der Nacht, als wir zusammen unter den fallenden Sternen lagen, nicht wieder gehört, Cha-kwena. Ich glaube, er ist schon weitergezogen. Ich glaube, daß mein alter Hund Freund ihm gefolgt ist. Wir müssen ihm auch folgen! Hier gibt es für uns nur Krankheit und Tod – ich spüre es. Und Cha-kwena . . . warum trägst du nicht mehr den heiligen Stein?«

Er verzog das Gesicht. »Ich habe es dir doch schon gesagt – er ist dort, wo er hingehört. Willst du nicht nur Medizinmädchen, sondern auch Schamane sein, Mah-ree? Glaubst du, daß du eine solche Berufung besser als ich erfüllen könntest? Sicherlich würdest du es nicht schlechter machen!«

Seine Wut steigerte sich beim Anblick ihres zitternden Kinns. Wie konnte er ihr sagen, daß Lebensspender sie nie wieder irgendwohin führen würde? Wie konnte er ihr sagen, daß er den heiligen Stein ihrer Vorfahren fortgeworfen hatte? Seine Hand fuhr an die Stelle, wo früher das Amulett im Medizinbeutel um seinen Hals gehangen hatte. Einen Augenblick lang beunruhigte ihn seine Abwesenheit, doch dann spürte er nichts mehr. Die Macht des Steins war erloschen, als das große weiße Mammut gestorben war. Es spielte keine Rolle, wo er sich jetzt befand – auf dem Grund eines Sees oder im Unterschlupf einer Eule. Selbst wenn er den Stein noch gehabt hätte, und selbst wenn das Totem noch leben würde, hätte Cha-kwena nicht daran gedacht, mit seinem Stamm diese trockene und warme Zuflucht zu verlassen, solange es den Menschen nicht besser ging.

»Wenn wir gemeinsam durch das Land ziehen, finden wir vielleicht heraus, wohin All-Großvater gegangen ist. Wenn ich ihn sehen könnte, würde ich . . .«

»Nicht länger meine Worte bezweifeln?«

Sie blinzelte und schüttelte den Kopf. »Ich . . . nein, Cha-kwena. Aber . . .«

»Wenn du kein Vertrauen mehr in meine Entscheidungen mehr hast, nimm die Hunde und führe den Stamm zurück in die Rote Welt!«

»Das meinst du doch nicht wirklich! Nicht, nachdem wir als Mann und Frau zusammen . . .«

»Ich habe es dir schon einmal gesagt, Mah-ree. Was zwischen uns geschehen ist, war ein Fehler. Vergiß es! Es ist für immer vorbei!«

Mah-ree biß sich auf die Unterlippe, als Cha-kwena herumfuhr und mit der Steinlampe in der Hand in den Tiefen der Höhle verschwand.

»Wie kann ich es vergessen?« flüsterte sie. »Mein Schamane hat dieses Mädchen unter den fallenden Sternen der Nacht zur Frau gemacht. Nichts kann etwas daran ändern. Nicht einmal der Schamane kann sagen, daß es vorbei ist!«

Sie seufzte. Sie liebte ihn so sehr. Warum konnte er sie nicht ebenso lieben? Sie fühlte sich plötzlich erschöpft. Sie hatte sich in letzter Zeit nicht sehr wohl gefühlt. Vielleicht hätte er ihr zugehört, wenn sie es ihm anvertraut hätte. Noch ein schlimmes Ereignis hätte vielleicht seine Meinung über diesen Ort geändert. Aber er hatte natürlich recht. Solange Siwi-nis Baby krank war und Gah-ti nicht reisen konnte, wäre die Höhle eine vernünftige Zuflucht vor der Ankunft des Großen Weißen Winters.

Wirklich?

Wer hatte gesprochen? Sie kannte die Stimme nicht. Sie drehte sich um und sah Ta-maya, die in ihre Schlaffelle gehüllt war und sich erhoben hatte, um das unruhige Baby zu wiegen. Wieder seufzte Mah-ree. Es war spät, und sie mußte müder sein, als sie vermutete, wenn sie sich schon einbildete, daß ein Fremder sie in der Dunkelheit ansprach, während sie offenbar nur gehört hatte, wie ihre Schwester leise mit Doh-teyah beschäftigt war.

»Dummes Mädchen!« tadelte Mah-ree sich selbst, während sie auf ihre Schlafstelle zurückkehrte und behutsam die drei Hunde zur Seite schob, die sie während ihrer Abwesenheit in Besitz genommen hatten. Nachdem sie sich hingelegt hatte, streichelte sie ihnen über den Kopf. »Schon gut, Winsel und Klopfschwanz, ihr wißt, daß ihr bei mir willkommen seid. Aber schäm dich, Narbennase, daß du deine Welpen im Stich gelassen hast! Was bist du nur für eine Mutter? Und warum knurrst du mich an?«

Sie schob das alte Weibchen beiseite, und nachdem sie mit dem Finger in die Dunkelheit gezeigt hatte, beobachtete sie, wie der Hund mürrisch ihrem unausgesprochen Befehl gehorchte, zu seinem ›Nest‹ zurückzukehren. Narbennase hatte sich in letzter Zeit seltsam benommen, und ihre Nase war schon seit Tagen trocken. Mah-ree beschloß, morgen etwas Weidenöl unter ihr Fleisch zu mischen, um die Fiebergeister zu kühlen, die dem Hund zusetzten. Als Mah-ree sich jetzt in ihre warmen Schlaffelle hüllte, schloß sie die Augen und wartete auf den Schlaf, während sie darauf lauschte, wie Narbennase sich hinlegte, wie Ta-maya leise gurrte und irgendwo in der Nacht außerhalb der Höhle eine Eule rief. Mit einem Seufzen lächelte sie und begann zu träumen...

Sie träumte von lange zurückliegenden Tagen, als der alte Schamane Hoyeh-tay – mit seiner kränklichen alten Eule, die ständig Federn verlor und auf seinem kahlen Kopf hockte –

dem Medizinmädchen Ehre erwiesen hatte, indem er ihr gestattete, seine heilige Höhle zu betreten, damit sie gemeinsam mit Cha-kwena etwas über Zauber und Heilung lernte und von der Geschichte und den Legenden ihres Stammes erfuhr.

Mah-ree seufzte und drehte sich auf die Seite. Winsel hatte sich an sie gekuschelt. Mah-ree legte dem Hund einen Arm auf die Schulter und flüsterte beruhigend – weniger zum Hund, sondern eher für sich selbst. »Der alte Hoyeh-tay hat uns gut unterrichtet. Ich muß aufhören, mich wie ein dummes Mädchen zu benehmen, das vergißt, daß sein Wissen und seine Zauberkraft auf Cha-kwena übergegangen ist . . . und nicht auf mich. Cha-kwena hat die Macht unseres Totems. Solange er den heiligen Stein unserer Vorfahren bewacht, wird der Stamm in Sicherheit sein. Ich weiß es! Er hat den Stamm immer beschützt, nicht wahr?«

Als es dämmerte, fiel im Grasland wieder leichter Schnee. Shateh drängte seinen Stamm, aufzustehen und weiterzuziehen, bis Nakantahkeh sagte, daß er nicht mehr weitergehen würde.

Shateh wurde durch Nakantahkehs Verweigerung überrascht. »Komm! Wir werden und wir müssen weitergehen«, sagte der Oberhäuptling. »Wenn das Wetter es den Angreifern wieder erlaubt, von den Bergen herabzukommen, werden sie uns in den Lagern, die wir zurückgelassen haben, nicht mehr finden. Und sie werden unsere Spur nicht in einer Welt verfolgen können, in der der Schnee all unsere Spuren verdeckt haben wird.«

»Wenn wir das Grasland verlassen, kehren wir unseren Toten und meiner verlorenen Tochter den Rücken zu. Ganz gleich, wohin Shateh zieht, wie kann er hoffen, sein Glück wiederzufinden, solange die unglückselige Eidechsenfrau bei seinem Stamm ist?«

»Wir haben dieses Thema im Rat besprochen, Nakantahkeh. Wir haben uns entschieden. Wir werden nach Süden ziehen, auf der Spur des Mutigen Mannes und seines Stammes, und in der Roten Welt überwintern. Der Tod ist der Spur Dakan-ehs nicht gefolgt. Er ist statt dessen zu uns gekommen, wie er es vorausgesagt hat.«

»Daran ist sie schuld!« Nakantahkeh blickte Ban-ya an, während er seine Worte an Shateh richtete. »Weißt du, was Xiaheh und die anderen Häuptlinge gesagt haben, als ich sie bat, zu dir nach Süden zu kommen? Sie haben gesagt: ›Wir würden uns lieber dem Stamm des Wachenden Sterns anschließen als einem Mann, der einen Feind nicht einmal erkennt, wenn er in seinem eigenen Stamm lebt.‹ Sie sagen, daß der Mutige Mann dich getäuscht hat! Wegen der bösen Worte, die zwischen dir und Dakan-eh gewechselt wurden, hat er seine Frau hiergelassen, damit sie in der Nacht den Seelenfänger rufen kann. Sie lockt den Tod an und zeigt ihm, wie er am besten über Shatehs Stamm herfallen kann!«

»Er hat sie nicht zurückgelassen! Ich habe sie ihm weggenommen. Und weil sie bei uns ist, haben wir Fleisch gefunden, hat Senohnim einen Sohn geboren, und die Stürme des Winters verbünden sich mit uns gegen unsere Feinde.«

»Und Atonashkeh ist tot! Meine Frau ist ermordet! Meine jüngste Tochter wurde von Kriegern entführt, und mein Häuptling hat den Mut verloren, gegen sie zu kämpfen, obwohl ich dir gesagt habe, daß ich weiß, wo sie sind! Ich habe ihre Spuren im weichen Schlamm am Fluß gesehen, als ich aus dem Norden zurückgekehrt bin!«

Shatehs Gesicht war ausdruckslos, als er ruhig sagte: »Und du hast uns auch erzählt, daß du dich verstecken mußtest, während Männer als Begleitung für Frauen und Kinder in der Nacht an dir vorbeizogen. *Viele* Männer, hast du gesagt. Alle bewaffnet, hast du gesagt. Und ich habe über deine Worte nachgedacht. Ja, Nakantahkeh, ich habe den Mut zum Kampf verloren. Ich habe genug vom Tod. Ich habe genug Trauergesänge gehört. Ich habe das auch im Rat gesagt. Dir – und jedem anderen Mann – steht es frei, bei mir zu bleiben oder zu gehen. Jene, die mich ihren Häuptling und Schamanen nennen, standen immer in der Gunst der Vier Winde. Bis jetzt. Und deshalb sage ich jetzt, daß es Zeit für mich ist, mein Totem zu suchen und zu erfahren, warum es und seine Artgenossen nicht mehr durch das Land meiner Vorfahren ziehen. Es ist Zeit für mich, den Stürmen des Winters den Rücken zuzukehren und diese Frau der Roten Welt in das Land zurückzubringen, wo die

Mächte der Schöpfung ihrem Stamm freundlich gesonnen sind – denn es steht fest, daß sie weder mir noch meinem Stamm in diesem Land freundlich gesonnen sind!«

»Dies ist nicht das erste Mal, daß der Winter früh in das Grasland einzieht!« stellte Nakantahkeh verärgert fest. »Dies ist seit Anbeginn der Zeiten das Land der Vorfahren und des Bisonstammes gewesen! Wir können es nicht verlassen.«

»Wir können uns an eine Zeit erinnern, als wir in diesem Land Mammuts gejagt haben. Erst als die Mammuts weniger wurden, haben wir Bisons gejagt. Zu Anbeginn der Zeiten zogen unsere Vorfahren unter dem Wachenden Stern in ein Land aus Eis und Feuer. Als Ungeheuer vom Himmel herabkamen, um über sie herzufallen, lernten sie vom Ersten Mann und der Ersten Frau, daß die Menschen in Zeiten der Veränderung neue Wege beschreiten oder sterben müssen.« Er blinzelte in Richtung der von Schnee und Wolken verdeckten Berge. Nachdem er auf die Krieger des Stammes des Wachenden Sterns angespielt hatte, fragte er sich jetzt, ob Ungeheuer nicht manchmal in der Haut von Menschen umgingen. »Bevor wir uns zur großen Jagd im Mond des Trockenen Grases versammelten, hätte ich vor dem Rat schwören können, daß wir sie alle getötet haben. Doch jetzt leben sie wieder, werden stärker und fallen uns wie Wölfe in der Nacht an, während wir zu einer Zeit, in der wir die letzte Wärme des Herbstes genießen und sommerfette Bisons jagen sollten, einen Winter erleben.« Er schüttelte den Kopf. »Wir leben in einer Zeit der Veränderungen. Die Vorfahren sprechen in meinem Träumen zu mir. Sie sagen mir, daß es Zeit ist, meinen Stamm von unseren Feinden fortzuführen. Wie es schon der Erste Mann und die Erste Frau getan haben, werden wir in das Gesicht der aufgehenden Sonne ziehen und das Grasland verlassen, bevor der Mond der Kälte aufgeht und der Große Weiße Wind das Leben in diesem Land erstarren lassen wird.«

»Und was ist, wenn der Große Weiße Wind dein Leben dort erstarren läßt? Wenn deine Feinde dir folgen und dich aufspüren?«

»Dann werde ich mich daran erinnern, daß die Frau Ban-ya von einem Feind gesprochen hat, von einem Schamanen. Wenn

Dakan-eh mir den Weg über die Sandberge zeigt, werde ich das große weiße Mammut jagen und dann diesen Cha-kwena verfolgen. Wenn er nicht im Schatten Shatehs gehen will, werde ich seinen heiligen Stein nehmen, und bald wird er überhaupt keinen Schatten mehr werfen. Mit der Macht des Totems werde ich wieder Mut zum Kämpfen haben, und jene, die mir mit dem Seelenfänger als ihrem Verbündeten folgen, werden den Tag bereuen, an dem sie Shateh zu ihrem Feind ernannten!«

»Ich werde nicht im Land der Eidechsenfresser leben!« verkündete Nakantahkeh.

»Dann bleib und sterbe im Grasland der Bison- und Mammutjäger. Ich werde dich nicht aufhalten.«

Nakantahkeh beobachtete den Oberhäuptling und führte den Stamm durch den fallenden Schnee. Er war nicht allein. »Shateh soll doch dem Ruf seiner eigenen Seele folgen!« sagte er zu den Kriegern, die Jagdbrüder Atonashkehs gewesen waren. Sie und ihre Familien hatten Shatehs Stamm verlassen. »Ich werde nicht bei ihm sein. Xiaheh hatte recht. Die Eidechsenfrau hat ihm ihren Willen aufgezwungen.«

»Aber was werden wir jetzt tun, Nakantahkeh, während der Große Weiße Winter ins Land einzieht und die Angreifer in den Bergen warten?« fragte Indeh besorgt.

»Wir werden über das Grasland zurückgehen und uns Xiaheh und Ylanal und all denen unseres Stammes anschließen, die Shatehs Schwäche erkannt haben und so klug waren, ihm nicht zu helfen. Vielleicht haben unsere Feinde gut gehandelt, als sie einen gerechten Krieg gegen einen Mann begannen, der sich mit Eidechsenfressern verbündet hat. Einst waren der Stamm des Graslands und der Stamm des Wachenden Sterns ein Stamm. Es gab erst dann Krieg zwischen uns, als Shateh beschloß, als Bisonjäger zu leben, die Sitten unserer Vorfahren entehrte und Ysuna und die Bisonjäger zu Feinden machte.«

Ein besorgtes Raunen ging durch die versammelten Menschen. »Es war nicht nur ein Streit, welche Art von Fleisch wir essen sollten, Nakantahkeh«, gab Indeh zu bedenken. »Es war ein Krieg zwischen verschiedenen Ansichten, wie Himmelsdonner dazu gebracht werden könnte, den Menschen wieder seine Gunst zu schenken. Shateh wollte die Töchter des Stammes nicht opfern, um im Austausch das Fleisch seiner Mammutkinder zu erhalten. Es ist besser, Bisons zu jagen. Es ist besser, in anderen Teilen des Graslandes zu jagen und Krieg gegen jene zu führen, die unsere Töchter rauben wollen – wie sie bereits unsere Wila geraubt haben.«

Nakantahkehs Gesicht verzog sich, während er verbittert nickte. Ohne direkt auf Indehs Worte einzugehen, sagte er langsam: »Die Mammuts haben das Grasland verlassen. Jetzt folgen die Bisons. Dasselbe wird mit der Macht des Stammes geschehen. Vielleicht hat Shateh in höherem Maße recht, als er weiß. In Zeiten der Veränderung müssen Menschen neue Wege gehen... oder zu den alten zurückkehren. Alles war gut im Grasland, als Ysuna und der Stamm des Wachenden Sterns Himmelsdonner Opfer darbrachten.«

Die Frauen keuchten auf und zogen ihre Töchter schützend zu sich heran.

Nakantahkeh musterte sie voller Ungeduld. »Wenn wir uns nicht gegen den Stamm des Wachenden Stern gestellt hätten, wäre mein Kind jetzt noch am Leben. Sie haben die Töchter ihrer Verbündeten nicht geopfert!« Er verstummte, dann wandte er seinen Blick wieder den Kriegern zu. »Ich werde zu Xiaheh zurückgehen. Ich werde ihm diesen Rat geben: Vielleicht ist es an der Zeit, daß wir wieder zu einem Stamm werden. Vielleicht ist es sogar an der Zeit, daß wir uns mit Feinden gegen einen viel größeren Feind verbünden. Es ist der Stamm der Roten Welt – nicht der Stamm des Wachenden Sterns – der unser Totem entführt und es über den Rand der Welt getrieben hat, wo es außerhalb unserer Reichweite ist.«

»Und Shateh will es für uns zurückgewinnen«, warf Indeh ein.

»Ja«, stimmte Nakantahkeh zu. »Aber Shateh wird an der Seite von Eidechsenfressern jagen. Mit solchen Verbündeten kann er niemals gewinnen. Doch gemeinsam mit dem Stamm des Wachenden Sterns werden die vereinten Stämme des Graslandes Erfolg haben!«

7

Die schönen, warmen Tage des Herbstes waren im wunderbaren Tal zu Ende gegangen. Jetzt, wo genügend Vorräte in der Höhle eingelagert waren, gab es nur noch wenig Arbeit für einen Jäger oder auch einen Schamanen. Cha-kwena suchte immer wieder die Einsamkeit auf langen Pilgerreisen zu dem Ort, wo Lebensspender im See gestorben war.

Die Wächterherde hatte schon vor langem das große weiße Mammut verlassen. Die Knochen des Totems waren von Fleischfressern gesäubert waren. Morgens lag Eis auf den seichten Stellen, doch über den Tiefen, wo das Wasser durch heiße unterirdische Quellen erwärmt wurde, dampfte die Oberfläche des Sees, und die Knochen All-Großvaters ragten wie die Äste eines uralten, blattlosen Baumes in einer ewigen Nebelbank auf.

Es war ein trostloser Ort, doch er kam Cha-kwenas Stimmung entgegen, so daß er gerne hier war. Vielleicht gab es noch in einem winzigen, verletzlichen Teil seines Herzens immer noch genügend Vertrauen in die Mächte der Schöpfung, so daß er glaubte, eines Tages könnten die Knochen sich bewegen, sich erheben und sich irgendwie in ein lebendes Skelett verwandeln. Dann würde es sich wieder mit Fleisch überziehen und seinen Kopf heben, um zum Himmel zu trompeten. Natürlich geschah es nicht. Cha-kwena wartete, bis er sich schließlich einen Narren schalt.

Wie schon an vielen anderen Tagen hockte Cha-kwena auch heute am Ufer, stützte sich auf seinen Speer und starrte trübsinnig durch den Nebel auf die reglosen Knochen. Schließlich seufzte er, wandte den Blick ab und beobachtete zwei weißköpfige Adler, die vor der Sonne kreisten, nach einer Weile stieß der Rabe zu ihnen, bis er herabgeflog und sich auf die Spitze eines der nach oben gebogenen Stoßzähne des toten Mammuts setzte. Cha-kwena warf Steine nach dem Vogel, obwohl er wußte, daß er wirklich ein mächtiger Schamane sein mußte, wenn er aus einer solchen Entfernung treffen wollte.

Cha-kwena beobachtete den Raben, bis der Vogel davonflog.

Am Wasser war die Luft kühl, also zog er seinen Kaninchenfellumhang enger um die Schultern. Schläfrig hockte er da und lauschte auf die Schreie der Adler, auf das Schnattern und Plantschen der Wasservögel, auf die Wellen, die ans Ufer schwappten, und auf den Wind, der im Schilf flüsterte.

Er neigte den Kopf. Der Wind war unruhig und kam in Böen aus allen Richtungen. Er hob sein Gesicht, schloß die Augen und dachte verträumt: *Vier Winde, heilige Winde, ihr seid der Atem der Mächte der Schöpfung. Ihr flüstert mir aus den fernsten Winkeln der Welt und des Himmels zu. Doch ich bin allein, und meine Seele ist leer, denn ich weiß, daß ihr nicht mehr als Wind seid.*

Seine Gedanken wurden schwerfälliger, dann glitt sein Geist in die Tiefen des Schlafes und der Tagträume, in denen all die Tiere, die er jemals als seine Geistbrüder bezeichnet hatte, zu ihm kamen und sich neben ihn ans Ufer setzten.

Ein einsamer Kojote schien ihn in seinen Träumen aufzufordern: »Komm mit mir in die aufgehende Sonne, Cha-kwena!«

»Es ist Tag und nicht Abend. Und ich werde nie wieder mit dir kommen. Du hast mich verraten.«

»Nein, ich habe dir den Weg zur Wahrheit gezeigt.«

»Lügner! Mit dem Wolf und dem Hund hast du das angegriffen und gefressen, was mir und meinem Stamm heilig war.«

»Böse Geister haben in diesem Land von meinen Artgenossen Besitz ergriffen. Sie plagen auch deinen Stamm und deine Welpen und Hunde. Doch jetzt fließt das Blut des großen weißen Mammuts in uns und in dir, Cha-kwena! Wir werden überleben. Und solange du deinen Stamm in seinem Namen führst, wird All-Großvater für immer leben.«

»Ich werde nicht für immer leben! Ich werde eines Tages alt werden. Wenn ich schwach und halb blind vor Alter bin, genauso wie Lebensspender, wirst du dann zu mir kommen – du und die Fleischfresser dieser Welt? Wer von euch wird mich fressen, so wie ihr ihn gefressen habt? Oder werdet ihr gemeinsam an dem Festmahl teilnehmen?«

»Das Leben frißt das Leben, Cha-kwena«, antwortete der Kojote weise. »Aber nichts stirbt für immer.«

Dann drehte sich das Tier um und flüchtete ins Schilf, um Cha-kwenas wütend geschleudertem Speer auszuweichen.

Cha-kwena wachte blinzelnd auf. Sein Speer war noch in seiner Hand, aber links von ihm bewegte sich das Schilf immer noch an der Stelle, wo der Kojote verschwunden war.

Cha-kwena stand auf und ging vorsichtig näher. Abgeknicktes Schilfrohr markierte den Weg eines Tieres. Er folgte der Spur, doch nach einer Weile blieb er stehen und drehte sich um. Er wußte, daß er nichts finden würde. Er zitterte im kalten Wind und blickte nach oben. Die Sonne war von hohen Wolken verdeckt und von einem riesigen Regenbogen umgeben. Cha-kwena brauchte nicht die Kräfte eines Schamanen, um zu erkennen, daß ein Sturm aufzog. Er ging weiter.

Das Krächzen und die streitsüchtigen Schreie von fressenden Raben ließen ihn anhalten und sich erneut umdrehen. Der Rabe und seine Gefährten ließen sich dort hinter dem Schilf nieder, von wo er gerade gekommen war. Die Neugier trieb ihn an, zurückzugehen und nachzusehen, was die Raben fraßen. Er machte ungeduldig lange Schritte, während er sich mit seinem Speer einen Weg durch das Schilf und den immer kälter werdenden Wind schlug. Sein Herz klopfte heftig und schnell. Er verspürte eine schreckliche Angst, wußte aber nicht, warum. Ein Stück voraus flogen die Raben auf, und mit einem überraschten Schrei brach Cha-kwena durch das Schilf auf eine kleine, niedergetrampelte Lichtung und sah . . .

»Kleiner gelber Wolf!« Er eilte weiter, kniete sich hin und streckte vorsichtig seine Hand nach dem halb gefressenen Kadaver eines Kojoten aus. »Wie ist das möglich?« fragte er sich. Noch vor wenigen Augenblicken war der gelbe Wolf ein Teil seiner Träume gewesen, doch irgend etwas hatte das Schilf bewegt und ihn den Weg entlanggeführt, den vor kurzem ein lebendes Wesen genommen hatte.

»Das verstehe ich nicht.« Nach der Austrocknung der Fleischreste zu urteilen war dieses Tier schon seit mehr als einem Mond tot. Nach dem Geruch war es vorher viele Tage lang krank gewesen. Er hielt den Atem an, als er sich an die kranken Hunde erinnerte, die sterbenden Welpen, das kränkliche Baby und den Kojoten auf dem Berggipfel, der abgemagert und mit eingeklemmten Schwanz dagestanden und ihn mit kranken gelben Augen angestarrt hatte.

Böse Geister haben in diesem Land von meinen Artgenossen Besitz ergriffen.

Cha-kwena erinnerte sich an die Worte, die das Tier im Traum zu ihm gesprochen hatte. Gab es eine Verbindung zwischen dem kranken Kojoten, den kranken Hunden und einem quengeligen Baby? Er sprang auf die Beine. Mah-ree hatte recht! In diesem Land gingen Krankheit und Tod um, und Mammuts waren nicht die einzigen Tiere, die zum Sterben hierher kamen. Kojoten und Hunde starben hier. Und in den Herzen der Menschen starb die Zauberkraft gemeinsam mit dem Glauben an die Geister. Wenn er noch Schamane wäre, würde er auf die Zeichen achten und seinen Stamm von einem solchen Ort fortbringen, aber jetzt war er nur noch ein gewöhnlicher Mann. Als er auf den Kadaver blickte, sah er nur den toten Kojoten und keine Zeichen. Doch mit dem inneren Auge hinter der menschlichen Logik und Vernunft sah er viel mehr.

Cha-kwena erinnerte sich. Als er den Kojoten das erste Mal gesehen hatte, war er krank gewesen. Die Hunde waren mit ihm davongelaufen. Narbennase war in die Höhle zurückgekehrt, war bald krank geworden und hatte dann totgeborene und kränkliche Welpen geworfen. Die kleine Doh-teyah, die oft von Narbennase und den anderen Hunden abgeleckt wurde, litt genauso wie die Welpen unter eitrigen Augen. Und Mah-ree machte für alle dieselbe Medizin und benutzte dieselben Lederstreifen, um die Augen der Welpen und des Babys zu waschen. War es möglich, daß der Kojote seine Krankheit an die Hunde weitergegeben hatte und die Hunde dann an das Baby? Und was war mit Mah-ree? Hielt das Mädchen die Krankheit vielleicht am Leben, wenn sie die Hirschlederstreifen in ihrer Medizin tränkte und damit immer wieder die Augen der Welpen und des Babys auswusch? Oder war es möglich, daß die Hunde selbst die Ursache des Problems waren? Immerhin waren sie das Geschenk eines Feindes. Vielleicht war es nicht gut, wenn Menschen und Tiere im selben Lager lebten.

Es gab nur eine Methode, es herauszufinden. Er fühlte sich schon viel besser, nachdem es ihm gelungen war, diese Zusammenhänge zu erkennen. Cha-kwena stand auf und stellte sich unter der verdunkelten Sonne in den Nordwind. Er konnte

Schnee in der Luft riechen. Es zog wirklich ein Sturm auf. Der Große Weiße Winter rückte nach Süden vor. Der junge Mann hatte das Vertrauen in den Zauber und die Geister verloren, aber nicht in sich selbst. »Ich werde nicht vor dir davonlaufen, Nordwind. Ich werde meinen Stamm nicht in die Stürme des Winters hinausführen. Wir werden in der Höhle bleiben. Und wir werden keine Angst vor dem haben, was kommt!«

Weit entfernt im Norden brachte der Große Weiße Winter neuen Schnee ins Grasland. Jhadel war einverstanden, daß es für Sheela, Tsana und eine Handvoll Männer Zeit war, das Lager zu verlassen und einen weiteren Angriff auf Shatehs Lager durchzuführen. Doch im letzten Lager wurde keine Spur des Oberhäuptlings gefunden. Der Schnee, der ihre eigenen Fußspuren von der Festung aus verdeckte, hatte auch jedes Anzeichen verwischt, in welche Richtung Shateh seinen Stamm geführt hatte.

Sheela verzog wütend das Gesicht im Wind. »Nachdem sich das Wetter geklärt hat, werden wir ihre Lagerfeuer von unserem Lager aus sehen können. Dann werden wir wissen, wo wir nach ihnen suchen müssen.« Ston blickte sich auf dem verlassenen Lagerplatz um. »Hier waren gute Jagdgründe. An den Knochen, die zurückgelassen wurden, kann man sehen, daß sie viel Pferd gegessen haben. Warum hat Shateh ein Lager verlassen, in dem es keinen Hunger gab?«

Sheela zischte Tsana an. »Weil jemand unter uns nicht auf Jhadels Warnung hörte und allein einen Überfall durchführte, allein tötete und Shateh damit nervös gemacht hat.«

Tsana fluchte und trat nach dem Schnee. »Wir hätten ihn und den Frauenschänder Dakan-eh erwischen können! Wäre ich beim letzten Überfall nicht allein gewesen, hätte ich mehr als nur die Kehle einer alternden Frau durchschneiden können!«

Nakantahkeh war sich nicht sicher, was ihn dazu veranlaßte, Indeh zu befehlen, die anderen ins Land Xiahehs zu führen, während er sich allein den Bergen zuwandte, um den Stamm des Wachenden Sterns zu suchen. Vielleicht war es die Hoffnung eines Vaters, seine verlorene Tochter lebend vorzufinden, oder der selbstsüchtige Wunsch, die Möglichkeit einer riskanten neuen Verbrüderung zu prüfen. Seine Jagdbrüder sahen ihn ungläubig an, dann sagten sie zu ihn, daß böse Geister ihre Zelte in seinem Kopf aufgeschlagen hatten und Rauch aufsteigen ließen, um seinen Verstand zu trüben. Vermutlich hatten sie sogar recht.

Danach hockte er in seinem schweren Winterreisemantel reglos im Schneetreiben und sah zu, wie die Angreifer auf ihn zukamen, während sie von einem erfolglosen Angriff auf ein Lager, das gar nicht mehr vorhanden war, zurückkehrten.

Er überlegte, daß jetzt der geeignete Augenblick war, der Gefahr aus dem Weg zu gehen. Doch ihm ging es eigentlich darum, sich der Gefahr in den Weg zu stellen. Als die Angriffsgruppe ihm hügelaufwärts näher kam, sprang er also zwischen den Felsen hervor und hielt seinen Speer bereit. »Ay yah! Haltet an! Ich, Nakantahkeh, bin gekommen, um mich mit den Führern des Stammes des Wachenden Sterns zu beraten und ein Bündnis mit ihnen zu schließen!«

Feindselige Gesichter unter Fellkapuzen starrten durch den fallenden Schnee zu ihm hinauf. Die Stimme einer Frau verspottete ihn. »Ach, Nakantahkeh! Wir haben dich also noch nicht getötet!«

Er erkannte Sheelas Stimme, und seine Eingeweide verkrampften sich. Also war sie noch am Leben! Das war nicht gut für ihn. Er hatte sie mißbraucht. Dakan-eh hatte sie alle dazu eingeladen, sie zu gebrauchen. Indem der Mann, der sich selbst besudelt, seine Sklavin mit ihnen teilte, hatte er sich bei den Großwildjägern des Nordens einzuschmeicheln versucht – als ob ein Eidechsenfresser jemals etwas tun konnte, was ihm etwas anderes als Verachtung einbrachte!

Nakantahkeh hob trotzig seinen Kopf. »Du hast meine Frau ermordet. Doch der Tod war vielleicht ein Geschenk für sie. Sie war nicht mehr jung, und sie litt schwer unter dem Verlust von Wila und Lehana. Wie schlimm es für sie war, werde ich erst dann wissen, wenn meine Seele vom Wind zu ihr fortgeweht wird. Aber jetzt lebe ich, und ich komme, um mir etwas zu holen, das mir gehört – meine Tochter Wila, die ihr von meinem Stamm geraubt habt.«

Sheelas Stimme drang wie Rauch im Wind zu ihm. »Und wenn sie tot ist?«

»Ich habe schon um sie getrauert.«

Die Krieger blickten sich an und raunten beeindruckt über seine Unerschütterlichkeit.

»Was willst du von uns, Mann des Graslandes?« fragte einer der größten Krieger. »Rache für den Tod deiner Frau und deines Kindes?«

Wieder krampften sich Nakantahkehs Eingeweide zusammen. Also lebte Wila nicht mehr. Darauf war er vorbereitet gewesen. Außerdem hatte er sich noch nie viel aus seinen Töchtern gemacht. Trotzdem wurde er von dieser Endgültigkeit erschüttert – nachdem seine Söhne seit langem tot waren und Lehana bei einem fremden Stamm lebte, hatte er jetzt gar keine Kinder mehr. Seine Frau war ebenfalls tot. Doch diese Erkenntnis war überraschenderweise befreiend.

Er drehte seinen Speer, so daß er ihn jetzt aufrecht hielt und damit nicht mehr unmittelbar jene bedrohte, die unter ihm standen. Er hob den Kopf. Er mußte jetzt an mehr als eine Tochter denken. Er mußte den Stolz eines Mannes und die Zukunft seines Stammes berücksichtigen. Er war überzeugt, daß das, was er jetzt sagte, darüber entschied, ob er lebte oder starb. »Wie ich gesagt habe, will ich mich mit dem Stamm des Wachenden Sterns beraten. Ich bin allein gekommen. Doch wenn ich spreche, spricht meine Zunge für viele – für Xiaheh und Ylanal und die vielen Stämme des Graslands, die sich mit denen verbünden, die in der Gunst der Vier Winde stehen.«

»Warum solltest du so etwas tun?« fragte Sheela mißtrauisch.

»Weil wir nicht mehr mit Shateh gehen werden. Er ist alt und erschöpft. Er hat gesagt, daß er des Lebens als Krieger überdrüssig ist. Er hat das Grasland verlassen. Gegen den Willen des Stammes hat er die Frau des Häuptlings der Eidechsenfresser genommen, um Söhne mit ihr zu machen, und jetzt hat er das Vertrauen der Vorfahren gebrochen, als er seinem Stamm erlaubte, getrennte Wege zu gehen, während er und die, die ihm folgen, zu den Eidechsenfressern in die Rote Welt ziehen. Er will das suchen, was für uns alle das Totem ist, und wenn ihm die Macht des großen weißen Mammuts gehört, weiß niemand, ob die Legende nicht wahr wird. Vielleicht wird er dann wieder jung und stark. Und wenn er sich an seine Feinde erinnert, könnte er zurückkehren und sie jagen.«

»Warum gehst du dann nicht an seiner Seite und wartest ab, was das Totem aus ihm macht?« fragte Tsana gehässig und musterte den Mann mit unverhohlener Geringschätzung.

Nakantahkeh schüttelte den Kopf. »Wenn Shateh das Totem jagt, wenn er sein Fleisch ißt und sein Blut trinkt, wird das große weiße Mammut entehrt. Der Mann, der über seine Macht verfügt, wird ein Eidechsenfresser sein und nicht mehr ein Oberhäuptling des Graslandes!«

Sheela war erstarrt. Sie hatte ihren Kopf gesenkt und vorgestreckt, wie ein in die Enge getriebenes Tier. »Du sagst, er hat die Frau des Eidechsenhäuptlings genommen?«

Nakantahkeh schnaufte verächtlich. »Die mit den großen Brüsten, mit denen sie ein Mammut säugen könnte.«

»Ich habe diese Frau getötet!« sagte Sheela zu ihm. »Du lügst.«

Nakantahkeh runzelte die Stirn. »Nein, eine Frau, die ihren Umhang aus Kojotenfellen trug, wurde getötet. Ban-ya lebt. Sie trägt Shatehs Sohn in ihrem Bauch.«

Sheela rammte das stumpfe Ende ihres Speers in den Boden und stieß ein heftiges, wütendes Keuchen aus, das als Nebel vor ihrem Gesicht kondensierte. »Und der, der sich selbst als Mutiger Mann bezeichnet?«

»Er hat seinen Stamm in die Rote Welt geführt und das Glück des Stammes des Graslandes mit sich genommen. Ich weiß, welchen Weg unsere Feinde genommen haben. Ich könnte euch hinführen. Gemeinsam wären wir eine Macht, der kein anderer Stamm widerstehen könnte! Wir könnten unsere Feinde jagen und töten, unser Totem zurückgewinnen und dann ins Grasland zurückkehren. Die Mammuts und die Bisons werden folgen. Das Leben wird wieder gut sein.«

»Stimmt das?« hakte Sheela mißtrauisch nach. »Du würdest uns gegen deinen eigenen Stamm führen?«

»Alles war gut in diesem Land, als Ysuna, die Tochter der

Sonne, dafür sorgte, daß Himmelsdonner Opfer gebracht wurden. Shateh hat sich dem widersetzt, und weil ich in seinem Stamm geboren wurde, habe ich mich an seine Seite gestellt. Doch nachdem jetzt meine Kinder und meine Frau tot sind, möchte ich mich mit denen verbünden, gegen die ich zu Unrecht Krieg geführt habe.«

Tsana wollte Nakantahkehs Erklärungen nicht glauben. »Er ist ein Mann Shatehs! Er könnte niemals einer von uns sein!«

»Ich werde leben, wie ihr lebt, jagen, wie ihr jagt, und jede Prüfung auf mich nehmen, um die Wahrheit meiner Worte und die Treue meines Herzens zu beweisen«, sagte Nakantahkeh unerschrocken. Dann warf er mit einer trotzigen und gleichzeitig unterwürfigen Geste seinen Speer in den Schnee. »Jetzt stehe ich unbewaffnet vor den Männern des Wachenden Sterns. Jetzt werde ich meine Ehre zurückgewinnen oder sterben. Ich habe keine Angst!«

»Wir werden sehen«, sagte Sheela nach einer Weile. »Wir werden es schon bald sehen.«

Mit grimmiger Entschlossenheit folgte Nakantahkeh den Kriegern. Er erwartete, daß man ihn körperlichen Foltern aussetzen würde. Als Krieger und Großwildjäger war er schon zuvor geprüft worden und war zuversichtlich, daß er sich selbst keine Schande machen würde. Aufrecht ging er mit den Kriegern in das Hügellabyrinth. Als die Männer ihn durch eine schmale Schlucht führten, die ihm unbekannt war, bemerkte er in Felle gekleidete Wachposten, die hoch über ihm im Nebel standen. Jetzt erkannte er, daß man ihn zum Lager des Stammes des Wachenden Sterns führte. Er wußte, daß er entweder ihr Vertrauen gewinnen oder sterben mußte. Wenn sie ihn für einen Feind hielten, würden sie niemals zulassen, daß er das Lager lebend wieder verließ. Sie gingen schweigend weiter, während einer der Krieger ihnen vorauslief.

Als sie endlich die Schlucht durchquert hatten und zu einer großen Höhle aufstiegen, hatte sich der gesamte, einstmals verstreute Stamm eingefunden, um sie zu begrüßen. Nakantahkeh blickte zu den hageren, vom Krieg gezeichneten Männern, Frauen und Kindern hinauf. Er hatte keine Ahnung gehabt, daß noch so viele am Leben waren. Mit Wolfsaugen starrten sie ihn mißtrauisch an. Sogar die Frauen und Kinder sahen gefährlich aus, besonders der Junge mit dem wilden Gesicht, der sich ein Stück von der Versammlung entfernte, sich auf die Felsen hockte und den Eindruck machte, als wäre er bereit, jederzeit zum Angriff überzugehen. Zum ersten Mal überlegte der Mann, ob es eine richtige Entscheidung gewesen war, allein in diese wilden Hügel zu gehen, um todesmutig zu versuchen, sich mit einem Stamm zu verbünden, der stärker als sein eigener war. Nakantahkeh überblickte die Menge und versuchte sich zu erinnern, an wie vielen Kriegszügen gegen diesen Stamm er teilgenommen hatte und wie viele von ihnen er getötet hatte. Wie viele Menschen seines eigenen Stammes hatten sie während der langen Jahre des Krieges getötet? Sein Gesicht blieb ausdruckslos. Es spielte jetzt keine Rolle. Ein häßlicher alter Mann mit einem schwarzen, federgeschmückten Kopf und mit ockerfarben bemaltem Körper kam durch die Menge auf ihn zu. Wila ging ihm voraus.

Den ganzen Tag lang hielten die Krieger des Stammes des Wachenden Sterns mit Sheela und dem Fremden Rat, während Jhadel ernst und nachdenklich zuhörte, nickte und an seinen Zahnstummeln saugte.

»Zu Anbeginn der Zeiten waren alle Menschen ein Stamm«, sagte der alte Schamane schließlich. »Wenn es wieder so sein soll, wird Himmelsdonner sich vielleicht in seinen Mantel aus Sturmwolken hüllen, seine Blitzspeere niederlegen und sich zufrieden mit dem wirbelnden Wind zur Ruhe begeben.«

»Gemeinsam könnten die Krieger unserer vereinigten Stämme über das Land ziehen und sich wie eine Flut aus den Bergen ergießen«, sagte Sheela erregt und voller Visionen der Rache. »Gemeinsam müßten wir uns nicht mehr heimlich an unsere Feinde anschleichen. Gemeinsam könnten wir über jene hinwegstürmen, die uns beschämt haben, und sie töten!«

Tsana war wütend. »Dieser Nakantahkeh hat Krieg gegen uns geführt! Er hat unsere Dörfer überfallen! Er hat unsere Frauen und Töchter vergewaltigt und . . .«

»Genug!« brachte Sheela ihn zum Schweigen. Sie wußte, daß Tsana Angst vor einem möglichen Rivalen um die Macht innerhalb des Stammes hatte. »Du kannst uns den Weg zeigen, den Shateh mit seinem Stamm und seiner Eidechsenfrau gegangen ist?«

»Ich *werde* ihn euch zeigen!« versicherte Nakantahkeh ihr.

Die Augen der Frau verengten sich, als sie eingestand: »Du mußt ein tapferes Herz und eine mutige Seele haben, wenn du allein zu uns gekommen bist.«

»Ich bin auf der Suche nach meiner Tochter oft in die Hügel gekommen«, sagte Nakantahkeh zu ihr. »Welcher Vater würde sich nicht für sein Kind in Gefahr begeben? Und welcher Krieger würde nicht dasselbe für seinen neuen Stamm tun?«

Jhadels schwarzer Kopf mit den Federn bewegte sich in zustimmendem Nicken auf und ab. »Vielleicht schließt sich der Kreis unseres Lebens in diesem Lager, und wir sollten uns mit denen beraten, gegen die wir schon zu lange Krieg geführt haben. Vielleicht ist es Zeit, daß die Stämme des Graslandes sich wieder zusammentun und die, die sich uns entgegenstellen, erzittern lassen.«

»Wie kannst du so etwas sagen?« wollte Tsana wissen, der erfolglos versuchte, sich seine Eifersucht auf den Fremden nicht anmerken zu lassen. »Wir können diesem Mann nicht vertrauen! Er wird niemals einer von uns sein! Er und seinesgleichen haben keinen Respekt vor den Bedürfnissen Himmelsdonners.«

Die Ratsversammlung schwieg.

Nakantahkeh blickte die Krieger an, dann den Schamanen und schließlich Sheela. »Wie kann ich beweisen, daß es nicht so ist?«

Sheelas Augen wandten sich nicht von seinem Gesicht ab, als sie leise antwortete. »Erdulde den Schmerz – wenn dein Fleisch verbrannt oder zerrissen wird ... oder wenn dasselbe mit deiner Seele geschieht. Du hast die Wahl.«

Nakantahkeh runzelte die Stirn. Er sah ihr in die Augen und hielt ihrem Blick stand. Als sie eine Sklavin gewesen war, hatte er ihr gegenüber kein Mitleid gezeigt. Hier im Lager ihres Stammes war sie auf irgendeine Weise zum Mittelpunkt der Macht geworden. Er wußte, daß sie auch kein Mitleid mit ihm haben würde.

Sie lächelte. Es war das Lächeln einer Schlange, die zufrieden auf einem sonnenbeschienenen Felsen döste, während die vor kurzem verschlungene Beute sich in ihren Eingeweiden noch im Todeskampf wand. »Du hast die Wahl«, wiederholte sie. »Schmerzen des Fleisches oder der Seele?«

Nakantahkeh bewunderte ihre Weisheit. Wofür er sich auch entschied, er konnte später nicht sagen, daß sie oder sonst jemand ihn dazu gezwungen hätte. Doch trotz all ihrer Klugheit hatte ihre eigene leidenschaftliche Natur und ihre Fähigkeit zu lieben – die er in ihrer Zuneigung zu ihrer jüngeren Schwester beobachtet hatte –, nicht verhindern können, daß sie ihn falsch eingeschätzt hatte. »Ich wähle den Schmerz der Seele«, sagte er zu ihr.

Die Krieger schnappten überrascht nach Luft. Alle wußten, daß sie selbst niemals so mutig sein würden.

Sheela musterte ihn nachdenklich. »Weißt du, wofür du dich entschieden hast, Nakantahkeh?«

»Ich habe mich für den größeren Schmerz entschieden«, bestätigte er.

Jhadels Augen waren so klein und scharf wie Obsidianklingen geworden. »Wirst du deiner Seele mit eigener Hand Schmerz zufügen?«

»Ja«, sagte Nakantahkeh. »Es soll mit meiner eigenen Hand geschehen. Ich werde Himmelsdonner nach der Tradition eures Stammes Ehre erweisen. Doch wenn es geschehen ist, soll kein Mann sagen, ich wäre keiner von euch!«

Am Abend wurde ein großes Feuer entzündet. Die Menschen tanzten und sangen und erzählten Geschichten von vergangenen Tagen, als die Mammuts im Grasland noch so zahlreich wie das Gras selbst gewesen waren. Die ganze Zeit saß die Tochter Nakantahkehs stolz neben ihrem Vater und erinnerte jeden daran, daß sie immer wieder gesagt hatte, er würde kommen, um sie zu holen.

Warakan sah furchtsam von dem schmalen Felssims aus zu,

den er für sich beansprucht hatte. Gelegentlich fuhr ein heftiges Zittern durch seinen Körper. Die Höhle schien mit Feuer, Farben und Lärm ausgefüllt zu sein – so sehr, daß seine Sinne schmerzten. Er erkannte die Gesänge wieder, die Tänze, die flimmernden Muster der Körperbemalung, mit der sich der Stamm des Wachenden Stern geschmückt hatte. Er wußte genau, wie diese Nacht enden würde.

»Hier, Junge, ein paar Fettstücke und eine Hasenkeule vom Festmahl! Warum kommst du nicht zu uns?« lud ihn Oan ein, als sie ihm das Fleisch reichte. »Sheela sagt, daß wir heute abend den Kreis des Lebens nach der Sitte unserer Vorfahren wieder eröffnen werden. Jhadel hat zugestimmt, daß jetzt die rechte Zeit dafür ist. Komm! Wir wollen von den Pilzen essen, und unser Schamane wird uns dann auf den Pfad der Träume führen.«

Warakan nahm den Holzteller an, stellte ihn ab, nahm die Keule in die Hand und starrte in Oans ernstes Gesicht, während er am Fleisch knabberte. Sie war freundlich zu ihm. Er hatte nichts gegen sie, aber sie war eine von ›ihnen‹, so daß er seit der Nacht, in der seine Schwester dem Sturmgott geopfert worden war, nicht mehr mit ihr gesprochen hatte. Warakan rührte sich nicht. Er starrte unentwegt Oan an, die sich bereits unwohl fühlte. Bald würde sie weggehen.

»Wie du meinst«, sagte Oan verärgert. »Aber ich werde dir keine Pilze bringen. Du wirst nicht die Freuden des Traumpfades erleben. Und wenn es anschließend vorbei ist, werde ich dir kein Fleisch bringen. Die Macht des Großen Geistes wird dich nicht erreichen!«

Warakan erzitterte. Er legte die Keule ab, als er plötzlich keinen Appetit mehr hatte. Der Große Geist soll mich doch in Ruhe lassen, dachte er verbittert. Er würde nie wieder von diesem Fleisch essen! Diesmal konnte Oan ihn nicht dazu zwingen! Er wußte, daß sie es gut mit ihm meinte, aber er würde ihr die Hand abbeißen, wenn sie es versuchen sollte!

Er blieb, wo er war, lauschte und sah zu, wie die Frau fortging. Das, wovor er sich fürchtete, würde noch eine Weile auf sich warten lassen. Zuerst würde das Mädchen tanzen, bis es berauscht war, und von allen berührt werden. Dann würde man es auf seine Reise zum Morgenstern vorbereiten, wo der große kannibalische Gott Himmelsdonner es erwartete.

Er blickte durch dic überfüllte Höhle. Die Wetterschirme waren aufgestellt worden, weil es schneite. Wenn sich der Himmel nicht aufklarte, würden die Feiernden es sich vielleicht anders überlegen und sich einfach schlafen legen. Dann würde das Mädchen am Morgen noch leben, und Sheela würde nicht in seiner Haut dastehen, um den Sonnenaufgang zu begrüßen. Warakan dachte lange darüber nach. Er schloß die Augen und wünschte sich, daß das Leben des Mädchens gerettet werden konnte. Dann schlief er erschöpft ein.

Als er aufwachte, trieb die Feier ihrem unvermeidlichen Höhepunkt zu. Der Stamm tanzte und Wila auch. Die großen Trommeln, die von vier Männern geschlagen wurden, dröhnten. Ihm war übel. Die Trommelfelle waren nicht ordentlich gepflegt worden, so daß sie sehr tief klangen und so schwer wie sein Herz schlugen. Plötzlich sah er, wie Wila stampfend in seine Richtung getanzt kam. Wie eine junge Ziege sprang er vom Felssims, nahm ihre Hände und begann mit ihr zu tanzen.

»Lauf fort!« flüsterte er eindringlich. »Du mußt fliehen!«

Wila war überrascht, ihn reden zu hören, so daß sie innehielt und ihn anstarrte. »Du kannst ja doch sprechen!«

»Ja, ich kann sprechen! Und du mußt auf das hören, was ich zu dir sage!« Doch während er sprach, blickte Warakan in ihre Augen und erkannte, daß nur wenig Hoffnung bestand, sie überzeugen zu können. Ihre Pupillen waren große schwarze Seen, die alles von der sanftbraunen Farbe verschluckt hatten, von denen sie gewöhnlich umgeben waren. Die Pilze hatten sie bereits auf den Traumpfad mitgenommen. »Wila!« sagte er und zerrte heftig an ihren Armen, um sie von den anderen wegzubringen. »Du mußt fliehen!«

»Warum? Mein Vater ist gekommen, um mich zu retten. Es gefällt ihm hier so gut, daß er beschlossen hat zu bleiben!«

»Er wird dich töten, Wila!«

Sie blinzelte, dann lachte sie. »Er hat sein Leben riskiert, um zu mir zu kommen!«

»Und er wird bei Sonnenaufgang dein Leben opfern, um eine Stellung in meinem Stamm zu gewinnen.«

Sie schnaufte ihn verächtlich an. »Geh weg!«

»Ich werde solange bei dir bleiben, bis du mir glaubst. Du bist ihm gleichgültig, Wila. Ich kann es in seinem Gesicht sehen, wenn er dich ansieht.«

Sie riß ihre Hände aus seinem Griff und schlug ihm dann auf die Wange. »Solange mein Vater bei mir ist, bin ich in Sicherheit. Der Stamm des Wachenden Sterns ist jetzt mein Stamm! Ich bin froh, daß Nakantahkeh sich entschieden hat, einer von ihrem Stamm zu werden. Shateh war alt und schwach! Ich hoffe, daß er bald stirbt! Ich hoffe, daß auch du stirbst!«

»Das wird er«, bestätigte Sheela, die plötzlich wie aus dem Nichts erschienen war. »Nachdem er seine Zunge wiedergefunden hat, werde ich ihn auf jeden Fall töten!«

Warakan schrie überrascht auf, als er Sheelas drohende Stimme hörte. Sie packte ihn an den Haaren und riß ihn grob zur Seite.

»Komm, Wila!« Sheela legte ihren Arm um das Mädchen und führte es zum Kreis der Tänzer zurück.

Warakan rieb sich seine schmerzende Kopfhaut, während die Tochter Sheehanals sich noch einmal zu ihm umblickte. In ihren Augen drohte der baldige Tod. Der Junge schluckte und wich in den Schatten zurück, um auf seinem Felssims allein zu sein. Er hatte Angst – und nicht nur um das Mädchen.

Lange Zeit saß er reglos vor Furcht da. Er überlegte, was er tun konnte. Er lauschte auf die Trommeln und auf den Gesang und als die Bewegungen, der Lärm und das Feuer nach einer Weile eine fiebrige Intensität annahmen, wußte er die Antwort. Er konnte nicht hierbleiben. Er wollte nicht hierbleiben und einem weiteren Opfer zusehen. Er wollte nicht zusehen, wie Sheela in Wilas Haut tanzte, wie sie in der Haut seiner Schwester getanzt hatte.

Die Erinnerung an das Töten und die rituelle Verspeisung der Toten entsetzte ihn, und er war überzeugt, daß es wieder geschehen würde. Also suchte Warakan seine Sachen zusammen – ein Steinmesser, ein kleines Werkzeug, um Leder zu durchbohren, und eine Rolle Sehnenschnur, um Fallen zu legen – und wickelte sie gemeinsam mit dem Fett und der Hasenkeule in sein einziges, bereits abgenutztes Schlaffell ein. Er zog schnell seinen Winterkittel, die Hosen und seine dreisohligen Jagdmokassins an und warf sich die Jagdhandschuhe mit dem Tragriemen um den Hals. Schließlich nahm er seine zwei Speere und stieg vom Felssims, nahm sich zwei Schneeschuhe und einen Winterumhang, die ihm nicht gehörten, und verließ die Höhle. Nicht einmal die Hunde bemerkten, daß er ging.

Ein heftiger Wind trieb Schnee aus dem Norden heran. Warakan legte die Handschuhe und den Umhang mit der Kapuze an, der aus Wolfsfellen bestand und einem streitsüchtigen älteren Jungen gehört hatte. Er knotete die Schneeschuhe an den Riemen zusammen, warf sie sich über die Schulter und eilte hinunter in die Schlucht. Er mußte sich vorsichtig bewegen, um unbemerkt an den Wachtposten vorbeizukommen, doch der Schnee verbarg jeden seiner Schritte, und bald erreichte er das offene Grasland, wo er um sein Leben lief.

Der Lärm wilder Gesänge, dröhnender Trommeln und schriller Pfeifen drang aus der Höhle zu ihm, als er seine Schneeschuhe anschnallte und weiterhastete. Er fühlte sich warm und befriedigt unter dem Gewicht des gestohlenen Kleidungsstücks und der Schneeschuhe. Der Junge, der ihn immer wieder geneckt und eingeschüchtert hatte, würde sich doppelt ärgern, wenn er erkannte, daß Warakan es gewagt hatte, sie ihm wegzunehmen. Doch nach einer Weile ließ die Befriedigung nach. Der Umhang war schwer, und die Schneeschuhe waren viel zu groß für ihn. Er mußte häufig anhalten, um die Verschnürungen wieder festzuzurren. Er hockte sich in den Wind und lauschte, als er plötzlich feststellte, daß er von der Höhle kein Geräusch mehr hören konnte.

Der Junge stand auf und drehte sich im Kreis. Er hörte nur noch den Wind und den Schnee. Die Gestalt des Landes war kaum noch sichtbar und ihm fremd. Er war schon weit gelaufen. Zum ersten Mal spürte der Junge die Last der Einsamkeit und fragte sich, wie lange er überleben würde.

Länger, als wenn du in der Höhle geblieben wärst, sagte er sich. *Du hast Fleisch und Fett. Du hast Speere, Sehnen und ein Messer. Du kannst Feuer machen. Du kannst dich warmhalten.*

Der Wind blies ihm ins Gesicht, er hatte den vertrauten Geruch des Nordwindes. Warakan drehte ihm den Rücken zu und wandte sich nach Süden. Der Häuptling namens Shateh folgte dort irgendwo den Wildpfaden in die ferne Rote Welt. Er war alt, hieß es, und hatte genug von Krieg und Tod. Vielleicht würde er einen kleinen Jungen willkommen heißen, der ihn warnte, daß ein Mann, der einmal an seiner Seite gestanden hatte, ihn jetzt an seine Feinde verraten hatte, und daß die wenigen sich zu vielen verbündeten, um gegen ihn in den Krieg zu ziehen, während er selbst seinen Stamm nach Süden führte, um dort in Frieden zu leben.

Aber wie sollte er ihn finden?

Warakan atmete tief die Nachtluft ein. »Bring mich auf den richtigen Weg, Nordwind! Zeig mir den Weg in die Rote Welt. Und hilf mir, diesen Mann namens Shateh zu finden.«

Hoch über dem See der Vielen Singvögel schreckte Han-da, der Schamane des Stammes des Blauen Himmels, aus dem Schlaf hoch. Er hatte unter einer Schilfmatte geschlafen, die für ihn auf dem Vorsprung vor seiner Höhle am Steilhang errichtet worden war, die er für sich in Anspruch genommen hatte. Die Zuflucht hatte einst seinem alten Freund Hoyeh-tay gehört. Han-da dachte, daß der Geist seines alten toten Freundes bestimmt nichts dagegen hatte, daß der Stamm des Blauen Himmels das Dorf übernahm, nachdem Dakan-eh es verlassen hatte, um in das Grasland zu ziehen. Han-da hielt es für angebracht, in Dakan-ehs Dorf zu ziehen, nachdem der See, an dem sein eigenes Dorf gelegen hatte, von der Sonne ausgetrocknet worden war.

Han-da blickte auf. Wasser tropfte auf seinen Kopf. *Es regnet!* stellte er freudig erregt fest. Und irgend jemand rief seinen Namen.

»Han-da! Han-da! Steh auf! Dakan-eh kommt! Der Mutige Mann kehrt mit dem Regen zurück! Jetzt schläft er gerade beim Stamm Iman-atls im Dorf des vielen Schilfs. Morgen wird er zu uns kommen! Wird er uns alle töten, weil wir sein Dorf übernommen haben? Aiee! Was sollen wir tun?«

Han-da kam auf die Beine und nahm seine Rassel aus Antilopenhoden in die Hand. Als er auf den Boten hinunterstarrte, der auf ihn zukam, begann der Schamane, heftig die Rassel zu schütteln. Das Geräusch der klappernden Knochen und Schnäbel beruhigte ihn, auch wenn es ihn nicht vor dem Zorn Dakanehs, des Häuptlings des Dorfes, würde retten können. Dennoch schüttelte er das Gerät weiter gegen den Himmel, während der Regen ihn durchnäßte. Vielleicht war diese rituelle Handlung so, als würde man am Schorf einer kleinen Verletzung kratzen, um nicht entsetzt über eine viel größere Wunde schreien zu müssen.

Nicht nur die Kühle des Regens, sondern mehr noch die Furcht verursachte Han-da eine Gänsehaut, während der Bote zur Höhle hinaufstieg und vor ihn trat.

»Sollen wir den Stamm wecken, Han-da? Sollen wir vor denen fliehen, die als wilde Krieger aus dem Grasland zu uns kommen werden? Die Stämme sagen, daß er den Regen gebracht hat, Han-da. Sie sagen, daß seine Macht groß und seine Speere scharf sind! Aiee! Du warst kein Freund von Dakan-eh. Als er die Männer und Schamanen aufrief, auf den Blauen Tafelbergen gegen die Feinde zu kämpfen, bist du fortgelaufen. Du hast den heiligen Stein unserer Vorfahren weggeworfen und ...«

»Genug! Ich brauche keinen Mann, der nicht einmal Schamane ist, um mir die Geschichte des Stammes zu erzählen! Ich schäme mich nicht! Ich bereue es nicht, meinen Stamm vom Krieg fortgeführt zu haben! Zum Schluß war ich nicht der einzige Schamane, der lieber seinen heiligen Stein fortgeworfen hat, als mit jenen zu kämpfen, die uns die Macht der Steine rauben wollten! Jetzt gibt es die Steine nicht mehr! Jetzt sind die Feinde fortgegangen, um sich gegenseitig in ihrer eigenen Welt zu bekämpfen! Hast du gehört, warum Dakan-eh zurückkehrt?«

Der Bote nickte. »Um wieder ein Mann der Roten Welt zu sein. Und um die Seelen seines Vaters und Na-seis in den Wind zu entlassen, der über das Land unserer Vorfahren weht.«

»Owa-neh ist tot?«

»Er wurde auf einer großen Jagd getötet! Und Na-sei ebenfalls! Die Geschichten werden schon in allen Dörfern erzählt! Aiee! Dakan-eh kehrt in großer Ehre zu uns zurück!«

Han-da runzelte die Stirn. Er hatte Dakan-eh weder gemocht noch ihm vertraut, doch die Aussicht, seinen Stamm vielleicht zu ihrem armseligen kleinen Dorf am Ufer dessen, was einmal der See der Roten Felskuppe gewesen war, zurückführen zu müssen, war wesentlich schlimmer. Viele Menschen, einschließlich des Häuptlings, waren an Krankheit gestorben, nachdem sich der See in Salz verwandelt hatte. Han-das Stirnrunzeln vertiefte sich. Er senkte den Arm und ließ die Rassel an seiner Seite hängen. »Du sagst, daß Dakan-eh den Regen gebracht hat?«

»Dakan-eh hat es so gesagt!«

»Hat er einen Schamanen in seinem Stamm?«

»Nein. Aber er kehrt mit vier Frauen statt einer zurück, und mit...«

»Ein Häuptling ohne Schamanen kann nicht darauf hoffen, in der Roten Welt respektiert zu werden.« Han-das Augen verengten sich nachdenklich, als er die Rassel schüttelte und sagte: »In einem Land ohne Totem ist es für einen Häuptling ohne Schamanen schwierig, die Entscheidungen zu treffen, die seinen Stamm am Leben erhalten... und sogar ein so mutiger Häuptling wie Dakan-eh wird einen Schamanen brauchen, nachdem er jetzt in das Land der Vorfahren zurückgekehrt ist.«

»Er hat den Regen gebracht, Han-da! Welcher Schamane hat das bisher geschafft?«

»Du sagst, er bringt seine Toten zurück in das Land der Vorfahren! Wenn er keinen Schamanen hat, der für ihn spricht, könnte der Stamm sich fragen, ob er den Regen gebracht hat oder ob er ihm in Trauer folgt. Wer kann sagen, ob dies ein gutes oder ein schlechtes Zeichen ist? Ein Schamane könnte es den Menschen sagen... ganz gleich, was Dakan-eh gerne hören möchte.«

»Dann wirst du unserem Stamm nicht sagen, daß er fliehen soll?«

»Nein. Wir werden hierbleiben und uns auf die Begrüßung der Rückkehrer vorbereiten. Jetzt ist mir klar, daß die Vier Winde uns an diesen Ort geführt haben, nicht um das Dorf eines anderen Stammes zu übernehmen, sondern um auf die

Rückkehr des Mannes zu warten, der der Häuptling unseres Stammes sein wird.«

Schließlich erreichten Dakan-eh und sein großer Troß den See der Vielen Singvögel. Mit ernster Würde nahm er Han-das Begrüßung an. Für den Mutigen Mann war es offensichtlich, was der unterwürfige Schamane bezweckte. Dakan-eh ließ sich nicht hereinlegen, und ihm entgingen auch nicht die Vorteile, die er selbst aus dieser Situation ziehen konnte. Wenn die Dinge sich für ihn nicht günstig entwickelten, konnte er seinem neuen Schamanen die Schuld daran geben. Er mochte den Mann nicht, aber einige der jüngeren Frauen in Han-das Stamm gefielen ihm sehr. Und noch mehr gefiel dem Mutigen Mann, plötzlich der Häuptling von so vielen Menschen zu sein – ein großer Häuptling in einem Land mit wenigen Menschen.

Die Verantwortung, die mit dieser Stellung verbunden war, ernüchterte ihn. Der Regen hatte aufgehört. Ein genauerer Blick auf den See der Vielen Singvögel überschattete Dakan-ehs Seele. Der Regen versüßte das blaue Wasser, das sich einst über viele Meilen erstreckt hatte. Doch während seiner Abwesenheit war das Ufer zurückgewichen und hatte einen Morast aus verfaulendem, stinkendem Schilf hinterlassen, und die Oberfläche des Sees war an vielen Stellen braun, wo früher klares Wasser den wohltätigen Himmel gespiegelt hatte. Bald würde der Mond der Kälte über der Roten Welt aufgehen. Würde er den benötigten Regen bringen oder nur leichten, trockenen Schnee oder gar wehenden Staub, bis auch dieser See irgendwann von der Sonne ausgetrunken war und sein Stamm hier nicht mehr leben konnte!

Die Menschen versammelten sich um ihn. Er war dankbar für die Ablenkung, als sie ihn nach Neuigkeiten aus dem fernen Grasland fragten. Er erzählte ihnen, was sie hören wollten: Er und seine Jagdkameraden waren in jenem wunderbaren Land große Krieger gewesen, doch jetzt sehnten sie sich nach der Gesellschaft von Menschen ihres eigenen Stammes und nach dem Land ihrer eigenen Vorfahren. Als Cheelapat und Rayela ihn mit ungläubigen Augen ansahen, warnte er sie mit einem

Blick, still zu sein und nicht zu vergessen, wer sie waren. Und als Kahm-ree davon murmelte, wie ihre Ban-ya an Fremde weggegeben worden war, schüttelte er den Kopf und sagte nachsichtig: »Die Jahre dieser Frau machen sich bemerkbar. Ich habe meine Ban-ya einem großen Häuptling überlassen! Eine Frau der Roten Welt lebt jetzt im Grasland, und die Frauen, die der Oberhäuptling mir dafür gegeben hat, werden jetzt hier leben.«

Beschwichtigt blieben die ehemaligen Frauen Shatehs stumm. Als Ghree gefragt wurde, wo Ma-nuk war, sagte sie, daß ihr früherer Mann sich entschieden hatte, im Grasland zu bleiben. »Doch meine Kinder und ich haben uns entschieden, an Dakan-ehs Seite zu gehen, und er hat uns angenommen! Wir gehören jetzt zur Feuerstelle des Häuptlings!«

Eine junge Frau aus einem der Stämme, die dem Mutigen Mann seit seiner Rückkehr in die Rote Welt gefolgt waren, hatte voller Ehrfurcht zugehört und seufzte nun mit unverhohlener Bewunderung. »Wahrlich, Dakan-eh ist ein Mann, dem die Geister freundlich gesonnen sind! Es hat nicht mehr geregnet, seit er uns verlassen hat, und jetzt, wo er in die Rote Welt zurückkehrt, stehen Wolken am fernen Horizont.«

»Ja, ich sehe die Wolken«, sagte Han-da. »Wann werden sie uns kommen, Mann, der den Regen bringt?«

Dakan-eh witterte die Falle und erwiderte gehässig: »*Du* bist der Schamane, Han-da. Nur du und andere Schamane können sagen, wann der Regen kommen wird. Ich kann ihn nur rufen und hoffen, daß er mir folgen wird.«

Der Mutige Mann wandte seinen Blick nach Norden. Die kleinen Regenwolken, die über die Rote Welt zogen, waren nichts im Vergleich zu den riesigen, stürmischen Gewittern, die über dem Land hingen, aus dem er gekommen war. Als er die Stirn runzelte, schmerzte seine neue Narbe. Er erinnerte sich an andere Stürme und wünschte, daß Shateh in den Gewittern, die jetzt über ihn hereinbrachen, den Tod fand.

In den folgenden Tagen erlebte Shatehs Stamm einen denkwürdigen Sturm, der sie dazu zwang, vorläufig von ihrem Südkurs abzuweichen, um Schutz im Windschatten der Klippen an den alten Bisontränken zu suchen. Hier hatten sie in besseren Zeiten oft gejagt und große Beute gemacht. Im starken Wind und Schneetreiben war die Reise beschwerlich geworden, und jeder war froh über die Gelegenheit, sich etwas auszuruhen. Sie entluden ihre Schlitten, errichteten provisorische Zelte und krochen hinein, um den Sturm abzuwarten. Nach einer Nacht und einem Tag war das Unwetter weitergezogen.

Anschließend beschwerte sich die neue Mutter Senohnim über Blutungen. Die Kinder waren unruhig, der alte Lahontay war sichtlich erschöpft, und die Fußballen der Hunde mußten mit Medizin versorgt werden.

»Wir werden in diesem Lager bleiben«, sagte Shateh und musterte besorgt den Himmel. »Aber nur für zwei Tage. Dann gehen wir weiter.«

Es erwies sich als gutes Lager. Hirsche wurden erlegt. Die Menschen und ihre Hunde aßen sich satt. Aus Rücksicht auf die neue Mutter ruhten sie sich noch einen dritten Tag aus.

»Wenn morgen die Sonne aufgeht, werden wir weitergehen«, sagte Shateh.

Doch bei Sonnenaufgang verirrte sich ein Wolf ins Lager. Die Hunde stürmten bellend los und griffen ihn knurrend an. Der Wolf schrie, und für Shateh und seinen Stamm hatte sich plötzlich alles verändert. Denn der Wolf hatte mit der Stimme eines Jungen geschrien.

»Nein! Zurück! Verschwindet!«

»Ein Überfall?« rief Lahontay, stand auf und griff nach seinen Speeren, als Shatehs Stamm losrannte und auf einen kleinen Jungen im Wolfsfell stieß, der mit zwei Speeren die Hunde in Schach hielt.

Shateh ging zwischen die Hunde und trieb sie zurück. Er stand vor dem Jungen. »Ein Überfall?« sagte er mit einem Schnaufen zu Lahontay. »Wenn die Krieger, die uns bisher überfallen haben, diese Größe gehabt hätten, wären sie alle vom Wind fortgeweht worden!« Er blickte auf das Kind hinunter. »Wer kommt unaufgefordert in Shatehs Lager?«

Der Neuankömmling, der erschöpft und unsicher auf seinen großen Schneeschuhen stand, entließ einen Seufzer. »Es ist

Warakan, der vom Stamm des Wachenden Sterns geflohen ist und der unaufgefordert in dieses Lager kommt! Es ist ein Freund, der gekommen ist, um Shateh zu sagen, daß der Mann namens Nakantahkeh dich an meinen Stamm verraten hat. Inzwischen dürfte er seine eigene Tochter als Opfer für Himmelsdonner getötet haben, um seine Treue zu beweisen. Inzwischen dürfte er ein Mann des Stammes des Wachenden Sterns sein. Zusammen mit Tsana, Jhadel und Sheela will er ein großes Bündnis mit den Stämmen schließen, die einst Shateh ihren Bruder genannt haben. Sie wollen dir folgen und dich töten. Dann wollen sie nach dem Totem suchen und dem Mann, den man den Mutigen Mann der Roten Welt nennt, den Tod bringen!« Ban-ya, die nicht weit von den anderen Frauen entfernt stand, keuchte auf.

Shateh entging ihre Reaktion auf die Warnung des Jungen nicht.

»Sie werden wie der wirbelnde Wind über das Land kommen«, sagte Warakan, als seine Beine nachgaben und er auf die Knie fiel. »Sie werden Shateh vernichten, wenn er nicht vor ihnen flieht. Warakan will mit dir fliehen, Shateh! Auch ich habe genug vom Tod!«

Der Oberhäuptling kniff die Augen zusammen. Einige Augenblicke vergingen, bevor er sprach. »Der Stamm des Wachenden Sterns wird einige Zeit brauchen, um das Bündnis zu schließen, von dem du sprichst. Und dann wird es noch einige Zeit dauern, bis sie sich auf die Suche nach Shateh machen. Bis dahin wird Shateh die Rote Welt erreicht haben und selbst ein Bündnis geschlossen haben.«

»Mit Eidechsenfressern?« fragte Wehakna und schüttelte zweifelnd den Kopf.

»Mit Dakan-eh, der in der Gunst der Vier Winde steht!« erwiderte Shateh resolut.

»Mit dem Mutigen Mann, der den Wirbelnden Wind jagt!« fügte Ban-ya stolz hinzu.

Shateh gefiel ihr Tonfall nicht. Im Stamm herrschte Totenstille.

»Kommt!« sagte der Oberhäuptling zu ihnen. »Wir müssen das Lager abbrechen und weiterziehen.«

»Warakan wird auch mitkommen?« In der Frage des kleinen Jungen lag so viel Hoffnung, daß jeder davon überrascht wurde.

»Laß ihn zurück, Shateh! Er gehört zu unseren Feinden!« warnte Lahontay. »Die Zeit mag kommend, wenn der Mann, der ihn seinen Sohn nennt . . .«

»Es gibt keinen Mann, der mich seinen Sohn nennt«, vertraute Warakan ihnen an. »Keine Frau antwortet, wenn ich nach meiner Mutter rufe. Meine Schwester wurde Himmelsdonner geopfert. Wenn ich nicht mit Shateh gehen kann, wird mich der Wind davonwehen. Ich gehöre nicht mehr zum Stamm des Wachenden Sterns!«

Wieder schwieg der Stamm.

Dann streckte Shateh dem Jungen die Hand hin. »Komm, Warakan! Du wirst bei uns bleiben.«

TEIL 4

DER RAND DER WELT

1

Eine seltsame Ruhe war über Cha-kwena gekommen, nachdem er den Tod des kleinen gelben Wolfes entdeckt hatte. Das Leben erschien ihm jetzt einfacher, wo er nicht mehr an Zauber glaubte und die Geister der Vorfahren nicht mehr fragte, was zu tun war. Wenn Kojoten und Wölfe in der Dunkelheit riefen und die Kinder sich um den Schamanen versammelten, damit er ihnen Geschichten über die jagenden Tiere der Nacht erzählte, sprach er nicht mehr von Phantomen oder Geistern, die aus der Welt jenseits dieser Welt kamen, um das Leben der Menschen durch magische Zeichen zu bestimmen. Statt dessen sprach er vom Verhalten der Tiere und von der angeborenen Weisheit des Instinkts und der Vernunft, von den Sinnen, die es ihnen erlaubten, zu fühlen und zu spüren, zu hören und zu schmecken, zu wittern und zu sehen, wie sich ihre Beute in der Nacht oder am Tag bewegte.

Manchmal bemerkte Cha-kwena, wie Kosar-eh ihn unter gesenkten Augenbrauen beobachtete. Zweifellos wunderte sich der Mann darüber, warum er die Geschichten geändert hatte. Damit sein Stamm keinen Verdacht schöpfte, daß der Schamane gar kein Schamane mehr war, wiederholte Cha-kwena dann die bekannten Erzählungen, wie sie seit Anbeginn der Zeiten weitergegeben wurden, in denen die Ahnen lehrten, daß die Menschen und Tiere eins waren. Er hatte diese Geschichten vom alten Hoyeh-tay gelernt – Geschichten über den Ersten Mann und die Erste Frau und über das Totem, Geschichten voller Zauber und Abenteuer.

Es befriedigte Cha-kwena, wenn er sah, wie die Kinder zuhörten, wie sie vor Staunen die Augen aufrissen, vor Begeisterung lachten oder über die Siege des Ersten Mannes und der Ersten Frau jubelten, wenn sie gegen böse Schamanen und die im ewigen Krieg liegenden Zwillinge kämpften, die Brüder des Himmels, die Zwietracht unter die Menschen gesät hatten. Oft verspürte Cha-kwena eine bittersüße Traurigkeit, wenn er zu den Kindern sprach, denn er erinnerte sich an die vielen Male, wo er selbst gebannt und ohne jeden Zweifel denselben Geschichten gelauscht hatte. Sein Stolz und seine Kraft waren gestärkt worden, als er sich mit der Vergangenheit und all den tapferen Männern und Frauen verbunden gefühlt hatte, die vor ihm durch diese Welt gezogen waren und deren Leben in sein Leben übergegangen waren. Als Kind hatte er an all diese Geschichten geglaubt. Jetzt glaubte er an gar nichts mehr. Wenn er atemlos in der Nacht erwachte, weil die Phantome von Raubtieren ihn in seinen Träumen verfolgten, beruhigte er sich wieder, weil er wußte, daß es nur Träume waren. Dann schlief er wieder ein, und die Träume kehrten zurück, aber sie konnten ihn nicht mehr quälen.

Zum ersten Mal in seinem Leben verspürte Cha-kwena die Genugtuung, Entscheidungen zu treffen, die nichts damit zu tun hatten, was andere vor ihm getan hatten oder was die Zeichen versprachen. Wenn etwas getan werden mußte, sorgte er dafür, daß es erledigt wurde. Wenn eine Entscheidung getroffen werden mußte, traf er sie und lebte mit der Tatsache, daß nur die Zukunft zeigen würde, ob sie richtig oder falsch gewesen war. Was auch immer geschah, er hatte die Verantwortung dafür und er würde sie auf sich nehmen.

Cha-kwena suchte nur noch selten das Innere des Hügels auf. Wenn er es tat, dann nur, um seinen Zeichnungen eine weitere Szene hinzuzufügen. Diese Tätigkeit hatte nichts damit zu tun, die Geister oder die Mächte der Schöpfung anzurufen. Es war lediglich eine Aufzeichnung der Ereignisse, und jetzt, wo es dem Stamm gutging, machte es ihm Spaß, einfache Dinge und alltägliche Tätigkeiten aufzuzeichnen: die Jagd auf einen Hirsch, der Tag, an dem Gah-ti stark genug war, zum ersten Mal die Höhle zu verlassen, und das Baby Doh-teyah, das nachts endlich friedlich schlafen konnte.

Die Zeit verging in einer ungestörten Abfolge von kalten, aber windstillen Tagen und Nächten. Mah-ree war wütend auf ihn, seit er ihr befohlen hatte, die Hunde aus der Höhle zu entfernen. Er hatte erklärt, daß der Stamm sie jetzt nicht brauchte, nachdem er eine dauerhafte Unterkunft gefunden hatte. Das

Mädchen hatte sich jedoch nicht von diesen Worten beschwichtigen lassen. Mah-ree hatte entrüstet verkündet, daß sie mit den Hunden gehen würde, wenn sie nicht bleiben durften. Ha-xas Geschimpfe hatte sie nicht einschüchtern können, doch schließlich war ihre Liebe zu Cha-kwena größer als ihre Zuneigung zu den Hunden gewesen. Sie hatte ihrem Schamanen gehorcht und schluchzend zugesehen, wie Cha-kwena sie vertrieben hatte. Erst mehrere Tage später hatte er entdeckt, daß sie heimlich für sie gejagt und ihnen Fleisch gebracht hatte, während sie sich hinunterschlich, um sich um die kranken Tiere zu kümmern. In einem Wutanfall hatte Cha-kwena ihre Medizin und ihre Lederstreifen fortgeworfen und ihr befohlen, in die Höhle zurückzukommen, neue Medizin für das Baby zu machen und nie wieder die Hunde aufzusuchen.

»Sie gehören nicht mehr zu diesem Stamm!« hatte er zu ihr gesagt.

Mah-ree hatte seitdem nicht mehr mit ihm gesprochen.

Als Cha-kwena jetzt am Eingang der Höhle stand und den Sonnenuntergang beobachtete, hörte er das ferne Grollen des Donners am Horizont. Das Wetter könnte sich bald ändern, aber er machte sich keine Sorgen. Statt dessen stellte er überrascht fest, daß er die Störungen und Belästigungen durch Mah-ree vermißte. Es tat ihm leid, daß sie so schwer unter dem Verlust der Hunde litt, doch die Tiere hielten sich im Wald knapp unterhalb der Höhle auf. Sie heulten nicht mehr in der Nacht, und wenn jemand sie sah, wirkten sie recht gesund. Interessanterweise waren Narbennase und ihre kränklichen Welpen nicht mehr bei ihnen.

Nachdem die Hunde fort waren, wurde es in der Höhle sauberer, und Doh-teyahs Augen eiterten bald nicht mehr. Trotzdem beschuldigte Mah-ree den Schamanen, ihre Freunde umgebracht zu haben, und jedesmal, wenn sie bemerkte, daß er sie ansah, bedachte sie ihn mit einem haßerfüllten Blick und wandte ihre Aufmerksamkeit Gah-ti zu. Sie pflegte und verhätschelte ihn und wollte Cha-kwena damit offensichtlich eifersüchtig machen. Der Schamane hob überrascht eine Augenbraue, als er feststellte, daß er wirklich eifersüchtig war.

Mah-ree veränderte sich vor seinen Augen, nahm an Gewicht

zu, bekam geschmeidigere Haut und größere Brüste. Sehr bald würde sie ihre erste Blutzeit erleben und offiziell als Frau des Stammes anerkannt werden. Ha-xa bereitete schon alles für das Aufnahmeritual vor. Er runzelte die Stirn. Eigentlich sollte es ihn gar nicht interessieren, aber das tat es doch. Cha-kwena mußte über diese Ironie lächeln. Nachdem der Moskito ihn all die Jahre lang belästigt hatte, zog er Mah-ree nun endlich als Partnerin in Betracht, als sie gar nicht mehr an ihm interessiert war.

»Kosar-eh?« Ta-maya kam zu ihrem neuen Mann, der allein in den länger werdenden Schatten des Tages saß. Er blickte nicht auf, während er mit ein paar letzten Handgriffen die Arbeit an einer neuen Speerspitze abschloß. Sie räusperte sich leise, um seine Aufmerksamkeit zu gewinnen. »Ich habe dir einen neuen Handschutz für die Steinbearbeitung gemacht. Deiner ist abgenutzt und . . .«

»Ich will dein Geschenk nicht!« sagte er gereizt. »Ich werde weiter den alten Handschutz benutzen, den Siwi-ni für mich gemacht hat.«

»Aber er ist völlig abgenutzt und löchrig, lieber Freund. Sieh doch, du hast dir die Hand verletzt!«

»Es wird wieder heilen. Kümmere dich um das Baby, Ta-maya. Ich kann deine Anwesenheit nicht ertragen.«

»U-wa kümmert sich um Doh-teyah.«

»Dann tu etwas anderes! Nähe einen Saum an die Wintermokassins, die du gerade für dich machst. Oder sieh nach, ob die Jungen Hilfe brauchen. Ich brauche nichts von dir.«

Tränen erstickten fast ihre Stimme. »Du willst die Kleidung nicht tragen, die ich für dich mache, und nur widerwillig nimmst du das Essen an, das ich dir zubereite. Du kehrst mir in der Nacht den Rücken zu. Sind meine Bemühungen, dich zufriedenzustellen, so ungenügend, Bruder meines Herzens?«

Er blickte sie mit verzogenem Gesicht an. »Ich habe dich nicht darum gebeten, in den Kreis meiner Familie zu kommen, Ta-maya. Ich habe dich nicht gebeten, für mich zu nähen oder zu kochen. Ich bin dir dankbar, wie gut du dich um meine Kinder kümmerst. Aber ich will mich in der Nacht nicht zu dir legen!«

Ta-maya war erstarrt. Es sah aus, als würde sie jeden Augenblick zerbrechen. »Ich muß meinen Schwur an Siwi-ni erfüllen. Vielleicht magst du mich nicht, Kosar-eh, aber du hast kein Recht, mich zu beschämen!« Sie wandte sich ab, suchte ihre Schlaffelle und Sachen zusammen und ging zu der Stelle hinüber, wo ihre Mutter sich niedergelassen hatte.

»Was soll das, Ta-maya?« fragte Ha-xa und blickte auf.

Ta-maya legte ihre Sachen ab und setzte sich neben ihre Mutter. »Kosar-eh will mich nicht.«

Ha-xa schüttelte den Kopf. »Er will dich viel zu sehr, meine Liebe.«

»Ich verstehe nicht.«

»Er hat dich schon immer gewollt, erste Tochter. Jetzt, wo er dich hat, schämt er sich.«

»Warum? Wegen seiner Narben? Sie sind mir egal!«

Ha-xa schüttelte den Kopf über das Unvermögen ihrer Tochter, etwas zu verstehen, das offen auf Kosar-ehs Gesicht geschrieben stand, seit Ta-maya mit ihren Sachen an seine Feuerstelle gegangen war. »Er schämt sich nicht wegen seiner Narben, meine Tochter! Er hat sich als großer Krieger erwiesen, auch wenn er nur einen Arm benutzen konnte! Er schämt sich, weil er weiß, wie sehr er dich gewollt hat, auch wenn die Mächte der Schöpfung ihm nur Siwi-ni als Frau erlaubten.«

»Er hat seine Frau sehr geliebt!«

»Richtig. Siwi-ni war eine gute Frau für ihn und eine gute Mutter für seine Kinder. Sie war eine Frau, für die jeder Mann dankbar sein würde, aber auf die kein Mann stolz sein würde und in der kein Mann die wahre Befriedigung seiner Bedürfnisse finden konnte.«

Ta-maya sah ihre Mutter ungläubig an. »Siwi-ni hat Kosar-eh fünf Söhne und eine Tochter geboren!«

Ha-xa nickte, dann senkte sie die Stimme und vertraute ihr an: »Und wenn mein Herz richtig vermutet, dann hat er jedesmal, wenn er bei dieser Frau lag und neues Leben mit ihr machte, mit den Augen seines Herzens gesehen, wie er bei dir lag!«

Ta-mayas Gesicht errötete. »Mutter! Er ist mein Lieber Freund und der Bruder meines Herzen!«

»Er ist dein Mann, Ta-maya! Ein Mann muß mehr sein als nur ein lieber Freund, und Kosar-eh hat dich niemals mit den Augen eines Bruders angesehen! Das mußt du doch wissen!«

Ta-maya keuchte verzweifelt. »Ich hätte niemals mit Chakwena nach Osten kommen dürfen. Ich hätte mich von Ysuna für Himmelsdonner opfern lassen sollen. Wie es zwischen dir und meinem Vater war, so war es zwischen Masau und mir. Ich will keinen anderen Mann! Nach unserer Flucht und seinem Tod hätte mein Platz an der Seite von Masaus Vater sein sollen. Vielleicht hätte ich durch Shateh einen Sohn gebären können, durch den Masaus Geist in die Welt wiedergeboren worden wäre. Shateh wollte mich. Er hat es niemals ausgesprochen, aber ich habe es in seinen Augen gesehen.«

Ha-xa blickte mit tiefer Besorgnis. »Vergiß die Vergangenheit, Ta-maya! Shateh ist weit entfernt, und die Seele des Mystischen Kriegers befindet sich in der Welt jenseits dieser Welt. Dein Leben ist hier und jetzt, bei deinem eigenen Stamm und bei dem, der dein Mann sein wird und sein muß!«

»Gehöre ich wirklich hierher, Mutter? Wenn Kosar-eh mich wollte, würde er mich zumindest etwas freundlicher behandeln. So wie es jetzt mit ihm ist, habe ich überhaupt kein Leben. Meine Seele ist bei Masau. Es wäre besser gewesen, wenn ich gemeinsam mit ihm gestorben wäre. Oder ich hätte zu Himmelsdonner gehen sollen, wie es der Stamm des Wachenden Sterns vorhatte. Du hättest niemals von meinem Schicksal erfahren, und Masau wäre noch am Leben – in Fleisch und Blut und nicht nur als Geist, der vom warmen Wind durch meine Träume geweht wird.«

Diese Worte brachten Ha-xa auf die Beine. Sie war eine beeindruckende Gestalt, als sie in den Jaguarfellumhang gehüllt, der einst der stolze Besitz ihres getöteten Mannes gewesen war, durch die Höhle schritt und wütend auf Kosar-eh zeigte. »Bessere Männer als du haben gekämpft und sind gestorben, um meine erstgeborene Tochter zu besitzen! Wie kannst du es wagen, ein Kind von Tlana-quah und Ha-xa in Schande fortzuschicken? Ta-maya ist die Tochter eines Häuptlings! Du wirst ihr nicht länger das verweigern, was einer Frau zusteht! Du wirst das Essen annehmen, das sie für dich zubereitet, du wirst die Kleidung tragen, die sie für dich näht, und du wirst in der Nacht bei ihr liegen und Söhne und Töchter mit ihr machen, wie du viele Söhne und eine Tochter mit Siwi-ni gemacht hast. Ta-maya ist jetzt deine Frau. Du wirst dafür sorgen, daß sie in diesem Leben glücklich wird, damit sie sich nicht mehr nach der Welt jenseits dieser Welt sehnt!«

Alle Menschen in der Höhle unterbrachen ihre Tätigkeiten und drehten sich um.

Mit offenem Mund starrte Kosar-eh zu Ha-xa hinauf. »Ich ... ich habe sie nicht fortgeschickt.«

»Du hast sie nicht freundlich empfangen!«

»Ich ... ich bin in Trauer. Ich ...«

»Die Zeit der Trauer ist vorbei!« schrie Ha-xa. »Es ist Zeit für Kosar-eh, sich über die vielen Geschenke zu freuen, die die Mächte der Schöpfung ihm gegeben haben – die Benutzung seines rechten Armes, die Heilung seiner Tochter, die Gesundung Gah-tis und die neue Frau an seiner Feuerstelle. Siwi-ni hat ein langes Leben gehabt. Jetzt ist sie tot! Ihre Seele soll Ruhe finden! Heiße Ta-maya noch einmal an deiner Feuerstelle willkommen – doch diesmal nicht in ernster Verpflichtung, sondern wie ein Mann, der freudig seine Braut empfängt, damit sie nicht vor allen beschämt wird, die sie voller Ehre angesehen haben! Tu es, Kosar-eh, und tu es jetzt, oder ich schwöre dir bei den Vorfahren, daß sie nie wieder für dich da sein wird!«

Kosar-eh war zu schockiert, um sprechen zu können.

Ha-xa schnaufte und warf ihren Kopf wie eine zornige Stute zurück. »Schon viel zu lange ist meine älteste Tochter ohne Mann gewesen! Und du bist nicht der einzige Mann in diesem Stamm, der sie haben möchte! Cha-kwena! Schamane! Tritt jetzt vor und ...«

»Nein!« kreischte Mah-ree, bevor der fassungslose Cha-kwena etwas sagen konnte, aber nicht bevor der ernüchterte Kosar-eh aufgesprungen war.

Als er erkannte, was die Mutter der von ihm geliebten Frau

mit Recht von ihm verlangte, war Kosar-eh atemlos und betäubt vor Angst, Ta-maya zu verlieren. Er ging zu ihr. Er nahm ihre Hand und sagte: »Ich habe dich nie darum gebeten, meine Frau zu werden, weil ich mich aus vielen Gründen, von denen du vermutlich nichts ahnst, für deiner unwürdig gehalten habe. Doch jetzt bitte ich dich. Ich werde dich jetzt willkommen heißen. Komm zu mir und sei meine Frau, Ta-maya, und ich werde dich nie wieder beschämen. Du bist das schönste Geschenk, das Siwi-ni – oder die Mächte der Schöpfung – mir jemals gemacht haben.«

Kosar-eh wartete auf die Dunkelheit. Als sie kam, war er froh. Während die anderen ihm den Rücken zukehrten und taten, als würden sie schlafen, wandte er sich unter den gemeinsamen Schlaffellen seiner neuen Frau zu. Nackt und wie im Traum berührte er ihren bloßen Körper und begann sie zu lieben, wie er es sich fast sein ganzes Leben lang erträumt hatte. Langsam und behutsam nahm er sie mit auf eine Reise der gegenseitigen Lust und spürte, wie sich ihre Anspannung unter seiner Berührung löste. Er hörte, wie ihr Atem schneller wurde, bis sie vor Erwartung keuchte. Er fühlte, wie sich ihre Brustwarzen aufrichteten und hart wurden, während sich ihr Herzschlag beschleunigte. Schwer atmend tanzte sie mit ihm einen Tanz, in dem das Feuer immer höher schlug, bis eine weitere Steigerung unmöglich schien. Dennoch ging der Tanz weiter und führte in Höhen, die er niemals für möglich gehalten hätte, bis sie plötzlich auf dem Höhepunkt seinen Namen schrie und er den Augenblick der Ekstase mit ihr teilte. Gemeinsam brachen sie zusammen, fielen sich in die Arme, und Kosar-eh zitterte in seiner Heftigkeit des Glücks, das er nicht mehr erlebt hatte, seit er ein Junge gewesen war, der seine erste Jagd siegreich überstanden hatte – jung und mit unversehrtem Körper, während sich vor ihm das Versprechen eines guten Lebens ausgebreitet hatte.

Ta-maya erwachte in Kosar-ehs Armen und lag ruhig und glücklich da. Die Freude, die der Mann ihr geschenkt hatte, war einmalig gewesen. Da man sie als jungfräuliche Braut für Himmelsdonner hatte opfern wollen, hatte Ta-maya niemals mit Masau zusammengelegen. Sie schloß die Augen und versuchte sich an das Gesicht und die Berührung des Mystischen Kriegers zu erinnern. Doch es war so lange her, daß sie jetzt nur noch Kosar-eh sah – stark, sanft und mit vernarbtem Gesicht, aber liebevoll und sorgsam.

Sie berührte in der Dunkelheit sein Gesicht. »Lieber Freund, Bruder meines Herzens, mein geliebter Mann. Kosar-eh.«

Er regte sich und drückte sie fester an sich.

Als er es tat, erkannt sie mit grenzenlosem Erstaunen, daß sie ihn nicht nur als Freund und Bruder, sondern als Mann liebte.

Donner grollte in den Sturmwolken, die über den fernen Bergen aufgezogen waren. *Himmelsdonner ist zornig,* dachte sie erzitternd. *Masau ist zornig. Ich hätte niemals von seinem Stamm fortlaufen dürfen. Vielleicht hätte ich bei Shateh bleiben und ihm einen Sohn schenken sollen. Einen Sohn, der Masaus Namen übernimmt, damit er wieder leben kann.* Dann blickte sie sich schuldbewußt um. Ja, er war noch hier. Sie spürte seinen Geist ganz in ihrer Nähe, als sie unhörbar in der Nacht flüsterte. »Ja, mein Geliebter. Ich spüre deine Anwesenheit, und ich höre deine Stimme im Donner. Sei nicht zornig! Ich bin Kosar-ehs Frau, aber nicht für immer. Ich habe dich nicht vergessen.«

2

Im Dorf am See der Vielen Singvögel waren die Seelen von Owa-neh und Na-sei schon vor einiger Zeit auf den Weg zu den Vorfahren in der Welt jenseits dieser Welt geschickt worden.

Jetzt verbrachte Dakan-eh seine Zeit in Muße in einer riesigen, kegelförmigen Hütte aus gebogenen Weidenzweigen, die mit dicken Matten aus geflochtenen Binsen bedeckt waren.

Endlich war er ein großer Häuptling. Endlich konnte er es genießen, wie andere seiner Kraft und Weisheit Ehre erwiesen. Es war doch auch richtig so! Er war schließlich nicht mehr Dakan-eh, der Mutige Mann aus der Roten Welt, sondern Dakan-eh, der Mutige Mann, der den Regen bringt. Wenn er seinem Stamm auch nur andeutete, er könnte ihm seine Gunst entziehen, erzitterten die Menschen vor Furcht.

Die schweren Regenfälle, die Dakan-eh in das Land seiner Vorfahren begleitet hatten, waren jetzt vorbei. Im Großen See befand sich wieder Wasser, ebenso im See der Vielen Singvögel und in allen kleineren Seen und Teichen. Zum ersten Mal seit vielen Monden flossen wieder die zuvor ausgetrockneten Bäche und Flüsse. In den Hochlandwäldern wurden Bäume und Büsche vom lebenserhaltenden Geschenk des Regens saubergewaschen.

Von der Höhle aus, die früher einmal Hoyeh-tay und dann Cha-kwena gehört hatte, war durch Han-da verkündet worden, daß der Schnee des Winters früh kommen würde. Anschließend würde das Land in einem reichlichen Frühling erblühen, wie ihn die Rote Welt seit Ewigkeiten nicht mehr erlebt hatte.

»*Ich* habe das alles getan!« sagte Dakan-eh zu den Menschen und schickte Abgesandte über das Land, um seinen Tribut einzufordern.

›Der Mutige Mann, der den Regen bringt, ist zu seinem Stamm zurückgekehrt!‹ mußten die Boten zu den Häuptlingen der vielen Stämme sagen. Die Abgesandten kamen stolz zu den Menschen, die lange gelitten hatten, und erlaubten den Jägern und Sammlern von Schlangen und Eidechsen, Maden und Samen, die Größe ihrer tödlichen Speere zu bestaunen, die Dakan-ehs Anhänger aus dem Norden mitgebracht hatten – Speere, die für die Großwildjagd und zum Töten von Menschen benutzt wurden. ›Schickt dem Mutigen Mann, der den Regen bringt, Geschenke, damit er euch und dem Land der Vorfahren weiterhin freundlich gesonnen ist! Wenn ihr das nicht tut, wird der Mutige Mann, der den Regen bringt, nie wieder die Regengeister rufen, und euch wird erneut der Fluch Chakwenas treffen!‹

Aus der ganzen Roten Welt wurden Geschenke gebracht, um die Gunst des Mutigen Mannes, der den Regen bringt, zu sichern: Decken aus geflochtenen Kaninchenfellen, hervorragend gewobene Jagdnetze, die sich zu einer Länge von fast einer Viertelmeile entfalten ließen und in die viele Hasen und Kaninchen getrieben werden konnten, erstklassiger Feuerstein und Chalzedon aus den Weißen Hügeln, Körbe voller geröstete ter Samen, Maden und Insekten, Schnüre aus den Häuten von Schlangen und Eidechsen und vielfarbige Federn, Steine und Knochenperlen und die hübschesten Töchter im heiratsfähigen Alter aus den vielen Stämmen.

Während der Mutige Mann, der den Regen bringt, jetzt splitternackt und glücklich auf einer großen Fläche aus den weichsten Kaninchenfelldecken lag, befriedigte er seinen Appetit auf Essen und Frauen. Er war nicht mehr glücklich, als der junge Hah-ri die Federnschnüre teilte, die den Vorhang des Eingangs zu seiner Hütte bildeten.

»Shatehs Stamm kommt aus dem Norden zu unserem Dorf, Dakan-eh!« sagte der Junge aufgeregt. »Er kehrt zurück, um wieder in der Roten Welt zu überwintern!«

Nachdem er Warakans Warnung gehört hatte, verlor Shateh keine Zeit dabei, seinen Stamm durch die Berge in die Rote Welt zu führen. Von Ban-ya angeführt, hatten sie schnell die Route gefunden, auf der Dakan-eh das Grasland verlassen hatte. Es war eine lange Reise, aber das Wetter hatte sich gebessert, und die kalten Winde hatten den Schnee vor ihnen hergetrieben – fast als wollten die Vier Winde damit den Sinn ihrer Reise bestätigen. Es gab Hirsche und anderes Kleinwild, das sie jagen konnten. Shatehs Stamm mußte nicht hungern.

Nachts schlief der Oberhäuptling zufrieden und war zu müde, um sich an seinen Frauen zu befriedigen. Ban-ya dankte den Mächten der Schöpfung für diese Gunst, denn ihre Blutzeit hatte endlich wieder eingesetzt. Obwohl das Blut nur spärlich floß und sich leicht verbergen ließ, freute sie sich darüber, daß sie bald wieder bei ihrem Mann sein würde, ohne daß sie schwanger war.

»Seht ihr?« brüstete sich Ban-ya, als die Reisenden das Dorf am See der Vielen Singvögel erreichten. »Dakan-eh steht wirklich in der Gunst der Vier Winde, genauso wie alle, die ihm folgen!«

Und genauso wie ich! dachte sie in glücklicher Erregung. Ihr Herz klopfte heftig.

Als sie endlich an ihrem Ziel angekommen waren, sahen Ban-ya und ihre Mitreisenden bewaffnete Männer aus den vielen Dörfern der Roten Welt, die aus ihren Verstecken kamen. Die Wachen versperrten ihnen den Weg ins Dorf.

»Ihr werdet nicht wieder in dieses Land kommen!« sagte einer der Wachtposten. »Der Mutige Mann, der den Regen bringt, hat gesagt, daß Shateh in der Roten Welt nicht mehr willkommen ist! Er hat gesagt, daß Shateh wieder gehen muß! Shateh wird gehorchen!«

Ban-yas Gesicht errötete, während Shateh nachdenklich eine Augenbraue hob. Er betrachtete die kurzen Jagdspeere mit den kleinen Spitzen und die gegabelten Dreispitze zur Schlangenjagd, die die Männer trugen, die ihm in den Weg getreten waren. Ban-ya wußte, daß der Oberhäuptling Verachtung für das armselig bewaffnete Volk empfinden mußte, aus dem sie stammte. Er überragte die Männer, und sogar die Frauen seines Stammes waren so groß wie der größte Wachtposten der Roten Welt. Wie sie in ihren zerlumpten Lendenschurzen aus Antilopenleder und Umhängen aus Kaninchenfell dastanden, die Füße in Sandalen aus gestampften Salbeifasern und die Köpfe mit hohen Hüten aus getrocknetem Gras verziert, die sie größer erscheinen lassen sollten, schämte Ban-ya sich für sie.

Sie senkte den Blick. Shateh könnte die Hälfte der Männer mit einem Schwung seines Arms umwerfen, und wenn die anderen Männer seines Stammes ihre mächtigen Speere hoben, würde der Rest wie erschrockene Wachteln fliehen. Sie wartete, daß es geschah – sie wollte, daß es so geschah. Solche unwissenden Männer wie diese hatten das Leben nicht verdient und erst recht nicht den Respekt Shatehs.

Doch der Oberhäuptling erwies ihnen Respekt. Er nickte demütig zu ihrem Befehl. Weder er noch irgendein anderer Mann seines Stammes hob den Speer oder machte auch nur eine einzige feindselige Geste. Statt dessen fragte Shateh höflich: »Ist es richtig, wenn ich vermute, daß dieser Mutige Mann, der den Regen bringt, derselbe Mann ist, der von meinem Stamm als Dakan-eh aus der Roten Welt willkommen geheißen wurde?«

»Es ist derselbe. Er ist jetzt ein großer Häuptling!« Obwohl der Mann in stolzer Haltung dastand, war er offensichtlich erleichtert, daß seine Männer nicht von den bewaffneten Kriegern des Graslands angegriffen wurden.

Shateh nickte und behielt seine Gedanken für sich. »Dann wird Shateh von diesem großen Häuptling freundlich empfangen werden, wenn er erfährt, daß ich ihm eine Warnung vor vielen Feinden bringe, die bald aus dem Norden zu ihm kommen werden. Shateh ist gekommen, um an seiner Seite zu stehen – und an eurer – damit wir gemeinsam die Feinde zurückschlagen können. Tretet beiseite und senkt eure kleinen Speere und eure Schlangenspieße, tapfere Krieger der Roten Welt. Shateh, der Oberhäuptling und Schamane des Graslands, wird mit euch zum Mutigen Mann, der den Regen bringt, gehen.«

Ban-ya hätte fast gelacht, als sie die erschütterten Gesichter der Männer der Roten Welt sah, während sie sich zurückzogen. Statt Shateh aufzuhalten, begleiteten die Wachtposten ihn nun in das Dorf am See der Vielen Singvögel.

Doch als Shateh vor die Hütte des großen Häuptlings Mutiger Mann, der den Regen bringt, trat, war jede Heiterkeit aus Ban-yas Herzen verschwunden. Ihre alte Großmutter Kahm-ree kam weinend angelaufen, um sie zu umarmen, doch Ban-ya schob die alte Frau zur Seite. Sie hielt den Atem an, als Dakan-eh in der Pracht zweier Welten aus seiner Grashütte trat. Noch nie hatte ihr Mutiger Mann überwältigender ausgesehen. Ohne ihr einen einzigen Blick zuzuwerfen, funkelte er Shateh zornig an. Ban-ya, die ein freudiges Wiedersehen mit ihrem geliebten Mann erwartet hatte, verspürte plötzlich einen kalten Schauer, obwohl sie ihren warmen Umhang aus Kojotenfellen trug. Ghree, Cheelapat und mehrere nackte junge Frauen kamen aus dem geräumigen Haus des Mutigen Mannes und traten neben ihn. Nicht weit entfernt sah sie Rayela inmitten einer kleinen Gruppe stillender Mütter, die den kleinen Piku-neh an ihrer

Brust hielt. Ban-ya verspürte den Drang, vor Freude aufzuschreien und zu ihrem Kind zu eilen, doch der Junge sah sie nur mit einer unbestimmten Neugier an, und Rayela grinste mit hoch erhobenem Kopf.

Hat er mich so schnell vergessen? Ihr Herz blutete, und sie empfand eine tiefe Reue, als sie an die vielen Male dachte, als sie den Jungen in Sheelas Obhut gegeben hatte. Er war es gewöhnt, von anderen Frauen versorgt zu werden. *Aiee!* jammerte sie in stummer Verzweiflung. *Hat er schon vergessen, daß ich seine Mutter bin?*

Jetzt blickte der Mutige Mann sie an. Wieder hielt sie den Atem an. War es Liebe, was sie in seinen Augen sah? Sie war sich nicht sicher. Er wandte schnell den Blick ab und musterte überheblich Shatehs zusammengeschrumpften Stamm. Ban-ya kannte ihn gut genug, um zu wissen, daß er diese Gelegenheit nutzen würde, es dem Oberhäuptling heimzuzahlen, daß er ihn aus dem Grasland verbannt hatte.

»Ist der Mond der Kälte früh im Grasland aufgegangen, um die Schwachen und Untauglichen aus Shatehs ›Herde‹ auszusondern? Ich habe dich vor dem gewarnt, was geschehen würde, wenn du mich von deinem Stamm fortschicken würdest, nach all dem, was ich für dich getan und gewagt habe.«

Ban-ya riß die Augen auf. Was sagte er da? Konnte er nicht sehen, daß Atonashkeh sich nicht mehr unter Shatehs Kriegern befand?

Dakan-eh hatte es jetzt offenbar ebenfalls bemerkt. Er schüttelte den Kopf. »Also hat der Seelenfänger wieder seine Opfer unter Shatehs Söhnen gesucht... Das ist nicht gut. Aber warum glaubt Shateh, daß er hier jetzt willkommen sei? Shateh ist nicht willkommen. Shateh muß gehen. Doch vorher will ich meine Frau Ban-ya zurückhaben. Als Entschädigung kannst du die zwei Frauen bekommen, die du mir gegeben hast. Ich habe jüngere Frauen gefunden, um sie zu ersetzen, und mein Sohn wird blaß von der dünnen Milch deiner Frau aus dem Grasland.«

Shatehs Gesicht spannte sich mit dieser Beleidigung an.

Ban-ya bemerkte es kaum. Sie hätte fast laut und triumphierend aufgelacht, als sie sah, wie Rayela vor Scham zusammenzuckte und Piku-neh fester an sich drückte. Doch im nächsten Augenblick zuckte Ban-ya zusammen – nicht vor Scham, sondern vor tiefer Enttäuschung, obwohl sie die Antwort des Oberhäuptlings vorausgesehen hatte.

»Du kannst die Frauen behalten, die ich dir gegeben habe«, teilte Shateh gelassen mit. »Ich werde Ban-ya behalten. Sie kann deinen Sohn nicht stillen. Mein Leben wächst jetzt in ihrem Bauch heran. Und du solltest deine unfreundliche Begrüßung lieber zurücknehmen und diesen Kriegerhäuptling und seine harten Kämpfer willkommen heißen. Der Mutige Mann mag den Regen gebracht haben, aber er wird alle Männer brauchen, die er bekommen kann, wenn er sich erfolgreich gegen den Ansturm der Feinde zur Wehr setzen will, die uns bald folgen werden.«

Ban-ya runzelte die Stirn, als der Schamane Han-da angriffslustig mit seinem federnbesetzten Grashut vortrat. Er schüttelte seine Rassel vor Dakan-ehs Gesicht. »Ist das der Regen, den du uns gebracht hast?« kreischte er. »Ein Wolkenbruch von Feinden, der die Rote Welt überschwemmt?«

Dakan-ehs rechter Mundwinkel verzog sich zu einem verächtlichen Grinsen. Dann warf er den Mann kurzerhand um.

Ohne auf den Zwischenfall einzugehen, hob Shateh die Arme in einer Geste des Friedens und der Brüderlichkeit. »Zwischen uns sollen keine bösen Worte mehr gesprochen werden. Was geschehen ist, kann nicht mehr geändert werden. Aber sei gewarnt – im Norden braut sich wirklich ein Sturm aus Männern zusammen. Sie wollen sich an uns rächen für das, was im großen Krieg geschehen ist. Ein Bündnis der überlebenden Krieger des Stammes des Wachenden Sterns und der Stämme des Graslands wird sich bald gegen uns wenden. Eine Frau, die einst deine Sklavin war, führt sie an. Ihr Stamm sagt, daß in ihren Adern das Blut Ysunas fließt und daß durch sie die Tochter der Sonne wiedergeboren wurde.«

Dakan-eh war entsetzt. Die Dorfbewohner schwiegen voller Angst.

Shateh musterte sie. »Ich habe lange darüber nachgedacht. Wenn alles vorbei ist und es unsere Feinde nicht mehr gibt, wird es gut sein. Zwei Stämme werden zu einem geworden sein, und der eine wird stärker als die zwei allein sein!«

Pah-la, die zwischen den anderen Witwen stand, trat vor. »Wie kann das sein?« fragte sie mit zitternder Stimme. »Wir von der Roten Welt sind kein Kriegerstamm. Einst haben wir mit Shateh in einem großen Krieg gegen den Stamm des Wachenden Sterns gekämpft. Doch in jenen Tagen war die Macht unseres Totems mit uns, und Shateh war mit allen Häuptlingen des Graslandes verbündet. Jetzt ist das große weiße Mammut verschwunden, und jene, die einst Shatehs Verbündete waren, sind nun seine Feinde. Wie können wir hoffen, sie zu besiegen?«

Mit einer erhobenen Hand brachte Shateh das unruhige Gemurmel der Dorfbewohner zum Verstummen. »Unsere Macht zu siegen liegt zum Teil in unseren Waffen und unserem Willen zu siegen. Doch wir müssen auch im Land jenseits der Roten Welt unser Totem suchen.«

Dakan-eh blickte mißmutig. »Das große weiße Mammut ist bei Cha-kwena hinter den Sandbergen.«

»Das hast du immer wieder gesagt«, bestätigte Shateh. »Es scheint, daß du recht hattest. Solange Cha-kwena über die Macht des großen weißen Mammuts verfügt, werden der Rabe und der Tod uns folgen, und wir können nicht hoffen, gegen unsere Feinde zu siegen. Also werden wir Cha-kwena jagen und töten, dann den heiligen Stein nehmen und wieder auf dem Pfad unseres Totems gehen.«

»Das schaffen wir nicht!« rief Han-da und sprang auf. »Wir müssen fliehen! Es gibt Orte in diesem Land, an denen uns die Feinde nicht finden werden. Wir müssen gehen!«

»Was ist das für ein armseliges Geschöpf?« unterbrach Shateh ihn und blickte Han-da voller Widerwillen an.

»Es hält sich selbst für einen Schamanen«, antwortete Dakan-eh. »Ich habe ihm erlaubt, in meinem Dorf zu wohnen.«

Shateh sah Han-da an, als wäre er weniger als ein Floh auf einem der Hunde seines Stammes. Dann blickte er Dakan-eh an, und als er das mißtrauische Funkeln in den Augen des jüngeren Mannes bemerkte, erkannte er das Ziel seines Ehrgeizes. »Der Mutige Mann, der den Regen bringt, muß nicht mehr auf den Rat einer solchen Laus hören. Ich, Shateh, werde von jetzt an dein Schamane sein!«

Die Dorfbewohner reagierten sofort. Han-da schüttelte seine Rassel ins Gesicht des Häuptlings. »Du bist in diesem Land nicht willkommen! Geh!«

Jetzt war es Shateh, der den kleinen Mann umwarf. »Du bist es, der gehen wird, wenn du dir zuviel herausnimmst!«

Ban-ya sah deutlich, wie der Mutige Mann erzitterte. Sie wußte, was in diesem Augenblick in ihm vorging. Shateh war in Freundschaft gekommen, doch Dakan-eh war kein Mann, der eine Herausforderung auf sich beruhen lassen würde. Er schien vor einer Fallgrube zu stehen und zu überlegen, ob er hineinspringen oder kehrtmachen sollte, um zum Angriff überzugehen. »Und wenn ich nein zu dir sage?«

Shateh zuckte die Schultern. »Ich werde auf jeden Fall das Totem jagen, bevor es unsere Feinde tun. Wer immer es zuerst findet, wird die Macht gewinnen, die Vier Winde herauszufordern. Du hast die Wahl, Dakan-eh. Steh an meiner Seite oder laß es bleiben, aber tritt mir nicht in den Weg. Ich bin einen weiten Weg gekommen. Meine Krieger sind eine größere Streitmacht als deine. Und ich habe keine Geduld mehr mit denen, die sich mir entgegenstellen wollen!«

Auf Dakan-ehs Befehl wurden Boten in die Rote Welt entsandt, damit alle sich am Dorf neben dem See der Vielen Singvögel zusammenfanden und sich auf die Reise über die Sandberge und über den Rand der Welt hinaus vorbereiteten, in das unbekannte Land, wohin das Totem verschwunden war.

Und in der Dunkelheit jener sternenübersäten Nacht stand Dakan-eh allein am Rand des Dorfes und grübelte. *Warum?* fragte er sich. Plötzlich hatte er in seinem Leben alles erreicht, wonach er je gestrebt hatte. Er war ein großer Häuptling geworden, und alle hatten jedem seiner Befehle gehorcht. Seine Enttäuschung über die Verbannung aus dem Leben eines Kriegers und Großwildjägers des Nordens war durch das weibliche Wild, das er für seine Schlaffelle erbeutet hatte, und durch die Ehrfurcht beschwichtigt worden, die man ihm in der Roten Welt entgegenbrachte. Dann war Shateh gekommen und hatte von Feinden und Bündnissen gesprochen. Plötzlich fühlte er sich im Schatten des älteren und größeren Mannes wieder so klein und gar nicht mehr wie ein großer Häuptling.

Ban-ya kam still und leise zu ihm. »Dakan-eh ... ich habe auf diesen Augenblick gewartet, davon geträumt und mich danach gesehnt«, flüsterte sie und berührte seinen Unterarm. Dann öffnete sie ihren Umhang und zeigte ihm, daß sie darunter nackt war. »Ich gehöre dir, für immer. Kein anderer Mann kann mich besitzen.« Sie hockte sich auf die Knie, hob ihre großen Brüste an und spreizte einladend die Beine. »Shateh muß nie von diesem Augenblick erfahren. Niemand muß je davon erfahren.«

Dakan-eh blickte auf sie hinunter. Er hatte viele Frauen gehabt, seit er gezwungen worden war, diese Frau aufzugeben, doch keine hatte einen Körper, der seinen Bedürfnissen so sehr entsprach. »Du trägst sein Kind«, sagte er angewidert.

»Ich trage nichts außer meiner Liebe zu dir. Komm! Leg dich zu mir, bevor uns jemand sieht.«

Er blickte sich um. Als er sich überzeugt hatte, daß niemand in der Nähe war, gehorchte er ihr und nahm sie mit schnellen heftigen Stößen.

Ban-ya unterdrückte ihr freudiges Schluchzen und schlang ihre Arme und Beine um ihn, während sie kehlig lachte. »Bald werde ich wieder mein Mondblut vergießen«, vertraute sie ihm flüsternd an. »Wenn es so weit ist, werde ich weinen und jammern und sagen, daß ich Shatehs Sohn verloren habe. Dann wird er mich nicht mehr wollen. Dann werde ich frei sein und zu dir zurückkehren können, um wieder die erste Frau an deiner Feuerstelle zu sein!«

»Was sagst du da?« Er erhob sich von ihr und strich seinen Lendenschurz glatt. »Hast du nicht verstanden, daß eine große Streitmacht auf dem Weg zu uns ist? Eine Fehlgeburt würde als ein schlechtes Zeichen gedeutet werden. Geh weg, du dumme Frau! Du mußt jetzt bei Shateh bleiben. Er ist vielleicht nicht so ein mutiger und tapferer Mann wie ich, aber er war einmal ein großer Häuptling. Seine vielen Krieger werden den Jägern der Roten Welt beibringen, wie man kämpft und die Waffen des Krieges gebraucht. Bis dahin darf ich Shatehs Gunst nicht verlieren. Sei zufrieden mit dem, was du hast! Geh zurück zu deinem Mann!«

»Du bist mein Mann!«

»Nicht mehr. Ich habe dich weggegeben!«

»Nur weil du dazu gezwungen wurdest.« Sie setzte sich auf und zog ihren Umhang um die Schultern. »Ich habe Atonashkeh getötet – für dich. Ich habe Shateh angelogen – für dich. Und ich habe mein Leben riskiert – für dich, damit Shateh mit seinen Männern zu dir kommt und dir hilft, gegen deine Feinde zu kämpfen. Shateh wäre niemals in die Rote Welt gekommen, wenn ich ihn nicht überzeugt hätte, daß sein Glück vom Mutigen Mann abhängig ist. Aus diesem Grund haben Nakantahkeh und die anderen ihn verraten. Ich bin deine erste Frau, Dakan-eh! Niemand liebt dich so wie ich!«

Der Mutige Mann ließ sich nicht erweichen. Er war wütend. Er fühlte sich in die Enge getrieben und gefangen. Er verachtete die Frau, die jetzt behauptete, ihm all das gebracht zu haben, was er selbst niemals erreicht hatte, und wollte sie verletzen. »Bald werden wir die Rote Welt verlassen und die Sandberge überqueren«, sagte er zu ihr. »Wenn Ta-maya noch lebt, werde ich sie Cha-kwena und Kosar-eh wegnehmen. Ta-maya wird dann meine erste Frau sein. Und du wirst immer noch Shateh gehören. Geh weg, Ban-ya! Ich will dich nicht mehr!«

Tränen brannten in ihren Augen, als sie ihn entgeistert anstarrte. »Das glaube ich dir nicht! Ich werde es dir niemals glauben!« Sie stand hastig auf, drehte sich um, lief davon, damit er nicht sah, wie sie weinte.

3

Im Laufe der Zeit wurden im Grasland die Feinde zu Freunden. Indeh, der die Bündnisse mit den Häuptlingen des Nordens geschlossen hatte, führte sie und ihre Stämme zum Lager des Stammes des Wachenden Sterns, wie Nakantahkeh ihm aufgetragen hatte. Die Stämme des Graslandes und der Stamm des Wachenden Sterns machten sich gemeinsam auf den Weg über die Prärie, um Shateh zu suchen. Und in der Roten Welt wurden die Dörfer verlassen, als Shateh und Dakan-eh ihre vereinigten Stämme in das Gesicht der aufgehenden Wintersonne führten, durch die Wüste zu den Sandbergen. Ban-ya trottete nachdenklich und verbittert nebenher. Sie war endlich doch schwanger ... aber wessen Kind trage ich in mir? fragte sie sich grimmig.

Jenseits der Sandberge war das Leben in Cha-kwenas Höhle gut. Mah-ree hatte ihr erstes Mondblut vergossen, und als vor der Höhle Schnee fiel, kam sie endlich wieder aus dem kleinen Zelt aus geflochtenem Schilf hervor, in dessen Abgeschiedenheit sie die letzten vier Tage verbracht hatte. Damit begann eine freudige Feier, als Mah-ree sich der Fürsorge der anderen Frauen überließ und die Männer und Kinder ihres Stammes ihr gratulierten.

»Eine neue Frau in einem neuen Land!« verkündete Ha-xa. »Wir müssen den Mächten der Schöpfung zeigen, wie froh und glücklich wir sind!« Sie brachte die Geschenke, an denen sie und die anderen heimlich seit vielen Monden für ihre zweite Tochter gearbeitet hatten.

Alle hegten die unausgesprochene Hoffnung, daß Cha-kwena nach dem Festmahl und dem Tanz vortreten und nach der uralten Sitte die Gelegenheit nutzen würde, nach der Zeremonie für die Frau seiner Wahl zu sprechen. Doch schon lange bevor das große Feuer heruntergebrannt war, hatte der Schamane die Höhle verlassen und war allein fortgegangen.

»Bald, meine Liebe, bald wird er um dich bitten!« sagte U-wa, die von Mah-rees nicht zu übersehender Enttäuschung gerührt war. »Ich weiß wirklich nicht, was in letzter Zeit mit meinem Sohn nicht stimmt.«

Mah-ree lächelte matt. »Ich kann ihm keinen Vorwurf daraus machen, daß er mich nicht will. Seit er die Hunde vertrieben hat, habe ich nicht mehr mit ihm gesprochen.«

»Wenn mein Arm nachgewachsen ist und ich wieder jagen und für eine Frau sorgen kann, werde ich dein Mann sein, Mah-ree ... wenn du mich haben willst!« bot Gah-ti sich an.

Mah-ree seufzte. »Vielleicht wird es so sein, Gah-ti. Aber

jetzt bin ich müde. Es war eine lange Nacht. Ich möchte jetzt schlafen und von den Tänzen, Liedern und wunderbaren Geschenken träumen.«

Mah-ree lag noch lange in der Dunkelheit wach und vermißte schmerzlich die Gesellschaft von Freund, Winsel und Klopfschwanz und der armen, kränklichen Narbennase, die vermutlich genauso wie ihre Welpen längst tot war. Der alte Zorn auf Cha-kwena verhärtete Mah-rees Herz, doch nur für einen Moment. Sie mußte zugeben, seit die Hunde fort waren, war niemand mehr krank geworden, und dem Baby ging es schon viel besser.

Mah-ree drehte sich auf die Seite und hüllte sich in ihre neuen Frauenschlaffelle. Sie blickte quer durch die Höhle zur Feuerstelle von Kosar-eh hinüber, an der es jetzt fröhlich zuging. Tamaya wechselte Doh-teyahs Windeln, während sie den Jungen eine Geschichte erzählte, und Kosar-eh sah ihr voller Liebe in den Augen zu. Wie sehr Kosar-eh und seine Söhne ihre Schwester bewunderten! Aber schließlich wurde Ta-maya von allen bewundert...

Mah-ree schloß die Augen und fragte sich, welche besondere Eigenschaft ihre Schwester hatte, durch die sie jederzeit die Zuneigung der anderen gewann und die Herzen der Männer bannte. Worin ihr Geheimnis auch bestehen mochte, Mah-ree war überzeugt, daß sie selbst es nicht besaß. Wenn Cha-kwena sie doch nur so ansehen würde, wie Kosar-eh Ta-maya ansah! Nur ein einziges Mal würde ihr genügen, um den Rest des Lebens davon zehren zu können.

Als später vom Lagerfeuer nur noch glühende Kohlen übrig waren, schlief der kleine Stamm endlich ein. Ta-maya legte sich in Kosar-ehs Arme und schloß die Augen. Sie war glücklich, seine Frau zu sein, für seine Kinder zu sorgen und sich mit den alltäglichen Aufgaben des Lebens zu beschäftigen. Sie seufzte verträumt. Nachdem jetzt der Schnee des Winters eine dichte Decke bildete, war sie sogar noch glücklicher darüber, die Stunden still neben ihrem Mann zu verbringen. Mit Masau wäre es niemals so gewesen. Während Kosar-eh seine

Erfüllung darin gefunden hatte, sein Leben mit ihr, mit seinen Söhnen und seiner kleinen Tochter zu verbringen, hatte Masau die ruhige und beständige Art ihres Stammes verachtet. Er war von den Geistern seiner wilden Vergangenheit getrieben worden.

Donner grollte in den Schneewolken. Erschaudernd öffnete Ta-maya die Augen, fühlte sich schuldig wegen dieser Erinnerungen und wie immer vom Speer der Selbstanklage durchbohrt, wenn sie feststellte, wie glücklich sie in Kosar-ehs Armen war. Wie konnte sie ihn so sehr lieben? Sie hatte geschworen, Masau für immer zu lieben. Er war so ein großartiger Mann gewesen! Wie er sie verehrt hatte! Er hatte sein Leben geopfert, damit sie überleben konnte. Es schmerzte sie, als sie dachte, wie allein er war, seine Seele für immer in den Nebeln und Stürmen gefangen.

Wieder grollte der Donner. Das Geräusch schien aus dem Norden zu kommen. »Ja, mein Geliebter, ich höre dich«, flüsterte sie. Wieder öffnete sie die Augen. Hörte sie Masaus Stimme, die sie zurück ins Land seines Stammes rief? Ja! Sie war völlig davon überzeugt. »Ich höre dich, mein Geliebter. Ich werde zu dir kommen. Meine Seele wird mit dir im Wind davonwehen. Es ist nicht gerecht, wenn ich in diesem Land glücklich bin, nachdem du meinetwegen gestorben bist.«

Cha-kwena saß ein Stück vom Seeufer entfernt im Schneetreiben auf einem Felsen. Seit er den toten kleinen gelben Wolf gefunden hatte, war er nicht mehr am Ort gewesen, den die Mammuts zum Sterben aufsuchten. Er wußte nicht, warum er sich jetzt dazu entschlossen hatte, obwohl ihn irgend etwas daran beunruhigte, daß Mah-ree zur Frau geworden war. Er brauchte die Einsamkeit, um mit seinen Gedanken ins reine zu kommen. Ohne nachzudenken, wohin er eigentlich ging, war er an diesen Ort gekommen.

Als er jetzt allein am Wasser saß, in dem Lebensspenders Skelett lag, sah er, daß der gesamte See zugefroren war – mit Ausnahme einiger Stellen, wo lange, schmale Spalten über heißen Quellen freigeblieben waren. Wie auch am Tag, als er zum letzten Mal hiergewesen war, hockte wieder ein einsamer Rabe auf einem der aufragenden Stoßzähne des Mammuts.

»Ich wünsche dir einen guten Tag, Bruder, Wächter der Tiere und des Heiligen Steins!« sagte der Rabe. »Hast du dieses Tal immer noch nicht verlassen?«

Cha-kwena antwortete nicht. Er wußte, daß die spöttischen Worte aus seinem eigenen Kopf kamen und nicht aus dem Schnabel eines Vogels.

»Er wird dir nicht zuhören, Rabe. Und er würde mir auch nicht glauben, wenn ich ihm sagte, daß hinter den Wolken und dem Schnee die Sonne über einem besseren Land aufgeht und daß er sich sofort auf den Weg dorthin machen sollte, bevor es zu spät ist!«

Verblüfft sah Cha-kwena, daß ein Kojote auf das Eis hinausgelaufen war und vor ihm saß. »Du bist tot«, sagte der junge Mann. »Ich habe deinen Kadaver gesehen.« Angewidert nahm er eine Handvoll Schnee auf, drückte sie zusammen und warf sie dem Hirngespinst entgegen.

Der Kojote wurde an der Schnauze getroffen und schüttelte den Schnee ab. »Das war nicht sehr nett, Cha-kwena! Warum grollst du unserer Art, weil wir das große weiße Mammut angegriffen haben? Meine Brüder und ich sind nur demselben Instinkt gefolgt, der fleischfressende Tiere seit Anbeginn der Zeiten antreibt. Mah-ree hat dich gewarnt, daß All-Großvater so alt und schwach geworden ist, daß er zu einer leichten Beute wurde. Daher ist der Tod des großen Mammuts nicht die Schuld der Tiere, deren Lebensaufgabe darin besteht, sich von den Schwachen zu ernähren.«

Cha-kwena stützte seinen Kopf auf die Hände. Er wollte sich nicht in seinen Visionen verirren. Sie waren nicht wirklich! Der Kojote war tot, und weder der kleine gelbe Wolf noch der Rabe konnten sprechen!

Cha-kwena rieb sich die Augen. Er dachte an die Hunde, die am Tag, als das große weiße Mammut gestorben war, gemeinsam mit dem Kojoten gejagt hatten. Was würde Mah-ree sagen, wenn sie wußte, daß ihr geliebter Hund Freund unter denen gewesen war, die das Totem angefallen hatten.

Mah-ree . . . Wie schön sie heute abend ausgesehen hatte und wie erwachsen! Hatte sie erraten, daß er sich danach gesehnt hatte, sie an sein Feuer einzuladen und sie darum zu bitten, seine Frau zu werden? Aber das konnte er nicht tun – nicht jetzt, niemals!

Als er sich an das fröhliche Fest in der Höhle erinnerte, fragte er sich erneut, wie sein Stamm reagieren würde, wenn er wüßte, daß sein Schamane den heiligen Stein fortgeworfen und das Totem getötet hatte. Er war nicht dazu geeignet, den Stamm zu führen oder eine Frau zu nehmen. Er war nur dazu geeignet, sein Bestes zu geben und zu hoffen, daß es ausreichte, um jene, die er liebte, vor Gefahren zu schützen.

Auf der anderen Seite des Sees schrie eine Säbelzahnkatze, als würde sie zerfleischt, obwohl es wahrscheinlicher war, daß sie gerade dabei war, ein anderes Tier zu zerfleischen. Chakwena legte seinen Kopf auf die Knie und schloß die Augen. Seine Speere lagen zu seinen Füßen, und sein Messer steckte am Gürtel, doch er rührte sich nicht, um nach seinen Waffen zu greifen. Die löwengroße Katze mit den dolchartigen Zähnen war zu weit entfernt, um eine Bedrohung darzustellen. Chakwena wünschte sich jedoch das Gegenteil; er wäre jetzt gerne tot. Diese Idee hatte eine seltsam beruhigende Wirkung auf ihn. Er entspannte sich und schlief ein . . .

Im Traum sah er sich selbst, wie er über das Land rannte. Er war die Säbelzahnkatze, groß und muskulös, aber mit niedrigen Hüften und langsamen Beinen. Er wurde zu einem Kojoten. Er wurde von Raubtieren verfolgt, die viel größer als er waren. Er floh und verwirrte sie, indem er die Gestalten vieler Tiere annahm. Er sprang in die Haut eines riesigen, schnellfüßigen Hirsches, der jedoch von den Raubtieren angefallen und zerfleischt wurde – von Raubtieren, die eher wie Menschen aussahen, wie Menschen mit vertrauten Gesichtern. Er erkannte Shateh und Dakan-eh. Dann ging seine Seele in den Tod über. Er verwandelte sich und verschmolz mit allen anderen Tieren. Er hatte Hufe, Klauen, Zähne wie die Säbelzahnkatze, den Kopf des Kojoten und das Geweih des Hirsches. Er tanzte mit den Gefährten des Raben und fraß von den Knochen seines Totems.

Dann schreckte er plötzlich aus dem Schlaf auf. Am Sonnenstand erkannte er, daß es Mittag war. Der Wind blies unablässig aus dem Norden, und das Wetter war gefährlich kalt geworden. Im heftigen Schneefall witterte Cha-kwena den Geruch von Tieren. Als er sich umblickte, sah er, daß die Mammutherde zurückgekehrt war und einen Ring um ihn schloß. Er war erschrocken. Wollten sie seinem Wunsch nachhelfen, diese Welt zu verlassen? Sogar die Kälber waren so groß wie Bisons, und die Kühe waren riesig, hatten gewaltige Stoßzähne und ein dickes Fell mit langen, eisverkrusteten Haarsträhnen. Er erkannte die gescheckten Ohren der großen Kuh und sah zu, wie die Herde sich immer näher an ihn heranbewegte, während er sich vor Angst nicht rühren konnte. Dann stand er langsam auf und hob seine Speere – und wirkte überhaupt nicht mehr wie ein Mann, der sterben wollte.

Die gescheckte Kuh schnaufte, schüttelte den Kopf und wandte sich dann ab. Ihre Artgenossen folgten ihr den Weg zurück durch das Gewirr aus Mammutknochen, an einer fast vollständig von Schnee bedeckten großen und blutigen Masse vorbei. Als die Herde in der Ferne verschwunden war, wagte Cha-kwena sich vor und blickte auf die Überreste einer zertrampelten Säbelzahnkatze. Das Tier mußte sich an ihn angeschlichen haben, während er geschlafen hatte!

Er starrte erstaunt auf den Kadaver. Hatten die Mammuts ihn beschützt? Das war nicht möglich! Diese Vorstellung war absurd. Und doch...

»Cha-kwena!«

Der Ruf einer jungen Frau ließ ihn herumfahren. Mah-ree stand auf dem Abhang des Hügels, der in das Tal hinabführte. Sein Herz schien stehenzubleiben. Sie durfte ihn hier nicht sehen! Sie würde die Knochen Lebensspenders im See entdecken und wissen, daß das Totem nicht mehr lebte!

»Geh zurück!« rief er und lief los, um ihr den Weg abzuschneiden. Doch es war schon zu spät. Von dort, wo sie stand, konnte sie alles sehen.

Mah-ree stolperte in fassungsloser Benommenheit vorwärts.

»Es ist nicht so, wie du denkst«, sagte Cha-kwena schnell, der jetzt neben ihr herlief. »Die Skelette . . . die Knochen sind sehr alt. Sie . . .«

»Es ist der Ort, von dem die Ahnen erzählten, der Ort, den die Mammuts zum Sterben aufsuchen.« Sie blieb stehen, dann ging sie weiter bis zum Ufer, wo sie auf das Skelett starrte, das mitten im See lag.

»Es ist nicht so, wie du denkst!« wiederholte Cha-kwena. »Es ist nicht All-Großvater, nicht Lebensspender. Die Stoßzähne sehen seinen sehr ähnlich, das stimmt. Aber er ist es nicht. Wirklich, Mah-ree, du mußt mir glauben!«

Mit einem bebenden Seufzen unendlichen Bedauerns nannte Mah-ree ihn einen Lügner. »Oh, Cha-kwena, er hat uns doch gebraucht! Du hast gesagt, er würde uns nicht brauchen, aber ich hatte doch recht! Er war alt und krank, und jetzt ist er tot. Der Stamm hat kein Totem mehr . . . keine Hoffnung . . . keine Zukunft! Dieser Ort, dieses neue Land, ist ein schlechtes Land. Warum hast du uns nicht von hier fortgebracht?«

Plötzlich konnte er sein Bedürfnis nicht mehr unterdrücken, seine Handlung zu rechtfertigen und ihr zu versichern, daß alles gut sein würde. Trotz ihres schweren Wintermantels aus Kaninchen- und Erdhörnchenfellen wirkte sie so klein und verletzlich und voller Schmerzen, wie ein kleines verwundetes Tier, das getröstet und gestreichelt werden mußte. Er legte seine Hände auf ihre Schultern und zog sie zu sich heran. In seiner Hoffnungslosigkeit wußte er nicht, was er sagen sollte, also erzählte er ihr die Wahrheit – die ganze Wahrheit.

»Du mußt keine Angst haben, Mah-ree«, sagte er schließlich. »Das große weiße Mammut ist tot, aber es war nur ein Mammut – nicht mehr und nicht weniger. All diese langen Jahre haben wir es Lebensspender und Totem genannt. Doch jetzt ist es tot, und wir leben immer noch. Es gibt keinen Zauber, Mahree. Es gibt keine Geister, die uns Gutes oder Böses tun könnten. Es gibt nur den Wind und den Schnee, den Himmel und die Erde. So sicher wie die Sonne über den Bergen im Osten aufgeht und sich im Westen wieder schlafen legt, werden wir das tun, was die Menschen schon immer seit Anbeginn der Zeiten getan haben – wir werden in das Gesicht der aufgehenden

Sonne ziehen und ein neues Land finden, ein besseres Land, und wir werden überleben!«

Die Worte waren so gut gesprochen, daß Cha-kwena selbst lächeln mußte, als er sie hörte. Dann schob er das Mädchen ein Stück von sich fort, blickte ihm ins Gesicht, nahm es dann wieder in die Arme und küßte es leidenschaftlich. Mah-ree war so warm! Ihr Mund war so weich! Er fühlte sich besser als seit vielen Monden.

Mah-ree stieß ihn zurück und schrie ihn wutentbrannt an. »Ich bin nicht allein durch den Sturm gegangen, damit du mich küßt! Ich bin gekommen, um dir zu sagen, daß Ta-maya in der Nacht fortgelaufen ist. Kosar-eh ist losgegangen, um sie zu suchen! Wir haben überall gesucht, aber wir haben keine Spur von beiden gefunden! Der Schnee hat ihre Spuren verdeckt, und das Wetter wird immer schlimmer! Sie müssen schon seit Stunden unterwegs sein. Und jetzt willst du mir sagen, daß ich keine Angst haben soll, nachdem du mir erzählt hast, daß du den heiligen Stein fortgeworfen und das große weiße Mammut mit deinen eigenen Händen getötet hast? Oh, Cha-kwena, wie sollen wir jetzt nur überleben? Und wie kann ich dich jemals geliebt haben?« Sie drehte sich um und lief zur Höhle zurück.

Cha-kwena folgte ihr wie betäubt.

4

Weiße ... Kälte ... Qualen der Sehnsucht, brennender Lungen und schmerzender Muskeln ... Kosar-eh verfluchte die Mächte der Schöpfung, während er gegen seine Erschöpfung ankämpfte und weiterstolperte. Wie konnte Ta-maya schon eine so große Entfernung zurückgelegt haben? Sie mußte die Höhle mitten in der Nacht verlassen haben, als der Sturm noch nicht begonnen hatte. Doch jetzt war er in einem ausgewachsenen Schneesturm gefangen und hatte jede Spur von ihr verloren. Warum hatte sie ihn verlassen? Obwohl er ferne Stimmen hörte, die durch den Schnee und Wind nach ihm riefen, wollte er nicht zur Höhle zurückkehren. Ta-maya war irgendwo hier draußen. Sein Leben war irgendwo hier draußen.

Kosar-eh zog sein Messer und stellte sich aus Zweigen und Schnee einen provisorischen Unterschlupf her. Er kroch hinein, um vor dem Wind geschützt den Sturm abzuwarten.

Ta-maya stolperte immer weiter, ohne auf die Kälte und das Schneetreiben zu achten. Seltsame Geister zogen durch ihren Kopf. Sie erinnerte sich nicht, daß sie ihre Schlaffelle verlassen und ihre wärmste Winterkleidung angezogen hatte, daß sie Kosar-eh leicht auf die Stirn geküßt, nach dem Baby gesehen und die Jungen, ihre Mutter und ihre Schwestern noch einmal angelächelt hatte, bevor sie die Höhle verlassen und sich auf die Reise durch die Dunkelheit gemacht hatte.

Zuerst war nur leichter Schnee gefallen. Irgendwie hatte er ihr das Vorankommen in der Nacht erleichtert, während sie den Weg zurückging, auf dem sie und ihr Stamm in das wunderbare Tal gekommen waren. Sie war nicht allein. Winsel und Klopfschwanz hatten gesehen, wie sie durch den Wald gekommen war, und waren ihr gefolgt. Außerdem war *er* bei ihr. Masau, der Mystische Krieger, führte sie durch die Dunkelheit in den Sonnenaufgang, durch die Stürme und wieder in die Nacht, dem Land seines Stammes entgegen.

»Ich komme, mein Geliebter!« versicherte sie ihm.

Seine Anwesenheit gab ihr Kraft, bewahrte sie vor der Erschöpfung und den tödlichen Folgen des Hungers und der Unterkühlung. Sie wußte nicht mehr, wie oft sie schon Unterschlupf gesucht hatte, um zu schlafen, oder wie oft die Sonne auf- und untergegangen war, bevor sie den Paß überquerte, durch den ihr Stamm das Tal betreten hatte. Sie wußte nur, daß der Schneefall und der Wind irgendwann nachgelassen hatten.

Mit den Hunden an ihrer Seite blickte Ta-maya auf das trostlose Land hinunter. Ihr Stamm hatte dort viele armselige Lager aufgeschlagen, bis Nahrung und Wasser knapp geworden waren und sie weiterziehen mußten. Weit dahinter lagen die Sandberge, die Rote Welt und viele Meilen hinter den heiligen Blauen Tafelbergen das Grasland. Sie seufzte und schloß die

Augen. In diesem Land würde sie ihren Geist den Wolken übergeben und dann für immer bei Masau sein.

»Ihr müßt zurückgehen, Hunde«, sagte sie zu Winsel und Klopfschwanz. »Ihr habt euer eigenes Rudel. Ihr braucht mich auf dieser Reise nicht zu begleiten.«

Doch die Hunde blieben bei ihr, obwohl sie aufgeschürfte Pfoten hatten und vor Hunger und Erschöpfung eingefallen waren. Ta-maya ging immer weiter. Nach einer Weile überwältigte sie die Erschöpfung, so daß sie keinen Schritt mehr weitergehen konnte. Sie schwankte auf ihren Beinen und seufzte, als sie erkannte, daß Masaus Heimatland noch weit entfernt war. Sie würde mit ihrem getöteten Mann wiedervereinigt werden, lange bevor sie das Grasland erreicht hätte.

Sie fiel auf die Knie. Sie blickte sich im Schneetreiben um, und obwohl sie keine Ahnung hatte, wo sie sich befand, dachte sie, daß dies ein guter Ort zum Sterben sei. Die Hunde stießen sie mit den Schnauzen an. Sie achtete nicht auf ihre winselnden, ungeduldigen Bemühungen, sie wieder auf die Beine zu bringen. Sie starrte geradeaus und runzelte unter ihrer Fellkapuze die Stirn. Ihre Nasenlöcher blähten sich. Sie konnte Rauch im Wind riechen. Und sie konnte einen großen Mann sehen, der einen mit Federnschnüren besetzten Speer hielt und sich als Schattenriß vor dem gekrümmten Horizont abzeichnete.

Die Hunde knurrten. Ta-maya neigte den Kopf zur Seite. Der Mann kam durch den tiefen Schnee auf sie zugestapft. Er trug einen Umhang aus Bärenfell, dessen Kapuze er zurückgeworfen hatte. Der Wind kämmte durch sein langes Haar. Die Hunde begannen zu bellen.

»Nein«, sagte sie zu den Tieren. »Ihr dürft ihm nicht drohen. Er kommt zu mir. Ich muß ihm entgegengehen.«

Aber sie konnte sich nicht rühren. Ihre Beine waren taub, und ihr Körper war schwer und gehorchte ihr nicht mehr. Unwillkommene Tränen drangen unter ihre Lider, und sie empfand eine quälende Sehnsucht – nicht nach dem Phantom, das sich ihr näherte, sondern nach Kosar-eh. Sie drehte den Kopf und warf einen schnellen Blick zurück zum Tal. Doch der Paß ragte hoch hinter ihr auf und schien unendlich weit entfernt zu sein. Für einen kurzen, hoffnungsvollen Augenblick bildete sie sich ein, daß sie Kosar-eh auf der Höhe stehen sah, wie er winkte und verzweifelt ihren Namen rief. Schon kurz darauf folgte die Enttäuschung, als sie erkannte, daß die Entfernung und das Wetter ihr einen Streich gespielt hatten. Sie war erschöpft und allein mit dem Wind, den Hunden und dem Phantom, das jetzt ihren Namen rief, um sie in die Welt jenseits dieser Welt zu bringen. Sie fiel auf die Seite in den Schnee.

Das Bellen der Hunde wurde immer wütender.

»Zurück! Geht weg! Zurück!«

Ta-maya hörte eine Männerstimme – tief, befehlend und vertraut. Die Hunde jaulten vor Schmerz auf und liefen winselnd fort. Plötzlich war es unnatürlich still. Jemand beugte sich über sie, berührte ihre Schulter und zog ihre Kapuze zurück. Ta-maya blickte auf und sah den breiten ausdrucksvollen Mund und die Augen des Mannes, den sie kannte und liebte.

»Masau . . .«, flüsterte sie, und während sie in die Bewußtlosigkeit hinüberglitt, seufzte sie eine Wahrheit, von der sie bis jetzt nichts gewußt hatte. »Ich will nicht sterben.«

»Ist so etwas möglich?« entfuhr es Ban-ya, als Shateh die bewußtlose Frau in das Reiselager trug, das er und seine Krieger mit Dakan-eh und dem Stamm der Roten Welt teilten.

»Es ist Ta-maya«, bestätigte er.

Ban-ya trat beiseite, als Shateh seine Hütte betrat. Der kleine Warakan hing an seinen Fersen wie ein junger Welpe, der Angst davor hat, hinter ihm zurückzubleiben. Und Dakan-eh kam hinter beiden hergestürmt.

»*Ich* werde mich um diese Frau kümmern!« sagte der Mutige Mann. »Sie wurde mir vor langer Zeit in der Roten Welt versprochen!«

Shateh legte Ta-mayas erschlaffte Gestalt behutsam auf die Schlaffelle, die Wehakna hastig ausgebreitet hatte. Er starrte auf ihren schlanken Körper hinab. Ihre Kapuze war zurückgefallen. Der Oberhäuptling stieß einen tiefen, rauhen Atemzug aus, als er leise sagte: »Ich hatte schon vergessen, was wahre Schönheit ist.«

Ban-ya starrte hinunter auf ihre alte Rivalin und Freundin ihrer Kindheit. Sogar jetzt noch, von Erschöpfung, Hunger und Kälte gezeichnet, war Ta-mayas Schönheit unübersehbar. Sie war etwas Vollkommenes und Besonderes. Ban-ya berührte mit den Händen ihr eigenes Gesicht. Männer sagten oft, sie sei schön und begehrenswert, aber sie wußte, daß sie neben Tamaya nicht mehr als der blasseste Stern war, der im Licht des frühen Morgens am Horizont stand und vom Schein der aufgegangenen Sonne überstrahlt wurde.

»Ich werde sie jetzt in meine Hütte bringen«, sagte Dakan-eh.

Der Oberhäuptling war verärgert. »Du kannst nicht jede Frau haben, die du siehst, Mutiger Mann! Sie war die Frau meines Sohnes. Ich weiß nicht, welche Laune der Mächte der Schöpfung sie zu diesem Lager getrieben hat, aber ich weiß, daß sie nach den Gesetzen meines Stammes jetzt meine Tochter ist – oder meine Frau. Diese Entscheidung steht mir frei. Auf jeden Fall ist das hier ihre Hütte. Hier wird man sich um sie kümmern.«

Dakan-eh verlor die Beherrschung. »Diese Frau ist die einzige Frau meines Herzen! Zweimal wurde sie mir geraubt, als der Zauber zweier Schamanen sie verführte! Die Mächte der Schöpfung haben jetzt meine stummen Gebete erhört und sie zu mir zurückgeschickt!«

Shateh sah den Mann leidenschaftslos an. »Wenn sie dich gewollt hätte, wäre kein Mann in der Lage gewesen, sie dir wegzunehmen.«

»Keine normalen Männer!« tobte Dakan-eh. »Männer mit Zaubermacht! Erst dein Sohn, dann Cha-kwena!«

Beim Klang des Namens des Schamanen regte sich Ta-maya und stöhnte leise.

Dakan-eh riß die Augen auf. Wütend schob er Shateh mit dem Ellenbogen zur Seite und kniete sich neben Ta-maya nieder. Er packte sie an ihren Fellen. »Wo ist dein Stamm?« fragte er sie. »Lebt Cha-kwena noch? Wenn er noch lebt, werde ich ihn mit eigenen Händen töten und . . .«

Seine Worte wurden unterbrochen, als der Oberhäuptling ihn am Haar packte und zurückzog. Beschämt und wutschnaubend stolperte Dakan-eh durch die Hütte, während Shateh wieder seinen Platz neben Ta-maya einnahm.

»Holt warmes Wasser!« befahl er seinen Frauen. Ban-ya ließ den Kopf hängen, während die anderen gehorchten. Zärtlich zog er Ta-mayas Mokassins aus und begann ihre vor Frost erstarrten Füße zu massieren. »Wie weit bist du gelaufen, meine Kleine?« fragte er sanft. »Und was hat dich allein in die Winterstürme hinausgetrieben?«

»Ich bin weit gelaufen«, flüsterte sie, »über den hohen Paß und aus dem Tal heraus, über dem die weißköpfigen Adler vor der Sonne kreisten. Ich bin von einem Ort gekommen, wo es viel Wild gibt und wo die Mammuts Lebensspender begrüßten, so daß er wieder unter Artgenossen sein konnte.« Fiebernd griff Ta-maya nach oben und berührte das Gesicht des Oberhäuptlings. »Aber du weißt das alles schon, Masau, denn ich habe deinen Geist an meiner Seite gespürt. Ich habe gehört, wie du mich gerufen hast, also bin ich gekommen, um mit dir vereint zu sein, um für immer mit dir im Wind zu wehen.«

Shatehs Gesicht verzog sich vor Mitleid. »Ach, meine Kleine, die du immer meine Seele zum Lächeln gebracht hast, steht es so schlimm mit dir?«

Ban-ya keuchte vor eifersüchtiger Verachtung für ihre alte Freundin, als Ta-maya seufzte und erneut das Bewußtsein verlor.

»Sie gehört mir, Shateh!« stieß Dakan-eh hartnäckig zwischen zusammengebissenen Zähnen hervor.

»Nein«, entgegnete Shateh gelassen, als er sich umdrehte und den jüngeren Mann musterte. »Das Mädchen gehört sich selbst. Es ist klar, daß Ta-maya immer noch um den Mann trauert, den sie nicht mehr haben kann. Sie wird sich jetzt ausruhen. Und dann, wenn es ihr wieder bessergeht, wird sie uns zu ihrem Stamm und zum Totem führen.« Er schüttelte den Kopf, als er wieder auf ihre Schönheit hinabblickte. »Wenn ich ehrlich sein soll, habe ich sie schon immer gewollt, seit dem Tag, als ich sie das erste Mal an der Seite meines Sohnes gesehen habe. Wenn sie mich haben will, werde ich sie zur Frau nehmen und den Mächten der Schöpfung für ein so außerordentliches Geschenk danken.« Er verstummte, als er plötzlich Ban-ya verdrießlich im Schatten stehen sah. Sein Gesichtsausdruck veränderte sich, als er ihr befahl, zu ihm zu kommen. »Du hast dich seit langem danach gesehnt, wieder mit dem Mutigen Mann der Roten Welt vereint zu sein. So soll es geschehen, nachdem du das Kind geboren hast. Ich werde dir deinen Sohn zurückgeben, und du wirst mir dafür einen Sohn schenken. Ich werde dich nicht gegen deinen Willen halten, Ban-ya. Du bist eine gute Frau für mich gewesen, auch wenn ich dich nicht immer gut behandelt habe. Jetzt sage ich, daß du wieder Dakan-eh gehören wirst. In dieser Sache sollen zwischen uns keine feindseligen Worte mehr gesprochen werden!«

»Ich will nicht *sie*!« schrie der Mutige Mann. »Ban-ya ist immer nur meine zweite Wahl gewesen! Ta-maya war die erste! Ist immer noch die erste! Wird für mich immer die erste Wahl sein!«

Ban-ya zitterte.

Und es war jetzt offensichtlich, daß Shateh Schwierigkeiten hatte, seine Beherrschung zu bewahren. »Geh aus dieser Hütte, Mutiger Mann, der den Regen bringt! Nimm ein paar Männer mit und verfolge Ta-mayas Spuren. Wenn es die Sturmgeister erlauben, werden wir morgen dem Weg folgen, von dem sie gesprochen hat. Unsere Feinde rücken immer näher heran. Es wäre gut, wenn wir nicht darauf warten müßten, daß das Mädchen uns zu seinem Stamm führt. Oder hast du vergessen, aus welchem Grund wir uns verbündet haben und in dieses ferne und unbekannte Land gezogen sind?«

Dakan-eh funkelte ihn mordlustig an. »Ich habe es nicht vergessen«, schäumte er und stürmte dann aus der Hütte.

Ban-ya fühlte sich zutiefst erniedrigt und konnte sich nicht rühren.

Shateh blickte zu ihr auf und fragte besorgt: »Warum siehst du so unglücklich aus, Ban-ya? Habe ich dir nicht gerade das gegeben, wonach du so lange gestrebt hast? Lächle, Frau! Wenn dieser Krieg vorbei ist und wir gesiegt haben, wirst du wieder bei deinem Piku-neh und Dakan-eh sein! Geh jetzt! Hilf den anderen, Steine für den Kochbeutel zu erhitzen und Wasser zu bringen, um Ta-mayas Glieder zu erwärmen, bevor die Geister der Kälte ihrem Fleisch weiteren Schaden antun können. Sie ist deine Stammesschwester. Willst du ihr nicht helfen?«

Niedergeschlagen machte Ban-ya sich an die Arbeit. Sie gab sich Mühe, die verstohlenen Blicke und das spöttische Grinsen von Wehakna und Senohnim zu ignorieren. Unter halb gesenkten Augenlidern beobachtete sie, wie Shateh sich mit einer Fürsorge und Rücksicht um Ta-maya kümmerte, die ihr fast das Herz brach. Sie war nicht mehr die Lieblingsfrau des Oberhäuptlings. Sobald sie das Kind geboren hatte, würde Shateh sie weggeben. Doch Dakan-eh wollte sie nicht. Das hatte er sehr deutlich gemacht. Sie beide wollten nur Ta-maya. Sie wünschte sich, Ta-maya würde sterben. Tränen stiegen ihr in die Augen.

Ban-yas Mundwinkel zogen sich nach unten, als sie die Steine mit aller Kraft ins Feuer warf. *Der Mutige Mann hat es nicht so gemeint,* versuchte sie sich zu beruhigen. *Er hat nur in der Erregung des Augenblicks gesprochen. Und daran ist nur sie schuld! Aber er will sie gar nicht! Nicht wirklich! Zwischen ihnen wäre es niemals so gut wie zwischen meinem Mutigen Mann und mir.* Plötzlich erinnerte sie sich an Atonashkeh und erhob sich von ihrer Arbeit. Ihre Lippen verzogen sich zuckend zur Andeutung eines Lächelns.

»Sie ist wirklich eine Schönheit, nicht wahr?« sagte Senohnim gerade zu Wehakna.

»Sie ist doch nur eine Eidechsenfresserin!« warf die andere Frau voller Abscheu ein. Dann fuhr sie Ban-ya an. »Warum sitzt du reglos da? Hast du nicht gehört, wie Shateh dir gesagt hat, was du tun sollst?«

Ban-ya erwiderte Wehaknas Blick mit unschuldsvoller Unterwürfigkeit. »Ja, Wehakna, ich habe es gehört. Ich soll meiner Stammesschwester helfen. Und das werde ich auch tun.« Lächelnd griff sie nach einer Knochenzange und begann damit die Kohlen zu ordnen. *Ta-maya hat gesagt, daß sie sich danach sehnt, für immer mit ihrem verlorenen Masau im Wind davonzuwehen. Ich werde ihr helfen, ihn zu finden. Schon bald.*

Ban-ya blickte auf, als sie bemerkte, daß Warakan sie ansah. »Was starrst du mich so an?« wollte sie von ihm wissen.

»Es ist nichts«, antwortete der Junge und drehte sich um.

Unterdessen rief Dakan-eh eine Gruppe zuverlässiger Jäger aus der Roten Welt zusammen und erfüllte Shatehs Befehl. Ta-mayas Spur war leicht zu verfolgen, weil die Hunde, die der Oberhäuptling vertrieben hatte, auf demselben Weg zurückgelaufen waren. Dakan-eh folgte ihnen in mißmutiger und rachsüchtiger Stimmung. »Ich schwöre bei den Mächten der Schöpfung, daß Shateh, wenn das alles vorbei ist, mir für diese Erniedrigungen büßen wird, mit denen er mich heute beschämt hat! Und Ta-maya wird mir gehören – ob sie will oder nicht!«

Der junge Hah-ri, der in der Nähe stand, wirkte beunruhigt, doch die anderen Jäger reagierten nur mit einem leisen verschwörerischen Lachen, während sie neben ihrem Häuptling herliefen und einen hohen Paß überquerten. Dort hielten sie an und blickten über ein weites Tal mit einem großen See. Die Wolken hoben sich. Die Männer hielten erstaunt den Atem an, und Dakan-eh lächelte.

»Wißt ihr, wie lange ich schon nach diesem Ort gesucht habe? Wir können jetzt das Land unserer Vorfahren vergessen! Vor uns liegen viel bessere Jagdgründe. Ta-maya hat gesagt, daß hier das Totem und viele Mammuts sind. Jetzt werden wir endlich das Fleisch jagen, das Männer stark macht!«

Hah-ri schüttelte heftig den Kopf. Erregt sagte er: »Cha-kwena ist hier. Er hat den heiligen Stein. Seine Macht ist groß. Er wird nicht zulassen, daß du das Fleisch der Tiere jagst, die für uns Totem sind.«

Dakan-eh fletschte die Zähne. »Cha-kwena kann überhaupt nichts dagegen tun. Bald wird er tot sein, und der heilige Stein wird mir gehören. Dann werden wir sehen, wer der größte Häuptling aller Häuptlinge ist!«

In seinem Versteck zwischen hohen Felsen und verkümmerten Pinien konnte Kosar-eh die große Jägergruppe nicht sehen, die den Spuren der Hunde bis zum Gipfel des Passes gefolgt war. Er hielt den Atem an und horchte, als Dakan-eh weitersprach. Kosar-eh erkannte ihre Stimmen wieder, und aus ihren Worten schloß er, daß er in seinem Versteck bleiben mußte, wenn er nicht sterben wollte. Er hatte bereits seinen Reiseumhang über die Hunde geworfen, damit sie still blieben, und gab selbst ebenfalls keinen Laut von sich. Männer, die ihn einst seinen Stammesbruder genannt hatten, waren jetzt seine Feinde.

Entsetzt hörte Kosar-eh alles mit. Ta-maya war in Sicherheit – dafür dankte er den Mächten der Schöpfung,. Doch die vielen Stämme des Graslandes hatten sich gegen Shateh gestellt und sich mit dem Stamm des Wachenden Sterns verbündet. Kosar-eh konnte es nicht fassen. Wie hatten diese Mammutjäger, Frauenräuber und Menschenmörder ihre Kraft wiedergewonnen? Was veranlaßte sie dazu, Dakan-eh und Shateh zu verfolgen, die ihrerseits Cha-kwena verfolgten? Warum gaben sie dem Schamanen die Schuld an ihrem Unglück? Der junge Cha-kwena konnte doch unmöglich die Kraft aufbringen, Shateh und Dakan-eh für ihre Feinde unbesiegbar zu machen! Cha-kwena hatte in letzter Zeit kaum sein eigenes Schicksal zum Guten wenden können.

Kosar-eh war atemlos und wurde von widerstrebenden Gefühlen zerrissen. Er überlegte, ob er sich jetzt zeigen sollte, um seine ehemaligen Stammesbrüder zu überzeugen, daß ihre Anschuldigungen gegen Cha-kwena unbegründet waren. Er würde niemals die Winde der Dunkelheit gegen jene hetzen, die ihn einst ihren Freund genannt hatten. Aber würden die Männer ihm glauben? Kosar-eh zweifelte daran. Er bezweifelte auch, daß sie ihn einfach gehen lassen würden, wenn sie seine Anwesenheit bemerkt hatten. Sie würden ihn gefangennehmen oder töten, aber sie würden ihm niemals erlauben, ins Tal zurückzukehren und Cha-kwena vor der Gefahr zu warnen.

Seine Hände klammerten sich um seinen Speer, während Kosar-eh verzweifelt zuhörte, wie Dakan-eh und die anderen sich auf den Rückweg zu Shatehs Lager machten. Kosar-eh mußte sich zusammenreißen, um nicht aufzuspringen und seinen Speer in Dakan-ehs Rücken zu werfen. Doch er wußte, daß eine solche Tat sinnlos und dumm wäre. Die anderen Jäger würden ihn mit Sicherheit töten, und es war wichtig, daß er am Leben blieb. Ta-maya war vorerst in Sicherheit – doch dasselbe ließ sich von den Menschen in Cha-kwenas Stamm nicht behaupten.

»Hay yah! Die Fährte der Frau hat uns zu dem Ort geführt, nach dem wir suchen!«

Ban-ya blickte von dem Fleisch auf, das sie auf einem Knochenteller anrichtete. Es sollte Ta-mayas erste Mahlzeit in Shatehs Lager werden. Wehakna hatte Fettwürfel zugeschnitten, und Senohnim hatte getrocknete Johannisbeeren in die Stücke gedrückt, um Ta-maya den Appetit zu verderben. Nachdem Senohnim sie auf den Teller gelegt hatte, befahl sie Ban-ya, der erschöpften, sturmgeschwächten ›Schwester deines eidechsenfressenden Stammes‹ das Essen zu bringen.

Doch als jetzt Dakan-eh ins Lager zurückkehrte, stellte Ban-ya den Teller beiseite. Im Lager stieg die Aufregung. Ban-ya stand auf, eilte aus der Hütte und hielt den Atem an. Der Mutige Mann war jedoch nicht der einzige, der zurückgekehrt war. Teikan verkündete atemlos und erschöpft von seiner langen Reise zum Lager, daß er und die Beobachtungsposten, die von Shateh in die nördlichen Hügel geschickt worden waren, gesehen hatten, wie sich ihnen eine große Ansammlung bewaffneter Menschen näherte.

Shateh blickte finster drein. »Der Stamm des Wachenden Sterns?«

»Ja!« bestätigte Teikan. »Wir sind nahe genug herangekommen, um zu sehen, daß Sheela ihnen im Schmuck der Tochter der Sonne vorausgeht! Sie trägt eine menschliche Hand um den Hals und hat sich in die Haut zweier Menschenopfer gehüllt! Nakantahkeh, Xiaheh, Ylanal und alle anderen Stämme folgen ihr!«

»Wir werden das Lager abbrechen«, kündigte Shateh verbittert an. Er musterte die Umgebung des Lagers und legte Warakan beruhigend eine Hand auf den Kopf. Der Junge drängte sich zitternd an Shatehs Oberschenkel. »Wir können hier nicht gegen sie kämpfen. Wir gehen weiter. Wir werden das Totem suchen. Sofort!«

Benommen reagierte Ban-ya auf die Rufe von Shatehs anderen Frauen und Töchtern, die ihre Hilfe beim Abbrechen der Hütte des Oberhäuptlings brauchten.

Wehakna fluchte, während sie an der Arbeit waren. »Wir alle wissen, was Sheela mit dir tun wird, wenn sie dich in die Hände bekommt!« sagte die ältere Frau.

»Ach, wenn wir dich doch nur zurücklassen könnten!« stöhnte Senohnim.

»Und der Sohn, den ich Shateh gebären werde, wollt ihr ihn auch im Stich lassen?« fragte Ban-ya so gehässig, wie sie konnte, während sie hoffte, daß Wehakna und Senohnim nicht bemerkten, daß ihre Hände zitterten.

Senohnim schnaufte verächtlich. »Ich habe Shateh schon einen Sohn geboren!«

Und Oni setzte hinzu: »Jeder weiß, daß du etwas mit Schuppen und Krallen zur Welt bringen wirst, einen Eidechsenjungen, von dem mein Vater sich entsetzt abwenden wird!«

Ban-ya warf dem Mädchen einen bösen Blick zu und entgegnete mit derselben Geringschätzung: »Lieber ein ›Eidechsenjunge‹ als einen so winzigen Welpen wie Senohnims Kind, das nicht dazu taugt, den Namen des Oberhäuptlings zu tragen!«

Wehakna knurrte und deutete gehässig in Ta-mayas Richtung. »Sie ist diejenige, die den Sohn gebären wird, der den Namen Shatehs übernimmt.« Sie grinste boshaft. »Die Eidechsenfrau wird sich um sie kümmern, während wir jetzt vor unseren Feinden fliehen. Ta-mayas Füße werden von den Frostgeistern geplagt. Sie muß auf einem Schlitten gezogen werden. Diese Aufgabe vertraue ich dir an!«

Ban-ya hatte keine andere Wahl, als zu gehorchen. Sie baute den Schlitten zusammen und stieß Ta-maya mit einem Finger an, um sie zu wecken. »Komm, alte Freundin. Wir müssen weitergehen.

»Warum bist du hier, Ban-ya? Wo ist Masau?

»Der Mystische Krieger ist schon seit langer Zeit tot.«

»Dies ist nicht sein Lager in der Welt jenseits dieser Welt?«

Ban-ya lachte rauh. »Dies ist das Lager Shatehs. Du bist zu ihm gekommen. Du hast ihm gesagt, wo sich Cha-kwena und dein Stamm befinden. Jetzt wird er das Totem töten. Dann wird er unbesiegbar sein, und du wirst seine Frau werden. Dakan-eh ist darüber sehr wütend. Du machst nur Ärger, Ta-maya. Immer wieder machst du Ärger!«

Ta-maya riß die Augen weit auf, als Ban-ya sie am Arm packte und grob hochriß. Sie tat ihr absichtlich weh, während sie sie auf den Schlitten zwang. »Warum bist du so wütend auf mich, Ban-ya? Ich verstehe nicht.«

»Das glaube ich. Bald werden in diesem Land Krieg und Tod herrschen. Bald werden dein Schamanenjunge, dein verkrüppelter Lustiger Mann und alle anderen sterben, die sich unklugerweise entschieden haben, bei Cha-kwena zu bleiben, als er den heiligen Stein gestohlen hat. Bald werden Dakan-eh und Shateh im Besitz der Macht des Totems sein. Aber deinetwegen wird es keinen Frieden zwischen ihnen geben. Doch hab keine Angst, Ta-maya. Was auch immer geschieht, Ban-ya wird sich um dich kümmern.«

5

Eine erschrockene Stille breitete sich im kleinen Stamm aus, nachdem Kosar-eh zur Höhle zurückgekehrt war und die Neuigkeiten berichtet hatte.

Cha-kwena war sprachlos vor ungläubigem Entsetzen. Die Träume, die Zeichen und die Alpträume – sie waren also doch echte Visionen gewesen! Er war also doch ein Schamane! Aber was für ein Schamane? fragte er sich verzweifelt. Er hatte all die Kräfte, die die Mächte der Schöpfung ihm jemals gewährt hatten, verleugnet und untergraben. Er hatte seinen Stamm in ein Land des Todes geführt. Er hatte das Totem getötet, den heiligen Stein seines Stammes fortgeworfen und Verbündete zu Feinden gemacht. Doch was hatte er getan, daß Dakan-eh und Shateh glaubten, er hätte sie verflucht, den Stamm der Roten Welt und den des Graslandes?

Die Antwort kam in einem grellen Aufflackern seiner Erinnerung, als sich seine und Mah-rees Blicke trafen.

»Hast du vergessen, wovor die Vorfahren gewarnt haben? Sprich niemals schlecht über jemanden, damit die helfenden Geister dieses Menschen nicht deine Worte hören und sie statt dessen gegen dich wenden!«

Ihm wurde eiskalt. Es war wirklich ein Fluch gewesen – er

hatte es in dem Augenblick gewußt, als er ihn ausgesprochen hatte. Und jetzt war er, genauso wie Mah-ree vorausgesagt hatte, zurückgekommen, um sich gegen ihn zu wenden. Wie sie mit dem Rücken zur Höhlenwand und angezogenen Knien dasaß, wußte er nicht, ob er sie anschreien, den Blick abwenden oder ihr danken sollte, daß sie das furchtbare Geheimnis von Lebensspenders Tod bewahrte.

»Wenn der Stamm des Wachenden Sterns in dieses Tal kommt, wird er jeden Mammut töten und verzehren«, sagte sie leise. »Und uns wird man auch töten.«

»Wir müssen fliehen!« rief Ha-xa, die in ihrem Jaguarfellumhang mutig und befehlsgewohnt wirkte. »Kommt! Wir dürfen keine Zeit verlieren! Wir werden soviel einpacken, wie wir können, und . . .«

»Ich werde Ta-maya nicht im Stich lassen«, sagte Kosar-eh ruhig.

Cha-kwena blinzelte verblüfft, als Ha-xa sich zu dem Mann umdrehte. Sie sprach mit einer Leidenschaft, die ihren tiefen Kummer nicht verbergen konnte. »Meine Tochter hat sich dazu entschlossen, von ihrem Stamm fortzulaufen. Ta-maya ist meine erstgeborene Tochter, und ich liebe sie, aber sie ist nicht mein einziges Kind. Ich muß auch auf meine Tla-nee und die neue Frau Mah-ree Rücksicht nehmen. Du hast deine Jungen und die Kleine, die Siwi-ni dir geschenkt hat! U-wa muß sich um Joh-nee kümmern. Wir müssen unsere Lieben in Sicherheit bringen, Kosar-eh. Ta-maya hat sich freiwillig entschieden, auf welcher Seite sie stehen möchte. Sie hat ihre Liebe zu einem Toten höher gestellt als ihre Sorge um die Lebenden. Sie hat sich völlig unabhängig von uns für ihr eigenes Schicksal entschieden! Du und Cha-kwena, ihr seid die einzigen Männer in diesem Stamm! Die Mächte der Schöpfung haben dafür gesorgt, daß du deinen Arm wieder benutzen kannst. Jetzt mußt du diesen Arm dazu benutzen, deinen Stamm zu beschützen. Kommt jetzt! Alle! Worauf wartet ihr? Wir müssen uns beeilen! Habt keine Angst! Unser Schamane ist bei uns, und der heilige Stein unserer Vorfahren ist bei ihm. Kommt, sage ich! Wir stehen in der Macht des Totems.«

Mah-ree beobachtete reglos die hektischen Vorbereitungen zum Aufbruch aus der Höhle. Jetzt, wo es wirklich an der Zeit war, aus dem Tal zu fliehen, überkam sie eine seltsame, entrückte Stimmung. Es war so viel geschehen seit dem Tag, als der Löwe sie zur Höhle gerufen hatte. Es hatte Trauer und Leid in diesem Land gegeben, aber auch Glück und Freude. Sie blickte sich an diesem erinnerungsträchtigen Ort um. Hier hatte Siwi-ni Leben zur Welt gebracht und war gestorben. Und ohne daß es die anderen wußten, lagen in einem fernen Teil dieses Tales der heilige Stein und die Knochen des Totems im Eis eines gefrorenen Sees begraben.

Sie erzitterte, als ihr plötzlich kalt vor Angst wurde. Wie sollten sie überleben, wenn das Amulett ihrer Vorfahren und das Totem sie nicht mehr vor Gefahr beschützten? »Ich habe Angst«, flüsterte sie.

Gah-ti kam zu ihr. »Ich werde an deiner Seite gehen«, beruhigte er sie. »Ich habe immer noch einen Arm, und ich bin stark genug, um damit einen Speer zu werfen. Es gibt jetzt drei Männer in diesem Stamm. Du brauchst keine Angst zu haben!«

Mah-ree war von Gah-tis mutigen Worten beeindruckt. Er war tapfer, und er war ein Mann. Sie würde nie wieder daran zweifeln. Doch jetzt war sie gebannt vom Anblick Cha-kwenas, der regungslos am Eingang zur Höhle stand und in die Welt hinausblickte. Sein Gesicht war ernst, und seine Hand lag an seiner Kehle, wo nie wieder der heilige Stein hängen würde.

»Wir müssen gehen«, sagte er trostlos.

»Wohin sollen wir gehen?« wollte sie wissen und kämpfte ihre Verbitterung nieder. Sie fragte sich, warum er die anderen nicht warnte, ihnen nicht sagte, daß sie weder durch den heiligen Stein noch durch das Totem geschützt waren. »Und warum? Es herrscht Winter! Wir wissen nicht, was hinter diesem Tal liegt. Der Löwe ist tot. Er wird unsere Feinde nicht rufen und ihnen den Weg zu dieser Höhle zeigen, wie er einst uns gerufen hat. Sie werden kommen und nach uns suchen, aber ihre Suche wird vergeblich sein. Sie werden wieder gehen, und wir werden noch hier sein ... an diesem Ort, zu dem Lebensspender uns geführt hat!«

»Nein«, widersprach Kosar-eh. Er blickte sie aus so traurigen

Augen an, daß sie fast zu bluten schienen. »Sie werden nicht gehen. Sie werden finden, wonach sie suchen. Unsere Feinde wissen, wo wir sind. Ta-maya hat es ihnen gesagt.«

Und so nahmen sie ihre Sachen und folgten dem Weg von der Höhle hinunter und durch das Tal. Sie gingen durch einen leichten Schneefall nach Osten, bis sie die Stelle erreichten, wo sie nach links abbiegen mußten, wenn sie über den niedrigen Hügelzug zu dem Ort gelangen wollten, den die Mammuts zum Sterben aufsuchten.

»Seht!« rief Gah-ti und zeigte begeistert. »Seht ihr das? Eine Herde Mammuts steht oben auf dem Hügel. Sie zeigen uns den Weg!«

»Das kann nur Lebensspender!« warf U-wa ein. Dann runzelte sie die Stirn. »Vielleicht ist das Totem in der Nähe. Es ist schon lange her, seit ich es zum letzten Mal gesehen habe! All-Großvater sollte uns in dieser Zeit der Gefahr vorausgehen. Wo ist er, Cha-kwena?«

Cha-kwenas Gesicht wurde ausdruckslos. »Er ist nicht hier. Kommt, wir müssen weitergehen!«

Mit dem Nordwind im Rücken zogen sie durch eine immer stärker werdende Kälte. Mah-ree kam an Cha-kwenas Seite und flüsterte besorgt: »Sie werden die Mammuts töten. Shateh, Dakan-eh und der Stamm des Wachenden Sterns werden Krieg gegeneinander führen, aber es spielt keine Rolle, wer der Sieger ist. Sie alle sind jetzt Mammutjäger.«

»Wir können die Mammuts nicht retten, Mah-ree.«

»Das kannst du nicht wissen!« Ihre Stimme war kaum mehr als ein Krächzen.

Er blickte sie finster an. »Ich weiß es aber. Und du weißt es auch. Oder hast du vergessen, was tot im See hinter den Hügeln liegt? Geh mit den anderen! Und bewahre das Geheimnis, das du mit mir teilst. Solange du es bewahrst, wird der Glaube an die Macht des Totems unseren Stamm stark machen. Meine und deine Verantwortung, Medizinmädchen, gilt ihnen, nicht den Mammuts.«

»Aber du bist Cha-kwena, der Wächter und Bruder der Tiere!«

Er wollte nicht daran erinnert werden, wie tief er gesunken war. »Ich, Cha-kwena, der Verlierer des Amuletts und Mörder des Totems! Laß mich allein, Mah-ree. Es ist nicht gut, wenn du an meiner Seite gehst.«

Erst bei Anbruch der Dunkelheit hielten die müden Reisenden an, um zu rasten. Es schneite nicht mehr, aber es war noch kälter geworden. Trotzdem schlugen sie ein feuerloses Lager auf. Niemand beschwerte sich, denn sie wollten sich nicht durch Rauch oder Feuerschein an die Feinde verraten.

Zu Cha-kwenas Verärgerung waren die Hunde ihnen gefolgt und kamen jetzt aus der Dunkelheit, um um etwas Eßbares zu betteln. Joh-nee und Tla-nee schrien entzückt auf, als sie sahen, daß zwei der Welpen von Narbennase bei den anderen waren. Der Schamane runzelte die Stirn und wollte sie bereits vertreiben, doch Mah-ree blickte ihn warnend an, so daß er wußte, daß sie sein Geheimnis verraten würde, wenn er den Hunden nicht zumindest erlaubte, am Rand ihres kleinen Lagers zu bleiben. Er nickte, weil er sich zu ausgelaugt fühlte, um jetzt einen Streit anzufangen. Was spielt es jetzt noch für eine Rolle? dachte er. Es kam nur noch darauf an, seinen Stamm sicher aus diesem Land des Todes zu bringen.

»Die Hunde werden uns nützlich sein«, sagte Ha-xa. »Wenn sie die Schlitten ziehen, kommen wir viel schneller voran. Und diese Welpen müssen genauso stark und tapfer wie ihre Mutter sein, wenn sie uns den ganzen langen Weg gefolgt sind.«

Cha-kwena nickte. Ha-xa hatte natürlich recht. Ohne die Hilfe der Hunde waren die Rückentragen entsetzlich schwer gewesen. Und die Schlitten, die der Stamm hinter sich herzog, hatten sich als so große Behinderung erweisen, daß Cha-kwena schon darüber nachgedacht hatte, den größten Teil ihres Gepäcks zurückzulassen, bevor sie am nächsten Tag weiterzogen. Seine Einstellung zu den Hunden hatte sich verändert, seit der Stamm nicht mehr an einem festen Ort wohnte. Sie waren wieder Reisende, und nur die Vier Winde wußten, wohin ihr Weg sie führen würde. Es würde gut sein, wenn die Menschen die Lasten mit den Hunden teilen konnten.

Cha-kwena wurde plötzlich unruhig und stand auf. Er ging zu einer Anhöhe und blickte den Weg zurück, den sie gekommen waren. Ein paar Augenblicke später gesellte sich Kosar-eh zu ihm. Sie standen schweigend da. In der Ferne brannten Feuer und waren Trommeln zu hören.

»Unsere Feinde kommen näher«, stellte Kosar-eh fest. »Und es ist ihnen egal, ob wir sie bemerken. Er blickte zum bewölkten Himmel hinauf. »Es könnte vor dem Morgen wieder schneien. Wenn du vor der Dämmerung aufbrichst und Glück hast, wird der Schnee deine Spuren verdecken. Ihr werdet euch in Sicherheit bringen. Aber ich muß zurückgehen, Cha-kwena. Ich muß Ta-maya aus dem Lager unserer Feinde holen!«

»Glück? Wann habe ich jemals Glück gehabt? Vielleicht sollte ich versuchen, Ta-maya zu holen, und du solltest den Stamm führen.«

Kosar-eh runzelte die Stirn. »Du bist der Schamane, Cha-kwena.«

Der junge Mann verengte die Augen. »O ja, ich bin ein großartiger Schamane!« Er wandte seinen Blick von Kosar-eh ab und sah in die Nacht hinaus. Er fühlte sich leer, als wäre seine Haut nur eine Hülle, in der sich nichts befand – kein Muskel, kein Knochen, kein Blut, keine Substanz. Doch dann wurde diese Hülle plötzlich von einer Vision erfüllt, und das Blut eines Schamanentraums strömte durch seine Seele . . .

»Du hast einen weiten Weg hinter dir, Cha-kwena!«

Er keuchte. Er sah seinen Großvater vor sich stehen. Der Rabe hockte auf Hoyeh-tays Schulter. Der kleine gelbe Wolf war an seiner Seite. Eule saß auf dem Kopf des alten Mannes, und Cha-kwenas Medizinbeutel hing an seiner geflochtenen Schnur um den Hals des Raubvogels.

»Was starrst du so, dummer Junge?« fragte Eule. »Jemand muß das Amulett doch an sich nehmen, wenn einer, der vergessen hat, daß er zum Pfad des Schamanen berufen wurde, der Meinung war, den heiligen Stein fortwerfen zu müssen.« Der Vogel war so mürrisch wie immer.

»Komm, Cha-kwena!« forderte ihn der Kojote auf. »Du darfst dich nicht wieder von mir abwenden.«

»Wohin soll ich eurer Meinung nach gehen? Und warum sollte ich den Toten folgen?«

»Warum zögerst du?« fragte der Rabe. »Hast du Angst?«

»Vor dem Unbekannten? Ja!« rief er.

»Wenn du unseren Stamm retten willst, mußt du ihn verlassen«, sagte Hoyeh-tay.

»Ihn verlassen?« Cha-kwena schüttelte verständnislos den Kopf. »Großvater, hilf mir doch zu verstehen! Bitte gib mir den heiligen Stein!« Er streckte die Hand nach dem Medizinbeutel aus.

»Nein!« rief Eule. »Du hast ihn fortgeworfen! Er gehört dir nicht mehr! Noch nicht. Du mußt dich seiner zuerst wieder würdig erweisen!«

In diesem Augenblick löste sich Hoyeh-tay in Luft auf. Eule flatterte kreischend auf und zog oben seine Kreise. Der Kojote kehrte ihm den Rücken zu und lief zum Tal und zu den Lagerfeuern ihrer Feinde, während der Rabe krächzte und zu den Sternen hinaufflog.

»Ich bin der Schamane!« schrie Cha-kwena Eule wütend hinterher.

»Dann gehe den Pfad zurück, den du dir durch Lügen gebahnt hast. Benutze die Wahrheit dazu, die Spur aus Blut und Tod auszulöschen. Erinnere dich an alles, was du gelernt hast, und tu es, bevor es zu spät für dich oder Lebensspender ist!«

»Es ist bereits zu spät! Ich habe ihn getötet!«

»Wirklich?«

»Du weißt es doch!« stöhnte er verzweifelt.

»Du mußt lernen, das Licht in der Dunkelheit zu finden, Cha-kwena! Du mußt lernen, zu verstehen, zu glauben und zu folgen!«

Atemlos sah Cha-kwena zu, wie Eule immer höher hinaufflog, bis der Vogel nach Osten abdrehte und in der Nacht verschwand. Er spürte Verbitterung. Wenn er doch nur folgen könnte! Wenn er doch nur der erdrückenden Verantwortung dieses Augenblicks entfliehen könnte ...

»Cha-kwena? Was hast du gesehen, Cha-kwena? Mit wem sprichst du? Und *wen* hast du getötet?«

Kosar-ehs besorgte Stimme holte Cha-kwena aus seiner Vision zurück. Der junge Mann blinzelte und fühlte sich benommen und wacklig auf den Beinen, während er seinen Freund lange ansah, bis er wieder über die Hügel und zum Tal blickte. Seine Augen brannten, als er sich auf die Lagerfeuer der Feinde konzentrierte. Sein Herz schlug im Gleichtakt mit ihren Trommeln. Ein kalter Wind blies aus dem Norden und vertrieb die Wolken. Cha-kwena runzelte die Stirn. Kosar-eh hatte sich geirrt, als er vorausgesagt hatte, daß es noch vor dem Morgen schneien würde. Doch wenn der Geruch und die Beschaffenheit dieses Windes nicht täuschte, würde in zwei Tagen ein großer Sturm kommen.

Kojoten heulten im Tal. Oder war es nur das Heulen des Windes?

»Hörst du es, Schamane?« fragte Kosar-eh besorgt. »Ich habe so etwas noch nie gehört. Es klingt, als würden Kojoten zwischen uns und dem feindlichen Lager hin und her laufen. Doch irgendwie scheinen es gar keine Kojoten zu sein, sondern nur der Wind.«

Cha-kwena lief es kalt den Rücken hinunter. Eine Erkenntnis brannte sich durch seinen Geist. »Keine Kojoten. Hunde!«

Kosar-eh runzelte die Stirn. »Die Hunde sind im Lager unseres Stammes, Cha-kwena.«

»Ja! Die Hunde sind uns gefolgt! Sie sind über den Neuschnee gelaufen und haben eine deutliche Spur hinterlassen, der Dakan-eh, Shateh und der Stamm des Wachenden Sterns beim ersten Licht des Tages mühelos folgen können.«

Kosar-eh sog bestürzt den Atem ein.

Cha-kwena war es so kalt, daß er das Gefühl hatte, sein Körper würde zersplittern. Er blickte hoch. Die Sterne, die zwischen den Wolken zu sehen waren, schienen sehr hell. In welchen schwarzen Abschnitt des Sternenhimmels war der Rabe hinaufgeflogen? Mit welchem der Vier Winde würde der Seelenfänger kommen, wenn der kleine Stamm morgen von schnellen und mörderischen Kriegern aus dem Grasland und vom Stamm des Wachenden Sterns eingeholt wurde? Die

Erkenntnis blitzte auf, und plötzlich sah Cha-kwena in der Dunkelheit das Licht des Verstehens. Die Hunde hatten ihm den einzigen Weg gezeigt, auf dem er das Leben seines Stammes retten konnte. Er fühlte sich entmutigt, entsetzt und erschrocken, als er erkannte, was er tun mußte.

»Wenn ich unseren Stamm retten soll, muß ich ihn verlassen.«

»Was sagst du da, Cha-kwena?

»Du mußt mir zuhören, Kosar-eh!« befahl der junge Schamane mit einer Kraft in seiner Stimme, die den älteren Mann so sehr überraschte, daß er vor Ehrfurcht und Schrecken einen Schritt zurücktrat. Sogar Cha-kwena hatte den Eindruck, daß er mit der Autorität der Vier Winde sprach. »Du wirst tun, was ich dir sage, ohne Widerspruch. Du wirst diesen Stamm nicht verlassen, um nach Ta-maya zu suchen! Ha-xa hat recht: du bist kein einarmiger Lustiger Mann mehr, dessen einziger Wert für den Stamm darin bestand, die Menschen in schweren Zeiten aufzuheitern. Die Mächte der Schöpfung haben deinen Arm wieder lebendig gemacht und dich zu Kosar-eh ernannt, zum Löwentöter, zum Mann, der seinen Feinden ins Gesicht spuckt, dem Jäger und Ernährer vieler Söhne. Jetzt mußt du außerdem der Beschützer des Stammes sein.«

»Nicht ohne Ta-maya an meiner Seite!

»Vielleicht wird sie eines Tages wieder an deiner Seite sein – vielleicht! Doch jetzt mußt du die Frauen und Kinder wecken. Sie haben sich lange genug ausgeruht. Bald wird es dämmern. Ladet euch die Rückentragen auf und schnallt die Hunde an die Schlitten! Bring meinen Stamm schnell und weit in das Gesicht der aufgehenden Sonne. Bald wird ein großer Sturm kommen, der eure Spuren verwischt. Bis dahin werden unsere Feinde gefunden haben, wonach sie suchen und werden keinen Grund mehr haben euch zu jagen.«

Kosar-eh kniff die Augen zusammen. »Ich werde nicht zulassen, daß du dich Dakan-eh und Shateh auslieferst! Sie werden dich zwingen, sie zu Lebensspender zu führen. Dann werden sie dich töten und den heiligen Stein stehlen.«

Cha-kwena war völlig ruhig geworden, als er sich jetzt an die Worte von Eule, dem Kojoten, dem Raben und von Hoyeh-tay erinnerte, daß er den Pfad der Lügen beschritten hatte, der das Unheil über seinen Stamm gebracht hatte. In der Hoffnung, daß er nun damit beginnen würde, das Unheil ungeschehen zu machen, wagte er es, Kosar-eh die Wahrheit anzuvertrauen. »Ich habe Lebensspender getötet. Um seine vom Alter gezeichnete, verwundete Seele in den Wind freizulassen, habe ich es getan! Das Blut und Fleisch unseres Totems ist in meinen Mund eingedrungen. Wenn es stimmt, was die Vorfahren sagen, werde ich nicht getötet werden – vielleicht bin ich sogar unsterblich! Aber du und unser Stamm, ihr werdet es nicht sein, wenn ihr nicht tut, was ich sage, und sofort aufbrecht. Ich habe vor, unsere Feinde ein Totem verfolgen zu lassen, das gar nicht mehr existiert – doch ich werde sie niemals an den Ort führen, wo All-Großvaters Knochen liegen, damit sie sie nicht entweihen. Bis die Feinde meine Absicht durchschaut haben, hat sich das Wetter geändert, und du und der Stamm, ihr werdet außer Gefahr sein.«

Kosar-eh war erschüttert, doch er ließ sich nichts anmerken. »Und was wird mit dir?«

Ich werde sterben, dachte Cha-kwena. Doch damit Kosar-eh keinen Einwand erhob, sagte er gelassen: »Bin ich nicht der Schamane? Glaubst du, ich werde keinen Weg finden, ihnen zu entkommen, damit ich zurückkehren und wieder an deiner Seite gehen kann?«

»Dann mögen das Blut Lebensspenders und der heilige Stein unserer Vorfahren dich beschützen, Cha-kwena«, sagte Kosar-eh inbrünstig und packte den jungen Mann an den Schultern.

Cha-kwena hob die Hand, um die Stelle auf seiner Brust zu berühren, wo sich einst das Amulett warm und sicher im Medizinbeutel unter seinem Hemd befunden hatte. Jetzt war dort nichts mehr – nur eine schmerzende Leere unter seiner Hand und in seiner Seele. Doch um Kosar-eh Mut zu machen und seinen Aufbruch zu beschleunigen, erwiderte er tonlos: »Ja, der heilige Stein . . . er wird mich beschützen!«

»So möge es sein!« sagte Kosar-eh, als er Cha-kwena fest und wild umarmte. Es war weniger ein ›Auf Wiedersehen‹, sondern eher ein ›Lebewohl‹.

Cha-kwena schluckte, als er zusah, wie Kosar-eh fortging.

Einen Augenblick lang sah der Schamane reglos auf das kleine Reiselager hinunter. Voller Liebe betrachtete er den Hügel aus Schlaffellen, unter denen Mah-ree neben ihrer Mutter und kleinen Schwester lag. Mit dem Schmerz einer verlorenen Liebe fragte er sich, ob er jemals einen von denen, die er liebte, wiedersehen würde. Dann drehte er sich um und lief in den Wind hinaus.

6

Im Lager des Stammes des Wachenden Sterns und seiner Verbündeten warf Jhadel die heiligen Knochen, die das Wetter vorhersagten, und studierte sie. »Es wird einen großen Sturm geben. Der Stamm muß in der Dämmerung aufbrechen, soviel Fleisch wie möglich jagen und sich dann auf einen langen Aufenthalt in diesem Lager vorbereiten.«

Sheela, die zwischen Tsana und Nakantahkeh stand, fuhr wütend herum und blickte auf Jhadel herab, der vor den Knochen kniete. »Wir selbst sind der Sturm, alter Mann!«

»Mit dem Wind im Rücken werden wir über dieses Land fliegen, um vom Fleisch zu essen, das andere Männer gejagt haben«, setzte Tsana hinzu.

»Sie werden vor uns davonlaufen und unter dem Regen unserer Speere sterben!« sagte Nakantahkeh.

»So wird es sein!« bestätigte Sheela mit wild funkelnden Augen und bebenden Nasenflügeln.

Jhadel musterte sie mit weisen Augen. Seit Nakantahkeh seine Treue bewiesen hatte, indem er seine Tochter tötete, hatten er, Sheela und Tsana dieselben Schlaffelle geteilt. Obwohl die beiden Männer aufeinander eifersüchtig waren, hatten die drei gemeinsam Jhadels Herrschaftsanspruch überstimmt. Und obwohl Jhadel jetzt sprach, mußte er wieder feststellen, daß er keine Stimme hatte. Er schüttelte den Kopf. »Vorsicht und Mißtrauen, Tochter Sheehanals. Dies sind die Wege zum Sieg.«

»Für alte Männer«, fuhr sie ihn an und wandte sich ab.

»Und für Wölfe und Löwen!« entgegnete er.

Sie lachte rauh. »Erst nachdem sie ihre Zähne verloren haben und allein ohne Rudel jagen.«

Jhadel sprang auf die Beine, senkte den Kopf und blickte mit stechenden Augen. »Vor dem Angriff muß die Art von Beute, auf die du aus bist, nicht geködert werden, sondern du mußt dich an sie anschleichen. Deine Überheblichkeit und dein Machthunger könnten unseren Feind dazu veranlassen, sich gegen uns zu wenden oder zu fliehen! Die Trommeln sollten schweigen, und die Feuer . . .«

»Sei still, Jhadel!« warnte sie ihn. »Ich bin nicht mehr das Mädchen, das einst ängstlich vor dir zitterte! In mir wurde die Tochter der Sonne wiedergeboren! Und nimm dich in acht! Ich habe allmählich genug von deiner ängstlichen Vorsicht.«

Shateh ging am Rand des Lagers auf und ab. Warakan, der Junge, blieb ihm dicht auf den Fersen. Ta-maya beobachtete ihn von ihrem Zelt aus, das über dem Schlitten errichtet worden war. Sie zitterte und fühlte sich elend, als sie das Lager aus schlafenden Kriegern, Frauen, Kindern und Hunden überblickte. Sie waren eine Streitmacht, die ihren Stamm vernichten wollte, und sie hatte ihre Freunde an sie verraten. *Wie konnte ich so etwas tun?* fragte sie sich verzweifelt. *Wie?*

»Du mußt etwas essen, Ta-maya«, sagte Ban-ya und kam mit einem Teller voller Fleisch und Fett zu ihr.

Ta-maya blieb liegen und winkte ab. »Ich kann nicht.« Sie blickte zu der Frau auf, die die Freundin ihrer Kindheit gewesen war, und fragte sie aufrichtig: »Wie kannst du dich bei denen aufhalten, die sich gegen unseren Stamm gewandt haben, Ban-ya?«

Ban-ya stellte den Knochenteller neben Ta-maya ab. »Ich habe mich nicht gegen meinen Stamm gewandt, Ta-maya. Genausowenig wie du. Du hast richtig gehandelt, als du hierhergekommen bist. Es ist Cha-kwena, der sich abgewandt hat. Er hat uns alle verflucht und muß sterben. Siehst du das jetzt nicht endlich ein, wo du nicht mehr unter dem Bann seines Zaubers stehst?«

»Du glaubst doch nicht wirklich daran?«

»Ich weiß es!« erwiderte Ban-ya. »Jetzt iß, Ta-maya! Die Frauen Shatehs haben dieses Fleisch für dich zubereitet, und wenn du es nicht bald ißt, wird es verderben.«

»Ich will nicht essen. Ich will für das, was ich getan habe, sterben.«

In Ban-yas Stimme lag Gehässigkeit. »Weder Dakan-eh noch Shateh werden zulassen, daß du stirbst, Ta-maya. Shateh will dich. Dakan-eh will dich. Frag hier irgendeinen Mann, der dich angesehen hat, und auch er wird sagen, daß er dich will. Du hast dich überhaupt nicht verändert. Warum gibst du vor, dich nach einem Toten zu sehnen, wenn du jeden Mann haben kannst, den du möchtest – meinen Mann, ihren Mann, ihren oder ihren?« Sie zeigte mit ausgestrecktem Arm auf das ganze Lager. »Warum hältst du dich zur Abwechslung nicht einmal an deinen eigenen Mann? Bist du jetzt Cha-kwenas Frau?«

»Ich bin Kosar-ehs Frau.«

Ban-ya lachte laut auf, verstummte jedoch sofort, um nicht das Lager aufzuwecken. »Die Frau des verkrüppelten Lustigen Mannes? Kein Wunder, daß du fortgelaufen bist!« Sie schüttelte den Kopf und kicherte. »Iß jetzt! Es ist spät. Wir wecken die anderen auf, wenn wir reden.«

Ta-maya sah ihr nach. Ban-ya hatte sich kein bißchen verändert. Sie war immer noch dasselbe gehässige, streitsüchtige und gefährliche Mädchen, das so verbissen darum gekämpft hatte, ihr Dakan-eh abzugewinnen, als sie noch im Dorf am See der Vielen Singvögel gelebt hatten. Schließlich war Ban-ya die Frau des Mutigen Mannes geworden. Jetzt war sie die Frau eines Oberhäuptlings. Ta-maya konnte Ban-yas Verbitterung nicht verstehen, und sie ärgerte sich darüber, wie Ban-ya bei der Erwähnung von Kosar-ehs Namen gelacht hatte.

Ohne das Essen noch eines Blickes zu würdigen, setzte sie sich auf und beobachtete Shateh, wie er unruhig am Rand des Lagers entlangging. *Wie sehr er Masau ähnelt!* dachte sie und seufzte dann in unendlicher Trauer. Masau war tot, das hatte sie inzwischen eingesehen. Sie war ein großer Dummkopf gewesen! Sie erinnerte sich daran, wie ihre Mutter sie immer wieder ermahnt hatte, die Seele des Mystischen Kriegers freizulassen, bevor ihre Besessenheit, ihn in ihrem Geist am Leben zu erhalten, sie in große Schwierigkeiten bringen würde. Und sie erinnerte sich auch an das, was sie Siwi-ni versprochen hatte – ein Versprechen, das sie nun unwiderruflich gebrochen hatte. Statt sich um Siwi-nis Mann und ihre Kinder zu kümmern, hatte sie sie zum sicheren Tod verurteilt.

Oder? Während ihre Blicke dem Oberhäuptling folgten, kam ihr eine Idee. Ban-ya hatte gesagt, daß Shateh sie wollte. Sie hielt den Atem an, stand auf, und ohne auf den Schmerz in ihren erfrorenen Füßen zu achten, humpelte sie los. Wenn sie sich Shateh freiwillig anbot, konnte sie ihn vielleicht überzeugen, auf einen Angriff gegen ihren Stamm zu verzichten.

»Ta-maya . . .«

Sie blieb stehen, als sie die vertraute Stimme hörte. Dakan-eh näherte sich ihr von hinten und drehte sie herum, so daß sie ihn ansehen konnte. Er hielt sie weiterhin an den Armen fest.

»Die Mächte der Schöpfung haben dich hierhergebracht«, sagte er und küßte sie – leidenschaftlich und besitzergreifend. Dann löste er sich von ihr, um ihr in die Augen zu sehen und mit dem Finger über ihre Wange zu streichen. »Ich habe niemals daran gezweifelt, daß du noch lebst. Ich habe immer daran geglaubt, daß wir eines Tages wieder zusammen sein würden. Jetzt, wo du zu mir zurückgekommen bist, wird es so sein.«

Eigentlich hätte sie seine Überheblichkeit nicht überraschen dürfen, aber sie tat es doch. »Geh, Dakan-eh! Es war sehr dumm von mir, zu diesem Stamm zu kommen, aber ich bin nicht so dumm gewesen, zu dir zurückkommen zu wollen!«

»Ich bin der Mutige Mann, der den Regen bringt! Ich bin der Tapfere Jäger, der den wirbelnden Wind jagt, um den Stamm zu retten! Wie kannst du mich nicht wollen?«

Sie wandte das Gesicht ab, als er sich herabbeugte, um sie erneut zu küssen. »Weil du auch der Mann bist, der nur sich selbst liebt!« antwortete sie. »Keine Frau kann deine Gunst gewinnen, Dakan-eh! In deinen Augen warst immer nur du selbst der Beste, und dein Herz ist so voller Einbildung, daß es dort keinen Platz für jemanden außer dir selbst gibt!«

Er geriet in Wut. »Cha-kwena hat dich vergiftet, um dich gegen mich aufzubringen!«

»Nein, Dakan-eh. Das hast du ganz allein getan, schon vor langer Zeit. Hast du immer noch nicht gelernt, daß du aufhören mußt, anderen die Schuld an dem zu geben, was du dir selbst zuzuschreiben hast?«

»Ich werde dich bekommen, Ta-maya!«

»Nein, Dakan-eh! Das wirst du nicht!« Sie stieß ihn so heftig weg, daß er das Gleichgewicht verlor und auf den Knochenteller fiel, den Ban-ya neben ihrem Schlitten zurückgelassen hatte. Dann drehte Ta-maya sich um und humpelte weiter, während sie ihn zwischen den verstreuten Fleisch- und Fettstücken sitzen ließ.

Mit schmerzenden Füßen erreichte sie den Oberhäuptling und blieb in respektvollem Abstand vor ihm stehen. Sie senkte den Kopf und den Blick, während er verärgert über ihre Anwesenheit knurrte.

»Du darfst nicht laufen, Ta-maya! Die Frostgeister leben immer noch in deinen Füßen. Wenn du auf sie trittst, werden sie zornig und bringen dir mehr als nur Schmerz. Sie . . .«

»Sie können machen, daß dir deine Zehen abfallen!« flötete Warakan. »Jeder weiß, daß Frostgeister machen können, daß Zehen abfallen, und Finger und Nasen und Ohren und die Mannknochen der Jäger, die spät nachts im Winter hinausgehen, um sich . . .«

»Warakan!« brachte Shateh den Jungen ruhig, aber mit Nachdruck zum Schweigen, während er seinen Blick nicht von Ta-maya abwandte. »Komm, Mädchen! Ich werde dich zu deiner Schlafstelle zurücktragen.«

»Du darfst keinen Krieg gegen meinen Stamm führen, Shateh«, sagte sie leidenschaftlich und sammelte mit einem tiefen Atemzug ihre Kraft und ihren Mut. »Ich werde deine Frau sein. Der Mann, den ich zurückgelassen habe, wird nicht mehr mein Mann sein. Ich werde Kosar-eh sagen, daß es keine Rolle mehr spielt, was einmal zwischen uns gewesen ist, und daß Ta-maya jetzt Shateh gehört, nach der Sitte unserer Stämme seit Anbeginn der Zeiten, für immer und ewig . . . wenn du keinen Krieg gegen meinen Stamm führst.«

Der Oberhäuptling musterte sie eine Weile nachdenklich, dann schüttelte er den Kopf. »Es kann keinen Frieden zwischen

Shateh und einem Schamanen geben, der ihn verflucht hat, Tamaya.«

»Dakan-eh spricht falsch über Cha-kwena!«

»Vielleicht«, gab Shateh zu und hob sie mühelos mit seinen Armen hoch. »Aber Cha-kwena und dieser Mann müssen Feinde sein, denn es ist mein Wille, das große weiße Mammut zu jagen, um mir seine Macht anzueignen. Der Stamm des Wachenden Sterns ist nicht der einzige, der das Totem töten und von seinem Fleisch essen will. Ich, Shateh, werde es tun, damit ich stark und unbesiegbar für meine Feinde bin! Damit ich wieder jung werde – für dich, Ta-maya.«

»Kein Mann kann das Totem töten, Shateh!«

»Ich werde es aber töten. Und wenn es geschehen ist, werde ich diesen Kosar-eh und deinen Stamm am Leben lassen ... und du wirst meine Frau sein.«

Während die Vier Winde über die Welt wehten, blickte Kosar-eh noch ein letztes Mal auf die Feuer seiner Feinde, bevor er umkehrte, um den Stamm zu wecken.

»Kommt! Wir müssen weitergehen! Sofort!«

U-wa setzte sich auf und blickte sich um. »Wo ist Cha-kwena?«

»Er wird nicht mit uns kommen. Ich werde euch jetzt anführen. Kommt, sage ich!«

Während er den Stamm weckte, erklärte er allen, was Cha-kwena ihm offenbart hatte. Und als er sie endlich vor dem heranrückenden Sturm und in das frühe Licht der Dämmerung davonführte, wurde die Überzeugungskraft sämtlicher Stammesmitglieder dazu benötigt, Mah-ree davon abzuhalten, Cha-kwena hinterherzulaufen.

»Du bist das Medizinmädchen!« erinnerte Ha-xa die erschütterte junge Frau. »Seit du ein kleines Kind warst, bist du zur Heilerin berufen. Wenn Cha-kwena nicht zu uns zurückkommt, bist du die einzige, die uns vor den Gefährten der Raben beschützen kann! Erinnere dich an die Prophezeiung, Tochter! Am Tag, an dem das große weiße Mammut stirbt, werden auch die Menschen sterben!«

Beim Klang von Ha-xas ernster Stimme begann das Kinn der kleinen Joh-nee zu zittern.

Gah-ti schüttelte seinen verbundenen Kopf. »Ich habe mich allein dem Löwen gestellt. Ich werde keine Angst haben, mich auch dem Raben zu stellen.«

Seine Brüder stimmten ihm zu.

Mah-ree war immer noch verzweifelt. »Wie lange werdet ihr noch tapfer sein, wenn Cha-kwena unsere Feinde nicht aufhalten kann? Und wie können wir ihm erlauben, es allein zu tun?«

Die bekümmerte U-wa nahm Mah-ree tröstend in die Arme, während sie ihre Hoffnung aussprach. »Wir alle haben die Worte Kosar-ehs gehört. Cha-kwena hat die Macht unseres Totems. Er wird nicht zulassen,daß der Stamm stirbt. Er wird unsere Feinde verwirren, dann wird er uns wiederfinden. Nachdem die Macht Lebensspenders auf den Körper des Schamanen übergegangen ist, wird er einen Weg finden!«

Mah-ree befreite sich aus U-was Umarmung und starrte in die Richtung, aus der sie gekommen waren. Sie wagte nicht, ihre Gedanken laut auszusprechen. Wenn der Stamm noch lebt, während das Mammut tot ist, überlegte sie, dann hat Cha-kwena recht, wenn er sagt, daß dieser Teil der Legende nicht stimmen kann. Und wenn dieser Teil der Legende falsch war, dann war es auch so mit dem Glauben, daß derjenige, der das Totem tötete, dadurch Unsterblichkeit erlangte. Auf ihrem Herzen lastete eine schwere Traurigkeit.

»Komm, Tochter!« rief Ha-xa ihr über die Schulter zu, während Kosar-eh und die anderen weitergingen und die Hunde die schwer beladenen Schlitten zogen. »Wir müssen unserem Schamanen gehorchen. Bevor der große Sturm kommt, müssen wir viele lange Schritte zwischen uns und unsere Feinde bringen. Komm, Mah-ree, du mußt unseren Kindern ein Beispiel sein! Sieh dir Kosar-eh an, damit sein Beispiel deinem Herzen Mut macht! Deine Verantwortung für deinen Stamm wiegt viel schwerer als deine Liebe zu einem einzelnen Mitglied des Stammes.«

Mah-ree wußte, daß ihre Mutter recht hatte. Doch sie blickte sich immer wieder um. Wo war Cha-kwena jetzt? Er hatte das große weiße Mammut getötet, aber er war genausowenig unsterblich wie All-Großvater. Eines Tages würde der Schamane sterben. Vielleicht wurde er sehr alt, aber das war nicht sehr wahrscheinlich – er hatte den heiligen Stein seiner Vorfahren fortgeworfen und die Traditionen und den Glauben des Stammes verachtet. Seinetwegen lagen die Knochen des Totems nun in den gefrorenen Tiefen eines sterbenden Sees. Kein Zauber konnte Cha-kwena jetzt helfen, und keine mystischen Geister würden ihn retten. Er stand ganz allein im Wind, unter dem Himmel und auf der Erde.

Doch so sicher wie die Sonne jetzt über dem fernen Gebirge im Osten aufging, gab es keinen Schamanen, der in Mah-rees Augen wunderbarer und großartiger als der junge Mann war, dem so viel an seinem Stamm lag, daß er ganz allein der Macht ihrer Feinde entgegenzutreten wagte.

Mah-ree richtete sich zu ihrer ganzen, wenn auch nicht gerade überragenden Größe auf, hob die Arme und sprach zum Wind. Sie bat nicht. Sie flehte ihn nicht an. Sie befahl ihm. »Bring meine Worte zu Cha-kwena! Mach, daß er meine Stimme hört! Sag ihm, daß er mit oder ohne die Macht unseres Totems und des heiligen Steins auf jeden Fall überleben wird!«

Und der Wind gehorchte ihr, während sie die Worte voller Leidenschaft sprach. Er nahm ihre Stimme mit, als sie rief: »In den Vier Winden soll Zauber und Macht sein! Die Mächte der Schöpfung und der Große Mammutgeist sollen mich hören und diese Worte zu Cha-kwena tragen: Sei jetzt das, wozu du geboren wurdest! Sei der Wächter und Bruder der Tiere ... so schlau wie der Kojote, so weise wie das Mammut, so vorsichtig wie die Maus, so wachsam wie die Eule, so schnell wie der Hirsch, so mutig wie der Eber, so kräftig wie der Bär, so listig wie die Ameise, so unfaßbar wie die Fledermaus und so tödlich wie die Schlange, die mutig beim vollen Licht des Tages zuschlägt! Höre mich, Cha-kwena! Denn wenn du es nicht schaffst, dich gegen unsere Feinde durchzusetzen und wenn es keine Zauberwelt der Geister gibt, die uns die Hoffnung gibt, dort nach diesem Leben für immer leben zu können, wie soll ich dir dann jemals sagen, daß ich mich an dem Tag geirrt habe, als ich dir davonlief? Ich liebe dich, Cha-kwena! Für immer und ewig! Ich liebe dich!«

7

Ohne den Stamm und mit nur einem einzigen Speer in der Hand kam Cha-kwena gut voran. Er lief wie ein junger Wolf. Er hielt nicht an, um zu essen, zu trinken oder sich auszuruhen. Er hatte seinen Frieden mit dem Leben gemacht und mit der scheinbaren Unausweichlichkeit seines Todes, doch er hatte trotzdem Angst. Die Raben flogen ihm jetzt voraus.

Als er den Rand des Tals erreichte, wehte ein böiger Wind aus allen vier Richtungen der Welt. Er war so stark, daß er ihn schob und dann wieder zurückstieß. Cha-kwena mußte seinen Drang beherrschen, den Weg wieder zu verlassen, den er eingeschlagen hatte, doch als er seinen Mut zusammennahm, ging es wieder. Er lief weiter und blickte sich nicht mehr um.

Als er das Tal betrat, waren die Tiere zusammengekommen, die schon immer seine Geistesverwandten gewesen waren. Sie liefen an seiner Seite oder flogen über ihm. Der Kojote war bei ihm, der Hirsch und Wolf, die Maus und das Kaninchen, Bruder Fledermaus und der Falke. Der Rabe flog ihm voraus, während Lebensspender – der Geist des großen weißen Mammuts – erschien, um seinen Weg zur Höhle und nach Hause zu führen.

Der junge Mann war jetzt überzeugt, daß der Hunger und die Erschöpfung ihm Illusionen eingaben, die seine Seele und seinen müden Körper nährten. Als er laut sprach, um die Tiere zu fragen, ob sie wirklich waren, ließ der Klang seiner Stimme alle Geschöpfe – bis auf den Raben – sich in Luft auflösen. Der schwarze Vogel, der für den Tod stand, flog Cha-kwena ein kleines Stück voraus.

Der Schamane war enttäuscht und bekam wieder Angst, doch seine Entschlossenheit ließ nicht nach. Er lief weiter, bis die Mammutherde vor ihm auftauchte. Sie sah sehr wirklich aus.

»Wollt ihr mich willkommen heißen oder mir den Weg versperren? Wenn ihr gekommen seid, um mich zu warnen, danke ich euch, aber ich begebe mich wissentlich in Gefahr und werde mich nicht von meinem Vorhaben abhalten lassen. Ich weiß nicht, ob ich bei diesem ›Spiel‹ gewinnen werde, auf das ich mich einlasse, aber wenn ich verliere, werdet auch ihr verlieren! Meine Feinde sind auch eure Feinde. Ihr müßt fortgehen! Nehmt eure Kleinen und Alten und folgt meinem Stamm zur aufgehenden Sonne. Sie werden euch nicht jagen. Ihr werdet für sie immer Totem sein. Solange sie überleben, werdet auch ihr überleben.«

Die Mammuts schwankten und schnauften rastlos. Die große gescheckte Kuh trat vor, streckte den Rüssel aus und drängte ihn zurück. Er geriet aus dem Gleichgewicht und fiel hin. Die Mammuts umkreisten ihn. Aus Angst, zertrampelt zu werden, kam er hastig auf die Beine und drohte mit seinem Speer. »Ich bin nicht euer Feind! Geht! Flieht, solange ihr noch könnt!«

Doch die Kuh rührte sich nicht von der Stelle. Sie streckte wieder ihren Rüssel aus. Hartnäckig stieß Cha-kwena mit dem Speer nach ihr. Dann ein zweites Mal, gerade so fest, um ihr eine kleine Verletzung zuzufügen. Sie trompetete verärgert und wandte sich ab. Cha-kwena sah mit einer Mischung aus Erleichterung und Bedauern zu, wie die anderen Mammuts ihr folgten. Er wäre gerne mit ihnen gegangen, aber er wußte, daß er es nicht konnte. Er hob seinen Speer an und setzte seinen Weg zur Höhle fort, wo er die Ankunft seiner Feinde erwarten wollte.

Shateh ließ seinen Stamm am Eingang zum weiten Tal anhalten. Sturmwolken sammelten sich im Norden. Dakan-eh stützte sich auf seinen Speer und rieb sich seinen schmerzenden Bauch. Etwas, das er gegessen hatte, war ihm nicht gut bekommen. Er versuchte, nicht auf seine Schmerzen zu achten, und befahl Tamaya, ihnen zu zeigen, wo sich ihr Stamm aufhielt.

»Niemals!« sagte sie zu ihm.

»Kosar-eh und den anderen Menschen deines Stammes wird nichts geschehen«, versprach Shateh. »Und Cha-kwena ebenfalls, wenn er mir erlaubt, das zu jagen, was ich jagen will.«

Ta-maya antwortete nicht.

»Sprich!« befahl Ban-ya, während sie in düsterer Stimmung von Ta-maya zu Dakan-eh blickte.

Ta-maya sah in südlicher Richtung über das Tal. Ihr Gesichtsausdruck verriet, wie tief ihr Kummer war. Dann spannten sich ihre hübschen Züge plötzlich an. »Ich werde meinen Stamm nicht an die verraten, die geschworen haben, das große weiße Mammut zu jagen. Ich werde den Vier Winden vertrauen und hoffen, daß mein Stamm so klug war, vor euch zu fliehen.«

Dakan-eh knurrte. »Sie werden es nicht schaffen, weit genug oder schnell genug zu fliehen, denn wohin sie auch gehen, der Mutige Mann, der den Regen bringt, wird ihnen folgen.«

»Genauso wie uns jetzt unsere Feinde folgen, Ta-maya«, gab Shateh zu bedenken. »Wir haben nicht genug Zeit, um zu warten, bis du es dir überlegt hast. Wenn wir nicht die Macht unseres Totems zurückgewinnen und dem Fluch deines Schamanen ein Ende machen, werden wir alle sterben oder unser Leben als Sklaven fristen.«

Sie ließ sich nicht beeindrucken. »Ich werde nicht diejenige sein, die die Raben zu meinem Stamm führt.«

Es war fast dunkel, als Cha-kwena die Höhle erreichte. Der Rabe wartete bereits auf ihn. Der Schamane schrie und versuchte den Vogel zu verscheuchen, aber er ließ sich nicht einschüchtern. Er flog auf und landete auf dem Wipfel eines verkümmerten Baumes, der ein Stück vom Höhleneingang entfernt aus der Steilwand wuchs. Cha-kwena funkelte den Raben wütend an. Der Vogel blickte zurück und krächzte, als wollte er ihn verspotten.

Er kehrte dem Raben seinen Rücken zu. Er mußte sich ihm schon sehr bald stellen, wenn seine Feinde kamen. Doch vorerst mußte er sich ausruhen.

Mit einem Seufzer blickte er sich in der leeren Höhle um. Weil sein Stamm gezwungen gewesen war, sie so überstürzt zu verlassen, waren viele Dinge zurückgelassen worden. Es war Nahrung vorhanden und sogar eine alte Decke aus Kaninchenfell, um sich zu wärmen. Zitternd warf er sich die Decke um die Schultern. Hungrig nahm er eine geräucherte Wachtel von einer Lederschnur, von der nicht alle Vögel mitgenommen worden waren.

Cha-kwena stand neben der Stelle, wo Kosar-ehs Familie gelagert hatte und hockte sich neben die geschwärzten Steine der Feuerstelle. Er überlegte, ob er ein Feuer machen sollte. In der Nähe lag ein Stapel Holz und daneben ein Haufen aus getrocknetem Gras und Pinienzapfen als Zunder. Cha-kwena beschloß, auf ein Feuer zu verzichten, denn obwohl er damit die Kälte und Feuchtigkeit aus der Höhle vertreiben könnte, würde das Licht seinen Feinden ein deutliches Zeichen geben. Er kreuzte die Beine und zog sich die Decke über den Kopf, so daß sich die Wärme seines Körpers darunter sammelte, während er die Wachtel aß. Das Fleisch war zart und schmeckte nach den Salbeiblättern und Wacholderzweigen, über denen es geräuchert worden war. Er nagte die Knochen ab, und nachdem er das wenige Mark herausgesaugt hatte, legte er sie zum Trocknen auf einen Haufen, damit sie später als Brennmaterial verwendet werden konnten.

Ein schwaches Lächeln verzog seine Mundwinkel, aber Chakwena wurde davon nicht aufgeheitert. Die Aufbewahrung der Knochen war eine uralte Angewohnheit, denn im trockenen Land der Roten Welt war Feuerholz meist so schwer zu beschaffen gewesen, daß Knochen und Dung gesammelt und gehortet wurden, um in der Zukunft als Brennstoff zu dienen. Doch während Cha-kwena jetzt in dieser einsamen Höhle hockte, während sein Stamm in Richtung der aufgehenden Sonne zog und Feinde sich aus dem Norden näherten, fragte er sich, ob er überhaupt noch eine Zukunft hatte.

Sein Lächeln verschwand. Er starrte auf den kleinen Haufen aus Vogelknochen. Waren sie ein Zeichen der Hoffnung oder eine Ironie angesichts der Unausweichlichkeit? Er gähnte. Nur die Zeit würde zeigen, wie die Antwort auf diese Frage lautete. Er schloß die Augen, überließ sich seiner Erschöpfung und döste im Sitzen ein ...

Als er aufwachte, stellte er überrascht fest, daß die Feuerstelle entfacht worden war. Die Flammen brannten hoch. Er wollte bereits aufspringen und sie austreten, doch dann zögerte er. Die Wärme war so wohltuend wie die geräucherte Wachtel. Und

Siwi-nis Geist saß ihm gegenüber auf der anderen Seite des Feuers und nickte ihm auf mütterliche Weise zu.

»Was?« rief er und kam auf die Beine. »Wieso?«

»Setz dich, Schamane!« befahl Siwi-ni und schürte die Flammen mit einem langen Stock. »Ich habe hier nicht allein gewartet, um dir etwas Böses anzutun.« Die Flammen in der Feuerstelle umspielten ihren Stock und loderten höher auf.

Cha-kwena trat unwillkürlich vor und versuchte, das Feuer auszutreten. Doch dann wurde er von einer unsichtbaren Kraft zurückgestoßen und landete wieder auf dem Hintern.

Siwi-nis Geist kicherte schadenfroh über ihn. »Es muß brennen. Es muß heiß und hell brennen!«

»Was machst du hier, Siwi-ni? Warum weht deine Seele nicht gemeinsam mit den Geistern der Vorfahren im Wind davon?«

»Wie könnte ich das wohl tun?« antwortete sie mürrisch. »Wie könnte ich mich ausruhen, wenn ich immer wieder zurückblicken müßte, um darauf zu warten, wie die Feinde meine Lieben einholen? Nein, ich werde hierbleiben, bis ... alles vorbei ist.«

»Deine Familie wird nicht mehr an diesen Ort zurückkehren.«

»Richtig, aber es wird sich hier entscheiden, ob sie leben oder sterben werden.«

Trotz der Flammen in der Feuerstelle und der Wärme seines Umhangs und der Kaninchenfelldecke fror Cha-kwena. »Vielleicht wird dir der Ausgang nicht gefallen, Mutter vieler Kinder.«

»Wir werden sehen. Wir beide werden es sehen«, sagte sie zu ihm. Dann wurden der Geist Siwi-nis und der Feuerstock plötzlich eins, und während die Flammen flackerten, verwandelte sich die Erscheinung in eine lodernde Fackel, die über die Feuerstelle direkt auf Cha-kwena zuflog.

Ohne nachzudenken, hob er schützend seine Hand und fing die Fackel auf. Wundersamerweise wurde er von den Flammen nicht verbrannt. Er warf die Fackel in die Feuerstelle, sprang im nächsten Moment auf und trat die Flammen aus, um das Licht zu löschen, bevor es von seinen Feinden entdeckt wurde. Doch er schaffte es nicht.

Er hörte Stimmen.

»Das Feuer muß brennen, und die Feinde müssen kommen.«

»Du kannst nichts tun, um das zu verhindern, dummer Junge.«

Er fuhr herum. Die Stimmen waren aus dem hintersten Winkel der Haupthöhle gekommen, vom Eingang zur inneren Höhle. Cha-kwena bückte sich, hob die Fackel auf und versuchte, in der Dunkelheit jenseits des Feuerscheins etwas zu erkennen. Dann sah er Hoyeh-tay, der in das zeremonielle Gewand eines Schamanen der Roten Welt gekleidet war. Eule, die immer noch Cha-kwenas Medizinbeutel trug, hockte auf dem Kopf des alten Schamanen. Der Vogel hatte es sich zwischen den hohen Grasbüscheln seiner Kopfbedeckung bequem gemacht, wo er wie ein ausgestopfter Zierrat wirkte.

»Ich habe auf dich gewartet, Cha-kwena«, sagte Hoyeh-tay.

»*Wir* haben auf dich gewartet«, korrigierte ihn der Vogel entrüstet. »Komm jetzt, dummer Junge! Du mußt dich auf die Ankunft unserer Feinde vorbereiten. Du wirst niemals Erfolg haben, wenn du ihnen so entgegentrittst, wie du jetzt aussiehst!«

Cha-kwena blickte an sich herab. Im Fackelschein konnte er nicht entdecken, was mit seinem Aussehen nicht stimmte. »Was meinst du damit?« fragte er, doch als er aufblickte, hatten Hoyeh-tay und der Vogel ihm den Rücken zugekehrt und verschwanden in den tiefen Gängen der Höhle.

»Komm, Cha-kwena!« forderte Hoyeh-tay ihn auf.

»Wenn du wirklich ein Schamane bist!« fügte Eule gleichzeitig beleidigend und herausfordernd hinzu.

»Ich bin das, wozu ihr zwei mich gemacht habt!« rief er zornig, dann runzelte er die Stirn, als er sich umblickte. »Wo sind der Rabe und der kleine gelbe Wolf?«

Der alte Hoyeh-tay kicherte leise. »Der Rabe wartet auf das, was geschehen wird!« Als er im festen Stein verschwand, hallte seine Stimme durch die düsteren Tunnel, die sich durch den Hügel wanden. »Und jetzt mußt du wie der kleine gelbe Wolf sein! Folge mir, Cha-kwena! Vielleicht ist für dich noch nicht alles vorbei.«

»Wie kann für mich noch nicht alles vorbei sein? Das große weiße Mammut ist tot. Ich habe das Totem getötet und den heiligen Stein fortgeworfen. Damit habe ich den Zorn der Vier

Winde über meinen Stamm gebracht. Wenn die Feinde kommen, werde ich sie empfangen. Mit meinem Leben werde ich Zeit schinden, damit der Stamm fliehen kann.«

»Vielleicht. Aber jetzt mußt du mir folgen!«

Mit einem resignierten Seufzer gehorchte Cha-kwena. »Ob es ein Traum oder eine Vision ist, ich werde folgen. Ich habe ohnehin nichts Besseres zu tun.«

Im Licht der Fackel folgte Cha-kwena dem alten Hoyeh-tay und Eule durch völlige Finsternis tief in die Höhle. Im Innern der Erde war es kalt. Wie unsichtbare Schlangen strichen Luftzüge durch das Labyrinth. Sie griffen mit eisigen Armen nach ihm und drangen unter seine Decke und den Umhang. Er zitterte heftig, lange bevor er die gewölbte Kammer erreichte, in der er so viele Tage und Nächte damit verbracht hatte, die Geschichte seines Stammes an die Wand zu zeichnen. Schließlich kam er um eine Ecke und trat mit der Fackel in der Hand in die Höhle. Vom alten Mann oder dem Raubvogel war nichts mehr zu sehen.

Cha-kwena rief nach ihnen. Seine Stimme hallte aus tausend unerforschten Gängen zurück. Als er dann aufblickte, hielt er den Atem an. Auf der Wand war ein neues Bild! Cha-kwena starrte staunend auf die Zeichnung, die seinen kleinen Stamm zeigte, wie er ins Gesicht der aufgehenden Sonne zog.

Er erkannte Ha-xa an ihrem Jaguarfellumhang, Gah-ti an seinem einzigen Arm, Kosar-eh am Baby in seinen Armen und an den Söhnen, die ihn umringten, U-wa am kleinen Mädchen, das an ihrer Seite ging, und Mah-ree daran, daß sie mit einer Hand den Schwanz eines Mammuts hielt . . . eines kleinen weißen Mammutkalbes, dem letzten in einer kleinen Herde, die in einer Reihe ging und von einer großen gescheckten Mammutkuh angeführt wurde.

Cha-kwena keuchte auf, als ihm die Bedeutung dieser Zeichnung aufging. War es möglich? Hatte All-Großvater seine Seele an eine der Kühe weitergegeben? War es das, was die Mammuts ihm hatten sagen wollen, bevor er sie dazu gebracht hatte, das Tal zu verlassen? Daß er das Totem gar nicht getötet hatte . . . daß Lebensspender immer noch lebte, daß seine Seele in ihrer Obhut war und darauf wartete, wieder in die Welt geboren zu werden?

Jetzt begannen weit draußen vor der Höhle Kojoten im Protest über die lauter werdenden Trommeln zu heulen. Cha-kwena erstarrte, während er zuhörte. Seine Feinde kamen, sie waren schon ganz nah. Morgen würden sie ihn finden. Morgen würden sie von ihm fordern, daß er sie zu seinem Totem führte. Dann würde er sie in die Irre führen, bis sie erkannten, daß er sie nur von dem Weg weggelockt hatte, den sein Stamm genommen hatte. Dann würde er sterben.

Auf dem Baum außerhalb der Höhle krächzte der Rabe, als wollte er seine Gedanken bestätigen. Cha-kwena konnte den Vogel deutlich hören.

Doch der Kojote antwortete: »Nichts stirbt für immer!«

In diesem Augenblick flackerte die Fackel auf und ging aus, so daß Cha-kwena in völliger Dunkelheit dastand. Er bezweifelte, daß er ganz allein jemals den Rückweg durch die verworrenen Gänge des Hügels finden würde. Ängstlich rief er nach Hoyeh-tay und Eule: »Helft mir! Wenn ich in diesem Hügel gefangen bin, werden die Feinde mich niemals finden. Wie soll ich dann meinen Stamm retten?«

Es kam keine Antwort. Eine Weile verging. Er spürte, wie sein Herz pochte. »Was hat das zu bedeuten, Großvater? Wohin hast du mich geführt, zu einer Vision oder zum Tod?«

»Dummer Junge! Benutze dein drittes Auge! Oder zweifelst du immer noch daran, daß du ein wahrer Schamane bist?«

Eules Flügel strichen an seinem Gesicht vorbei. Cha-kwena schrak zusammen. Das gutmütige Lachen eines alten Mannes hallte durch die Gänge, bis es verstummte. Der junge Mann stand reglos da. Ein kalter Luftzug umschlang ihn und schien ihn dann vorwärts zu drängen. Vertrauensvoll folgte er ihm, während sein Instinkt ihn führte. Oder war es mehr als nur das? Er glaubte nicht, daß er es jemals erfahren würde, bis er endlich in die Haupthöhle kam, wo immer noch das Feuer in Kosar-ehs Feuerstelle brannte. Wie von menschlicher Hand angeordnet lag daneben das zeremonielle Gewand eines Schamanen: der Umhang aus dem Körper und dem Kopf einer großen Ohreule und zu Cha-kwenas größtem Erstaunen ein Amulett an einem Lederriemen – der heilige Stein seiner Vorfahren.

8

Der flackernde Feuerschein in der Höhle hatte Shateh genauso sicher durch das Tal geführt, wie der magische Luftzug den jungen Schamanen durch das Labyrinth geleitet hatte. Der Oberhäuptling gestattete seinem Stamm keine Pause, denn hinter ihnen rollte das Dröhnen der Trommeln des Stammes des Wachenden Sterns wie Donner über das Land.

Als jetzt vor ihnen die Hügel mit dem Feuerschein aufragten, ging Dakan-eh mit einem schmerzvollen Stöhnen in die Knie und zwang sich dann, wieder aufzustehen.

»Was ist, Mutiger Mann, der den Regen bringt?« fragte Shateh.

Dakan-eh schwitzte und stieß zwischen den Zähnen hervor: »Cha-kwena!« Er sprach den Namen aus, als wäre er ein verfaulter Bissen in seinem Mund, den er ausspucken mußte. »Je näher wir ihm kommen, desto größer werden meine Schmerzen. Wenn er tot ist, werden meine Schmerzen aufhören. Mit meinen eigenen Händen werde ich dafür sorgen, daß sie aufhören! Komm! Wir wollen keine Zeit verschwenden. Wir müssen weiter.«

Shateh nickte und winkte seinem Stamm weiterzugehen.

Die Dämmerung hatte den Horizont eingefärbt, als der Oberhäuptling den Stamm anhalten ließ. Sie versammelten sich am Fuß eines Hügels. Über ihnen saß ein Rabe in der Pinie, die aus den Felsen neben dem Eingang zu einer offenbar großen Höhle wuchs. Shateh wandte den Blick vom Vogel ab und sah, daß Cha-kwena auf sie wartete.

Der Oberhäuptling runzelte die Stirn. Der junge Mann hatte sich verändert, seit er ihn zum letzten Mal gesehen hatte. Seine Erscheinung war beeindruckend. Er stand sicher mit leicht gespreizten Beinen da, hielt einen Speer in der Hand und hatte den Kopf hoch erhoben. Cha-kwena war eindeutig kein unreifer Junge mehr, sondern ein Mann und ein Schamane, den man nicht unterschätzen durfte.

Shateh richtete sich zu voller Größe auf, damit er den gleichen Eindruck wie der wesentlich jüngere Mann machte. Er hob seinen Speerarm und verkündete: »Ich, Shateh, Häuptling und Schamane der Stämme des Graslandes, bin in das ferne Land hinter dem Rand der Welt gekommen, um das große Mammuttotem und den Schamanen Cha-kwena zu suchen.«

»Ich, Cha-kwena, Enkelsohn Hoyeh-tays und Schamane dieses fernen Landes, heiße Shateh und seinen Stamm im Land hinter den Sandbergen willkommen.«

»Du darfst ihn nicht willkommen heißen, Cha-kwena! Er kommt, um . . .« Ta-maya konnte ihre Warnung nicht zu Ende aussprechen, da Teikan, der neben ihr stand, seine Hand auf ihren Mund schlug.

»Nein!« sagte Shateh. Dann befahl er dem Krieger, sie loszulassen. »Laß meine neue Frau sprechen. Ich komme nicht mit Lügen auf der Zunge. Ich bin in das Land Cha-kwenas gekommen, aber ich möchte nicht von einem Mann willkommen geheißen werden, der die Geister des Raben und seiner Gefährten geschickt hat, um über meinen Stamm herzufallen!«

Dakan-eh trat knurrend und auf seinen Speer gestützt vor und blieb neben Shateh stehen. Der Mutige Mann hatte soviel Würde aufgeboten, die ein Mann in Todesqualen noch aufbringen konnte. »Shateh kommt nicht allein! Ich, Dakan-eh, der Mutige Mann, der den Regen bringt und der Tapfere Jäger, der den wirbelnden Wind jagt, gehe an seiner Seite! Cha-kwena kann mich nicht aufhalten, wenn ich mein Glück und den heiligen Stein zurückhole und . . .« Der Schmerz überwältigte ihn. Blut und Galle drangen aus seinem Mund, als er zusammenbrach und sich würgend in heftigen Krämpfen wand.

Pah-la, die Frauen des Mutigen Mannes und Ban-ya, die die Augen aufgerissen und ein verbittertes Gesicht aufgesetzt hatte, eilten an seine Seite, während der Mann keuchte und zuckte. Seine Lippen waren blaß und seine Augäpfel weiß.

»Aiee!« jammerte Ghree.

Pah-la war außer sich. »Was kann ihm nur solche Schmerzen machen? Oh, Cha-kwena, wie kannst du einem Mann so großen Schmerz zufügen, der einmal dein Stammesbruder war?«

»Ich habe weder Dakan-eh noch irgendeinem anderen Mann

jemals Schmerzen gewünscht!« sagte der junge Schamane, und ungeachtet der Gefahr stieg er schnell von der Höhle herab, um zwischen seine Feinde zu treten.

Shateh musterte seinen Gegner. Cha-kwena hatte sein Gesicht mit Farbe aus Fett und Asche bemalt und sich in das zeremonielle Gewand eines Schamanen der Roten Welt gekleidet. Auf seinen Schultern lag ein kurzer Umhang aus Eulenfedern, und den Schädel des Raubvogels trug er auf seinem eigenen Kopf. Um den Hals hing ein Medizinbeutel, der zweifellos den heiligen Stein seiner Vorfahren enthielt.

Pah-la weinte mitleiderregend um ihren Sohn und konnte sich kaum noch verständlich machen. »Bitte, Cha-kwena! Nimm ihm seine Schmerzen! Laß ihn nicht sterben!«

Shateh sah die ehrliche Verwirrung auf Cha-kwenas Gesicht. Bis auf Pah-la und Ban-ya machten die Frauen Platz, damit der Schamane neben Dakan-eh knien konnte, dem Blut aus den Mundwinkeln lief. Shateh erkannte mit einer eisigen Kälte in den Eingeweiden, daß es genau dieselben Symptome waren, die Atonashkeh während der letzten Augenblicke seines Lebens gezeigt hatte.

»Was hast du gegessen, Dakan-eh?« Ban-yas Stimme klang unnatürlich hoch und panisch, während sie ihm über das Gesicht strich. »Was hast du gegessen?«

Er versuchte zu sprechen, doch statt dessen erbrach er blutige Galle, als er den Arm hob und sie am Handgelenk packte. Er starrte sie mit großen, ungläubig geweiteten Augen an. »Was ... hast du ... mit mir ... gemacht?«

Ban-ya schrak bei dieser Anschuldigung zusammen und fuhr sofort Cha-kwena an. »Nimm deinen Fluch des Schmerzes und des Todes zurück! Nimm ihn sofort zurück, sonst werde ich dich in seinem Namen mit meinen eigenen Händen töten!«

Cha-kwena war ehrlich entsetzt über Dakan-ehs Zustand. Der Mutige Mann, der sich wand und den Bauch hielt, richtete sich plötzlich auf und griff nach dem Medizinbeutel. Er zog so heftig daran, daß der Riemen durchriß und in Cha-kwenas Genick eine blutige Spur hinterließ.

»Jetzt werde ich leben! Jetzt wird der Schmerz sterben!« schrie Dakan-eh und schüttelte den heiligen Stein aus dem Beutel. »Jetzt sind die Mächte der Schöpfung im Besitz des einzigen Mannes, der würdig ist, ihnen befehlen zu dürfen!«

»Niemand kann die Mächte der Schöpfung besitzen oder ihnen befehlen, Dakan-eh«, sagte Cha-kwena. »Sie kommen zu uns, wie es ihnen gefällt, sie allein entscheiden, wer . . .«

»Nein!« schrie Dakan-eh wahnsinnig vor Schmerzen. »Ich will es nicht hören! Bei diesem Stein wünsche ich dir und allen, die sich je meinem Willen widersetzt haben, den Tod, Stirb! Stirb sofort und nimm mir diesen Schmerz!«

Cha-kwena blickte zu Shateh auf. »Er ist wie ein Wolf, der geködertes Fleisch gegessen hat. Ich weiß nicht, was ich noch für ihn tun kann. Du bist auch ein Schamane«, sagte er. Dann fügte er mit demütiger Bescheidenheit hinzu: »Vielleicht ist dein Wissen größer als meines.«

Dakan-eh packte wieder Ban-yas Handgelenk. Sie schrie auf, als er ohne Vorankündigung so heftig daran riß, daß alle, die in der Nähe standen, hörten, wie die Knochen brachen.

»Du!« keuchte der Mutige Mann. »Ich habe gesehen, wie du ihr das Fleisch gebracht hast . . . und ich habe davon gegessen . . . ohne nachzudenken . . . ohne mich an Atonashkeh zu erinnern. Ban-ya, was hast du getan?«

»Nichts! Ich habe gar nichts getan!« Sie hielt sich das gebrochene Handgelenk und wich vor ihm zurück. »Wehakna und Senohnim haben das Fleisch für Ta-maya zubereitet! Ich habe es niemals angerührt! Ich habe es nur gebracht, auf ihren Befehl!« Sie verstummte, als ihr plötzlich ein Gedanke kam. »Und wie kannst du davon gegessen haben, Dakan-eh, wenn du nicht hinter dem Rücken des Oberhäuptlings zu ihr gegangen bist?«

»Du hast das Fleisch berührt. Ich habe gesehen, wie du etwas hineingetan hast.«

Ban-ya erstarrte, als sie Warakans Worte hörte.

Alle erstarrten.

»Was sagst du da, Junge?« Shatehs Stimme war so kalt wie der Nordwind.

Warakan schien sich noch kleiner machen zu wollen. »Ich . . . ich habe gesehen, wie sie etwas ins Fleisch getan hat. Und dann habe ich gesehen, wie sie es der Frau mit den Frostgeistern in den Füßen gebracht hat. Aber die Frau wollte nicht essen. Sie hat Ban-ya weggeschickt. Dann saß sie eine Weile allein da. Dann kam der Mutige Mann zu ihr. Er sagte, daß sie seine Frau sein wird. Er hat seinen Mund auf ihren Mund gelegt. Sie hat ihn weggestoßen und ist dann zu Shateh gegangen, um mit ihm zu reden. Als sie weg war, hat der Mutige Mann das Fleisch genommen und ist gegangen.«

Shateh stand da, als würde er gleich in Ohnmacht fallen. Er brauchte einen Augenblick, bis er sich erholt hatte. Niemand sprach, bis der Oberhäuptling auf Ban-ya hinabblickte und in gefährlichem Tonfall sagte: »Du hast meinem Sohn und meiner neuen Frau geködertes Fleisch gegeben.«

»Nein! Ja! Aber es war nicht meine Schuld!« In blinder Panik zeigte Ban-ya auf Cha-kwena. »Die bösen Geister, die Cha-kwena zu mir geschickt hat, brachten mich dazu. Seht doch! Sogar jetzt noch wartet der Rabe in den Zweigen des Baumes vor der Höhle auf Cha-kwenas Befehl!«

Shateh war scheinbar zu Stein erstarrt. »Der Rabe wartet auf den Mutigen Mann, der den Regen bringt, Eidechsenfrau. Der Rabe wartet auf den Tapferen Jäger, der den wirbelnden Wind jagt. Der Rabe wartet auf den Lügner, der jene betrügt, die ihr Vertrauen in ihn gesetzt haben. Und der Rabe wartet auf dich, Frau! Oder vielleicht war er schon die ganze Zeit in deiner Nähe!« Er hob seinen Speer.

Ban-ya schrie auf. »Nein, Shateh! Ich trage dein Kind! Deinen Sohn!«

»Sie lügt ...« Die Worte kamen gurgelnd aus Dakan-ehs Mund. »Sie trägt kein Kind. Sie hat es mir an dem Tag gesagt, als ich mich mit dir verbündet habe ... am Tag, als sie heimlich zu mir kam, um sich für mich zu öffnen und mir zu sagen, daß sie Atonashkeh getötet hat.«

»Nein ...«, wimmerte Ban-ya. »Nein, nein, nein, nein ...«

Dakan-ehs Hand krallte sich in ihrem Haar fest. Sein Körper zuckte in furchtbaren Todesqualen, aber er hielt sie immer noch fest, um ihr weh zu tun. Obwohl er den heiligen Stein hatte, mußte er wissen, daß er im Sterben lag. »Du hast mich getötet, weil ich nicht dich, sondern sie wollte!« klagte er Ban-ya an und knurrte. »Ich will sie immer noch, ich habe sie immer gewollt

– und niemals dich!« Er wurde von einem weiteren Krampf geschüttelt. Dann blickte er zu Shateh auf und grinste höhnisch. »Alter Mann, dein Zauber ist tot. Alte Männer können keine Söhne machen. Alte Männer können ihre Frauen nicht davon abhalten, zu mir zu kommen. Und jetzt wird Ban-ya mir in die Welt jenseits dieser Welt folgen, aber ich werde mich dort von ihr abwenden. Ich werde auf Ta-maya warten! Ich... werde...«

In den letzten Augenblicken seines Lebens hatte er sich nicht erlaubt, weniger zu sein als das, was er schon immer zu sein behauptet hatte – der Mutige Mann der Roten Welt, stolz und überheblich bis zum Ende. Dann weiteten sich seine Augen und erstarrten, als er seufzend seinen letzten keuchenden Atemzug ausstieß.

Zitternd senkte Ban-ya den Kopf, als Pah-la sich auf den Körper ihres toten Sohnes warf. Die vielen Frauen der Roten Welt begannen um Dakan-ehs Seele zu klagen. Und Shateh kniete sich hin und nahm den heiligen Stein aus der Hand des toten Mannes.

Cha-kwena beobachtete und wartete – aber er konnte nicht sagen, worauf. Kosar-eh hatte ihn davor gewarnt, daß Shateh sein Feind war und ihn töten, den heiligen Stein nehmen und das große weiße Mammut jagen wollte. Doch als Cha-kwena jetzt mißtrauisch den Oberhäuptling ansah und aus der Ferne Trommeln über das Land dröhnten, wirkte Shateh nicht wie ein gefährlicher Räuber, sondern eher wie ein müder, wenn auch immer noch mächtiger alter Mann.

Der Oberhäuptling horchte auf die unheilsschwangeren Trommeln und stand auf. Er hielt den heiligen Stein in seiner Faust, während er nicht nach Norden, sondern nach Osten blickte. »Hast du deinen Stamm dorthin geschickt, Cha-kwena, in das Gesicht der aufgehenden Sonne?«

»Sie sind weit von ihren Feinden entfernt«, antwortete Cha-kwena mutig und ausweichend, während er sich fragte, ob der Oberhäuptling geraten oder das Amulett ihm eine Vision gegeben hatte. Wenn letzteres der Fall war, hatte er dann auch gesehen, daß Lebensspender tot war?

»Und das große weiße Mammut. Geht Lebensspender deinem Stamm immer noch voraus?«

Cha-kwenas Herz machte einen Satz. Shateh wußte es nicht! Der Mann behauptete, ein Schamane zu sein, aber selbst mit dem heiligen Stein in seiner Hand sah er nicht, daß das Totem in einem gefrorenen See hinter einem weiteren Hügelzug lag.

Shateh blickte Cha-kwena entschlossen an. »Der Stamm des Wachenden Sterns und ihre Verbündeten aus dem Grasland suchen das große weiße Mammut und den heiligen Stein. Wenn sie diese Dinge finden, bevor Shateh getan hat, wozu er hierhergekommen ist, werden du und ich und viele Menschen deines Stammes sterben.«

»Und wenn du sie zuerst findest, Shateh, wird der Stamm des Wachenden Sterns sterben und mein Stamm dazu!«

»Und Lebensspender wird ebenfalls getötet werden!« sagte Ta-maya, deren Augen vor Tränen glänzten, die sie über den Tod eines Mannes vergossen hatte, den sie einmal geliebt hatte – über Dakan-eh, aber nicht den Mutigen Mann, sondern den dreisten, wagemutigen Jungen, der er einmal gewesen war. »Shateh hat geschworen, All-Großvater zu töten, Cha-kwena. Deshalb ist er gekommen – um die Legende zu erfüllen, um die Macht unseres Totems in sich aufzunehmen, indem er sein Blut und Fleisch verzehrt.«

»Und du hast ihm den Weg gezeigt!« beschuldigte Cha-kwena sie zornig.

»Nein«, widersprach Shateh leise. »Das hat sie nicht. Ein Feuer in der Nacht hat mich an diesen Ort geführt. Dein Feuer, Schamane, das wie ein helles Zeichen in deiner Höhle schien. Es hat mich durch dieses Land geführt. Ta-maya würde die Menschen, die sie liebt, niemals verraten.« Er blickte sie traurig und mit unendlichem Bedauern an, dann öffnete er seine Hand, um den heiligen Stein anzusehen. »Darin liegt keine Macht – weder für mich noch für Dakan-eh ... nur für Cha-kwena. Der Mutige Mann hätte dir den Stein nicht fortnehmen dürfen. Vielleicht hättest du ihn dann retten können.« Damit streckte der Oberhäuptling seinen Arm aus, nahm Cha-kwenas freie Hand und legte ihm das Amulett auf die Handfläche. Nachdem er Cha-kwenas Finger um den heiligen Stein geschlossen hatte, ließ er die Hand des jungen Mannes nicht los, als er ernst weitersprach. »Ta-maya hat dir die Wahrheit gesagt. Ich bin wirklich gekommen, um das große weiße Mammut zu jagen und zu töten. Ich bin ein alter Mann und kann mich ohne seine Kraft nicht gegen meine Feinde durchsetzen, so wie du und dein Stamm nicht ohne mich über sie siegen können.«

Ta-mayas Augen blitzten aufsässig auf. »Solange Lebensspender uns vorausgeht, brauchen wir dich nicht, Shateh! Solange wir über die Macht unseres Totems verfügen, können unsere Feinde uns nicht besiegen!«

Shateh bedachte ihre Worte und sah dann Cha-kwena genau an. »Warum bist du also hier? Warum hast du deinen Stamm ohne dich fortgeschickt? Damit du als Köder dienst und ihre Feinde von ihrer Spur weglockst, damit sie genügend Zeit haben, weit genug zu fliehen? Wenn ihnen das Totem vorausgeht, warum würdest du dann so etwas tun, Schamane?«

Cha-kwena ließ sich von Shatehs zutreffendem Verdacht nicht erschüttern. Vielleicht war der Mann schließlich doch ein Schamane. Er überlegte, ob er dem Oberhäuptling ehrlich antworten sollte. Da er nicht wußte, wie Shatehs Reaktion ausfallen würde, entschied sich der junge Mann zu schweigen.

Der Nordwind wurde heftiger. Es war sehr kalt. Bald würde der Sturm kommen. Mittlerweile befand sich sein Stamm weit im Osten. Doch hatte Kosar-eh genug Zeit gehabt, um einen Ort zu finden, wo sie sich vor dem Ansturm der Elemente und dem unvermeidlichen Anrücken der Feinde verstecken konnten?

Shateh, der immer noch Cha-kwenas Hand gepackt hielt, sagte: »Höre auf die Kriegstrommeln, Schamane. Wie lange kann dein kleiner Stamm sich vor den Kriegern des Wachenden Sterns verstecken? Wenn der Sturm vorbei ist und der Mond der Wärme aufgeht, um die Winterkälte zu vertreiben, werden deine Feinde nach ihnen suchen. Und dann werden sie wie Kaninchen vor einem Rudel aus Wölfen und Füchsen fliehen. Damit wird eine endlose Jagd beginnen, der sie und dein Totem schließlich zum Opfer fallen werden . . . es sei denn, ihr Schamane ist weise genug, um zu erkennen, daß Gefahr droht und daß es für das große weiße Mammut Zeit zum Sterben ist. Die

Macht des Totems soll in mir wiedergeboren werden! Ich kann deinen Stamm in Raubtiere verwandeln, die keine Angst haben, umzukehren, zu kämpfen und die Wölfe zu vertreiben.«

Cha-kwena spannte sich an, sagte aber immer noch nichts.

Shateh lächelte mit grimmiger Ironie. »Dakan-eh hat dich beschuldigt, daß du den wirbelnden Wind geschickt hast, um ihn und meinen Stamm zu vernichten. Dakan-eh hat gesagt, daß dein Fluch Feindschaft zwischen ihm und meinem Stamm säte und allen den Tod brachte, die in seinen Schatten gerieten. Aus diesem Grund habe ich geschworen, dich zu töten. Aber jetzt habe ich selbst erkannt, daß Dakan-eh falsch gesprochen hat. Ich habe gesehen, wie du deinen Speer beiseite gelegt und dich freiwillig in die Hände eines Mannes begeben hast, der gekommen ist, um dir das Leben zu nehmen. Du hast dich selbst in Gefahr gebracht, um zu versuchen, jemanden zu heilen, der dir nur den Tod gewünscht hat. Du bist stark und sicher und gerecht in der Macht deines Totems. Du fürchtest dich nicht vor dem Raben und seinen Gefährten. Auch das habe ich gesehen. Also sage ich jetzt, daß ich dich nicht meinen Feind nennen will, Cha-kwena.«

»Jeder Mann, der das große weiße Mammut jagt, ist sein und mein Feind!« erklärte Ta-maya tapfer.

Es herrschte einen Augenblick lang Stille, bevor Cha-kwena dem Oberhäuptling antwortete. »Wenn ich Shateh zu Lebensspender führe, wird er mich dann seinen Freund nennen und schwören, meinen Stamm wie seinen eigenen zu ehren und mit und für ihn zu kämpfen und niemals gegen ihn . . . für immer und ewig?«

»Nein, Cha-kwena!« rief Ta-maya entsetzt.

»Das schwöre ich!« sagte der Oberhäuptling leidenschaftlich, während er Cha-kwenas Hand losließ.

Cha-kwena achtete nicht auf Ta-mayas mitleiderregenden Protest. Er hatte sich auf eine gefährliche List eingelassen. Obwohl die hübsche junge Frau ihn nun für einen Verräter an allem hielt, was ihrem Stamm heilig war, ging er dieses Opfer bereitwillig ein. Shateh zu den Knochen des großen weißen Mammuts zu bringen, war vielleicht das letzte, was Cha-kwena in seinem Leben tun würde, aber bald würde der große Sturm über das Land toben, und wenn er Shateh und den Stamm des Wachenden Sterns zum See gelockt hatte, wären Kosar-eh und sein Stamm in Sicherheit.

Cha-kwenas Hand schloß sich um den heiligen Stein. Er hob den Medizinbeutel auf und legte das Amulett wieder hinein. In seinem Geist flammte eine Vision auf – von seinem Stamm, von Mah-ree und den Welpen. *Sei stark, neue Frau!* Er schickte ihr stumm mit dem Wind seine Liebe. *Vergiß mich nicht und wisse, daß ich alles, was ich heute tue, froh und ohne Bedauern tue ... für dich!*

»Dann gehen wir jetzt? Um das Totem zu suchen?« fragte Shateh.

»Ja, wir gehen«, sagte Cha-kwena und machte sich bereit, die Stämme des Graslands und Dakan-ehs Anhänger aus der Roten Welt zum Ort zu führen, den die Mammuts zum Sterben aufsuchten.

»Wartet!« rief Pah-la. »Wird niemand um meinen armen mutigen Sohn trauern?«

»Ban-ya wird um Dakan-eh trauern«, erwiderte Shateh kühl. »Pah-la, du wirst mit uns kommen, damit du unseren Feinden nicht in die Hände fällst. Ban-ya wird zurückbleiben, damit sie um deinen Sohn trauern und den Stamm des Wachenden Sterns begrüßen kann!«

»Sie werden mich töten!« jammerte Ban-ya.

»Du hast dich selbst getötet, Eidechsenfrau!« sagte Shateh zu ihr. Der Oberhäuptling hörte nicht auf Ta-mayas leise Bitten um Gnade für ihre ehemalige Freundin. Er ging weiter und achtete auch nicht auf das Trauergeheul der alten Kahm-ree. »Sieh nicht mehr zurück, Großmutter«, sagte er. Er zeigte auf Ban-yas verwirrten kleinen Sohn. »Nimm den Jungen und kümmere dich um ihn. Du mußt für das Kind leben. Seine Mutter ist bereits tot.«

Sie betraten in ehrfürchtiger und ängstlicher Stille das Tal, das die Mammuts zum Sterben aufsuchten. Vor ihnen lag der See. Dichter Schnee fiel, als sie endlich am Ufer anhielten, wo Lebensspenders großes Skelett im Eis lag. Die Form und die

Zeichnung der außergewöhnlichen Stoßzähne des toten Tieres waren unverkennbar. Han-da und die übrigen Schamanen der Roten Welt von geringerem Rang schüttelten wild ihre Rasseln und riefen den Geist Lebensspenders an, sich wieder zu erheben und in die Welt der Lebenden zurückzukehren. Shateh jedoch sah sich seiner letzten Hoffnung auf Jugend und erneute Kraft beraubt.

»Du hast mich angelogen, Cha-kwena!« schuldigte der Oberhäuptling ihn drohend an.

»Ich habe dich zum Totem geführt«, erwiderte Cha-kwena und hielt dem Blick des älteren Mannes stand. »Und jetzt erinnere ich dich an deinen Schwur – meinen Stamm zu ehren und für ihn zu kämpfen, als wäre es dein eigener.«

Der Oberhäuptling hatte die Augen im Wind zu schmalen Schlitzen zusammengekniffen, und in der Dunkelheit zwischen den schweren, langen Lidern lauerte Gefahr. »Was ist das für eine List?«

Cha-kwena zögerte nicht, mutig weiterzusprechen. »Die Macht des großen Mammuts ist nicht verloren. Sie wurde wiedergeboren.« Er blickte tief in Shatehs Augen. Wie sehr konnte er diesem Mann vertrauen? Wenn er dem Häuptling von seiner Vision erzählte, die er auf der Höhlenwand gesehen hatte – vom weißen Mammutkalb, das in die Herde geboren würde, mit der Lebensspender einst gezogen war –, würde Shateh dann nicht auf die Idee kommen, das wehrlose Geschöpf zu jagen und seine Speere gegen die vielleicht letzte Hoffnung des Stammes zu richten? Cha-kwena war sich nicht sicher. Also sagte er: »Die Legende der Ahnen ist erfüllt worden. Ich habe das große weiße Mammut getötet. Sein Blut fließt jetzt in mir. Sein Fleisch ist mein Fleisch. Ich bin Cha-kwena, der Schamane, der Wächter und Bruder der Tiere, der Bewahrer des heiligen Steins und unsterblich. Wird Shateh mich seinen Feind nennen, während ich bereit bin, ihn meinen Häuptling und Bruder zu nennen?«

Es herrschte Totenstille, während Cha-kwenas Worte vom bitterkalten Wind davongetragen wurden. Die Menschen starrten ihn an und brachten keinen Ton heraus, bis das durchdringende Dröhnen der Trommeln die unnatürliche Stille durchbrach.

»Unsere Feinde werden uns zu diesem Ort folgen«, sagte Cha-kwena. »Shateh muß seinen Stamm fortbringen, bevor der Stamm des Wachenden Sterns und ihre Verbündeten den Hügel überqueren und sehen, wohin du gegangen bist und was sie hier erwartet.«

Der Oberhäuptling gab sich Mühe, seinen Zorn zu beherrschen. »Beleidige nicht Shateh, den Oberhäuptling und Schamanen und Krieger des Graslandes! Ich stelle mich meinen Feinden und kämpfe gegen sie. Shateh wird nicht vor ihnen davonlaufen, wenn Cha-kwena den Mut hat hierzubleiben!«

»Du wirst nicht allein sein!« verkündete Teikan und trat vor.

»Auch dieser Mann wird an Shatehs Seite stehen!« rief Lahontay.

Darauf stießen die Krieger des Graslandes und die Jäger der Roten Welt die stumpfen Enden ihrer Speere in den Schnee und riefen, daß sie keine Angst vor dem Kampf hätten.

»Seid ihr unsterblich!?« fragte Cha-kwena sie erregt. »Und du, Shateh, hast du das Blut und Fleisch des Totems aufgenommen? Werden die Vier Winde und Mächte der Schöpfung dich genauso beschützen wie mich? Nein! Erinnere dich an deinen Schwur, dich mit meinem Stamm gegen ihre Feinde zu stellen! Wenn du hierbleibst, kannst du dann schwören, daß Ta-maya und alle anderen, die dir folgen, nicht angesichts der größeren Macht, die über uns kommen wird, sterben werden? Nicht schon wieder! Du mußt diesen Ort verlassen, solange der Schnee noch deine Spuren verwischen wird.«

Shateh blickte ihn unruhig an. »Aus welchem Grund willst du bleiben, Cha-kwena?«

»Um sie in die Irre zu führen. Um der Köder zu sein, der die Wölfe von denen fortlockt, die ihnen nicht zum Opfer fallen sollen.«

In Shatehs Augen drohte jetzt keine Gefahr mehr. Nun stand darin Respekt und Bewunderung. »In deinen Worten liegt Weisheit. Aber liegt darin auch Ehre?«

»Shateh ist der Oberhäuptling. In der Roten Welt haben die Ahnen gesagt, daß für einen Häuptling das Leben seines Stammes wichtiger als sein eigenes sein muß . . . oder seine eigene Ehre.«

Shateh blieb lange stumm, doch er ging unruhig und nachdenklich auf und ab. Unvermittelt blieb er stehen und blickte dann Cha-kwena lange an und schließlich Ta-maya. »Ich werde meinen Stamm nach Osten in Sicherheit bringen«, stimmte er zu und wollte keinen Widerspruch mehr hören.

Als der Oberhäuptling gerade aufbrechen wollte, rief Cha-kwena: »Halt!« Dann reichte er Shateh den heiligen Stein. »Nimm ihn! Seine Macht wird dich leiten, wenn du in meinem Namen fortgehst. Wenn du Kosar-eh findest, sag ihm, daß ich ihn einem würdigen Freund und Schamanen zur Aufbewahrung anvertraut habe. Bewache ihn gut, Bruder, und schütze unsere Stämme, bis ich zurückkomme, um ihn wieder an mich zu nehmen.«

Jetzt schwiegen die Trommeln. Jetzt stand der Angriff kurz bevor, und Ban-ya wußte es. Sie verkroch sich in der Dunkelheit der Höhle, die früher der Unterschlupf für Cha-kwenas kleinen Stamm gewesen war. Ein Tunnel hatte sie ins Innere geführt, während sie vor der Annäherung des Stammes des Wachenden Sterns floh. Doch ihre Flucht nützte ihr nicht viel, denn die Mächte der Schöpfung hatten sie und Sheela in dieselbe Höhle geführt.

Ban-ya sah voller Schrecken zu, wie ihre ehemalige Sklavin in der Nähe des Höhleneingangs auf und ab ging. Eine vor kurzem abgezogene Haut lag über dem Rücken der Frau, und der Kopf eines Mannes war auf der Spitze ihres Speeres aufgespießt.

»Sie haben diese Höhle aufgegeben«, tobte Sheela wutentbrannt. »Aber wir werden sie verfolgen. Sie können uns nicht entkommen!«

»Dakan-ehs Haut! Dakan-ehs Kopf!« Ban-ya zitterte vor Angst und hielt sich die Hand vor den Mund, um nicht noch einmal unabsichtlich laut zu sprechen. Von ihrem Versteck aus konnte sie alles sehen und hören.

»Wir sind einen weiten Weg gekommen!« beschwerte sich Jhadel. »Wir müssen uns ausruhen und essen. Wir müssen bei Kräften sein, wenn wir gegen sie Krieg führen! Es hat keinen Zweck, sie bei solch einem Wetter zu verfolgen!«

»Alter Mann, deine Schwäche wird jeden Tag offensichtlicher«, verhöhnte Sheela ihn. »Dann bleib mit den schwangeren Frauen und Kindern hier. Die Krieger des Stammes des Wachenden Sterns werden weiterziehen.«

Cha-kwena wartete auf sie. Der Wind wehte in launischen Böen und war genauso unruhig wie der junge Schamane. Irgendwann entschied er, daß der beste Platz, seine Feinde zu empfangen, in der Mitte des gefrorenen Sees war. Mit dem Speer in der Hand lief er vorsichtig über das Eis. Es knackte beunruhigend unter seinen Füßen, während er sich vorsichtig durch breite Nebelbänke bewegte, bis er das Skelett des großen weißen Mammuts erreichte. Er kletterte hinauf und setzte sich auf den Schädel des Totems.

Die Augen des Schamanen blinzelten im Wind, als er den Nebel überblickte. Es überraschte ihn nicht, daß sich der Rabe und seine Gefährten am Ufer versammelten.

»Du und deine Artgenossen, ihr seid wohl immer hungrig«, sagte er zum Raben.

»Und du und deine Artgenossen, ihr seid immer wieder begierig auf den Tod«, antwortete der Vogel.

Cha-kwena nickte. Der Rabe hatte nur allzu recht. Während der Schamane auf die näher kommenden Trommeln lauschte, die auf den anrückenden Stamm des Wachenden Sterns hinwiesen, rieb er sich eine schmerzende Stelle im Genick. Die blutende Wunde, die Dakan-eh verursacht hatte, als er ihm den heiligen Stein vom Hals gerissen hatte, war ein deutlicher Beweis seiner eigenen Sterblichkeit. Er hielt sich die blutverschmierten Finger vor das Gesicht und wartete mit einem ergebenen Seufzer auf den Tod.

Gegen den grausam kalten Wind gestemmt, führte Sheela den Stamm des Wachenden Sterns von den Hügeln hinunter an das Ufer des Sees. Jhadel folgte ihr nur widerstrebend und weil ihm keine andere Wahl blieb. Noch bevor er die Knochen der Mammuts sah, die über das Land verstreut waren, und die Raben, die am Ufer warteten, verriet ihm sein Instinkt, daß sie an diesem Tag einen Schamanen und Heiler brauchen würden.

»Sheela und Tsana, wartet! Mir gefällt dieser Ort nicht! Seht ihr, wie überall um uns herum die Hügel steil abfallen? Es ist kein guter Ort zum Kämpfen. Es gibt keine Möglichkeit zum Rückzug.«

Sheela sah Jhadel voller Verachtung an. »Der Stamm des Wachenden Sterns zieht sich nicht zurück!«

»Die, nach denen wir suchen, sind vor uns geflohen!« erklärte Tsana angewidert.

»Hier ist niemand, gegen den wir kämpfen könnten«, stellte Nakantahkeh fest. Seine gewöhnlich feste Stimme war vor Widerwillen verzerrt. »Hier gibt es nur Knochen und Schädel von Mammuts!«

»Und noch etwas, glaube ich.« Sheelas Stimme war genauso eiskalt wie der Nebel, der den See einhüllte. Sie zeigte mit ausgestrecktem Arm. »Dort . . . wer steht da?« rief sie.

»Cha-kwena! Der Wächter des Totems! Kommt! Wollt ihr nicht den Mann töten, der das getötet hat, was euch heilig ist? Ihr werdet seine Macht jetzt niemals erhalten! Sie gehört mir! Ich bin unsterblich!«

»Das werden wir schnell feststellen!« drohte Sheela.

»Nein!« warnte Jhadel.

Doch Sheela, Tsana und Nakantahkeh waren nicht gewillt, auf den Rat eines alten Mannes zu hören. Laut schreiend und Dakan-ehs aufgespießten Kopf in der einen Hand und einen zweiten Speer in der anderen schwenkend, führte die Tochter Sheehanals die Krieger des Wachenden Sterns zum Angriff auf den vereisten See. Doch Sheela bemerkte bald, daß die gefrorene Oberfläche nicht sehr fest war. Sie bemühte sich, ihr Gleichgewicht zu halten und blieb kurz stehen, um Dakan-ehs Kopf vom Speer zu schütteln und ihn mit dem Fuß anzustoßen. Dann lief sie weiter, wobei sie mehrmals nach dem Kopf trat, bis er in eine Eisspalte rollte und darin versank.

Jhadel blieb mit gerötetem Gesicht am Ufer zurück. Er schwenkte die Arme und schrie, daß sie umkehren sollten. Er sah deutlich, was sie in ihrer Aufregung noch nicht gesehen oder gespürt hatten. Das Gewicht so vieler Menschen, die sich auf einmal über das Eis bewegten, belastete die großen gefrorenen Schollen zu sehr, die sich über warmen Quellen am Seegrund gebildet hatten.

Als Sheela die Krieger weiterführte, war Tsana der erste, der ausrutschte und in die Knie ging, als das Eis ächzte und in Bewegung geriet. Jhadel sah, wie weitere Männer umgeworfen wurden, als sich ein knirschender Riß in der Eisfläche bildete. Die übrigen Männer warfen in plötzlicher Angst vor dem Ertrinken ihre Waffen fort und kehrten hastig ans Ufer zurück.

»Kommt doch zu mir!« rief Cha-kwena, der sich anstrengen mußte, um nicht das Gleichgewicht zu verlieren. Der Druck des Eises verschob die Knochen des großen weißen Mammuts. »Wenn ich sterben soll, laßt mich nicht allein sterben! Lauft nicht fort!«

Jhadel starrte fassungslos mit offenem Mund über den Mut und die Dreistigkeit der Gestalt, die hoch auf dem Schädel des großen Mammuts stand. Er hätte nie geglaubt, daß ein Schamane, der nicht seinem eigenen Stamm angehörte, ihn in seinen Bann schlagen könnte, doch jetzt war er völlig ergriffen.

Auf halber Strecke zwischen Jhadel und dem Schamanen stand Nakantahkeh immer noch auf dem Eis und schaffte es irgendwie, das Gleichgewicht zu halten, während er sich zurücklehnte und einen Speer auf Cha-kwena schleuderte. Jhadel fluchte, als er sah, daß der Schamane sich unter dem Geschoß duckte. Dann jubelte der alte Mann, als Nakantahkeh sich bereitmachte, einen weiteren Speer zu werfen. Doch der zweite Speer verließ niemals Nakantahkehs Hand, denn ein dritter Speer surrte über Jhadels Kopf hinweg, fuhr Nakantahkeh mitten in den Rücken und warf ihn bäuchlings auf das Eis.

»Was ist das für ein Zauber?« schrie Jhadel, dann drehte er sich um und erkannte, daß es sich keineswegs um Zauber handelte ... oder um den größten Zauber, den er jemals gesehen hatte.

Eine beachtliche Streitmacht aus speertragenden Männern und Hunden kam die Hügel hinuntergestürmt. Und dann riß Jhadel ungläubig die Augen auf, als mehrere Mammuts durch die Bäume hinter ihm und zu beiden Seiten des schmalen Tals brachen. Aus Angst, sein Leben zu verlieren, warf der alte

Mann sich in den Schnee und stellte sich tot, während die Krieger, Hunde und Mammuts an ihm vorbeistürmten.

Als er eine Weile später überzeugt war, dem Tod entgangen zu sein, blickte Jhadel auf und sah, daß die Männer auf dem See, die den Rückweg ans Ufer nicht geschafft hatten, mit Speeren erlegt oder von rasenden Jägern zurück aufs Eis getrieben wurden. Die Jäger hatten sich am Ufer aufgestellt, während die wütenden Mammuts durch das Eis stapften, um die Männer des Wachenden Sterns zu zertrampeln, die unversehrt das Ufer erreichten. Jhadel begann zu weinen. Er sah zu, wie Männer schreiend unter den Füßen der Mammuts starben oder zwischen den aufgewühlten, eisigen Fluten den sicheren Tod fanden. Schließlich war auf dem Eis nur noch ein Krieger – die Frau – am Leben.

Sheela hastete durch das Chaos und erreichte Cha-kwena in dem Augenblick, als das gesamte Skelett des großen weißen Mammuts nach links kippte, versank und sie beide mit sich riß. Cha-kwena wußte, wer sie war, und obwohl in ihren Augen nur der nackte Wahnsinn der Mordlust stand, war sein erster Instinkt, sie zu retten – bis er spürte, wie ein Dolch unter seinem Hemd hochfuhr und seine Haut aufschürfte.

Wegen des kalten Wassers fühlte er den Schmerz kaum, doch er wußte, daß das Messer der Frau beim nächsten Mal besser treffen würde. Während er mit Sheela rang, erkannte er, daß er sie überwältigen mußte, wenn er nicht von ihr getötet werden wollte. Sie war stark, außergewöhnlich muskulös für eine Frau und größer als er. Mit großer Anstrengung schaffte er es, sie um den Hals zu packen und sie unter Wasser zu drücken, bis er spürte, daß sie erschlaffte. Dann konnte er das Steinmesser aus ihrer Hand lösen. Er lockerte seinen Griff und versuchte, sie beide an die Oberfläche zu bringen. Doch plötzlich wand sie sich, schlug aus und griff sein Gesicht an. Sie bohrte ihre Finger in seine Augen, packte seine Kehle und versuchte ihn zu erwürgen. Sie ließ ihm keine andere Wahl. Er schlug ihr mit aller Kraft mit der Faust ins Gesicht und spürte sofort, daß er ihr das Genick gebrochen hatte. Sie erschlaffte. Er hörte, wie das Leben aus ihr entwich, als ihr Atem an der Wasseroberfläche blubberte. Doch sie hielt ihn immer noch fest. Sogar im Tod umschlangen ihn noch ihre Arme und Beine. Er versuchte sich von ihr zu befreien und schaffte es schließlich, doch es war zu spät. Der Kampf hatte sie in zu tiefes Wasser geführt.

Eisiges Wasser drang in seine Lungen, und im Ertrinken überließ er sich dem Seelenfänger. Er hatte nicht damit gerechnet, noch am Leben zu sein, wenn dieser Tag zu Ende ging, trotzdem hätte er gerne noch Shateh dafür gedankt, daß er zumindest versucht hatte, ihn zu retten – auch wenn Cha-kwena den Oberhäuptling überlistet und dieser sein Wort gebrochen hatte.

»Unsere Feinde sind vernichtet«, sagte Teikan und starrte durch Eis und Nebel. »Die wenigen, die fliehen konnten, stellen für uns jetzt keine Bedrohung mehr dar. Sieh, Shateh, die größeren Mammuts gehen zu der Stelle, wo die Knochen des Totems versunken sind. Ich glaube, das war der Grund für ihr Kommen – nicht unseretwegen, sondern um die Überreste eines ihrer Artgenossen vor uns Menschen zu schützen.«

Shateh starrte auf den See hinaus. Überall lagen tote Feinde. Doch Cha-kwena und Sheela waren nirgendwo zu sehen. Er schüttelte den Kopf, als er die Mammuts beobachtete. Er hielt seine Faust um den heiligen Stein geballt, bis er auf seiner Haut brannte.

»Nein! Cha-kwena kann nicht tot sein!« Die Worte, die dem Oberhäuptling entfuhren, waren eine bittende und gleichzeitig befehlende Beschwörung der Mächte der Schöpfung.

Warakan, der in seiner Nähe stand, sagte tröstend: »Shateh hat versucht, ihm zu helfen. Shateh hat eine große Schlacht geschlagen. Alle, die gesagt haben, Shateh wäre schwach und ängstlich, wurden heute eines Besseren belehrt! Shateh hat die Feinde vertrieben. Shateh ist ein großer Häuptling und Krieger, selbst wenn er den Zorn der Geister der Vorfahren riskierte, indem er seinen Schwur an den Schamanen brach.«

»Ich habe keinen Schwur gebrochen!« gab Shateh zurück. »Ich habe zu Cha-kwena gesagt, daß ich den Stamm nach Osten in Sicherheit führen würde. Ich habe ihm nicht gesagt, daß ich oder meine Krieger beim Stamm bleiben würden, wenn es hier eine Schlacht zu schlagen gab! Was machst du eigentlich hier, Junge? Warum bist du nicht bei den Frauen und Kindern und dem alten Lahontay?«

Der Junge reckte seine Brust. »Ich bin Warakan! Shateh hat keinen Sohn, der ihm zur Seite steht, also bin ich mitgekommen, um an seiner Seite zu kämpfen! Ich hatte keine Angst!«

Teikan blickte müde und nachsichtig. »Shateh kann sich keinen besseren Sohn als diesen Jungen erhoffen, der niemanden hat, den er Vater nennen kann.«

Das Gesicht des Oberhäuptlings nahm einen Ausdruck des Erstaunens an, doch bevor er etwas sagen konnte, gab es ein lautes Krachen. Weit draußen im See standen die Mammuts jetzt schultertief im Wasser und hatten ihre Rüssel und Stoßzähne tief hineingetaucht. Langsam und schwerfällig holten sie die Knochen des Mammuts, das sie angeführt hatte, an die Oberfläche. Sie stöberten im Eis und schoben das Skelett auf eine seichtere Stelle. Auf der stumpfen Spitze eines riesigen Stoßzahns hing mit dem Gesicht nach unten Cha-kwenas Körper, der aus dem See gehoben wurde und hoch über dem Ufer in der Luft hing.

Shateh lief los. Wie ein Junge rannte er, während er die Mammuts durch Rufe zu vertreiben versuchte und durch das eisige Wasser stapfte, zweimal hochsprang und schließlich den Stoßzahn erreichte. Er zog sich hinauf und hatte kurz darauf Cha-kwenas schlaffen Körper auf den Boden geholt. Er legte ihm sofort den heiligen Stein um den Hals und massierte mit seinen großen und geschickten Händen die Brust, die Arme und die Beine des jungen Schamanen. Nichts geschah. Der Oberhäuptling versuchte es immer wieder, während die anderen mit angehaltenem Atem zusahen. Es tat sich immer noch nichts. Cha-kwenas Gesicht hatte die Farbe von Eis in der Dämmerung, und sein Kiefer hing schlaff herab.

Shateh erhob sich niedergeschlagen. »Ich spüre keine Seele mehr in ihm. Doch dieser Cha-kwena war ein großer Schamane, und sogar im Tod verdient er es, den heiligen Stein zu tragen. Niemand in dieser oder der nächsten Welt ist würdiger als er, ihn zu tragen.«

»Nein!«

Der verzweifelte Schrei einer jungen Frau ließ alle Anwesenden herumfahren. Sie blickten zu den Hügeln im Osten, über die Lahontay gerade die Frauen und Kinder und einen kleinen fremden Stamm führte. Die junge Frau lief ihnen voraus und schluchzte immer wieder Cha-kwenas Namen, bis sie atemlos neben ihm zusammenbrach.

»Mah-ree! Warte!« rief eine der älteren Frauen.

»Seine Seele ist für immer vom Wind fortgeweht worden«, sagte Shateh leise.

»Nein! Ich werde es nicht zulassen! Er wird nicht an diesen einsamen Ort gehen, wo ich ihn niemals erreichen kann! Das darf er nicht! Ich werde es ihm nicht erlauben! Und ich bin nicht dazu bereit, ihm schon jetzt zu folgen! Ich bin noch zu jung! Ich bin gerade erst eine Frau geworden!«

Sie packte Cha-kwena an den Schultern und schüttelte ihn so heftig, daß sein Kopf zurückfiel und plötzlich Wasser aus seiner Lunge schoß. Die junge Frau schrie überrascht auf und ließ ihn los, während sich andere bei ihrem Schamanen einfanden. Er rollte sich auf die Seite, hustete und lag eine Weile nach Luft schnappend da. Dann blickte er benommen blinzelnd auf.

»Kosar-eh?« krächzte er.

Der Mann trat vor. »Ja, mein Schamane?«

»Ich . . . habe dich . . . fortgeschickt.«

»Ich bin fortgegangen. Nach Osten. Aber nicht sehr weit. Jetzt bin ich zurück.«

Hinter Shateh stand jetzt eine ältere Frau, die, wie Shateh feststellte, der jungen Mah-ree sehr ähnlich sah. Sie blickte ihn an und nickte. »Das Medizinmädchen ist fortgelaufen. Ohne Cha-kwena wollte es nicht bei uns bleiben. Wir mußten ihm folgen. Und jetzt hat es tatsächlich den Schamanen aus der Welt jenseits dieser Welt zurückgeholt!«

»Nein«, sagte Shateh. »Das Totem hat Cha-kwena gerettet und ihn auf seinem großen Stoßzahn festgehalten. Sogar noch im Tod hat sich das große weiße Mammut als Lebensspender erwiesen, als Totem des Stammes.« Seine Augen verengten sich, als er sah, wie sich Ta-maya und Kosar-eh anblickten. »Geh zu deinem Mann!« sagte er zu ihr, während er aufstand und Warakan zunickte. »Es scheint, daß ich jetzt endlich einen Sohn habe, der meine Seele erfreut.«

In dieser Nacht flohen Jhadel und die wenigen Überlebenden des Stammes des Wachenden Sterns über das Land. In dieser Nacht kauerte eine vor Angst zerrissene Ban-ya in der Dunkelheit einer verlassenen Höhle und schwor, daß sie irgendwie den Winter überleben würde. In dieser Nacht wehte der Nordwind den Sturm fort, und in der Dämmerung sahen Mah-ree und Cha-kwena gemeinsam zu, wie die Mammuts in das Gesicht der aufgehenden Sonne zogen.

»Wir müssen sie bewachen«, flüsterte Mah-ree ehrfurchtsvoll.

»Ja«, stimmte Cha-kwena zu und vertraute ihr ein großes und wunderbares Geheimnis an. »Die große Kuh trägt unser Totem.«

»Noch viele Monde werden aufgehen, bis das Kalb geboren ist!«

»Viele Monde«, bestätigte Cha-kwena. »Wer weiß, durch welches Land sie dann ziehen wird?«

»Es spielt keine Rolle. Der Große Geist wartet darauf, wiedergeboren zu werden.«

»Wir müssen ihn beschützen.«

»Wir?« neckte er sie.

»Natürlich, Cha-kwena. Ich habe es dir doch gesagt! Du wirst mich niemals loswerden!«

»Das will ich auch gar nicht.«

Sie riß die Augen auf. »Wirklich nicht?«

»Ich bin Cha-kwena, der Enkel Hoyeh-tays und Wächter des Heiligen Steins. Würde ich dich anlügen, Moskito? Wohin Lebensspender auch geht, wir werden ihm folgen. In das Gesicht der aufgehenden Sonne, Cha-kwena und Mah-ree ... für immer und ewig.«

Nachwort des Autors

Vor elftausend Jahren schmolzen die gewaltigen, drei Kilometer dicken Eismassen des Pleistozäns ab und zogen sich nach Norden zurück. Flüsse schwollen an. Der Meeresspiegel stieg. Kontinente veränderten ihre Gestalt und wurden freigelegt. Zwischen den Rocky Mountains und den Bergen an der Pazifikküste füllte sich das Tiefland mit riesigen Seen.

Doch allmählich ging die Eiszeit zu Ende. Während sich die Erde weiter erwärmte, wurden die Klimazonen weit verschoben. Die großen Binnenseen des Westens begannen zu verdunsten und verschwanden, während sich gleichzeitig die Großen Seen bildeten. In dieser wilden ›neuen‹ Welt des sterbenden Pleistozäns mußten sich Tiere, Pflanzen und der Mensch anpassen oder aussterben.

Wie auch schon in den ersten fünf Bänden der Serie *Die Großen Jäger* beruhen auch in *Land des Donners* die Beschreibungen der Personen und ihrer Lebensweise auf den neuesten Erkenntnissen der Archäologie und Paläoanthropologie und auf den Überlieferungen der eingeborenen amerikanischen Völker.

Erneut muß der Autor Dr. Richard Michael Gramly danken, dem Kurator für Anthropologie des *Buffalo Museum of Science* in New York und Leiter des Clovis-Projekts an der *Richey Clovis Cache* in Wenatchee/Washington, daß er sein Fachwissen und seine Erkenntnisse mitgeteilt hat, besonders über Zoonosen, d. h. Krankheiten, die von Tieren auf Menschen übertragen werden können. Seine Funde in der *Richey Clovis Cache* werfen immer wieder neues Licht auf das Leben des frühen Menschen in Amerika und stellen viele alte Theorien in Fragen.

Denjenigen Lesern gegenüber, die meine Darstellung ausgeprägter ›Kulturen‹ zu einem so frühen Zeitpunkt in Frage stellen, möchte ich meinen Standpunkt behaupten. Aktuelle Forschungen bestätigen meine Überzeugung, daß die ersten

Amerikaner hochgradig anpassungsfähige, schöpferische und sehr spirituelle Menschen waren. Die außergewöhnliche handwerkliche Qualität, die sich an den großen Speerspitzen aus Chalzedon zeigt, die in der *Richey Clovis Cache* in Wenatchee/Washington gefunden wurden, beweist nicht nur das Geschick ihrer Hersteller, sondern auch eine ausgeprägte Kultur, die zwischen fünfhundert und tausend Jahre andauerte, während sie sich von Küste zu Küste, von Alaska bis Mexiko und darüber hinaus verbreitete. Obwohl jedes Lehrbuch zu diesem Thema die ersten Amerikaner immer wieder als primitiv gekleidete ›Speerschmeißer‹ darstellt, die durch die Gegend rennen, ist es meine ernsthafte Überzeugung, daß jede Gruppe von Menschen, die in der Lage ist, die äußerst schwierige Aufgabe der Steinbearbeitung zu einem einheitlichen Kunststil zu entwickeln, ebenso in der Lage sein muß, Kleidung mit geraden Nähten herzustellen und sich die Haare zu kämmen.

In der *Gypsum Cave*, nicht weit von Las Vegas/Nevada entfernt, wurden Teile eines geflochtenen Korbes gefunden, der vor etwa 10 500 Jahren entstand, als diese Wüste noch eine Seenlandschaft war. Ein paläolithischer Bewohner Floridas wurde vor etwa 10 300 Jahren auf liebevolle Weise an einem Felssims bei *Warm Mineral Springs* im Sarasota County ›zur Ruhe gebettet‹, und neben seinem Skelett lag ein Muschelhaken, der früher einmal das Ende eines Speerwerfers gewesen war. Ungefähr zweihundert Jahre später ließ jemand ein Paar Fasernsandalen in der *Fort Rock Cave* in Oregon zurück, während etwa zur selben Zeit der Körper einer Greisin mit abgenutzten Zähnen im Alter von etwa fünfundzwanzig Jahren in einer Teergrube im südlichen Kalifornien bestattet wurde. Die rituellen Grabbeigaben bestanden unter anderem aus einer Halskette aus Knochenanhängern, Muschelperlen, dem Schädel eines Haushunds und knöchernen Haarnadeln.

Vielleicht wird man eines Tages in einer bislang unerforschten Höhle in einer abgelegenen Schlucht eine Malerei ähnlich der Cha-kwenas entdecken, so daß sich das, was in diesem Buch darüber geschrieben wurde, als Wahrheit herausstellt.

Wieder gilt der besondere Dank dem Team von *Book Creations* für die Hilfe bei der Herausgabe und den Nachforschungen, vor allem dem Direktor George Engel für die gute Laune und Ermunterung, dem Lektor Philip Rich und der Cheflektorin Laurie Rosin für ihre Geduld. Gedankt sei auch der Bibliothekarin Betty Szeberenyi, der Lektorin Marjie Weber und Carol Carlson von der Publicity für ihre netten Worte.

Außerdem dankt der Autor George W. Swanson von der freiwilligen Feuerwehr in San Bernardino für die Informationen zu seinen Erfahrungen als Sanitäter mit Opfern von Blitzschlägen. Und Joan Lesley Hamilton. Joan, ohne dich hätte ich es niemals geschafft.

William Sarabande
Fawnskin, Kalifornien

DIE
URZEIT-SAGA

William Sarabande

DIE GROSSEN
JÄGER

Band 13432

Band 13465

Band 13510

Band 13554

Band 13610

Vielleicht noch packender als seine Kollegin Jean Auel erzählt William Sarabande von der faszinierenden Welt unserer Urahnen. Eine atemberaubende Saga voller Abenteuer und Liebe vom Anbeginn der Zeit

BASTEI
LÜBBE

Sie erhalten diese Bände im Buchhandel, bei Ihrem Zeitschriftenhändler sowie im Bahnhofsbuchhandel.